悉曇梵字七十七字母釋義之研究

（含華嚴四十二字母）

（全彩本）

果濱 編撰

序文

本書全部字數約有 ***23*** 萬 ***4*** 千多字，書名為**《悉曇梵字七十七字母釋義之研究》**的因緣如下：

1 隋・吉藏撰《百論疏・卷上之下》云：

外云(外道曾云、外人曾云)：昔有梵王在世，說「七十二字」，以教世間，名「佉樓書」(Kharoṣṭha 或 Kharoṣṭī)。世間(眾生)之「敬情」(尊敬之情)漸薄，梵王(之)「貧吝心」(生)起，(於是)收取(這七十字而)吞之。(詳《大正藏》第二十二冊頁 251 上)

2 唐・道氤ㄣ 撰《御注金剛般若波羅蜜經宣演》云：

外道(之法)教，(於最)初皆置「阿 a」、「漚 u」二字，(並)云：梵王有「七十二字」，以訓於世。(後因)眾生(之福德)轉薄，梵王嗔怒，(於是)吞噉諸(七十)字，唯(留)此「二字」，在口(之)兩角。「阿 a」表於「無」。「漚 u」表於「有」。(詳《大正藏》第八十五冊頁 19 下—20 上)

3 唐・良賁ㄅ 述《仁王護國般若波羅蜜多經疏・卷第一上》云：

諸「外道」輩，於自(己的法)教(之)初，皆悉置於「阿 a、漚 u」二字，(並)云：梵王訓世，有「七十二字」。(後因)眾生(之福德)轉薄，梵王嗔怒，(於是)吞噉諸(七十)字，唯(留)此「二字」在口(之)兩角。「阿 a」表於「無」。「漚 u」表於「有」。(詳《大正藏》第三十三冊頁 436 上)

4 唐・澄觀述《華嚴經隨疏演義鈔・卷十七》云：

《百論》云：外道立「阿 a、優 u」(這二個字母)為「吉」。《智論》云：梵王昔有「七十二字」，以訓於世，教化眾生。後時眾生(之)「福德」轉薄，「梵王」因茲，吞噉却「七十字」。在口(之)兩角，各留一字，是其「阿 a、優 u」，亦云「阿 a、嘔 u」，(此只是)梵語(之)「輕、重」(音)耳，餘(皆)可知。(詳《大正藏》第三十六冊頁 130 下)

二·《悉曇梵字七十七字母釋義之研究》(全彩版)

也就是原始「大梵天王」所傳授是總共有72字的「梵音字母咒」的，但現在只流行「51字母」而已，那其餘的21字在那裡？其實經過筆者整理《大藏經》的結果，從經典中明確有提到：

「**？字門、？字母，然後可以入實相或不可得之境界……等**」。

那就可能不是72字而已，應該可算足到77字的。舉證如下：

（**51**字母 ＋ **10**華嚴字母 ＋ **6**大方等大集經 ＋ **10**不空罥索神變眞言經 ＝ **77**）

1 在《華嚴字母》中出現的 **10** 個新字母：

①瑟吒 ṣṭa、②娑嚩 sva、③娑頞sta、④囉他 rtha、⑤娑麼 sma。

⑥訶嚩 hva、⑦哆娑 tsa、⑧娑迦 ska、⑨野娑 ysa、⑩室左 śca。

2 加上北涼·曇無讖《大方等大集經》中出現 **6** 個新字母：

①蠱 gu、②至 ci、③替 ṭhi、④修 śu、⑤毘 vi、⑥時 ji。

3 再加上唐·菩提流志譯《不空罥索神變真言經·陀羅尼真言辯解脫品〉中出現 **10** 個新字母：

（其中的「馹 **ji**、弟 **ṭhi**」二字，已與《大方等大集經》出現同樣的字，故不再計入）

①許弱 hūṃ jaḥ、②野耶 yāya、③怛𠰷他 tadyathā。

④瓢 bhya、⑤建 kan、⑥紇唎蘖皤 hrī garbha 地**。**

⑦矩 ku、⑧唵 oṃ、⑨翳醯曳呬 ehyehi 召;來**。**

⑩誐拏 gaṇa 娜麼 dama 許柹hūṃ phaṭ 莎縛訶 svāhā。

本書在「**顯密經典中對『字母』釋義研究**」的經藏資料，經筆者整理後，至少有三十一本以上的資料可引用，都已做了詳盡的「註解」了。

有關「**歷代密咒譯師對『字母』發音**」的描述內容，則依據日僧淨嚴（1639~1702）集**《悉曇三密鈔・卷上之下》**(詳《大正藏》第八十四冊頁 731 下、732 中)的內容，但都已經末學重新大量「註解整理」過了。

古印度本來就存有「五天音」(中天音、南天音、北天音、西天音、東天音)，每個「師承」也不同，卻都是「持咒」獲得成就、大靈驗的「上師、阿闍梨」；但彼此的「梵咒發音」不可能完全 **100%** 相同，一定存在著「些微」的「差異性」。這是什麼原因呢？唐・玄奘大師在《大唐西域記》有解釋說：

夫人有「剛、柔」(之)**異性，「言音」**(亦)**不同，斯則繫**(於)**「風土」之氣，**(或)**亦「習俗」所**(導)**致也。**

清・顧炎武所撰的《音論・卷中》更云：
「五方」之音，(皆有)**有「遲、疾、輕、重」之不同……約而言之，即**(只算是)**「一人」之身，而**(所)**出**(的)**「辭」**(所)**吐**(的)**「氣」，**(在)**「先、後」之間，已有不能**(統一整)**齊者……**

所以末學對於具有「威德力」的密咒大師，就算他的發音不是很標準，也不會有「分別心」或「排斥心」；因為畢竟「心力、精勤力、專注力、戒德力」都是不可思議的。「法」無定法，「音」也不可能是「定準」的！

本書還特別研究關於梵咒中「某些咒音」的讀法研究，計有：

oṃ 𑖌𑖼→**唵**
aḥ 𑖀𑖾→**阿**
hūṃ 𑖮𑖳𑖼→**吽**
ra 𑖨→**囉**
kṣa 𑖎𑖿𑖬→**乞灑**
vi 𑖪𑖰→**毘**盧遮那

四、《悉曇梵字七十七字母釋義之研究》(全彩版)

如果您對「悉曇梵咒」或「梵咒悉曇」非常有興趣，也很想知道每個「字母」的「發音」與「實相」之義，及《華嚴經》「四十二」字母的「註解」，那這本書應該可以讓您從「佛經論典」中獲得非常多「法義」的。

最後祈望所有喜好「悉曇梵咒」的佛教四眾弟子、教授學者們，能從這本書中獲得更方便及快速的「理解」；能因本書的問世與貢獻，帶給更多後人來研究「梵咒」字母的「釋義」與「發音」。末學在教學繁忙之餘，匆匆撰寫，錯誤之處，在所難免，猶望諸位大德教授，不吝指正，爰聊綴數語，以為之序。

公元 2023 年 6 月 26 日　果濱序於土城楞嚴齋

果濱「梵咒」還原及錄唱--歷史回顧篇

末學果濱早年在華梵大學讀研究所時，即已修學「梵文」課程二年(1995 年～1996 年)，教授師則是斯里蘭卡藉的 Bhante 法師(錫拉威法師)，他當年是用「英文」講課，然後教我們學習「梵文」(這樣算不算很誇張的事啊)？本人在學習二年「梵文」課程後，為了追求更精準的發音，於是我「參照」了當年的梵語學界諸師的發音，別如 Nanissana(那尼沙拉法師)、Deepak(狄派克教授)、Mukherjee(穆克紀教授)、日本的平岡昇修、德瓦南達長老(國際梵文大師)、賴世培博士編纂之**《古梵文咒本》**(內有楞嚴咒等共三十四條咒語)……等人的「發音」系統。經過本人的綜合整理，再加上自己研究了日僧・淨嚴《悉曇三密鈔・卷上之下》的資料後，從 **2000** 年才開始進行「梵音」咒語的「羅馬拼音還原」與「音頻檔」的製作，當時就買了很貴的 **sony** 製的 **MD**（**Mini Disk**）「卡帶」錄音器製作的！

在不斷的「譯咒」與研究六年後，最終在 **2006** 年 **8** 月發行一書，名為**《唐密三大咒修持法要全集》**，我把研究六年的「咒語成果」全部發表完成；既然已有這本《修持法要全集》了，我對咒語的「翻譯還原」工作就全部「停下」，不再研究「新」的咒語「還原」了。後來在 **2015** 年 **3** 月，本書再改版名為**《唐密三大咒・梵語發音羅馬拼音課誦版》**，從此延用至今，又於 2020 年 3 月再度印刷此書。

六‧《悉曇梵字七十七字母釋義之研究》(全彩版)

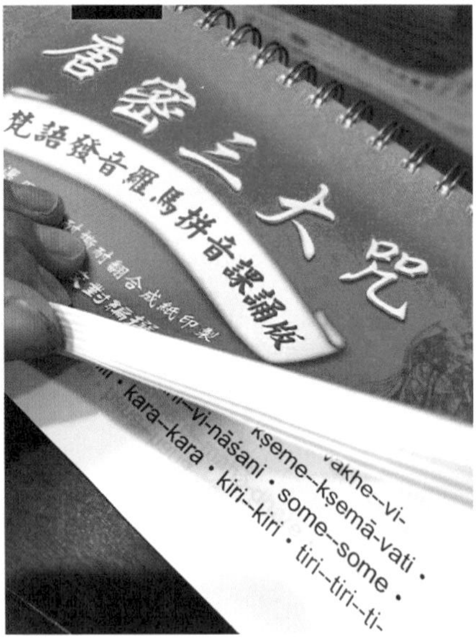

如果從自己的「電腦」中，押滑鼠「右鍵」，然後選「上次儲存日期」，就會顯示出末學在 **20** 年「前」就開始錄唱「梵咒」的「時間軸」，總共有 **200** 首以上的作品。然後你會看到第一首就是《般若心經》的「心咒」**--**吉他自編自創的曲調。還可以看見是晚上半夜 **11:46:12**「完成」錄音的。目前所有「梵唱」大致都有保留原始 WAV 檔的。電腦最後顯示的日期是 **2006**

年 **12** 月 **3** 日，當天「下午」是錄製了「佛頂尊勝咒」的「唱誦」版--佛陀波利的譯本。從此末學就劃上「句點」，不再「研究」與「還原」咒語，也不再「研發」新的「梵咒唱曲」了。理由如下：

眾生對咒語的追求是永無止盡的
您永遠會嫌法本內少了一條咒語
楞嚴隨求千悲咒今生難聞已得聞
若不努力精進勤修持誦更待何時

底下附上「錄音檔」的「原始目錄時間軸」如後，供大家「參考」。
有關的「演講」視頻可參考：
果濱「整理&還原&唱頌」梵咒的歷史回顧影片介紹
https://drive.google.com/drive/folders/1hUYla9lTcQzPUalCKsrk3CIbROgBpxK4?usp=sharing

果濱梵咒教學集
（無法進入者，請翻牆，或找他人複製內容）
https://drive.google.com/drive/folders/1ohxkIA8G8AE4cFqrumXFqa0VCvxUPOmv?usp=sharing

八、《悉曇梵字七十七字母釋義之研究》(全彩版)

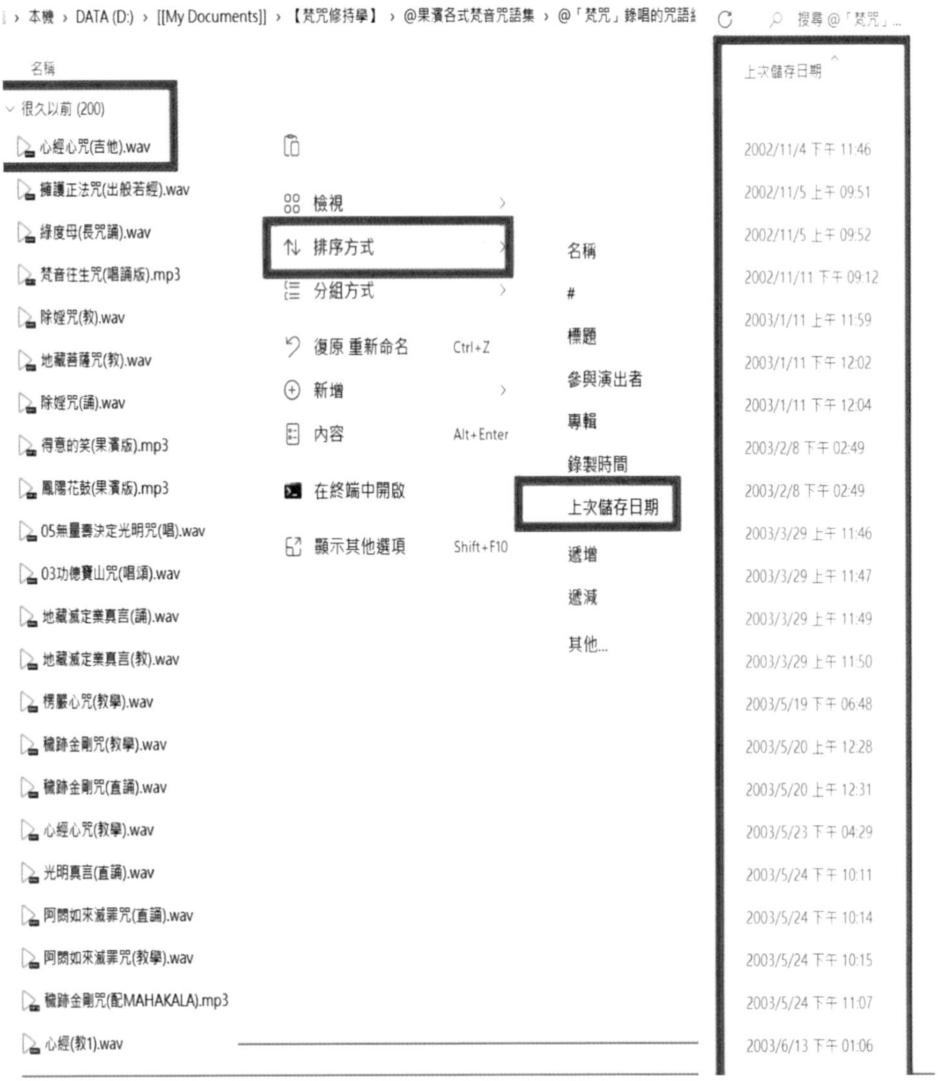

› 本機 › DATA (D:) › [[My Docu　搜尋 @「梵咒」... 濱各式

名稱	上次儲存日期
心經(教1).wav	2003/6/13 下午 01:06
心經(教2).wav	2003/6/13 下午 01:07
心經(教3).wav	2003/6/13 下午 01:08
心經(教4).wav	2003/6/13 下午 01:09
心經(教5).wav	2003/6/13 下午 01:09
心經(誦).wav	2003/6/13 下午 01:11
華嚴42字母(教).wav	2003/6/15 下午 11:10
華嚴42字母(誦).wav	2003/6/15 下午 11:11
七佛如來名號.wav	2003/6/16 下午 05:55
蒙山施食咒(教1).wav	2003/6/16 下午 05:57
蒙山施食咒(教2).wav	2003/6/16 下午 05:58
過去七佛名號.wav	2003/6/16 下午 06:07
十一面觀音咒(教學).wav	2003/6/16 下午 09:39
十一面觀音咒(直誦).wav	2003/6/16 下午 10:04
六字大明咒(hrih-快唱).wav	2003/6/22 下午 10:51
六字大明咒(直誦).wav	2003/6/22 下午 11:23
蓮師咒(唱2).wav	2003/6/29 下午 12:48
蓮師咒(唱1).wav	2003/6/29 下午 12:49
蓮師咒(直誦).wav	2003/6/29 下午 12:51
蓮師咒(教學).wav	2003/6/29 下午 12:51
六字大明咒(hrih-慢唱2).wav	2003/7/3 上午 12:37
02消災吉祥咒(直誦).wav	2003/7/4 下午 03:44
01如意輪觀音咒(直誦).wav	2003/7/4 下午 03:45

一〇・《悉曇梵字七十七字母釋義之研究》(全彩版)

› 本機 › DATA (D:) › [[My Document　搜尋 @「梵咒」...　梵音咒語

名稱	上次儲存日期
01如意輪觀音咒(直誦).wav	2003/7/4 下午 03:45
10吉祥天女咒(直誦).wav	2003/7/4 下午 03:46
03功德寶山咒(直誦).wav	2003/7/4 下午 03:47
08七佛滅罪咒(直誦).wav	2003/7/4 下午 03:48
07觀音靈感真言(直誦).wav	2003/7/4 下午 03:49
04準提咒(唱頌).wav	2003/7/5 下午 09:33
02消災吉祥咒(唱頌).wav	2003/7/5 下午 09:34
10吉祥天女咒(唱頌).wav	2003/7/5 下午 09:38
96大悲咒(唱1).wav	2003/7/5 下午 10:07
96大悲咒(唱2).wav	2003/7/5 下午 10:11
96大悲咒(唱3).wav	2003/7/5 下午 10:15
華嚴42字母(唱頌).wav	2003/7/6 上午 12:10
華嚴42字母(唱頌-迴音).wav	2003/7/6 上午 12:23
84大悲咒(唱1).wav	2003/7/6 上午 01:23
84大悲咒(唱2).wav	2003/7/6 上午 01:27
84大悲咒(唱3).wav	2003/7/6 上午 01:31
六字大明咒(hrih-慢唱2-迴音).wav	2003/7/6 上午 09:04
蓮師咒(唱1-迴音).wav	2003/7/6 上午 09:15
03功德寶山咒(唱頌-迴音).wav	2003/7/6 上午 09:21
10吉祥天女咒(唱頌-迴音).wav	2003/7/6 上午 09:30
六字大明咒(hrih-快唱-迴音).wav	2003/7/6 上午 09:32
96大悲咒(教一).wav	2003/7/6 上午 10:00
96大悲咒(教二).wav	2003/7/6 上午 10:09

› 本機 › DATA (D:) › [[My Document
搜尋 @「梵咒」...
梵音咒語
名稱
上次儲存日期
96大悲咒(教二).wav 2003/7/6 上午 10:09
84大悲咒(教一).wav 2003/7/6 上午 10:31
84大悲咒(教二).wav 2003/7/6 上午 10:39
《房山石經》大悲心咒(教).wav 2003/7/6 上午 11:09
文殊咒(連續持誦).wav 2003/7/6 下午 09:50
綠度母(長咒唱).wav 2003/7/6 下午 10:08
六字大明咒(慢唱3).wav 2003/7/6 下午 10:16
文殊咒(慢唱2).wav 2003/7/6 下午 10:28
文殊咒(教學).wav 2003/7/6 下午 11:00
文殊咒(直誦).wav 2003/7/6 下午 11:10
文殊咒(慢唱1).wav 2003/7/6 下午 11:54
01如意輪觀音咒(教).wav 2003/7/7 上午 10:24
02消災吉祥咒(教).wav 2003/7/7 上午 10:30
07觀音靈感咒(教).wav 2003/7/7 上午 10:47
08七佛滅罪咒(教).wav 2003/7/7 上午 10:50
10吉祥天女咒(教).wav 2003/7/7 上午 11:12
心經心咒(唱二).wav 2003/7/7 上午 11:55
心經心咒(唱一).wav 2003/7/7 上午 11:55
光明真言(唱頌).wav 2003/7/7 下午 02:02
六字大明咒(hrih-慢唱1-迴音).wav 2003/7/7 下午 09:28
六字大明咒(hrih-慢唱1).wav 2003/7/7 下午 09:29
六字大明咒唱.wav 2003/7/7 下午 09:38
01如意輪觀音咒(唱頌).wav 2003/7/7 下午 10:07

一二・《悉曇梵字七十七字母釋義之研究》(全彩版)

› 本機 › DATA (D:) › [[My Documer✓ 搜尋 @「梵咒」.式梵音咒

名稱	上次儲存日期
01如意輪觀音咒(唱頌).wav	2003/7/7 下午 10:07
《房山石經》大悲心咒(唱).wav	2003/7/7 下午 10:27
《房山石經》大悲心咒(直誦).wav	2003/7/8 上午 10:16
十一面觀音咒(唱頌).wav	2003/7/8 上午 10:18
07觀音靈感真言(唱頌).wav	2003/7/8 上午 10:47
09往生咒(唱頌).wav	2003/7/8 上午 10:55
08七佛滅罪咒(唱).wav	2003/7/8 上午 10:56
穢跡金剛咒(唱頌).wav	2003/7/8 下午 12:24
地藏菩薩咒(唱).wav	2003/7/9 下午 10:34
地藏滅定業真言(唱).wav	2003/7/9 下午 10:39
綠度母(短咒唱).wav	2003/7/9 下午 10:47
阿閦如來滅罪咒(唱頌).wav	2003/7/9 下午 11:21
楞嚴心咒(慢唱).wav	2003/7/9 下午 11:26
楞嚴心咒(快唱).wav	2003/7/9 下午 11:28
滅一切惡趣王如來咒(唱頌).wav	2003/7/14 下午 02:35
佛頂放無垢光咒(唱頌).wav	2003/7/14 下午 04:43
除婬咒(唱).wav	2003/7/14 下午 04:56
華嚴經陀羅咒(唱頌).wav	2003/7/14 下午 05:27
無垢淨光咒(直誦).wav	2003/7/14 下午 05:29
菩提場莊嚴咒(直誦).wav	2003/7/14 下午 05:30
菩提場莊嚴咒(唱頌).wav	2003/7/14 下午 05:37
無垢淨光咒(唱頌).wav	2003/7/14 下午 05:38
文殊咒唱(仿伊滕佳代版-修改).wav	2003/7/14 下午 09:03

› 本機 › DATA (D:) › [[My Documents]] › 【梵咒修持 搜尋 @「梵咒」... › @「

名稱	上次儲存日期
綠度母咒唱(仿伊滕佳代版-修訂).wav	2003/7/14 下午 09:05
心經經文(唱頌-迴音版).wav	2003/7/15 下午 09:38
心經經文(唱頌).wav	2003/7/15 下午 09:39
普巴金剛(唱2).wav	2003/7/23 上午 12:42
普巴金剛咒(直誦版).wav	2003/7/23 下午 05:02
普巴金剛咒(教學版).wav	2003/7/23 下午 05:04
普巴金剛咒(唱1).wav	2003/7/23 下午 05:09
古印度版六字大明咒唱2(果濱翻唱).wav	2003/7/24 下午 10:26
古印度版六字大明咒唱1(果濱翻唱).wav	2003/7/24 下午 10:35
無能勝明王咒(直誦).wav	2003/7/27 下午 05:00
無能勝明王咒(教學).wav	2003/7/27 下午 05:01
摩利支天咒(直誦).wav	2003/7/27 下午 05:01
智炬如來破地獄真言(唱頌).wav	2003/7/27 下午 08:18
十二因緣咒唱(清唱).wav	2003/8/3 下午 12:28
楞嚴心咒(直誦).mp3	2004/8/6 下午 11:34
大白傘蓋六個咒語教學.mp3	2004/9/12 下午 10:39
一切如來心寶篋印咒(唱頌版).mp3	2005/1/27 上午 11:55
一切如來心寶篋印咒(直誦版)..mp3	2005/1/27 下午 12:35
一切如來心寶篋印咒(教學版1).mp3	2005/1/27 下午 02:27
一切如來心寶篋印咒(教學版2).mp3	2005/1/27 下午 02:56
一切佛母最上陀羅尼(最上成佛大陀羅尼)-直誦版.mp3	2005/1/27 下午 03:35
一切佛母最上陀羅尼(最上成佛大陀羅尼)-教學版.mp3	2005/1/27 下午 04:14
普賢菩薩身陀羅尼.mp3	2005/5/16 下午 11:29

一四、《悉曇梵字七十七字母釋義之研究》(全彩版)

› 本機 › DATA (D:) › [[My Documen　　搜尋 @「梵咒」... 式梵音咒

名稱	上次儲存日期
普賢菩薩身陀羅尼.mp3	2005/5/16 下午 11:29
楞嚴心咒(快唱).mp3	2005/5/24 下午 10:46
百字明咒(教學版).mp3	2005/5/28 下午 07:41
百字明心咒(直誦版).mp3	2005/5/31 上午 11:33
百字明咒(直誦版).mp3	2005/5/31 上午 11:34
百字明咒(唱頌版3).mp3	2005/5/31 上午 11:35
百字明咒(唱頌版4).mp3	2005/5/31 上午 11:35
百字明咒(唱頌版1).mp3	2005/7/17 下午 03:54
百字明咒(唱頌版2).mp3	2005/7/17 下午 04:07
96句大悲咒(誦).wav	2005/7/17 下午 05:12
84句大悲咒(誦).wav	2005/7/17 下午 05:13
96大悲咒(教三).wav	2005/7/17 下午 05:16
84大悲咒(教三).wav	2005/7/17 下午 05:17
06藥師咒(教學).wav	2005/7/17 下午 11:24
06藥師咒(直誦).wav	2005/7/17 下午 11:26
05無量壽決定光明王咒(教學版).wav	2005/7/17 下午 11:26
05無量壽決定光明王咒(直誦).wav	2005/7/17 下午 11:27
09往生咒(教學).wav	2005/7/17 下午 11:28
09往生咒(直誦).wav	2005/7/17 下午 11:29
06藥師咒(唱頌1).wav	2005/7/17 下午 11:32
06藥師咒(唱頌2).wav	2005/7/17 下午 11:33
04準提咒(直誦).wav	2005/7/18 上午 08:27
04準提咒(教).wav	2005/7/18 上午 08:29

› 本機 › DATA (D:) › [[My Documents]] 搜尋 @「梵咒」... 音咒語

名稱	上次儲存日期
04準提咒(直誦).wav	2005/7/18 上午 08:27
04準提咒(教).wav	2005/7/18 上午 08:29
03功德寶山咒(教).wav	2005/7/18 上午 08:35
05無量壽決定光明咒(唱-迴音版).wav	2005/7/18 上午 08:42
結壇結界咒語教學1.mp3	2005/7/18 下午 05:34
結壇結界咒語教學2.mp3	2005/7/18 下午 05:35
結壇結界咒語教學3.mp3	2005/7/18 下午 05:35
結壇結界咒語教學4.mp3	2005/7/18 下午 05:35
結壇結界咒語教學5.mp3	2005/7/18 下午 05:35
結壇結界咒語教學6.mp3	2005/7/18 下午 05:36
01金剛經「般若」的梵音咒語.mp3	2005/7/18 下午 10:37
02金剛經「般若」的梵音咒語.mp3	2005/7/18 下午 10:37
03金剛經「般若」的梵音咒語.mp3	2005/7/18 下午 10:37
04金剛經「般若」的梵音咒語.mp3	2005/7/18 下午 10:37
05金剛經「般若」的梵音咒語.mp3	2005/7/18 下午 10:37
05佛頂尊勝陀羅尼(唱頌).mp3	2005/7/20 下午 11:12
01佛頂尊勝陀羅尼(教學).mp3	2005/7/20 下午 11:13
02佛頂尊勝陀羅尼(教學).mp3	2005/7/20 下午 11:13
03佛頂尊勝陀羅尼(教學).mp3	2005/7/20 下午 11:13
04佛頂尊勝陀羅尼(直誦).mp3	2005/7/20 下午 11:14
06佛頂尊勝陀羅尼「心咒」(教學).mp3	2005/7/21 上午 09:05
大寶樓閣咒(唱頌).wav	2005/7/24 下午 04:18
光明真言(教學).wav	2005/7/25 下午 03:44

一六・《悉曇梵字七十七字母釋義之研究》(全彩版)

› 本機 › DATA (D:) › [[My Documents]] › 【梵咒　搜尋 @「梵咒」.語集 › (

名稱	上次儲存日期
十二因緣咒(直誦).mp3	2005/7/28 下午 11:07
十二因緣咒(教學).mp3	2005/7/28 下午 11:07
01求聞持咒(唱頌).mp3	2005/7/28 下午 11:21
03求聞持咒(教學).mp3	2005/7/28 下午 11:21
02求聞持咒(直誦).mp3	2005/7/28 下午 11:21
01虛空藏咒(唱頌).mp3	2005/7/28 下午 11:21
03虛空藏咒(教學).mp3	2005/7/28 下午 11:21
02虛空藏咒(直誦).mp3	2005/7/28 下午 11:21
om vajra dhrma hrih((hrih教學).mp3	2005/7/31 上午 11:56
綠度母(短咒誦).mp3	2005/7/31 上午 11:56
普巴金剛咒(唱1).mp3	2006/5/13 下午 04:25
不動明王心咒(唱頌).mp3	2006/5/13 下午 04:28
42手眼咒(全部).mp3	2006/5/14 下午 05:14
大隨求心咒.mp3	2006/6/5 下午 08:48
大隨求咒(直誦).mp3	2006/6/5 下午 09:20
不動明王(大中小-直誦).mp3	2006/6/12 下午 10:30
不動明王(大中小-教學).mp3	2006/6/12 下午 10:30
不動明王(大中小-唱頌).mp3	2006/6/12 下午 10:30
千句大悲咒(全部).wav	2006/7/2 下午 10:54
普庵咒梵音唱頌.mp3	2006/7/24 下午 04:41
唐密三大咒(修持法要全集).pdf	2006/7/31 下午 02:22
佛頂尊勝咒【唱誦】(佛陀波利版).mp3	2006/12/3 下午 02:33
佛頂尊勝咒【教學】(佛陀波利版).mp3	2006/12/3 下午 02:34

——目錄及頁碼——

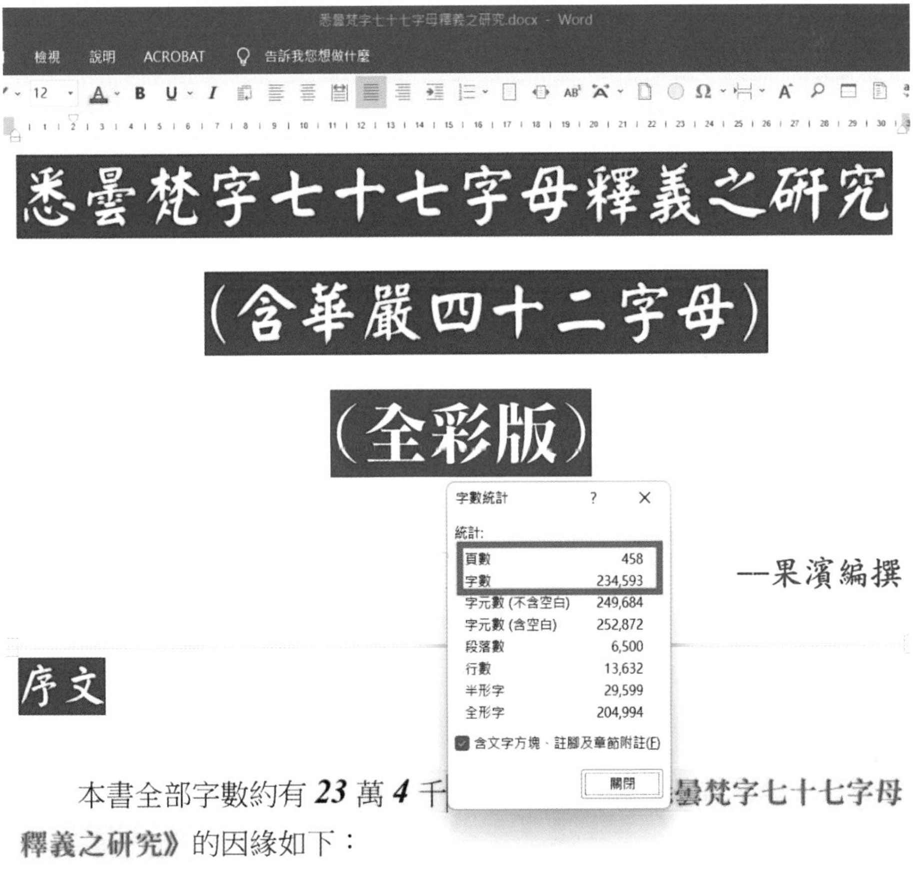
悉曇梵字七十七字母釋義之研究.docx - Word
檢視
說明
ACROBAT
告訴我您想做什麼
悉曇梵字七十七字母釋義之研究
（含華嚴四十二字母）
（全彩版）
--果濱編撰
字數統計
統計:
頁數 458
字數 234,593
字元數 (不含空白) 249,684
字元數 (含空白) 252,872
段落數 6,500
行數 13,632
半形字 29,599
全形字 204,994
含文字方塊、註腳及章節附註(F)
關閉
序文
本書全部字數約有 23 萬 4 千
曇梵字七十七字母
釋義之研究》的因緣如下：

第一章 悉曇的簡介

一、悉曇總說

1梵語 **siddhaṃ** 𑖭𑖰𑖟𑖿𑖠𑖽或作 **siddhāṃ**，又譯作「**悉旦、悉談、肆曇、悉檀、七旦、七曇**」。意譯為「成就、成就吉祥」。悉檀即指一種「梵字字母」，為記錄「梵語」時所用的「書寫體」之一。在空海大師《梵字悉曇字母并釋義》中云：「**夫梵字悉曇者，印度之文書也**」。

2在「梵字字母表」或「綴字法十八章」之始所揭之「歸敬句」中，意表「令成就」之「梵語」，則記為「悉曇」或「**悉地羅窣睹**」(**siddhirastu**)。於是「**悉曇**」就成為「字母」之總稱，「**悉地羅窣睹**」則指「悉曇章」之義。又「悉曇」後來也轉為「總稱」有關印度之「聲」字；亦與「聲明」、「毘伽羅論」(**Vyākaraṇa**字本論；聲明記論；解說印度文字音韻及語法等文法書之總稱)同義。

3在公元「第七世紀」之「前」，「悉曇」文字已盛行於印度，中國於南北朝時，「悉曇」文字經由「譯經者」傳入，並受國人的接納與學習。唐代有義淨之**《梵語千字文》**、智廣之**《悉曇字記》**、一行之**《字母表》**各一卷等著作。「悉曇文字」則約於奈良朝「以前」就傳至日本去。

4在中國有關「梵字」之「書寫體」及「字母」均被稱作「悉曇」，而記錄「梵語文法、語句解釋」等的內容，則被稱為「梵音」或「梵語」，以此加以區別。但日人除了稱「梵字」之「書寫體」為「悉曇」外，更廣泛地包含了「梵語書法、讀法、文法」等，通通稱作「悉曇」。

5劉繼莊的《新韻譜》曾言：「**自明中葉，『等韻』之學盛行於世，北京衍法、五台、西蜀、峨眉、中州伏牛、南海普陀，皆有韻主和尚，純以習韻開悟學者**」(見《趙宧光及其悉曇經傳》一書，新文豐)，可見歷代祖師早就有以「悉曇聲韻梵音」之學來教導學人，**在當時甚至以「參禪」為大悟之門；「唱韻」為小悟之門**，時人以唱頌「悉曇梵音」法門為進入「開悟」的重要方法。

6玄奘大師對「梵語聲明學」非常有研究，如他曾口述云：(詳《大唐大慈恩寺三藏法師傳·卷三》,《大正藏》第五十四冊頁 233 下)。

「印度梵書」名為《記論》，其源無始莫知作者。每於劫初梵王先說傳授天人，以是梵王所說故曰「梵書」。其言極廣，有百萬頌，即舊譯云「毘伽羅論」者是也。然其音不正，若正應云「毘耶羯剌諵」(Vyākaraṇa 字本論;聲明記論;解說印度文字音韻及語法等文法書之總稱)，此翻名為「聲明記論」，以其廣記諸法能詮，故名「聲明記論」。

昔(於世界)「成劫」之初(時)，(由)「梵王」先說(此《聲明記論》)，具(有)「百萬頌」，後至「住劫」之初(時)，「帝釋」(天王)又(簡)略為「十萬頌」。其後(由)北印度健馱羅國(gāndhāri)婆羅門覩羅邑(śalātura)波膩尼仙(pāṇini。為古印度著名「文法家」。他是健馱邏國[gāndhāri]婆羅睹邏[Calatura]人，生於公元「前四」至「三世紀」)，又(再簡)略為「八千頌」，即今印度(所)現行者是。

近又(由)南印度(之)「婆羅門」，為南印度王復(再簡)略為「二千五百頌」(此指 kātantra 一書)，(此「二千五百頌」的書於印度的)邊鄙諸國，多盛流行，(但卻為)印度「博學之人」所不遵習。此並(為)西域音字之本，其(亦有)「支分」相助者。

復有(另外一種)《記論》，「略經」(只)有「一千頌」，又有「字體」(為)「三百頌」。

又有「字緣」兩種：

一名「門擇迦」(Maṇḍa，即【合成字體篇】，或 Gaṇa-pāṭha)三千頌。

二名「溫那地」(Uṇādi，即【接尾語篇】)二千五百頌。

此(為)別辯「字緣」(的)字體。

玄奘大師除了論及「四十七字母」外，亦有論及「四十九字母」的事，在他所翻譯的《瑜伽師詛論·卷八十一》中便涉及到「四十九字」之說，其文云：

「字身」者，謂若「究竟」、若「不究竟」名句，所依四十九字」(《大正藏》第三十冊頁 750 中)。

7 在唐·遁倫的《瑜伽論記》中便保存了玄奘大師對「四十九字」的解釋：

(《大正藏》第四十二冊頁 801 中)

(所謂)「四十九字」者。(玄奘)三藏云：西方自有三釋。

(第)一家，(母)音(共)有「十四」。依「西國十四音」，次第云：
(悉談)
哀 a、阿 ā、一 i、伊 ī、鄔 u、烏 ū。(共 6 個音)
紇呂 ṛ、訖閭 ṝ、呂 ḷ、䖂 ḹ。(共 4 個音)
啞 e、藹 ai。(共 2 個音)
污 o、奧 au。(共 2 個音)

闇 aṃ、惡 aḥ。
闇 aṃ、惡 aḥ 二音，多是「助句」之辭。後(代諸)家取(用)之，(如此即共)添為「十六」字。

「超聲」(摩擦音+吹氣音)八者，超聲(共)有八(個音)。

「毘聲」(共)有「二十五」(個音)。

加(上)彼「悉譚」(siddhaṃ)二字，(如此便總合)為「四十九」(字)。

第二家云：「悉譚」(siddhaṃ)二字，但(只能)是「總標」，非是(算入)「字數」。
(另)別(再)加(入)「濫」(時駈)意。
(如此)「超聲」(與)「毘聲」(之總)頭數(量)多少，(皆)如前(亦是四十九)。

第三家云：(母)音(變成共)有「十六」，(也就是)加(入)「闇 aṃ、惡 aḥ」(去聲)。
「超聲」有「八」。
「毘聲」有「二十五」。

引文中有小字稱為「悉譚」者，意謂「悉譚」為「四十九」字的總名，玄奘大師對四十九字的解釋有三種，現將這三種以圖表示之。

悉曇第一家

悉曇	sid、dhaṃ(另加「悉譚」二字亦算入字數，如此即總合為「四十九」字)
十四音	a、ā、i、ī、u、ū。(共 **6** 個音) ṛ、ṝ、ḷ、ḹ。(共 **4** 個音) e、ai。o、au。(共 **4** 個音) 註：不含 aṃ、aḥ二個字
毘聲 (計 25)	ka、kha、ga、gha、ṅa(喉音)
	ca、cha、ja、jha、ña(口蓋音)
	ṭa、ṭha、ḍa、ḍha、ṇa(反舌音)
	ta、tha、da、dha、na(齒音)
	pa、pha、ba、bha、ma(唇音)
超聲(計 8)	ya、ra(彈舌音)、la、va(屬摩擦音)。 śa、ṣa、sa、ha(屬吹氣音)

悉曇第二家

悉曇	sid、dhaṃ(「悉譚」二字，但只能是「總標」，非是算入總字數的)
十四音	a、ā、i、ī、u、ū。(共 **6** 個音) ṛ、ṝ、ḷ、ḹ。(共 **4** 個音) e、ai。o、au。(共 **4** 個音) 註：不含 aṃ、aḥ二個字
毘聲 (計 25)	ka、kha、ga、gha、ṅa(喉音)
	ca、cha、ja、jha、ña(口蓋音)
	ṭa、ṭha、ḍa、ḍha、ṇa(反舌音)
	ta、tha、da、dha、na(齒音)
	pa、pha、ba、bha、ma(唇音)

超聲(計 10)	ya、ra(彈舌音)、la、va(屬摩擦音)。 śa、ṣa、sa、ha(屬吹氣音)。 llaṃ、kṣa(複合子音)

悉曇第三家

十六音	a、ā、i、ī、u、ū。(共 **6** 個音) ṛ、ṝ、ḷ、ḹ。(共 **4** 個音) e、ai。o、au。(共 **4** 個音) aṃ、aḥ。(共 **2** 個音)
毘聲 (計 25)	ka、kha、ga、gha、ṅa(喉音)
	ca、cha、ja、jha、ña(口蓋音)
	ṭa、ṭha、ḍa、ḍha、ṇa(反舌音)
	ta、tha、da、dha、na(齒音)
	pa、pha、ba、bha、ma(唇音)
超聲(計 8)	ya、ra(彈舌音)、la、va(屬摩擦音)。 śa、ṣa、sa、ha(屬吹氣音)

二、何謂「悉曇章」？

1 指學習梵語的一種初級教材，主要是講述梵文字母、梵文拼音……等的語法知識。章炳麟的《初步梵文典序》曾云：「**唐人說悉曇者，多至百餘家**」。(詳《章太炎全集・第四冊》頁 488)

2 唐・義淨大師《南海寄歸內法傳・卷四》

(《大正藏》第五十四冊頁 228 中)

一則論學《悉談章》，亦名《悉地羅窣覩》(siddhirastu)，斯乃「小學」標章之稱。俱以成就吉祥為目。(原)**本有「四十九字」，共相乘轉，**(就總)**成**(有)**「一十八章」，總**(共)**有「一萬餘」字，合**(成)**「三百餘頌」。凡言「一頌」，乃有「四句」，一句**(有)**「八字」，總成「三十二言」。更有「小頌、大頌」**

(之別)，**不可具述。**(若)「**六歲**」**童子學之，六**(個)**月方了。斯乃相傳**(悉曇梵字)**是**「**大自在天**」**之所說也。**

3 唐・義淨大師譯《根本說一切有部毘奈耶・卷三十一》

(《大正藏》第二十三冊頁 795 上)

應與此兒，名為小路，(小兒)**既漸長大，**(則)**令其受學，其師先教讀《悉談章》。**(因爲此小兒)**稟性**「**愚鈍**」**，道**(了)「**談**」(字就)**忘**(了)「**悉**」(字)**，道**(了)「**悉**」(字)**忘**(了)「**談**」(字)……**我實不能**(再)**教其學問，**(其)**父聞語已，便作是念：**(並)**非一切**「**婆羅門**」**皆有**(如此之)**文學，宜可教其闇誦《明論》**(指聲明之論)……

4 慧遠述《涅槃義記・卷四》

(《大正藏》第三十七冊頁 707 下)

(於)**胡章之中，有**「**十二章**」**。其《悉曇章》以為第一，於中合有**「**五十二字**」**，**「**悉曇**」**兩字是題章**(之)「**名**」**，餘是章**(之)「**體**」**。**

5 南宋・法潤大師法雲編《翻譯名義集》

(《大正藏》第五十四冊頁 1144 中)

西域(之)「**悉曇章**」**，本是**「**婆羅賀磨天**」(Brahma-deva)**所作。自古迄今，更無異書。但**(於)「**點、畫**」**之間，微有不同。**「**悉曇**」(siddhaṃ)**此云**「**成就**」**所生。**「**悉曇章**」**是**「**生字**」**之**「**根本**」**，說之為**「**半**」(半字指梵語的「生字根」，「摩多」母音有十二字或說十六字也行。「體文」子音有三十五字，總共五十一字。皆各別偏立，在未合成「全字」時，即稱爲「半字」。母音與子音相合成字時才稱爲「滿字」)**。餘章文字**「**具足**」**說名為**「**滿**」**。又**「**十二章**」**，悉名為**「**半**」**。自餘經書**「**記論**」(則稱)**為**「**滿**」**，**(皆)**類如此。**

6 釋雲公撰，慧琳再加刪補《一切經音義・第二十六》

(《大正藏》第五十四冊頁 477 上)

造書天➔梵云「婆羅賀摩天」，即造「悉曇章」十二音字母者是也，如前第八卷中所明也。

三、悉曇梵字四種「相承來源」略說

1「梵字」原意是指由「梵天」所製作之「文字」意思。據《藏經》的資料中顯示有四種來源。一、梵王相承（即「南天相承」）。二、龍宮相承（即「中天相承」）。三、釋迦相承。四、大日相承。然依近代人的研究，「梵字」與現今歐洲所通用「文字」原形「腓ㄈ尼基」(Phoenicia)文，皆同屬於閃族(Semitik)的語系。

2約於公元「前八百年」頃，印度商人在美索布達米亞(Mesopotamia)地方，與亞拉姆語(Aramaic)接觸，結果將閃族語系(Semitik)之「二十二字母」傳入印度，再由婆羅門等整理完備，推定至公元「前五百年頃」，始完成「四十七字母」。

3梵字之書寫，本「由右向左←」橫書的「**佉盧書**」(Kharoṣṭhī)，後則變成「由左向右→」橫書「**婆羅謎**」(Brāhmī)文字，且其書體由於時代及地方不同而漸次變異。

4公元「一世紀」頃，印度北方傾向於用「方形」的文字；印度南方則傾向用「圓形」的文字。至「第四世紀」頃，兩者之間遂產生明顯之區別。

5印度北方系在「第四至第五世紀」，發展形成了笈多(Gupta)文字。笈多王朝是當年印度「古典」文化的最盛時期，笈多王信奉「婆羅門教」，並訂定「梵語」為公用語，他們所使用的文字就名為「笈多型婆羅謎文字」。

6印度北方系的「笈多型婆羅謎文字」，隨著時間與地區不同，結果漸漸發展出六種不同的字型。

①**笈多字型**(Gupta)：使用於公元四到五世紀，至後面「六世紀」之初而逐漸消失。

②**悉曇字型**(Sidda-mātṛkā)：使用於公元「六世紀」之初。

③**城體字型**(Nāgarī)：從公元「七世紀」初開始使用。日人田久保周譽認為：現今印度所使用的「天城體」字（Deva-nāgarī）即是由此「城體」字發展出來的。

④**莎拉達字型**(Śāradā)：亦於公元「七世紀」成立，主要使用於「西印度、北印度」及「克什米爾阿富汗」附近。

⑤**原孟名拉字型**(Bengali)：成立於第六世紀，主要用於「東印度」，後來發展成今日使用的「孟加拉」文字。

⑥**尼泊爾鉤字型**(Nepal)：此字型是受「孟加拉字型」的影響，而於「十

二世紀」左右發展出來的字型。當時主要用於現今的尼泊爾，但「十五世紀」以後，此文字就不再使用。

7據「本來無一物」的梵文研究網址，整理一個簡單的圖表，如下所示，供大家參考一下。

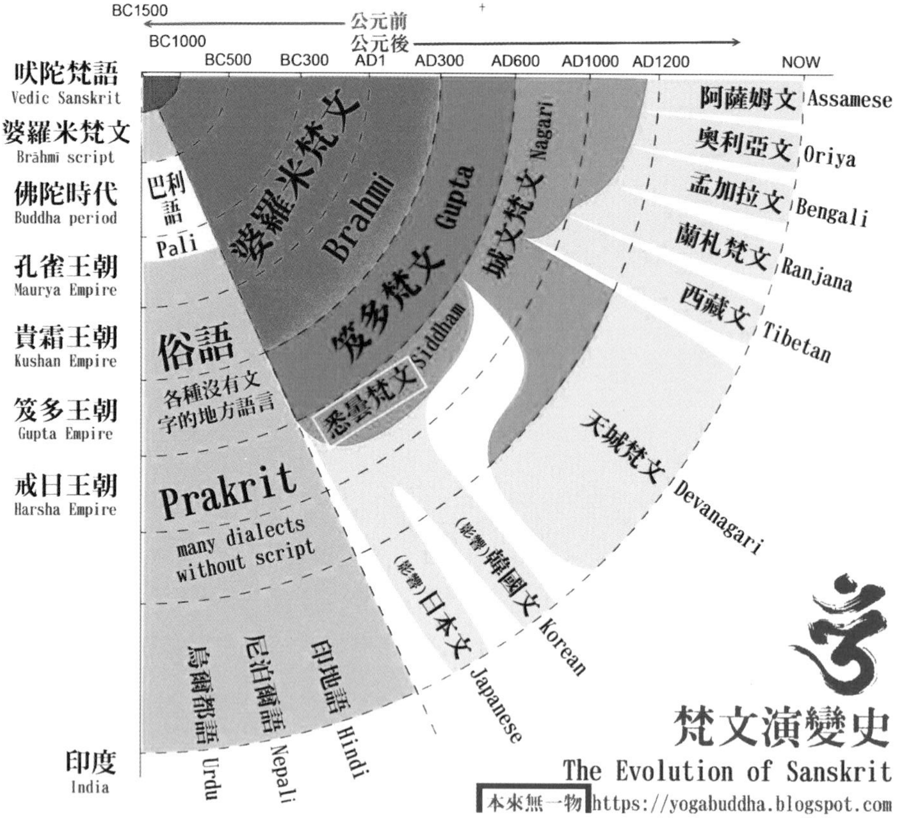

底下根據現代人研究「悉曇」梵字的相關書籍資料，將「梵字」的演變歷史，做一個簡單流程說明：

年	使用的梵語字型	內容特色

代		
漢朝到隋朝	1 佉盧文字 Kharoṣṭhī	此時期的佛典翻譯大多以轉譯「西域文字」為主。
	2 婆羅謎文字 Brāhmī	史稱「舊譯」時代。
	3 西域文字	專有名詞與術語只以「漢文」作為音譯。
	4 悉曇字體 Sidda-mātṛkā	在梁代之前所稱的「悉曇」字，應該是指「梵語」，亦包含了「西域文字」，而非唐代所說的「悉曇梵文」字體。
唐	悉曇字體 Sidda-mātṛkā	**初唐：** 1 此時期的佛典翻譯改以直接取自印度的資料為主。 2 史稱「新譯時代」。 3 專有名詞與術語仍只以「漢文」譯音。 **中、後唐：** 1 開元三大士善無畏(637~735)、金剛智(669~741)、不空(705~774)開始翻譯純密經典。 2 梵文的「專有名詞、術語」開始出現「梵漢合併」的新寫法，非如以前僅列出「漢文音譯」。 3 原本的「悉曇」只指「梵文字母」，後來發展到凡是「悉曇」均泛稱為「梵文」。 4 密法在唐密的漢地盛行約自唐・開元四年(公元 716)善無畏入長安到會昌五年(公元845)唐武帝滅佛到結束，最多只盛行過一百多年而已。 5 此期最重要的著作是唐・智廣的《悉曇字記》。

		6 日本的「入唐八家」將「悉曇」資料大量移入日本，並在日本高度發展，大放異彩。 7 自唐長慶四年(公元 824)至宋太平 興國七年(公元 982)，佛經的翻譯曾中斷了 156 年。
宋	城字體 Deva-nāgarī	1 起初用一種介於「悉曇體」與「城體」間的字型。 2 後來發展到只用「城體」。 3 最後部份的「城體」漸受「蘭札體 rañjana」影響，而變成更美麗的字型。 4 此期重要著作有宋‧惟淨的**《景祐天竺字源》**。 5 韓國梵文的使用以「城體」為主，可能是受此時期的影響。 6 對梵文的泛稱漸改用「梵字」，以「悉曇」泛稱「梵文」的用法又開始逐漸減少。 7 在唐朝極為興盛的「悉曇體」，到了宋代以後逐漸衰微，最後在漢地可說是完全消失，但此時的日本卻大大的發展「悉曇體」。
元	蘭札字體 rañjana	1 起初使用三種梵文書寫法： (1)沿用宋朝的「城體」。 (2)新引進的「蘭札體」。 (3)新創造的八思巴「蒙古文」。 2 後來「蘭札體」漸成為主流。
明	蘭札字體 rañjana	1 「蘭札體」為主流。 2 此期最重要的著作是明‧趙宧光的**《悉曇經傳》**。
清	蘭札字體 rañjana	1「蘭札體」為主流。 2 此期最重要的著作為乾隆時由章嘉二世主編的**《大藏全咒》**中的**《同文韵統》**六卷。
民國 **公元**	1 天城字體	民國(公元 1911 年)初年正式傳入「天城體」與「羅馬拼音」。
	2 羅馬拼音轉	「羅馬拼音」的使用率日益普及，且漸成「主

1911年	寫的梵咒	流」。
	3 悉曇字體	如果您是為了做咒語的「研究」，或者想要「抄寫」悉曇的咒文，則仍需學習「悉曇字體」，因為學術界最常引用的《大正藏》還有很多的梵咒「悉曇」字型，還有《房山石經》中也有很多「悉曇」的咒字。
	4 蘭札字體	當代佛教界、網絡上，都有大量流通的「咒牌、咒輪」，很多都是以「美觀」的「蘭札體」書寫的咒文為主的。
未來	1 羅馬拼音轉寫的梵咒	未來誦咒使用「羅馬拼音」的方式一定會日益普及，可能會逐漸成為全世界誦唸「梵文咒語」所依止的發音記錄「方式」。
	2 藏文發音的咒語	隨著藏密的流行，有些人也學習「藏文」的發音來誦唸咒語，而藏文咒語都是用「蘭札體」或「藏文」書寫的。
	3 蘭札字體	具美觀「藝術」的「蘭札體」字型，其所做的「咒牌、咒輪」價值仍無取被取代，將來應會繼續的流行下去。

悉曇梵字「本源」的相承，有「法爾」、「隨緣」二種。

有關「法爾」常恆相承之說，乃根據於《大日經》內容。

有關「隨緣」相承之說，則有四種：

一、梵王相承（即「南天相承」）：此指由「梵天」所創造。
二、龍宮相承（即「中天相承」）：龍樹菩薩入海得「大乘經」所傳之「悉曇」。
三、釋迦相承：為釋迦佛宣說經典中所示之「悉曇」。
四、大日相承：此指由大日如來所說之「悉曇」。有《金剛頂經》「釋字母品」之「五十」字、與《大日經》之「具緣品」、「同字輪品」之「五十」字等。由「金剛薩埵」所結集，而龍猛菩薩則入「南天鐵塔」得之，再傳誦流通。

註：「南天鐵塔」指位於「南天竺」之鐵塔，又稱「鐵塔」，相傳大日如來所言之法門，《金剛頂經》等藏於「鐵塔」中，至佛陀入滅後數百年，龍樹菩薩以白芥子七粒將其啓開，而由「金剛薩埵」授其經典。此一傳說，自古也有「法爾、隨緣」二說：

❶據「法爾」之說：鐵塔乃指龍樹之「內心」，亦即指吾人各自之「心性」。

❷據「隨緣」之說：鐵塔乃實存於歷史上之史實。

一、若由梵天所創造，舉證如下：

1 據《金剛般若經疏》(佛蘭西國民圖書館藏燉煌本)云：

梵王有「七十二字」以訓於世，(但)**眾生**(福德)**轉薄，**(於是)**梵王瞋怒吞噉「佉」(kha)字**(等共有七十)**，唯**(留)**此**(阿與嘔)**二字，在口**(之)**兩角。「阿 a」表於「無」，「漚 u」表於「有」。**—詳《大正藏》第八十五冊頁 147 中。

2 隋・吉藏撰《百論疏・卷上之下》云：

外云(外道曾云、外人曾云)**：昔有梵王在世，說「七十二字」，以教世間，名「佉樓書」(Kharoṣṭha 或 Kharoṣṭī)。世間**(眾生)**之「敬情」**(尊敬之情)**漸薄，梵王**(之)**「貧吝心」**(生)**起，**(於是)**收取**(這七十字而)**吞之。**

唯(只留)**「阿 a」、「漚 u」兩字，從「口」**(之)**兩邊**(而)**墮地，世人**(為此事而)**責**(斥)**之，**(後來外道便)**以**(此二字)**為「字王」。**

故取「漚 u」字，置(於)**「四韋陀」(catur-veda)首，**

以「阿 a」字，置(於)**「廣主經」**(之)**初。**—詳《大正藏》第二十二冊頁 251 上。

註：四韋陀(四韋陀、四圍陀、四吠陀)：

為古印度傳統之正統思想，亦為「婆羅門教」之根本聖典。「吠陀」與「古印度祭祀儀式」具有密切不可分之關係。以職掌之不同，分「吠陀」為四種，即：

❶招請「諸神降臨祭場」並讚唱「諸神之威德」者：屬「作燒施」(hotṛ)祭官之「梨俱吠陀」(Ṛg-veda)，又作「**黎俱吠陀**」。

❷於「祭祀」時配合一定的「旋律」而歌唱者：屬「詠唱」(udgātṛ)祭官之

「沙摩吠陀」(Sāma-veda)，又作「**娑摩吠陀**」。

❸唱誦的「祭詞」，擔當「祭儀、齋供」等祭式之實務者：屬「供犧」(adhvaryu)祭官之「夜柔吠陀」(Yajur-veda)，又作「**夜殊吠陀**」。

前三者又稱「三吠陀」，或「三明」(trayi-vidyā)。

❹於祭儀之始，具足「息災、增益」之本領，並總兼全盤「祭式」者：屬「總監祭式」(brahman)祭官之「阿闥婆吠陀」(Atharva-veda)，又作「**阿達婆吠陀**」。

3 唐・玄奘《大唐西域記・卷二》云：

詳其(梵音之)「**文字**」，(乃由)「**梵天**」**所製，原始垂則**(垂示法則)，(有)「**四十七言**」**也。**(此乃由)「**寓物**」(以)**合成，隨事**(而)**轉用，流演**(出許多的)**枝派。**(由於)**其源浸廣，**(加上)**因地**(而)**隨人，**(稍)**微**(聲音會)**有改變，**(若)**語其大較**(對之下)，(仍)**未異**(於原來的)「**本源**」。**而**「**中印度**」(的梵音)**特為**「**詳正**」，**辭調和雅**(和諧雅正)，**與**「**天**」**同音。氣韻清亮，為人**(之)**軌則**。——詳《大正藏》第五十一冊頁 876 下。

4 唐・慧琳《一切經音義・卷二十六》載：

造書天。梵云「**婆羅賀摩天**」(**Brahma-deva**)**即造**「**悉曇章十二音字母**」**者是也**。《大正藏》第五十四冊頁 477 上。

5 唐・道氤ㄣ《御注金剛般若波羅蜜經宣演》亦載：

外道(之法)**教，**(於最)**初皆置**「**阿 a**」、「**漚 u**」**二字，**(並)**云：梵王有**「**七十二字**」，**以訓於世。**(後因)**眾生**(之福德)**轉薄，梵王嗔怒，**(於是)**呑噉諸**(七十)**字，唯**(留)**此**「**二字**」，**在口**(之)**兩角。**

「**阿 a**」**表於**「**無**」。

「**漚 u**」**表於**「**有**」。——詳《大正藏》第八十五冊頁 19 下–20 上。

6 唐・青龍寺良賁ㄅ 述《仁王護國般若波羅蜜多經疏・卷第一上》載：

諸「**外道**」**輩，於自**(己的法)**教**(之)**初，皆悉置於**「**阿 a、漚 u**」**二字，**(並)**云：梵王訓世，有**「**七十二字**」。(後因)**眾生**(之福德)**轉薄，梵王嗔怒，**(於是)**呑噉諸**(七十)**字，唯**(留)**此**「**二字**」**在口**(之)**兩角。**

「**阿 a**」**表於**「**無**」。

「**漚 u**」**表於**「**有**」。

置(此二字於)**彼**(之)**教首，今佛世尊教**(導)**阿難，**(亦)**置如是等言，簡異**(於)

彼故。──詳《大正藏》第三十三冊頁 436 上。

7 唐‧澄觀述《華嚴經隨疏演義鈔‧卷十七》載：

《百論》云：外道立「阿 a、優 u」(這二個字母)**為「吉」。**

《智論》云：梵王昔有「七十二字」，以訓於世，教化眾生。後時眾生(之)**「福德」轉薄，「梵王」因茲，吞噉却「七十字」。在口**(之)**兩角，各留一字，是其「阿 a、優 u」，亦云「阿 a、嘔 u」，**(此只是)**梵語**(之)**「輕、重」**(音)**耳，餘**(皆)**可知**。──詳《大正藏》第三十六冊頁 130 下。

8 遼‧道㲉（殳）；（殳）《顯密圓通成佛心要集‧卷上》載：

西天(指印度)**梵字**(之由來)**，**(乃)**「法爾本有」，但**(於)**世界**(最)**初成時，**(由)**梵王**(所)**傳**(之)**說，**(梵字乃)**不同**(於)**此方**(之文)**字是**(由)**蒼頡等創製**。──詳《大正藏》第四十六冊頁 996 中。

二、若由龍宮得之，舉證如下：

唐‧智廣《悉曇字記》：

「南天(音)**」祖承「摩醯首羅」**(**Maheśvara** 即「大自在天」)**之文，此其是也。**

而「中天(音)**」兼以「龍宮」之文**(指龍樹菩薩入海之龍宮得「大乘經」所傳之「悉曇」)**，有與「南天**(音)**」少異，而綱骨必同**。──詳《大正藏》第五十四冊頁 1186 上。

三、若為釋尊(含大日如來)所宣說「經典」中所示之悉曇梵語，舉證如下：

1 《文殊問經‧字母品第十四》：

佛告文殊師利：一切諸法入於字母及陀羅尼字。──詳《大正藏》第十四冊頁 509 中─510 上。

2 《方廣大莊嚴經‧示書品》之「四十六字母」：

佛告諸比丘，菩薩與童子居學堂時，同唱(此四十六字母)**字母演出無量百千法門之聲**。──詳《大正藏》第三冊頁 559 下─560 中。

3 《大集經‧海慧菩薩品》之「二十八字門句」。──詳《大正藏》第三冊頁 65 下。

4 《放光般若經‧卷四》：

佛言……須菩提！(四十二字母)**是為陀隣尼門，是為「字門」，是為來「入」門，是為菩薩摩訶薩，是為摩訶衍**。—詳《大正藏》第八冊頁26中—下。

5《大般涅槃經 • 卷八如來性品》由**佛**所說的「**十四音五十字義**」。—詳《大正藏》第十二冊頁413上—414上。

6釋尊所說的「悉曇梵語」乃佛陀入滅後，由文殊、彌勒、阿難等結集而流傳於世。

四、悉曇梵字來源乃是「法爾如是」的結論：

1唐 • 一行記《大毘盧遮那成佛經疏 • 卷七》(《大正藏》第三十九冊頁650中—下)

(1)**又其真言，唯說「十二因緣」寂滅之理……經中次說「真言」**(的)**如實相……此「真言」相，非**(為)**「一切諸佛所作」、**(亦)**不令「他作」，亦不「隨喜」**(而作)。**何以故？以是諸法，法**(皆)**「如是」**(此指諸法、眞言，都是「法爾如是」的意思)**故**。

(2)**若諸如來「出現」，若諸如來「不出」**(世)**，諸法「法爾如是」**(而)**住，謂諸「真言」，真言**(亦)**「法爾」故者……非**(有特定的人去)**「造作」所成。若**(有)**可「造成」，即是**(成爲)**「生」法。法若有「生」，則可「破壞」**。(如此便有)**「四相」遷流**(指諸法具「生滅變遷」之「生、住、異、滅」等四相)**、無常、無我，何得名為**(是)**「真實語」**(之)**耶？**

(3)**是故佛**(皆)**「不自作」、**(亦)**「不令他作」。設令有「能作之人」，**(諸佛)**亦不「隨喜」。是故此「真言」相**(者)**，若佛出興於世，若**(佛)**不出**(於)**世。若「已說」、若「未說」、若「現說」。**(皆是)**法住法位，性相常住……一一「真言」之相，皆**(同屬於)**「法爾如是」**(的境界)**……**

(4)**如來自證**(之)**「法體」，**(亦)**非**(由)**「佛自作」、非**(由)**「餘天人所作」，**(亦屬於)**「法爾常住」。而以**(其言)**加持**(的)**「神力」，**(故)**出興于世，利益眾生。**

(5)**今此「真言門」祕密**(的)**「身口意」，即是**(為)**「法、佛平等」**(的)**身口意。然亦以**(眞言之)**「加持力」故，出現于世，**(為)**利益眾生也。**

2唐 • 空海撰《梵字悉曇字母並釋義》(《大正藏》第八十四冊頁361上)

(1)夫「梵字悉曇」者，(爲)印度之文書也……世人不解(其)元由，(竟)謂(爲)「梵王」(之)所作。若依《大毘盧遮那經》(指《大日經》)云，此是(梵字悉曇)文字者，(乃)「自然道理」之所作也。(並)非(由)「如來」(之)所作，亦非(由)「梵王」諸天之所作。(就算)若雖有「能作者」，如來(亦)不「隨喜」(此理)。

(2)諸佛如來以「佛眼」觀察此「法然」之文字，即「如實」而說之，(乃爲)利益眾生。「梵王」等(就算有)傳受(梵字而)轉教眾生。(然)世人但(只)知彼(之表面)「字相」，雖日用(之)而(皆)未曾「解」其「字義」。

(3)如來說彼「實義」，若(只)隨「字相」而用之，則(只成就)「世間」之文字也；若(能)解「實義」，則(爲成就)「出世間」陀羅尼之文字也……

(4)如《涅槃經》云：世間所有一切「教法」皆是如來之「遺教」。然則「內、外」法教，悉從「如來」而流出。

(5)如來雖具如是「自在方便」(之力)，而此「字母」等，(並)非(由)「如來」(之)所作，(此乃由)「自然道理」之所(興)造。如來(的)「佛眼」，(必)能觀覺知「如實聞演」而已……然「梵字、梵語」於「一字、(一)聲」(中，即)含無量義，(今)改為(由)「唐言」(的漢字摩擬拼音)，但(僅)得「片玉」(之義而已)……

(6)故道安法師(曾)著(有關音譯的)「五失之文」，義淨三藏(也)興(舉五種)「不翻」之歎。是故傳(授)「真言」之匠(者)，(例如)不空三藏等，(在傳)教授「密藏真言」(時)，悉(皆採)用「梵字」(爲教學方式)。

(7)然則此「梵字」者，(爲)亙ㄍㄥˋ三世而「常恒」，(周)遍十方以「不改」。(若能)學之、書之，定得「常住之佛智」。(若能)誦之、觀之，必證「不壞」之「法身」。諸教之「根本」、諸智之「父母」，(皆)蓋在此(五十一)「字母」乎！所得(之)功德，不能縷說(而盡)。(字母的功德)具如《華嚴》、《般若》、《大毗盧遮那》、《金剛頂》及《涅槃》等經(中已)廣說(之)。

3 唐·一行記《大毘盧遮那成佛經疏·卷七》(《大正藏》第三十九冊頁651下)

(1)祕密主！云何「真言法教」者？即謂「阿」字門等，是「真言教相」。

(2)雖「相」不異「體」，「體」不異「相」。「相」非「造作」修成，不可示人；而能不離「解脫」，現作「聲」字。

(3)一一「聲」字即是「入法界門」故，得名為「真言法教」也。

(4)至論「真言法教」，應「(周)遍一切」，隨方諸趣(之)「名言」。但以如來出世之迹，始于「天竺」，傳法者且約「梵文」，作一途明義耳。

4 唐・般若譯《諸佛境界攝真實經・卷三》

(1)持真言時，(應先)住心(於)「凝寂」(禪定中)，口習「真言」，唯自「耳聞」(即可)，勿令(生出其它妄想而再作)他解。

(2)心中(可)「觀想」一一「梵字」(真言)，了了分明，無令錯謬。持(誦)習之時，(可保持)不遲、不速(的方式誦咒)，(此)是即名為「金剛語言」。

底下根據現代人研究「悉曇」梵字的相關書籍資料，將「梵字」的演變歷史，做一個「圖表」示的簡單流程說明：

1 約公元「前二千年」頃，「雅利安族」由印度「西北」侵入，後來陸續撰述解釋「吠陀」祭詞之《梵書》、《森林書》、《奧義書》…此等聖典所用之語言，總稱為「**古代梵語**」(Ancient Sanskrit)

↓

2「耆那教」的始祖大雄(Mahāvīra)於公元「前五、六世紀」左右，約與釋迦牟尼佛同時興起，用「**半摩揭陀語**」弘揚教義。

↓

3 釋尊誕生之年代，日人宇井伯壽謂公元「前 466 年」；中村元訂為「公元前 462」年。

↓

4 佛在世，為了區別婆羅門外道的「梵語」，所以曾經不允許用「梵語」去弘法。但又「聽許」大家各自用「自己所學習過的語言」去弘法。

↓

5 佛涅槃時。日人宇井伯壽主張為公元「前 386 年」，中村元主張公元「前 383」年，台灣印順法師則主張為公元「前 390」年。

↓

6 公元「前三世紀」(佛滅度後百年左右，約公元前 270)左右出世，統一印度，為保護佛教最有力之統治者阿育王時代的「官方語言」是古代「**半摩揭陀語**」。

↓

7 從公元「前二世紀」開始，印度文法學家巴膩尼(Pānini)所整理的梵語的文法體系，經由迦旃延那(Kātyāyana)、波顛闍利(Ḷāṭāñṃāḷī)二人的註解而更加確立。一般都將巴膩尼所整理過屬於較新層的語言稱為「古典梵語」(Classical Sanskrit)，或略稱為「梵語」，這樣做是為了有別於記載「吠陀聖典」的那種「梵文」(Vedic Sanskrit)。

↓

8 到了公元初「梵文復興」，因為佛教大護法迦膩色迦王(Kaniṣka，約公元「一世紀」之時)大量採用「梵文」。另外「**巴利上座部、曇無德部、彌沙塞部**」都以「俗語」為「經堂語」，而「**說一切有部**」及「**根本說一切有部**」(佛陀入滅後三百年頃，由上座部分出者)則全部以「梵文」為「經堂語」。

↓

9 到了公元「第四世紀、第五世紀」的笈多王朝時代(Gupta，興盛於公元 320 至 470 年之印度統一王朝)，梵文已佔壟斷了印度的地位。

↓

10 到了「第七世紀後半葉」，唐朝的義淨大師(635～713)到印度去時，已經是「梵文」的一統天下了。義淨大師所翻譯的佛經，大部分都屬於「**根本說一切有部**」，他顯然是傾向於這個部派的，因而義淨大師作了**《梵語千字文》**，成了有名的「梵文派」大師。

↓

11 從公元「第三至八世紀」，是印度古典文化的黃金時期，許多「梵語詩、戲劇」等文學作品，或宗教、哲學作品都以「古典梵語」來書寫。此風潮影響到原先以中期印度語（俗語）來弘揚教法的佛弟子。

↓

12 公元「十世紀」左右，由於近代印度各種方言發達，以及「回教徒」之入侵，「梵語」乃逐漸失去其實際之勢力，僅以「古典語」之地位存在而已。要之，此一語文具有複雜之文法體系，在現代印度知識階級中仍然存在，但僅多用於「書寫」方面。

↓

13「拉丁化」的梵文，我們稱之為「現代梵文」(羅馬拼音)，這是西方學者在印度淪為英國殖民地之後(約公元十七世紀)，為了研究印度文化的方便而造出來的。

四、關於悉曇「字數」的問題

1《金剛般若經疏》(佛蘭西國民圖書館藏燉煌本)：

梵王(原)**有「七十二字」，以訓於世**(間)，(但)**眾生**(之福德)**轉薄。梵王瞋怒，**(於是)**吞噉「佉 kha」**(等七十)**字，唯**(留)**此「二字」，在口**(之)**兩角。**

「阿 a」表於「無」。

「漚 u」表於「有」。—詳《大正藏》第八十五冊頁 147 中。

2隋・吉藏撰《百論疏・卷上之下》：

外云(外道曾云、外人曾云)**：昔有梵王在世，說「七十二字」，以教世間，名「佉樓書」**(Kharoṣṭha 或 Kharoṣṭī)**。世間**(眾生)**之「敬情」**(尊敬之情)**漸薄，梵王**(之)**「貧吝心」**(生)**起，**(於是)**收取**(這七十字而)**吞之。**

唯(只留)**「阿 a」、「漚 u」兩字，從「口」**(之)**兩邊**(而)**墮地，世人**(為此事而)**責**(斥)**之，**(後來外道便)**以**(此二字)**為「字王」。**

故取「漚 u」字，置(於)**「四韋陀」**(catur-veda)**首，**

以「阿 a」字，置(於)**「廣主經」**(之)**初。**—詳《大正藏》第二十二冊頁 251 上。

註：四韋陀(四韋陀、四圍陀、四吠陀)：

為古印度傳統之正統思想，亦為「婆羅門教」之根本聖典。「吠陀」與「古印度祭祀儀式」具有密切不可分之關係。以職掌之不同，分「吠陀」為四種，即：

❶招請「諸神降臨祭場」並讚唱「諸神之威德」者：屬「作燒施」(hotṛ)祭官之「梨俱吠陀」(Ṛg-veda)，又作「**黎俱吠陀**」。

❷於「祭祀」時配合一定的「旋律」而歌唱者：屬「詠唱」(udgātṛ)祭官之「沙摩吠陀」(Sāma-veda)，又作「**娑摩吠陀**」。

❸唱誦的「祭詞」，擔當「祭儀、齋供」等祭式之實務者：屬「供犧」(adhvaryu)祭官之「夜柔吠陀」(Yajur-veda)，又作「**夜殊吠陀**」。

前三者又稱「三吠陀」，或「三明」(trayi-vidyā)。

❹於祭儀之始，具足「息災、增益」之本領，並總兼全盤「祭式」者：屬「總監祭式」(brahman)祭官之「阿闥婆吠陀」(Atharva-veda)，又作「**阿達婆吠陀**」。

3唐·玄奘《大唐西域記·卷二》云：

詳其(梵音之)「**文字**」，(乃由)「**梵天**」**所製，原始垂則**(垂示法則)，(有)「**四十七言**」**也。**(此乃由)「**寓物**」(以)**合成，隨事**(而)**轉用，流演**(出許多)**枝派，其源浸廣。因地**(而)**隨人，**(稍)**微**(音會)**有改變，**(若)**語其大較**(對之下)，(仍)**未異**(於)「**本源**」**。而**「**中印度**」(的梵音)**特為**「**詳正**」**，辭調和雅**(和諧雅正)**，與**「**天**」**同音。氣韻清亮，為人**(之)**軌則**。——詳《大正藏》第五十一冊頁876下。

4唐·道氤ㄣ《御注金剛般若波羅蜜經宣演》亦載：

外道(之法)**教，**(於最)**初皆置**「**阿 a**」、「**漚 u**」**二字，**(並)**云：梵王有**「**七十二字**」**，以訓於世。**(後因)**眾生**(之福德)**轉薄，梵王嗔怒，**(於是)**吞噉諸**(七十)**字，唯**(留)**此**「**二字**」**，在口**(之)**兩角。**

「**阿 a**」**表於**「**無**」。

「**漚 u**」**表於**「**有**」。——詳《大正藏》第八十五冊頁19下–20上。

5唐·青龍寺良賁ㄅ述《仁王護國般若波羅蜜多經疏·卷第一上》載：

諸「**外道**」**輩，於自**(己的法)**教**(之)**初，皆悉置於**「**阿 a、漚 u**」**二字，**(並)**云：梵王訓世，有**「**七十二字**」。(後因)**眾生**(之福德)**轉薄，梵王嗔怒，**(於是)**吞噉諸**(七十)**字，唯**(留)**此**「**二字**」**在口**(之)**兩角。**

「**阿 a**」**表於**「**無**」。

「**漚 u**」**表於**「**有**」。

置(此二字於)**彼**(之)**教首，今佛世尊教**(導)**阿難，**(亦)**置如是等言，簡異**(於)**彼故**。——詳《大正藏》第三十三冊頁436上。

6唐·澄觀述《華嚴經隨疏演義鈔·卷十七》載：

《百論》云：外道立「**阿 a、優 u**」(這二個字母)**為**「**吉**」。

《智論》云：梵王昔有「**七十二字**」**，以訓於世，教化眾生。後時眾生**(之)「**福德**」**轉薄，**「**梵王**」**因茲，吞噉却**「**七十字**」**。在口**(之)**兩角，各留一字，是其**「**阿 a、優 u**」**，亦云**「**阿 a、嘔 u**」，(此只是)**梵語**(之)「**輕、重**」(音)**耳，餘**(皆)**可知**。——詳《大正藏》第三十六冊頁130下。

7宋·贊寧《宋高僧傳·卷三》云：

若印度(所)**言**(之)**字**，(乃由)「**梵天**」**所製**，(原)**本**(有)「**四十七言**」，**演而遂廣，號《青藏》焉，有**「**十二章**」，**教授童蒙**。——詳《大正藏》第五十冊頁723中。

關於悉曇字門之「總數目」，於諸經論中所說，稍有差異，整理如下表所示：

朝代	譯者或著者	經名或書名	母音	子音	合計	差異
	據1861英國考古學家(印度考古之父)亞歷山大康寧漢(Alexander Cunningham)挖掘出阿育王碑後的統計數字。	阿育王碑文(阿育王乃於公元前三世紀左右出世，並統一印度)。 註：約公元「前八百年」頃，印度商人在美索布達米亞(Mesopotamia)地方，與亞拉姆語(Aramaic)接觸，結果將閃族語系(Semitik)之「二十二字母」傳入印度。			22	
北涼	曇無讖譯	《大集經‧卷十》(佛為海慧菩薩說)			28	
隋	闍那崛多譯	《佛本行集經》	5	33	38	缺 ā、ī、ū、ṛ、ṝ、ḷ、ḹ、ai、au、aṃ、aḥ、llaṃ、kṣa
西晉	竺法護譯	《光讚經》			42	
西晉	無羅叉(無叉羅)、竺叔蘭等共譯	《放光般若經》			42	
東晉	佛陀跋陀羅譯	《六十華嚴經》			42	
唐	實叉難陀譯	《八十華嚴經》			42	
唐	般若譯	《四十華嚴經》			42	
姚秦	鳩摩羅什譯	《摩訶般若波羅蜜經》			42	
唐	玄奘譯	《大般若波羅			42	

		蜜多經》				
唐	地婆訶羅譯	《大方廣佛華嚴經入法界品》			42	
西晉	竺法護譯	《普曜經》			42	
唐	不空譯	《大方廣佛華嚴經四十二字觀門》			42	
	龍樹撰	《大智度論》			42	
隋	慧遠譯	《大般涅槃經》	12	34	46	缺 ṛ、ṝ、ḷ、ḹ、llaṃ共5字
唐	地婆訶羅譯	《方廣大莊嚴經》	12	34	46	缺 ṛ、ṝ、ḷ、ḹ、llaṃ共5字
宋	惟淨撰	《景祐天竺字源》	12	34	46	缺 ṛ、ṝ、ḷ、ḹ、llaṃ共5字
唐	玄奘譯	《大唐西域記》	14	33	47	缺 aṃ、aḥ、llaṃ、kṣa（傳統說法）
唐	玄奘譯	《大唐西域記》	12	35	47	缺 ṛ、ṝ、ḷ、ḹ（經季羨林考證後的新說法）
古印度	聲明類的書籍	《迦羅波經》	11	37	48	
唐	義淨撰	《南海寄歸內法傳》	16	33	49	缺 llaṃ、kṣa
東晉	法顯譯	《大般泥洹經》	16	34	50	缺 llaṃ（其中出現二次的「咽」字。一個讀爲咽ㄧㄢ e（喉音）。另一個讀爲咽ㄧㄝ ai（喉音））
北涼	曇無讖譯	《大般涅槃經》	16	34	50	缺 llaṃ

劉宋	慧嚴等彙整	《大般涅槃經》	16	34	50	缺 llaṃ
梁	僧伽婆羅譯	《文殊師利問經》	16	34	50	缺 kṣa
唐	善無畏譯	《大日經》	16	34	50	缺 llaṃ
唐	不空譯	《瑜伽金剛頂經釋字母品》	16	34	50	缺 llaṃ
日本		《阿叉羅帖》	16	34	50	缺 llaṃ
清	章嘉撰	《同文韻統》	16	34	50	缺 llaṃ
唐	智廣撰	《悉曇字記》	16	35	51	
日本		《法隆寺貝葉》由遣隋使小野妹子攜至日本，此為世界上最古的悉曇資料。	16	35	51	
日本		《梵字悉曇》、《梵字大鑑》等書	16	35	51	
隋	慧遠述	《涅槃義記・卷四》			52	加上段落結束字 ᯾
古印度	聲明類的書籍	《妙音聲明記論》	19	33	52	
現代		尼泊爾的《蘭札教材》			52	缺llaṃ，另加jña、tra
隋	吉藏撰	《百論疏・卷上之下》			72	昔有梵王在世說「七十二字」以教世間。
唐	道氤撰	《御注金剛般若波羅蜜經宣演》			72	云梵王有「七十二字」以訓於世。眾生轉

						薄，梵王嗔怒吞噉諸字。
唐	良賁述	《仁王護國般若波羅蜜多經疏・卷第一上》			72	云梵王訓世有「七十二字」。眾生轉薄，梵王嗔怒吞噉諸字。
唐	澄觀述	《華嚴經隨疏演義鈔・卷十七》			72	《智論》云：梵王昔有「七十二字」，以訓於世，教化眾生。

原始有72字，現只剩51字，其餘21字在那裡？

經筆者整理《大藏經》的結果，從經典中明確有提到：

「？字門、？字母，然後可以入實相或不可得之境界……等」。

可能就不只是72字而已，應該可算足到字77字的。舉證如下：

1 加上《華嚴字母》中出現的 **10** 個新字母：

①瑟吒 ṣṭa、②娑嚩 sva、③娑頞sta、④囉他 rtha、⑤娑麼 sma。

⑥訶嚩 hva、⑦哆娑 tsa、⑧娑迦 ska、⑨野娑 ysa、⑩室左 śca。

2 再加上北涼・曇無讖《大方等大集經》中出現 **6** 個新字母：

①蠱 gu、②至 ci、③替 ṭhi、④修 śu、⑤毘 vi、⑥時 ji。

3 再加上唐・菩提流志譯《不空罥索神變真言經・陀羅尼真言辯解脫品〉中出現 **10** 個新字母：

（其中的「馹 **ji**、弟 **ṭhi**」二字，已與《大方等大集經》出現同樣的字，故不再計入）

①許弱 hūṃ jaḥ、②野 yā 耶 ya、③怛𩏶他 tadyathā。

④瓢 bhya、⑤建 kan、⑥紇唎蘗皤 hrī garbha 地**。**

⑦矩 ku、⑧唵 oṃ、⑨翳醯曳呬 ehyehi 召;來**。**

⑩誐拏 **gaṇa** 娜麼 **dama** 許柹**hūṃ phaṭ** 莎縛訶 **svāhā**。

五、關於「五十一字母咒語篇」的經論引證

《攝大毘盧遮那成佛神變加持經‧大悲胎藏轉字輪‧成三藐三佛陀‧入八祕密六月成就儀軌‧卷三》

(唐‧中天竺輸婆迦羅[Śubhakara-siṃha 善無畏]譯。《大正藏》第十八冊頁 82 下～83 上。佛住在「如來加持廣大金剛法界宮」中宣說)

爾時「婆誐鑁」毘盧遮那佛告持金剛手：佛子至心聽！種子「曼荼羅」，先觀「阿」字門，轉生於「嚩」字，乃至一切字，而成「曼荼羅」，印契「曼荼羅」，轉此成標幟，餘相廣如經，寶冠舉「手印」，住於字門者，事業速成就。

(一七八)曩莫三滿多‧沒馱喃‧阿(上短)
曩莫三滿多‧沒馱喃‧娑(上短)
曩莫三滿多‧嚩日羅(二合)赧
嚩(上短)
迦(上)佉誐伽
左瑳惹酇
吒姹拏荼
跢他娜馱
跛頗麼婆
野囉攞嚩
捨灑娑賀
乞叉(二合，右此一轉，皆上聲，短呼)

觀種子字曼荼羅

(原經文作：種子曼荼羅，先觀「阿」字門，轉生於「嚩」字，乃至一切字，而成曼荼羅)

namaḥ samanta buddhānāṃ • a
namaḥ samanta buddhānāṃ • sa
namaḥ samanta vajrāṇāṃ

va
ka kha ga gha
ca cha ja jha
ṭa ṭha ḍa ḍha
ta tha da dha
pa pha ba bha
ya ra la va
śa ṣa sa ha
kṣa・

歸命同前

（一七九）阿(引長)娑(引)嚩(引)
迦(引)佉誐(引)伽
左(引)瑳(引)惹(引)酇
吒(引)姹(引)拏(引)荼
跢(引)他(引)娜(引)馱
跛(引)頗麼婆
野(引)囉(引)攞(引)嚩(引)
捨(引)灑(引)娑(引)賀
乞叉(二合引，右此一轉，皆是去聲)

namaḥ samanta buddhānāṃ
ā sā vā
kā khā gā ghā
cā chā jā jhā
ṭā ṭhā ḍā ḍhā
tā thā dā dhā
pā phā bā bhā
yā rā lā vā
śā ṣā sā hā

kṣā ·

歸命同前

(一八〇)暗(上)糝(上)鑁

劍(上)欠(上)儼(上)紺(上)

占(上)幨(上)染(上)撕

鴿(上)啗喃(上)喃(上)

湛(上)擔(上)探(上)淡

布含(二合上)普含(反上)暮含(反上)補含(反上)

焰(上)囕(上)藍(上)鑁(上)

苫(上)釤(上)參(上)唅(上)

吃釤(二合，其此載第二轉聲)

namaḥ samanta buddhānāṃ

aṃ saṃ vaṃ

kaṃ khaṃ gaṃ ghaṃ

caṃ chaṃ jaṃ jhaṃ

ṭaṃ ṭhaṃ ḍaṃ ḍhaṃ

taṃ thaṃ daṃ dhaṃ

paṃ phaṃ baṃ bhaṃ

yaṃ raṃ laṃ vaṃ

śaṃ ṣaṃ saṃ haṃ

kṣaṃ ·

歸命同前

(一八一)惡(入)索(入)嚩(入)

脚(入)却(入)虐(入)伽(入)

作(入)錯(入)弱(入)鉎(入)

知角(反入)坼角(反入)搦(入)擇(入)

呾(入)託(入)諾(入)鐸(入)

博(入)泊(入)漠(入)薄(入)

藥(入)喀(入)嚕(入)縛

鑠(入)嗦(入)索(入)矐(入)

吃索(二合，此轉皆轉音，入聲，戴呼之)

namaḥ samanta buddhānāṃ
aḥ saḥ vaḥ
kaḥ khaḥ gaḥ ghaḥ
caḥ chaḥ jaḥ jhaḥ
ṭaḥ ṭhaḥ ḍaḥ ḍhaḥ
taḥ thaḥ daḥ dhaḥ
paḥ phaḥ baḥ bhaḥ
yaḥ raḥ laḥ vaḥ
śaḥ ṣaḥ saḥ haḥ
kṣaḥ・

(一八二)

伊 縊

塢 烏

哩 里

㗚 狸

噎 愛 污 奧(菩提心真言，下同)

i ī
u ū
ṛ ṝ
ḷ ḹ
e ai o au・

(一八三)仰孃拏曩莽(發行真言)

唱穰儜曩忙(補闕真言)

啥髯喃南鏝(涅槃真言)

嘘弱搦諾莫

ṅa ña ṇa na ma ·(發行真言)

ṅā ñā ṇā nā mā ·(補闕真言)

ṅaṃ ñaṃ ṇaṃ naṃ maṃ ·(涅槃真言)

ṅaḥ ñaḥ ṇaḥ naḥ maḥ ·

唐南天竺·金剛智譯《金剛峰樓閣一切瑜伽瑜祇經·卷下·金剛吉祥大成就品第九》(《大正藏》第十八冊頁 264 上)

成就一切明真言

(佛住在「本有金剛界自在大三昧耶自覺本初大菩提心普賢滿月不壞金剛光明心殿」中宣說)

oṃ

ṭa ṭā ṭu

ṭi ṭī ṭi ṭī

ṭu ṭu ṭu ṭu

vajra-satvo

jjaḥ hūṃ vaṃ hoḥ

hrīḥ haḥ

hūṃ phaṭ hūṃ ·

(1)此「真言」能成就一切「明」(咒),能攝伏一切「天」,能成辦一切「事」。

(2)若欲知「未來」之事,即結「印」,安於「左脇」,誦真言「一百八遍」,隨印便睡。本尊「阿尾奢」(Āveśa 阿尾捨法,請「天神」降臨,並附著於「童男女」之身,以問吉凶、成敗、禍福之方術),即於夢中(顯現令)見一切「吉凶」之事……

(3)若欲誦一切「真言」,先誦此明「三七遍」(21 遍),一切速得成就。

(4)若欲往諸「方所」(諸方處所),(觀)想「前宿形」(之前處所的形狀),(然後)在「足下」按之,(並)觀自身如「本尊」,即得(能至)一切「方處」,無礙無障,所作皆得成就。

(5)此吉祥「明」(咒),能成辦百千種事。(於)「意」(念)之所(生)起(諸事),皆得

(圓滿順)**遂**(於)**情**。

六、如來能化現「五十一字母」，由字母而生出「經書、記論、文章」等諸法

如來已離「諸文字相」，故亦能滅諸「字母」而不執著。
若有人只隨逐執著於「字母義」者，是人仍不知「如來之性」

北涼・曇無讖譯 北本《大般涅槃經》	劉宋・慧嚴、慧觀、謝靈運彙整南本《大般涅槃經》	東晉・法顯、佛陀跋陀羅、寶雲共譯《佛說大般泥洹經》
㊀是故「半字」(五十一字母)於諸「經書、記論、文章」而為「根本」。 (半字指梵語的「生字根」,「摩多」母音有十二字或說十六字也行。「體文」子音有三十五字，總共五十一字。皆各別偏立，在未合成「全字」時，即稱爲「半字」。母音與子音相合成字時才稱爲「滿字」)	㊀是故半字於諸經書記論文章而為根本。	㊀是故「半字」(五十一字母)，名為一切「諸字」之本。 (半字指梵語的「生字根」,「摩多」母音有十二字或說十六字也行。「體文」子音有三十五字，總共五十一字。皆各別偏立，在未合成「全字」時，即稱爲「半字」。母音與子音相合成字時才稱爲「滿字」)
又「半字」(五十一字母)義，皆是「煩惱言說」之(根)本，故名「半字」。	又半字義，皆是煩惱言說之本，故名半字。	
㊁「滿字」者(滿字大多作「大乘法、一佛乘、佛性」之喻)，乃是一切「善法」(與)「言說」之根本也。	㊁滿字者，乃是一切善法言說之根本也。	
譬如世間，為惡之者，	譬如世間為惡行者，	

名為「半人」。修善之者，(方)名為「滿人」。 如是一切「經書、記論」，皆因「半字」(五十一字母)而為根本。	名為半人。修善行者，名為滿人。 如是一切經書記論，皆因半字而為根本。	
㊂若言「如來」及「正解脫」，(皆必定)入於「半字」(者)，是事不然！ 何以故？(如來的境界乃)「離文字」故。 是故如來於一切法(已)「無礙、無著」，真得解脫。	㊂若言如來及正解脫，入於半字，是事不然。 何以故？ 離文字故。 是故如來於一切法無礙無著真得解脫。	㊂若觀「(諸)法實(相)」，及「如來」(與)「解脫」，亦無「文字、言語」之相。 (如來於一切)「字相、味相」皆悉「遠離」，是故(如來對文字相)一切「遠離」，名為「解脫」。
㊃何等名為「解了字義」？ 有(能)知如來出現(出世而化現諸「半字」)於世，(而如來亦)能滅「半字」(者)，是故名為(真正能)解了「字義」(者)。 (前面法顯的譯本有云「如來化現字本」，即指如來能化現「五十一字母」，進而生出「諸法」。如來知道「經書與記論」皆由「字母」而生起，但亦能滅諸「字母」而不執	㊃何等名為解了字義？ 有知如來出現於世，能滅半字，是故名為解了字義。	㊃其「解脫」者，即是「如來」，因是「半字」(五十一字母)能(生)起諸法，而無諸法因(是)「字」(而生起)之想，是名「善解」文字之義。 (如來解脫者，能知「五十一字母」可生起諸法，但卻無諸法是由「五十一字母」所生，如來知道諸法是無能生、無所生，能所雙亡)

著，因爲如來已離「諸文字相」)		
若有(人只會)隨逐(執著於)「半字義」者，是人(仍)不知「如來之性」(佛性)。	若有隨逐半字義者，是人不知如來之性。	若異(不同)是(解)者，(則此人必)不解「文字」(之眞實義)，(亦不能)分別諸法「是法」(與)「非法」。
㈤何等名為「無字義」也？ (若)親近修習「不善法」者，是名「無字」。	㈤何等名為無字義耶？ 親近修習不善法者，是名無字。	
㈥又「無字」者，雖能親近修習「善法」，(但)不知如來「常」與「無常」，「恒」與「非恒」，及「法、僧」二寶，「律」與「非律」，「經」與「非經」，「魔」說「佛說」。	㈥又無字者，雖能親近修習善法，不知如來常與無常恒與非恒，及法僧二寶律與非律，經與非經魔說佛說。	㈥(亦不能分別)如來之性(佛性)、三寶(與)解脫，而(亦)不能知「是經」(與)「非經」、「是律」(與)「非律」、「魔說」(與)「佛說」。
㈦若有不能(作)如是「分別」(者)，(此)是名隨逐「無字義」也。 我今已說如是隨逐「無字」之義。	㈦若有不能如是分別，是名隨逐無字義也。 我今已說如是隨逐無字之義。	㈦(一切)悉不能知，我說是等(人永遠)不知(眞實之)「字」(義)故。
㈧善男子！是故汝今應(遠)離(對)「半字」	㈧善男子！是故汝今應離半字善解滿	㈧是故，善男子！汝等應當善學「半字」，

(的執著)，(應)善解「滿字」(之義)。 (滿字大多作「大乘法、一佛乘、佛性」之喻)	字。	亦當入彼，(能正確的善)解(五十一)「文字數」。
㊈(年輕的)迦葉菩薩白佛言：世尊！我等應當「善學」(五十一)「字數」，今我(已)值遇「無上之師，已受如來慇懃誨勅。	㊈(年輕的)迦葉菩薩白佛言：世尊！我等應當善學字數，今我值遇無上之師，已受如來慇懃誨勅。	㊈(年輕的)迦葉菩薩白佛言：世尊！我當善學斯等「半字」。今我，世尊！始為「佛子」，得最上師，我今(方)始入(真正的)「學書」之堂。
㊉佛讚(年輕的)迦葉：善哉！善哉！(若有)樂「正法」者，應如是(而)學。	㊉佛讚(年輕的)迦葉：善哉！善哉！樂正法者應如是學。	㊉佛告(年輕的)迦葉：善哉！善哉！善男子！(若有)樂修「正法」(者)，應當如是(而學)。

七、關於「母音有十四音」的經論引證

摩多

(**mātṛkā** 摩多;母義;韻義，即母音字)

體文

(**vyañjana** 子音;體文)

1 隋·慧遠《大般涅槃經義記·卷四·如來性品》

(1)前十二(母音)**中，後二**(個 aṃ 與 aḥ 是)**「助音」，非是「正音」，故除此二**(個音外)**，**(加上四流音「魯、流、盧、樓」，所以)**説**(有)**十四音……就「初音」中有「十二**

字」，而經文中(卻)云「十四音」。義如前解，除却「後二」(後面二個音 aṃ 與 aḥ)，加(上)後(面)「魯、流、盧、樓」四字，(即)為(經文所說的)十四耳。

(2)文中初音有「十四音」名為「字義」，總以標舉所言「字」者，名「涅槃」等，總顯其義。「字」者，外國名「阿察羅 akṣara」，此方「義」翻名為「無盡」，與彼涅槃「常」義相同，故名「涅槃」。

慧遠認爲後面二個音--𑖀𑖽 aṃ 和 𑖀𑖾 aḥ 是「助音」，所以 16 扣 2 就是 14 音了

2 唐・澄觀《大方廣佛華嚴經疏》卷 32〈十地品 26〉

「十四音」正是「字體」，「字」即「文」也，等餘「十二」。

然有「十四音」，「二音」不入「字母」，謂「里、梨」二字(澄觀大師認爲有二個音不入字母，不是慧遠大師說的 aṃ 與 aḥ，反而是四流音中的「里 ṛ」與「梨 ḷ」二個字啊)。

3 唐・道暹ㄒㄢ 述《涅槃經疏私記》卷 4

《涅槃》云「十四音」者，不言「末後二字」，以與「初字」形無□□□□別也。其「頡、里、蹊、梨」四字，成「西方二字」，更加「里、□、□、離」，始成四字。

為此古人有「魯、流、盧、樓」之失，深成「譯者之過」，其文字品，自非對授，終無解理。

4 唐・慧琳《一切經音義》卷 1

所以「一十二音」，宣于《涅槃》奧典。「四十二字」載乎《花嚴》(華嚴)真經

➔十二音是翻梵字之「聲勢」也，舊云「十四音」，誤也。又有「三十四字」，名為「字母」，每字以「十二音」翻之，遂成「四百八字」，共相乘轉，成「一十八章」，名曰「悉談」(悉曇)，如《新涅盤經音義》中廣明矣。

5 唐・慧琳《一切經音義》卷 25

(1)如上所音梵字，並依「中天音」旨翻之。只為古譯不分明，更加訛謬，貽誤後學。

(2)此經(指《大般涅槃經》)是北涼小國玄始四年歲次乙卯，當東晉義熙十一年(西元415年)，曇無讖法師於姑臧(今甘肅省武威縣)，依龜茲國(為古西域大國之一，今新疆庫車及沙雅二縣之間)胡本文字翻譯此經，遂與「中天音旨」不同，取捨差別。

(3)言「十四音」者，錯之甚矣，誤除「暗、惡」兩聲，錯取「魯、留、盧、婁」為數，所以言其「十四」，未審如何用此翻字？龜茲(音)與中天(音)，相去隔遠，又不承師訓，未解用「中天」文字，所以乖違，故有斯錯。哀哉已經「三百八十餘年」，竟無一人能「正」此失……

(4)慧琳幼年，亦曾稟受安西學士，稱誦書學龜茲國「悉談」文字，實亦不曾用「魯、留、盧、婁」翻字，亦不除「暗、惡」二聲。

(5)即今見有龜茲字母「梵夾」仍存，亦只用「十二音」，取「暗、惡」為聲，翻一切字。不知何人作此「妄說」？改易「常規」，謬言「十四音」，甚無義理其實(魯、留、盧、婁)「四字」。

6 唐‧慧琳《一切經音義》卷25

梵經

(1)云「阿察囉」(akṣara)，唐云「文字」義，釋云無異「流轉」，或云「無盡」。以「名句、文身」善能演說諸佛秘密萬法，差別義理無窮，故言「無盡」，或云「常住」。

(2)言「常住」者，梵字獨得其稱……唯有此「梵文」，隨「梵天王」上下，前劫、後劫，皆用一「梵天王」所說，設經「百劫」亦「不差別」，故云「常住」……

(3)經言「十四音」者，是譯經主曇無讖法師依龜茲國文字「取捨」不同，用字「差別」也。若依「中天竺」國音旨，其實不爾。今乃演說列之如右。智者審詳。

八、關於咒語「可解」或「不可解」的經論引證

咒語不可解(離一切相。清淨本然)

1五種不翻

「梵語」在譯成「漢語」時，有五種情形，皆不予「義」譯，而只保留其「原音、原譯」的摩擬音。

❶為保留其「祕密」的境界：例如經中之諸陀羅尼oṃ、hūṃ、hrīḥ、trūṃ、phaṭ……係佛之「祕密語」，微妙深隱，不可思議，故皆不以「義」譯之。

❷具多種「含義」，不可掛一而漏萬：例如「薄伽梵bhagavan」一詞，兼具「自在、熾盛、端嚴、名稱、吉祥、尊貴」等六意，故不可任擇「其一」而譯其義。

❸因「此方」並無相對等的事件可述：例如「閻浮樹jambu」產於印度等地，為中國東方人所無，故必須保留其「原音」。

❹為了「順從古譯」之故：例如「阿耨多羅三藐三菩提anuttara-samyak-saṃbuddha」，意指「無上正等正覺」，然自東漢以降，歷代譯經家皆以其「音」而譯之，故保留前人譯文皆稱為「阿耨多羅三藐三菩提」。

❺為保住能生「尊重」之心：例如「般若prajñā、釋迦牟尼śākya-muni、菩提薩埵bodhi-sattva」等，不特別標註譯為「智慧、能仁、有情眾生」等；此乃因保留「原音」能令人生「尊重」之念，如果一定要翻為「白話」，則易招致「等閒」視之而生「輕賤」之心。

2 隋・慧遠大師云：(有關)「**咒詞**」**何故不翻**(其詳義)？(若)**翻改**(即可能)**失用**(失去咒語之作用)，(導致)**多不**「**神驗**」，**所以**(咒義皆)「**不翻**」，**又復**「**咒詞**」**未必專是天竺人**(之)**語，翻**(譯)**者不**(能理)**解，是以**(皆)「**不譯**」(其咒義)……**咒皆能令除滅怖畏**」。—詳慧遠大師《大般涅槃經義記・卷一》，《大正藏》第三十七冊頁626下—627上。

3 唐・不空譯《總釋陀羅尼義讚》云：「**真言**」**中**(之)**一一字**(義)，**唯佛與佛**，(與具有)**大威德**(的)**菩薩，乃能究盡**(眞言之義)。—詳《大正藏》第十八冊頁895中。

4 唐・華嚴賢首 法藏國師亦云：「**咒**」**是諸佛**(之)**祕語，非**「**因位**」(的眾生)**所**(能)**解，但當誦持，**(即能)**除障增慧**。—詳法藏大師《般若波羅蜜多心經略疏》，《大正藏》第三十三冊頁 555 上。

5 宋．師會述《般若心經略疏連珠記》：(咒爲諸)佛(之)祕語，非「因位」(的眾生)所解，但當誦持，(即能)除障增福，亦不須強(作解)釋(其義)也。—詳《大正藏》第三十三冊頁 555 上。

6 宋．贊寧云：(所謂)「密藏」者，(即指)「陀羅尼」(之)法也，(此)是「法」(之)祕密，非「二乘」(人的)境界，(密藏陀羅尼乃爲)諸佛菩薩所能游履(的境界)也。

—詳《大宋僧史略．卷上》，《大正藏》第五十四冊頁 240 中—下。

咒語亦可解（即一切法。周遍法界）

唐．一行《大毘盧遮那成佛經疏．卷七》

(1)而今此「真言」門，所以(能)獨成「祕密」者，以(其咒語的)「真實義」所「加持」耳。

(2)(所以)若但(只有)「口誦」真言，而不「思議」其(咒語之)「義」，(如此)只可成(就)世間(之)義利，豈(能)得成(就)「金剛體性」乎？

(3)故偈云：最(殊)勝(之)真實「聲」，真言(與)真言「相」，行者(應審)諦「思惟」(之)，(能)得成「不壞」(之)句。此聲即是(指)「真言」門「語密」(語言祕密)之體(性)。

唐．不空《一字頂輪王瑜伽觀行儀軌》

如(於)「一切部法」中，「相應」(於)一切「義」，成(就)如是(之)「音聲」，而作(如是之)「念誦」，(便能)與「真言」相應。

(修持)「真言」者隨(其咒)「聲」，(亦)應「思惟」其(咒)「義」，不久當(獲)成就。此(理)通「一切部」(法中)，此(即)是(以)「聲」(作爲)念誦(之)儀軌。

歷代有解釋咒語的著作如下所舉：

1 唐．法崇撰《佛頂尊勝陀羅尼經教跡義記》。詳《大正藏》第三十九冊頁 1012。

2 唐・不空撰《佛頂尊勝陀羅尼注義》。詳《大正藏》第十九冊頁 388 中—下。
3 唐・不空注《青頸觀自在菩薩心陀羅尼經》。詳《大正藏》第二十冊頁 489。
4 唐・不空譯《仁王般若陀羅尼釋》。詳《大正藏》第十九冊頁 522。
5 日本南忠撰《注大佛頂真言》。詳《大正藏》第六十一冊頁 602。
6 日本明覺撰《大佛頂如來放光悉怛他鉢怛囉陀羅尼勘註》。詳《大正藏》第六十一冊頁 606。
7 日本明覺撰《大隨求陀羅尼勘註》。詳《大正藏》第六十一冊頁 747。
8 日本定深撰《千手經二十八部眾釋》。詳《大正藏》第六十一冊頁 749。
9 日本觀靜撰《孔雀經音義》。詳《大正藏》第六十一冊頁 755。

九、平上去入輕重之說

【反切】

這是中國譯經祖師給漢字「注音」的一種傳統方法，亦稱為「反語、反音、反切」，就是用「兩個漢字」來注「另一個漢字」的「讀音」。在兩個字中，前者稱作「反切上字」，後者稱作「反切下字」。被「切」字的「聲母」和「清濁」跟「反切上字」是相同的；被「切」字的「韻母」和「字調」則跟「反切下字」是相同的。

如：**東，德紅切**。取「德」的聲母 **d**，「紅」的韻母 **ong**，便構成東音**(dong)**。

古代的四聲是為「平、上、去、入」，與現代漢語的「四聲」是有一些「出入」與小差異的，而且古今「聲母」也有些「變化」，所以佛典中有關「平上去入」的四聲之說，始終都沒有「絕對統一」的說法，加上咒語若採「唱頌、快誦、中誦、慢誦、默誦、木魚法器……」等的搭配，要完全照「四聲」的「標注」下去「嚴格」讀誦，這是不可能的！舉例如下：

1 周叔迦之《水月光閣漫筆・四聲出于梵音》一文中指出：

①天竺以「**上聲**」為本。

②「平聲」為引。

③「去聲」於字上標以「圓點」。

➡即指「空點」的ṃ □ 或「仰月點」的ṃ □

④「入聲」於字右標以「二點」。

➡即指「涅槃點」的ḥ □ː

❶唐人譯音之「阿」(上)。讀如 a。珩

❷阿(引，即平聲)，讀如 ā。珩

❸暗(去)，讀如 aṃ。珩

❹惡(入)，讀如 aḥ。珩

中古音　　　　　國語

平 ⤵ 陰平 ➡ 一聲 ➡ 平
　　　 陽平 ➡ 二聲

上 ➡ 三聲

去 ➡ 四聲　　仄

入 ➡ 一二三四聲

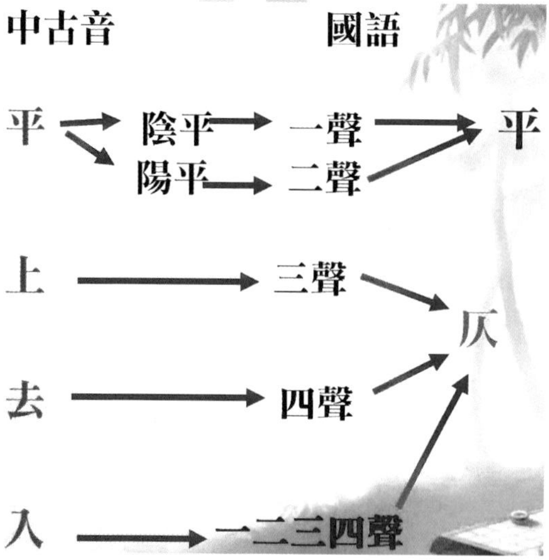

2 日本明覺撰《悉曇要訣》云：

不論漢字(之)「本聲」(為如何)，(若)見「梵字」，凡(有標注為)「第一轉」音(者)，皆可(以)「上聲」呼之。

3 日本明覺撰《悉曇要訣》云：

(所謂標注為)「輕音」者，(即是屬於)「上聲」，(譯如)輕(聲)也。

(若標注為)「重音」者，亦(是為)「上聲」，(但讀如)重音也。

4 日本明覺撰《悉曇要訣》云：

故知「去聲」者，即今(之所謂的)「重音」也。

5 唐・善無畏共沙門一行譯《大毘盧遮那成佛神變加持經・卷一》(《大正藏》第十八冊頁 5 上)

凡真言中，有(標注為)「平聲」字(者)，皆(應)稍(作)「上聲」(而)呼之。

6 唐・善無畏共沙門一行譯《大毘盧遮那成佛神變加持經・卷七》(《大正藏》第十八冊頁 55 上)

凡真言中(有標注為)「平聲」字(者)，皆稍(作)「上聲」(而)呼之。

若諸與「下字」相連(接之音)，亦可逐便以「入聲」(而)呼之。如「婆伽梵」呼為「薄伽梵」之類是也。

7 唐・杜行顗譯《佛頂尊勝陀羅尼經》(《大正藏》第十九冊頁 353 下)

(若標)注「平上去入」者：(即可)從「四聲法」借音(而)讀(之)。

(若標)注「半音」者：(應作)「半聲」讀。

(若標)注「二合」者：(以)「半」上字(加上「半下字」)，(然後)「連聲」(快速的)讀(音)。

(若標)注「重者」：(指)帶(著)「喉聲」(而)重讀(之)。

(若標)注「長者」：(應以)「長聲」(而)讀(之)。

(若標)注「反者」：(指)從「反」(切而)借音讀(之)。

羅 ra、利 ri、盧 ro、栗 ṛ、黎 re、藍 raṃ 等字，(漢字之)傍(有)加「口」者，(皆應作)「轉聲」讀。

十、印度「五天音」與密咒經典譯師一覽表

(本表據日僧淨嚴(1639～1702)集《悉雲三密鈔·卷上之上》及日人玄照《悉曇略記》，並略作修增。詳《大正藏》第八十四冊頁 470 上、721 中)

中天音	❶**龍樹**(Nāgārjuna，南印度人)。 ❷**龍智**(Nāgabodhi，南印度人。依密教之傳說，曾向龍猛（龍樹）學密教，或住南印度，弘法度眾生；或遊師子國)。 ❸唐・中印度那爛陀寺**善無畏**(Śubhakara-siṃha 輸波迦羅，爲東印度烏荼國人)。 ❹唐・中印度那爛陀寺**金剛智**(Vajrabodhi 跋日羅菩提，爲南印度婆羅門人，另說爲中印度王子，去南印度向龍智學習密教)。 ❺唐・**不空**(Amoghavajra 南印度師子國人，另一說爲北天竺婆羅門之子，從金剛智三藏學悉曇章，誦持梵經)。 ❻唐僧・**慧琳**(西域 疏勒國人，師事不空三藏，內持密藏，外究儒學，精通聲明與訓詁之學。撰《一切經音義》百卷，世稱《慧琳音義》)。 ❼南朝梁・**真諦**(Paramārtha，又名拘羅那陀 Kulanātha，西北印度人）。 ❽唐僧・**義淨**(河北 涿郡 縣人，一說齊州，山東 歷城人)。 ❾唐僧・**一行**(河北 鉅鹿縣人，嘗師事印度高僧善無畏、金剛智；與善無畏共譯密教根本聖典《大日經》，受金剛智祕密灌頂)。 ❿唐・**實叉難陀**(Śikṣānanda 于闐，新疆 和闐人，曾與菩提流志、義淨等共譯《華嚴經》八十卷)。 ⓫唐僧・**全真**(著《唐梵文字》一卷）。 ⓬唐僧・**玄奘**。 ⓭唐・**阿地瞿多**(Atikūṭa 中印度人，譯《陀羅尼集經》）。 ⓮北周・**闍那耶舍**(Jinayaśa 中印度摩伽陀國)。 ⓯唐僧・**惠果**(京兆府昭應縣，陝西人，世稱青龍阿闍梨，不空三藏盡傳三密法要給惠果，爲密教付法之第七祖)。 ⓰唐五代・**慈賢**(中印度摩揭陀國人，譯《大白傘蓋咒》、《佛頂尊勝咒》、《大悲心陀羅尼經》)。 ⓱唐僧・**全雅**。 ⓲唐・**傳教**(即法天，爲中天竺人也)。 ⓳日僧**弘法**(即空海大師)、日僧**宗叡**、日僧**慈恩**、日僧**慈覺**(兼南天音)、日僧**智證**。

東天音	①唐・**日照**三藏(Divākara 又日照三藏爲中天竺人也)。 ②**僧叡**。 ③**慧均**(或作惠均，兼南天音)。
南天音	❶唐僧・**智廣**。 ❷唐・**寶月**(南天竺人，曾居青龍寺)。 ❸唐・**寶思惟**(Maṇicinta 或 Ratnacinta。名阿儞眞那，北印度迦濕彌羅國之刹帝利種人，譯《大隨求咒經》、《不空絹索陀羅尼經》)。 ❹唐・**菩提流志**(Bodhiruci 南天竺婆羅門人)。 ❺唐・**般若菩提**(Prajñā-bodhi 南天竺沙門)。 ❻日僧**弘法**(即空海大師)。
西天音	①**淨嚴**《悉曇三密鈔・卷上之上》說「**西天音，未見**」。 ②唐・**伽梵達摩**（Bhagavat-dharma 西印度人，譯有 **84** 句大悲咒）
北天音	❶健馱羅國**熹多迦文**。 ❷北魏・**菩提流支**(Bodhiruci 北天竺人)。 ❸隋・**那連提耶舍**(Narendrayaśas)。 ❹唐・**佛陀波利**(Buddha-pāla北印度罽賓國人，譯有《佛頂尊勝陀羅尼經》、《長壽滅罪護諸童子陀羅尼經》一卷)。 ❺唐・**李無諂**(北印度嵐波國人，精曉唐梵語言，曾譯《不空絹索陀羅尼經》)。 ❻唐・**阿質達霰**(Ajitasena北印度人，曾譯《大威力烏樞瑟摩明王經》、《穢跡金剛説神通大滿陀羅尼法術靈要門》)。 ❼唐・**般若**(般利若，北印度罽賓人，二十三歲至中印度那爛陀寺，依智護、進友、智友等三大論師研習唯識、瑜伽、中邊、金剛經、五明等，譯有《守護國界主陀羅尼經》、《諸佛境界攝眞實經》、《迦樓羅王雜密言經》等)。 ❽北宋・**施護**(Dānapāla)。
胡地	①**慧遠**傳**牟尼**三藏胡地十二章。根本五十二字。大日五十字加二字。亦為三十六章。

音	②東晉西域僧・**尸梨密多羅**(Śrīmitra。又稱屍梨密多羅，原爲龜茲國王子，譯有《大孔雀王神咒經》等)。

註：北天音的「健馱羅國熹多迦文」

(1)「**熹多迦文**」為一種古代印度之文字。據《悉曇字記》(大五四·一一八六上)云：「**健馱羅國『熹多迦文』獨將尤異，而字之由，皆悉曇也**。」

(2)「摩揭陀」種族之詩人移住於北方健馱羅國(gāndhāri)後，仍用原住地之文字。

(3)「**熹多迦**」亦可視為梵語 **kīkaṭa** (熹迦多)之顛倒，意指住於印度北邊健馱羅國之「人種」所用之文字。

既然「五天音」的「師承」都不同，都是「持咒」獲得成就、大靈驗的「上師、阿闍梨」，但彼此的「發音」不可能完全是相同的，一定會存在著「些微」的「差異性」。

所以末學對於具有「威德力」的密咒大師，就算他的發音不是很標準，也不會有「分別心」或「排斥心」，因為畢竟「心力、精勤力、專注力、戒德力」都是不可思議的。法無定法，「音」也不可能是「定準」的！

上古音：一般以《詩經》韻腳和諧聲字所反映的語音系統作為代表。

中古音：一般以隋、唐時期盛行的韻書《切韻》的語音系統作為代表。

近古音：一般以元代周德清所編《中原音韻》的語音系統作為代表。例舉「數個漢字」如下之截圖，您可以看見每個「漢字」在「不同時代」發音時的「擬音值」變化圖。同理可推，印度當然也會有「五天音、地區性」不同的「咒語發音」差別的。

漢字	中古音									上古音				近代音				現代音				漢語方言						
	攝	開合	等	聲	韻	紐	反切	詩韻	擬音	韻	紐	聲	擬音	韻	紐	聲	擬音	韻	紐	聲	擬音	吳語	湘語	贛語	客話	粵語	閩東話	閩南話
傍	宕	開	1	平	唐	並	步光	陽	bang①	陽	並	平	buaŋ①	江陽	滂	陽平	phuaŋ②					bɒŋ③	pan②		phɔŋ②	phɔŋ②	pouŋ②	pɔŋ③
房	〃						〃	〃	〃	〃		〃	〃	〃		〃	〃	江陽	滂	陽平	phaŋ②	vɒŋ③		fɔŋ④ fɔŋ②			puŋ②	pɔŋ③ paŋ②
旁	〃						〃	〃	〃	〃		〃	〃	〃		〃	〃	〃		〃	〃	bɒŋ③	pan②	phɔŋ②	phɔŋ②	phɔŋ②	pouŋ②	pɔŋ②

漢字	中古音									上古音				近代音				現代音				漢語方言						
	攝	開合	等	聲	韻	紐	反切	詩韻	擬音	韻	紐	聲	擬音	韻	紐	聲	擬音	韻	紐	聲	擬音	吳語	湘語	贛語	客話	粵語	閩東話	閩南話
礓	〃						〃	〃	〃	〃		〃	〃					〃		〃	〃					〃	〃	〃
姜	〃						〃	〃	〃	〃		〃	〃	江陽	見	陰平	kiaŋ①	〃		〃	〃	tɕiaŋ①	tɕian①	tɕiɔŋ①	kiɔŋ①	〃	kyɔŋ①	kiɔŋ①w kĩũ①B
羌	宕	開	3	平	陽	溪	去羊	陽	khĭaŋ①	陽	溪	平	khĭaŋ①	江陽	溪	陰平	khiaŋ①	江陽	欺	陰平	tɕhiaŋ①	tɕhiaŋ①	tɕhian①	tɕhiɔŋ①	kiɔŋ①	kœŋ①	kyɔŋ①	kiɔŋ① khiɔŋ①
[illegible]	〃						〃	〃	〃	〃		〃	〃															〃

漢字	中古音									上古音				近代音				現代音				漢語方言						
	攝	開合	等	聲	韻	紐	反切	詩韻	擬音	韻	紐	聲	擬音	韻	紐	聲	擬音	韻	紐	聲	擬音	吳語	湘語	贛語	客話	粵語	閩東話	閩南話
疋	〃						〃	〃	〃	〃		〃	〃					〃		〃	〃							〃
下	假	開	2	上	馬	匣	胡雅	馬	ɣa②	魚	匣	上	ɣea②					發花	希	去	ɕia④	jio⑤w ɦu⑤B	ɕia⑤w ɣa⑦B	ha⑤w ka⑦B	ha④ ha⑦	ha⑥	ha⑤w a⑦B	ha⑤w he⑤B he⑦B a⑦B
夏	〃						〃	〃	〃	〃		〃	〃					〃		〃	〃	ɦo⑤	ɕia④w ɕia⑤B	ha⑦	ha④	ha⑥ ha④	ha⑤	ha⑤w he⑦B

漢字	中古音									上古音				近代音				現代音				漢語方言						
	攝	開合	等	聲	韻	紐	反切	詩韻	擬音	韻	紐	聲	擬音	韻	紐	聲	擬音	韻	紐	聲	擬音	吳語	湘語	贛語	客話	粵語	閩東話	閩南話
可	果	開	1	上	哿	溪	枯我	哿	kha②	歌	溪	上	khai②	歌戈	溪	上	khɔ③	梭坡	科	上	khɤ③	khəu③	kho③	kho③	khɔ③	hɔ③	khɔ③	kho③w khua③B
軻	〃						〃		〃	〃		〃	〃	〃		〃	〃	〃		〃	〃	khəu①				ɔ①		kho③
坷	〃						〃	〃	〃	〃		〃	〃	〃		〃	〃	梭坡	科	上	khɤ③	〃				ɔ①		〃
岢	〃						〃	〃	〃	〃		〃	〃					〃		〃	〃					hɔ③		〃
我	果	開	1	上	哿	疑	五可	哿	ŋa②	歌	疑	上	ŋai②	歌戈	疑	上	ŋɔ③	梭坡	影	上	uo③	ŋəu① ŋəu⑤	ŋo③	ŋo③	ŋɔ①	ŋɔ④	ŋɔ③w ŋuai⑤B	gɔ̃③w gua③B

漢字	中古音									上古音				近代音				現代音				漢語方言						
	攝	開合	等	聲	韻	紐	反切	詩韻	擬音	韻	紐	聲	擬音	韻	紐	聲	擬音	韻	紐	聲	擬音	吳語	湘語	贛語	客話	粵語	閩東話	閩南話
鶋	〃						〃	〃	〃					〃		〃	〃	〃		〃	〃							〃
居	遇	合	3	平	魚	見	九魚	魚	kĭo①	魚	見	平	kĭa①	魚模	見	陰平	kiu①	一七	基	陰平	tɕy①	tɕy①	tɕy①	tɕy①	ki①	køy①	ky①	ku①
裾	〃						〃	〃	〃	〃		〃	〃	〃		〃	〃	〃		〃	〃	〃			〃	〃		〃

漢字	中古音									上古音				近代音				現代音				漢語方言						
	攝	開合	等	聲	韻	紐	反切	詩韻	擬音	韻	紐	聲	擬音	韻	紐	聲	擬音	韻	紐	聲	擬音	吳語	湘語	贛語	客話	粵語	閩東話	閩南話
																												khi②
°疑	止	開	3	平	之	疑	語其	支	ŋĭə①	之	疑	平	ŋĭə①	齊微	影	陽平	i②	一七	影	陽平	i②	ȵi②	ȵi②	ȵi④	ȵi②	ji②	ŋi②	gi②
°嶷	〃						〃	〃	〃	〃		〃	〃	〃		〃	〃	〃		〃	〃							〃

漢字	中古音									上古音				近代音				現代音				漢語方言						
	攝	開合	等	聲	韻	紐	反切	詩韻	擬音	韻	紐	聲	擬音	韻	紐	聲	擬音	韻	紐	聲	擬音	吳語	湘語	贛語	客話	粵語	閩東話	閩南話
止	止	開	3	上	止	章	諸市	紙	tɕĭə②	之	章	上	tĭə③	支思	照	上	tʂi③	一七	照	上	tʂʅ③	tsɥ③	tsʅ③	tsʅ③	tsʅ③	tʃi③	tsi③	tsi③
°沚	〃						〃	〃	〃	〃		〃	〃	〃		〃	〃	〃		〃	〃					〃		〃

漢字	中古音									上古音				近代音				現代音				漢語方言						
	攝	開合	等	聲	韻	紐	反切	詩韻	擬音	韻	紐	聲	擬音	韻	紐	聲	擬音	韻	紐	聲	擬音	吳語	湘語	贛語	客話	粵語	閩東話	閩南話
°惡	宕	開	1	入	鐸	影	烏各	藥	ak④	鐸	影	入	ak④	歌戈 蕭豪	影 影	去 去	ɔ④ au④	梭坡	影	去	ɤ④	oh⑥	o⑥ o⑤	ŋɔk⑥	ɔk⑤	ɔk⑧	auh⑥	ɔk⑥w oh⑥B

漢字	中古音									上古音				近代音				現代音				漢語方言						
	攝	開合	等	聲	韻	紐	反切	詩韻	擬音	韻	紐	聲	擬音	韻	紐	聲	擬音	韻	紐	聲	擬音	吳語	湘語	贛語	客話	粵語	閩東話	閩南話
髈	宕	開	1	上	蕩	滂	匹朗	養	phaŋ②									江陽 江陽	幫 滂	上 上	paŋ③ phaŋ③							〃
莽	宕	開	1	上	蕩	明	模朗	養	maŋ②	陽	明	上	muaŋ③	江陽	明	上	muaŋ③	江陽	明	上	maŋ③	mɒŋ⑤	man③	mɔŋ③	mɔŋ③	mɔŋ④	mouŋ③	bɔŋ③
漭	〃						〃	〃	〃	〃		〃	〃	〃		〃	〃	〃		〃	〃							〃

漢字	中古音									上古音				近代音				現代音				漢語方言						
	攝	開合	等	聲	韻	紐	反切	詩韻	擬音	韻	紐	聲	擬音	韻	紐	聲	擬音	韻	紐	聲	擬音	吳語	湘語	贛語	客話	粵語	閩東話	閩南話
曩	宕	開	1	上	蕩	泥	奴朗	養	naŋ②	陽	泥	上	naŋ②					江陽	泥	上	naŋ③	nɒŋ②	lan②		nɔŋ③	nɔŋ④	nouŋ③	lɔŋ③

漢字	中古音									上古音				近代音				現代音				漢語方言						
	攝	開合	等	聲	韻	紐	反切	詩韻	擬音	韻	紐	聲	擬音	韻	紐	聲	擬音	韻	紐	聲	擬音	吳語	湘語	贛語	客話	粵語	閩東話	閩南話
歌	〃						〃	〃	〃																			〃
賀	果	開	1	去	箇	匣	胡箇	箇	ɣa3	歌	匣	去	ɣai③	歌戈	曉	去	hɔ④	梭坡	喝	去	hɤ④	ɦau⑤	xo④w xo⑤B	ho⑤	fɔ④	hɔ⑥	hɔ⑤	ho⑤
迦							〃	〃	〃					〃		〃	〃											〃

漢字	中古音									上古音				近代音				現代音				漢語方言						
	攝	開合	等	聲	韻	紐	反切	詩韻	擬音	韻	紐	聲	擬音	韻	紐	聲	擬音	韻	紐	聲	擬音	吳語	湘語	贛語	客話	粵語	閩東話	閩南話
聵	蟹	合	2	去	怪	疑	五怪	卦	ŋwei③	微	疑	去	ŋoai③	皆來	影	去	uai④	灰堆	科	去	khuei④							〃
壞	蟹	合	2	去	怪	匣	胡怪	卦	ɣwei③	微	匣	去	ɣoai③	皆來	曉	去	huai④	懷來	喝	去	huai④	ɦuɛ⑤w ɦuɒ⑤B	fai④w fai⑤B	fai⑤	fai④	wai⑥	huai⑤	huai⑤

十一、「中天音」與其發音特色

1 唐・慧琳在《一切經音義・卷二十五・大般涅槃經音義》中有一段話：

（《大正藏》第五十四冊頁470下）

……如上所音梵文，並依「中天音旨」（而）**翻之。只**（因）**為**（譯者對於）**「古譯」**（之）**不分明，**（於是產生）**更加**（的）**訛謬，貽誤**（於）**後學。此經**（指《大般涅槃經》）**是北涼小國玄始四年歲次乙卯，當東晉義熙十一年**（公元415年）**，曇無讖法師於姑臧**（今甘肅省武威縣）**，依龜茲國**（為古西域大國之一，今新疆庫車及沙雅二縣之間）**胡本文字**（而）**翻譯此經，**（但卻）**遂與「中天音旨」**（而）**不同，取捨**（有）**差別。**（經中所）**言**（的）**「十四音」者，錯之甚矣。……龜茲與「中天」相去隔遠，又不承「師訓」，**（譯者）**未解「中天」**（之）**文字，所以**（導致）**「乖違」**（失理）**，故有斯「錯」。哀哉！已經「三百八十餘」年**（了）**，竟無一人能**（改）**正此失**（誤）**。**

2 唐・全真大師《唐梵文字》序文云：

（《大正藏》第五十四冊頁121中）

「悉曇」文字（之）**「五天音」旨，不出此途……「中天音韻」**（乃屬）**最密要**（之）**文字，出自「聲明論本」。但**（若）**有學「唐梵」之語者，得此為首，餘語皆通。**

3 唐・玄奘大師《大唐西域記・卷二》云：

(《大正藏》第五十一冊頁 876 下)

詳其(梵音之)「**文字**」**，**(乃由)「**梵天**」**所製，原始垂則**(垂示法則)**，**(有)「**四十七言**」**也。**(此乃由)「**寓物**」(以)**合成，隨事**(而)**轉用，流演**(出許多)**枝派，其源浸廣。因地**(而)**隨人，**(稍)**微**(音會)**有改變，**(若)**語其大較**(對之下)**，**(仍)**未異**(於)「**本源**」**。而**「**中印度**」(的梵音)**特為**「**詳正**」**，辭調和雅**(和諧雅正)**，與**「**天**」**同音。氣韻清亮，為人**(之)**軌則。**

4 唐・智廣在所著《悉曇字記》也引言引用了玄奘這一段話，引文稍有差異。但智廣在引文後，他接著寫道：(《大正藏》第五十四冊頁 1186 上)

(吾)**頃嘗誦**「**陀羅尼**」**，**(想)**訪求**「**音旨**」(聲音旨趣)**，**(因爲發現)**多所差舛**ㄔㄨㄢˇ (差錯訛舛)**。**(時)**會**(遇)**南天竺沙門般若菩提，齎**ㄐㄧ **陀羅尼梵挾**ㄒㄧㄝˊ (夾持攜帶)**，自南海而謁五臺，寓于山房，**(吾)**因從受焉。與唐書舊**(註所)**翻，兼詳**「**中天音韻**」**，不無**「**差反**」(差別相反)**。考覈**(其)**源濫**(本源濫觴之初)**，所攸**ㄡ **歸**(於)「**悉曇**」**。**(有)**梵僧自云：少年**(曾)**學於先師般若瞿沙**(**ghoṣa**，新譯作「妙音」)**，**(有關)「**聲明**」**文轍，將盡**(至)**微致。**「**南天**」(音乃)**祖承**(於)**摩醯首羅**(**Maheśvara** 即「大自在天」)**之文，此其是也。而**「**中天**」(音乃)**兼以**「**龍宮**」**之文，有與南天**(音)**稍異，而**「**綱骨**」(大致是)**必同**(的)**。**

5 日本明覺撰《悉曇要訣・卷一》云：(《大正藏》第八十四冊頁 519 上)

問：(爲何)**同習**「**梵文**」**，何其**(發)「**音**」(仍會)**不同耶？**

答：《西域記》釋此意云：夫人有「**剛、柔**」(之)**異性，**「**言音**」(亦)**不同，斯則繫**(於)「**風土**」**之氣，**(或)**亦**「**習俗**」**所**(導)**致也。今案此意云：**「**龍**」(之本)**性**「**剛**」**，故其音**「**濁**」**歟？**「**北天**」(其)**風**(較)**強，故其音亦**「**濁**」**歟？**「**南天**」(其)**風柔、氣溫，故其音**(即偏)「**柔清**」**歟？**(唯有)「**中天**」(音)**可**(於)**中**(而相)**容。**

這一段話的意思是說，發音之差異繫乎於「風土」和「習俗」。「北天、北印度」因風強，故其發音都會呈現「濁」音明顯的現象。「南天、南印度」因風柔，故其發音就會偏向於「清」音的狀態。「中天、中印度」則是介乎於其中。

十二、「中天竺」為眾佛誕生之地

1 日本淳祐集《悉曇集記》卷中：(《大正藏》第八十四冊頁 485 下)

然諸佛下(降於人間)**時，必誕**(生於)**「中天」。**(轉)**輪**(聖)**王與世**(間之時)**，**(亦)**託**(於)**摩伽王舍**(摩伽，即指「摩揭陀」，乃梵語 **magadha** 之音譯，屬中印度)**，**(故)**以知**(在)**「五天」之中，**(以)**「中天」為最。**(除此)**「中天」之外，無**(別)**有**(更)**勝**(之)**處。若以此「理」，唯判「優、劣」，可導**(出)**「中天聲韻」以為**(最純)**「美正」**(的結論)**。餘國**(之)**「清、濁」**(音)**而多**(有)**訛謬。**

由此可見，不只是諸佛，連「轉輪聖王」，都亦誕生在「中天竺」。

2 法東晉・法顯的《佛國記》文中，在講了摩頭羅國(**Mathura**，玄奘《大唐西域記・卷四》作「秣菟羅國」)之後，緊接著說：「**從是以南，名為中國**(中印度)」。且「中國」這地方是「**寒暑調和，無霜、雪。人民殷樂，無戶籍官法**」(《大正藏》第五十一冊頁 858 上)，「**中國**」即是屬於「**中印度**」是一個非常好的地方。

十三、何謂「梵天正音」？

日本明覺撰《悉曇要訣・卷一》云：(《大正藏》第八十四冊頁 518 中)

問：**今欲學「梵文」，「五天音」**(又各有)**不同，「三藏」**(大師皆)**各**(自)**傳**(授)**矣。**(如果是)**隨書**(而)**讀文，**(則)**可然。今為「自行」**(自己修行)**，可用何音？又**(應以)**何音為「梵天正音」乎？**

答：**南天竺**(的)**般若菩薩之「少年」，**(則)**學于先師般若瞿沙**(**ghoṣa**，新譯作「妙音」)**，**(有關)**「聲明」文轍，將盡**(至)**微致。「南天」**(音乃)**祖承**(於)**摩醯首羅**(**Maheśvara** 即「大自在天」)**之文，此其是也。而「中天」**(音乃)**兼以「龍宮」之文，有與南天**(音稍為)**小異，而「綱骨」**(大致是)**必同**(文)**。**

(所謂)**「龍宮」之文者，**(如來)**「正法」**(於)**五百年後，「小乘」教**(法)**興**(起)**，「大乘教法」悉移**(入)**「龍宮」。龍樹入**(龍宮)**海**(中)**，采其**(大乘)**教法，傳**

于人間，故「中天音」兼於「龍宮」也(云云)。

《西域記》說：南印度 羯餕伽國(Kaliṅga。爲南印度之古國)。言語「輕捷」(輕快敏捷)，音調「質正」，詞旨(之)風則頗與「中印度」(有差)異焉……若依此文(來看的話)，「南天」(音亦)可(算)為(是)「正音」也。

同《西域記》(又)云：詳其(梵音之)「文字」，(乃由)「梵天」所製，原始垂則(垂示法則)，(有)「四十七言」也。(此乃由)「寓物」(以)合成，隨事(而)轉用，流演(出許多的)枝派。(由於)其源浸廣，(加上)因地(而)隨人，(稍)微(聲音會)有改變，(若)語其大較(對之下)，(仍)未異(於原來的)「本源」。而「中印度」(的梵音)特為「詳正」，辭調和雅(和諧雅正)，與「天」同音。氣韻清亮，為人(之)軌則。(但)鄰境異國，(因爲)習「謬」(而)成訛，競趣(競相趣向)澆俗(指社會風氣浮薄)，莫守(沒有守住原本聲音的)「淳風」(文)。

《俱舍論》云：一切天眾皆作「聖言」，謂彼言詞(皆)同(於)「中印度」(文)。

智廣云：然「五天」之音，或若楚(音與)夏(音)矣。「中土」(的)學者，方(能)審(其)「詳正」(文)。若依此等文(來看的話)，(那)「中天」(音)可(算)為(是)「正音」(的)。今取「中」(而)判之，(將)「二天」相「叶」(叶同「協」字，音亦同)音，(如此便)可為(是)「梵天」(之)「本音」也。

如來具足「八種音聲」以上的經論引證

1《方廣大莊嚴經・卷八》

(1)爾時菩薩欲從「化人」而求「淨草」，出是語時，(菩薩具足)「梵聲」(之)微妙，所謂：(底下共有32句的美妙之聲)

①真實聲、②周正聲、③清亮聲、④和潤聲、⑤流美聲、⑥善導聲、⑦不謇聲、⑧不澁聲、⑨不破聲、⑩柔軟聲、⑪憺(或譯作「惔」)雅聲、⑫分析聲、⑬順耳聲、⑭合意聲、⑮如迦陵頻伽聲、⑯如命命鳥聲、⑰如殷雷聲、⑱如海波聲、⑲如山崩聲、⑳如天讚聲、㉑如梵天聲、㉒如師子聲、㉓如龍王聲、㉔如象王聲、㉕不急疾聲、㉖不遲緩聲、㉗解脫之聲、㉘無染著聲、㉙依義之聲、㉚應時之聲、㉛宣說八千萬億法門之聲、㉜順一切諸佛法聲。

(2)菩薩以此「美妙」之聲，語「化人」言：仁者！汝能與我「淨草」以不？

2《大寶積經・卷三十七》

(1)<u>舍利子</u>！諸佛如來(由於)**先福**(先世之福德)**所感**(召)**，果報**(在)**「音聲」，其**(聲)**「相」**(有)**無量。所謂：**(底下共有 35 句的美妙之聲)

①慈潤聲、②可意聲、③意樂聲、④清淨聲、⑤離垢聲、⑥美妙聲、⑦喜聞聲、⑧辯了聲、⑨不鞕ㄥ(同「硬」)聲、⑩不澁聲、⑪令身適悅聲、⑫心生踊躍聲、⑬心歡悅豫聲、⑭發起喜樂聲、⑮易解聲、⑯易識聲、⑰正直聲、⑱可愛聲、⑲可喜聲、⑳慶悅聲、㉑意悅聲、㉒師子王吼聲、㉓大雷震聲、㉔大海震聲、㉕緊捺洛歌聲、㉖羯羅頻伽聲、㉗梵天聲、㉘天鼓聲、㉙吉祥聲、㉚柔軟聲、㉛顯暢聲、㉜大雷深遠聲、㉝一切含識諸根喜聲、㉞稱可一切眾會聲、㉟成就一切微妙相聲。

(2)<u>舍利子</u>！如是等如來「音聲」，具足如是殊勝功德，及餘無量無邊功德之所莊嚴。<u>舍利子</u>！是名第二如來「不思議音聲」。

(3)是諸菩薩摩訶薩聞如來「不思議音聲」具足無量殊勝功德，信受諦奉清淨無疑，倍復踊躍，深生歡喜，發希奇想。

3《守護國界主陀羅尼經・卷六》

(1)如來(以)**所有一切**(的)**「語業智」為先導，隨順「智行」，云何名為「隨順智行」？如來說法，無有障礙，能具足「說文義」**(而)**無缺。**(如來)**所發**(出的)**「言聲」，**(能)**入眾生心，**(令眾生)**發生「智慧」。謂：**(底下共有 109 句的美妙之聲)

①不高聲、②不下聲、③正直聲、④不怯怖聲、⑤不謇澁聲、⑥不麁獷聲、⑦無稠林聲、⑧極柔軟聲、⑨有堪任聲、⑩不嘶ㄙ破聲、⑪恒審定聲、⑫不太疾聲、⑬不太遲聲、⑭無差互聲、⑮善分析聲、⑯妙言詞聲、⑰妙深遠聲、⑱妙廣大聲、⑲涌泉聲、⑳不斷聲、㉑潤熟聲、㉒深美聲、㉓和合聲、㉔莊嚴聲、㉕利益聲、㉖清徹聲、㉗無塵聲、㉘無煩惱聲、㉙無垢染聲、㉚無愚癡聲、㉛極熾盛聲、㉜無所著聲、㉝善解脫聲、㉞極清淨聲、㉟無委曲聲、㊱無下劣聲、㊲無堅硬聲、㊳無慢緩聲、㊴能生安樂聲、㊵令身清淨聲、㊶令心歡喜聲、㊷熙怡

先導聲、㊸先意問訊聲、㊹能淨貪欲聲、㊺不起瞋恚聲、㊻能滅愚癡聲、㊼能吞眾魔聲、㊽能摧惡業聲、㊾能燒外論聲、㊿隨順覺悟聲、(51)如擊天鼓聲、(52)智者聞喜聲、(53)釋提桓因聲、(54)大梵天王聲、(55)大海波潮聲、(56)雲雷普震聲、(57)大地震動聲、(58)迦陵頻伽聲、(59)拘抧羅鳥聲、(60)命命之鳥聲、(61)鹿王聲、(62)牛王聲、(63)雁王聲、(64)鶴唳聲、(65)孔雀聲、(66)箜篌聲、(67)篳篥聲、(68)琵琶聲、(69)箏聲、(70)笛聲、(71)蠡聲、(72)鼓聲、(73)易解聲、(74)分明聲、(75)可愛聲、(76)樂聞聲、(77)甚深聲、(78)無厭聲、(79)令耳安樂聲、(80)能生善根聲、(81)字句圓滿聲、(82)妙詞句字聲、(83)利益和合聲、(84)與法和合聲、(85)善知時節聲、(86)一切時合聲、(87)無有非時聲、(88)說昔諸根聲展轉相續聲、(89)莊嚴布施聲、(90)能持淨戒聲、(91)能生安忍聲、(92)猛利精進聲、(93)堪任靜慮聲、(94)廣大智慧聲、(95)大慈和合聲、(96)無倦大悲聲、(97)光明法喜聲、(98)深廣大捨聲、(99)安住三乘聲、(100)不斷三寶聲、(101)分別三聚聲、(102)淨三脫門聲、(103)修習諸諦聲、(104)修習諸智聲、(105)智者相應聲、(106)聖者讚歎聲、(107)隨順虛空聲、(108)無有分量聲、(109)諸相具足聲。

(2)善男子！如來(之)「語業」，具足(有)如是無量「音聲」故，說如來(以)一切「語業智」為先導，隨智慧轉，是為如來「第二十八正覺事業」。

4《阿毘達磨大毘婆沙論》卷 177

佛於「喉藏」中有(微)妙(之)「大種」，能發(令人)「悅意」(的)「和雅」梵音，如「羯羅頻迦」(kalaviṅka)鳥，及發深遠「雷震」之聲，如「帝釋」(之天)鼓(聲)，如是音聲，具(有)八功德。

一者、深遠。(聲音深妙，近聞不大，遠聞不小，能周遍法界)

二者、和雅。(聲音非常的和諧雅正)

三者、分明。(聲音分辨明確清楚而不含糊)

四者、悅耳。(聲音悅耳令人生歡喜心)

五者、入心。(聲音易入人之心，讓大家獲得安樂法喜)

六者、發喜。(聲音令人生發歡喜心)

七者、易了。(聲音令人容易明了)

八者、無厭。(聲音令人聽了不生厭惡心)

5《梵摩渝ㄩˊ 經》卷 1

(當)**阿難整服，稽首而問**，(佛)**即「大說法」**，(其)**聲有八種**(美妙之聲)：

❶**最好聲**。(諸天、二乘、菩薩皆有「好音」，但唯有佛音是最究竟圓滿的「不可思議好聲」)

❷**易了聲**(聲音令人得無窮之深義，容易明了高深的義理)。

❸**濡ㄖㄨˇ 軟聲**。(聲音具「溫濡柔軟」之功，能去眾生剛強執著心)

❹**和調聲**。(聲音具「和雅調適」之功)

❺**尊慧聲**。(聲音而令人生尊重，易入人心，能獲開啓智慧)

❻**不誤聲**。(聲音分辨明確清楚，不會令人發生誤解之聲，能生正見，遠離邪見之聲)

❼**深妙聲**。(聲音幽深微妙，近聞不大，遠聞不小，能周遍法界)

❽**不女聲**。(聲音令人聽了不生厭惡心，不極女之柔、不極男之剛，一切聞者皆敬畏而歸伏)

6《中阿含經》卷 41〈梵志品 1〉

尊！沙門「瞿曇」(佛陀)**，口出八種音聲**：

一曰：**甚深**。(聲音殊甚幽深，近聞不大，遠聞不小，能周遍法界)

二曰：**毘摩樓簸**(vimala 清淨;清徹;ghoṣa 聲音→聲音清透明徹)。

三曰：**入心**。(聲音易入人之心，讓大家獲得安樂法喜)

四曰：**可愛**。(聲音可令人獲敬愛喜愛)

五曰：**極滿**。(聲音能令生極大的滿足心，令人聽了不生厭惡心)

六曰：**活瞿**。(聲音能活絡悅耳而令人驚喜瞿然)

七曰：**分了**。(聲音分辨明了清楚，不會令人發生誤解之聲，能生正見，遠離邪見之聲)

八曰：**智也**。(聲音而令人生尊重，易入人心，能獲開啓智慧)

(佛陀的八種音聲爲)**多人所愛**(悅)**，多人所**(喜)**樂，多人所念，令**(人)**得「心定」**。

7《最勝問菩薩十住除垢斷結經》卷 8〈法界品 23〉

如來(有)**「八種音聲」**：

❶**不男音**。(聲音「不」極「男」之剛烈)

❷**不女音**。(聲音「不」極「女」之陰柔)

❸不強音。(聲音「不」牽「強」而逼迫➔尖硬刺耳)
❹不軟音。(聲音「不」弱「軟」而無力➔有氣沒力)
❺不清音。(聲音「不」淒「清」而輕浮➔高亢激昂)
❻不濁音。(聲音「不」沉「濁」而混淆➔低沉粗重)
❼不雄音。(聲音「不」麤「雄」而健猛➔震耳欲聾)
❽不雌音。(聲音「不」魅「雌」而淒厲➔怨鬼號哭)

8《最勝問菩薩十住除垢斷結經》卷 7〈化眾生品 19〉

是時菩薩復作是念,「聞聲」眾生必欲聞我清淨之義,我今當演「如來」(之)**八**(種法義之)**音,**(以)**音演八**(種法義之)**句:**

❶苦音。(知、見)
❷習(集)音。(斷)
❸盡(滅)音。(證)
❹道音。(修)
❺見「苦」向「苦」。
❻見「習」(集)向「習」(集)。
❼見「盡」(滅)向「盡」(滅)。
❽見「道」向「道」。

9《中陰經》卷 2〈空無形教化品 10〉

爾時,「妙覺」如來,捨「中陰」形,入「虛空藏三昧」,以「佛吼」而吼出「八種音聲」。何謂為八?

❶非男聲。
❷非女聲。
❸非長聲。
❹非短聲。
❺非「豪貴」聲。
❻非「卑賤」聲。
❼非「苦」聲。
❽非「甘露」(甜)聲。

10《長阿含經》卷5

時(有)梵童子説此偈已，告「忉利天」曰：其有音聲，(具)五種清淨，乃名(爲)「梵聲」。何等五？
一者、其音「正直」。(聲音詳正誠直)
二者、其音「和雅」。(聲音和諧雅正)
三者、其音「清徹」。(聲音清透明徹)
四者、其音「深滿」。(聲音幽深而圓滿，能令人生滿足心)
五者、周遍「遠聞」。(聲音近聞不大，遠聞不小，能周遍法界)
具此五者，乃名(爲)「梵音」。(這不是指誦咒的「梵文聲音」的「梵音」)

11《大智度論》卷4〈序品 1〉

諸「相師」言：「地天太子」實有「三十二」大人相，若「在家」者，當作「轉輪王」，若「出家」者，當成佛。
王言：何等「三十二相」？
「相師」答言：
一者、「足下安平立相」：足下一切著地，間無所受，不容一針……
二十八者、「梵聲」相：如「梵天王」，(有)五種聲從口出：
一、甚深如「雷」。(聲音殊甚幽深，聲音響亮，如雷灌耳，穿透雲層)
二、清徹遠聞(聲音清透明徹)，(令)聞者(能生)悦樂(欣悦喜樂)。
三、入心敬愛。(聲音易入人之心，令人生敬愛心)
四、諦了易解。(聲音令人諦聽明了而容易理解之聲)
五、聽者無厭。(聲音令人聽了不生厭惡心)
「菩薩」(之)音聲亦如是，(有)五種聲，從口中出「迦陵毘伽」(kalaviṅka)聲相，如「迦陵毘伽」(kalaviṅka)鳥聲(之)可愛；(如)鼓聲(之)相，(亦)如「大鼓音」(之)深遠。

12《佛説瑜伽大教王經》卷5〈護摩品 9〉

(1)持誦者，誦此真言，以二手合掌……然後(應)辯認「護摩火焰」(生起的)善惡之相，若火焰(是)「白色」，或如「繖㑥 蓋幢形」，或似「閼伽瓶」(argha

功德;香花)右旋者，此皆(屬於)「善相」，當成(就)本法。

(2)「阿闍梨」見此「善相」(之相)，即(應)誦「微妙歌讚」，誦此「讚」時，以「唵」字為首，(以)「莎賀」字為尾。(誦時)「梵音」(要)相續、(要)嘹亮、(要)流美(流暢諧和優美)，其法必成(就)。

13 隋・智者大師撰《法界次第初門》卷3

八音初門第五十九

一、極好。

二、柔軟。

三、和適。

四、尊慧。

五、不女。

六、不誤。

七、深遠。

八、不竭。

次「相好」而辯「八音」者，若佛以「相好」(之)端嚴，(能)發「見」者之「善心」。(佛之)「音聲」，理當「清妙」，(能生)起「聞者」之「信敬」(心)。

故次「相好」而明「八音」也，此「八」通云「音」者，「詮理」之聲，謂之為「音」。佛所出「聲」，凡有「詮辯」。言辭清雅，聞者「無厭」，聽之「無足」。能為一切(而)作「與樂」拔苦(之)因緣。莫若「聞聲」之益，即是以「慈」修「口」，故有「八音」清淨之「口業」。

一「極好音」：一切諸天賢聖，雖各有「好音」，「好」之未(至)極(點)。佛(之果)報(爲)「圓極」，故出音聲(爲)「清雅」，能令聞者「無厭」，皆入「好道、好中」之「最好」，故名「極好音」也。

二「柔軟音」：佛德「慈善」故，所出「音聲」，巧順物情，能令「聞者」喜悅，「聽之」無足，(聞後)皆(令)捨「剛強」之心，自然(能)入「律」行，故名「柔軟音」。

三「和適音」：佛居「中道」之理，巧解「從容」，故所出音聲，調和「中適」，能令聞者，心皆「和融」，因「聲」(而)會「理」，故名「和適音」。

四「尊慧音」：佛德「尊高」，「慧心」(智慧之心)明徹，故所出音聲，能令聞者

(生)「尊重」(心)，解「慧」開明，故名「尊慧音」。

五「不女音」：佛住(於)「首楞嚴定」，常有「世雄」之(美)德。(佛)久已離於「雌軟」之心。故所出言聲，能令一切聞者(生)「敬畏」。天魔外道，莫不歸伏，故名「不女音」。

六「不誤音」：佛智圓明，照了(而)「無謬」，故所出音聲，(能)詮論(而)無失。能令聞者，各獲「正見」，(能)離於「九十五種」(外道)之「邪非」，故名「不誤音」。

七「深遠音」：佛智照窮，如如「實際」之底，行位高極，故所出音聲，從「臍」而(生)起(指從丹田)，(能)徹(遍)至「十方」，令「近聞」非大，「遠聞」不小，皆悟「甚深之理」，「梵行」高遠，故名「深遠音」也。

八「不竭音」：如來極果，「願、行」無盡，是以住於無盡「法藏」，故出音聲，「滔滔」無盡，其響不竭，能令聞者尋其「語義」，無盡無遺，至成無盡「常住之果」，故名「不竭音」也。

十四、「色界天眾」(二禪以下)使用「中印度」語？

1 世親造玄奘譯《阿毘達磨俱舍論・卷十一》(《大正藏》第二十九冊頁 60 中)

一切「天眾」(二禪以上已不用「語言」)皆(能)作「聖言」(指賢聖的語言)，謂彼(天眾之)言詞，(皆)同(於)「中印度」(之說)。

2 眾賢造玄奘譯《阿毘達磨順正理論・卷三十一》(《大正藏》第二十九冊頁 509 中)

「色界」天眾於初生時，身量(即)周圓，具(足)妙衣服。一切「天眾」(二禪以上已不用「語言」)皆(能)作「聖言」(指賢聖的語言)，謂彼(天眾之)言詞，(皆)同(於)「中印度」(之說)。

3 眾賢造玄奘譯《阿毘達磨藏顯宗論・卷十六》(《大正藏》第二十九冊頁 853 中)

「色界」天眾於初生時，身量(即)周圓，具(足)妙衣服。一切「天眾」(二禪以上已不用「語言」)皆(能)作「聖言」(指賢聖的語言)，謂彼(天眾之)言詞，(皆)同(於)「中印度」(之說)。

十五、大乘佛法誕生於「中天竺」與「龍宮」？

1 日本安然撰《悉曇藏・卷一》云：(《大正藏》第八十四冊頁 372 上)

(所謂)承(襲)「龍宮」者：(於)「賢劫」千佛(後)，「四佛」已出，(待)各至法(滅)盡(後)，(大法)皆移(至)「龍宮」。今我釋尊滅後，(於最)初「五百年」，「小乘」教(法)興(起)。諸「大乘經」皆(轉)移(至)「龍宮」。(之)後「五百年」，「大乘」教(法)興(起)。龍樹菩薩入「海」取「經」，(此即)所傳(的)「中天」(音)兼(有)「龍宮文」者即是也。

2 日本明覺撰《悉曇要訣・卷一》云：(《大正藏》第八十四冊頁 518 中)

而「中天」(音)兼以(有)「龍宮之文」，(此中天音)有與「南天」(音)小異，而(其)「綱骨」必同。(所謂)「龍宮之文」者，(如來)正法(於)「五百年」後，「小乘」教(法)興(起)，「大乘」教法悉移(入)「龍宮」。龍樹入(龍宮)海(中)，採其(大乘)教法，傳於人間。故「中天音」(必)兼於「龍宮」也。

3 日本淨嚴撰《悉曇三密鈔・上》云：(《大正藏》第八十四冊頁 721 中)

(所謂)「龍宮」相承者，(於)釋尊滅(度之)後，(最)初「五百年」，「小乘」教(法)興(起)，諸「大乘經」皆移(入)「龍宮」。(於)後「五百年」，「大乘」教(法)興(起)。龍猛菩薩入(龍宮)海，取(大乘)經所傳(習)。(故)《字記》(指智廣《悉曇字記》)：「中天」兼以「龍宮文」者是也。

十六、「南天音」的特色

唐・玄奘《大唐西域記・卷十》(《大正藏》第五十一冊頁 928 下)

羯餕伽國(Kaliṅga。爲南印度之古國)。周(有)五千餘里，國大都城，周二十餘里。稼穡時播，花果繁滋。林藪聯綿，動數百里。出青野象，鄰國所奇。氣序暑熱，風俗(較爲)「躁暴」。(眾生之根)性多狷ㄐㄩㄢˋ獷ㄍㄨㄥˇ，(但)志存「信義」。

(「南天音」的)言語「輕捷」(輕快敏捷)，音調「質正」，詞旨(之)風則頗與「中印度」(而相)異焉……**伽藍十餘所，僧徒五百餘人。**習學大乘「上座部法」。**天祠百餘所，異道甚眾，多是「尼乾」之徒也。**

十七、清音與濁音，互相為用的情形

1 日本明覺撰《悉曇要訣・卷一》云：(《大正藏》第八十四冊頁 513 下)

(在)「**古譯**」**中**，(記錄)**以**「清音」云：

「ga 伽、ja 闍、ḍa 荼、da 陀、ba 婆、va 婆」(屬「南天音」)。

(在)「**新譯**」中，(記錄)**以**「濁音」云：

「ga 誐、ja 惹、ḍa 拏、da 娜、ba 麼、va 麼」也(屬「中天音」)。

然不偏用「濁音」，亦兼用「清音」…

𑖤𑖡𑖿𑖠 云「bandha 畔陀」。𑖪𑖰 云「vi 毘」。𑖪 云「嚩 va」是也。

此「麼 𑖦」和「娜 𑖡」等字，若用「吳音」，成大不可，故不可用……

若用「吳音」(指南天音)**，豈 𑖪𑖕𑖿𑖨 vajra 云「麼日囉」？ 𑖢𑖟𑖿𑖦 padma 云「波娜麼」……**

註：**畔**(屬中天濁音)**陀**(屬南天清音)。

vajra 都譯成「**嚩**日囉」，沒有譯成「**麼**日囉」的。。

padma 都譯成「**鉢**娜麼」(鉢為中天音)，沒有譯成「**波**娜麼」的。「**波**」字為「南大音」。

2 日本明覺撰《悉曇要訣・卷一》序文云：(《大正藏》第八十四冊頁 502 上)

西域、震旦(中國)**，宗門列祖，皆傳「中天」**(音的)**聲明」。「中天音韻」為特「祥正」，**(若只)**執**(持)**「邊裔」**(之)**音，**(此)**何「益」之有也。**

梵文(之)**讀法，口口傳來，依舊不改，**(此)**是東寺一家**(之)**風範也。**吾祖(指空海大師)素主「中天」(音)兼傳「南天」(音)。

3 日本淨嚴撰《悉曇三密鈔・卷下》(《大正藏》第八十四冊頁 729 中－下)

問：**《字記》所立**(的)**「異章」用音，為「中天」軌則？將亦「南天」耶？**

答：**藏第一云。其 𑖡**(na)**𑖦**(ma)**字。**

「**中天**」云：「**曩(乃朗反)莽(忙傍反)**」。

「南天」云：「那(捺可反)麼(莫可反)」……

智廣又兼學「中天」(音的)悉曇，故就(將) ṅa 等「五字」，同呼(爲)「空點」，(甚至)別立此(爲)一章，指南其軌則歟。

若爾，(那智廣就屬於)是「中天」(音)相承(之)佛說(指智廣將等「五字」，同呼爲「空點」，此是屬中天相承之音)，(並)非(爲)「南天」(音)祖承「摩醯首羅」(Maheśvara 即「大自在天」)文也。

十八、「清音」也有轉成「濁音」的情形

日本明覺撰《悉曇要訣‧卷一》云：(《大正藏》第八十四冊頁 519 上～中)

(第一句) ka (第一字)	kha (第二字)	ga (第三字)	gha (第四字)	ṅa (第五字)
(第二句) ca	cha	ja	jha	ña
(第三句) ṭa	ṭha	ḍa	ḍha	ṇa
(第四句) ta	tha	da	dha	na
(第五句) pa	pha	ba	bha	ma

不空三藏于唐，(本)隨金剛智習學(不空大師被歸於「中天音」，但不空爲南印度師子國人，向金剛智、龍智習密，但彼二人亦皆是南印度人)，(不空大師)後行天竺從龍智阿闍梨習學，(不空大師)後還唐所傳(授的梵)音：

「第三字」(皆發成)「濁」(音)。

「第五字」(則)有「空點」˙□。

aḥ 字有「惡」音。

kṣa 字有「乞叉」(二合) 音。

故知此龍猛所傳「龍宮」之音歟(此義珍重珍重)。諸中天三藏不傳之，

獨龍智弟子始傳之故也……

不空三藏，南天竺執師子國人也。于中、南二天，年來習學矣。

而(在)「五五」句中：

「第三字」(皆發)「濁」(音)。

「第五字」(則)有「空點」□̇韻……

中、南二天，本音雖(都作)「清」(音)，(然)近代三藏(密咒大師)所傳(亦發生有)多(作)「濁」(音的情形)，(這可能是因)泊(停留)于「澆代」(浮薄的社會時代)，(或許是學)習(了)他國(之)音歟，所言(變成)「鄰境」異國(的聲音)，習「謬」(而)成訛(誤)，競趣(競相趣向)澆俗(指社會風氣浮薄)，莫守(沒有守住原本聲音的)「淳風」之義。豈不(能)返成(原本的)「中天」(之音)耶？兼「龍宮」之文？其意亦同。

此云(應該是)「習俗」之(所導)致歟，又世末(之)人(因)猛風強，故(導致原本的)「中天、南天」，其音(也)漸(漸成)「濁」(音)歟？

寶月所傳(的)「南天音」：

(在)「五五句」(中)，「第三、(第)四字」(及第)九字中(之)字，皆(發作成)「濁音」(了)，即其義歟(照理說，「南天音」應皆為清音，不應有濁音的情形)。

金剛智(本為)南天人也，所譯(的)《略出經》：

(在)「第五字」(中)，(並)無「空點」□̇響。

(在)「第三字」(中)，(也)多(作)「不濁」(之音)。

「𑖀𑖾」字多(標注)有「上」(聲之)言，當知(這就是)「南天音」歟。

此等三藏(大師皆)隨(其)「本音」(本國所使用的聲音)，故雖(本來)多用「清音」，(但後來又)隨(著)澆俗(指社會風氣浮薄)故，亦少用(亦稍略使用了)「濁音」歟。佛法(就是這樣，常)隨順(著)世間流通(而有些許的變化)者，即此(所)謂(之)歟。

十九、也會發生「得音」而忘了「清、濁」之事

日本明覺撰《悉曇要訣・卷一》云：(《大正藏》第八十四冊頁 515 中~516 上)

又唐書中，可有「得音而忘清濁」之事……又義淨(原屬「中天音」)傳云：

「嚧𑖑 gha」，「𑖑 gha」字。

《胎藏》云：「ङ्ṅaḥ」，實(應作)是「濁音」(的)。

(但)義淨(大師竟)意(作爲)「घ gha」，是(爲)「清音」也。

今云「घ gha」者，亦(屬於)得(其)「音」(後)而忘(了最原始「此音」到底是應該作)清？濁？歟……

(又)《大日經》云「涅哩底 nṛtye 或 narṛti」，義釋(則作)：「泥哩底」，(但在)《護摩軌》(中則改)云「底哩底」。(此)亦(屬於)得(其)「音」(後)而忘(了最原始「此音」到底是應該作)清？濁？歟。註：nṛtye➔惡魔的名稱……

(例如在)《陀羅尼經》(中)：「難」字(註)云：「彈 taṃ」(去音)……故知云「難」者，(此亦屬於)得(其)「音」(後)而忘(了最原始「此音」到底是應該作)清濁也。

(「難」字本應作 taṃ，竟)作(成了)न naṃ，(此乃)非歟！……(此皆屬於)得(其)「音」(後)而忘(了最原始「此音」到底是應該作)清濁之證。

二十、同習梵咒，為何其「音」都不能完全相同？

1 日本明覺撰《悉曇要訣・卷一》云：(《大正藏》第八十四冊頁 519 上~中)

問：(爲何)同習「梵文」，何其(發)「音」(仍會)不同耶？

答：《西域記》釋此意云：夫人有「剛、柔」(之)異性，「言音」(亦)不同，斯則繫(於)「風土」之氣，(或)亦「習俗」所(導)致也。

今案此意云：「龍」(之本)性「剛」，故其音「濁」歟？「北天」(其)風(較)強，故其音亦「濁」歟？「南天」(其)風柔、氣溫，故其音(即偏)「柔清」歟？(唯有)「中天」(音)可(於)中(而相)容。本朝(之)「北州」，(值)風強、人剛，故其(梵文的發)音(皆偏於)「濁麁」矣。越中、越後，「南州」其音(就偏於)「柔」也。

《切韻・序》云：

吳、楚(的語音)則時傷(於)「輕淺」。

燕、趙(的語音)則多涉(於)「重濁」。

(曾)聞於「入唐」(之)人，云：

北國其音「濁」。南國其音「清」。

女其音「柔」，男其音「剛」，(云云)。

所以《千字音訣》云：

南方，其音「清舉」(輕清飄舉)而「切詣」，(過)失(則)在(太過於)「浮淺」，其辭多「鄙俗」。

北方，其音(偏向於)「沈濁」而(又多)「訛鈍」，(但)得在(其音較)「質直」，其辭(亦)多「古語文」，其意歟？三朝(代)雖異，依風土(而)語(言有差)異，其「旨」(則爲)一同。

2 清・顧炎武撰《音論・卷中》云：

「五方」之音，(皆有)有「遲、疾、輕、重」之不同。《淮南子》云：輕土(的則)多利，重土(的則)多遲。清水(的)音(較)小，濁水(的)音(較)大。

陸法言《切韻・序》曰：

吳、楚(的語音)則時傷(於)「輕淺」。

燕、趙(的語音)則多傷(於)「重濁」。

秦、隴(的語音)則(將)「去聲」(讀作)為「入」(聲)。

梁、益(的語音)則「平聲」(發)似(如)「去」(聲)。

約而言之，即(只算是)「一人」之身，而(所)出(的)「辭」(所)吐(的)「氣」，(在)「先、後」之間，已有不能(統一整)齊者……

二十一、「漢音」與「吳音」的關係

1 日本安然撰《悉曇藏・卷一》云：(《大正藏》第八十四冊頁 366 下)

「中天」之音，(大)多用「漢音」，(較)少用「吳音」。

「南天」之音，(則)多用「吳音」，(較)少用「漢音」。

「北天」(之音則)多用「漢音」，(較)少用「吳音」。

2 日本淨嚴撰《悉曇三密鈔・卷上》云：(《大正藏》第八十四冊頁 731 中－下)

次「五天音」韻者，以唐朝(之)吳、漢兩音而驗知之。然如陸法言《切韻・序》云：古今「聲調」，既自有(差)別，諸家(之)取捨，亦復不同。

吳、楚(的語音)則時傷(於)「輕淺」。

燕、趙(的語音)則多涉(於)「重濁」。

秦、隴(的語音)則(將)「平聲」(讀作)為「入」(聲)。

梁、益(的語音)則「平聲」(發)似(如)「去」(聲)。
若爾，隨國(人之)逐俗，音聲(即有不同的)區別，何(者應)為(標準的)「楷式」？
……
然，「中天音」(若兼)並以「漢音」(的話)，(故)得呼(爲)「梵音」。
若(「中天音」兼)以「吳音」(的話)，(則便)不得(呼爲)「梵音」。
其「南天音」(者)，並(兼)以「吳音」(的話)，(亦)得呼(作爲)「梵音」。
若(「南天音」兼)以「漢音」(者)，(則便)不得(呼爲)「梵音」。唯如「娜 da」字，或依(著)「漢音」(而發)。
「北天」(音)多用「漢音」，少用「吳音」。
又(在)「五句」(中)各「第五字」(按：指五類聲最後一字 ṅa、ña、ṇa、na、ma)。
「中天」(音皆)呼(作)如「空點」響，(而)南天、北天(之音則)呼如「阿字響」(按：指 aḥ)，此事(爲)最要，特須審詳。

3 北齊・顏之推《顏氏家訓・卷下・音辭篇第十八》：
南方「水土」(較)和柔，其音「清舉」(輕清飄舉)而「切詣」，(過)失(則)在(太過於)「浮淺」，其辭多「鄙俗」。
北方「山川」深厚，其音(較)「沈濁」而(又多)「訛鈍」，(但)得(在)其(音較)「質直」，其辭(亦)多「古語」……
而南(方人)染吳、越(之音)，北(方人又)雜夷、虜(之音)，皆有「深弊」，不可(同等而)具論。

4 唐・陸德明《經典釋文・卷一・序》云：
「方言」(必有)差別，(本)固自(皆)「不同」。(猶其)河北、江南，最為(有)鉅(大的差)異，或(過)失在(於太過)「浮清」，或滯(礙)於(太過)「沈濁」。

	特色	比較	相當於
中天音	中天音特為詳正，辭調和雅，與天同音，氣韻清亮，為人之軌則。	多用「漢音」，少用「吳音」 「中天音」若以「漢音」發音，則得呼為	長安和洛陽

	北天音，其音「沈濁」而又多「訛鈍」，但得在其音為「質直」，其辭亦多「古語」。	「梵音」。 「中天音」若改以「吳音」發音，則便不得名為「梵音」了。	
南天音	言語「輕捷」(輕快敏捷)，音調「質正」、音柔「清」歟。	多用「吳音」，少用「漢音」。 「南天音」若以「吳音」發音，則亦得呼為為「梵音」。 「南天音」若改以「漢音」發音，則便不得名為「梵音」了。	吳、越一帶

中國在唐朝時，長安和洛陽一帶是當時政治、經濟和文化的中心。這裡的語言自然就被認為是標準的、高貴的。這就是所謂「漢音」。

而偏處於江南的吳、越一帶語音，則被認為是較低級的、庸俗的、輕浮的、不標準的。這就是所謂「吳音」。

根據陳寅恪先生的研究說明中指出：東晉南朝時期，在首都金陵，「漢音」與「吳音」已經有了鮮明的區別。「永嘉之亂」時，衣冠南渡，南朝的士大夫階層中「北人」為多。東晉南朝的「官吏士人」則用「北語」，「庶人」則用「吳語」，因此「士人」皆屬「北語階級」，而「庶人」則為「吳語階級」。至於其作詩「押韻」，則自附風雅，諒必仍用「北音」。所謂「北音」，從種種方面觀察，似即洛陽一帶之方音及方言。

這種「漢音、吳音」之分，大概到了三百多年以後的唐代仍然存在。日本僧人到中國來學習佛教，耳濡目染，受其影響，學成歸國，帶了回去。大略的情形是：金禮信傳回了「吳音」，表信公傳回了「漢音」。

二十二、「新譯、古譯」的問題

1 日本明覺撰《悉曇要訣・卷三》(《大正藏》第八十五冊頁 535 上－中)

問：**「新譯、古譯」，相違甚多，于此二**(者之)**中，**(究應)**以何為「正」耶？**

答：(如)**玄奘等云：「古語」質**(仍)**未**(相)**融，故「翻譯」多**(有誤)**謬**(云云)**。諸「新譯」**(之)**家，皆**(作)**如此云也。**

若依此義，「新譯」(似乎比較)**可為，但案「道理」**(來說)**，不可「必然」**(一定是這樣子的)**。何者？**

翻經之「時」，(並)**不依**(止)**一人**(而已)**，**(還有)**「證梵文人、證義、證文」，其**(人)**數甚多。**(若)**成世**(於)**末時**(之時)**，**(那麼)**一切皆**(可能是)**「澆薄」**(指社會風氣浮薄)**，**(如此)**「證義」等人，一切皆可**(能會更鄙)**「劣」於「前代」**(的)**。**

設至「末代」(時)**，梵、唐**(之)**語**(已相)**融，至其「義理」，不可如「古」。故恐可云「直翻梵語」，「新譯」**(似乎較爲)**可勝。**

翻譯代重，語質漸(相)**融故。文正**(而)**撰「義理」，**(似乎是)**「古譯」**(較爲)**可勝。佛法**(之)**義味，**(往往是)**前勝**(前代古代較勝)**、後劣**(後代新代較劣)**故也。**

所以澄觀師《演義抄》云：若(採)**「會意」**(之)**翻譯，**(則以)**羅什為最**(勝)**。若**(採)**「敵對」**(之)**翻譯，**(則爲)**大唐三藏**(所)**稱**(爲)**能**(已上)**，此言尤「吉」。但**(若)**直呼「梵文」**(發音而)**云：古人**(必會發生)**「謬事」！**(此亦)**不可「必然」**(一定是如此)**。**

從摩騰、法蘭至真諦等，皆(爲)**天竺**(之)**高德也。豈**(眞的會以)**惡呼**(較粗惡的發音去稱呼)**「梵文」，**(而必)**致**(唐朝)**玄奘**(的梵文發音才算受認)**可耶？**

但前代(之)**人，如**(眞以當時的)**天竺語呼之，故**(必)**有與**(現代)**「文」**(會有)**「不諧」之語**(的情形發生)**。**

(而)**「新譯」之人，如**(以現代)**「文」**(而)**呼之，故與「文」**(反會覺得是)**「合」也，**(因此會覺得)**如「後」**(之)**所出**(是比較合的)**。**

2 問：**「法」，梵云𑖠𑖨𑖿𑖦 dharma，古云「曇」，新云「達磨」，或云「達噌摩」**(二合)。

𑖤𑖿𑖨𑖮𑖿𑖦沒羅(二合)**憾麼 brahma，古云「梵」。此等字，梵音可同，何有「新、古」音**(之)**不同耶？**

答：**古人**(爲)**「根利」，故「師資」**(皆以)**口授，隨所**(而)**唱之，**(即能)**「言」詮**(其)**「義」故，直**(接稱)**云「曇」歟**(即可)**。**

今人(之)**「根鈍」，故**(需輔)**以「色經」**(指紙葉的經典)**取「悟」，不**(能只)**專**(作)**「口授」**(而已)**，故**(仍需)**憔呼「文點」**(之)**歟。**

二十三、「反音」六例的解說

(詳明覺撰《悉曇要訣・卷一》，《大正藏》第八十四冊頁 511 中－下)

問：諸梵語中，所注「反音」與「本字音」別者，何耶？又(於)**「本音、反音」中，正可用**(作)**何音耶？**

答：

(於)**「漢字」中，難有相叶**(於)**「梵音」**(之本)**字，故**(只能)**多用「反借音」**(來標注)**也，仍不**(能百分之百的相)**似**(於)**「本字音」，尤**(有)**道理也。故如**(以)**「反音呼」可為**(之)**道理。**

日照三藏《尊勝陀羅尼經》注曰：注「平、上、去、入」者，從「四聲法」借音(而)**讀。注「反」者，從「反借音」讀**（云云）**。但其中委論，可有正用「本字音」，傍用「反音」之字。所以注「反音」可有多意：**

一、連聲、不連聲別：

怛侄（地也反）他。嚩（無缽反）始多儞（寧逸反）。

底也（二合）。窒（丁夜反）。別迦（文）。缽頭（途邑反）摩。

《最勝經》云：沙（蘇活反）底（文）。

此等本字，雖(能)叶「梵音」，兼示「連聲」(與)「不連聲」之讀(法)歟。

二、注他本音：

《胎藏》云「弊」(毗庚反)。《金界》云「荼」(知也反)。《隨求經》云「弊」(毗夜反)。《蘇悉經》寫（弛也反)，若此。閻魔天真言「縛」(無背反)。縛（文）豈無「梅」字以「縛」？云「無背反」耶？或本作，或本作，示此不同歟。

《法華陀羅尼》云「婆娑」(蘇奈反)，豈無「賽」字耶？《大佛頂》「惹 ṇya」

（尼也反）。《胎藏》「若」（尼也反）。「登 tiṃ」（底孕反）……

三、注漢字異音：

悉體（他以反）。底（丁以反）。若（荏蔗反）。兜。屣（使我反）。
著（知也反）。此等注漢字異音歟。

四、注梵字異音：

惹（自攞反）。舍（輸賀反）。迦（居下反）。伽（渠下反）。
者（上下反）。和（滿可反）。驃（毗庚反）。
《大日經》「跋」（無渴反）。
「縛」（無博反），唐韻入聲「縛」（符？反）。（無可反）。
《華嚴》云「縛」（房可反）。《蘇悉經》云「伽」（魚迦反）。
字，《阿彌陀大咒》、《寶髻如來真言》云「吠」（微閉反）。唐韻去聲云「吠」（符廢反）。胎藏咒云「吠」（無背反）。
驃（毗夜反）。《無垢光咒》地（亭也反）。此等皆注異音歟。

五、注難字：

ṭyi 緻（豬履反）。ṭuṃ 砧（多贊反）。 𠎋（女也反）。
𥿡（底夜反）。䶩（丁夜反）。蟄（除入反）。
此等雖無別音，人難知，故注之歟。

六、注音低昂：

《華嚴》云「沙」（音史我反）。「哆」（音都我反）。「娑」（音蘇我反），此等梵字、漢字，雖無別音，為令知「低、昂」，具「注」之歟。此中或有如「本字」可呼(之)字，或有如「反音」可呼(之)字。能可審察，難輒定之。

二十四、「連聲」的發音祕訣

1 ṅ後面通常跟著「g、gh」開頭的音。ṅ發成類似國語注音的「ㄤ」音如:Śūraṅgama、Praty-aṅgiraṃ、saṅghānāṃ、bhṛṅgi-riṭika、 dur-laṅghite、jāṅgha、sarvāṅga 、pratyaṅga、lohā-liṅga、piṅgale、maṅgalye、taraṅge、bodhy-aṅgavatī、mātaṅga、iṅgiri。

2 ṅ後面少部跟著「k、kh」開頭的音。ṅ發成類似國語注音的「ㄤ」音
如：śaṅkalā、jaṅkule、vidhvaṅkarīy、hiṅkā、śaṅkhinīye。

3 ṇ 後面通常跟著「ḍ」開頭的音。ṇ 發成類似國語注音的「ㄣ」音，但舌頭是放在“捲舌”的位置。
如：pāṇḍara、daṇḍīṃ、tuṇḍī、maṇḍala、daṇḍa、kumbhāṇḍa、cāmuṇḍīye、caṇḍāṃ、kāṇḍu、aṇḍare、miṇḍu、kuṇḍalī、kaṇḍare、daṇḍakī-rāja、paṇḍa-rogo、baṇḍalivaḥ、kuṇḍalaṃ。

4 ṇ 後面少部份跟著「ṭh」開頭的音。ṇ 發成類似國語注音“捲舌音”的「ㄣ」音，但舌頭是放在「捲舌」的位置。
如：kaṇṭha。

5 n 後面通常跟著「t、d、dh」開頭的音。n 發成類似國語注音捲舌音的「ㄣ」音，但舌頭是放在「牙齒」的位置。
如：samanta、vandita、gandharva、bandhani、cchinda、bhinda、candre、śānti、indriya、cintā、sandhāraṇi、vandanaṃ。

6 ñ 後面通常跟著「c、j」開頭的音。ñ發成類似英文音標的「η」音
如：bhañja、abhiṣiñca、saṃbhañjani、bhañje、pañca、muñca、añju、sañcara、pāñcāle、muñjuśri。

7 ḍ 後面少部跟著「ga」開頭的音。
如：khaḍga。

二十五、誦陀羅尼，務存「梵音」。如擬學「梵音」

念誦者，先須學「梵音」

本文是將筆者於 2000 年 8 月 19 日網路發表的**〈西天梵字法爾本有〉**文章，與另一篇文章**〈西天梵字法爾本有說補述〉**整理成為一篇文章，並另改稱為：

誦陀羅尼，務存梵音。如擬學「梵音」念誦者，先須學「梵音」

的整理式文章，與大家分享。

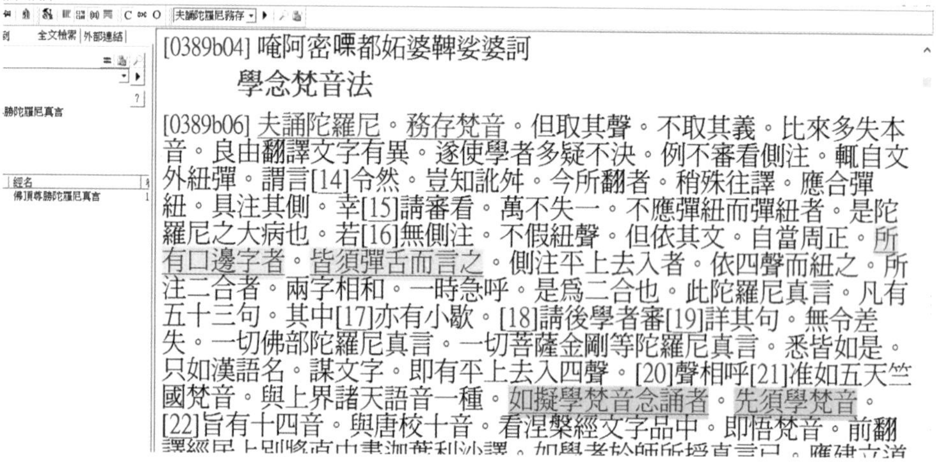
全文檢索 | 外部連結
勝陀羅尼真言
經名
佛頂尊勝陀羅尼真言
[0389b04] 唵阿密嘌都妬婆鞞娑婆訶
學念梵音法
[0389b06] 夫誦陀羅尼。務存梵音。但取其聲。不取其義。比來多失本音。良由翻譯文字有異。遂使學者多疑不決。例不審看側注。輒自文外紐彈。謂言[14]令然。豈知訛舛。今所翻者。稍殊往譯。應合彈紐。具注其側。幸[15]請審看。萬不失一。不應彈紐而彈紐者。是陀羅尼之大病也。若[16]無側注。不假紐聲。但依其文。自當周正。所有口邊字者。皆須彈舌而言之。側注平上去入者。依四聲而紐之。所注二合者。兩字相和。一時急呼。是爲二合也。此陀羅尼真言。凡有五十三句。其中[17]亦有小歇。[18]請後學者審[19]詳其句。無令差失。一切佛部陀羅尼真言。一切菩薩金剛等陀羅尼真言。悉皆如是。只如漢語名。謀文字。即有平上去入四聲。[20]聲相呼[21]准如五天竺國梵音。與上界諸天語音一種。如擬學梵音念誦者。先須學梵音。[22]旨有十四音。與唐校十音。看涅槃經文字品中。即悟梵音。前翻

據南宋．鄭樵撰《通志．卷三十五．六書略第五》(《欽定四庫全書》)中說：

> **凡言「二合」者，謂此音非一，亦非二也。**
> **言「三合」者，謂此音非一非二、亦非三也。**
> **言「四合」者，謂此音非一非二、非三、亦非四也。**
> **但言「二合」者，其音獨易。**
> **言「三合、四合」者，其音轉難。**
> **大抵「華人」不善「音」。今「梵僧」咒雨則雨應；咒龍則龍見，頃刻之間，隨聲變化。華僧雖學其「聲」而無驗者，寔「音聲」之道有未至也。**

這是說任何宗教都有一種神祕的「加持」功力，「咒語」即是其中一種，但須盡量依照它的「原音」來持誦，才能顯現出咒語的神祕力量。如果聲音不準確，距離所謂的「原音」太遠、或太離譜，那麼咒語本來所蘊藏的神祕力量就不能百分之百發生它的功效。換句話說，我們持咒全憑一念的「真誠」與「精進」，不管它的音準不準，當然還是會有很多「感應」的，不過有時候也可能是「事倍功半」。試舉玄奘大師所譯的《般若波羅蜜多心經》來說，大師對這部《心經》同時做了「意譯」與「音譯」兩部份（音譯部份見《大正藏》第八冊頁 851 下–852 上），為什麼大師要對同一部經做了「意譯」又「音譯」，刻意保留住它原本的「梵音」發音，這大概是出於《心經》也有其「祕密」故罷！

佛經中常說持誦「咒語」會得「龍天護法」的歡喜與護持，除了「虔誠」、「專精」或「一心不亂」是個原因外，如果再加上用的是「梵語」或「梵音」去讀誦經咒，那天龍八部們應該會更容易「了解」我們在唸什麼，也會很容易與我們「相應」。例如我們叫「天龍」時會用中文音的「**那ㄋㄚˋ伽ㄑㄧㄝˊ**」，其實它的原音是 **nāga**（ㄋㄚ ㄍㄚ）；稱誦「金剛密跡大士」或「金剛手菩薩」時用「**跋ㄅㄚ闍ㄕㄜˊ囉ㄌㄚˋ謗ㄅㄤˋ尼ㄋㄧˊ**」，其實它的原音是 **vajrapāṇi**（ㄨㄚ ㄐㄧ ㄖㄚ ㄅㄚ ㄋㄧ），很明顯的，「現代」式注音的「發音」距離唐朝翻譯時所使用的「原始發音」是有一段距離的。今天如果我們學了最接近唐朝「原始音」的咒音來唸咒，加上我們的「真誠」與「精進」，我相信一定可以與「本尊」快速相應，且可達「事半功倍」之效，發揮出咒語最大的力量！

或有人云：

> 近代中國有成就的祖師們誦咒，皆用「北平音」(國語)，也是非常靈驗，何以一定要唸梵音？我們就跟著祖師唸就行了，何必一定要改成「梵音」呢？

我的看法是：既是「祖師」、「大師」，又是「一代高僧」、或是「上人」，那修行的「境界」自不在話下。換句話說，祖師不要說唸「國語」，就是唸「英文音、日文音、泰國」音，也都會成就的，因為「二禪」境界以上，已無「語言聲音」法（二禪境界以上是以「光」代表語言聲音），已離「文字音聲相」，所以祖師的「持戒精嚴」加上「起心動念」皆是妙法，所以任何「一音」也都能成就「圓融」，故他們不一定要誦唸「多麼純正的梵音」；而且既是「開悟」的祖師，「任何音聲」皆是「自性音」，皆是「妙法」。諸祖師菩薩們日夜精進用功，身口意「三業」清淨，故唸「國語音、日本音、西藏音……」，照樣都能獲得「大成就」的；然而「業障深重」的我們，何時能以「不太準確的音」去求得「成就」呢？這是有待商榷的事！

又有人云：

唸唵嗎尼叭咪「牛」也有成就的事啊！

沒錯的，但大家要想想，請問他唸了「多少遍」？「有多精進」？才有這樣不可思議的「感應」？唸「唸唵嗎尼叭咪『牛』」會成就，那是個人少數的一種特殊「因緣」與「感應」，這不代表從此以後「六字大明咒」就真的應該是唸成「牛」音，也不能說從此以後就該用「牛」的音去「弘揚」這個咒語；去介紹別人要唸成「牛」的音才會成就的啊！

東土（中國）佛教徒們都知道唸「中文版」的《金剛經》、《彌陀經》、《普門品》、《法華經》、《華嚴經》……等等，這些經都有不可思議的「成就力量」，那請問外國人不懂的「中文」，那他如何唸「中文」的經？他又如何從佛法中得到利益？又如何消業障及迴向給冤親債主呢？佛法如果一定是「中文版」才有「功效」、才能「成佛」的話，那不懂中文的「外國人」是不是永遠都不能「成佛」？那西藏那麼多不可思議的「大仁波切、大喇嘛」到底是怎麼「成就」的？相信他們都不會也唸了「中文版」的經吧！

從這裡可知道，「經文」是屬於「義解」，而且是「區域性」的「適用」，然而「咒語」卻是「通法界」、是「諸佛的祕語」的，是屬於每一個眾生「自性的聲音」、「法界的聲音」的！

我們可以再舉例來看：自古以來的「瑜珈焰口」、「放蒙山」、「水陸」、「施食普供」這類屬於「超度」的法事，裡面的內容一定少不了的就是「真言咒語」，乃至大部份的大乘經典後面一定有個「咒」；因為「經文」是可以允許以「各國不同的語言」去「唸」去「理解」，唯獨「咒語」是全世界都「統一」的，乃至整個「法界」都統一的一種「自性音」。

今天如果我們是用「中文版」去唸經，相信功德是不可思議的，但如果再用「接近梵語的發音」去唸，我們相信「整個法界的眾生」(天神、天人等)都會受到利益。這就如同龍樹的《大智度論》中說的：「**聲聞人，不用『陀羅尼』持諸功德。譬如人渴，得一掬水則足，不須『瓶器』持水。若供大眾人民，則須『瓶甕』持水。菩薩為一切眾生故，須『陀羅尼』持諸功德**（詳《大正藏》第二十五冊頁269中）」。持誦咒語是菩薩的行為，是行菩薩道、是利益眾生的重要修行法門。

生為末世業障深重的我們，每天上班繁忙，養家顧子，又能有多少時間來「修行」？我們如果再繼續用「中文發音」或「太離譜的發音」去誦唸咒語，那請問還要「磨」到什麼時候才會與本尊「感應」呢？例如《加句靈驗佛頂尊勝陀羅尼記》中記載了這麼一個故事：

> **唐開元中，五臺山下，有一精修居士，姓王，有事遠山行，去後「父亡」，迴來不見。至心誦「尊勝陀羅尼」數十萬遍，願知見「先考」所受生善惡業報。精誠懇願，殊無「覺知」，遂欲出山。見一老人，謂居士曰：「仁者念持，寔為勤敏，然『文句多脫略』，我今授示『全本文句』」。居士拜而而受之，乃云可誦「千遍」，殆然經數日，於夜中……見天人數十輩，共圍繞一「天仙」，前謂之曰：汝識吾否？居士答曰：不知。天仙曰：我是汝父！比年誦持「尊勝陀羅尼」，吾得爾之「福力」，然後數月已來，「福」倍於積歲……言訖「上昇」。居士歡躍拜送，自爾尤加「精進」……**

非是咒無靈驗，亦非君「不盡心」，斯乃去聖時遙，翻譯「多誤」，咒詞「脫略」，遂失其「徵」（詳《大正藏》第十九冊頁 386 上—389 中）。

從這個藏經中的例子我們可以體悟到：《六祖壇經》云：「**但用此心，直了成佛**」。我們是「用心」且「盡心」去唸這個咒了，但是就是沒有「感應」、沒有「直了成佛」，原因在那裡？也可能就是「**斯乃去聖時遙，翻譯多誤，咒詞脫略，遂失其徵**」？是我們唸的「音」不準、「咒文」有缺陷，有不圓滿之處，雖然「精進」唸了「十萬」遍，就是不夠力，這是無法否認的事實。所以諸位佛友應儘量以「最正確」或「最接近古梵音」的發音去唸每一個咒語，切記：如果你想要從一個咒語中得到不可思議的利益，請一定要用接近「梵音」方式去唸誦！

有教過唐詩宋詞的人都知道，很多「詩句」用現在的「北平國語音」去唸都是不能「押韻」的，例如：王維的『過故人莊』詩：

故人具雞黍，邀我至田【家】。
綠樹春邊合，青山郭外【斜】。
開軒面場圃，把酒話桑【麻】，
待到重陽日，還來就菊【花】。

以上【】內表示這首詩的「韻腳」，如果我們用現在的北平音去唸【斜ㄒㄧㄝˊ】，那跟【家】、【麻】、【花】就押不上韻了，可見【斜ㄒㄧㄝˊ】用在唐音時是唸成【ㄒㄧㄚˊ】音的。

如果以這種「理論」來推唐朝所翻譯的佛經「咒語」，我們就可以很輕易的接受用「閩南語」(台語;河洛語)去唸咒語是比較正確的，因為現在的「閩南語」方言和「客家語言」保留了許多唐朝的「古音」（河洛音）。下面筆者試著從四個角度來探討這個問題：

一、從「心法」上來說：

如果「心清淨」、「戒律嚴持」，「專一精進」，那就不需要在「咒音」上太斤斤計較了，歷代高僧祖師菩薩及大居士長老們，誦唸「不對的咒音」

或「不太準確的咒音」而成就佛法的的「事實」是非常非常的多，也是大家有目共睹的。雖然沒有人敢說他的音是「百分之百絕對」的正確，不過用「愈接近原始音」的音去唸咒是應該值得提倡的！至於有人提到「有出家人念梵語楞嚴咒念到著魔的呢！」筆者認為：只要你心不清淨，有「貪染心」、有「求神通」的心，那無論你唸什麼「音」都有可能會「著魔」的，所以不一定是唸「梵音」著魔的啊！明・蕅益 智旭述《占察善惡業報經義疏》云：「**邪人行正法，正法亦成邪**」。明・丹霞 法孫今釋、重編《宗寶道獨禪師語錄》云：「**邪人行正法，正法悉皆邪。正人行邪法，邪法悉皆正**」。

二、從「法相」上來說：

唸經與唸咒有著很大的不同點，除了都可以增長我們的「戒定慧」外，「唸經」尤其更能增加我們的「慧解」。但中國人唸「中文版」的經、外國人唸「外文版」的經，功效都是一樣的，因為經是「義解」的方式，可以用「不同的語言」來表達其義理，例如《四分律》中云：「**聽隨國俗言音所解，誦習佛經**」（《大正藏》二十二冊頁 955 上）。所以「唸經」可以是不限定「固定語言」的，只要是合乎「佛義」，獲得高僧大德「翻譯編輯」下的「英文版、泰文版、日文版、藏文版、韓文版……」都可獲得無量功德與感應。

然而「唸咒」卻有「固定語言」的限定，因為咒是「佛的密語」，即是「密語」就如同我們打「手機」電話的「號碼」一樣，押對了「號碼」就會跟佛菩薩相應，也會起啟動您自我的「心性」，但如果「號碼」不對，那電話也就不能打通；不過這也只是用一個比較好理解的「世間法」來比喻「咒音」的道理。如果認真從「佛法」的「境界」上來說：「咒音」比「電話號碼」的「界限」寬多了，因為前文提到使用「不太準確的發音」去唸咒而獲得「感應」是「鐵」的事實，就如同有人唸唵麻尼叭米「牛」而感應一樣，但這就是告訴你一件事實：佛法真的是「不可思議」！連用「不太準確的發音」去唸咒也能獲大加持、大感應，這不就代表是佛法及佛菩薩的「慈悲」與「靈驗」嗎？近代讀誦「國語版」楞嚴咒、大悲咒靈驗故事不也是很多的嗎？例如近代已圓寂的宣化上人、妙蓮老和尚、悟明老和尚、懺雲大師……等，都是「國語版」大悲咒的成就者。

《藏經》中也曾記載「穢跡金剛咒」因為太「靈驗」，太多人證「神通」，故在唐太宗時曾下令「刪除十個字」(詳《大正藏》二十一冊161中)，雖然曾經刪了「十個字」(現在的「金剛咒咒文」早已回復那十個字)，還是一樣很多人唸出「成就」來的，這也是現代「國語版、北平音」咒語為什麼還會那麼「靈驗」的理由。還有「大悲咒」也太靈驗，大悲咒有「75句、82句、84句、88句、94句、143句、1000句」等，「楞嚴咒」則有般剌密帝譯的「麗本」439句及「明本」的427句、《房山石經》不空譯的481句、唐五代慈賢譯的536句……等。從這些史料可看出咒語的「權威性」、「準確性」及「靈驗度」都是很重要的，所以雖然讀誦各種「版本」的咒語，仍應對佛法「更有信心」才對！這正是佛法「不可思議」之處啊！

三、從「學術」上的法執分別來說：

佛陀在世時曾以「六十四種語言」宣講佛法(詳《普曜經・卷三》、《佛本行集經・卷十一》、《大莊嚴經・卷四》)，而當佛要宣講「咒語」時，根據《藏經》記載，前面大都會出現「梵音」二個字，這種經文非常多，如《大正藏》十九冊頁182上、623中、640上、二十一冊174上、892上……等等。「梵音」這二個字有很多定義，除了指「清淨的聲音」外，也可指學術上的「梵語、梵音」的意思，試舉《佛頂尊勝陀羅尼》所載：

> **夫誦陀羅尼，務存「梵音」，但取其聲，不取其義。比來多失「本音」，良由「翻譯文字」有異，遂使學者多疑不決……今所翻者，稍殊往譯，應合「彈紐」，具注其側，幸請審看，萬不失一。不應「彈紐」而「彈紐」者，是陀羅尼之「大病」也。若無側注，不假「紐聲」，但依其文，自當周正。**
> **所有「口邊」字者，皆須「彈舌」而言之，側注「平、上、去、入」者，依「四聲」而「紐」之。**
> **所注「二合」者，「兩字」相和，一時「急呼」，是為「二合」也……一**

切佛部陀羅尼真言，一切菩薩金剛等陀羅尼真言，悉皆如是……如擬學「梵音」念誦者，先須學「梵音」。（詳《大正藏》十九冊389中）

宋・贊寧大師也云：

又舊翻「祕咒」，少注「合」呼（有關「開合」的聲韻稱呼），**唐譯「明言」**（明咒之言），**多詳「音反」**（咒音的「反切」註解），（乃欲令）**受持有「驗」，斯**（能獲得殊）**勝「古蹤」**（古音蹤跡）。（詳《大正藏》五十冊725上）

《佛頂尊勝陀羅尼》文中強調學「陀羅尼」者，一定要「**務存梵音**」，而且「**但取其聲，不取其義**」。唐譯的密咒，且多用「**反切**」去詳注「**梵音**」，所以才能令「**受持有驗**」，這都是要求要用「梵音」持誦咒語的明證。

台灣近代的大德蓮因寺的懺雲大師（已圓寂），他教導四眾弟子，及自己加持「咒語」時皆一律使用「梵音」，如「楞嚴、大悲、往生、藥師」諸咒都採用「梵音」。但也有不少用「大悲咒水」治病的法師及居士們，也都用「台語音、國語音」去誦唸，例如廣欽老和尚（已圓寂）是採「台語大悲咒」及「佛號」、妙通寺傳聞師、苗栗銅羅山福慧比丘尼（已圓寂）也是採「台語大悲咒」……等。連「藏密」的喇嘛宗薩仁波切、宗南嘉楚仁波切、白雅仁波切都提倡用「梵音」來唸咒，所以密法為什麼要經過「嚴謹」的「灌頂」、「傳嚨」？不是沒有原因的，就是要求「咒音」的準確度不要「偏離原音」太遠。

再舉我們稱呼父親的用詞，有「爸爸、爹地、阿爸、老爸、阿ㄉㄧㄚ、father、老ㄟ」……，不管您用那一個唸，基本上都是在叫「父親」，「父親」也一定知道你在叫他，也一定會感應的。但如果我們已知道「較標準」的稱呼應該是--「爸爸」時，那為什麼還「堅持」一定要用「其他的音」去唸呢？就如同已經知道應該用「梵音」去持咒才是最接近「原音」的，又何必堅持要念「國語音」才行呢？

例如我們稱唸「金剛密跡大士」或「金剛手菩薩」時，使用國語音是「**跋ㄅㄚ闍ㄕㄜˊ囉ㄌㄚˋ謗ㄅㄤˋ尼ㄋㄧˊ**」，其實它的原音是 **vajrapāṇi**（ㄨㄚ-ㄐㄧ-ㄖㄚ-ㄅㄚ-ㄋㄧ）。既然已經知道唸 **vajrapāṇi** 才是「最直接、最接近」的音，又何必執著一定要唸「跋闍囉謗尼」呢？就好像我們一直叫某一個人的「綽號」一樣，「綽號」不一定好聽，但叫久了大家也都適應、也都「相應」了，不過這個「綽號」並不是他的「本名」啊！所以我們何必只學、只記他的「綽號」，而捨棄他的「本名」呢？當然有人也會引《金剛經》文：「**若以色見我，以音聲求我，是人行邪道，不能見如來**」來破「咒音之辯」的執著，其實《金剛經》所「對應」的是要證得「羅漢」與「菩薩」的「機」，要教人離於「我執」與「法執」，是「**法尚應捨，何況非法**」，是「**應無所住**」，但如果沒有了「**法**」，又何來之「**捨**」呢？

所以凡是「執著」在「音聲、色相」之道，則墮「常」見，但如果又執著「離音聲、絕色相」則又墮「斷滅空」見，這在佛經上是常有的經文。例如《摩訶般若波羅蜜經・卷一》上說：

菩薩摩訶薩！當云何求般若波羅蜜？

亦不可「從色求」，亦不可「離色求」……般若波羅蜜亦「非色」，亦「不離色」。

又《摩訶般若波羅蜜經・卷一》又說：

般若波羅蜜不應「色」中求，不應「受、想、行、識」中求；亦「不離色」求，亦「不離受、想、行、識」求。何以故？

「色」非般若波羅蜜，「離色」亦非般若波羅蜜；

「受、想、行、識」非般若波羅蜜，「離受、想、行、識」亦非般若波羅蜜。

下面再例舉「經證」來說明以「音聲」修行而「成就」的事實：

1 《楞嚴經》憍陳那五比丘「**於佛音聲得阿羅漢**」(《大正藏》十九冊 125 下)。

2 摩登伽女初聞「楞嚴咒」即證「三果」(《大正藏》十九冊 122 上)。

3 觀音菩薩宿世一聞「大悲咒」即從「初地」菩薩頓超至「第八地」(《大正藏》二十冊 106 下)。

4 在《楞嚴經》中觀音菩薩也以聲音的「**聞性**」而「**入流亡所**」而得「耳根圓通」(《大正藏》十九冊 128 中)。

5《合部金光明經・卷三》云:「**十地」菩薩誦持陀羅尼呪,得度一切怖畏、一切惡獸虎狼師子、一切惡鬼,人非人等怨賊、毒害、災橫,解脫五障**(《大正藏》十六冊 376 中)。

6《大乘莊嚴寶王經・卷四》云:(觀世音菩薩)**善男子!汝應**(施)**與是**「六字大明」,**此**(蓮華上)**如來為是故**(而)**來於此……是時蓮華上如來應正等覺,告觀自在菩薩言**:(觀世音菩薩)**善男子!與我說是「六字大明王陀羅尼」?我為無數百千萬俱胝「那庾多」有情,令離輪迴苦惱,速疾證得「阿耨多羅三藐三菩提」故。是時觀自在菩薩摩訶薩,**(便)**與蓮華上如來應正等覺,說是「六字大明陀羅尼」曰:唵**(引)**・麼抳・鉢訥銘**(二合)**・吽**(引)**・**(《大正藏》二十冊 60 中)。

7 《楞嚴經》云:「**十方如來,誦此咒心,成無上覺**」(《大正藏》十九冊 136 下)。

8 《般若經》云:過去、現在、未來十方三世諸佛皆因持此「般若咒」而成正覺

9《佛頂尊勝陀羅尼經》云此咒乃百千萬億俱胝諸佛所說,聞此咒一遍,所有三惡道罪業即得消滅(《大正藏》十九冊 359 上)。

10 《文殊問經》中佛親自宣說:「**一切諸法入於字母及陀羅尼字**」(《大正藏》十四冊 509 中)

以上十條經證說明「音聲之道」的確仍是成佛、修行的必要法門。還有劉繼莊的《新韻譜》曾言:「**自明中葉,『等韻』之學盛行於世,北京衍**

法五台，西蜀峨眉、中州伏牛、南海普陀，皆有韻主和尚，純以習韻開悟學者」(見《趙宧光及其悉曇經傳》一書，新文豐)，可見歷代祖師早就有以「悉曇聲韻梵音」之學來教導學人，在當時甚至以「參禪」為大悟之門；「唱韻」為小悟之門，可見以唱頌「悉曇梵音」的法門是為進入「開悟」的重要方法。

咒語的持誦，如果是採「慢版」的國語音，則與「梵音」會相差甚遠，但如果採「速版、快唸」的國語音，那「日久功深，**心誠則靈**」之下，還是有點「接近」梵音的，這在某些「咒句、咒文」下，的確是如此的。但有些「國語發音咒文」就算你「加快誦唸」，與「梵音」仍然會有距離的。

比如「楞嚴咒」第四會中有「**演吉質**」，梵音是「**yeke-citta**」**ㄧせ-ㄍㄟ-ㄐㄧ-ㄉㄚ**，將國語音唸快一點也很難合上梵音；「藥師咒」有句「**鞞殺社-窶嚕-薜琉璃**」，梵音是「**bhaiṣajya-guru-vaiḍūrya**」**ㄅㄞ-ㄕㄚ-ㄖㄧㄚ-**牛(台語)**-ㄖㄨ-ㄨㄞ-ㄉㄨ-ㄖㄧ-ㄧㄚ**，若將「國語發音」誦唸的再快一點，我相信還是很難「合上梵音」的。

前文說過，有人誠心唸唵麻尼叭米「牛」而得感應，是屬於「心誠則靈」的「特殊案例」，但我們絕不能以這種「牛」的音去「弘揚」佛法，也不能就此認為唸「牛」或「吽」都是「一樣」的(要不請大家去試試唸唵麻尼叭米「牛」，看會不會成就？)。

佛菩薩、金剛、明王都是「大慈悲」的，學咒的人在「不知情、不知梵音」的情況下，誦成「牛」的音，而亦得特殊感應，但我們不能以這種「個人特殊感應」來「認定」佛法必然是「如此」，甚至「扭曲」了佛法。這就比如，有人曾長年的喝「牛奶」而意外的將他多年的「鼻癌」治好了，但我們不能從此就將「牛奶」當作是「治鼻癌」的藥吧？甚至到處去「推薦」鼻癌一定要「喝牛奶」才會好。

近代有人發心將「楞嚴咒」轉譯成「英文」的音來唸，讓外國人也可以唸「楞嚴咒」，可是轉譯時，如果是以「北平國語音」為準，而不是以唐時的「河洛音」來轉譯的話，下面再有人發心，將「轉譯成英文音」的「楞嚴咒」再將它「轉」成「德文、日文、阿拉伯文」，這樣一直「轉」下去，那「咒音的原貌」會變成什麼樣子？不敢想像。也許這是楞嚴咒的本身的「遭遇」吧！(這個咒太靈，故遭天魔外道諸鬼神魔之忌，所以就想辦法不要讓你唸準它)

四、從居士的角度來說：

我們在家居士，業障深重、不夠精進、煩惱熾盛、心不清淨、又沒持淨戒、修的太少，如何才能以「不太準確的音」去成就？也許還是會「成就」的，就「鐵杵磨成繡花針」吧！這是「早晚」的問題罷了！只不過筆者還是建議「居士」如果有因緣的話最好以「最正確的梵音」去唸咒。因為我們在家人(養家顧子、上班賺錢)，能專心下來好好好修行的時間真的不多，要唸要修就讓它「準一點」、「正確一點」，免得繼續「磨」下去，不知什麼時候才會「得益」？還是要看個人「發心」的「用功程度」與「福德因緣」來決定成就與否？

至於「出家法師」，早晚都精進用功，「持戒」而「三業」清淨，所以用「國語、台語、客語」也還好，應該不至於會影響「太大」！不過如果您經年累月都用「國語」去持誦「楞嚴、大悲、十小咒」，卻感覺「效力」不怎麼「明顯」的話，那麼就請您改成「梵音」試試看！佛法是「靈活」的，而不是一味的堅持與執著！

結論：

現在我們所見佛經上的任何「漢字咒文」都沒有錯，錯的是我們不應該用「現代」的「北平國語注音」去唸咒，那到底是誰「先」將咒語標上「國語注音」的呢？這個不需要「追究」了！現在是末法了，魔強法弱，所以「咒音」就愈來愈不準，愈走愈「離譜」，讓人修得「多」，「感應」的少，也許是眾生「福薄」吧！最正確的「古梵音」無福得之、無福修之。或許有人還問道：「若一定要念梵語，西藏的上師，中土的祖師。為何不事先說明？弄得眾生團團轉？」

筆者的見解不是意味用「國語」弘揚咒語的人是「無福者」或是「誤導佛法」，這是每個人弘揚佛法的不同「機緣」，如果您是身長在唐朝時代的法師或居士，我想您弘揚咒語一定是用「唐音」弘揚，絕不會用現在的「北平國語音」弘揚；如果您是生長在日本的法師或居士，當然您很可能就是用「東密式的」那套「咒音」弘法；如果您是在西藏的仁波切，那就用「藏音式」的咒音弘法；而現在「民國」以來的法師都是「北平國語音」來弘揚咒語，這也是我們從「民國」以來「眾生與咒語」之間的「因緣」，我們生長的「這個時代」，又有幸學佛，有幸唸經咒，而我們周遭的因緣全都是「國語版」的，這只能說是個人學佛的「機緣」以及和當時當地「某弘法師」的因緣罷了，而不能去怪罪祖師為何不「事先說明」，弄得眾生「團團轉」了。說穿了，還是一句話：個人「因緣際會」不同，眾生「福薄」深淺不同！

如果您真的「無緣」持誦「古梵音」的「楞嚴咒」，那就專心唸誦「國語式」的楞嚴咒吧！《金剛經》說「**是法平等，無有高下**」，這句話仍然可以給你「十足」的信心，至少讓這個「咒法」多住世，讓天地多增加一點「正氣」。例如近代高僧宣化上人（宣化上人是以「國語版」楞嚴咒爲宣揚）曾說：

> **《楞嚴經》就是讚嘆「楞嚴咒」的，如果有一人能在世界上唸「楞嚴咒」，這妖魔鬼怪都不敢公然出現於世，因為他們所怕的就是「楞嚴咒」。如果一個人也不會背「楞嚴咒」了，這時候妖魔鬼怪就都出現於世。他們在世界上為非作歹，一般人也不認識他們了。現在因為有人會唸「楞嚴咒」，妖魔鬼怪就不敢公然出現於世，所以若想世界不滅，就趕快唸「楞嚴咒」、讀《楞嚴經》，這就是正法住世。**

「國語版」的楞嚴咒還真是「威力強大」、「不可思議」的啊！但如果您有緣、有福得到「完整古梵音」的「楞嚴咒」，那就請您多珍惜、多精進吧！

「唐密」的咒語既然是唐朝開始「大量」翻譯的，一定是用唐朝當時的「語言文字」記載而成，那麼就請儘量用「最接近唐音的音」來唸咒，這樣一個見解應是值得提倡、值得大家重視的。

二十六、準確的「咒語發音」是具不可思議力量的

古印度人對語言的重視相關聯，在很早的時候，他們就已經藉助「字母」來玄思悟道了。例如公元前六世紀之前的《唱讚奧義書》(詳徐梵澄譯《五十奧義書・唱讚奧義書》[中國社會科學出版社，一九九五年八月]頁 79)。就已記載了這樣的內容：

❶凡「母音」皆「富力神」之自體。
❷凡「齒音」及「呵聲」，皆「造物主神」之自體。
❸凡其餘「子音」，皆「死神」之自體也……

①一切「母音」，皆當發之圓滿而清剛，以為如是乃助「富力神」之力也。

②一切「齒音、呵聲」，不可吞併，皆當張揚以出之，此為如是乃自奉於「造物之神」也。

③其餘諸「子音」當微微獨立而發之，如是思惟；我當自(解)脫於「死神」矣。

1 俄國漢學家鋼和泰(1877～1937)《音譯梵書與中國古音》

(戴《國學季刊》一卷一期，1923)

(1)**釋迦牟尼以前，印度早已把念咒看的很重要，古代的傳說以為這種聖咒若不正確的念誦，念咒的人不但不能受福，還要得禍。**

(2)**梵文是諸天的語言，發音若不正確，天神便要發怒，怪念誦的人侮蔑**

這神聖的語言。這個古代的迷信，後來也影響到佛教徒。

(3)所以我們讀這些「漢文音譯」的咒語，可以相信當日「譯音選字」，必定是很慎重的，因為咒語的功效不在它的意義，而在它的「音讀」，所以譯咒的要點在於嚴格的選擇最恰當的字音。

2 梁・慧皎撰《高僧傳・卷一》(《大正藏》第五十冊頁 324 中)

東漢・安玄與嚴佛調共譯《法鏡經》是：

玄與沙門嚴佛調共出《法鏡經》，玄口譯梵文，佛調筆受。理得「音正」，盡經微旨，郢ㄧㄥˇ 匠(原意指楚國郢中的一位巧匠，名石)**之美，見述後代。**

3 唐・慧琳國師《一切經音義・大般若經第五十三卷》

(1)此經有「三十二」梵字，有與梵音「輕、重」訛ㄜˊ 舛ㄔㄨㄢˇ 不同者，蓋為此國(指中國漢地)文字，難為「敵對」(指無法用漢字將梵語的發音完全比對出來)。

(2)自通達「梵、漢」兩國文字，兼善「聲韻音」，方能審之耳。今(若只)以「雙聲、疊韻」反(反切)之，即與梵音「乖失」(違逆；違背)，不為(絕對標準的)「切音」(漢語「注音」的一種傳統方法叫「切音」。但唐以前的「韻書」皆稱作「反」)也，讀者悉(應知)之也。

4 唐・顧齊之《新收一切藏經音義序》

(《大正藏》第五十四冊頁 311 上)

(1)文字之有「音、義」，猶迷「方」而得路，慧「燈」而破闇。潛雖伏矣，默而識之，於是審其「聲」，而辯其「音」。

(2)有「喉、腭ㄜˋ 、齗ㄧㄣˊ 、齒、脣吻」等聲、有「宮、商、角ㄐㄩㄝˊ 、徵ㄓˇ 、羽」等音(類似現在簡譜中的 1、2、3、5、6。即宮=1【Do】。商=2【Re】。角=3【Mi】。徵=5【Sol】。羽=6【La】，亦稱作五音)。曉之以「重、輕」，別之以「清、濁」，而「四聲」遞發，「五音」迭用。

(3)其間「雙聲、疊韻」，循環反覆，互為首尾，參差勿失，而義理昭然。

(4)得其「音」則「義」通，「義」通則「理」圓。「理」圓則「文」無滯，「文」無滯則「千經萬論」如指諸掌而已矣。朝凡暮聖(早上是凡夫，晚上成爲聖人)，豈假終日？所以不離「文字」而得解脫……

(5)「真詮、俗諦」，於此區分，「梵語、唐言」，自茲明白。

5 唐・景審述《慧琳一切經音義序》(《大正藏》第五十四冊頁 311 中)

(1)流傳此土七百餘年，至於文字或難(艱)，「偏傍」有誤，書籍之所不載，「聲韻」之所未聞。

(2)或「俗體」(俗文字體)無憑，或「梵」言「存本」，(但卻)不有「音、義」，誠難(研)究諸。欲使坐得「明師」，立聞精誼，(方能)就學無勞於「負笈」(喻所讀書數量之多)，請益詎ㄐㄩˋ(豈;難道)假於「摳ㄎㄡ 衣」(提起衣服前襟。此爲古人迎趨時的一種動作，表示「非常恭敬」)。

(3)所以「一十二音」宣于《涅槃》奧典，「四十二字」載乎《花嚴真經》……故曰：無離「文字」(而得)解脫也…

6 唐・陸德明《經典釋文・序錄・序》

(1)夫「筌ㄑㄩㄢˊ 蹄ㄊㄧˊ」(喻爲達某目地所設之工具)所寄，唯在「文言」，差若毫釐，謬便千里。

(2)夫子有言：必有「正名」乎，「名」不正，則「言」不順，「言」不順，則事不成。古君子「名」之必可「言」也，「言」之必可「行」也。

7 唐・道宣律師《玄應音義序》

(《高麗藏》第三十二冊，終南太一山釋氏《大唐眾經音義序》)

(1)然則必也「正名」，孔君之貽ㄧˊ(贈送;給予)誥ㄍㄠˋ(告誡)，隨俗(而)言悟。

(2)釋父(釋迦牟尼佛慈父)之流慈，非「相」無以引心，非「聲」無以通解。

8 北宋・智光《龍龕手鏡序》

(遼・釋行均《龍龕手鏡》第 2 頁，中華書局 1985 年)

(1)矧ㄕㄣˇ(況且;何況)復釋氏之教，演於印度，譯布(翻譯流布於)支那(中國)，轉梵從唐(以唐言去轉譯梵音)，雖匪差於「性相」，披教悟理而必「正于名言」。

(2)「名、言」不正，則「性相之義」差；「性相之義」差，則「修斷之路」(修行正道而自然斷除諸惡)阻矣。故祇園高士，探(探究)學海(學問廣大如海)洪源(喻大業的開端)，准的(標准;准則)先儒，導引後進，揮以「寶燭」(珍寶燭光)，(開)啟以「隨函」(掩蓋隱匿之函)。

9 黃子高《一切經音義跋》(載《學海堂初集・卷七)

故西域有「音」而無「文字」，必藉「華言」以傳，隨義立名，故不得不借「儒術」以自釋。唐代浮屠(佛教)**多通經史，又去古未遠，授受皆有「師承」。**

10《大方廣菩薩藏文殊師利根本儀軌經・卷十九》

(《大正藏》第二十冊頁900中)

(1)彼真言行人或求成就，用「音聲相」作成就法，依彼「五音」，離諸「訛略不正」言音。

(2)若得「言音具足」，方為圓滿，乃得相應成就。若不依法及「聲義不全」，於諸真言不得成就。

注意：五音指「喉、顎、舌、齒、唇」，如：

❶**ka** 行【喉音】。

❷**ca** 行【口蓋音】。

❸**ṭa** 行【反舌音】。

❹**ta** 行【齒音】。

❺**pa** 行【唇音】。

11《大毘盧遮那成佛經疏・卷十》

(《大正藏》第三十九冊頁688中)

又當「觀想」字字句句真言之「聲」，如前次第，相續輪環不斷，一一「聲相明了」，如鈴鐸風梵之音，次第不斷，而入其身遍其體內。以此因緣，能令身心掃除垢濁。

12 十二、宋・贊寧大師(《大正藏》五十冊725上)

又舊翻祕咒，少注「合呼」(指「開口呼」或「合口呼」之韻書理)**，唐譯明言**(明咒眞言)**，多詳「音反」**(指「反切」之音)**，受持有驗，斯勝古蹤。**

➔唐譯密咒多用「反切」去詳注「梵音」，所以才能「受持有驗」，這都是要求要用「梵音」持誦咒語的明證。

13 南宋・鄭樵撰《通志・卷三十五・六書略第五》

(《欽定四庫全書》)

(1)凡言「二合」者，謂此音非一，亦非二也。
言「三合」者，謂此音非一非二、亦非三也。
言「四合」者，謂此音非一非二、非三、亦非四也。

(2)但言「二合」者，其音獨易。
言「三合、四合」者，其音轉難。

(3)大抵「華人」不善「音」。今「梵僧」咒雨則雨應；咒龍則龍見，頃刻之間，隨聲變化。華僧雖學其「聲」而無驗者，寔ㄕˊ「音聲」之道有未至也。

註：「四合」音，例：唵叱洛呬焰(śrhyiṃ 此有四字，總成一字，是故梵漢二體俱存)。

14 唐天・不空譯。清・沙門弘贊《七俱胝佛母所說準提陀羅尼經會釋・卷三》

(1)此「齒嚂」字作二合。śriṃ

(2)或作三合「叱哩陵」。trhyiṃ 或 cchrhyīṃ

(3)或作四合「體哩呬淫」。śrhyiṃ

(4)義淨法師譯作「叱洛呬燄」，如是四字，合為一言，方成梵音一字。如不善梵音者，實難得其真妙。

(5)此一字呪王，功力甚大，不可思議。

15 南宋・鄭樵撰《通志・卷三十六・七音略第一》

(《欽定四庫全書》)

立「韻」得經緯之全。釋氏以「參禪」為大悟，「通音」為小悟。

16 明・王鏊ㄠˋ撰《震澤長語・卷下》(《欽定四庫全書》)

(1)梵人(指印度人)別「音」(能分辨諸音)，在「音」不在「字」。華人別「字」，在「字」

不在「音」。故梵有無窮之「音」，華有無窮之「字」。

(2)梵則「音」有妙義，而「字」無文采。

華則「字」有變通，而「音」無錙銖。

(3)梵人長於「音」，所得從「聞」入。

華人從「見」入，故以「識字」為賢知。

(4)釋氏以「參禪」為大悟，「通音」為小悟……

(5)讀梵音，論諷雖一音，而一音之中自有抑揚高下。「二合」者其音易，「三合、四合」者其音轉難。

(6)大氐華人不善「音」。今梵僧呪雨則雨應；呪龍則龍見，華僧雖學其「聲」而無驗者，實「音聲」之道有未至也。

17 明・賀復徵編《文章辨體彙選・卷三百十五》(《欽定四庫全書》)

唐寅【嘯旨ㄓˇ 後序】云：

梵門密語，若一字呪，合「普林」二字為一呼，至有「三合、四合」者，「彈舌」取之，而皆無字，及其號召風霆，驅役神鬼……

18 明・徐應秋撰《玉芝堂談薈・卷三十》(《欽定四庫全書》)

(1)梵人別「音」，在「音」不在「字」。華人別「字」，在「字」不在「音」。

(2)故梵有無窮之「音」，華有無窮之「字」。

梵則「音」有妙義，而「字」無文采。

華則「字」有變通，而「音」無錙銖。

(3)梵人長於「音」，所得從「聞」入。故(《楞嚴經》)曰：「**此方真教體，清淨在音聞，我昔三摩提，盡從聞中入**」(正確經文應云：「欲取三摩提，實以聞中入」)。又(《楞嚴經》)曰：「**目根功德少，耳根功德多**」。

(4)華人長於「文」，所得從「見」入。故以「識字」為賢智，「不識字」為庸愚。

(5)釋氏長於「音」，所得從「聞」入，故以「參禪為大悟，通音為小悟」。

19 明・唐順之撰《稗編・卷三十六・樂一・音韻》

(《欽定四庫全書》)

所以明古人制字，通「七音」之妙，又述「內外轉圖」(指「內轉圖」及「外轉圖」)，所以明「胡僧」立「韻」(韻書)，得經緯之全。釋氏以「參禪為大悟，通音為小悟」。

二十七、修持真言有八大要領，需具「正見」而執持真言方能成就

唐・善無畏譯《蘇婆呼童子請問經》	北宋・法天譯《妙臂菩薩所問經》	日本承安三年(1173 年高山寺藏本)寫《蘇磨呼童子請問經》(還原版)
壹(金剛手菩薩云:)若有持誦一切「真言法」(者)：	壹(金剛手菩薩云:)若有修行「最上事業」、修「真言行」，(欲)求成就者：	壹(金剛手菩薩云:)若有持誦我「真言法」(者)，應如是作：
❶先於諸佛深起「敬心」。	❹當須離諸「煩惱」。 ❶起於「深信」。	❶先於諸佛，深起「恭敬」。
❷次發無上「菩提之心」。	❷發「菩提心」。	❷次發無上「大菩提心」。
❸為度衆生「廣發大願」。		
❹遠離「貪、癡、憍慢」等業。		❹遠離「貪、瞋、癡、憍慢」等。
❺復於三寶，深生「珍重」。	❺重「佛、法、衆」，信重於我(佛三寶)。	❺復於「三寶」，兢懷(兢持心懷)珍重。
❻亦應虔誠遵崇「大金剛部」。	❻及復歸命「大金剛族」。	❻亦應虔誠深恭敬我，及以遵崇「大金剛部」。
❼當須遠離「殺、盜、邪婬、妄言、綺語、	❼又復遠離「十不善業」。	❼當須遠離「殺、盜、邪婬、妄言、綺語、

惡口、兩舌」，亦「不飲酒」，及以「食肉」。	於「身、口、意」凡所興起。	惡口、兩舌」，亦不「飲酒」及以「食肉」。
❽口雖念誦(眞言)，(但)「心意」不善，常行「邪見」，以「邪見」故，(則三業所修之善業將)變為「不善」，(會招)得「雜染果」。	❽常離愚迷「邪見」等行。若(欲)求(眞實之)「果報」，須有「智慧」。	❽若有衆生行「邪見」者，以「身、口、意」，雖作善業(指就算他三業清淨，持戒精嚴)，(但)以「邪見」故，(三業所修之善業將)變為「不善」，(會招)得「雜染果」。
㊁譬如營田(經營田務)，(雖)依時節(而)作，(但)「種子」若燋(古同「焦」)，(則)終不生「芽」，(修行人若具)愚癡「邪見」，亦復如是。	㊁譬如農夫，務其「稼穡」(莊稼農穡)，(就算)於肥壤ㄖㄤˇ地而(種)下「焦種」(焦敗的種子)，雖(種植的)「功夫」以時(節)，(加上)雨澤(雨水潤澤)霶ㄆㄤ霈ㄆㄟˋ(浩霶豐霈)，(但)以「種子」(乃)焦(敗)故，(亦)無由得生，(修行人若具)愚癡「邪見」，亦復如是。	㊁譬如營田(經營田務)，(雖)依時節(而)作，(但)「種子」若燋(古同「焦」)，(則)終不生「芽」，(修行人若具)愚癡「邪見」，亦復如是。
㊂假使行善(指就算他三業清淨，持戒精嚴)，終不獲果，是故應當遠離「邪見」，恒依「正見」而不動搖，修行「十善」，增長甚深微妙之	㊂凡諸行人(誦眞言者)所修事業，先須自心離彼「邪見」愚癡等事，(依止「正見」而)不動、不搖，行「十善法」，乃至恒行一切善法。	㊂假使行善(指就算他三業清淨，持戒精嚴)，終不獲果，是故應當遠離「邪見」，恒依「正見」而不動搖，常須修行「十善法」者，增長甚

法。		深微妙之法。

二十八、持誦咒語的十大重要法則

唐・善無畏譯 《蘇婆呼童子請問經》	北宋・法天譯 《妙臂菩薩所問經》	日本承安三年(1173 年高山寺藏本)寫 《蘇磨呼童子請問經》 (還原版)
❿虔心執持「數珠」已。	❶凡持誦時，於「本尊」前，依法「安坐」。	❿虔心執持，如法念誦。
❻❼念誦或用右手或左手。 ❽應念「真言」，專心誦持，勿令錯亂。 ❸繫心於「本尊」。	❷調伏諸(六)根，端身自在，不得隈ㄨㄟ倚(偎依或緊靠在一起，或靠在壁上)。 ❸繫念(於)「本尊」。	❻❼以左(或)右手執其珠。 ❽剋(限定;攻克)誦，或用右手，或左手應用。 真言欲畢，俱時應啤。 ❽專心誦持，勿謬錯亂。 ❸繫心於(本)尊。
❹或思「真言」并「手印」等。 ❺由(古同「猶」)如入定，心勿散亂。 ❷調伏諸(六)根。 ❶端坐(於本)尊(之)前。	❹及(繫念)「真言、印契」。 ❺收攝其心，勿令散亂。 ❻然取「數珠」，右手執持，左手仰承(若是左撇子者，則改換左手執持，右手仰承)。 ❼每誦真言一遍，乃搯ㄑㄧㄚ一珠。 ❽所持「遍數」，恒須「剋定」(限定;攻克)，勿令少剩(減少或剩餘)。	❹或(繫心)於「真言」及以「手印」。 ❷調伏諸(六)根。 ❶端坐(於本)尊(之)前。 ❺心不散亂。

❾觀想成已，「微動」兩脣，念持真言。	❾持念之法，令脣「微動」，勿使有聲，亦不露「齒」。 ❿一心專注，勿令散動。	❾微動兩脣，念持真言。

唐・善無畏譯《蘇婆呼童子請問經》	北宋・法天譯《妙臂菩薩所問經》	日本承安三年(1173 年高山寺藏本)寫《蘇磨呼童子請問經》(還原版)
㊀復次蘇婆呼童子！念誦之人： ❶不應「太緩」，不應「太急」。 ❷聲亦如此，不大(高昂)、不小(小聲或完全沉默)。 ❸不應「間斷」。 ❹勿共人(閒雜)語。 ❺(勿)令心(攀)緣於「異境」。 ❻(於真言之某)名、(真言之)某字體，不應「訛錯」。	㊀復次持誦之者： ❶不得「太急」，亦勿「遲緩」。 ❷使聲「和暢」，勿高(昂)、勿(沉)默。 ❺又不得心緣(種種)「異境」。 ❹及與人(閒)雜語。 ❸(勿)令誦(咒)間斷。 ❻又於真言文句，勿使「闕失」。 ㊁(若有真言)文句「闕失」，「義理」乖違，(則)「悉地」難成，因斯所致。喻如路人，(竟然是)背行(而)求進。(若能)離此「過失」，(則真言)速得	㊀復次行人(誦真言者)念誦： ❶不應「太緩」，不應「太急」。 ❷聲不應高(高昂)，亦不應小(小聲或完全沉默)。 ❸不應「間斷」。 ❹(勿與他人閒雜)語話。 ❺勿令(攀)緣(執著)「餘境」。 ❻(於真言之某)名、(真言之)謀(古同「某」)字體，不應「訛錯」。

	靈驗。	
㊂譬如大河，日夜流注(或作「出」)，恒無休息。持誦之人所修福報，(及)「供養、禮拜、讚歎」一切功德，(應)日夜(皆)「增流」，亦復如是。	㊂又如川流，晝夜不息，持誦行人(誦眞言者)，亦復如是，日夜(皆)不間(斷)，(則)功德增長，如彼江河，流奔大海。	㊂譬如大河，日夜流注，恒無休息。持誦之人所作(之)「供養、禮歎」諸餘功德，(應)日夜(皆)「增流」，亦復如(是)。
㊃念誦之人，心若攀緣「雜染」之境，或起「懈怠」，或生「欲想」，應速「迴心」(迴轉妄心)。	㊃又復行人(誦眞言者)，或是心觸「染境」，便起(執)著想，遂成「懈怠」，(須)覺是「魔事」，速須「迴心」(迴轉妄心)。	㊃念誦之時，心若攀緣「雜染」之境，或赴「懈怠」，或生「欲想」，應速「迴心」(迴轉妄心)。
①觀真言「字句」。	①當瞑兩目，作於「觀想」。	①攀(觀)真言字(句)。
②或觀「本尊」。 ③或觀「手印」。	②或緣「真言文句」。 ③或觀「本尊」。	②或觀「本尊」。 ③或觀「手印」。
㊄譬如「觀行」之人，置心(於)眉間，令不散亂，後時對(外)境，心即不動，彼人即名(爲)「觀行成就」，念誦之人亦復如是。所緣「心處」若(能)不搖動(動搖)，即得持誦「真言」成就。	㊄(應)繫束(繫縛收束)其心，令不散亂，後逢此境(界)，心若不動，此之行人(誦眞言者)，(便能)得「觀行成就」。(如《菩提場所說一字頂輪王經・卷四》云：然後「眞言」律儀中，「身口意」因而相應。設說祕密	㊄譬如「觀行」之人，置心(於)眉間，令不散亂，後時境(界)至，心若不動，彼人即名(爲)「觀行成就」。念誦之人，(其)所緣「心處」若(能)不動搖，即名(爲持誦眞言)成就。(以眞言咒語的

	「眞言教」，仍假「瑜伽觀行」成，應是「佛頂」常修習，「眞言教法」成就中)	「瑜伽觀行」爲宗旨者，都稱爲密法行者)

唐·善無畏譯《蘇婆呼童子請問經》	北宋·法天譯《妙臂菩薩所問經》	日本承安三年(1173 年高山寺藏本)寫《蘇磨呼童子請問經》(還原版)
㊀持誦真言(者)： ❶不依「法則」。 ❷及不(如法)「供養」。 ❸(自己)已(以)不清淨故。 ❹真言字句，或有「加、減」。 ❺(咒語發音的)聲相「不正」。 (如上五種情形則)不獲廣大諸妙「悉地」(成就)，亦復如是。	㊀持誦行人(誦眞言者)： ❶若不依「法」。 ❸又(自己)不清淨。 ❷於諸「供養」，曾無「虔潔」(誠敬而純潔)。 ❹於其所誦真言文字，或有「闕、剩」。 ❺至於呼吸(指持咒的「聲相」技巧)「訛略不正」。 (如上五種情形則)是以種種「悉地」(成就)而不現前，不獲成就亦復如是。	㊀持誦真言(者)： ❶不依「法則」。 ❷及不(如法)「供養」。 ❸(自己)亦「不清淨」。 ❹其真言字，或有「加、減」。 ❺(咒語發音的)聲相「不正」。 (如上五種情形則)不成廣大諸妙「悉地」，亦復如是。

《金剛頂瑜伽中略出念誦經·卷四》

(1)應持四種數珠，作四種念誦。作四種者，所謂：

(一)、「音聲」念誦(此爲有出聲動口的念誦方式)。

二、「金剛」念誦(**合口動舌，默誦是也**)。(若採微開口、微動舌、微出聲，亦屬於「默誦」的一種)

三、「三摩地」念誦。「心念」(合口閉舌的完全心念方式)**是也。**

四、「真實」念誦。如「字義」修行是也(指修咒語能以「音聲、金剛、三摩地」的方式外，再追加去了解「咒語字句」所具無量的「實相義理」，此即爲「眞實念誦」法）。

(2)由此「四種念誦」力故(指這四種中任何一種皆可、諸法皆平等)，(皆)能滅一切「罪障苦厄」，(能)成就一切功德。

(3)四種數珠者：

❶(若修)如來部(的咒語)，(則應儘量使)用「菩提子」(材料的念珠)。

❷(若修)金剛部(的咒語)，(則應儘量使)用「金剛子」(材料的念珠)。

❸(若修)寶部(的咒語)，(則應儘量使)用「寶珠」(材料的念珠)。

❹(若修)蓮花部(的咒語)，(則應儘量使)用「蓮子」(材料的念珠)。

❺(若修)羯磨部(的咒語)，(則應儘量使)用「雜寶」間錯(材料的念珠)為之。

(4)行者若能隨順「瑜伽」，修行「三摩地念誦」(合口閉舌的完全心念方式)者，則無有「時分、限數」。(能)於「一切時」，(永)無間(斷的)作之(指修行誦咒)。

很多經典記載，在「某些」情形下，誦咒是要採「陰誦」(指默念不出聲或很小聲的誦咒方式)的方式

《觀自在菩薩怛嚩多唎隨心陀羅尼經》卷1

(1)又法，若(遭)為「官府」及「怨家」、(及)「惡人」(之)瞋怒。(可)口含(咀)嚼「菖蒲」(vacā)根，(然後於)心中誦呪。(或者)當「怒誦」(指面帶怒容的急誦咒語)之，即止。

(2)凡誦呪，或對天(神)或「陰誦」(指默念不出聲或很小聲的誦咒方式)之，任意(誦咒)。

(3)(若)用力皆(使用)「瞋色」(方式)、(以)「勵氣」(奮勵之氣;猛厲之氣)急誦之，所為皆驗。

《龍樹五明論》卷1

(1)此呪誦已，一切「作障礙鬼」，皆即時遠去。若有「護自身」者，取「灰」，誦呪七遍，呪灰，散十方。

(2)若(欲)「護他身」者，(則)呪彼「頭髮」，七遍(咒)，(爲之)作「髻」，(此能)令一切眾生即不能(擾)動(到此人)者。

(3)當「陰誦」(指默念不出聲或很小聲的誦咒方式)呪，不出聲，七返(咒)，即皆「不能動」。

《千手千眼觀世音菩薩姥陀羅尼身經》卷 1
若有善男子善女人。被諸「惡鬼、眾邪、魍魎」所惑亂者。取「石榴枝、柳枝」等,「陰誦」(指默念不出聲或很小聲的誦咒方式)此呪,「輕」打病人,無病不差。

《千眼千臂觀世音菩薩陀羅尼神咒經》卷 2
被諸「惡鬼、眾邪、魍魎」之所或亂者,取「石榴枝」及「柳枝」。「陰誦」(指默念不出聲或很小聲的誦咒方式)此呪,「輕」打病人,無病不差。

很多經典記載,在「某些」情形下,誦咒是要採「勵氣」(奮勵之氣;猛厲之氣)**的方式**

《佛說大悲空智金剛大教王儀軌經》卷 5〈金剛王出現品 15〉
於是「真言」,無少悋惜,如是慇懃,當為汝說……「厲聲」(奮勵之氣;猛厲之氣)加持念「發吒」(phaṭ)一萬遍,於空智金剛相應,即得「鉤召」一切。

《佛說熾盛光大威德消災吉祥陀羅尼經》卷 1
若「太白火星」入於「南斗」,於國、於家,及「分野」處作諸「障難」者。(可)於一「忿怒像」前,畫彼「設都嚕」(śatru 怨敵;怨家)形,(然後)「厲聲」(奮勵之氣;猛厲之氣)念此「陀羅尼」加持,其災即除。

《修習般若波羅蜜菩薩觀行念誦儀軌》卷 1
復當誦真言曰:唵·三麼野·護素囉多·薩怛鑁(三合)……次應作「辟除」,結「金剛藥叉」……「厲聲」(奮勵之氣;猛厲之氣)誦真言,左右而顧視」。

《佛說持明藏瑜伽大教尊那菩薩大明成就儀軌經》卷 2
(1)行人持誦時,志心專注,勿暫懈怠。
(2)若作「息災(śāntika 寂災)、增益(puṣṭika 增益;增榮)」法時,(則)輕輕誦「吽」(hūṃ)字及「登吒」(phaṭ)字。
(3)若作「調伏」法,亦用「吽」(hūṃ)字及「登吒」(phaṭ)字,唯起「忿怒心」,

(然後)「厲聲」(奮勵之氣;猛厲之氣)持誦，此為常則。

《蘇悉地羯羅經》卷 2〈供養次第法品 18〉

(1)念誦之時，(佛)「珠」置(於)當心(的位子)，不得(過)高、(過)下……

(2)但諸真言初有「唵」(oṃ)字，及囊(上)麼(nama)、塞迦(去)ska嚂raṃ 等字者，應(於)「靜心」中(而)念誦。

(3)「扇底迦」(śāntika 息災;寂災)時、「補瑟徵迦」(puṣṭika 增益;增榮)時，皆應「緩誦」，或「心念誦」。

(4)或有真言，後有「吽」(hūṃ)字，及有「泮吒」(phaṭ)字者，當知皆應「厲聲」(奮勵之氣;猛厲之氣)念誦。

《聖賀野紇哩縛大威怒王立成大神驗供養念誦儀軌法品》卷 1

次結「摧罪印」……當(於)「心」觀「自相」變成「降三世」，(然後)「勵聲」(奮勵之氣;猛厲之氣)誦真言，內(心則生)起「慈悲」。

《聖閻曼德迦威怒王立成大神驗念誦法》卷 1

結「槊印」，忿怒「勵聲」(誦咒)，(於)日三時，念誦一七日，其「惡人」，或患「惡疾」，或患「惡瘡」，或身(之所有不祥，皆能)喪(失壞)滅。

《大藥叉女歡喜母并愛子成就法》卷 1

又法，若欲降伏「怨敵」者，書彼「怨人名」，(置)於持誦者(之)「左脚」下，(踩)踏而以「勵聲」(誦咒)，(以)「忿怒」相，誦於真言，(於咒)句中加彼「怨人名」，誦滿十萬遍，(則)一切「怨對」，無不(獲)「隨順」。

二十九、持咒無靈驗皆為宿業，應讀「大乘經典」及懺悔禮拜

唐・善無畏譯 《蘇婆呼童子請問經》	北宋・法天譯 《妙臂菩薩所問經》	日本承安三年(1173 年高山寺藏本)寫 《蘇磨呼童子請問經》 (還原版)

(真言)念誦人，若生(起)疲倦(懈怠心)，應(加)讀(誦)「大乘經典」…… 或於「舍利塔」及「尊像」前，用「塗香、散花、燒香、然燈」，懸幢、幡蓋，及以(種種)「妙音」，讚歎供養諸佛，恒不斷絕。	(真言持誦人)若或(仍然)「靈驗」難得，是(人必)有「宿業」(未消者)…… 當以種種「香花、燈塗、妙幢、幡蓋」，及以「妓樂」而為供養。復伸「讚歎」，專注虔誠，而作「懺悔」。(待)懺悔畢已，(再)依前持誦(咒語)，專注不間(斷)，定獲「靈驗」。	持誦真言(者)，若生(起)疲倦(懈怠心)，應(加)讀(誦)微妙「大乘經典」…… 或(於)「舍利」及「尊像」前，以「花鬘、燒香、塗香、花燈、幢幡蓋」等，及妙「讚嘆」，(作種種)虔心供養。

三十、《佛說毘奈耶經》所教導的咒語修法解析

(1)每日「三時」，(可)入於(佛)塔中，或(至)於「空野」(可)作法(修行)之處。(首先應)發露「懺悔」，於諸功德，發生「隨喜」，(必定要)迴向「無上正等菩提」，願「成佛」心，常不離(於)口。

(2)(無論)前夜、(或)後夜，(皆應)精進「思惟」，(並)讀誦「大乘微妙經典」，(及)受持「呪壇」(諸)「法則」，令不「廢忘」。

(3)(亦應)念「大怒金剛王」等(咒語而)誦呪，發大「歡躍」，(亦應)觀(想本)尊(的)形像，如對(於)目前……

(4)(所有)誦呪「文句」，(其)「字音」(與)「體相」，(應)皆令「分明」(清楚)。

(5)若正「誦呪」(之)時，(忽然想要)有謦ㄑㄧㄥˇ欬ㄎㄞˋ(咳嗽)者，(應)須忍(住)，到頭到半，或多或少(就是無論起頭要誦咒時，或咒已誦到一大半時，或已誦很多咒，或只誦少少的咒時，應該儘量要忍住不咳嗽的)。

若其(必須)謦ㄑㄧㄥˇ欬ㄎㄞˋ(咳嗽)，皆須從頭覆誦(指從新頭開始再一次的誦咒，也就是誦咒若誦到「某咒文」時發生了咳嗽，需等咳嗽後，這部份的咒文要再「重復誦」一遍才行)。

(6)世尊！若呪師等，能依是(而如)法修行，不久即(可)得「大威靈驗」，所有一切「毘那夜迦」等，(皆)不能(對此誦真言者)作障，皆悉遠避。

(7)若呪師等(眾)，(在)誦呪之時：

❶(咒語聲相經常)「言音」不正。(屬於非常離譜型的發音，相差太遠的發音)

❷(咒語的)「字體」遺漏。

❸(經常發生)口乾生澁。

❹(或)常足(經常足以發生)謦^ㄑ欬^ㄎ(咳嗽的動作)，使其(行法的過程)中間，斷續(其)呪音。

❺(或)身不(夠)清潔。

(8)當爾之時，即(可能會)被「毘那夜迦」(所)得(其)便，(甚至)諸天「善神」(將)不為「衛護」(保衛護祐)，或復(可能會)遇(上)大「患疾、災難」，(令)法不(得)成驗(成就靈驗)……

(9)時執金剛(菩薩)復作是言：我今欲説供(養)「本呪神王」等法，其「持呪人」：

❶先須「依法」(而)「浴身」。

❷不得「散亂」，(應專注)思念(與觀想)「本呪神」等。

❸即五體投地(作)「頂禮」。

❹發「大信心」。

❺我所求(之)法，皆承「大神威力」(之)加被。

❻讀誦其呪，令心(生)起「想」(憶想或觀想)。

第二章 五十一字母發音與釋義

解釋字母密義的經藏資料：

1 西晉・無羅叉譯《放光般若經・陀鄰尼品》。

2 姚秦・鳩摩羅什譯《摩訶般若波羅蜜經・廣乘品》。

3 唐・玄奘譯《大般若波羅蜜多經・辨大乘品》。

4 北涼・曇無讖譯《大般涅槃經・如來性品》。

註：《大般涅槃經》中的「文字品」乃佛為迦葉菩薩而宣說。

5 東晉・法顯《佛說大般泥洹經・文字品》。

註：《大般涅槃經》中的「文字品」乃佛為迦葉菩薩而宣說。

6 北涼・曇無讖譯《大方等大集經》。

註：《大方等大集經》中的「字母義」乃佛在王舍城耆闍崛山中為海慧菩薩宣說。

7 梁・僧伽婆羅譯《舍利弗陀羅尼經》。

註：佛陀在毘舍離國為舍利弗宣說，菩薩若欲得無邊門的總持，須具備四種預備行，並依四種清淨住以清淨身心，證得深智。

8 梁・僧伽婆羅譯《文殊師利問經・字母品》。

註：《文殊問經字母品》由如來為文殊師利菩薩而宣說。

9 後秦・鳩摩羅什譯《摩訶般若波羅蜜經・廣乘品》（《大品般若經。大品經》）。

按：《摩訶般若波羅蜜經》由佛在王舍城耆闍崛山中為須菩提宣說。

10 唐・菩提流志譯《不空羂索神變真言經・陀羅尼真言辯解脫品》。

11 唐・不空譯《瑜伽金剛頂經釋字母品》（《金剛頂經》）。

註：《金剛頂經》由如來在「色究竟天王宮」中宣說。

12 唐・不空譯《文殊問經字母品》。註：《文殊問經字母品》由如來為文殊師利菩薩而宣說。

13 唐・地婆訶羅譯《方廣大莊嚴經》。註：《方廣大莊嚴經》由如來在舍衛國中宣說。

14 唐・不空譯《大方廣佛華嚴經入法界品四十二字觀門》。按：善知眾藝菩薩(śilpa 眾藝。abhijña 善知 ＝śilpābhijña)在迦毘羅城，為善財童子(Sudhana-śreṣṭhi-dāraka)宣說持此字門可得解脫之道。

15 東晉・佛陀跋陀羅譯《佛說出生無量門持經》。註：佛陀在毘舍離國爲舍利弗宣說，菩薩若欲得無邊門的總持，須具備四種預備行，並依四種清淨住以清淨身心，證得深智。

16 東晉・佛馱跋陀羅譯六十《華嚴經・入法界品》。

17 唐・實叉難陀譯八十《華嚴經・入法界品》。

18 唐・般若譯四十《華嚴經・入不思議解脫境界普賢行願品》。

19 唐・地婆訶羅譯《大方廣佛華嚴經・入法界品》。

20 龍樹菩薩造、後秦鳩摩羅什譯《大智度論・四念處品》。

21 唐・般若共牟尼室利譯《守護國界主陀羅尼經》。

按：《守護國界主陀羅尼經》中的「陀羅尼品」乃由如來在伽耶城菩提樹下爲諸大阿羅漢而宣說。

22 唐・不空譯《大樂金剛不空真實三昧經般若波羅蜜多理趣釋》。

按：《金剛不空眞實三昧經般若波羅蜜多理趣》由毘盧遮那佛在「欲界他化自在天宮」中宣說。

23 唐・善無畏共一行譯《大毘盧遮那成佛神變加持經・入漫荼羅具緣真言品》。

24 唐・輸波迦羅(善無畏)譯《攝大毘盧遮那成佛神變加持經入蓮華胎藏海會悲生曼荼攞廣大念誦儀軌供養方便會》。

25 唐・一行記《大毘盧遮那成佛經疏》(《大日疏》)。

26 唐・澄觀撰《大方廣佛華嚴經隨疏演義鈔》(《演義鈔》)。

27 唐・澄觀述，北宋・晉水 淨源注《華嚴經疏注・離世間品第三十八》。

28 唐・澄觀撰《大方廣佛華嚴經疏・入法界品》。

29 唐・澄觀撰。明・憨山 德清提挈 《華嚴綱要》。

30 日僧空海大師撰《梵字悉曇字母並釋義》(《字母釋義》)。

詳《大正藏》第八十四冊頁 362 上 364 上。

31 宋・惟淨譯《佛說海意菩薩所問淨印法門經》。

註：《佛說海意菩薩所問淨印法門經》中的「字母義」乃佛在王舍城耆闍崛山中爲海慧菩薩宣說。

「字母」乃「諸佛」境界，唯有「佛」能解其「究竟」之義，故一字即具有「無量無邊」法義，所以只能「方便」宣講其中「一個義理」。

所以「一個字母」，只能方便解釋成「某個善法」之義，然欲窮盡其義，皆不可得。

「一個字母」，也只能方便解釋成「某個惡法」之義，然欲窮盡其義，亦不可得。

所以底下「每一個字母義」的後面都會加上「不可得」三字，此代表「一個字母」無論解釋為「善法」或「惡法」，都「不可得」，因為「字母之義」是無窮無盡的，只能方便「舉其中一個解釋」來「勉強」作解釋而已。

唐・一行《大毘盧遮那成佛經疏・卷二》

(1)《大毘盧遮那成佛神變加持經》云：復次祕密主！(以)「真言門」修行(之)菩薩行，(此)諸菩薩(於)無量無數百千俱胝「那庾多」劫，(已)積集無量「功德、智慧」，具修諸行，(於)無量「智慧、方便」，皆悉成就……

(2)可知如(於其餘)「餘教」(門)中(的)「菩薩」，(修)行於「方便」對治道，(然後)次第漸除「心垢」，經無量「阿僧祇」劫(後)，或有得至「菩提」，或(有)不(得)至(菩提)者。

(3)今此(真言)教(之)「諸菩薩」則不如是，直(接)以「真言」為「乘」，(即能)超入「淨菩提心」門。若(能得)見此「心」(於)「明道」時，(則)諸菩薩(於)無數劫中所修(的)「福慧」，自然具足。譬如有人，以「舟車」跋涉，經「險難惡道」，(方)得(到)達「五百由旬」(之地)。

(4)(復若)更有一人，(是)直乘「神通」(以)飛空而度，其所「經過」及(所)「至到」之處，雖則「無異」，而所「乘」(之)法有殊(別)。

(5)又世尊所以先廣說如上諸「心相」者，為教(示修)「真言門」(之)諸觀行人，若行至如是「境界」時，則須「明識」，不得「未到」謂「到」(此同於「未證言證」之理)，而於「中路」(即)稽留(不再往前)也。

(6)復次如(轉)「輪王」(之)太子，(於最)初誕育時，「眾相」(即)備足，無所缺減。雖未能(完整)遍習(於)「眾藝」，(與)統御(於)「四洲」，然(此轉輪王之「太子」)已能任持「七寶」，(將來必定能)成就「聖王」(之)家業。何以故？以(其本人)即是「輪王」具體(完具之體)故。

(7)(所以)「真言」行者，(於最)初入「淨菩提心」(時)，亦復如是，雖未於無數「阿僧祇」劫，具備(有如)普賢(之)眾行、滿足「大悲」(之)方便，然(有關)此等(未來的)「如來功德」，(其真言行者)皆已「成就」。何以故？

(8)(真言)即是毘盧遮那具體(之)「法身」故。是以經云：「無量無數劫，乃至智慧方便，皆悉成就」也。

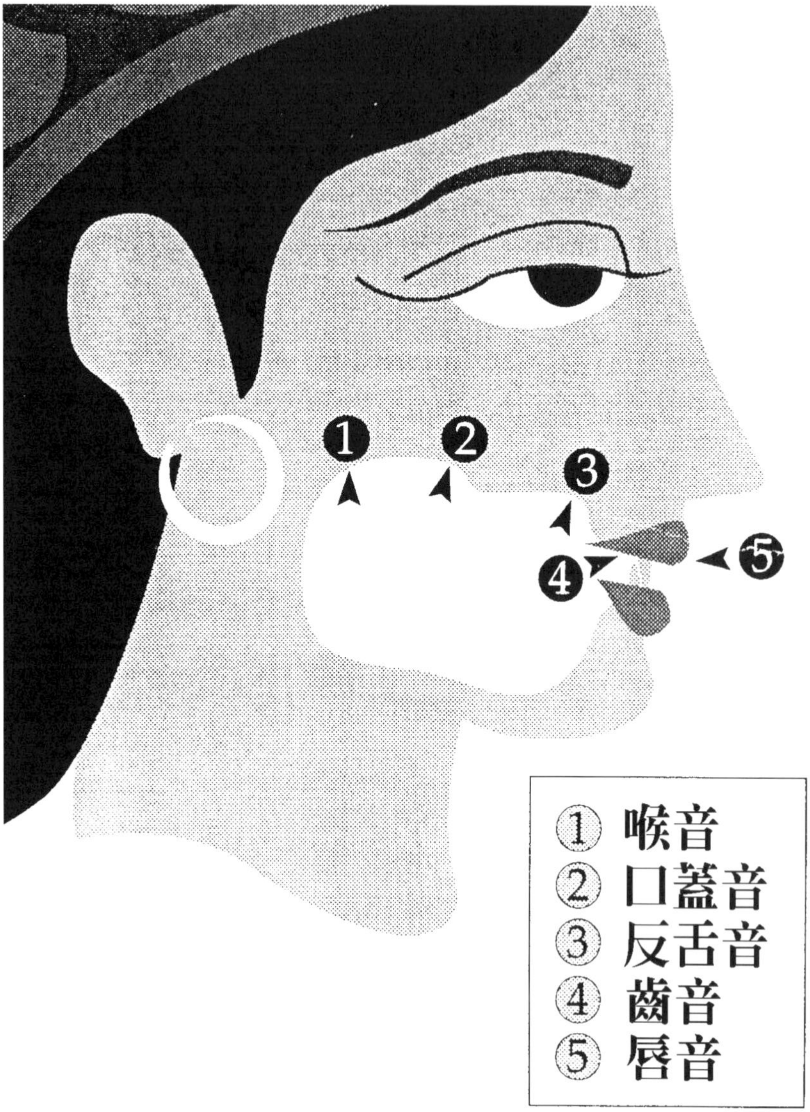
1
2
3
4
5
① 喉音
② 口蓋音
③ 反舌音
④ 齒音
⑤ 唇音

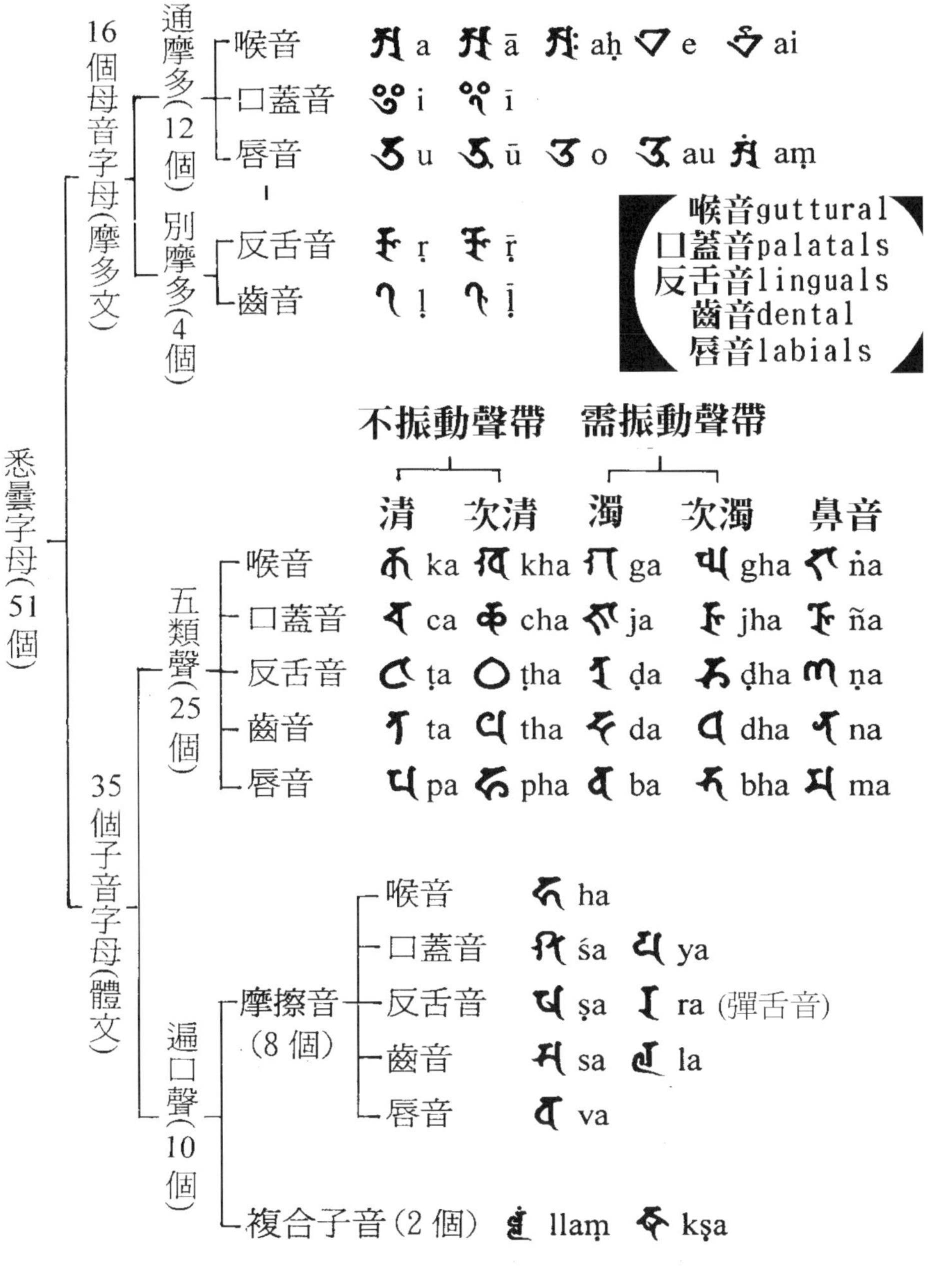

梵字悉曇字母(siddha-mātṛka)分類表

古梵文音標由 **16** 個母音與 **35** 個子音所組成，計 **51** 字。

一、16 母音總示

𑖀 a ㄚ（喉音）　𑖁 ā（喉音）
𑖂 I ㄧ（口蓋音）　𑖃 ī（口蓋音）
𑖄 u ㄨ（唇音）　𑖅 ū（唇音）
𑖆 ṛ ㄖㄧ（反舌音）　𑖇 ṝ（反舌音）
𑖈 ḷ ㄌㄧ（齒音）　𑖉 ḹ（齒音）
𑖊 e ㄟ（喉音）
𑖋 ai ㄞ（喉音）
𑖌 o ㄛ（唇音）
𑖍 au ㄠ（唇音）
𑖀𑖽 aṃ（唇音）
𑖀𑖾 aḥ（喉音）

16 母音圖表：

𑖀 a ㄚ（喉音）	𑖁 ā（喉音）
𑖂 I ㄧ（口蓋音）	𑖃 ī（口蓋音）
𑖄 u ㄨ（唇音）	𑖅 ū（唇音）
𑖆 ṛ ㄖㄧ（反舌音）	𑖇 ṝ（反舌音）
𑖈 ḷ ㄌㄧ（齒音）	𑖉 ḹ（齒音）
𑖊 e ㄟ（喉音）	
𑖋 ai ㄞ（喉音）	
𑖌 o ㄛ（唇音）	
𑖍 au ㄠ（唇音）	

aṃ（唇音）
aḥ（喉音）

二、35 子音總示

	（全清）	**（次清）**	（全濁）	**（次濁）**	（鼻音）
ka 行 **（喉音）** →	ka	kha	ga	gha	ṅa
ca 行 **（口蓋音）** →	ca	cha	ja	jha	ña
ṭa 行 **（反舌音）** →	ṭa	ṭha	ḍa	ḍha	ṇa
ta 行 **（齒音）** →	ta	tha	da	dha	na
pa 行 **（唇音）** →	pa	pha	ba	bha	ma

摩擦音→ya **（口蓋音）**　ra **（彈舌音）**　la **（齒音）**
va **（唇音）**

吹氣音→śa **（口蓋音）**　ṣa **（反舌音）**　sa **（齒音）**
ha **（喉音）**

複合子音　llaṃ　kṣa

梵文的羅馬拼音是如果字母下面有一「・」的都是發「捲舌」的音。
如 ṭ。ḍ。ṇ。ḍh。ṭh。ṣ。ṛ
但 ṃ 是「合嘴音」。ḥ 是「出氣音」

梵文的羅馬拼音是如果字母上面有「一橫」的都是要將它唸成「長音」。
如 ā。ī。ū。ṝ

35 子音圖表：

ka	**kha**	**ga**	**gha**	**ṅa**
ca	**cha**	**ja**	**jha**	**ña**
ṭa	**ṭha**	**ḍa**	**ḍha**	**ṇa**

ta	tha	da	dha	na
pa	pha	ba	bha	ma
ya	ra	la	va	
śa	ṣa	sa	ha	
llaṃ	kṣa			

三、十二母音

a

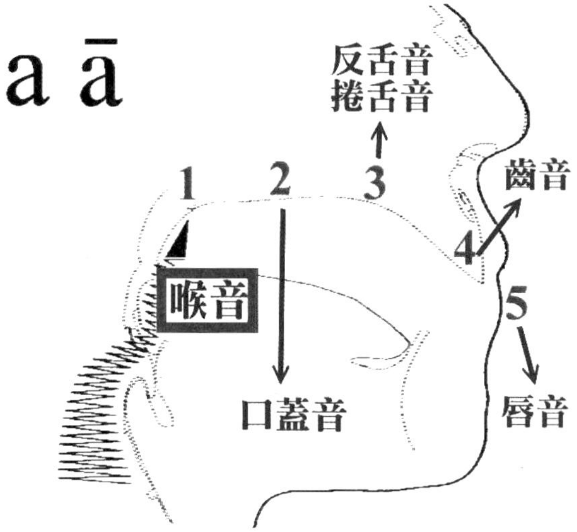

歷代密咒譯師對「阿」字母發音的描述

（下面資料據日僧淨嚴（1639~1702）集《悉曇三密鈔·卷上之下》。詳《大正藏》第八十四冊頁 731 下、732 中。內容已經末學重新「註解整理」過了）

a 短阿字 上聲，短呼。音（傍註云近者隣也，次也，謂短呼之如入聲也）近惡引已上➔字記（唐·智廣《悉曇字記》）

❶**阿** 上聲 如正上聲之重（音），下準同➔宗叡（唐日僧·宗叡）·寶月（唐·寶月）

❷**阿** 上(聲)➔《大日經》(《大毘盧遮那成佛經》)。《金剛頂》(《瑜伽金剛頂經釋字母品》)。《文殊問》(《文殊問經字母品》)。《大莊嚴經》(《方廣大莊嚴經》)。吉藏(隋・吉藏《涅槃經遊意》)。玄應(唐・玄應《玄應音義》及《大般涅槃經音義》二卷)。慈覺(唐日僧・慈覺 圓仁)。大師(表上之輕)。難陀(正上重終加入)(唐・實叉難陀《八十華嚴經・入法界品》)

❸**椋**(ざ 或ぎ ➔樹木繁盛的樣子)阿可反➔全真(唐・全眞《悉曇次第》)

❹**噁** 烏舸反,短聲➔慧均(南朝末年三論宗僧。又稱均正、慧均僧正,著《大乘四論玄義》)、梁武帝(梁武帝敕命寶亮製《涅槃經義疏》)

❺**阿** 入呼➔《華嚴續刊定記》(唐・慧苑述《續華嚴經略疏刊定記》)

❻**惡** 義淨(唐・義淨《南海寄歸內法傳》)

❼**噁** 慧遠(隋・淨影 慧遠《大般涅槃經義記》)

❽**噁** 烏各反,梵音烏可反,稍短呼➔涅槃經

❾**遏** 景祐(北宋惟淨、法護等撰《景祐天竺字源》,即分類梵字,並解明其音義)

顯密經典中對「阿」字母釋義之研究

(內文參考了日僧淨嚴(1639~1702)集《悉曇三密鈔・卷下》的「模式」,並已作大量的修訂與整理。原文可參閱《大正藏》第八十四冊頁788下-809上。另日僧明覺([1056-?]亦著有《悉曇要訣》四卷)

1 唐・不空譯《文殊問經字母品》云:

爾時文殊師利白佛言:世尊!一切諸「字母」,云何(能入)**一切「諸法」?**(能)**入於此,及**(能入諸)**「陀羅尼」字?**

佛告文殊師利:一切諸法,(皆能)**入於「字母」及「陀羅尼」字**(中)**。**

文殊師利!如:稱「𑖀阿 a」(上)**字時,**(即)**是**(指諸法)**「無常聲」**(已上)。

2 唐・不空譯《瑜伽金剛頂經釋字母品》云:

「阿 a」(上)**字門,一切**(諸)**法,本「不生」**(與不滅)**故。**

3《大智度論・四念處品〉云:

(所謂)**「字」**(平)**等,**(與)**「語」**(平)**等者,**(此皆)**是「陀羅尼」,於諸「字」**(皆)**「平**

等」，無有「愛、憎」……

(所謂)「**等**」**者**，(指能)**與**「**畢竟空、涅槃**」(而)**同等。菩薩**(能)**以此**(四十二字)「**陀羅尼**」，(而)**於一切諸法**(皆獲)**通達無礙**，(此即)**是名**(為)「**字**」**等**，(與)「**語**」**等。**

問曰：若「略説」，則(有)**五百「陀羅尼」門；若「廣説」，則**(有)**無量「陀羅尼」門，今何以説是**(四十二)**字等「陀羅尼」**，(即能)**名為「諸陀羅尼」門？**

答曰：先説(所謂)「**一大**」(此指四十二字門爲「一大」)**者，則**(能)**知**(其)**餘者**(之)**皆説。此是諸「陀羅尼」**(之)「**初門**」，**説**(最)「**初**」(之大)，(則其)「**餘**」**亦**(能)**説。**

復次，諸「陀羅尼法」皆從分別「字、語」(而)**生**，「**四十二字**」(則)**是一切字**(之)「**根本**」。**因「字」**(而)**有「語」，因「語」**(而)**有「名」，因「名」**(而)**有「義」。**

菩薩若(能)**聞**(是四十二)**字，因**(是)「**字**」**乃至能了**(達)**其義。**

是(四十二)**字**，(最)**初**(是)「**阿 a**」、(最)**後**(是)「**荼 ḍha**」，**中**(間則共)**有「四十」**，(即能)**得是「字」**(之)**陀羅尼**(法)。

(諸)**菩薩**(若於)**一切「語」中**，(但)**聞「阿 a」字，即時**(皆能)**隨**(其)**義**(而相應)，**所謂一切法**，(其)**從**(最)**初**(以)**來**(即是)「**不生**」(之)**相。**

「**阿提**」(**ādi**)**秦言「初」；「阿耨波陀」**(**anutpāda** 或 **anutpatti**)，**秦言「不生」。**

4 梁・僧伽婆羅譯《文殊師利問經・字母品》云：

爾時文殊師利白佛言：世尊！一切諸「字母」，云何説一切「諸法」(皆)**入於此**(字母)，**及**(能入諸)「**陀羅尼**」**字？**

佛告文殊師利：一切諸法，(皆能)**入於「字母」及「陀羅尼」字。**

文殊師利！如説「阿 a」字，是(能現)**出「無常聲」……**

佛告文殊師利，(**a** 字能現出)「**無常**」(之)**聲者：**

一切有為法「無常」。如「眼入」(即指眼根)「**無常**」，「**耳、鼻、舌、身、意**」**入，亦「無常」。**

(眼入、耳入、鼻入、舌入、身入、意入=眼根、耳根、鼻根、舌根、身根、意根)

「色入」(即指色塵)**無常，「聲、香、味、觸、法」入，亦**(皆)**「無常」。如「眼界、色界、眼識界」，乃至「意界、法界、意識界」亦「無常」。「色陰」**(是)**「無常」，乃至「識陰」**(爲無常)**亦如是，此**(即)**謂「無常聲」。**

5 隋・闍那崛多譯《佛本行集經》云：

爾時，復有五百「釋種」諸臣童子，俱共(悉達多)**太子，齊入「學堂」，**(共同)**學書、唱「字」。以是**(悉達多)**太子「威德力」故，復有「諸天神力」加**(持)**故，**(於)**諸「音響」中出種種「聲」。**

唱「阿 a」字時，(能現)**諸行「無常」，**(而)**出如是**(之)**聲。**

6 唐・地婆訶羅譯《方廣大莊嚴經》(第四) 示書品云：

佛告諸比丘：爾時有「十千」(一萬)**童子，而與「菩薩」，俱在**(教授)**師**(之)**前，同學「字母」。唱「阿 a」字時，**(能現)**出一切「諸行無常」**(之)**聲。**

7 唐・般若共牟尼室利譯《守護國界主陀羅尼經・陀羅尼品》云：

復次善男子！何等名為「海印陀羅尼」門？……菩薩皆從「海印」(譬如大海有「印現萬物」之本體與妙用，所以菩薩能爲不同「根器」的眾生而顯現妙用)**所流，於「口」門中「平等」演説，隨有所説，皆與諸佛「法印」無違，亦無疑惑，能令法界一切眾生皆悉「悟解」故，**(能)**説此「印」**(爲)**諸印中**(之最)**上。**

所謂「婀 a」(上短)**字印者，以一切法性**(本)**「無生」故。**

8 北涼・曇無讖譯《大般涅槃經・如來性品》云：

「噁 a」者，「不破壞」故。「不破壞」者，名曰「三寶」，喻如「金剛」。又復「噁 a」者，名「不流」故，「不流」者，即是「如來」。如來「九孔」無所流故，是故「不流」，又無「九孔」，是故「不流」。「不流」即(不生不滅之)**「常」，「常」即如來，如來無**(能)**作**(無所作)**，是故「不流」。**

又復「噁 a」者，名為「功德」。「功德」者，即是「三寶」，是故名「噁 a」。

9 東晉・法顯譯《佛説大般泥洹經・文字品》云：

「不盡」有何義？不「破壞」義、「不漏」義、如來義，名「不盡義」。如

來(之)**「法身」，**(乃)**「金剛」不壞，故名「不壞」**(身)**。如來無有「九道」**(九孔)**諸漏，故名「不漏」。如來**(證不生不滅之)**常住，故說「不盡」**(無有生起與滅盡)**、「無作」**(無有能作與所作)**之義。**

(最)**初**(第一母音)**短「阿 a」者，「吉」義。「吉」者，「三寶」義。**

10 北涼・曇無讖譯《大方等大集經・卷十》云：

爾時，世尊復告海慧菩薩：善男子！若欲受持如是等經，欲自「寂靜」其深心者，應當受持「門句、法句、金剛句」。(所謂)**至心觀察「門句」者，**(於)**一切法中而**(能)**作「門戶」，所謂：**

「阿 a」字一切法門，「阿 a」者，言「無」，一切諸法皆悉「無常」。

11 西晉・無羅叉譯《放光般若經・陀鄰尼品〉云：

須菩提！復有「摩訶衍」，所謂「陀隣尼」目佉(mukha 門)**是。何等為「陀隣尼」目佉**(mukha 門)**？**(何者是)**與「字」等？**(何者是)**與「言」等？**(何者是)**「字」所入門？何等為字門？**

一者「a 阿」，「阿 a」者，謂(其)**諸法來**(與)**入，不見有**(生)**起**(之相)**者。**

12 姚秦・鳩摩羅什譯《摩訶般若波羅蜜經・廣乘品》云：

復次，須菩提！菩薩摩訶薩摩訶衍，所謂「字等」(與)**「語等」諸字入門。何等為「字等」**(與)**「語等」**(之)**諸字入門？**

「阿 a」字門，一切法(最)**初**(皆)**「不生」故。**

13 唐・玄奘譯《大般若波羅蜜多經・善現品》云：

復次，善現！諸菩薩摩訶薩「大乘相」者，謂諸「文字」陀羅尼門。何等「文字」陀羅尼門？謂「字平等性」(與)**「語平等性」入諸字門。**

云何字「平等性」？(及與)**「語平等性」**(而能)**入諸字門？**

善現當知！若菩薩摩訶薩行深「般若」波羅蜜多時，以「無所得」而為方便。

入「裒ざ a」字門，悟一切法，(皆)**本「不生」故。**

14 唐・菩提流志譯《不空罥索神變真言經・陀羅尼真言辯解脫品》云：

爾時觀世音菩薩摩訶薩白佛言：世尊！云何(是)**文字「陀羅尼真言」門？佛言：蓮花手！「字」平等性，「語」平等性，**(所有)**「言說、理趣」**(皆)**「平等」性。**(皆能)**入「陀羅尼真言」一切字門，以「無所得」而為方便。**

入「旃a」字門，(能)**解一切法**(皆)**本「不生」故。**

15 唐・不空譯《大方廣佛華嚴經入法界品四十二字觀門》云：

爾時善財童子(Sudhana-śreṣṭhi-dāraka)**，從天宮**(而)**下，向迦毘羅**(Kapila-vastu 迦維羅衛)**城，至善知眾藝**(śilpa 眾藝。abhijña 善知 ＝śilpābhijña)**童子**(之處)**所，頭頂禮敬，於一面立，白言**(善知眾藝童子)**聖者：我已發「阿耨多羅三藐三菩提心」，而**(仍)**未知「菩薩」云何**(修)**學「菩薩行」？云何修**(學)**「菩薩道」？我聞**(善知眾藝童子)**聖者，善能「教誨」，願為我說。**

時彼(善知眾藝)**童子**(即)**告善財言：善男子！我**(已)**得「菩薩」**(位之)**解脫，名善知眾藝**(śilpa 眾藝。abhijña 善知 ＝śilpābhijña)**，**(而)**我恒稱**(呼)**、持**(誦)**，**(能)**入此「解脫」**(的)**「根本」之**(四十二)**字**(母)**。**

「阿 a」(上)**字時，名由「菩薩」威德，**(能)**入「無差別」境界**(之)**般若波羅蜜門。**(能)**悟一切**(諸)**法，本「不生」故。**

16 東晉・佛馱跋陀羅譯六十《華嚴經・入法界品》云：

爾時，善財(Sudhana-śreṣṭhi-dāraka)**即至其所，頭頂禮敬，於一面立，白言：**(善知眾藝童子)**聖者！我已先發「阿耨多羅三藐三菩提心」，而未知「菩薩」云何**(修)**學「菩薩行」？**(如何)**修**(學)**「菩薩道」？**

我聞(善知眾藝童子)**聖者善能誘誨，願為我說。**

時彼(善知眾藝)**童子告善財言：善男子！我**(已)**得「菩薩」**(位之)**解脫，名善知眾藝。我恒「唱**(頌)**、持**(誦)**」入此「解脫」根本之字。**

唱阿「a」字時，入「般若」波羅蜜門，名菩薩「威德」(之)**各別「境界」。**

17 唐・實叉難陀譯八十《華嚴經・入法界品》云：

爾時，善財(Sudhana-śreṣṭhi-dāraka)**即至其所，頭頂禮敬，於一面立，白言：**(善知眾藝童子)**聖者！我已先發「阿耨多羅三藐三菩提心」，而**(仍)**未知「菩**

薩」云何(修)**學「菩薩行」？云何修**(學)**「菩薩道」？我聞**(善知眾藝童子)**聖者善能誘誨，願為我說！**
時彼(善知眾藝)**童子**(即)**告善財言：善男子！我**(已)**得「菩薩」**(位之)**解脫，名善知眾藝**(śilpa 眾藝。abhijña 善知 =śilpābhijña)**。我恒「唱**(頌)**、持**(誦)**」此之字母。**
唱「阿 a」字時，入「般若」波羅蜜門，名(能)**以菩薩「威力」**(而)**入「無差別」境界。**

18 唐・般若譯四十《華嚴經・入不思議解脫境界普賢行願品》云：
爾時，善財(Sudhana-śreṣṭhi-dāraka)**即至其所，頂禮其足，遶無數匝，於前合掌，白言：**(善知眾藝童子)**聖者！我已先發「阿耨多羅三藐三菩提心」，而**(仍)**未知「菩薩」云何**(修)**學「菩薩行」？云何修**(學)**「菩薩道」？我聞**(善知眾藝童子)**聖者善能誘誨，願為我說。**
時彼(善知眾藝)**童子告善財言：善男子！我**(已)**得「菩薩」**(位之)**解脫，名具足圓滿**(的)**善知眾藝**(śilpa 眾藝。abhijña 善知 =śilpābhijña)**。我恒「唱**(頌)**、持**(誦)**」此之字母，所謂：**
唱「婀 a」字時，能甚深入「般若」波羅蜜門，名以菩薩「勝威德力」，顯示(一切)**諸法，本「無生」義。**

19 唐・澄觀撰《大方廣佛華嚴經疏・入法界品》云：
「阿 a」者，是「無生」義，以「無生」之理，統該「萬法」故。經云：無「差別」境。而菩薩得此「無生」，則能達「諸法(皆)**空」，**(能)**斷一切「障」，故云「威力」。**

20 唐・澄觀撰。明・憨山 德清提挈　《華嚴綱要》云：
「阿 a」字者，是「無生」義，以「無生」之理，統該「萬法」，故云「無差別」。而菩薩得此「無生」，則能達「諸法(皆)**空」，**(能)**斷一切「障」，故云「威力」。**

21 宋・惟淨譯《佛說海意菩薩所問淨印法門經・卷十二》云：
爾時，世尊復告海意菩薩摩訶薩言：海意！是故當知！若有菩薩欲於

如是廣大正法，密作護持，令法久住；(以)自心潔(淨)自已，於(其)他「眾生」，及(所有)「補特伽羅」(pudgala 人；眾生；數度往返五趣輪迴者)，(與)所有一切「上、中、下」根(基)，(皆)能(普)遍(令)知者，應當受持如是「句」義。所謂「門句、印句」及「金剛句」。

(若)得受持已，(且能)如「義」(而)解了，以「慧」相應，(以)最勝「方便」(而能)如理「伺察」(其義)。

海意！何者名為「門句」？所謂諸「施設門」，表示一切法(具有種種)分別(之)義。

「阿 a」字門，表示一切法，(本)「無生」(之)義。

22 唐・般若共牟尼室利譯《守護國界主陀羅尼經》第九「陀羅尼功德品」云：

善男子！「陀羅尼」(之)母，所謂「唵 oṃ」字，所以者何？

(以)「三字」和合為「唵 oṃ」字故。

謂：(由)婀 a、烏 u、莽 ma。

(由這三字和合爲一個 oṃ 字)

一、「婀 a」字者：

❶是「菩提心」義、

❷是「諸法門」義、

❸亦「無二」義、

❹亦諸法「果」義、

❺亦是「性」義、

❻是「自在」義。

(a 字即)猶如(一位)國王，(所有的)黑、白、善、惡，(皆能)隨心(而得)自在。

又(a 字即是)「法身」義。

二、「烏 u」字者：即(是)「報身」義。

三、「莽 ma」字者，(即)是「化身」義。

以合(a+u+ma)「三字」共為「唵 oṃ」字。

①(oṃ 字能)攝「義」無邊故。

②(oṃ 字能)為一切「陀羅尼」(之)首(亦爲一切陀羅尼之「母」)。
③(oṃ 字能)與「諸字義」而作「先導」。
④(oṃ 字)即一切法「所生之處」。
⑤三世諸佛皆「觀」此(oṃ)字而得「菩提」。
⑥故(oṃ 字)為一切「陀羅尼」(之)母。
⑦一切菩薩從此(oṃ 字)而「生」。
⑧一切諸佛從此(oṃ 字)出現。
⑨(oṃ 字)即是諸佛(與)一切菩薩(之)諸「陀羅尼」(所)集會之處。

(此)猶如國王住於「王城」,(必有)「臣佐」(之)輔翼(與)「婇女」圍遶。或(如國王)出遊、巡狩,(然後再)還歸「皇居」(時),必嚴「四兵」,「導從」(有)千萬(之多)。

但(通常)言(只有)「王」(在)住、(只有)「王」之往來,雖不說「餘」(此指「臣佐、婇女、四兵、導從」這類隨行之人),而(這四類人是)無不(收)攝(在内的)。

⑩此(oṃ 字)陀羅尼,亦復如是,雖(只)說一(oṃ)字,(即)無所不收(攝)。

(oṃ 字就像一位國王,我們通常只說國王在住、國王在來往、出遊、巡狩……但只要有國王的地方,必定連帶著「臣佐、婇女、四兵、導從」這類隨行之人,所以只有要 oṃ 字,就連帶著「其餘的諸咒字母」都是無所不「收攝」在内的)

23 唐・般若共牟尼室利譯《守護國界主陀羅尼經》第九「陀羅尼功德品」云:

初第一說「婀 a」(上聲短呼,下皆准之)字門,(即能)出生無邊無數「法門」。所謂:

(1)「婀 a」(字)者,一切法無「來」,以一切法體無「來」故。
(2)又「婀」字者,一切法無「去」,以一切法體無「去」故。
(3)又「婀」字者,一切法無「行」,體無「行」故。
(4)又「婀」字者,一切法無「住」,體無「住」故。
(5)又「婀」字者,一切法無「本性」,體本「清淨」故。
(6)又「婀」字者,一切法無「根本」,體初「未生」故。
(7)又「婀」字者,一切法無「終」,體無「初」故。
(8)又「婀」字者,一切法無「盡」,體無「去處」故

(9)又「婀」字者，一切法無「生」，體無「行」故。
(10)又「婀」字者，一切法無「出」，體無「作者」故。
(11)又「婀」字者，一切法無「求」，體無「相」故。
(12)又「婀」字者，一切法無「礙」，體相「涉入」故。
(13)又「婀」字者，一切法無「滅」，體無「主宰」故。
(14)又「婀」字者，一切法無「行處」，體無「願」故。
(15)又「婀」字者，一切法無「生死」，體「離分別、無分別」故。
(16)又「婀」字者，一切法無「言說」，體極「聲」入故。
(17)又「婀」字者，一切法「不可說」，體無「聲」故。
(18)又「婀」字者，一切法無「差別」，體無「處所」故。
(19)又「婀」字者，一切法無「分別」，體「清淨」故。
(20)又「婀」字者，一切法無「心意」，體「不可求」故。
(21)又「婀」字者，一切法無「高下」，體本「平等」故。
(22)又「婀」字者，一切法「不可解」，體如「虛空」故。
(23)又「婀」字者，一切法「不可說」，體過「言道」故。
(24)又「婀」字者，一切法無「限量」，體無「處所」故。
(25)又「婀」字者，一切法無「生」，體無「生處」故。
(26)又「婀」字者，一切法無「本淨」，體本無「相」故。
(27)又「婀」字者，一切法無「我」，體即「我性」故。
(28)又「婀」字者，一切法無「眾生」，體本「清淨」故。
(29)又「婀」字者，一切法無「壽者」，體無「命根」故。
(30)又「婀」字者，一切法無「補特伽羅」(pudgala人、眾生、數取趣)，體離「所取」故。
(31)又「婀」字者，一切法無「本空」，體性「寂靜」故。
(32)又「婀」字者，一切法無「相」，體性實無「際」故。
(33)又「婀」字者，一切法無「和合」，體性無「生」故。
(34)又「婀」字者，一切法無「行」，體本無「為」故。
(35)又「婀」字者，一切法無「為」，體過行無「行」故。
(36)又「婀」字者，一切法「不共」，體無「能解人」故。
(37)又「婀」字者，一切法無「聚會」，體無「積集」故。

(38)又「婀」字者，一切法無「出」，體無「出處」故。
(39)又「婀」字者，一切法無「本性」，體本無「身」故。
(40)又「婀」字者，一切法無「相」，體相「本淨」故。
(41)又「婀」字者，一切法無「業」，體無「作者」故。
(42)又「婀」字者，一切法無「果」，體無「業道」故。
(43)又「婀」字者，一切法無「種植」，體無「種子」故。
(44)又「婀」字者，一切法無「境界」，體「不可取」故。
(45)又「婀」字者，一切法無「地界」，體無「諸結」故。
(46)又「婀」字者，一切法無「縛」，體本「散滅」故。
(47)又「婀」字者，一切法無「聚散」，體本無「為」故。
(48)又「婀」字者，一切法無「漏」，體惑不「生」故。
(49)又「婀」字者，一切法無「自生」，體初無「生」故。
(50)又「婀」字者，一切法無「濁」，體無「有對」故。
(51)又「婀」字者，一切法無「對」，體本無「作」故。
(52)又「婀」字者，一切法無「色」，體無「大種」故。
(53)又「婀」字者，一切法無「受」，體無「受者」故。
(54)又「婀」字者，一切法無「想」，體過「諸相」故。
(55)又「婀」字者，一切法無「行」，體離「有愛」故。
(56)又「婀」字者，一切法無「識」，體無「分別」故。
(57)又「婀」字者，一切法無「界」，體空「平等」故。
(58)又「婀」字者，一切法無「入」，體過「境界門」故。
(59)又「婀」字者，一切法無「境界」，體無「去處」故。
(60)又「婀」字者，一切法無「欲」，體離「分別」故。
(61)又「婀」字者，一切法無「色」，體無「根本」故。
(62)又「婀」字者，一切法無「無色」，體「難思見」故。
(63)又「婀」字者，一切法無「亂」，體無「可亂」故。
(64)又「婀」字者，一切法「不思議」，體「不可得」故。
(65)又「婀」字者，一切法無「意」，體本無「二」故。
(66)又「婀」字者，一切法不可「執受」，體過「境界道」故。
(67)又「婀」字者，一切法無「阿賴邪」(梵文 ālaya 音譯作「阿賴耶」，其本義是指「住處、執著、執藏」。「無阿賴耶」是指「無有眞實所依止之居處與執著」。故此處之「阿賴耶」並非是專指第八意識)，**體無**(眞實可得之)「**因緣**」**故**。

(68)又「婀」字者，一切法無「常」，體本無「因」故。
(69)又「婀」字者，一切法無「斷」，體不「礙因」故。
(70)又「婀」字者，一切法無「名」，體無「相貌」故。
(71)又「婀」字者，一切法無「離」，體不「相入」故。
(72)又「婀」字者，一切法無「住」，體無「住處」故。
(73)又「婀」字者，一切法無「熱惱」，體無「煩惱」故。
(74)又「婀」字者，一切法無「憂惱」，體無「惡業」故。
(75)又「婀」字者，一切法無「習氣」，體本無「垢」故。
(76)又「婀」字者，一切法無「垢」，體「本清淨」故。
(77)又「婀」字者，一切法無「本清淨」，體無「形質」故。
(78)又「婀」字者，一切法無「體」，體無「依止」故。
(79)又「婀」字者，一切法無「依止」，體無「動作」故。
(80)又「婀」字者，一切法無「動」，體離「執著」故。
(81)又「婀」字者，一切法無「障礙」，體同「虛空」故。
(82)又「婀」字者，一切法同「虛空」，體無「分別」故。
(83)又「婀」字者，一切法無「色相」，體無「境界因」故。
(84)又「婀」字者，一切法無「顯示」，體皆「相似」故。
(85)又「婀」字者，一切法無「相似」，體無「境界」故。
(86)又「婀」字者，一切法無「境界」，體如「虛空」，常「平等」故。
(87)又「婀」字者，一切法無「闇」，體無「明」故。
(88)又「婀」字者，一切法無「明」，體無「對」故。
(89)又「婀」字者，一切法無「過」，體「妙善」故。
(90)又「婀」字者，一切法無「是」，體無「妄」故。
(91)又「婀」字者，一切法無「開解」，體無「動」故。
(92)又「婀」字者，一切法無「見」，體無「色」故。
(93)又「婀」字者，一切法無「聞」，體無「聲」故。
(94)又「婀」字者，一切法無「嗅」，體無「香」故。
(95)又「婀」字者，一切法無「嘗」，體無「味」故。

(96)又「婀」字者，一切法無「觸」，體無所「觸」故。
(97)又「婀」字者，一切法無「知」，體本無「法」故。
(98)又「婀」字者，一切法無「念」，體離「心、意、識」故。
(99)又「婀」字者，一切法「不思議」，體性「菩提」，平等平等，無高下故。
(100)又「婀」字者，一切法「寂靜」，體本「不生」亦「不滅」故。

善男子！菩薩如是得此「大聲」(之)清淨「陀羅尼」門。
(當)入第一(個)「婀 a」字時，演說諸法，或經一年、或復十年、百年、千年，或百千年、或一小劫、或一大劫，乃至無量無數「大劫」，(乃至)說此「法」時，(皆)不離「婀」字。
如說(此)「婀」字義(是)無有(窮)盡，說(其)餘「諸字」亦復如是「不可窮盡」。

24 唐・空海大師《梵字悉曇字母並釋義》云：
𑖀 a 音「阿」(上聲呼)訓「無」也、「不」也、「非」也。「阿」字者，是一切「法教」之本，凡(眾生於)最初「開口」之音，皆有「阿」聲，若離「阿」聲，則無一切(之)「言說」。
故(阿字)為「眾聲」之母，又為「眾字」(之)根本。又(阿字爲)一切諸法本「不生」義，內外諸教，皆從此(阿)「字」而出生也。

25 唐・一行記《大毘盧遮那成佛經疏・卷七・入漫荼羅具緣真言品》云：
「阿 a」字或「囉 ra」字等。彼諸「世天」，乃至「地居鬼神」等，亦復說之。彼「相」有何殊異者？
阿闍梨言：若佛菩薩(之)所說，則於「一字」之中具(有)「無量」義，且略言之：
「阿 a」字，自有三義：謂
①「不生」義。
②「空」義。
③「有」義。

如梵本(之)**「阿」字，**(乃具)**有「本初」**(之)**聲；若有「本初」**(之聲)**，則是**(爲)**「因緣」**(所生)**之法，故名**(阿字)**為③「有」。**

又「阿」者，(即)**是「無生」義，若「法」**(是)**攬**(眾)**「因緣」**(而)**成，則自「無有性」，是故**(阿字)**為②「空」。**

又(阿字爲)**「①不生」者，即是一「實境界」；即是「中道」，故龍樹云：「因緣」**(所)**生法，亦「空」、亦「假」、亦「中」。**

又《大論》(大智度論)**明「薩婆若」**(sarvajña 一切智)**，有三種名：**
❶「一切智」(是)**與「二乘」共。**
❷「道種智」(是)**與「菩薩」共。**
❸「一切種智」是佛(之)**「不共法」。**
此三智，其實(於)**「一心」中**(即)**得。為分別令人「易解」**(之)**故**(而)**作**(此)**三種**(智之)**名，即此**(亦爲是)**「阿」字義也。**

26 唐・一行記《大毘盧遮那成佛經疏・卷七・入漫荼羅具緣真言品》又云：

經云：謂「阿」字門，一切諸法本「不生」故者。「阿」字(即)是一切「法教」之本，凡(眾生於)最初「開口」之音，皆有「阿」聲，若離「阿」聲，則無一切(之)「言説」，故(阿字)為「眾聲」之母。
凡「三界」語言，皆依於「名」，而「名」依於「字」，故悉曇(之)「阿」字，亦為「眾字」之母，當知「阿」字門(之)真實義，亦復如是，(乃)遍於「一切法義」之中也。所以者何？
以一切法，無不從「眾緣」生(起)，(既)從「緣生」者，悉皆有「始」、有「本」。今觀此(阿字)能生之緣，亦復從「眾因緣」生(起)，(既然都是)展轉從「緣」(生起)，(那)誰為其「本」(呢)？
(作)如是觀察時，則知(阿字)本「不生」際，(即)是「萬法」之本。猶如聞「一切語言」時，即是聞「阿」聲。如是(若)見一切法「生」時，即是見本「不生」(之)際。若見本「不生」(之)際者，即是如實知「自心」。(若能)如實知「自心」(者)，即是(同於如來所證的)「一切智智」(sarvajña-jñāna)，故毘盧遮那(佛)，唯以此(阿)「一字」為真言也。

而世間凡夫，不觀諸法(之)「本源」故，妄見有「生」，所以隨「生死」流(而)不能自出。如彼「無智」(之)畫師，自運眾綵，(竟)作(出)可畏「夜叉」之形。(繪畫)成已，還自「觀」之，(於是)心生怖畏，頓躄ㄅㄧˋ(頓時跛躄跌倒)於地。

眾生亦復如是，自運(於)諸法「本源」，(而自)畫作(於)「三界」，而還自沒(溺於)其中，自心「熾然」，(而)備受諸苦。

如來(為)「有智」(之)畫師，既(能)「了知」已，即能自在成立「大悲」(之)「漫荼羅」。

由是而言，所謂「甚深祕藏」者，(只是)眾生(心)「自祕」之耳，非佛有隱(匿之說)也。

27 日僧隆瑜撰《秘藏記拾要記・卷五》云：

夫一切諸法，或執「空」，或執「有」，為除「空執」(而)說「有」，為除「有執」(而)說「空」，為除「空、有」(之)病(而)說「非空、非有」，(即)是稱(為)「中道」。

(但)「言」(仍)尚留「中道」(二字)，為除其「言」，(故)又說「中道」(仍亦)「不可得」，(如)是(諸法皆)「不可得」，(即)入「阿」字門見者，(所謂)「不可得」(三個字)，亦「不可得」，於茲「絕言」(此指「離言絕待、言語道斷、心行處滅」)。(此即)是一切諸法本「不生、不可得」(之)義。

𑖁 ā

歷代密咒譯師對「阿」(長音)字母發音的描述

(下面資料據日僧淨嚴(1639~1702)集《悉曇三密鈔・卷上之下》。詳《大正藏》第八十四冊頁 731 下、732 中。內容已經末學重新「註解整理」過了)

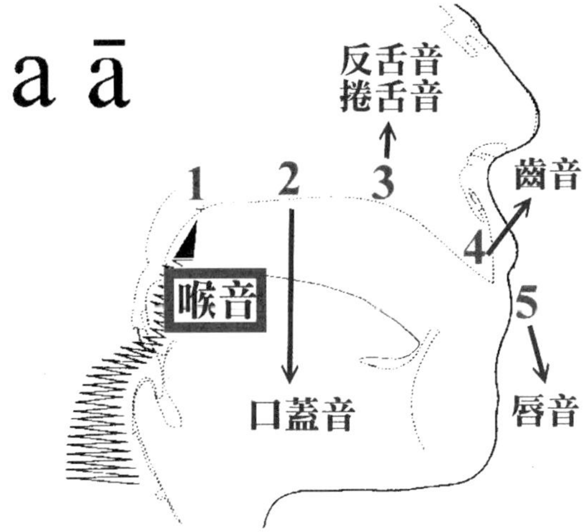

𑖁 ā 長**阿字** 依聲長呼➔字記(唐・智廣《悉曇字記》)。聲者，平聲也

❶**阿** 去引➔大日經・《瑜伽金剛頂經釋字母品》。《文殊問經字母品》・《方廣大莊嚴經》・涅槃文字(北涼・曇無讖《大般涅槃經・如來性品》與東晉・法顯《佛說大般泥洹經・文字品》)・《續刊定記》(唐・慧苑述《續華嚴經略疏刊定記》)・全真、大師(空海大師)

❷**痾** 義淨《寄歸傳》(唐・義淨《南海寄歸內法傳》)

❸**噁** 全雅(唐・全雅阿闍梨《悉曇章》)

❹**阿** 烏歌反 長聲➔慧均、梁武、玄應

❺**阿** 引，如金上聲重(音)。下準之➔寶月、宗叡

❻**阿** 上(聲)，如聽上(聲)重(音)。下準之➔難陀

❼**阿** 長，開口呼，初去後平勢➔慈覺

有關「a」字發音的咒語練習

結壇真言(三種智字)

《妙吉祥平等瑜伽祕密觀身成佛儀軌》

誦「唵・阿(去聲)・吽」三種智字，想頂作「壇」。

oṃ • āḥ • hūṃ

A 文殊「五字」陀羅尼(去掉頭 **oṃ** 和尾 **dhīḥ** 故名爲五字陀羅尼咒，其實總數應爲七字)

「文殊咒」的依據經典，有五部經均為不空所譯。一部為金剛智所譯。

①不空譯《金剛頂經瑜伽文殊師利菩薩法》。

②不空譯《金剛頂超勝三界經說文殊五字真言勝相》。

③不空譯《五字陀羅尼頌》。

④不空譯《金剛頂經瑜伽文殊師利菩薩供養儀軌》。

⑤不空譯《曼殊室利童子菩薩五字瑜伽法》。

⑥金剛智譯《金剛頂經曼殊室利菩薩五字心陀羅尼品》。

—參閱《大正藏》第 20 冊頁 705—723。

 (悉曇梵文)

oṃ • a • ra • pa • ca • na • dhīḥ (羅馬拼音)

嗡姆　阿　囉(彈舌)**巴　佳　那　地喝** (中文摹擬音)

B 文殊「八字」陀羅尼(有兩種，任選其一即可)

一、**oṃ • āḥ • vī • ra • hūṃ • kha • ca • raḥ •**

—淨智金剛譯《大聖妙吉祥菩薩祕密八字陀羅尼修行曼荼羅次第儀軌》。《大正藏》第20冊頁748中。

二、**ā • vi • ra • hūṃ • kha • ca • raḥ • dhaṃ •**

—《—大日如來劍印》。《大正藏》第18冊頁197上。

若能常持誦「文殊」真言，可獲「智慧」增長，「辯才」無礙，「記憶力」堅固。

一般佛教徒根據「大乘經典」的說法，常將**文殊師利**菩薩當做掌管「智慧」的菩薩，一些大乘經典，也總是以**文殊師利**為「上首」的菩薩；**文殊**菩薩在十方諸大菩薩中，總是居於「最高智慧、般若空性」的「領導」地位，追隨他的那些大菩薩眾也大多是「輕年者」及「好追求智慧」者。

文殊咒持誦功德說明：

由《金剛頂瑜伽文殊師利菩薩經》，可知持誦「文殊咒」的主要功德為：
①罪障消滅，獲無盡「辯才」。
②所求「世間、出世間」事，悉得成就。
③離諸「苦惱」。
④「五無間」等一切「罪障」，永盡無餘。
⑤證悟一切「諸三昧」門。
⑥獲大「聞持」。
⑦成「阿耨多羅三藐三菩提」等等。

在《金剛頂瑜伽文殊師利菩薩經》中說：(《大正藏》第 20 冊頁 705—723)

❶(若能)**念誦數，滿「五十萬」遍，即獲無盡「辯才」，如文殊師利菩薩等無有異**(而能)**飛騰**(於)**虛空**(獲大自在)**。**
❷**所求「世間、出世間」事，悉得成就。**
❸**又**(若能)**念誦數滿「一俱胝」**(**koṭi**，可作「十萬、百萬、千萬」三種解釋，此處作「百萬」解即可)**，離諸苦惱。**
❹(若能)**滿「二俱胝」**(二百萬)**遍，**(所有)**「五無間」等一切罪障，永盡無餘。**
❺(若能誦滿)**「三俱胝」**(三百萬)**遍，**(即能)**證悟一切諸「三昧」門。**
❻(若能誦滿)**「四俱胝」**(四百萬)**遍，**(能)**獲大「聞持」。**
❼(若能誦滿)**「五俱胝」**(五百萬)**遍，**(能)**成**(就)**「阿耨多羅三藐三菩提。**

持誦「文殊咒」能獲「般若」波羅蜜多成就，即「智慧、聰明」成就。所以若佛教徒能認真持誦此「文殊咒」，就已包含一切如來所說「咒法」的功德了。

在一般大眾的觀念裡，文殊菩薩是「智慧」的象徵，因此很多正值「求學」階段的學生或家長，都會去禮拜文殊菩薩像，或持誦「文殊咒」，能祈求獲得「庇佑」並增長「聰明智慧」，以利於考取「理想」的學校或完成「學業」。這也是文殊菩薩常現出「童子像」，且與「年輕人」有深厚的淵源故。

即使有人一生皆處於「順境」，但面對每日的「工作」總有「較好、較壞」的作法要選擇，或「精益求精」的找尋最佳解決之道等種種問題要面對。況且人生當中難免有面對「叉路」不知如何「取捨」、或「迷惘」不知所措，甚至面對重大困難需要「解決」問題，因此很多人都希望能「開啟智慧」以尋求解決之道，只要您能持誦「文殊咒」，無論是「五字咒、八字咒」的任何版本，都能獲得文殊菩薩的加持與灌頂，讓您開啟「大智慧」，圓滿處理人生的所有「障礙」。

顯密經典中對「阿」(長音)字母釋義之研究

1「阿 ā」(引去)字門，一切法(皆具)「寂靜」(相)故。(唐・不空譯《瑜伽金剛頂經釋字母品》)

2 稱「阿 ā」字時，是遠離「我」(人眾生壽者之)聲。(唐・不空譯《文殊問經字母品》)

3 說長「阿 ā」字，是出離「我」(人眾生壽者之)聲……

(ā 字能現出)「無我」(之)聲者：

一切諸法(本)「無我」。有說「我、人、作者、使作者」等，或「斷」、或「常」，此謂「我想、我覺」，(皆)是外道語言。若「過去」已滅，若「未來」未至，若「現在」不停，「十二入、十八界、五陰」，悉(皆)「無有我」，(即)是長「阿 ā」義。(梁・僧伽婆羅譯《文殊師利問經・字母品》)

4 唱長「阿 ā」字時，(能現)出「自利利他」(之)聲。(唐・地婆訶羅譯《方廣大莊嚴經》)

5「阿 ā 者」，名「阿闍梨 ācārya」。「阿闍梨 ācārya」者，義何謂耶？於世間中(已)得名「聖者」。何謂為「聖」？「聖」名「無著」，少欲知足，亦名「清淨」，能度(化)眾生於「三有」流(之)生死大海，是名為「聖」。

又復「阿 ā」者，名曰「制度」，修持「淨戒」，隨順「威儀」。

又復「阿 ā」者，名依(止)「聖人」。應學(戒律)「威儀」，進止(行進退止)舉動，供養恭敬，禮拜「三尊」(三寶)，(與)孝養(世間)父母，及學「大乘」。(若有在家)善男女等，(依止出家已)具持「禁戒」(者)，及諸「菩薩」摩訶薩等，是名(爲依止)「聖人」。

又復「阿 ā」者，名曰(一切言語)「教誨」(之所依止)。如言：汝來！如是(那些)應(可)作，如是(那些而)莫作。若有能遮(斷所有)「非威儀法」(者)，是名「聖人」，是故名「阿 ā」。(北涼・曇無讖《大般涅槃經・如來性品》)

6次長「阿 ā」者，現「聖智 ācārya」義。其名「聖者」，離「世間數」，清淨少欲，能度一切「三有」(生死)之海，故名為「聖」。

聖者「正」也，能正「法度」，行處(修持)「律儀」，及(遵守)世間「法度」，是其義也。

復次「阿 ā」者，(能)有所長養(增長養育於一切)，(此)皆依於「聖」。

一切真實「正行」之本，(如世間法)孝養「二親」，皆依(如)是(而)知。(如出世法能)曉了「正法」，住(大乘)「摩訶衍」。(若有)善男子、善女人，(依止)持戒比丘，及(諸)菩薩，如是所行，皆名依(止)聖(人)。

又復「阿 ā」者，(爲)世界「言語法」之所依(止)。如言：善男子！阿伽車(āgaccha--āgaccha 速;勝進;獲得;往;去;詣;來)。如言：男子！莫作「阿那遮羅」(anācāra 無禮儀;非威儀)。

是故「阿 ā」者，亦是世間言語(之)所依(止)。(東晉・法顯《佛說大般泥洹經・文字品》)

7「阿 ā(引)字」，一切法本來「寂靜」，猶如「虛空」。

(唐・不空譯《大樂金剛不空眞實三昧耶經般若波羅蜜多理趣釋・卷二》)

8此真言以「阿 ā(長)」字為體，「阿(長)」本「不生」體，今此「阿」(長)是

「第二聲」，即是「空」義，以本「不生」故，同於「虛空」也。即是「一切法」皆等於「虛空」，自得如是「了知」也。

（唐·一行記《大毘盧遮那成佛經疏·卷第十》）

i

歷代密咒譯師對「伊」字母發音的描述

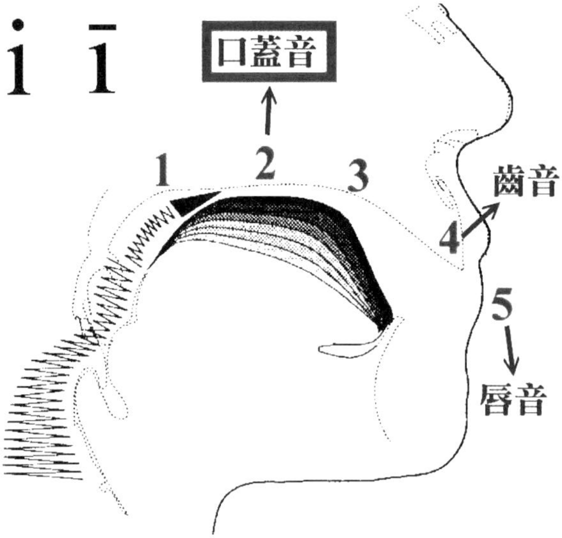

i 短**伊字** 上聲，聲近於翼反➔《字說》（唐·智廣《悉曇字記》）

❶**伊** 上(聲)➔《大日》。《瑜伽金剛頂經釋字母品》。《文殊問經字母品》。《方廣大莊嚴經》。吉藏（隋·吉藏《涅槃經遊意》）、寶月、難陀、宗叡、全真、大師、慈覺

❷**億** 以伊，上聲，稍短呼之➔《涅槃文字品》（北涼·曇無讖《大般涅槃經·如來性品》與東晉·法顯《佛說大般泥洹經·文字品》）、慧遠、慧均、梁武、玄應

❸**縊** 入➔《刊續定記》（唐·慧苑述《續華嚴經略疏刊定記》）

❹**伊** 去➔《大悉曇》（唐日僧·空海大師《大悉曇章》）

❺**壹** 景祐

顯密經典中對「伊」字母釋義之研究

1「伊 i」(上)字門，一切法(之六)「根」(聲)，(皆)不可得故。(唐・不空譯《瑜伽金剛頂經釋字母品》)

2 稱「伊 i」(上)字時，是諸「(六)根」廣博(之大)聲。(唐・不空譯《文殊問經字母品》)

3 說「伊 i」字，(能現)出諸「(六)根」(之)聲……
(i 字能現出)諸「(六)根」(之)聲者：
謂「大聲」，如「眼根」名(為廣博之)「大聲」，「耳根」乃至「意根」，(皆)名(為廣博之)「大聲」。此(即)謂「伊 i」字，是名(具廣博之)「大聲」。(梁・僧伽婆羅譯《文殊師利問經・字母品》)

4 唱「伊 i」字時，一切諸「(六)根」門戶(將對外六塵)「閉塞」，(並能生)出如是(廣博之大)聲。(隋・闍那崛多譯《佛本行集經》)

5 唱「伊 i」字時，(能現)出諸「(六)根」本(之)「廣大聲」。(唐・地婆訶羅譯《方廣大莊嚴經》)

6「億 i」者，即是「佛法」，梵行廣大，清淨無垢，喻如「滿月」。汝等如是，(那些)應作、(那些)不作，(那些)是義、(那些)非義。此是(為)佛說，此是(為)魔說，是故名「億 i」。(北涼・曇無讖《大般涅槃經・如來性品》)

7 短「伊 i」者，「此」也，言「此法」者，(即)是「如來」法，梵行、離垢、清淨，猶如「滿月」。(為)顯此法故，諸佛世尊而現此(短伊之)名。
又復「伊 i」者，言「此」是義，「此」非義。「此」是魔說，「此」是佛說。依是分別，故名為「此」。(東晉・法顯《佛說大般泥洹經・文字品》)

 ī

歷代密咒譯師對「伊」(長音)字母發音的描述

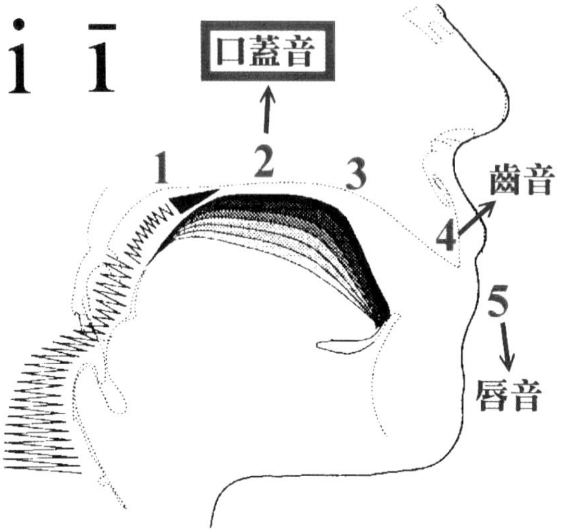

ī 長**伊字** 平聲➔字記(唐・智廣《悉曇字記》)・梁武・吉藏(隋・吉藏《涅槃經遊意》)・慧均・玄應・寶月・難陀・宗叡、慈覺，初去後平

❶**伊** 去引➔《瑜伽金剛頂經釋字母品》。《文殊問經字母品》。涅槃文字品(北涼・曇無讖《大般涅槃經・如來性品》與東晉・法顯《佛說大般泥洹經・文字品》)。大師

❷**縊** 去➔大日經。《續刊定記》(唐・慧苑述《續華嚴經略疏刊定記》)

❸**伊** 《方廣大莊嚴經》。義淨(唐・義淨《南海寄歸內法傳》)。慧遠

❹**翳** 全雅。《大悉曇》(唐日僧・空海大師《大悉曇章》)・景祐

❺**縊** 伊異反➔全真

顯密經典中對「伊」(長音)字母釋義之研究

1「伊 ī」(引去)**字門，一切法**(若具)「**災禍**」(相)，(乃)**不可得故。**(唐・不空譯《瑜伽金剛頂經釋字母品》)

2 稱「伊 ī」(引去)**字時，是**(指)**世間**(具有種種疾疫)**災害**(之)**聲。**(唐・不空譯《文殊問經

字母品》)

3 說長「ī 伊」字，(能現)出「疾疫」(之)聲……

(ī 字能現出眾)多「疾疫」(之)聲者：

(例如)「眼」多(有)「疾疫」，乃至「意」(有疾疫)亦如是。眾生「身、心」(皆具)種種(痟痟)病苦，此(即)謂(能現)多「疾疫」(之)聲。(梁・僧伽婆羅譯《文殊師利問經・字母品》)

4 唱「伊 ī」字時，(能現)出一切世間「眾多病」(之)聲。(唐・地婆訶羅譯《方廣大莊嚴經》)

5「伊 ī」者，佛法微妙，甚深難得。如「自在天、大梵天王」，(其)法名「自在」，若(有)能持(此伊字)者，則名「護法」。又「自在」者，(亦)名「四護世」(四大天王)，(此四位亦)是「四自在」，則能攝護(攝持護念)《大涅槃經》，亦能「自在」(的)敷揚宣說(《大涅槃經》義)。

又復「伊 ī」者，(喻)能為眾生「自在」(的)說法。復次「伊 ī」者，(亦)為「自在」(之)故，說何等(經)是也？所謂修習「方等」經典(即能獲得大自在與吉祥，能除嫉妬與邪見)。

復次「伊 ī」者，為斷「嫉妬」，如除「稗莠穢」，皆悉能令變成「吉祥」，是故名「伊 ī」。(北涼・曇無讖《大般涅槃經・如來性品》)

6 其長「伊 ī」者，名為「自在」，(亦)名「大自在」(與)「自在梵王」。能於如來(甚深)難得之教(義)，以(其)「自在」(之)力(去)護持「正法」，以是之故，(伊字者即)名為「自在」。

又復「伊 ī」者，於此(得)「自在」，(如)《大乘方等般泥洹經》(能)「自在」攝持(眾生)，令此教法(能)「自在」熾然，令餘眾生(能)「自在」受學此「方等經」。

又復「伊 ī」者，(能)自在(於諸)「方等」(經)。能除「伊 ī」者，「嫉妬」(與)「邪見」(上文解作：伊字者，能除嫉妬與邪見之義)。如治「田苗」，去諸「穢草」，如是等比，是故如來說「伊 ī」(字能令眾生獲得)「自在」。(東晉・法顯《佛說大般泥洹經・文

字品》)

註：又四大天王的「種子」字都帶有 ī 聲：

例如：dhṛ 東方持國。

vī 西方廣目。

vi 南方增長。

vai 北方毗沙門。

皆帶有 ī 聲，皆有「自在」之義。

又「帝釋」天的種子字，也作 i。

另「大自在天」的種子字，也是作 ī〉，皆同此義。

u

歷代密咒譯師對「塢」字母發音的描述

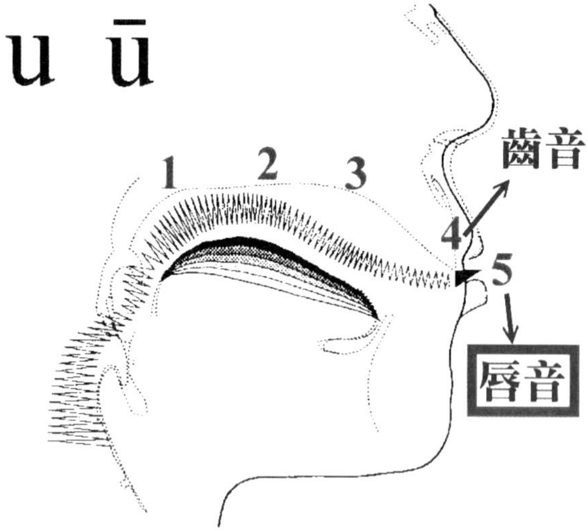

u 短甌字 上聲，聲近屋→字記(唐·智廣《悉曇字記》)

❶塢 上(聲)→大日經·《瑜伽金剛頂經釋字母品》·《文殊問經字母品》·《大悉曇》·釋義(空海大師撰《梵字悉曇字母並釋義》)·全真·大師

❷**烏** 上➔《方廣大莊嚴經》。寶月

❸**烏** 入➔《續刊定記》(唐・慧苑述《續華嚴經略疏刊定記》)

❹**郁** 烏久切。短聲➔涅槃文字品(北涼・曇無讖《大般涅槃經・如來性品》與東晉・法顯《佛說大般泥洹經・文字品》)・慧均・梁武・玄應・惠圓(惠圓法師《涅槃經音義》)・信行(唐日僧・信行《大般涅槃經音義》)

❺**侑** 爰救切➔慧遠

❻**憂** 短➔吉藏(隋・吉藏《涅槃經遊意》)

❼**屋** 義淨(唐・義淨《南海寄歸內法傳》)。全雅

❽**于** 上(聲)➔難陀

❾**宇** 上(聲)➔宗叡

❿**宇** 短呼➔慈覺

顯密經典中對「塢」字母釋義之研究

1「塢 u」字門，(將)一切法(作種種)「譬喻」，(皆)不可得故。(唐・不空譯《瑜伽金剛頂經釋字母品》)

2 稱「塢 u」(上)字時，是(世間具有)多種(的)「逼迫聲」。(唐・不空譯《文殊問經字母品》)

3 說「憂 u」字，(能現)出「荒亂」(之)聲……

(u 字能現出)「荒亂」(之)聲者：

「國土」不安，人民(互)相逼(迫)，賊(人掠)抄(相)競(而)起、米穀「不登」(沒有歲登豐收)，此(即)謂(能現)「荒亂」(之)聲。(梁・僧伽婆羅譯《文殊師利問經・字母品》)

4 唱「優 u」字時，(能令)心得「寂定」，(而)出如是(之)聲。(隋・闍那崛多譯《佛本行集經》)

5 唱「烏 u」(上聲)字時，(能現)出世間諸「惱亂事」(之)聲。(唐・地婆訶羅譯《方廣大莊嚴經》)

6「郁 u」者，於諸經中「最上、最勝」，增長上上，謂「大涅槃」。
復次「郁 u」者，(即是)「如來之性」(佛性)，(此乃)「聲聞、緣覺」，所未曾聞。如(於)一切(四大部)處，北鬱單越(Uttara-kuru 北俱盧洲)，最為殊勝。菩薩若能聽受是(《涅槃》)經，(此)於一切眾，(乃)最為殊勝。以是義故，是(《涅槃》)經得名「最上、最勝」，是故名「郁 u」。(北涼・曇無讖《大般涅槃經・如來性品》)

7短「憂 u」者，上也，於此契經說「最上義」。其諸「聲聞」及「辟支佛」，所未曾聞(其中)「一句、一字、片言」歷耳。譬如諸方(四大部洲)，(以)鬱單越(Uttara-kuru 北俱盧洲)為「福德」之上。大乘「方等」亦復如是，一言歷耳，當知是等(即為)「人中之上」，為「菩薩」也，是故如來說此「憂 u」字。(東晉・法顯《佛說大般泥洹經・文字品》)

ū

歷代密咒譯師對「污」(長音)字母發音的描述

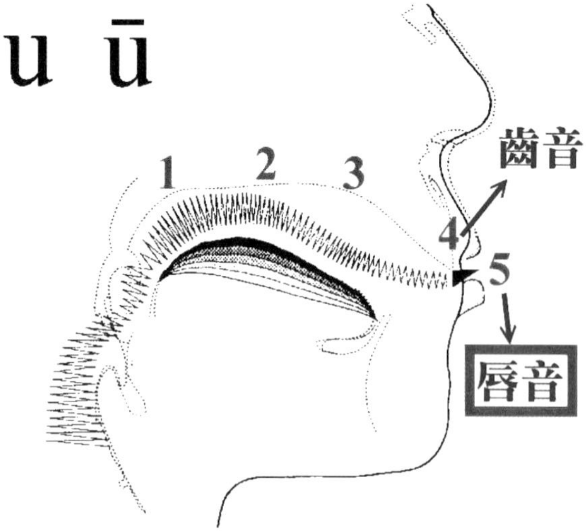

ū 長**甌字** 長呼→字記(唐・智廣《悉曇字記》)

❶**烏** 大日經。《方廣大莊嚴經》。義淨(唐・義淨《南海寄歸內法傳》)

❷**烏** 去➔《續刊定記》(唐・慧苑述《續華嚴經略疏刊定記》)

❸**污** 去，引➔《瑜伽金剛頂經釋字母品》。《文殊問經字母品》。
寶月。《大悉曇》。釋義大師(空海大師撰《梵字悉曇字母並釋義》)

❹**污** 塢固反，引，牙(似)開(又)不開(的狀態)➔全真

❺**憂** 長➔慧遠。吉藏(隋・吉藏《涅槃經遊意》)

❻**優** 以烏字，去聲，稍長，引呼➔涅槃文字品(北涼・曇無讖《大般涅槃經・如來性品》與東晉・法顯《佛説大般泥洹經・文字品》)

❼**優** 烏鳩反，長➔慧均・梁武・玄應・信行(唐日僧・信行《大般涅槃經音義》)

❽**于** 上(聲)➔難陀

❾**于** 引➔宗叡

❿**于** 長呼➔慈覺

顯密經典中對「污」(長音)字母釋義之研究

1「污 ū」(引)字門，一切法(若具)「損減」(相)，(乃)不可得故。(唐・不空譯《瑜伽金剛頂經釋字母品》)

2 稱「汙 ū」(引去)字時，是(將)「損減」(損減減少)世間；(眾)多(下劣)「有情」(之)聲。(唐，不空譯《文殊問經字母品》)

3 説長「憂 ū」字，(能現)出下(劣)眾生(之)聲……
(ū 字能現出)下(劣)眾生(之)聲者：
(所謂)「下劣」眾生，(如)「貧窮、困苦、無善根」，諸「禽獸、蟲蚋」等，此(即所)謂下(劣)眾生(之)聲。(梁・僧伽婆羅譯《文殊師利問經・字母品》)

4 唱「烏 ū」字時，(能現)出諸世間一切眾生「智慧」(與)「狹劣」(之)聲。(唐・地婆訶羅譯《方廣大莊嚴經》)

5「優 ū 者」，喻如「牛乳」，(爲)諸味中(之)上。
「如來之性」(佛性)亦復如是，於諸經中(乃)最尊、最上。若有誹謗(此「佛

性」法義之者)，當知是人，與(畜生道之)「牛」(則)無別。

復次「優 ū」者，是人名為無「慧、正念」(沒有智慧、沒有正念的人)。(若有)誹謗「如來微密祕藏」(佛性)，當知是人甚可「憐愍」，(竟然)遠離「如來祕密之藏」(佛性)，(執著)說(絕對的)「無我」法，是故名「優 ū」。(北涼·曇無讖《大般涅槃經·如來性品》)

6 長「憂 ū」者，如香「牛乳」，其乳(之)「香味」，是大乘經最為「上味」，廣說「如來真實之性」(佛性)，(所有的)非法、憍慢，皆悉消滅。

又復「憂 ū」者，名為「大憂」。於「如來藏」(佛性)慧命根斷(滅)，(執)著(於絕對的)「無我」說，當知是等(人)名為「大憂」，是故說「憂 ū」。(東晉·法顯《佛說大般泥洹經·文字品》)

7「優 ū」(字)亦一切法門，「優 ū」者，(能)受持(及)擁護清淨(的)「禁戒」。(北涼·曇無讖譯《大方等大集經》)

四、「別麼多」四流音

 ṛ

歷代密咒譯師對「哩」字母發音的描述

ṛ ṝ

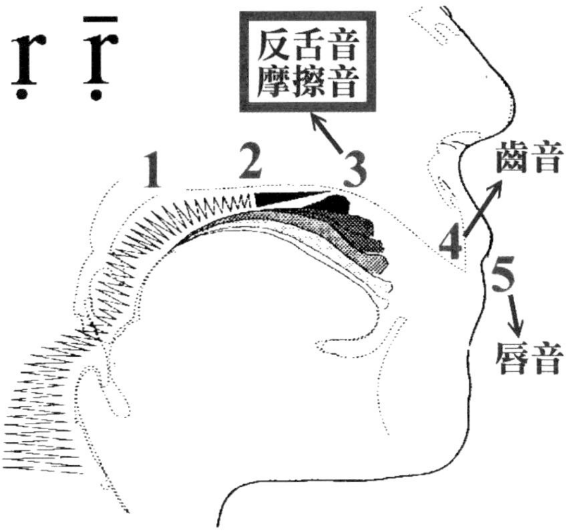

顯密經典中對「哩」字母釋義之研究

1「哩 ṛ」字門，一切法(之)「神通」(相)，(皆)不可得故。(唐・不空譯《瑜伽金剛頂經釋字母品》)

2 稱「呂ṛ」字時，是(能現出)「直、軟、相續」(的)有情(眾生之)聲。(唐・不空譯《文殊問經字母品》)

3 說「釐 ṛ」字，(能現)出「(誠)直、軟(善)、相續(不斷)」(之)聲……

(ṛ 字能現出)「直軟」(誠直軟善溫和)相續(之)聲者：

「直」者「不諂」，「不諂」者「不曲」，「不曲」者「真實」，「真實」者如說(而)行(即指言行合一)。如說(而)行者，如佛語(之)行，此謂為「直」(即指言行合一)。

「軟」者，有六種：(從)「眼」軟(軟善溫和)乃至「意」軟(軟善溫和)，此謂為「軟」。

「相續」者，不離一切諸「善法」，是謂「直軟相續聲」。(梁・僧伽婆羅譯《文殊師利問經・字母品》)

有關「ṛ」字發音的咒語練習

一、往生咒

namo • amitābhāya • tathāgatāya •
歸命　　無量光阿彌陀　　　如來
tadyathā •
即說咒曰
amṛto-dbhave • amṛta-siddhaṃbhave •
甘露　所生者啊！　甘露　　成就所生者啊！
amṛta-vikrānte • amṛta-vikrānta •
具甘露　神力者啊！　甘露　　神力者啊！
gāmine • gagana • kīrta-kare • svāhā •
前進啊！　　　虛空　　祈願;讚揚 做！成就圓滿。

二、楞嚴咒第二會

oṃ ṛṣi-gaṇa pra-śāstāya sarva tathāgata-uṣṇīṣāya—hūṃ trūṃ •

三、楞嚴咒第三會

pari-brajāka kṛtāṃ—vidyāṃ cchinda-yāmi kīla-yāmi •

四、楞嚴咒第五會

akāla-mṛtyu

hṛdaya—śūlaṃ •

五、軍荼利香鑪法印(小心咒。軍荼利小咒)

《陀羅尼集經》卷 8：

仰左右手掌，兩手中指、無名指、小指直向上竪，背各相著，二頭指斜直，頭相柱，二大指舒頰頭指第二節。呪曰：

唵(一)．阿(上音)蜜哩(二合)帝(二)．嗚許(三)．㤄(四)

oṃ・ amṛte・ hūṃ・ phaṭ・

是法印呪，若作一切金剛法事，先以此印，印香爐已，誦「小心呪」，滿三七遍，然後燒香，一切歡喜。

六、軍茶利護身法印(大心咒。軍荼利護身咒)

《陀羅尼集經》卷 8：

相叉二小指於掌中，以二無名指雙屈入掌中，捺於二小指叉上，合腕，竪二中指，頭相拄，兩頭指小屈曲，當中指背上節後，勿著之。呪曰：

唵(一)・戶嚧戶嚧(二)・底瑟吒(二合)底瑟吒(二合)(三)

oṃ・ huru-huru・ tiṣṭha-tiṣṭha・

盤陀 盤陀(四)・訶(去音)那訶(去音)那(五)・ 阿(上)蜜哩(二合)帝(六)

bandha-bandha・hana-hana・ amṛte・

烏許・ 抪(七)

hūṃ・phaṭ・svāhā

誦呪七遍，是法印呪，若但有人常欲受持金剛法者，每日平旦洒手面已，即以右手掬於淨水，呪七遍竟，向東散却，三遍抪(潑灑)之，後抪(潑灑)己身，即入房內作護身法。護身法者，當燒香已，結印不解，口誦心呪，將印頂戴，次印左肩、次印右肩、次印心前、次印頸下、次印眉間、次印髮際、次印頂上、次印頂後，如是八處各三遍印，是名護身法。

凡人欲作金剛法事，先印香爐，燒香已竟，手把香鑪，啟告十方一切諸佛、般若、菩薩、金剛、冥聖、諸天業道，一如上法。啟告已訖，即作此法然後行用，一切無畏，至於作法誦呪無難。

ॠ ṝ

歷代密咒譯師對「哩」(長音)字母發音的描述

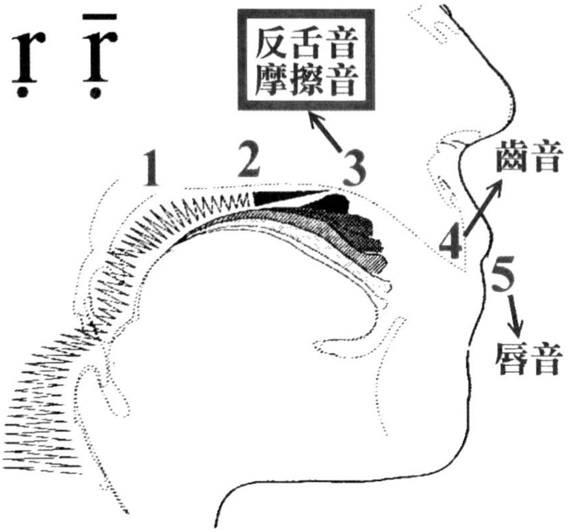

顯密經典中對「哩」(長音)字母釋義之研究

1「哩 ṝ」(引)字門，(將)一切法(作種種)「類例」(類別體例)，(皆)不可得故。(唐·不空譯《瑜伽金剛頂經釋字母品》)

2 稱「呂ṝ」(引去)字時，是(能現出)斷「染、遊戲」(之)聲。(唐·不空譯《文殊問經字母品》)

3 說長「釐 ṝ」字，(能現)出斷「染、遊戲」(之)聲……

(ṝ 字能現出)斷「染遊戲」(之)聲者：

斷「欲界」(之)「染」，(有)「三十六使」(《出曜經》云：三十六使流者，三十六邪。「身邪」有三，「三界」各有一。「邊見」有三，欲界一、色界一、無色界一。「邪見」有十二，欲界四、色界四、無色界四。「見盜」有十二，欲界四、色界四、無色界四。「戒盜」有六，欲界二、色界二、無色界二。取而合者，合三十六。使世人迷惑，不覩正見，是以智人防慮未然。是故說曰：三十六使流，并及心意漏。「三十六邪」由心而生，流溢萬端，遂成邪見)，思惟所斷「四使」(《出曜經》云：當度「欲有流」者，流有四品，其事不同。云何爲四？一者欲流，二者有流，三者無明流，四者見流。眾生之類，沈溺生死，皆由此四，流浪「四使」，不能自免，方當涉歷，流轉五道)。

「斷」者，「除滅」義。

「遊戲」者，「五欲」眾具。眾生於此(五欲)「遊戲」，(故)如是(皆)應斷(除)，此(即)謂「斷染遊戲聲」。(梁・僧伽婆羅譯《文殊師利問經・字母品》)

ḷ

歷代密咒譯師對「嚧」字母發音的描述

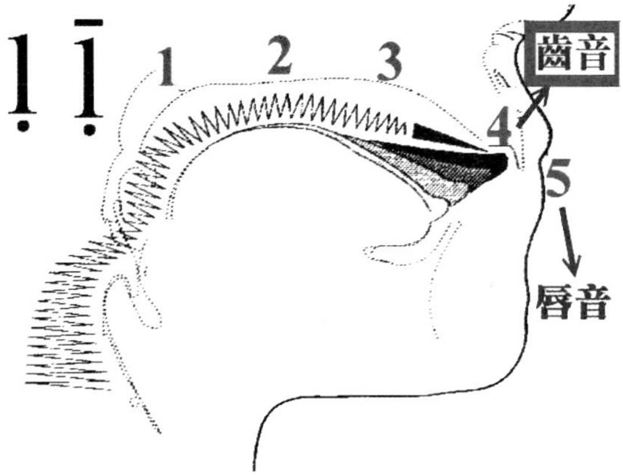

顯密經典中對「嚧」字母釋義之研究

1「嚧ḷ」字門，一切法(若具)「沈沒」(相)，(乃)不可得故。(唐・不空譯《瑜伽金剛頂經釋字母品》)

2 稱「力ḷ」字時，是(能現出)「生(起諸)法相」(之)聲。(唐・不空譯《文殊問經字母品》)

3 說「梨ḷ」字，(能現)出(諸)相(皆有)「生法」(之)聲……

(ḷ字能現)出(諸)相(皆有)「生法」(之)聲者：

一切諸法(皆以)「無我」為相，念念(即是)「生滅」，(但諸法亦具有)「寂靜相」。

(諸法以)「無我」為相者，「色陰」無常，乃至「識」，亦如是，此謂(以)「無我」為相。

念念「生滅」者，一切諸行(皆)「念念生」，(凡有)「生」者必「滅」，此謂一切諸法(皆)「念念生滅」。

(所謂諸法亦有)「寂靜」(相)者，(指一切法皆)空無處所(無所住之處)，無「色」、無「體」，與「虛空」(平)等，此(即)謂「寂靜相」者。(凡)「過去、未來、現在」(皆是)「無常」，此(即)謂(能現出諸)相(皆有)「生法」(之)聲。(梁·僧伽婆羅譯《文殊師利問經·字母品》)

ꣳ ī

歷代密咒譯師對「噜」(長音)字母發音的描述

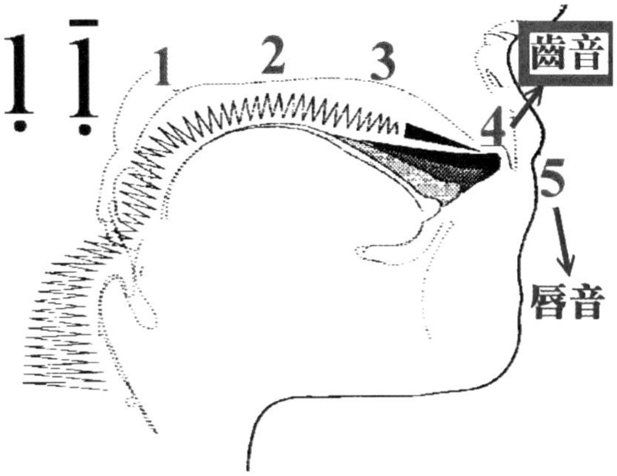

顯密經典中對「噜」(長音)字母釋義之研究

1「嚕ḹ」字門，一切法(若具)「染」(相)，(乃)不可得故。(唐·不空譯《瑜伽金剛頂經釋字母品》)

2 稱「嚧ḹ」(引)字時，是(能現出)三(界諸)有「染相」(之)聲。(唐·不空譯《文殊問經字母品》)

3 說長「梨ḹ」字，(能現)出「三有」(三界)染相(之)聲……

(ḹ字能現)出「三有」(三界)染相(之)聲者：

「相」者，(指有)「五欲」眾具(的)「欲界」相，(有被)「色」染(的)「色界相」，(有被)「無色」染(的)「無色界相」，此(即)謂(三界皆具染)相。

「三有」者，「欲有、色有、無色有」。
云何「欲有」(欲界有)？(從)「地獄」乃至「他化自在天」。
云何「色有」(色界有)？(從)「梵身」乃至「色究竟」(天)。
云何「無色有」(無色界有)？(從)「空處」乃至「非想非非想處」。(若有)染著「三界」(共)「九十八使」(又作九十八隨眠，此指見、思(修)二惑之總數。「見惑」有八十八隨眠，「修惑」有十隨眠。以「貪、瞋、癡、慢、疑、身、邊、邪、取、戒」等十種隨眠，配於「三界」五部，即「欲界」之見「苦」所斷之十種、見「集」所斷七種、見「滅」所斷七種、見「道」所斷八種，及欲界「修惑」所斷之四種，共為三十六種。又「色、無色界」於五部中亦各有三十一種，前後總合為九十八種使)。
此(即)謂(能現)出「三有」(之諸)「染相」(之)聲。(梁・僧伽婆羅譯《文殊師利問經・字母品》)

「四流音」的小結：

1 北涼・曇無讖《大般涅槃經・如來性品》云：

魯𑖋 ṛ(反舌音) 流𑖌 ṝ(反舌音) 盧𑖍 ḷ(齒音) 樓𑖎 ḹ(齒音) 如是四字，說有「四義」，謂：
「佛、法、僧」及以「對法」(abhidharma，阿毘達磨；論藏；對法。將佛經作分別、整理、解說)。
言「對法」者，(此乃)隨順世間，如調婆達(Devadatta 提婆達多；調達)，示現(出)「壞僧」(破壞僧眾)，(並變)化作種種「形貌、色像」，(此乃)為(佛)制「戒」(的一個緣起法)故。
智者了達，(故)不應於此(指調達示現壞僧之事)而(心)生「畏怖」，是名「隨順世間」之行，以是故名「魯、流、盧、樓」。

2 東晉・法顯《佛說大般泥洹經・文字品》云：

唎 ṛ(反舌音) 嚧 ṝ(反舌音) 栗 ḷ(齒音) 梨 ḹ(齒音) 此四字者，長養(增長養育)「四義」：
「佛」及「法、僧」，示現「有對」(abhidharma，阿毘達磨；論藏；對法。將佛經作分別、整理、解說)。
(如來能)隨順世間，示現「有對」，如調達(Devadatta 提婆達多；調達)壞僧(示現破壞僧團)，(其實)僧(團)實不(能被破)壞，(但)如來(能以此)方便(因緣而制戒)，(調達)示

現「壞僧」，(變)化作是(諸)「像」，(此乃)為(如來能訂)「結戒」(締結製訂戒律)故。若(能)知(此是)如來(之)「方便義」者，(故)不應(於調達示現壞僧之事而生)「恐怖」，當知是名「隨順世間」(之行)，是故說此最後「四字」。

五、「魯 ṛ、流 ṝ、盧 ḷ、樓 ḹ」四流音的介紹

字母的「發音」會隨著「舌齒」位置不同而有差別，而眾生的「佛性」卻不會隨每人「色身」不同而有所「差別」，故應「平等」視眾生而無有「差別」

北涼・曇無讖譯 北本《大般涅槃經》	劉宋・慧嚴、慧觀、謝靈運彙整南本《大般涅槃經》	東晉・法顯、佛陀跋陀羅、寶雲共譯《佛說大般泥洹經》
㊀ 魯 ṛ(反舌音) 流 ṝ(反舌音) 盧 ḷ(齒音) 樓 ḹ(齒音) 如是四字，說有「四義」，謂「佛、法、僧」及以「對法」(abhidharma，阿毘達磨；論藏；對法。將佛經作分別、整理、解說)。	㊀ 魯 流 盧 樓 如是四字說有四義，謂佛法僧及以對法，	㊀ 唎 ṛ(反舌音) 㘑 ṝ(反舌音) 栗 ḷ(齒音) 梨 ḹ(齒音) 此四字者，長養「四義」，「佛」及「法、僧」，示現「有對」(abhidharma，阿毘達磨；論藏；對法。將佛經作分別、整理、解說)。
㊁言「對法」者，(此乃)隨順世間，如調達(Devadatta 提婆達多；調達)，示現(出)「壞僧」(破壞僧眾)，(並變)化作種種「形貌、色像」，(此乃)為(佛)制「戒」(的一個緣起法)故。	㊁言對法者，隨順世間如提婆達示現壞僧，化作種種形貌色像，為制戒故。	㊁(如來能)隨順世間，示現「有對」，如調達(Devadatta 提婆達多；調達)壞僧(示現破壞僧團)，(其實)僧(團)實不(能被破)壞，(但)如來(能以此)方便(因緣而制戒)，(調達)示現「壞僧」，(變)化作是(諸)

		「像」，(此乃)為(如來能訂)「結戒」(締結製訂戒律)故。
㊂智者了達，(故)不應於此(指調達示現壞僧之事)而(心)生「畏怖」，是名「隨順世間」之行，以是故名「魯、流、盧、樓」。	㊂智者了達不應於此而生畏怖，是名隨順世間之行，以是故名魯流盧樓。	㊂若(能)知(此是)如來(之)「方便義」者，(故)不應(於調達示現壞僧之事而生)「恐怖」，當知是名「隨順世間」(之行)，是故說此最後「四字」。
㊃(以上字母的發音方式有)「吸氣、舌根、隨鼻」之聲，「長、短、超」聲。隨音解義，皆因「舌、齒」(的位置不同)而有「差別」。如是(上面五十一)字(之)義，(皆)能令眾生(獲得)「口業」清淨。 (字母的「發音」會隨著「舌齒」的位置不同而有差別，而眾生的「佛性」卻不會隨著每人的「色身」不同而有所「差別」。所以眾生悉應歸依諸佛菩薩，並且「平等」視眾生而無有「差別」，因爲眾生佛性本自清淨而無差異)	㊃吸氣舌根隨鼻之聲，長短超聲隨音解義，皆因舌齒而有差別，如是字義能令眾生口業清淨。	㊃(以上字母的發音方式有)「吸氣之聲、舌根之聲、隨鼻之聲、超聲、長聲」。以斯等義(而)「和合」此「字」，如此諸(五十一)「字」，(能)和順諸聲，(能)入眾(多的)言(語聲)音，皆因「舌、齒」(的位置不同)而有差別，因斯「字」故。
㊄眾生(所具之)「佛性」則不如是，(佛性不必)	㊄眾生佛性，則不如是假於文字然後清	㊄無量諸患積聚之(色)身，(由)「陰、界、

假於「文字」然後(才能獲得)清淨。 何以故？(眾生所具的佛性其)性「本淨」故，(佛性)雖復處在「陰、界、入」中，則不同於「陰、入、界」(而有生滅的現象)也。 ㊦是故眾生悉應歸依諸「菩薩」等，以(有)「佛性」故，(應平)等視眾生(而)無有「差別」。	淨。 何以故？性本淨故，雖復處在陰界入中，而不同於陰入界也， ㊦是故眾生悉應歸依諸菩薩等，以佛性故，等視眾生無有差別。	諸入」因緣和合(的色身)。 (只要煩惱獲得)休息(休停止息)寂滅(沉寂絕滅)，(即能)入「如來性」(佛性)，(令)「佛性」顯現，(獲)究竟成就。

六、關於「四流音讀法研究」的經論引證

（資料錄自日人玄照《悉曇略記》，詳《大正藏》第八十四冊頁470上、471上）

五天音	譯者	ऋ ṛ ㄖㄧ（反舌音，微彈舌）	ॠ ṝ（反舌音，微彈舌）	ऌ ḷ ㄌㄧ（齒音，不彈舌）	ॡ ḹ（齒音，不彈舌）
中天音	弘法（空海）大師	哩。上聲。彈舌呼。	哩。上聲。彈舌呼。	哩。上聲。彈舌呼。	哩。去聲。彈舌呼。
中天音	宗睿大師	伊里。上聲。	伊里。上聲。	里。上聲	利。上聲。
中天音	難陀大師	伊里。上聲	伊利。上聲。	里。上聲。	利。上聲。
中天音	全真大師	去聲。微彈舌。	雖重用取去聲。	短聲。	去聲。長引。不彈舌。
南天音	寶月大師	曷利。上聲。	曷利。引聲。	利。上聲。	利。已上聲。韻音
南天音	智廣大師	紇里。	紇里。	里。	梨。
南天音	慈覺大師	短阿哩。齒不大開合（而）呼（之）。	長阿利。	短離。離字以本鄉（之口音）呼之，齒不大開合，呼之。	長離。
南天音	惠均大師	魯	流	盧	樓

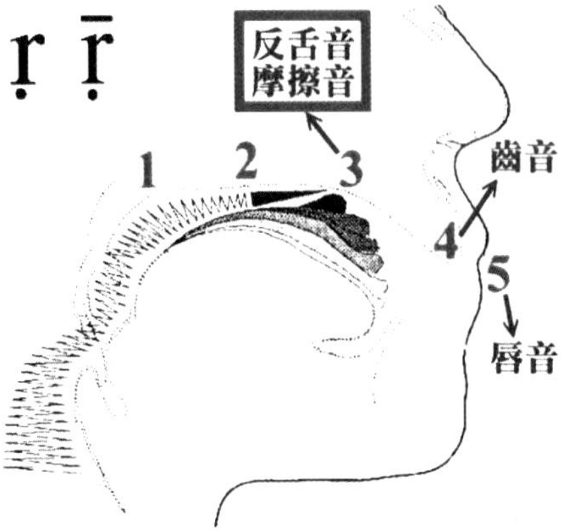

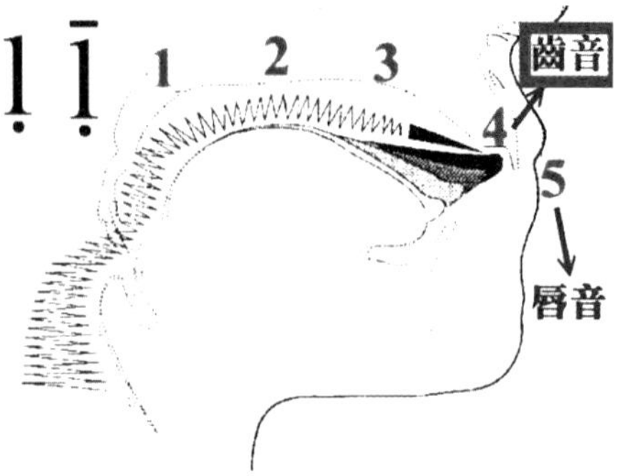

安然《悉曇藏・卷七》

--《大正藏》第八十四冊頁 443 上－下

真諦三藏釋：

「魯 ṛ」，彼云「魯 ṛ」，此云「無生」，則釋「法寶」也。

「流ṝ」者，彼云「流闍ṝ」，此云「智」。智者則是「覺」義，釋「佛寶」也。

「盧 ḷ」，彼云「盧伽 ḷ」，此云「和合」(釋「僧寶」也)。

「樓 ḹ」，彼云「樓那 ḹ」，此云「除卻」，明三寶智慧，能除卻邪惡也，如提婆達多示現破僧者。

真諦三藏解異餘人，彼云前明三寶、智慧能除卻煩惱不善者。此實是煩惱，無可除煩惱，亦無智慧能除，如提婆達多示現破僧寶不破，不應於此生怖畏也。

製表如下：

ṛ 魯	彼云「魯 ṛ」	此云「無生」	法寶也
ṝ流	彼云「流闍ṝ」	此云「智」	佛寶也
ḷ 盧	彼云「盧伽 ḷ」	此云「和合」	僧寶也
ḹ 樓	彼云「樓那 ḹ」	此云「除卻」	明三寶智慧，能除卻邪惡

 e

歷代密咒譯師對「曀」字母發音的描述

▽ e 短藹字 去聲。聲近櫻係反➔字記(唐・智廣《悉曇字記》)

❶翳 《大日經》。《方廣大莊嚴經》

❷翳 異計反➔全真

❸翳 上(聲)，如美人礙口呼之➔寶月

❹翳 平，如正平重(音)，下同。如本國「疫」音呼之➔難陀

❺瞖 上(聲)，漢音➔宗叡

❻毉 義淨(唐・義淨《南海寄歸內法傳》)。今考毉，平聲，火皆切。恐應作毉，平聲，煙奚切。

❼曀 去➔《瑜伽金剛頂經釋字母品》。《文殊問經字母品》。釋義(空海大師撰《梵字悉曇字母並釋義》)。《大悉曇》。《續刊定記》。全雅。大師

❽哩 烏鷄切。長➔涅槃文字品(北涼・曇無讖《大般涅槃經・如來性品》與東晉・法顯《佛說大般泥洹經・文字品》)・玄應

❾哩 烏溪切。溪字吳音➔慧均・梁武・惠圓・慧遠・吉藏・信行

❿衣 短。以本鄉音呼之➔慈覺

顯密經典中對「曀」字母釋義之研究

1「曀 e」字門，一切法(之)「求」(相)，(皆)不可得故。(唐・不空譯《瑜伽金剛頂經釋字母品》)

2 稱「曀 e」字時，是(生)起「所求」(之)聲。(唐・不空譯《文殊問經字母品》)

3 說「翳- e」字，(能現)出所(欲追求一切而生)起(諸)「過患」(之)聲……

(e 字能現出)所(欲追求一切而生)起(諸)「過患」(之)聲者：

(有)三求，「欲求、有求、梵行求」。

「欲求」者：求「色、聲、香、味、觸」。

云何「色求」？「色」有二種：一謂「色」，二謂「形色」。

「色」有十二種：謂「青、黃、赤、白、煙、雲、塵、霧、光、影、明、闇」。

「形色」有八種：謂「長、短、方、圓、高、下、平、不平」，此(皆)謂「欲色」(所欲求之形色)。

云何「欲聲」？「聲」有七種：謂「螺聲、鼓聲、小鼓聲、大鼓聲、歌聲、男聲、女聲」，此(皆)謂「欲聲」(所欲求之聲音)。

云何「欲香」？「香」有七種：「根香、心香、皮香、糖香、葉香、花香、果香」，或「男香、女香」，此(皆)謂「欲香」(所欲求之香味)。

云何「欲味」？「味」有七種：「甜味、酢味、鹹味、苦味、澁味、淡味、辛味」，或「男味」或「女味」，此(皆)謂「欲味」(所欲求之味道)。

云何「欲觸」？「觸」有八種：「冷、熱、輕、重、澁、滑、飢、渴」，或「男觸」或「女觸」，此謂「欲觸」(所欲求之觸覺)，此(皆)謂「欲求」(欲有所求)。

云何「有求」？「欲(界)有、色(界)有、無色(界)有」，此(皆)謂「有求」。

云何「梵行求」？出家(修)苦行，(或)欲求「天堂」(天有三種：㈠三界之諸天。㈡三果「阿那含」聖者所生之清淨五不還天。㈢涅槃之第一義天。此處指「第一義天」的「涅槃天」，如《大般涅槃經》云：第一義天，謂諸佛菩薩常不變易，以常住故，不生、不老、不病、不死……能令眾生除斷煩惱，猶如意樹)、(或)欲求「涅槃」，此(皆)謂「梵行求」(的內容)。「求」者，何義？謂「樂著」義(樂於執著與追定之義)。

云何所(生)起(諸)「過患」聲？眾生(處於三界)諸有，悉名(為)「過患」，除「天堂」及「涅槃」，(若於這二個地方之)「餘處」(追)求一切有(之)「過患」，此(即)謂所(欲追求一切而生)起(諸)「過患」(之)聲。(梁・僧伽婆羅譯《文殊師利問經・字母品》)

4 唱「啞e」字時，諸「六入」道(對於六根對六塵之道)，皆(應如是)「證知」故，(而)出如是聲。(隋・闍那崛多譯《佛本行集經》)

5 唱「翳 e」字時，(能現)出所希求(一切而生起)諸「過患事」(之)聲。(唐・地婆訶羅譯《方廣大莊嚴經》)。

6「啞ㄢ e」者，即是「諸佛法性」(與)「涅槃」，是故名「啞e」。(北涼・曇無讖《大般涅槃經・如來性品》)

7「咽ㄢ e」者，「是」也，言(如)是(之)「佛法」，(如是之)如來「泥洹」，亦說「是」法。(東晉・法顯《佛說大般泥洹經・文字品》)

ai

歷代密咒譯師對「愛」字母發音的描述

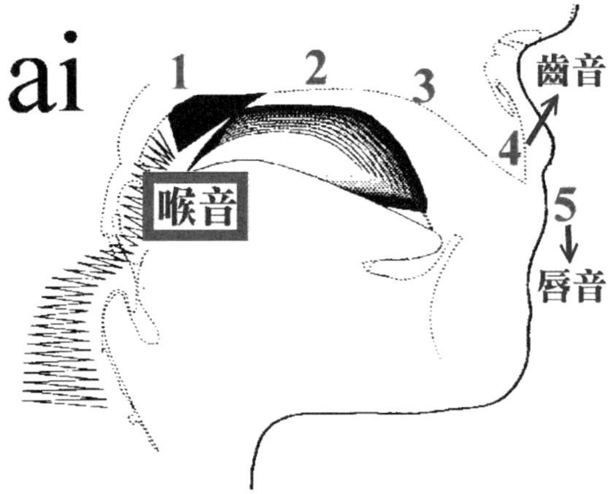

ai 長藹字 近於界反➔字記(唐・智廣《悉曇字記》)

❶**藹** 《大日經》。《續刊定記》(唐・慧苑述《續華嚴經略疏刊定記》)。義淨(唐・義淨《南海寄歸內法傳》)

❷**愛** 去➔《瑜伽金剛頂經釋字母品》。《文殊問經字母品》。《方廣大莊嚴經》。《大悉曇》。釋義大師(空海大師撰《梵字悉曇字母並釋義》)

❸**愛** 哀蓋反，引➔全真

❹**愛** 引，聰音，如美人礙口呼➔寶月

❺**愛** 去，聰音➔難陀

❻**愛** 引，正音➔宗叡

❼**野** 烏鷄反➔慧均。信行。又於來切

❽**野** 烏禮反，以「愛」字稍短呼➔涅槃文字品(北涼・曇無讖《大般涅槃經・如來性

品》與東晉·法顯《佛說大般泥洹經·文字品》)·慧遠·吉藏·梁武

❾**野** 烏詣反➔惠圓

❿**嘢** 全雅，今考上聲，下戒切

⓫**哀** 長。以本鄉音呼，初阿後伊之勢➔慈覺

顯密經典中對「愛」字母釋義之研究

1「愛 ai」字門，一切法(之)「自在」(相)，(皆)不可得故。(唐·不空譯《瑜伽金剛頂經釋字母品》)

2 稱「愛 ai」字時，是(現出具八正道)「威儀」(殊)勝(之)聲。(唐·不空譯《文殊問經字母品》)

3 說「翳 ai」字，(能)出「(八)聖道」(最)勝(之)聲……

(ai 字能現出)「(八)聖道」(殊)勝(之)聲者：

謂「八正道」。(從)「正見」乃至「正定」(❶正見、❷正思惟、❸正語、❹正業、❺正命、❻正精進、❼正念、❽正定)，無「過患」、無「所著」，故謂「聖道」，此(從)謂「(八)聖道」(殊)勝(之)聲。(梁·僧伽婆羅譯《文殊師利問經·字母品》)

4 唱「愛 ai」字時，(能現)出(具八正道殊)勝「威儀」(之)聲。(唐·地婆訶羅譯《方廣大莊嚴經》)

5「嘢ㄧㄝˇ ai」者，謂「如來」義。復次，「嘢 ai」者，如來(所有的)進止(行進舉止)、屈伸(屈身伸舒)舉動，無不(能)「利益」(到)一切(的)眾生，是故名「嘢 ai」。(北涼·曇無讖《大般涅槃經·如來性品》)

6「咽ㄧㄝ ai」者，如來也，有「來、去」(之)義，以是故說如(是之)「來」、如(是之)「去」。(東晉·法顯《佛說大般泥洹經·文字品》)

 **o**

歷代密咒譯師對「烏」字母發音的描述

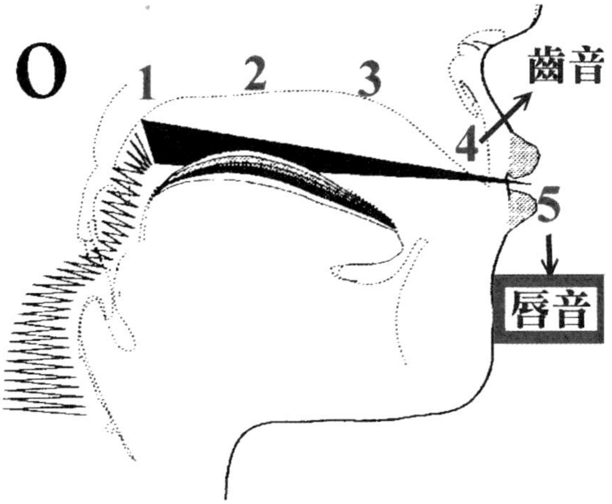

ō 0 短**奧字** 去聲，近「污」➔字記(唐．智廣《悉曇字記》)

❶**污** 《大日經》。《瑜伽金剛頂經釋字母品》。《續刊定記》(唐．慧苑述《續華嚴經略疏刊定記》)。義淨(唐．義淨《南海寄歸內法傳》)。全雅

❷**污** 去引➔《文殊問經字母品》。《大悉曇》。大師釋義(空海大師撰《梵字悉曇字母並釋義》)

❸**污** 襖固反，大開牙，引聲➔全真

❹**烏** 屋胡反，上聲稍長，引呼➔涅槃文字品(北涼．曇無讖《大般涅槃經．如來性品》與東晉．法顯《佛說大般泥洹經．文字品》)．慧遠．吉藏．慧均．梁武

❺**烏** 《方廣大莊嚴經》

❻**烏** 一孤反，長➔玄應。信行(唐日僧．信行《大般涅槃經音義》)

❼**烏** 上(聲)➔宗叡

❽**鷗** 上(聲)，如美人礙口呼之➔寶月

❾**于** 平➔難陀

❿**於** 短，以本鄉音呼之➔慈覺

⓫**烏** 平，長➔玄應

顯密經典中對「烏」字母釋義之研究

1「污 o」字門，一切法(若具生死之)「瀑流」(相)，(乃)不可得故。(唐·不空譯《瑜伽金剛頂經釋字母品》)

2 稱「汙 o」字時，是「取」(執拘捉取煩惱之)聲。(唐·不空譯《文殊問經字母品》)

3 說「烏 o」字，(能現)出「取」(執索捉取煩惱之)聲……

(o 字能現出)「取」(著之)聲者：

(所謂)「執捉」(執取補捉)諸(煩惱)法，此謂「取」(執索捉取煩惱之)聲。(梁·僧伽婆羅譯《文殊師利問經·字母品》)

4 唱「嗚 o」字時，當得(越)渡(解脫)於「大煩惱海」，(而)出如是(之)聲。(隋·闍那崛多譯《佛本行集經》)

5 唱「烏 o」時字，(能)出(離生)死瀑流(而)到「彼岸」(之)聲。(唐·地婆訶羅譯《方廣大莊嚴經》)

6「烏 o」者，名「煩惱」義，「煩惱」者，名曰「諸漏」，如來永斷一切煩惱，是故名「烏 o」。(北涼·曇無讖《大般涅槃經·如來性品》)

7「烏 o」者，下也，(所有)「下賤、煩惱」悉除滅已，名為「如來」，是故說「烏 o」。(東晉·法顯《佛說大般泥洹經·文字品》)

𑖌 au

歷代密咒譯師對「奧」字母發音的描述

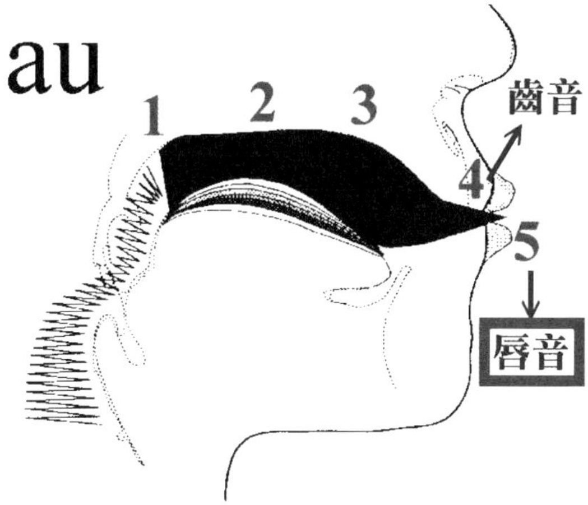

ऊ au 長**奧字** 依字長呼➔字記(唐・智廣《悉曇字記》)。今考「奧」字，去聲，烏到切。古德多用ऊ字爲「平聲」，然記已註云依字，長呼，則「奧」字應「去」呼，必矣！

❶**奧** 去，長引➔《大日經》。《瑜伽金剛頂經釋字母品》。《文殊問經字母品》。《續刊定記》(唐・慧苑述《續華嚴經略疏刊定記》)。《大悉曇》。義淨・全雅・釋義大師(空海大師撰《梵字悉曇字母並釋義》)・宗叡

❷**奧** 阿告反➔全真

❸**奧** 引，如美人礙口呼之➔寶月

❹**奧** 長，初是「阿」聲，後是本鄉「于」字聲➔慈覺

❺**燠** 《方廣大莊嚴經》。今考「燠」，去聲，於到切

❻**炮** 烏老切，奧「短」聲➔涅槃文字品(北涼・曇無讖《大般涅槃經・如來性品》與東晉・法顯《佛說大般泥洹經・文字品》)・玄應・慧遠・吉藏・慧均・梁武

❼**奧** 去➔難陀

顯密經典中對「奧」字母釋義之研究

1「奧 au」字門，一切法(之)「化生」(相)，(皆)不可得故。(唐・不空譯《瑜伽金剛頂經釋字母品》)

2 稱「奧 au」(引)字時，是(諸佛菩薩與天人皆)「化生」之聲。(唐・不空譯《文殊問經字母品》)

3 說「燠 au」字，(能現)出(諸佛菩薩與天人皆)「化生」等(之)聲……
(au 字能現出諸佛菩薩與天人皆)「化生」(之)聲者：(所謂具有)四陰「受、想、行、識」(而無「色蘊」者)，此謂「化生」。復說「胎生、卵生、濕生、化生」。
胎生(有)四種，(如四大部洲之)「東弗于逮、南閻浮提、西拘耶尼、北欝單越」。
「卵生」(則屬)一切「眾鳥」。
「濕生」(則屬)「蚊、虻、虱」等。
「化生」(則屬)諸「天(人)」也，此(即)謂「化生」(之)聲。(梁・僧伽婆羅譯《文殊師利問經・字母品》)

4 唱「燠 au」字時，(能現)出(諸佛菩薩與天人)皆(是)「化生」(之)聲。(唐・地婆訶羅譯《方廣大莊嚴經》)

5「炮 au」者，謂「大乘」義，於「十四音」(中)是「究竟」(之)義。
(炮字於)「大乘經典」亦復如是，(炮字)於諸「經、論」(中是)最為「究竟」，是故名「炮 au」。(北涼・曇無讖《大般涅槃經・如來性品》)

6「炮 au」者，是「摩訶衍」(大乘)，於「十四音」(中)，「炮 au」(最)為(是)「究竟」(之義)。
是故說(炮字)名為「摩訶衍」，(炮字)於一切論(中是最)為「究竟」(之)論，是故說「炮 au」。(東晉・法顯《佛說大般泥洹經・文字品》)

𑖀𑖽 aṃ

歷代密咒譯師對「暗」字母發音的描述

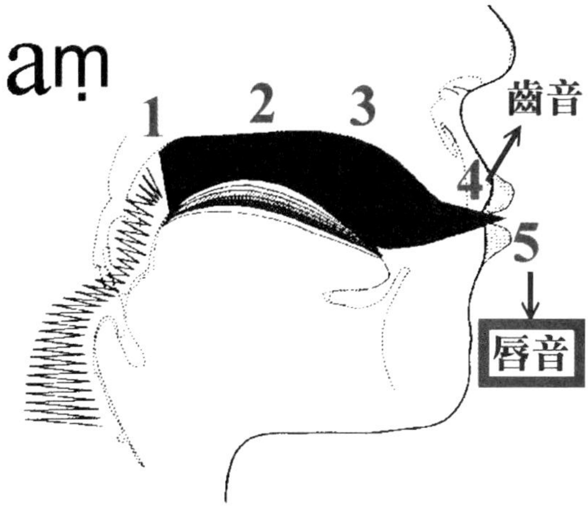

अं aṃ 短暗字 去聲，近於鑒反➔字記(唐・智廣《悉曇字記》)

❶**暗** 去➔《大日經》。《瑜伽金剛頂經釋字母品》。《文殊問經字母品》。《大悉曇》。釋義(空海大師撰《梵字悉曇字母並釋義》)。全雅。大師

❷**暗** 平➔難陀

❸**暗** 上(聲)➔寶月。宗叡

❹**暗** 輕呼➔《續刊定記》(唐・慧苑述《續華嚴經略疏刊定記》)

❺**暗** 菴紺反➔全真

❻**菴** 短➔義淨

❼**菴** 烏含切➔涅槃文字品(北涼・曇無讖《大般涅槃經・如來性品》與東晉・法顯《佛說大般泥洹經・文字品》)・慧遠・吉藏・梁武・慧均・惠圓(惠圓法師《涅槃經音義》)・玄應

❽**唵** 《方廣大莊嚴經》

顯密經典中對「暗」字母釋義之研究

1「暗 aṃ」字門，一切法(之)「邊際」(相)，(皆)不可得故。(唐・不空譯《瑜伽金剛頂經釋字母品》)

2 稱「暗 aṃ」字時，是無「我所」(之)聲。(唐・不空譯《文殊問經字母品》)

3 說「菴 aṃ」字，(能現)出無「我所」(之)聲……

(aṃ 字能現出)無「我所」(之)聲者：

一切諸法非是「我所」，「無我」(所生)起故。無「我所」者，無「我所慢」，此謂無「我所」(之)聲。(梁·僧伽婆羅譯《文殊師利問經·字母品》)

4 唱「唵 aṃ」字時，(能現)出一切物，皆無「我、我所」聲。(唐·地婆訶羅譯《方廣大莊嚴經》)

5「菴 aṃ」者，能遮(斷)一切諸「不淨物」，於佛法中能捨一切「金銀」寶物，是故名「菴 aṃ」。(北涼·曇無讖《大般涅槃經·如來性品》)

6「安 aṃ」者，一切也，如來教法，離於一切「錢財」寶物。

「安 aṃ」者，遮(斷)義，(亦是遮斷一切善根的)「一闡提」義。(東晉·法顯《佛說大般泥洹經·文字品》)

7 從「阿 a」字一字，即來生四字(指共含 a、ā、aṃ、āḥ 這四字)，謂：

「阿 a」是「菩提心」，「阿 ā」(長)是「行」。

「暗 aṃ」是成「菩提」。

「噁 aḥ」是「大寂涅槃」。

「噁 āḥ」(長)是「方便」。(唐·一行記《大毘盧遮那成佛經疏·卷十四》)

8「暗 aṃ」字為「火」者，梵音「阿竭喃 agni」，是火也。(唐·一行記《大毘盧遮那成佛經疏·卷十四》)

9 𑖁𑖾(āḥ)→惡(引)字，(爲)「心真言」者，(以)具含「四字」(指共含 a、ā、aṃ、āḥ 這四字)為「一體」。

𑖀(a)→阿字，(具)「菩提心」義。如此(a)字，(爲)一切字之為「先」，(故)於「大乘法」中，趣向「無上菩提」，(必以)「菩提心」為先。

𑖁(ā)→阿(引)字者，(具足)「行」義，則(具)「四智印」。(於)「瑜伽教」中修

行，速疾方便，由(聚)**集「福德、智慧」資糧，**(即能)**證成「無上菩提」正因。**(此 **ā** 字爲)**第三字，極長**(音)**、高聲。**

𑖀𑖽(**aṃ**)**➔暗字者，**(即)**「等覺」義，由證「無邊智」解脫三摩地「陀羅尼」門，**(能)**摧伏四種「魔羅」，受十方一切如來三界法王**(之)**「灌頂」，轉正法輪。**

（唐・不空《大樂金剛不空眞實三昧耶經般若波羅蜜多理趣釋・卷一》）

10 惡𑖀 **a**（「菩提種子」也。凡持誦者，皆有此心希求無上菩提，故先說此 **a** 字。從此 **a** 生一切法也，即菩提心也）。

阿𑖁 **ā**（「行」也。即是修「菩提行」之「種子」，成就福智故）。

暗𑖀𑖽 **aṃ**（成「菩提」種子也。前字 **a** 是菩提心，**a** 更加上點□̇，即是「大空」，證此「大空」是成「菩提」）。

噁𑖀𑖾 **āḥ**（「涅槃」種子也，□: 傍有「二點」者，皆急呼之，是「訶」聲也，是「除遣」之義，遣「諸垢」，是「入涅槃」也）。

（唐・一行記《大毘盧遮那成佛經疏・卷十》）

11「菴 **aṃ**」**字者，**(即是)**「覺悟」義。「覺悟」有四種，所謂「聲聞」覺悟、「緣覺」覺悟、「菩薩」覺悟、「如來」覺悟。「覺悟」名句雖同，**(但)**淺深有異。自利、利他，「資糧」小、大**(皆)**不同，**(但)**以四種「覺悟」總攝一切「世間、出世間、出世間上上」。是故文殊師利菩薩得「法自在」，故曰「法王之子」（已上文殊師利理趣品）。**

（唐・不空《大樂金剛不空眞實三昧耶經般若波羅蜜多理趣釋・卷二》）

𑖀𑖾 aḥ

歷代密咒譯師對「惡」字母發音的描述

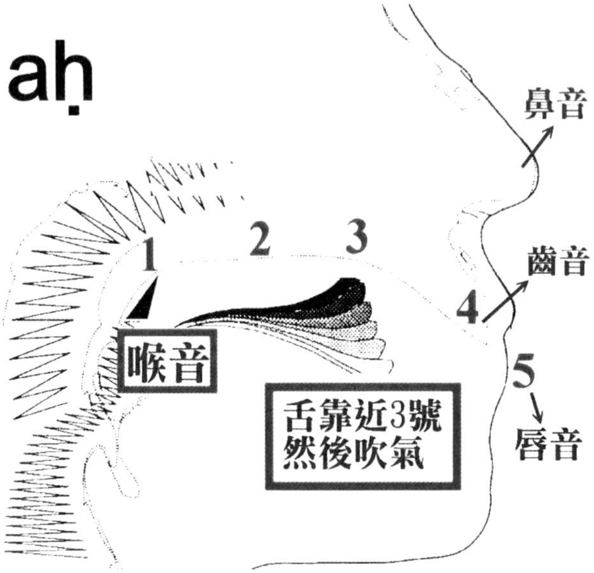

𑖀𑖾 aḥ 長**痾字** 去聲，近「惡」➔字記(唐・智廣《悉曇字記》)

❶**痾** 重呼➔《續刊定記》(唐・慧苑述《續華嚴經略疏刊定記》)

❷**痾** 上短➔玄應

❸**痾** 烏破反➔惠圓(惠圓法師《涅槃經音義》)

❹**阿** 惡何反➔涅槃文字品(北涼・曇無讖《大般涅槃經・如來性品》與東晉・法顯《佛說大般泥洹經・文字品》)。《方廣大莊嚴經》。全雅

❺**阿** 烏呵反➔慧均・梁武・慧遠・吉藏(隋・吉藏《涅槃經遊意》)

❻**阿** 於阿。安餓(反)。烏箇三反➔信行(唐日僧・信行《大般涅槃經音義》)

❼**阿** 用力出氣呼➔義淨

❽**阿** 入。如本國握音，呼之➔難陀

❾**阿** 短。是以本鄉阿音，放氣，急切呼。不同初短聲「阿」➔慈覺

❿**惡** 《大日經》。《瑜伽金剛頂經釋字母品》。《釋義》(空海大師撰《梵字悉曇字母並釋義》)

⓫**惡** 引➔《文殊問經字母品》。《大悉曇》

⓬**惡** 阿各反➔全真

⓭**惡** 入➔宗叡。空海

⓮**噁** 急呼「惡」聲，如漢國「正舌」呼之➔寶月

七、關於梵咒中「aḥ𑖀𑖾阿」音的讀法研究

a 它不是發成很正式很標準的「啊」音，也不是發出標準的「ㄜ」音。它雖然是發成「ㄚ」音的，但是「嘴型」不是開的那麼大，如果能勤練「**a ra pa ca na dhīḥ**」文殊咒，慢慢的就能體會出「**a**」的發音，也就是「**a**」的發音，不能是發出非常「標準」的「阿」音，而是應該讓舌頭停在口腔的「中間」，然後發出「阿」音，舌頭是不能往口腔「下面」擺放的「阿」，這是錯誤的！

「**a**」的發音祕訣，在發「**a**」時接上「**ra**」彈舌音，一定是很「順嘴」的，舌頭也是很順的就會接上「**ra**」的彈舌音。如果你覺得那裡「不順」，那就是發音不對了。如果「**ra**」音不彈舌，只唸成「ㄖㄚ」，那你無法去體會到當「**a**」連上「**ra** 彈舌」的那種順口感。

唐漢語的佛經翻譯皆作「摩訶」字，那當時的「訶」音到底如何？據《漢字古今音表》中的資料顯示：

「訶」的中古音是「**ha**」(魏晉南北朝迄於唐宋)。

「訶」上古音作「**hai**」(周秦及兩漢)。

近代音的「訶」則作「**ho**」，閩南話亦將「訶」作「**ha**」。

現在「北平話」國語音是讀成「ㄏㄜ」(喝)。

所以「**ha**」字以唐音及閩南話來看應該是讀成「**ha**」音的。

1 約北宋・日僧明覺撰《悉曇要訣・卷一》

(《大正藏》第八十四冊頁 519 下)

問：**𑖀𑖾 aḥ字阿音，以何知本音耶？**

答：**慈覺大師所傳寶月「南天音」云：短𑖀𑖾 aḥ阿，此「阿」聲，是似本鄉「阿」字音，放氣急切呼，不同初短聲**(文)。

義淨傳云：𑖎𑖾 kaḥ個字，用力出氣呼(文)，

義釋云：𑖀𑖾 aḥ阿字，呵聲呼(云云)。

諸文云：𑖥𑖾 bhaḥ婆(上急)、

𑖀𑖾 aḥ阿(去急)、

𑖮𑖿𑖨𑖱𑖾 hrīḥ紇唎(二合)、

𑖝𑖿𑖨𑖾 traḥ怛囉(二合)。

新譯尚爾，古譯彌爾，故知本音歟。

2 日僧淨嚴(1639~1702)集《悉曇三密鈔・卷上之下》

(《大正藏》第八十四冊頁733中)

問：𑖀𑖾 aḥ字，若呼「痾」則(為)「去聲」，(此若)非(是)「入」而「住」之音(入聲)，(便)叵𑖢(不可)言「涅槃」之音，如何？

答：自宗實義，雖證涅槃，悟「生死即涅槃」之故，不住理窟(道理的深奧之處)，即能橫行三界荒原，(作種種)嚬呻(原意是指「伸懶腰」或「打呵欠」，此指身體任何的肢體動作)哮吼，(而)轉大法輪，(此)名「釋師子」(為釋尊之德號，釋尊為人中之王)，職斯之由。

《五秘密經》云：於涅槃(與)生死(皆能)「不染、不著」，(亦能)於無邊(之)「五趣生死」，廣作利樂是也，又何怪其「痾」(為)去聲哉？

(𑖀𑖽 aṃ字，吐而終，故為「去往」。𑖀𑖾 aḥ字，吸而收，故為「入住」)

3 附：北宋・法賢譯《佛說眾許摩訶帝經・卷六》

學修禪觀，閉口齧齒，「舌拄上顎」，收攝心神，如手握物……復修別觀，跏趺而坐，合口閉目，「舌拄上顎」，屏住氣息令不出入……

4 附：唐・般若譯《諸佛境界攝真實經・卷中》

復次瑜伽行者，入毘盧遮那三昧，端身正坐，勿令動搖。「舌拄上齶」，繫心鼻端，自想頂有五寶天冠，天冠之中有五化佛。

5 附：唐・金剛智譯《金剛頂經瑜伽觀自在王如來修行法》

端身正坐，身不搖動，「舌拄上顎」。止出入息，令其微細。

ḥ類似發英文的「縮舌音」，「縮舌」是讓舌頭往內縮，然後懸在空中(還沒碰到上顎)，加上「丹田送氣聲」就大功告成了。如果勤練 **hrīḥ**和 **aḥ**和 **namaḥ** 字慢慢就可體會出來。

再舉例「**phaṭ**」這個音，一般字面解做是「遣除、降伏」、或「忿怒」。其實這個音的「祕密」就在半音的「**ṭ**」上，這好比車子一定要有「剎車」一樣，一直開車沒有剎車是不行的！藏咒都將「**phaṭ**」唸成「吥ㄆㄟ、」這個音，那個「**ṭ**」是丟了。

「**pha**」是現「忿怒、遣除」的忿怒尊；

「**ṭ**」是現「大悲、收攝」的寂靜尊；

「忿怒與慈悲」兩者是不二之理，缺一不可！

印度教外道的「涅槃點」的發音是「外向型」的氣聲，而佛教的「涅槃點」的發音是「內向型」的縮舌音。有一個「收攝」的音在內。這也從一個側面証明了外道的涅槃是外向型的「梵我一體」，而佛教的涅槃則是內向型的「常樂我淨」。

顯密經典中對「惡」字母釋義之研究

1「**惡 aḥ**」**字門，一切法**(之)「**遠離**」(相)**，**(皆)**不可得故。**(唐・不空譯《瑜伽金剛頂經釋字母品》)

2 **稱**「**惡 aḥ**」**字時，是**「**沉沒**」(沉寂沒盡之)**聲。**(唐・不空譯《文殊問經字母品》)

3 **說**「**阿 aḥ**」**字，**(能現)**出**「(寂)**沒滅盡**」(之)**聲……**

(**aḥ** 字能現出)「(寂)**沒滅盡**」(之)**聲者：**

「**無明**」**滅故**「**行**」**滅，乃至**「**生**」**滅故**「**憂悲苦惱**」**滅；**「**沒盡**」(寂沒滅盡)**者，**(指證得)「**泥洹**」**寂靜**(之境)**，不復**(再)**更生**(輪迴)**，此謂**「(寂)**沒滅盡**」(之)**聲。**(梁・僧伽婆羅譯《文殊師利問經・字母品》)

4 **唱**「**阿 aḥ**」**字時，**(能現)**出一切法皆**「**滅沒**」(滅盡寂沒)**聲。**(唐・地婆訶羅譯《方廣大莊嚴經》)

5「**阿 aḥ**」**者，名**「**勝乘**」(最殊勝最上乘)**義，何以故？此大乘典《大涅槃經》，**

於諸經中最為「殊勝」，是故名「阿 aḥ」。（北涼・曇無讖《大般涅槃經・如來性品》）

6 **最後「阿 aḥ」者，「盡」也，一切契經**(之)**「摩訶衍」**(大乘)**者，最為「窮盡」。**

（東晉・法顯《佛說大般泥洹經・文字品》）

7 **「阿 aḥ」**(字)**亦一切法門，「阿 aḥ」者，一切諸法，**(其本)**性**(即)**是「光明」。**

（北涼・曇無讖譯《大方等大集經》）

8 **「惡 āḥ」字者，**(具)**「涅槃」義，由斷二種障，謂「煩惱、所知」之障，證得「四種圓寂」，所謂一者「自性清淨涅槃」、二者「有餘依涅槃」、三者「無餘依涅槃」、四者「無住涅槃」。前三，通「異生、聲聞、緣覺」，第四唯「佛」獨證，不同諸異乘。**

則此「四字」(指共含 āḥ、a、ā、aṃ 這四字)**是毘盧遮那佛「自覺聖智」**(之)**「四種智」解脫。**

（唐・不空《大樂金剛不空眞實三昧耶經般若波羅蜜多理趣釋・卷一》）

9 **二點𑖁𑖾，「惡 āḥ」字義，「惡 āḥ」字，名為「涅槃」，由覺悟諸法本「不生」故，二種執著皆遠離，證得「法界清淨」。**

（唐・不空《大樂金剛不空眞實三昧耶經般若波羅蜜多理趣釋・卷二》）

10 阿(引 ā)➔(「降伏」義、「攝伏」義，此是真言體也。
「阿 a」字本不生。
「長聲」第二字 ā 是「金剛三昧」。
又加「不動」之「點」𑖁𑖾 āḥ，是「降伏」義也)

（唐・一行記《大毘盧遮那成佛經疏・卷十》）

11 噁𑖁𑖾 āḥ（「涅槃」種子也，□:傍有「二點」者，皆急呼之，是「訶」聲也，是「除遣」之義，遣「諸垢」，是「入涅槃」也）。

（唐・一行記《大毘盧遮那成佛經疏・卷十》）

八、三十五子音

𑖎 ka

歷代密咒譯師對「迦」字母發音的描述

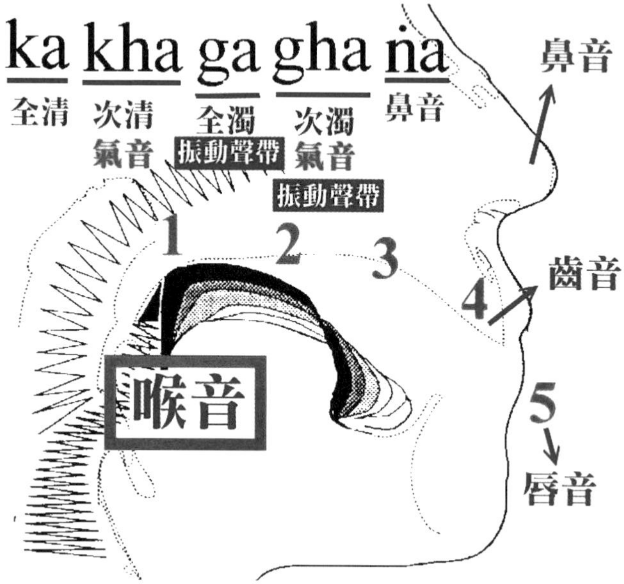

𑖎 **ka** 直接以英文的「**ga** 《Y」來發音

𑖎 **ka** **迦字** 居下反，音近姜可反➔字記(唐‧智廣《悉曇字記》)

❶**迦** 上(聲)，短➔《大日經》。《瑜伽金剛頂經釋字母品》。《文殊問經字母品》。《方廣大莊嚴經》。《續刊定記》(唐‧慧苑述《續華嚴經略疏刊定記》)

❷**迦** 上(聲)，吳音➔宗睿

❸**迦** 漢音➔寶月

❹**迦** 居佉反，上聲➔全真

❺**迦** 紀伽反，梵音以「歌」字，上聲，稍輕呼之➔涅槃文字品(北涼‧曇無讖《大般涅槃經‧如來性品》與東晉‧法顯《佛說大般泥洹經‧文字品》)‧慧遠‧吉藏

❻**迦** 居寫反➔慧均·梁武·惠圓
❼**迦** 平➔玄應
❽**迦** 居何反，古牙反➔信行(唐日僧・信行《大般涅槃經音義》)
❾**腳** 義淨

顯密經典中對「迦」字母釋義之研究

1「**迦 ka**」(上)**字門，一切法**(皆)「**離作業**」(無能作業者、無所作業)**故**。(唐・不空譯《瑜伽金剛頂經釋字母品》)

2 **稱「迦 ka」**(上)**字時，是**(能)**入**(一切)「**業異熟**」(業力異熟果報之)**聲**。(唐・不空譯《文殊問經字母品》)

3 **若聞「迦 ka」字，即**(時能)**知諸法中，**(皆)**無有「作者」。「迦羅迦」**(kāraka)，**秦言「作者」**。(《大智度論・四念處品》)

4 **說「迦 ka」字，**(能現)**出**(越)**度「業**(力)**果報」**(之)**聲……**
(ka 字能現出越)**度「業**(力)**果報」**(之)**聲者：**
「業」者「三業」，謂「身三、口四」及「意三」(指十善或十惡)。(例如善)**業果報者，**(即從)**三業「清淨」**(中來)**，此謂**(越)**度「業**(力)**果報」**(之)**聲**。(梁・僧伽婆羅譯《文殊師利問經・字母品》)

5「**迦 ka**」**字，**(能越)**度業**(力)**果報，令入「無業果報」**(之)**義**(梁・僧伽婆羅譯《文殊師利問經・字母品》)。(佛告文殊師利：我當說八字……此謂八字[之一]，是可受持，入一切諸法)

6「**迦 ka**」**者，**(所有的)「**業行果報**」**，及非「業行**(果)**報」，皆悉「究竟」**(而)**隨順入**(其)**義**。(東晉・佛陀跋陀羅譯《佛說出生無量門持經》。此爲「八字」陀羅尼之一)

7「**舸 ka**」**字，**(能)**入度**(脫)「**業**(力)**果報**」(之)**義**。(梁・僧伽婆羅譯《舍利弗陀羅尼經》。此爲「八字」陀羅尼之一)

8 唱「迦 ka」字時，當受諸有(之)「業報」(業力果報)所作，(而)出如是聲。(隋・闍那崛多譯《佛本行集經》)

9 唱「迦 ka」(上聲)字時，(能現)出入(一切)「業果」(業力果報之)聲。(唐・地婆訶羅譯《方廣大莊嚴經》

10「迦 ka」(上)字印者，(能)遠離「世論」(而)無(眞實之)「作者」故。(唐・般若共牟尼室利譯《守護國界主陀羅尼經・陀羅尼品》)

11「迦 ka」者，於諸眾生起「大慈悲」，生於(如)「子」想，如羅睺羅，作妙上「善」義，是故名「迦 ka」。(北涼・曇無讖《大般涅槃經・如來性品》)

12「迦 ka」者，(視)一切眾生如「一子」想，於諸一切，皆起「悲心」，是故說「迦 ka」。(東晉・法顯《佛説大般泥洹經・文字品》)

13「迦 ka」(字)亦一切法門，「迦」者，一切諸法「無作、無受」。(北涼・曇無讖譯《大方等大集經》)

14「迦 ka」字門，入諸法(之)「作者」(相)，(皆)不可得故。(姚秦・鳩摩羅什譯《摩訶般若波羅蜜經・廣乘品》)

15「加 ka」者，諸法(之)「造作者」(相)，亦不可得見。(西晉・無羅叉譯《放光般若經・陀鄰尼品》)

16 入「迦 ka」(斤邏反)字門，(能)解一切法(乃)「離作業」(無能作業者、無所作業)故。(唐・菩提流志譯《不空羂索神變眞言經・陀羅尼眞言辯解脱品》)

17「迦 ka」(上)字時，(能)入(種種)「差別種類」(之)般若波羅蜜門。悟一切法，(其)「作者」(皆)不可得故。(唐・不空譯《大方廣佛華嚴經入法界品四十二字觀門》)

18 唱「迦 ka」字時，入「般若」波羅蜜門，名(所有的法雲)差別(皆是平等)一味。(東晉・佛馱跋陀羅譯六十《華嚴經・入法界品》)

19 唱「迦 ka」字時，入「般若」波羅蜜門，名「無差別」(之法)雲。(唐・實叉難陀譯八十《華嚴經・入法界品》)

20 唱「迦 ka」(上)字時，能甚深入「般若」波羅蜜門，名普(遍平等之法)雲(而)不(間)斷。(唐・般若譯四十《華嚴經・入不思議解脫境界普賢行願品》)

21「迦 ka」字，悟「作者」(皆)不可得，則「作業」(能作業與所作業)如(平等之法)雲，皆「無差別」。(唐・澄觀撰《大方廣佛華嚴經疏・入法界品》)

22「迦 ka」字者，悟一切法，(其)「作者」(皆)不可得，則「作業」(能作業與所作業)如(平等之法)雲，皆「無差別」。(唐・澄觀撰。明・憨山 德清提挈《華嚴綱要》)

23「迦 ka」字門，表示一切法，(能)了達「業報」(之)義。(宋・惟淨譯《佛說海意菩薩所問淨印法門經》)

24「迦 ka」字門云：一切諸法(皆)「離作業」故者，梵音「迦哩耶」(kārya)是「作業」義。

如諸「外道」，計有(真實的)「作者」、「使作者」等，諸部「論師」亦說有「作」、有「作者」、有「所用作法」，(因)「三事」(之)和合，故(決定必)有「果報」……

復次(若)「作」(與)「作者」(乃)相因(而)待生，若(決)定(必)有「作法」，則當(必)定「有作者」，(此)皆是不異「外道」(之)論議。如《中論・觀作作者品》中(已)廣說(此理)。

今正觀察「作、作者」等，悉從「眾緣」生，即入本「不生」(之)際。本「不生」(之)際者，(無論)有佛、無佛，「法爾」(皆)如是，誰(為是)造作之首(呢)？

是故若見「迦 ka」字，則知一切諸法皆是(由)**「造作」所成，**(此即)**名為「自相」**(自體之相)**。若是**(有)**「作法」者，當知畢竟**(皆)**「無作」**(無能作、無所作)**，**(此是)**名為**(**ka** 字門之)**「真實義」也。**

(唐・一行記《大毘盧遮那成佛經疏・卷七》)

𑖏 kha

歷代密咒譯師對「佉」字母發音的描述

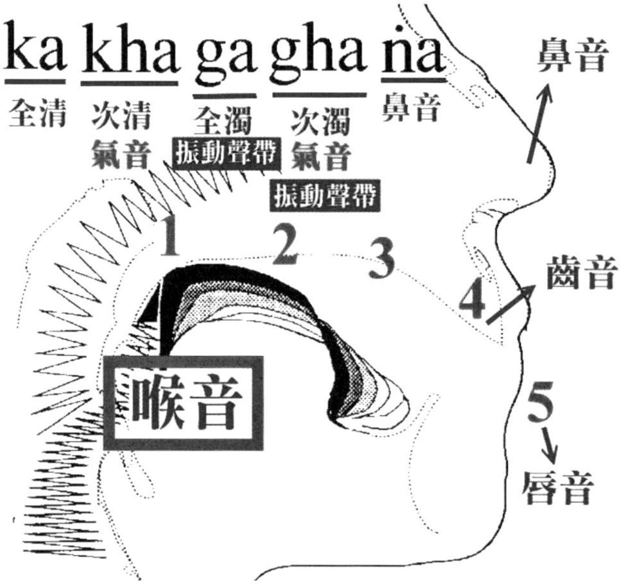

𑖏 **kha** 佉字 去下反，音近去可反➔字記(唐・智廣《悉曇字記》)

❶佉 上(聲)，短➔《大日經》。《瑜伽金剛頂經釋字母品》。《文殊問經字母品》。大師釋義(空海大師撰《梵字悉曇字母並釋義》)

❷佉 全雅。《大悉曇》

❸佉 墟迦反➔全真

❹佉 引，絕音，如上之重(音)➔宗睿

❺佉 上聲，絕音➔寶月

❻佉 去➔《續刊定記》(唐・慧苑述《續華嚴經略疏刊定記》)

❼佉 平➔玄應

❽佉 上(聲)，如次阿➔難陀

❾佉 涅槃·慧遠·吉藏(隋・吉藏《涅槃經遊意》)

❿佉 欺伽反➔信行(唐日僧・信行《大般涅槃經音義》)

⓫佉 却迦反，梵音「可」，但喉中「稍重聲」，呼之➔涅槃文字品(北涼・曇無讖《大般涅槃經・如來性品》與東晉・法顯《佛說大般泥洹經・文字品》)

⓬呿 墟迦反，此「迦」字音，故用居寫反誦➔慧均·梁武

顯密經典中對「佉」字母釋義之研究

1「佉 kha」(上)字門，一切法(皆平)「等」(於)虛空，(皆)不可得故。(唐・不空譯《瑜伽金剛頂經釋字母品》)

2 稱「佉 kha」(上)字時，是(現)出一切法(平)等(如)「虛空」(之)聲。(唐・不空譯《文殊問經字母品》

3 若聞「呿 kha」字，即(時能)知一切法，(如)「虛空」(而皆)不可得。「呿伽」(khaga-patha)，秦言「虛空」。(《大智度論・四念處品》)

4 說「佉 kha」字，(能現)出(與)虛空(平)等(的)一切諸法(之)聲……

(kha 字能現出與)「虛空」(平)等諸法(之)聲者：

「諸法」與「虛空」(平)等。云何與「虛空」(平)等？一切法唯有「名」，唯有「想」，「無有相、無分別，無體、不動、不搖」，「不可思議、不起不滅、無所作、隨無相、無所造」，「無相貌、無形色、無行處」，(平)等(如)虛空住(皆)「平等」。不老、不死，無「憂悲苦惱」。

(所有)色(陰)者(皆如與)虛空(平)等，「受、想、行、識」亦(復)如是。「過去」已沒、「未來」未至、「現在」不停，此謂(與)「虛空」(平)等諸法(之)聲。(梁・僧伽婆羅譯《文殊師利問經・字母品》)

5 唱「佉 kha」字時，(能)教拔(教導拔除)一切「煩惱」根本，(而)出如是聲。

(隋・闍那崛多譯《佛本行集經》)

6 唱「佉 kha」字時，(能現)出一切諸法如「虛空」(之)聲。(唐・地婆訶羅譯《方廣大莊嚴經》)

7「佉 kha」字印者，(能)悟如「虛空」(之)無盡法故。(唐・般若共牟尼室利譯《守護國界主陀羅尼經・陀羅尼品》)

8「佉 kha」者，諸法(之)「虛空」(相)，(皆)不可得。(西晉・無羅叉譯《放光般若經・陀鄰尼品》)

9「呿 kha」字門，(能)入諸法(之)「虛空」(相)，(皆)不可得故。(姚秦・鳩摩羅什譯《摩訶般若波羅蜜經・廣乘品》)

10「佉者 kha」，名「非善友」。「非善友」者，名為「雜穢」，(雜穢的定義就是)不信「如來祕密之藏」(佛性)，是故名「佉 kha」。(北涼・曇無讖《大般涅槃經・如來性品》)

11「呿 kha」者，掘也，(去)發掘如來甚深「法藏」。(以)智慧深入，(而去滅除)無有堅固(之心)，是故說「呿 kha」。(東晉・法顯《佛說大般泥洹經・文字品》)

12「佉 kha」(字)亦一切法門，「佉 kha」者，一切諸法猶如「虛空」。(北涼・曇無讖譯《大方等大集經》)

13 入「佉 kha」(上)字門，(能)解一切法如「虛空」(之)性，(而)不可得故。(唐・菩提流志譯《不空罥索神變真言經・陀羅尼真言辯解脫品》)

14 入「佉 kha」字門，(能)解一切法(平)等(如)「虛空」，(而)不可得故。(唐・菩提流志譯《不空罥索神變真言經・陀羅尼真言辯解脫品》)

15「佉 kha」(上)字時，(能)入「現行因地智慧藏」(指能令修「因地」之「智慧寶藏」而現前)般若波羅蜜門。悟一切法，如「虛空性」(皆)不可得故。(唐・不空譯《大方廣佛華嚴經入法界品四十二字觀門》)

16唱「佉 kha」字時，入「般若」波羅蜜門，名(能令)淨修(的)「因地」(從凡夫的「因地修行」到「證果成佛」之間的階位)現前(而生出)智藏(智慧寶藏)。(東晉・佛馱跋陀羅譯六十《華嚴經・入法界品》)

17唱「佉 kha」字時，入「般若」波羅蜜門，名(能令)修「因地」(之)智慧(寶)藏(而現前)。(唐・實叉難陀譯八十《華嚴經・入法界品》)

18唱「佉 kha」(上)字時，能甚深入「般若」波羅蜜門，名(能令)「因地」(之所修而)現前智慧(寶)藏。(唐・般若譯四十《華嚴經・入不思議解脱境界普賢行願品》)

19「佉 kha」字，即(能)如「虛空」性(而不可得)。(唐・澄觀撰《大方廣佛華嚴經疏・入法界品》)

20「佉 kha」字者，即(能)悟一切法，如「虛空」性(而)不可得，以「智慧」如「空」，故能「含藏」(一切)。(唐・澄觀撰。明・憨山 德清提挈《華嚴綱要》)

21「佉 kha」字門，表示一切法，(具有)「虛空」煥明(之)義。(宋・惟淨譯《佛說海意菩薩所問淨印法門經》)

22梵音「佉 kha」字是「虛空」(khaga-patha)義，(爲)世間(之所)共許，「虛空」(即)是「無生、無作」法。若一切法本「不生」、離「諸作」、是「畢竟」，(即)如「虛空」相。今此「空相」亦復「不可得」也(此指「空亦復空」的意思)。何以故？

如世間(之)「無色處」(即)名(爲)「虛空相」。「色」是「作法、無常」(之相)，若「色」(仍)「未生」，色(既仍)「未生」則「無滅」，爾時(便)無「虛空相」。因「色」故(相對的，必)有「無色」處，(有了)「無色」處(便)名(爲)「空」。《中論・

觀六種品》中(已)廣說(此理)，此中(之)義亦如是。
若「色」本來(即)「不生」，何者名為「無色處」(呢)？「無色處」(即是)不可說，則(便)無「虛空」(之決)定相。
復次諸法(皆)如「虛空」相，是為「不誑」相(之)涅槃，如經(中)說「五陰」滅(盡之時)，更不生餘「五陰」，(此即)是「涅槃」義。
若「五陰」本來(即)「不生」，今何所「滅」而名(爲)「涅槃」耶？是故(kha 字即)如「虛空相」亦不可得，(此即)是「佉 kha」字門(之)真實義。

（唐·一行記《大毘盧遮那成佛經疏·卷七》）

𑖐 ga

歷代密咒譯師對「誐」字母發音的描述

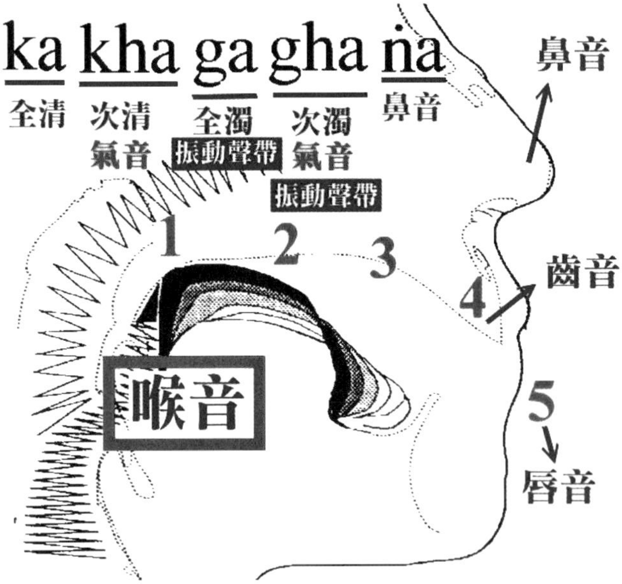

𑖐 **ga 伽字** 渠下反，輕音，音近其下反，餘國有音疑可反➔字記(唐·智廣《悉曇字記》)

❶**伽** 上(聲)➔《方廣大莊嚴經》

❷**伽** 平，重(音)➔玄應

❸**伽** 巨迦反，梵音亦「伽」，但喉中稍「輕呼」之➔涅槃文字品(北涼·曇無

識《大般涅槃經・如來性品》與東晉・法顯《佛說大般泥洹經・文字品》)・慧遠・吉藏

❹伽 墟迦反➔慧均・梁武

❺伽 其阿反➔信行(唐日僧・信行《大般涅槃經音義》)

❻哦 上(聲),短➔大日經

❼誐 上(聲)➔《瑜伽金剛頂經釋字母品》。《文殊問經字母品》。大師・釋義(空海大師撰《梵字悉曇字母並釋義》)

❽誐 魚迦反➔全真

❾誐 全雅。《大悉曇》

❿誐 上(聲),漢音➔寶月

⓫誐 上(聲),吳音➔宗睿

⓬我 上(聲),如初阿➔難陀

⓭嗟 義淨

⓮仰 虛我反➔《刊定記》(唐・慧苑述《續華嚴經略疏刊定記》)

顯密經典中對「誐」字母釋義之研究

1「誐 ga」(上)字門,一切法(之諸)行(相),(皆)不可得故。(唐・不空譯《瑜伽金剛頂經釋字母品》)

2 稱「誐 ga」(上)字時,是(最極)「甚深法」(之)聲。(唐・不空譯《文殊問經字母品》)

3 若聞「伽 ga」字,即(時能)知一切法,(其最極甚深之)「底」(皆)不可得。「伽陀」(āgādha。或 gāḍha 深;甚;極;極重;堅固;剛強),秦言「底」(最根源之底)。(《大智度論・四念處品》)

4 說「伽 ga」字,(能現)出(最極)「深法」(之)聲……

(ga 字能現出最極)「深法」(之)聲者:

「無明」緣「行」,乃至「生」緣「老、死、憂、悲、苦、惱」。「無明」滅則「行」滅,乃至「生」滅,「憂、悲、苦、惱」滅。彼理(皆是)真實(之法相),

是名為「深」。(所謂最極之)「深」者，是「十二因緣」(等)一切「語言」(皆)「道斷」(所有的「言語說道」都遭阻斷遮斷，皆無法描敘「諸法實相」)，「無邊、無處、無時節」，斷「丈夫」、斷「世性」，入「平等」、破「自、他」執，此謂(最極)「深法」(之)聲。(梁・僧伽婆羅譯《文殊師利問經・字母品》)

5 唱「伽 ga」字時，「十二因緣」(乃)甚深難越(度)，(而)出如是聲。(隋・闍那崛多譯《佛本行集經》)

6 唱「伽 ga」(上聲)字時，(能現)出(最極)甚深法，(諸法皆)入「緣起」(之)聲。(唐・地婆訶羅譯《方廣大莊嚴經》)

7「誐 ga」字印者，(能)入甚深法(而)無「行取」故。(唐・般若共牟尼室利譯《守護國界主陀羅尼經・陀羅尼品》)

8「伽 ga」者，名「藏」(garbha 藏)，「藏」者即是「如來祕藏」(佛性)，一切眾生皆有「佛性」，是故名「伽 ga」。(北涼・曇無讖《大般涅槃經・如來性品》)

9「伽 ga」者，「藏」(garbha 藏)也，一切眾生有「如來藏」(佛性)，是故說「伽 ga」。(東晉・法顯《佛說大般泥洹經・文字品》)

10「伽 ga」(字)亦一切法門，「伽 ga」者，如來正法(乃最極)甚深(而)無「底」。(北涼・曇無讖譯《大方等大集經》)

11「伽 ga」者，(所有)受持諸法者，(皆)不可得見(其底)。(西晉・無羅叉譯《放光般若經・陀鄰尼品》)

12「伽 ga」字門，(能)入諸法(其)「去者」(相)，(皆)不可得故。(姚秦・鳩摩羅什譯《摩訶般若波羅蜜經・廣乘品》)

13 入「誐 ga」(銀迦反，又音迦字，斤攞反)字門，(能)解一切「法」、一切「行」(皆)

不可得故。(唐・菩提流志譯《不空羂索神變眞言經・陀羅尼眞言辯解脱品》)

14「誐 ga」字時，(能)入普遍(法)輪「長養」(積聚之)般若波羅蜜門。悟一切法，(其)「行取性」(皆)不可得故。(唐・不空譯《大方廣佛華嚴經入法界品四十二字觀門》)

15唱「伽 ga」字時，入「般若」波羅蜜門，名(諸法輪皆能)普(遍於)上(而獲)「安立」。(東晉・佛馱跋陀羅譯六十《華嚴經・入法界品》)

16唱「伽 ga」(上聲輕呼)字時，入「般若」波羅蜜門，名(諸法輪皆能)普(遍於)「安立」。(唐・實叉難陀譯八十《華嚴經・入法界品》)

17唱「誐 ga」(言迦反上)字時，能甚深入「般若」波羅蜜門，名普輪(普遍諸法輪皆能)「積集」(而獲安立)。(唐・般若譯四十《華嚴經・入不思議解脱境界普賢行願品》)

18「伽 ga」字，即一切法(之)「行取」性(皆不可得)。(唐・澄觀撰《大方廣佛華嚴經疏・入法界品》)

19「伽 ga」字者，即悟一切法(其)「行取」性(皆)不可得。言「安立」者，以「行取」故，而能(達)「安立」。(唐・澄觀撰。明・憨山 德清提挈《華嚴綱要》)

20「誐 ga」字門，表示一切法，(皆是)最極、甚深、難徹(其)「源底」(之)義。(宋・惟淨譯《佛説海意菩薩所問淨印法門經》)

21「哦 ga」字門，(指於)「一切「諸法」、一切「行」，(皆)「不可得」故者。
梵云「哦哆」也(gata)，是(解釋)名為「行」。「行」謂(於)「去來、進退」(中皆有)「不住」之義……(此於)《中論・觀去來品》(中已)明「行止」(之)義……
若法(是屬於)「已行」(已經進行過了)則「無行」，(因爲)「已行」(已經進行過了)故；
(若法是處於仍)「未行」，(則)亦「無行」，(因爲仍)「未有」(任何的)行法故；
(若法是處於正在)「行時」亦「無行」。
(諸法之行皆)不離「已行、未行」故。(若能)以如是等種種「門」(來作)觀察，畢竟(終究皆是)「無行」(的)，(既是)「無行」故，則(必定)「無所止」。以「無行、無止」故，則是無有「往來」(於)諸趣者，亦無住(於)「涅槃」者。復次若(有)人(能)不動(於)「本處」，即是(又能處於)「所詣」(之)處者，當知是人(已獲得)「無行、無到」(的境界了)，故云一切(諸)「行」，(皆)不可得也。

(唐・一行記《大毘盧遮那成佛經疏・卷七》)

𑖑 gha

歷代密咒譯師對「伽」字母發音的描述

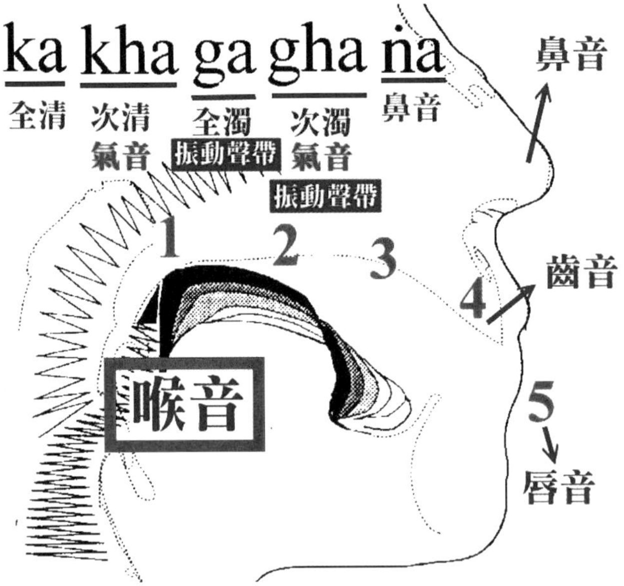

𑖑 gha 伽字 重音，渠我反➔字記(唐・智廣《悉曇字記》)

❶**伽** 上(聲)，短➔《大日經》。《方廣大莊嚴經》。全雅。《大悉曇》

❷**伽** 去(聲)，引➔《瑜伽金剛頂經釋字母品》。大師釋義(空海大師撰《梵字悉曇字母並釋義》)

❸**伽** 去➔《文殊問經字母品》。玄應

❹**伽** 上(聲)，如次阿➔難陀

❺**伽** 渠賀反，去聲，更重也➔全真

❻**伽** 重音➔吉藏

❼**加** 按聲掣呼➔《續刊定記》(唐・慧苑述《續華嚴經略疏刊定記》)

❽誐 上(聲)，絕音➔寶月

❾誐 引，如金上之重(音)➔宗睿

❿**嗟** 義淨

⓫呾 其證反，梵音以「伽」字，去聲，稍重呼之➔涅槃文字(北涼・曇無讖《大般涅槃經・如來性品》與東晉・法顯《佛說大般泥洹經・文字品》)。藏云與下 ṅa 相連有此音已，上今云然公義未了也，彼經未曾諸字相連說故

⓬**伽** 重音➔南本涅槃(南本《大般涅槃經》)

⓭呾 此音猶墟迦反，但「小重音」語之➔慧均・梁武

⓮呾 求僧反➔光宅(南朝・法雲法師，皇帝敕爲大僧正，即僧界統制官。精通《涅槃經》，皇帝親幸聽講《大般涅槃經》)

⓯呾 其舸反，重(音)➔信行(唐日僧・信行《大般涅槃經音義》)

有關「gha」字發音的咒語練習

不空羂索毘盧遮那佛大灌頂光真言

(光明真言)

—出自《大正藏》第十九冊頁606中

唵	阿謨伽	尾嚧左曩	摩賀	母捺囉(二合)
嗡	阿某嘎	V柔佳那	麻哈	母德咼
oṃ・	amo**gha**・	virocana・	mahā-	mudrā・
	不空	**毘盧遮那**(光明遍照)	**大**	**手印**

麼抳	鉢納麼(二合)	入嚩(二合)攞	鉢囉(二合)韈哆野	吽
麻你	巴德麻	吉瓦拉	ㄅ咼瓦兒打雅	虎姆
maṇi・	padma・	jvala・	pravarttaya・	hūṃ・
摩尼寶珠	**蓮華**	**火焰;熾然**	**轉、生、起**	

顯密經典中對「伽」字母釋義之研究

1「**伽 gha**」(去引)**字門，一切法**(之)「**一合**」(相)，(皆)**不可得故**。(唐・不空譯《瑜伽金剛頂經釋字母品》)

註：「一合」的梵文作 **piṇḍa**，是指「總、聚、一合、整體」的意思。白話解為「一個整體、一個全體」。

2 **稱「伽 gha」**(上)**字時，是**(能)**摧**(伏)「**稠**(五見)、**密**(五陰)、**無明、闇、冥**」(之)**聲**。(唐・不空譯《文殊問經字母品》)

3 若聞「**伽 gha**」字，即(時能)**知諸法**(皆)「**不厚、不薄**」。「**伽那**」(**ghana** 深厚;堅厚;厚重)，秦言「**厚**」。(《大智度論・四念處品》)

4 說「**恒 gha**」字，(能現)**出除**(滅)「**堅、重、無明、癡、闇、冥**」(六種之)**聲**……(gha 字能現出)**除**(滅有關)「**堅、重、無明、癡、闇、冥**」(六種之)**聲者**：

①「**堅**」者，「**身見**」等「**五見**」(❶薩迦耶身見、❷邊執見、❸邪見、❹見取見、❺戒禁取見)。

②「**重**」者「**五陰**」。

③「**無明**」者，不知「**前、後**」際，及「**有罪、無罪**」，不識「**佛、法、僧**」，不知「**施、戒、天**」(六念指：❶念佛❷念法❸念僧❹念戒❺念施❻念天。天有三種：㈠三界之諸天。㈡三果「阿那含」聖者所生之清淨五不還天。㈢涅槃之第一義天。此處指「第一義天」的「涅槃天」，如《大般涅槃經》云：第一義天，謂諸佛菩薩常不變易，以常住故，不生、不老、不病、不死……能令眾生除斷煩惱，猶如意樹)，**不知「陰、界、入」，此謂「無明」**。

④「**癡**」者，忘失「**覺念**」(正覺之念)，**此謂「癡」**。

⑤「**闇**」者，入「**胎**」苦惱，一切「**不淨**」，而生「**樂受**」，**迷惑**(於生死輪迴之)「**去、來**」，**此謂「闇」**。

⑥「**冥**」者，於三世(皆)「**無知**」，無「**方便**」、不「**明了**」，**此謂「冥」**。

「**除**」者，(以)「**真實**」**諦**(去)**開示**「**光明**」(義)，**除**(滅)「**自果**」(自我之善惡因果。此指能通達「善業惡業」皆平等)。**除**(滅)「**煩惱**」，(及)**除**(滅)「**非煩惱**」(以上指能通達「煩惱」與「非煩惱」皆平等），(與)除(滅)「餘習」。(以上皆以)入「平等」(之)不可思議為主，此(即)謂「除」義。

此謂除(滅)「堅、重、無明、癡、闇、冥」(六種之)聲。(梁・僧伽婆羅譯《文殊師利問經・字母品》)

5 唱「咺gha」字時，諸「無明」(所)蓋，(所藏)覆(遮)翳甚厚，當淨(而)除滅(之)，(故)出如是(之)聲。(隋・闍那崛多譯《佛本行集經》)

6 唱「伽 gha」字時，(能現)出除滅一切「無明、黑暗、厚重、(遮)瞖(隔)膜」(之)聲。(唐・地婆訶羅譯《方廣大莊嚴經》)

7「伽 gha」(上)字印者，(能消)散(除)滅「重雲、無明、(遮)翳」故。(唐・般若共牟尼室利譯《守護國界主陀羅尼經・陀羅尼品》)

8「咺gha」者，如來「常」音，何等名為如來「常」音，所謂如來(乃不生不滅之)「常住不變」，是故名「咺gha」。(北涼・曇無讖《大般涅槃經・如來性品》)

9 重音「伽 gha」者，吼也，常「師子吼」，說如來(是不生不滅之)常住。(東晉・法顯《佛說大般泥洹經・文字品》)

10「迦 gha」(字)亦一切法門，「迦 gha」者，身寂靜故，得大利益。(北涼・曇無讖譯《大方等大集經》)

11「峨 gha」者，諸法無有「朋黨」(朋黨指朋比ㄆ為奸之義。此喻諸法本清淨，無有狼狽穢染)。(西晉・無羅叉譯《放光般若經・陀鄰尼品》)

12「伽 gha」字門，(能)入諸法(其)「厚」(相)，(皆)不可得故。(姚秦・鳩摩羅什譯《摩訶般若波羅蜜經・廣乘品》)

13 入「鍵 gha」字門，悟一切法，(如大地之)厚(能)平等(承載)性，(皆)不可得

故。(唐・玄奘《大般若波羅蜜多經・善現品》)

14 入「伽 gha」(上)字門，(能)解一切法(之)「一合」(相)，(皆)不可得故。(唐・菩提流志譯《不空罥索神變眞言經・陀羅尼眞言辯解脱品》)

15「伽 gha」(去)字時，(能)入(執)持一切「法雲」(之)堅固(性)，(及深入大)海(法)藏(之)般若波羅蜜門。悟一切法，(如大地之)「厚」(可)平等(承載之)性，(皆)不可得故。(唐・不空譯《大方廣佛華嚴經入法界品四十二字觀門》)

16 唱「伽 gha」字時，入「般若」波羅蜜門，名(能普遍執)持一切「法雲」(之)堅固(性)，(及深入大)海(法)藏。(東晉・佛馱跋陀羅譯六十《華嚴經・入法界品》)

17 唱「伽 gha」字(上聲呼)時，入「般若」波羅蜜門，名(能普遍執)持一切「法雲」(之)堅固(性)，(及深入大)海(法)藏。(唐・實叉難陀譯八十《華嚴經・入法界品》)

18 唱「伽 gha」字時，能甚深入「般若」波羅蜜門，名(能)普持(普遍執持)一切「法雲」(之)堅固(性)，(及深入大)海(法)藏。(唐・般若譯四十《華嚴經・入不思議解脱境界普賢行願品》)

19「伽 gha」字，即(如地之)「厚」(而)平等(承載之)性(皆不可得)。(唐・澄觀撰《大方廣佛華嚴經疏・入法界品》)

20「伽 gha」字者，即悟一切法，(如大地之)厚(而)平等性，(皆)不可得。謂如「地之厚」(而)平等「能持」，亦能「含藏」如(大)海(之)平等，能持、能包，(能降)雲雨(而)説法，以不可得，故「能持、能含」。(唐・澄觀撰。明・憨山 德清提挈《華嚴綱要》)

21「伽 gha」字門，(指)一切諸法(之)「一合」(相)，(皆)不可得故者，梵云「伽那」(ghana 深厚;堅厚;厚重)，是「密合」義。如「眾微相」合成「一細塵」，「諸蘊相」合而成「一身」等。

(於)《中論・觀合品》(中)諸論師言：以(有)「見、可見、見者」三事故，而「有所見」，當知有「合聞、可聞、聞」者，乃至(有)「染、可染、染者」等諸「煩惱」亦然。
答者云：凡物皆以「異」故有「合」，而今一切法(之)「異相」不可得，是故無「合」。如彼(中論中之)廣說，以「字門」展轉「相釋」(之)故，且以「行」義(來說)明之。
凡有所「行」(的)，當知必有「行、可行、行者」三事(之)相合。今一切法本「不生」故，則(當然)無所(眞實之)「行」。若無所「行」，云何(會有)「行、可行、行者」(之)得「合」耶？
復次，若諸法各各(皆)「異」相，(則必)終無(眞實之)「合」時。若至本(即)「不生」(之)際，則無「異相」、亦不可「合」，是故一切法，畢竟(皆)無「合」也。

(唐・一行記《大毘盧遮那成佛經疏・卷七》)

ṅa

歷代密咒譯師對「仰」字母發音的描述

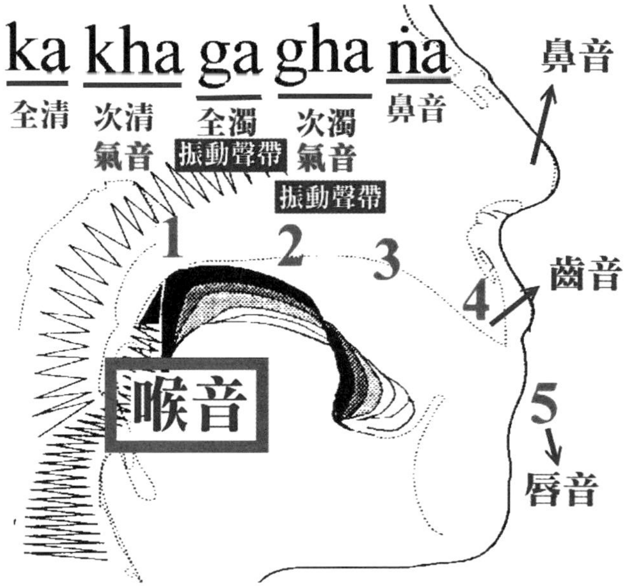

𑖒 ṅa 哦字 魚下反，音近魚可反，餘國有音魚講反。別體作𑖒或𑖒。

加「麼多」(**mātṛkā** 摩多；母義；韻義，即母音字)➔字記(唐．智廣《悉曇字記》)

❶**我** 上(聲)，如次阿➔難陀

❷**我** 義淨《寄歸傳》

❸**哦** 《方廣大莊嚴經》

❹**我** 疑佉反，梵音「我」，不輕不重呼➔涅槃文字(北涼．曇無讖《大般涅槃經．如來性品》與東晉．法顯《佛說大般泥洹經．文字品》)

❺**俄** 南本涅槃(南本《大般涅槃經》)·慧遠·吉藏(隋．吉藏《涅槃經遊意》)

❻**俄** 魚迦反，此「迦」音，亦同上音➔開善·慧均·梁武

❼**俄** 魚賀反➔玄應·信行(唐日僧．信行《大般涅槃經音義》)

❽**餓** 光宅(南朝．法雲法師，皇帝敕爲大僧正，即僧界統制官。精通《涅槃經》，皇帝親幸聽講《大般涅槃經》)

❾**呀** 全雅

❿**呀** 上(聲)，入，鼻➔寶月

⓫**語** 引，入，鼻呼之➔宗睿

⓬**昂** 俄朗反➔《續刊定記》(唐．慧苑述《續華嚴經略疏刊定記》)

⓭**仰** 《大日經》。《文殊問經字母品》。《大悉曇》

⓮**仰** 鼻聲呼➔《瑜伽金剛頂經釋字母品》。《釋義》(空海大師撰《梵字悉曇字母並釋義》)大師

⓯**仰** 虐鞅反，兼帶「鼻音」➔全真

已上五字(指 **ka**、**kha**、**ga**、**gha**、**ṅa**)**牙聲**➔字記(唐．智廣《悉曇字記》)。全真。

喉聲➔宗睿。

舌根聲➔玄應·慧均·真諦(梁．眞諦《大涅槃經論》或《涅槃論》)·信行。章安《涅槃疏》曰舌本聲，梁武·寶月同之。

喉中聲➔涅槃文字(北涼．曇無讖《大般涅槃經．如來性品》與東晉．法顯《佛說大般泥洹經．文字品》)·法寶·慧遠曰「咽喉中聲」

顯密經典中對「仰」字母釋義之研究

1「仰 ṅa」(鼻呼)字門，一切法(之十二因緣)「支分」(相)，(皆)不可得故。(唐・不空譯《瑜伽金剛頂經釋字母品》)

2 唱「哦 ṅa」字時，(能現)出「銷(盡除)滅」眾生「十二支」(十二因緣之)聲。(唐・地婆訶羅譯《方廣大莊嚴經》)

3 稱「仰 ṅa」字時，是(能令)「五趣」清淨(之)聲。(唐・不空譯《文殊問經字母品》)

4 說「誐 ṅa」字，(能現)出「預知」(八正道)行(之)聲……

(ṅa 字能出先)豫知(八正道)行(之)聲者：

八種(八正道)豫知行，謂「正見」乃至「正定」(❶正見、❷正思惟、❸正語、❹正業、❺正命、❻正精進、❼正念、❽正定)，此謂菩薩(之)豫知行。

(若能)除斷「五見」，(此即)謂❶「正見」。

(若能)「不思惟」貪瞋癡，(此即)謂❷「正思惟」。

(若能)「身、意」業清淨，此(即)謂❸「正業」。

(若能)「口業」清淨，此(即)謂❹「正語」。

(所有邪命活如)「欺誑、諂諛、詐現少欲、以利求利」。(或以)五種販賣「酤酒、賣肉、賣毒藥、賣刀劍、賣女色」(爲邪命活)。(若能)除此「惡業」，此謂❺「正命」。

(若能)善「身」行、善「意」行，(此即)謂❻「正精進」。

(若能)念「四念處」，此(即)謂❼「正念」。

(若能)以「定心」無染著，(修)「寂靜相、滅相、空相」，此(即)謂❽「正定」。

此謂(能)預知(八正道)行(之)聲。(梁・僧伽婆羅譯《文殊師利問經・字母品》)

5 唱「俄 ṅa」字時，如來當得成佛道已，至餘諸方(度眾生)，(能令具有)恐怖眾生(者)，(皆)施與「無畏」，(而)出如是聲。(隋・闍那崛多譯《佛本行集經》)

6「俄 ṅa」者，一切諸行(皆是無常)「破壞」之相，是故名「俄 ṅa」。(北涼・曇無

識《大般涅槃經・如來性品》)

7「俄 ṅa」者，(危)脆也，一切諸行，(皆)速(生)起、速(消)滅，故說為「俄 ṅa」。

(東晉・法顯《佛說大般泥洹經・文字品》)

8 若見「仰ङ ṅa」等五字，當知即「大空」之「點」也。「大空」(乃)離「一切諸相」，(此)即是「成佛」(之)義也。

(唐・一行記《大毘盧遮那成佛經疏・卷十四》)

9「仰 ṅa、壤ña、拏 ṇa、曩 na、莽 ma」等，於一切法「自在」而轉，此等隨現，成就「三藐三佛陀」隨形好。

(唐・善無畏共一行譯《大毘盧遮那成佛神變加持經・卷六》)

च ca

歷代密咒譯師對「左」字母發音的描述

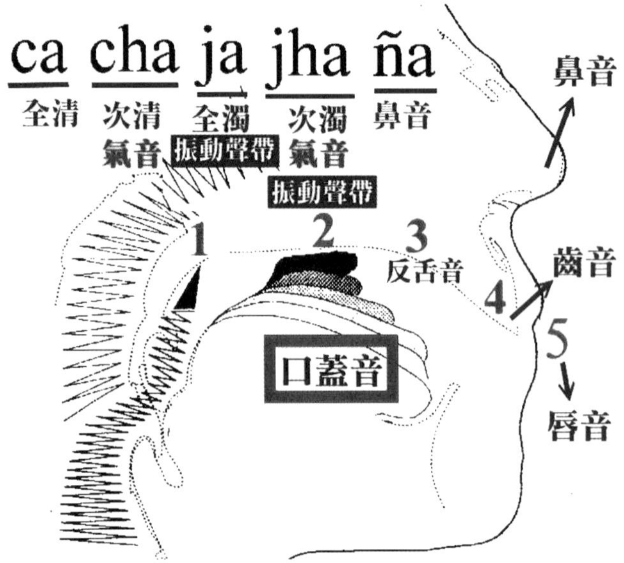

च ca 以國語「ㄐㄚ」來發音，舌頭必須放在接近 2 號口蓋音的位置，不

是放在4號位置，切記！

ca 者字 止下反，音近作可反➔字記(唐・智廣《悉曇字記》)

❶**者** 之我反➔《續刊定記》(唐・慧苑述《續華嚴經略疏刊定記》)

❷**者** 義淨

❸**遮** 上，短➔《人日經》。《大悉曇》·全雅

❹**遮** 上(聲)，本音(如日本之本國音)➔宗睿

❺**遮** 上(聲)➔大師釋義(空海大師撰《梵字悉曇字母並釋義》)

❻**遮** 平➔玄應

❼**遮** 止車反。梵音以「左」字，上聲，稍輕呼之➔涅槃文字(北涼・曇無讖《大般涅槃經・如來性品》與東晉・法顯《佛說大般泥洹經・文字品》)

❽**遮** 慧遠·吉藏(隋・吉藏《涅槃經遊意》)

❾**遮** 音者，「短聲」語之➔慧均·梁武

❿**遮** 諸阿反，子耶反➔信行(唐日僧・信行《大般涅槃經音義》)

⓫**左** 《瑜伽金剛頂經釋字母品》。《文殊問經字母品》

⓬**左** 藏可反，上聲➔全真

⓭**左** 上(聲)，突舌➔寶月

⓮**左** 上(聲)，如初阿➔難陀

註：阿闍梨

ācārya

顯密經典中對「左」字母釋義之研究

1「左 ca」字門，一切法(皆)離一切(諸行之)「遷變」故。(唐・不空譯《瑜伽金剛頂經釋字母品》)

2 若聞「遮 ca」字，即時(能)知一切「諸行」皆「非行」。「遮梨夜」(caryā)，秦言「行」。(《大智度論・四念處品》)

3 稱「左 ca」字時，是「四聖諦」(之)聲。(唐・不空譯《文殊問經字母品》)

4 說「遮 ca」字，(能現)出「四聖諦」(之)聲……
(ca 字能現出)「四聖諦」(之)聲者：
謂「苦、集、滅、道」諦。
云何「苦諦」？能斷「十使」。
云何「集諦」？能斷「七使」。
云何「滅諦」？能斷「七使」。
云何「道諦」？能斷「八使」、(令)「四思惟」斷，乃至斷「色、無色」(煩惱諸)結。此謂「四聖諦聲」。(梁・僧伽婆羅譯《文殊師利問經・字母品》)

5「遮 ca」者，即是「修」(caryā 所行之道;所修之道)義。(能)調伏一切諸眾生故，名為「修」義，是故名「遮 ca」。(北涼・曇無讖《大般涅槃經・如來性品》)

6「遮 ca」者，行(caryā 所行之道;所修之道)也，(能)成就(一切)眾生，故名為「遮 ca」。(東晉・法顯《佛說大般泥洹經・文字品》)

7 唱「遮 ca」字時，應當證知「四真聖諦」(四聖諦)，(而)出如是(之)聲。(隋・闍那崛多譯《佛本行集經》)

8 唱「者 ca」字時，(能現)出觀「四(聖)諦」(之)聲。(唐・地婆訶羅譯《方廣大莊嚴經》)

9「者 ca」字印者，(能令所有)「眼」(等六根)及(一切)「諸行」皆(獲)「清淨」故。(唐・般若共牟尼室利譯《守護國界主陀羅尼經・陀羅尼品》)

10「遮 ca」者，於諸法不見有「生、死」(之相)。(西晉・無羅叉譯《放光般若經・陀鄰尼品》)

11「遮 ca」字門，一切法終「不可得」故，諸法「不終(死)、不生」故。(姚

秦・鳩摩羅什譯《摩訶般若波羅蜜經・廣乘品》)

12 入「者 ca」字門，(能)解一切法(皆)無「死、生」(相)故。(唐・菩提流志譯《不空罥索神變眞言經・陀羅尼眞言辯解脱品》)

13「左 ca」(輕呼)字時，(能)入「普輪」(普遍法輪而能)斷(種種)差別(色相之)般若波羅蜜門。(能)悟一切法，(皆)無「諸行」故。(唐・不空譯《大方廣佛華嚴經入法界品四十二字觀門》)

14 唱「者 ca」字時，入「般若」波羅蜜門，名(能入)「普輪」(普遍法輪而能)斷(種種)差別(色相)。(東晉・佛馱跋陀羅譯六十《華嚴經・入法界品》)

15 唱「者 ca」字時，入「般若」波羅蜜門，名(能入)「普輪」(普遍法輪而能)斷(種種)差別(色相)。(唐・實叉難陀譯八十《華嚴經・入法界品》)

16 唱「者 ca」字時，能甚深入「般若」波羅蜜門，名(能入)「普輪」(普遍法輪而)能斷(種種)差別色(相)。(唐・般若譯四十《華嚴經・入不思議解脱境界普賢行願品》)

17「者 ca」者，諸法無有「諸行」，謂「諸行」既「空」故，(能)遍摧(滅種種)「差別」(色相)。(唐・澄觀撰《大方廣佛華嚴經疏・入法界品》)

18「者 ca」字者，謂諸法無有「諸行」，謂「諸行」既「空」故，徧摧(滅種種)「差別」(色相)。(唐・澄觀撰。明・憨山 德清提挈《華嚴綱要》)

19「遮 ca」字門，(指)一切諸法，(皆爲)離一切「遷變」故。

梵云「遮庾」(二合)底(cyuti 死;命終;謝;滅)，即是「遷變」義。

又梵音「遮唎耶」(caryā 所行之道;所修之道)，(即)是「諸行」義。

如見「遮 ca」時，即知諸行「遷變」(而)不住。(於)《中論・觀行品》(中已詳述此理)……如(於)彼(中論之)廣説。

若「無性」者，即是本初「不生」，本初「不生」者，即是「如來之身」，常恒「安住」(而)無有「變易」，故云「離遷變」也。

復次若一切法是(眞實的)「和合」所成，則有「遷變」，今諸法(乃)「無生、無作」，乃至「無所行」故，則無(眞實之)「和合」，(既)無(眞實之)「和合」故，則離一切(之)「遷變」。

凡諸「字門」，皆當(可)「逆、順」旋轉(而)相釋，(而)使無「罣礙」，今且約次第相承耳。

（唐·一行記《大毘盧遮那成佛經疏·卷七》）

𑖔 cha

歷代密咒譯師對「車」字母發音的描述

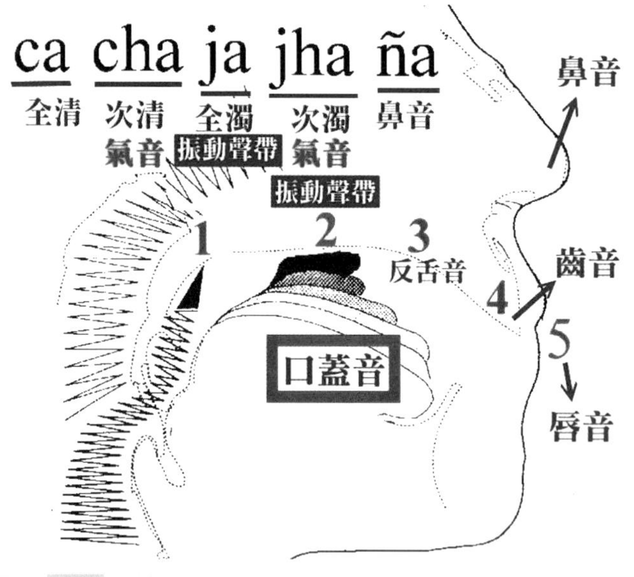

𑖔 cha 車字 昌下反。音近倉可反。別體作𑖔➔字記(唐·智廣《悉曇字記》)

❶車 上(聲)。短➔大日經·《大悉曇》·全雅·慧遠·吉藏

❷車 上(聲)➔《方廣大莊嚴經》

❸車 上(聲)，絕音➔寶月

❹車 引，絕音，如日本音(如日本之本國音)➔宗睿

❺車 昌遮反，梵音以「瑳」字，上聲，稍重呼之➔涅槃文字(北涼・曇無讖《大般涅槃經・如來性品》與東晉・法顯《佛說大般泥洹經・文字品》)

❻車 蛆者反➔慧均·梁武

❼車 平➔玄應

❽車 之若反，處何反➔信行(唐日僧・信行《大般涅槃經音義》)

❾車 平➔玄應

❿磋 上(聲)➔《瑜伽金剛頂經釋字母品》。《文殊問經字母品》。大師釋義(空海大師撰《梵字悉曇字母並釋義》)

⓫瑳 上(聲)，如次阿➔難陀

⓬瑳 倉可反，上聲➔全真

⓭奲 昌我反➔《續刊定記》(唐・慧苑述《續華嚴經略疏刊定記》)

⓮捙 義淨

顯密經典中對「車」字母釋義之研究

1「磋 cha」(上)字門，一切法(之)「影像」，(皆)不可得故。(唐・不空譯《瑜伽金剛頂經釋字母品》)

2稱「磋 cha」字時，是不(去)覆(藏種種貪)欲(之)聲。(唐・不空譯《文殊問經字母品》)

3若聞「車 cha」字，即(時能)知一切法，(皆)無所「去」。「伽車提」(gacchati)，秦言「去」。(《大智度論・四念處品》)

4說「車 cha」字，(能現)出斷「欲染」(之)聲……

(cha 字能現出)斷「欲染」(之)聲者：

「欲」者，染樂(而)不厭。欲莊嚴，著姿態。思惟(於)欲，思惟(於)觸，待習近。

「染」者，繫縛(義)。

「樂」者，樂彼「六塵」。

「不厭」者，專心(於)著緣，無有(別的)「異想」。
「欲」者，歡喜。
「莊嚴」者，為「染」意。
「著」者「遊戲」。
「姿態」者，作種種「容儀」。
「思惟欲」者，著「五欲」。
「思惟觸」者，欲相習(而)近。
「待」者，以「香花」相引。
「習近」者，欲「染心」(獲得)遂(滿)。
「斷」者，悉除前(面種種)「不善法」，此謂斷「欲染」(之)聲。(梁・僧伽婆羅譯《文殊師利問經・字母品》)

5 唱「車 cha」字時，今者應當所有(之)「諂曲、邪惑、意迷」皆悉「除滅」，(而)出如是(之)聲。(隋・闍那崛多譯《佛本行集經》)

6 唱「車 cha」(上聲)字時，(能現)出永斷「貪欲」(之)聲。(唐・地婆訶羅譯《方廣大莊嚴經》)

7「者車 cha」(上二合)字印者，(能)遠離「貪、瞋、癡」(所遮)覆(之)性故。(唐・般若共牟尼室利譯《守護國界主陀羅尼經・陀羅尼品》)

8「車 cha」者，諸法無(有)「可棄」者。(西晉・無羅叉譯《放光般若經・陀鄰尼品》)

9「車 cha」字門，(能)入諸法(若具貪)「欲」(相)，(乃)不可得故，如影(像之)「五陰」，亦不可得故。(姚秦・鳩摩羅什譯《摩訶般若波羅蜜經・廣乘品》)

10 入「綽 cha」字門，悟一切法，(若將種種)「欲樂」(遮)覆(其本)性，(皆)不可得故。(唐・玄奘《大般若波羅蜜多經・善現品》)

11 入「擔 cha」(蚩者反)字門，(能)解一切法(如)「影像」，(皆)不可得故。(唐・

菩提流志譯《不空罥索神變真言經・陀羅尼真言辯解脫品》)

12「車 cha」者,如來(能)「覆蔭」(覆護庇蔭)一切眾生,喻如「大蓋」,是故名「車 cha」。(北涼・曇無讖《大般涅槃經・如來性品》)

13「車 cha」者,(能)照耀(一切眾生),如來(具不生不滅之)「常住」之性,是故說「車 cha」。(東晉・法顯《佛說大般泥洹經・文字品》)

14「磋 cha」(上)字時,(能)入(所)修行(的種種)加行(法)藏,(而)蓋「差別」道場(之)般若波羅蜜門。悟一切法,(欲將種種)「欲樂」(遮)覆(其本)性(乃)不可得故。(唐・不空譯《大方廣佛華嚴經入法界品四十二字觀門》)

(《央掘魔羅經・卷二》云:譬如[因]日月密雲所[遮]覆,[故]光明不現,[待]雲翳既除,[則]光明[始]顯照。「如來之藏」亦復如是,[為]煩惱所「覆」,[故其佛]性不明顯,[待]出離煩惱[後],大明普照,「佛性」明淨,猶如日月)

15唱「車 cha」字時,入「般若」波羅蜜門,名(能令所)修行(的諸)戒(法)藏(皆獲)各別圓滿。(東晉・佛馱跋陀羅譯六十《華嚴經・入法界品》)

16唱「車 cha」(上聲呼)字時,入「般若」波羅蜜門,名(能令所)修行(的種種)方便(法門)藏(皆獲)各別圓滿。(唐・實叉難陀譯八十《華嚴經・入法界品》)

17唱「車 cha」(車者反,上)字時,能甚深入「般若」波羅蜜門,名(能)「增長」修行(的種種)「方便」(法門)藏,(獲得)普覆(普遍覆護庇蔭之)輪。(唐・般若譯四十《華嚴經・入不思議解脫境界普賢行願品》)

18「車 cha」字,即(若將種種)「欲樂」(遮)覆(其本)性(乃不可得)。(唐・澄觀撰《大方廣佛華嚴經疏・入法界品》)

19「車 cha」字者,別譯為「縒」,即悟一切法,(若將種種)「欲樂」(遮)覆(其本)性,(乃)不可得。既(能以種種)方便隨喜(之)樂,故(令)各別「圓滿」,則(其)

「覆性」(亦)不可得。(唐·澄觀撰。明·憨山 德清提挈《華嚴綱要》)

20「車 cha」字門，一切諸法「影像」不可得者，梵音「車(上聲)野」(chāyā)，是「影」義。如人(之)「影像」，皆(必)依自身(而生起)，如是「三界」萬法，唯是「識心」(在眾)因緣(下所)變(現相)似(的)「眾境」，是事(已)如《密嚴經》(中)廣說。

乃至修「瑜伽」者，有種種不思議事，或能「面見」十方「諸佛」普現(出)「色身」，亦皆是(由)「心」之影像(所顯現出來的)。

以「心」本「不生」故，當知「影像」亦無所「生」；無所「生」故，乃至「心」無「遷變」故；「影像」亦無「遷變」。所以然者？

如(人的)「影」(子)自無「定性」，(影子將隨著所有的)行止(而)隨身(顯現)。(眾生之)「心」影亦爾，以「心」(而生出)動作、戲論，無一念(為永)「住」(之)時，故世間萬用，亦復為之「流轉」。若(能)了心如「實相」時，「影」(像)亦如「實相」，故(皆)「不可得」也。

(唐·一行記《大毘盧遮那成佛經疏·卷七》)

𑖕 ja

歷代密咒譯師對「惹」字母發音的描述

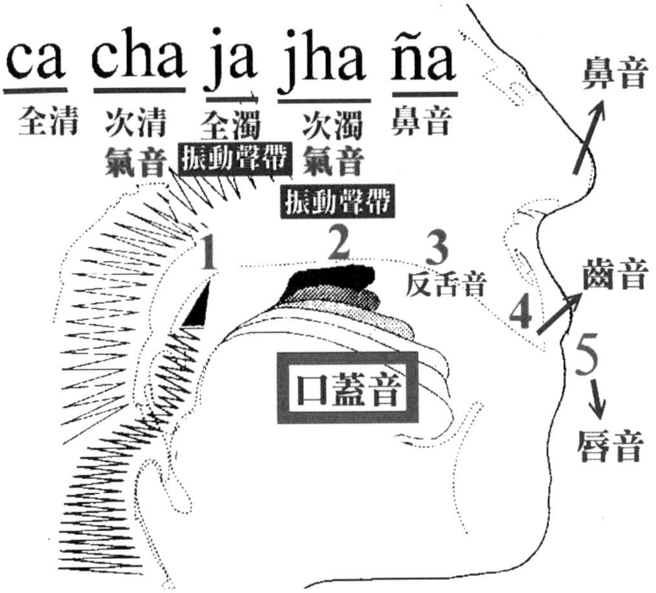

ᡮ ja 社字 杓下反，輕音，音近作可反，餘國有音而下反。別體作 ᡮ→字記(唐・智廣《悉曇字記》)

❶**社** 義淨

❷**若** 上(聲)，短→大日經・寶月

❸**惹** 《瑜伽金剛頂經釋字母品》。《文殊問經字母品》。《大悉曇》。全雅。釋義(空海大師撰《梵字悉曇字母並釋義》)

❹**惹** 上(聲)，如初阿→難陀

❺**惹** 上(聲)→大師

❻**闍** 視奢反，梵音在我反，稍輕呼之→涅槃文字(北涼・曇無讖《大般涅槃經・如來性品》與東晉・法顯《佛說大般泥洹經・文字品》)

❼**闍** 音社→慧遠・慧均・吉藏・梁武帝

❽**闍** 市柯反→信行(唐日僧・信行《大般涅槃經音義》)

❾**闍** 平→玄應

❿**諾** 上(聲)，本音(如日本之本國音)→宗睿

⑪**諾** 若我反➔《續刊定記》(唐・慧苑述《續華嚴經略疏刊定記》)
⑫**搓** 慈我反➔全真
⑬**社** 《方廣大莊嚴經》

顯密經典中對「惹」字母釋義之研究

1「惹 ja」字門，一切法(之)生(相)，(皆)不可得故。(唐・不空譯《瑜伽金剛頂經釋字母品》)

2稱「惹 ja」字時，是超(越)「老、死」(之)聲。(唐・不空譯《文殊問經字母品》)

3若聞「闍 ja」(社音)字，即(時能)知諸法，(其)「生、老」(相皆)不可得。「闍提闍羅」(jāti-jarā)，秦言「生、老」。(《大智度論・四念處品》)

4說「闍 ja」字，(能現)出(越)度「老、死」(之)聲……

(ja 字能現出越)度「老、死」(之)聲者：

「老」者，身體消滅，拄杖羸ㄌㄟˊ步，諸根衰耗，此謂「老」。

「死」者，諸根敗壞。何故名「死」？更覓「受生」處，彼行「業熟」，此謂為「死」。

云何「老、死」差別？諸(六)根「熟」名「老」，諸(六)根壞名「死」，先「老」後「死」，此(即)謂「老死」。

(越)度此「老、死」，此謂為「度」。「度」有何義？「過度」義，(能)「到彼岸」、(獲)「自在」、不更(再)生(輪迴)義，此(即)謂(能越)度「老、死」(之)聲。

(梁・僧伽婆羅譯《文殊師利問經・字母品》)

5「闍 ja」字，(能越)度「生、老、病、死」，令入「不生、不老、不病、不死」(之)義。(梁・僧伽婆羅譯《文殊師利問經・字母品》)。

(佛告文殊師利：我當說八字……此謂八字[之一]，是可受持，入一切諸法)

6「闍 ja」者，(所有的)生緣、老、死，皆悉隨入「不生、不滅」。(東晉・佛陀跋

陀羅譯《佛說出生無量門持經》。此爲「八字」陀羅尼之一)

7「闍 ja」字，(能)入「生、老、病、死」，(而達)「不生、不老、不病、不死、不生、不滅」(之)義。(梁・僧伽婆羅譯《舍利弗陀羅尼經》。此爲「八字」陀羅尼之一)

8 唱「闍 ja」字時，應當超越出(離)「生死海」，(而)出如是聲。(隋・闍那崛多譯《佛本行集經》)

9 唱「社 ja」字時，(能現)出(越)度一切「生死」(而到)「彼岸」(之)聲。(唐・地婆訶羅譯《方廣大莊嚴經》)

10「惹 ja」字印者，(能)超過「老、死」(其)「能、所」(之)生故。(唐・般若共牟尼室利譯《守護國界主陀羅尼經・陀羅尼品》)

11「闍 ja」者，是「正解脫」，無有「老」相，是故名「闍 ja」。(北涼・曇無讖《大般涅槃經・如來性品》)

12「闍 ja」者，「生」也，(能)生諸「解脫」，(此)非如「生死危脆」之生，是故說「闍 ja」。(東晉・法顯《佛說大般泥洹經・文字品》)

13「闍 ja」(字)亦一切法門，「闍 ja」者，(能)遠離(種種之)「生相」。(北涼・曇無讖譯《大方等大集經》)

14「闍 ja」者，(所有)諸法(之)「生」者，亦不可得。(西晉・無羅叉譯《放光般若經・陀鄰尼品》)

15「闍 ja」字門，入諸法(其)「生」(相)，(皆)不可得故。(姚秦・鳩摩羅什譯《摩訶般若波羅蜜經・廣乘品》)

16 入「惹 ja」字門，(能)解一切法，(其)「生起」(皆)不可得故。(唐・菩提流志譯

《不空罥索神變眞言經・陀羅尼眞言辯解脱品》)

17「惹 ja」字時,(能)入世間(大海中而)流轉,(但)窮源(窮其性源,皆是)「清淨」(之)般若波羅蜜門。悟一切法,(其)「能、所」生起,(皆)不可得故。(唐・不空譯《大方廣佛華嚴經入法界品四十二字觀門》)

18 唱「社 ja」字時,入「般若」波羅蜜門,名(能示現)入「世間(大)海」(中而皆)清淨。(東晉・佛馱跋陀羅譯六十《華嚴經・入法界品》)

19 唱「社 ja」字時,入「般若」波羅蜜門,名(能示現)入「世間(大)海」(中而皆)清淨。(唐・實叉難陀譯八十《華嚴經・入法界品》)

20 唱「惹 ja」(上)字時,能甚深入「般若」波羅蜜門,名(能示現)遍入(於)「世間(大)海」(中)遊行(而皆)清淨。(唐・般若譯四十《華嚴經・入不思議解脱境界普賢行願品》)

21「社 ja」字,即「能、所」(之)生起(皆不可得)。(唐・澄觀撰《大方廣佛華嚴經疏・入法界品》)

22「社 ja」字者,即悟一切法,(其)「能、所」生起,(皆)不可得,以「有能、有所」,(皆)是「世間海」故。(唐・澄觀撰。明・憨山 德清提挈《華嚴綱要》)

23「惹 ja」字門,表示一切法,(能)超越「老、死」(之)義。(宋・惟淨譯《佛説海意菩薩所問淨印法門經》)

24「惹 ja」字門,(於)一切諸法「生」,(皆)「不可得」故者。梵云「惹哆」(jāta)也是「生」義。

如(外因緣之)「泥團、輪、繩、陶師」等「和合」,故有「瓶」生。

(如外因緣之)「縷、繩、機紵ㄓㄨˋ、織師」等「和合」,故有「疊」生。

(如外因緣之)「持地、築基、梁、椽ㄔㄨㄢˊ、泥、草、人功」等和合,故有「舍」

生。

(如外因緣之)「酪酪、器、鑽、人功」等和合，故有「蘇」生。

(如外因緣之)「種子、地、水、火、風、虛空、時節」等「和合」，故有「牙」生。

「內法」(之)因緣亦如是，(由)「無明、行」等(共有十二因緣)，(由)各各(之)「生」因而復(得)生(起)。

是故若見「惹 ja」字門，即知一切諸法，無不從「緣」(而)生(起)。

如說偈言:「眾因緣生法，是即無自性。若無自性者，云何有是法？」是故「生」不可得也。

外道「論師」說：種種「邪因緣」或(說)「無因緣」(可)生(起)一切法。

「佛法」中人，亦有失「般若方便」(者)，故取著(於)「因緣」(的)生滅相(者)，(此已)如(於)《中論》(中已)廣破。

復次「阿 a」字門，是諸法本性「不生」。

「惹 ja」字門，以「十喻」觀「生」，雖從(眾生)「緣」(而)有，而(亦)不可得。

若「生」(乃)畢竟不可得，則不異(於)「無生」(之)際(義)。

又(ja 字之)「十喻」(亦即)是「心」之「影像」，不出「法界」，故「生」亦不出「無生」(之)際也。

(唐・一行記《大毘盧遮那成佛經疏・卷七》)

註：《大乘入楞伽經・卷二》云：

佛言：大慧！一切法「因緣」生(眾因緣生法，我說即是空。眾因緣的「眾」=內緣+外緣)，有二種，謂「內」及「外」。

「外」者，謂：

①以「泥團、水、杖、輪繩、人工」等(諸)緣，和合(而)成瓶。

②如(由)泥(所生之)瓶、

③(如由)縷(所生之)疊(毛布)、

④(由)草(所生之)席、

⑤(由)種(所生之)芽、

⑥(由)酥(所生之)酪，悉亦如是。

⑦(此皆)**是名**(由)「**外緣**」(而令)「**前、後**」**轉生**(起)。

「內」**者，謂：**

(由)「**無明、愛、業**」**等**(十二因緣法而)**生**「**蘊、界、處**」**法，是為**「**內緣**」(之)**起**。

此但愚夫之所分別。

註：龍樹菩薩造《十二門論》云：

「眾緣」所生法，是即「無自性」。若「無自性」者，云何「有是法」？

「眾緣」所生法有二種。一者「內」。二者「外」。

「眾緣」亦有二種。一者「內」。二者「外」。

「外因緣」者，

(1)如「泥團、轉繩、陶師」等「和合」，故有「瓶」生。

(2)又如「縷、繩、機杼ㄓㄨˋ、織師」等「和合」故有「氎ㄉㄧㄝˊ」(毛布)生。

(3)又如「治地、築基、樑、椽ㄔㄨㄢˊ、泥、草、人功」等和合故有「舍」生。

(4)又如「酪器、鑽、搖、人功」等「和合」故有「酥」生。

(5)又如「種子、地、水、火、風、虛空、時節、人功」等「和合」，故有芽生。

當知「外緣」等法皆亦如是。

「內因緣」者，所謂「無明、行、識、名色、六入、觸、受、愛、取、有、生、老死」，各各先「因」而後生。

如是「內、外」諸法，皆從「眾緣」生。從「眾緣」生故，即非是「無性」耶？若法「自性無、他性亦無、自他亦無」……「內因緣」生法皆亦如是「不可得」。

 jha

歷代密咒譯師對「鄮」字母發音的描述

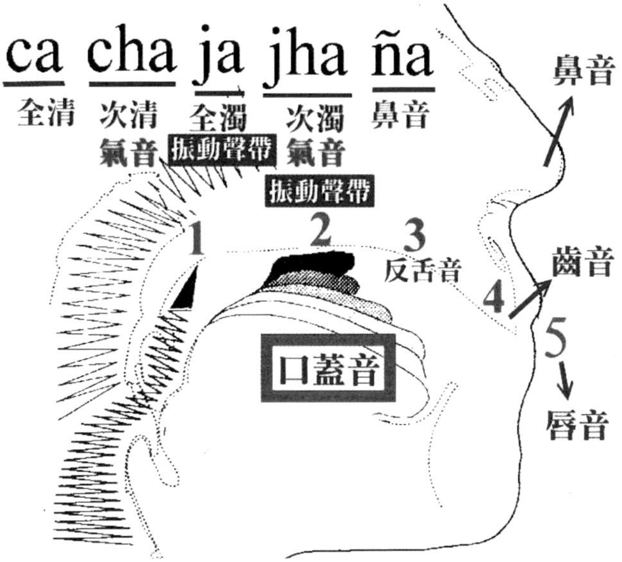

jha 社字 重音，音近昨我反➔字記(唐・智廣《悉曇字記》)

❶**社** 上(聲)，短➔大日經・全雅

❷**社** 上聲，絕音➔寶月。

❸**社** 上(聲)，如次阿➔難陀

❹**鄼** 上(聲)➔《瑜伽金剛頂經釋字母品》

❺**鄼** 才舸反➔《文殊問經字母品》

❻**鄼** 去➔大師・釋義(空海大師撰《梵字悉曇字母並釋義》)

❼**闍** 《方廣大莊嚴經》。《大悉曇》

❽**闍** 去➔玄應

❾**闍** 重音➔吉藏(隋・吉藏《涅槃經遊意》)

❿**杓** 時我反➔《續刊定記》(唐・慧苑述《續華嚴經略疏刊定記》)

⓫**醝** 嵯賀反，引聲重(音)➔全真

⓬**諾** 引，本音(如日本之本國音)➔宗睿

⓭**膳** 禪戰反，梵音以「差」字，去聲，稍重呼之➔涅槃文字(北涼・曇無讖《大般涅槃經・如來性品》與東晉・法顯《佛說大般泥洹經・文字品》)

⑭**膳** 市扇反，重(音)➔信行(唐日僧·信行《大般涅槃經音義》)

⑮**饍** 慧遠

⑯**饍** 此音故是「社」音，但「小重聲」語之➔慧均·梁武

⑰**禪** 光宅(南朝·法雲法師，皇帝敕爲大僧正，即僧界統制官。精通《涅槃經》，皇帝親幸聽講《大般涅槃經》)

顯密經典中對「酇」字母釋義之研究

1「酇 jha」(去)字門，一切法(之)「戰敵」(戰勝煩惱敵之相)，(皆)不可得故。(唐·不空譯《瑜伽金剛頂經釋字母品》)

2 稱「酇 jha」(才舸反)字時，是「制伏惡語言」(之)聲。(唐·不空譯《文殊問經字母品》)

3 說「禪 jha」字，(能現)出攝伏「惡語言」(之)聲……

(jha 字能現出)攝伏「惡語言」(之)聲者：

「攝伏」者，攝伏「語言」、攝伏「身體」。云何「攝伏」語言？

①以「同類語」破「異類語」，(或)以「異類語」破「同類語」。

②以「真實語」伏「不真實語」，(或)以「不真實語」伏「真實語」。

③以「非語言」伏「語言」，(或)以「語言」伏「非語言」。

④以「第一義」伏「非第一義」，(或)以「非第一義」伏「第一義」。

⑤以「決定語」伏「不決定語」，(或)以「不決定語」伏「決定語」。

⑥以「一」伏「多」，(或)以「多」伏「一」。

⑦以「無犯」伏「有犯」，(或)以「有犯」伏「無犯」。

⑧以「現證」伏「不現證」，(或)以「不現證」伏「現證」。

⑨以「失」伏「不失」，(或)以「不失」伏「失」。

⑩以「種類不得」伏「種類」，(或)以「非種類不得」伏「非種類」。

「惡」者，說「不實、不諦、不分別」。

「伏」者，「斷」義、「遮」義、「除」義。

此(即)謂攝伏「惡語言」(之)聲。(梁·僧伽婆羅譯《文殊師利問經·字母品》)

4 唱「社 jha」字時，(能將)「魔煩惱」(之)幢(jhaṣa dhvaja bala=魔軍眾。dhvaja 幢幡)，(而)當(粉)碎(壞)破(伏)倒，(而)出如是聲。(隋・闍那崛多譯《佛本行集經》)

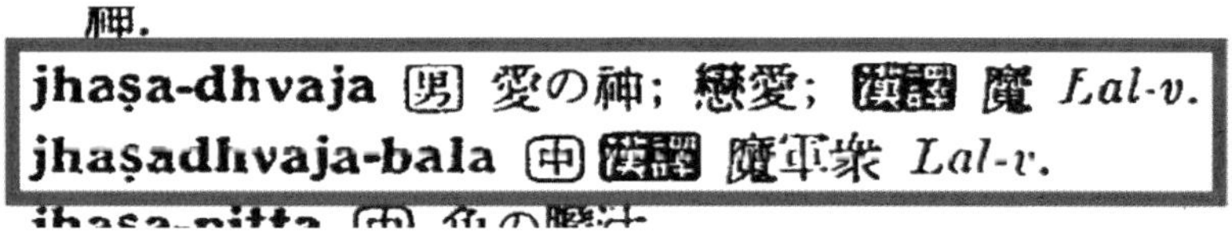
jhaṣa-dhvaja 男 愛の神; 戀愛; 漢譯 魔 Lal-v.
jhaṣadhvaja-bala 中 漢譯 魔軍衆 Lal-v.

5 唱「闍 jha」字時，(能現)出降一切「魔軍眾」(之)聲。(唐・地婆訶羅譯《方廣大莊嚴經》)

6「膳 jha」者，「煩惱」繁(雜盛)茂，喻如「稠林」，是故名「膳 jha」。(北涼・曇無讖《大般涅槃經・如來性品》)

7 重音「闍 jha」者，燒(jhāpita 焚燒)也，(將)一切(的)「煩惱」(焚)燒，令速(消)滅，故說為「闍 jha」。(東晉・法顯《佛說大般泥洹經・文字品》)

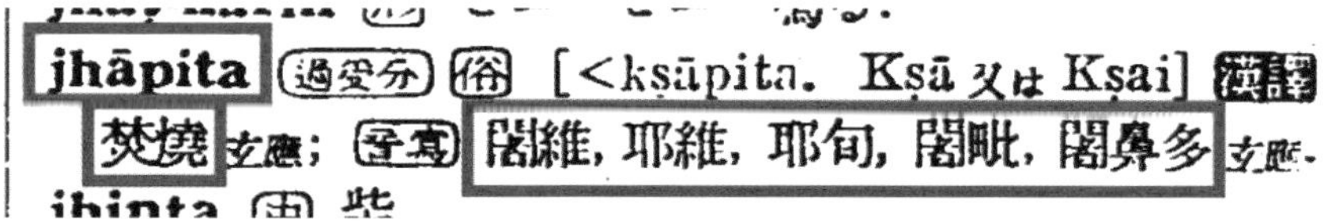
jhāpita 過受分 俗 [<kṣāpita. Kṣā 又は Kṣai] 漢譯 焚燒 支應; 音寫 闍維, 耶維, 耶旬, 闍毗, 闍鼻多 支應.

8 入「度 jha」字門，(能)解一切法(之)「戰敵」(戰勝煩惱敵之相)，(皆)不可得故。(唐・菩提流志譯《不空羂索神變眞言經・陀羅尼眞言辯解脫品》)

9「社 jha」字門，一切諸法(之)「戰敵」(戰勝煩惱敵者)，(皆)「不可得」故者，梵云「社麼攞」(jhamara)是「戰敵」義。

若見「社 jha」字，則知一切諸法皆有「戰敵」，如世間(之)「善、不善」法；「逆」生死流、「順」生死流法；布施、慳貪；「持戒」乃至「智慧、無明」等，更(爲是)「相待對」(法)，(但)勝(與)負(皆是)「無常」(法)。乃至如來出世，以「一切智力」破「魔軍眾」，亦名為「戰」……

又一切法本「不生」，乃至無「影像」故，便(皆)同(為)「一相」，不出於「如」，云何「佛界」(之)「如」與「魔界」(之)「如」(而交)戰(呢)？故佛坐道場時，但了知諸法「無(相)對」，而世間(之)談(論話)議，(乃)自立「戰勝」之(假)名耳。

(唐·一行記《大毘盧遮那成佛經疏·卷七》)

ñа

歷代密咒譯師對「穰」字母發音的描述

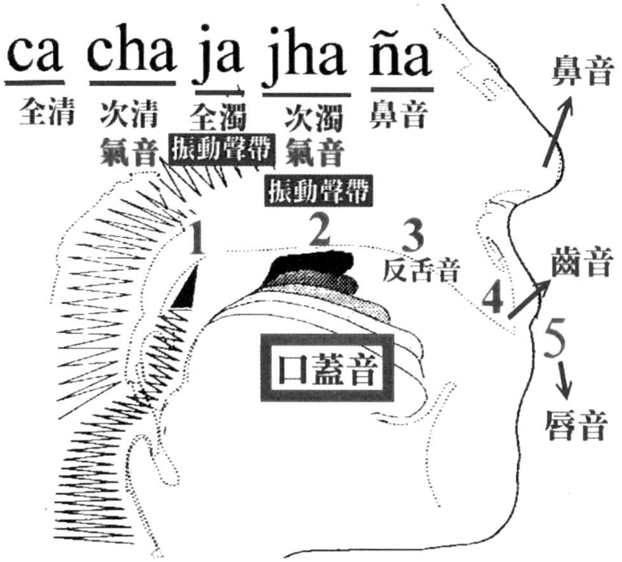

ña 若字 而下反，音近若我反，餘國有音「壤」。別體作 ja→字記(唐·智廣《悉曇字記》)

❶**若** 上(聲)，入，鼻呼，吳音→寶月

❷**若** 上(聲)，如次阿，吳音→難陀

❸**若** 人者反，梵音同，但「不輕不重」聲，呼之→涅槃文字(北涼·曇無讖《大般涅槃經·如來性品》與東晉·法顯《佛說大般泥洹經·文字品》)

❹**若** 耳夜反→玄應

❺**若** 吉藏(隋·吉藏《涅槃經遊意》)·慧遠

❻**若** 如者反，此世中飴ㄙ 牛草→梁武·慧均

❼**若** 而夜反➔慧圓(惠圓法師《涅槃經音義》)
❽**若** 汝者反➔信行(唐日僧・信行《大般涅槃經音義》)
❾**喏** 全雅
❿**社** 《大悉曇》
⓫**如** 引，入，鼻呼，吳音➔宗睿
⓬**壤** 《大日經》。《續刊定記》(唐・慧苑述《續華嚴經略疏刊定記》)。《方廣大莊嚴經》
⓭**孃** 上(聲)➔《瑜伽金剛頂經釋字母品》。《文殊問經字母品》。大師釋義(空海大師撰《梵字悉曇字母並釋義》)
⓮**孃** 女兩反，兼「鼻音」➔全真

註：般若
prajñā

已上五字(指 ca、cha、ja、jha、ña)**齒聲**➔字記(唐・智廣《悉曇字記》)・全真・信行・玄應。
齒間聲➔寶月。灌頂(隋・章安 灌頂《大般涅槃經疏》)。
齒中聲➔法寶・慧遠。
牙齒邊聲➔慧均。
舌齒聲➔涅槃文字(北涼・曇無讖《大般涅槃經・如來性品》與東晉・法顯《佛說大般泥洹經・文字品》)。
齶聲➔宗睿。
舌中聲➔真諦三藏(梁・眞諦《大涅槃經論》或《涅槃論》)・梁武帝

顯密經典中對「穰」字母釋義之研究

1「穰 ña」(上)字門，一切法(之)「智」(相)，(皆)不可得故。(唐・不空譯《瑜伽金剛頂經釋字母品》)

2稱「孃 ña」(上)字時，是(能)制伏「他魔」(之)聲。(唐．不空譯《文殊問經字母品》)

3若聞「若 ña」字，即(時能)知一切法中無(真實之)「智相」(可得)。「若那」(jñāna)，秦言「智」。(《大智度論．四念處品》)

4說「若 ña」字，(能現)出(宣)說(種種能)「安住」(於「無相寂靜語言」之)聲……

(ña 字能現出宣)說(種種)「安住」(之)聲者：

(宣)說(能)令「分明」，(與)開示(開導教示的)「分別說」，不(會遮)覆「障道」(的)「隨法說」，此(即)謂「說」。

(所謂)「安住」者：(即安)置在「一處」(而)說「泥洹」(法)、(或)說「出世間」(法)，(敘)述成所說(之諸多法義語言)。(例如)「無相語言、無貌語言、無異語言、無作語言、覺語言、空語言、寂靜語言」，此(即所)謂(能宣)說(種種能)「安住」(之)聲。(梁．僧伽婆羅譯《文殊師利問經．字母品》)

5唱「若 ña」字時，當令四眾(弟子)皆順(從)教行(教導而修行)，(故)出如是聲。(隋．闍那崛多譯《佛本行集經》)

6唱「壤 ña」字時，(現)出(能)「覺悟」一切眾生(之)聲。(唐．地婆訶羅譯《方廣大莊嚴經》)

7「枳穰 jña」(二合)字印者，一切眾生(皆具)「智慧體」故。(唐．般若共牟尼室利譯《守護國界主陀羅尼經．陀羅尼品》)

8「喏 ña」者，是「智慧」義，知真「法性」，是故名「喏 ña」。(北涼．曇無讖《大般涅槃經．如來性品》)

9「若 ña」者，智也，(能)知法(之)「真實」，是故說「若 ña」。(東晉．法顯《佛說大般泥洹經．文字品》)

10「若 ña」(字)亦一切法門,「若 ña」者,(能獲)諸法「無礙」。(北涼・曇無讖譯《大方等大集經》)

11「若 ña」者,諸法(之)「慧」(皆)不可得。(西晉・無羅叉譯《放光般若經・陀鄰尼品》)

12「若 ña」字門,入諸法(之)「智」,(皆)不可得故。(姚秦・鳩摩羅什譯《摩訶般若波羅蜜經・廣乘品》)

13「孃 ña」(輕呼上)字時,(能)入(眾)生世間(法而能生覺悟)「了別」(之)般若波羅蜜門。悟一切法,(其)「能、所」知性,(皆)不可得故。(唐・不空譯《大方廣佛華嚴經入法界品四十二字觀門》)

14 唱「壤 ña」字時,入「般若」波羅蜜門,名(能)作(爲)「世間」(法之)了悟因。(東晉・佛馱跋陀羅譯六十《華嚴經・入法界品》)

15 唱「壤 ña」字時,入「般若」波羅蜜門,名(能)作(爲)「世間」(法之)智慧門。(唐・實叉難陀譯八十《華嚴經・入法界品》)

16 唱「孃 ña」(上)字時,能甚深入「般若」波羅蜜門,名(能)出離「世間」(法之)智慧門。(唐・般若譯四十《華嚴經・入不思議解脫境界普賢行願品》)

17「壤 ña」字,即(於其)「能、所」知性(皆不可得)。(唐・澄觀撰《大方廣佛華嚴經疏・入法界品》)

18「壤 ña」字者,別譯為「孃 ña」字,謂即悟一切法,(其)能、(所)知性,(乃)不可得,「能知」為「智慧」,「所知」為「門」。(唐・澄觀撰。明・憨山 德清提挈《華嚴綱要》)

19「倪野 jña」字門,表示一切法,(皆具)「智(慧)無著」(之)義。(宋・惟淨譯《佛說海意菩薩所問淨印法門經》)。

(如《佛說最上根本大樂金剛不空三昧大教王經・卷六・一切相應儀軌分》云：鉢囉[二合]倪也[二合]播[引]囉蜜多[引] Prajña pāramitā)

ṭa

歷代密咒譯師對「吒」字母發音的描述

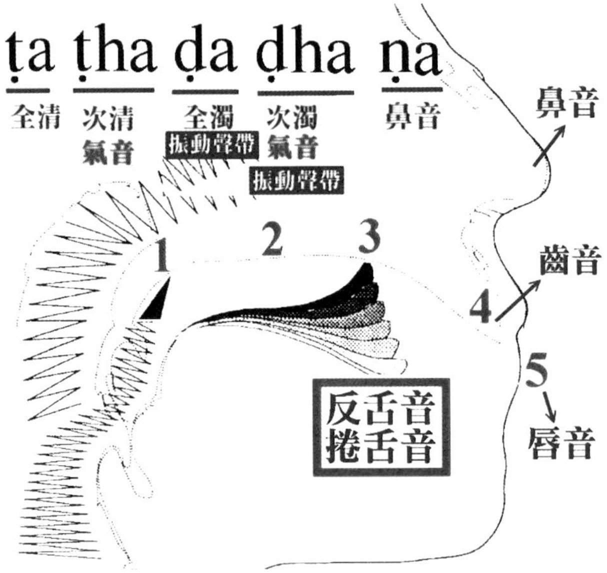

ṭa 舌頭放在 3 號「捲舌」的位置，類似「搭」的音

ṭa **吒字** 卓下反，音近卓我反。別體作。加「麼多」(**mātṛkā** 摩多；母義；韻義，即母音字)➔字記(唐・智廣《悉曇字記》)

❶**吒** 上(聲)，短➔大日經·義淨·南本涅槃經(南本《大般涅槃經》)·慧遠·吉藏·全雅

❷**吒** 上(聲)➔《瑜伽金剛頂經釋字母品》。《文殊問經字母品》。《方廣大莊嚴經》。《大悉曇》。大師釋義(空海大師撰《梵字悉曇字母並釋義》)

❸**吒** 上(聲)，彈舌➔寶月

❹**吒** 上(聲)，如日本音(如日本之本國音)➔宗睿

❺**吒** 上(聲)，如初阿➔難陀

❻**吒** 陟加反，梵音同，但稍「輕呼」之➔涅槃文字(北涼·曇無讖《大般涅槃經·如來性品》與東晉·法顯《佛說大般泥洹經·文字品》)

❼**吒** 擿我反➔《續刊定記》(唐·慧苑述《續華嚴經略疏刊定記》)

❽**咤** 平➔玄應音義。今考「咤」本作「吒」

❾**吒** 猪蝦反➔慧均·梁武

❿**吒** 竹加反，丁夏反➔信行(唐日僧·信行《大般涅槃經音義》)

⓫**綺** 陟賈反➔全真。今考「綺」音「庫」，則非今音，恐當作縿，側下切，音相似

顯密經典中對「吒」字母釋義之研究

1「吒 ṭa」(上)字門，一切法(若具)「慢」(逼凌傲慢之相)，(乃)不可得故。(唐·不空譯《瑜伽金剛頂經釋字母品》)

2 稱「吒 ṭa」(上)字時，是(永)斷(言)語(諸相之)聲。(唐·不空譯《文殊問經字母品》)

3 若聞「吒 ṭa」字，即(時能)知一切法，(其)「此、彼」岸，(皆)不可得。「吒羅」(taṭa 或 tīra)秦言「岸」。(《大智度論·四念處品》)

4 說「多 ṭa」字，(能現)出(滅)斷(煩惱諸)「結」(之)聲……

(ṭa 字能現出)說斷(煩惱諸)「結」(之)聲者：

(從)「無明」滅，乃至「老死」(亦)滅，(能)滅一切(諸)「陰」。(所謂)「滅」者，(能令)「失、沒、斷」(而)無有「生」(起)，此(即)謂「滅」。

「斷」者，(能)斷一切(煩惱)「諸使」、(能)斷「煩惱根」(而)無有遺餘，此(即)謂(能)斷(煩惱諸)「結」(之)聲。(梁·僧伽婆羅譯《文殊師利問經·字母品》)

5 唱「吒 ṭa」字時，其諸凡夫(所有)一切眾生，(能)處處「畏敬」此(所)言(的)「無常」(之句)，(而)出如是聲。(隋·闍那崛多譯《佛本行集經》)

6 唱「吒 ṭa」(上聲)字時，(能現)出永斷一切「(言語諸)道」(之)聲。(唐・地婆訶羅譯《方廣大莊嚴經》)

7「吒 ṭa」(上)字印者，(能)斷「生死道」(而)得「涅槃」故。(唐・般若共牟尼室利譯《守護國界主陀羅尼經・陀羅尼品》)

8「吒 ṭa」者，(如來)於閻浮提示現「半身」(此喻應化身)而演說法，(此)喻如「半月」(法身毘盧遮那如來。報身盧舍那如來。應化身釋迦牟尼如來)，是故名「吒 ṭa」。(北涼・曇無讖《大般涅槃經・如來性品》)

9「吒 ṭa」者，示也，(如來)於閻浮提(示)現「不具足」(此喻應化身)，而彼如來(之)「法身」(乃不生不滅之)常住，是故說「吒 ṭa」。(東晉・法顯《佛說大般泥洹經・文字品》)

10「吒 ṭa」者，諸法(乃)無有「(限)度」者。(西晉・無羅叉譯《放光般若經・陀鄰尼品》)

11「咤 ṭa」字門，(若)入諸法(之)「傴」(傴古同「區」，又同「驅」→驅迫之性)，(乃)不可得故。(姚秦・鳩摩羅什譯《摩訶般若波羅蜜經・廣乘品》)

12「吒 ṭa」(上)字時，(能)入(以)「無我」(的法義去)利益眾生，(而令眾生達)「究竟邊際」(之)般若波羅蜜門。悟一切法，(其)「相驅迫」(之)性，(乃)不可得故。(唐・不空譯《大方廣佛華嚴經入法界品四十二字觀門》)

13 唱「侘 ṭa」(恥加反)字時，入「般若」波羅蜜門，名(能)曉(達覺悟)諸「迷識」(具迷謬的見識者)，(以)「無我」(之)明燈(爲法義)。(東晉・佛馱跋陀羅譯六十《華嚴經・入法界品》)

14 唱「侘 ṭa」(恥加切)字時，入「般若」波羅蜜門，名(能)以「無我」法(義去)開曉(開通曉達一切的)眾生。(唐・實叉難陀譯八十《華嚴經・入法界品》)

15 唱「侘 ṭa」(上)字時，能甚深入「般若」波羅蜜門，名(能)說「無我」法(義而)開(闡諸)佛境界，(令)曉悟(曉達覺悟一切的)群生。(唐・般若譯四十《華嚴經・入不思議解脫境界普賢行願品》)

16「侘 ṭa」字，即(諸法之)「相驅迫」性(乃不可得)，謂(以)「無我」(之法義去)曉(達)之，即為「驅迫」(眾生而令至「究竟邊際」之境)。(唐・澄觀撰《大方廣佛華嚴經疏・入法界品》)

17「侘 ṭa」字者，即悟一切法，(其)「相驅迫性」(乃)不可得，謂以「無我」(之法義去)曉(達)之，即為「驅迫」(而)令(眾生)至(於)「彼岸」。(唐・澄觀撰。明・憨山 德清提挈《華嚴綱要》)

18「吒」字門，一切諸法(之)「慢」(逼凌傲慢之相)，「不可得」故者，梵音「吒迦囉」(ṭakāra)是「慢」義。

ṭa-kāra 男 ṭa の音又は字; 漢譯 (音寫) 吒字 [五十字門の一]: ～e paṭôp: cchedana-śabdaḥ (→ a-kāra) 唱吒(上聲)字時出永斷一切道聲 *Lal-v. 127*; (音寫) 侘字 [四十二字門の一]: ～m parikīrtayataḥ sattvârtha-nairātmya-kāryâtyanta-pariniṣṭhā-pradīpaṃ nāma prajñā-pāramitā-mukham avakrāntam 唱侘(上聲)字時能甚深入般若波羅蜜門名說無我法開佛境界曉悟群生 *Gaṇḍ-vy. 450.*

謂見(有)彼法(是)「卑下」、此法(是)「高勝」，如(於)三界六趣(中)種種「優、劣」不同，所(生)起(的)「慢心」(亦有)無量差別，略說有七種(我慢之)相(《阿毘達磨大毘婆沙論・卷四十三》云：慢有七種。一慢。二過慢。三慢過慢。四我慢。五增上慢。六卑慢。七邪慢)，如(於)《毘曇》中(已)廣明(此理)。

乃至(追)求「三乘」人，猶有「上地、下地」(之)不平等見。今觀諸法「無生」，乃至「無待對」故，則知「阿耨多羅三藐三菩提」於法「平等」，無有「高、下」，是故如來亦(可稱)名(為)一切「金剛菩薩」，亦(可稱)名(為)

「四果聖人」，亦(可稱)名(為)「凡夫外道」，亦(可稱)名(為)種種(的)「惡趣眾生」，亦(可稱)名(為)「五逆邪見人」，(所謂具)大悲(之)「漫荼羅」(maṇḍala)，正表此義也。

(唐・一行記《大毘盧遮那成佛經疏・卷七》)

○ ṭha

歷代密咒譯師對「咤」字母發音的描述

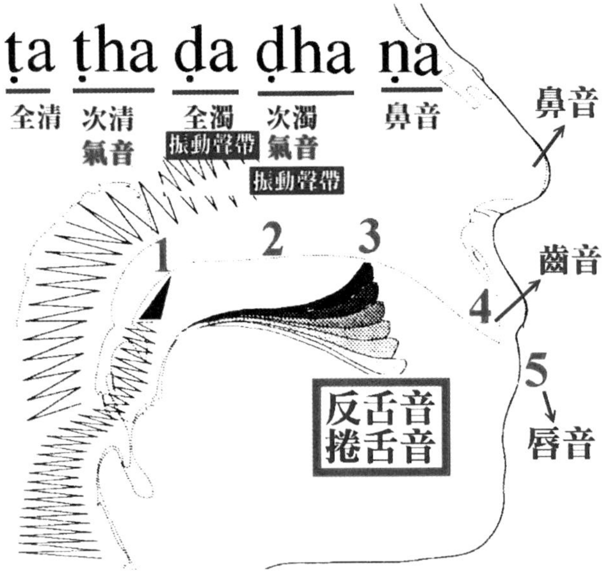

○ ṭha 侘字 拆下反，音近拆我反。別體作○➔字記(唐・智廣《悉曇字記》)

❶侘 南本涅槃經(南本《大般涅槃經》)・吉藏(隋・吉藏《涅槃經遊意》)。《大悉曇》

❷侘 平➔玄應

❸吒 上(聲)，短➔大日經。《瑜伽金剛頂經釋字母品》。《方廣大莊嚴經》。大師釋義(空海大師撰《梵字悉曇字母並釋義》)

❹吒 上(聲)，如次阿➔難陀

❺吒 引，絕音，如日本音(如日本之本國音)➔宗叡

❻姹 上(聲)➔《文殊問經字母品》

❼姹 上(聲)，絕音➔寶月
❽姹 坼賈反➔全真
❾姹 全雅
❿咤 坼我反➔《續刊定記》(唐・慧苑述《續華嚴經略疏刊定記》)
⓫詫 義淨。今考「詫」丑亞切，與「咤、姹、侘」通
⓬咃 丑加反，梵音「姹」，「稍重」呼之➔涅槃文字(北涼・曇無讖《大般涅槃經・如來性品》與東晉・法顯《佛說大般泥洹經・文字品》)・慧遠
⓭咃 塘蝦切➔慧均・梁武
⓮咃 勅加反，土家反➔信行・慧圓(惠圓法師《涅槃經音義》)

顯密經典中對「咤」字母釋義之研究

1「咤 ṭha」(上)字門，一切法(若具)「長養」(增長養育之相。viṭhapana 長養)，(乃)不可得故。(唐・不空譯《瑜伽金剛頂經釋字母品》)。

(《大般若波羅蜜多經・學觀品》云：舍利子！如我但有名，謂之爲我，實不可得。如是有情、命者、生者、養者、士夫、補特伽羅、意生、儒童、作者、使作者、起者、使起者、受者、使受者、知者、見者亦但有名。謂爲有情乃至見者，以「不可得」空故，但隨世俗，假立客名；諸法亦爾，不應執著。是故菩薩摩訶薩修行般若波羅蜜多時，不見有「我」乃至「見」者，亦不見有「一切法性」)

2 稱「姹 ṭha」(上)字時，是(現)出(四種)「置答」(作出回答之)聲(ṭhapanīya-praśna 置答)。(唐・不空譯《文殊問經字母品》)

3 若聞「他 ṭha」(土茶反)字，即(時能)知諸法(皆)無「住處」。南天竺「他那」(Sthāna)，秦言「處」。(《大智度論・四念處品》)

4 說「他 ṭha」字，(能現)出(四種)「置答」(之)聲……
(ṭha 字能現出四種)「置答」(之)聲者：
(有四種置答如)「隨問答、分別答、反問答、置答」。
云何「隨問答」？如(彼)問即(能隨)答。

云何「分別答」？隨彼所問，(然後再)廣為「分別」(解釋回答)。
云何「反問答」？若人有問，(則採)反問(方式而)令(對方)答(之)。
云何「置答」？如問我(是屬於)「斷」？(或)我(是屬於)「常」？(則暫)置而不(回)答。
以「分別」(而回其所)問(之)問，(此是屬於)「隨問(而隨)答」。
以「反質」(方式而回)問(之)問，(此是屬於)「分別(而)答」。
以「置答」(方式而回其所)問(之)問，(此是屬於)「反質(而)答」。
以「隨問」(方式而回)答(其所)問(之)問，(此是屬於)「置答」。
(以上)此(即)謂(能現四種)「置答聲」。(梁・僧伽婆羅譯《文殊師利問經・字母品》。

5「他 ṭha」字，(能)總持「諸法」，眾語言(皆具)「空、無相、無作」，(故能)令入「法界」義。(梁・僧伽婆羅譯《文殊師利問經・字母品》)。

(佛告文殊師利：我當說八字……此謂八字[之一]，是可受持，入一切諸法)

6 唱「咤 ṭha」字時，應當「憶念」此之「咤 ṭha」字，若根(器)純熟(者)，(就算)不聞(其餘)諸法，(亦)即得(能)「證知」，(而)出如是聲。(隋・闍那崛多譯《佛本行集經》)

7 唱「吒 ṭha」字時，(能現)出(四種)「置答」(作出回答之)聲。(唐・地婆訶羅譯《方廣大莊嚴經》)

8「姹 ṭha」字印者，(能)積集「諸行」(而)窮盡(其)體故。(唐・般若共牟尼室利譯《守護國界主陀羅尼經・陀羅尼品》)

9「侘 ṭha」者，(如來)「法身」具足，喻如「滿月」，是故名「侘 ṭha」。(北涼・曇無讖《大般涅槃經・如來性品》)

10「吒 ṭha」者，示「滿足」也，(如來法身乃)平等滿足，是故說「侘 ṭha」。(東晉・法顯《佛說大般泥洹經・文字品》)

11「咃 ṭha」(字)亦一切法門，「咃 ṭha」者，一切法(各有其)「是處」(與)「非處」。(北涼・曇無讖譯《大方等大集經》)。

(同樣的名相還有「處非處智力;知是處非處智力;是處不是力;是處非處力」。「處」指「道理」，即指如來於一切因緣果報悉皆能知。如作「善業」，即知將得「樂果報」，此稱為知「是處」；如作「惡業」，即知將得受「惡報果」而無有是處，此稱為知「非處」)

12「咃 ṭha」者，諸法各有(其)異(之處)，無「不有」(之)處。(西晉・無羅叉譯《放光般若經・陀鄰尼品》)

13「他 ṭha」字門，(能)入諸法(其)「處」，(皆)不可得故。(姚秦・鳩摩羅什譯《摩訶般若波羅蜜經・廣乘品》)

14入「搋ㄔㄚ ṭha」字門，悟一切法，(其)「積集」之性，(乃)不可得故。(唐・玄奘《大般若波羅蜜多經・善現品》)

15入「詫 ṭha」(魑賈反)字門，(能)解一切法(若具)「長養」(增長養育之相)，(乃)不可得故(唐・菩提流志譯《不空羂索神變眞言經・陀羅尼眞言辯解脫品》)

16「姹 ṭha」字時，(能)入願(力而)往詣十方，(能於)現前見「一切佛」(之)般若波羅蜜門。悟一切法，(其諸法之)「積集性」(乃)不可得故。(唐・不空譯《大方廣佛華嚴經入法界品四十二字觀門》)

17唱「吒 ṭha」字時，入「般若」波羅蜜門，名十方諸佛(能)隨(眾生之)願(力而)現前。

18唱「吒 ṭha」字時，入「般若」波羅蜜門，名(能)隨(眾生)願(力而)普見(於)十方諸佛(現前)。(唐・實叉難陀譯八十《華嚴經・入法界品》)

19唱「姹 ṭha」(上)字時，能甚深入「般若」波羅蜜門，名(能以)願力(而)現見「十方諸佛」，猶如(面見)虛空(一般)。(唐・般若譯四十《華嚴經・入不思議解脫境界

普賢行願品》)

20「吒 ṭha」字，即(諸法之)「積集性」(乃不可得)。(唐．澄觀撰《大方廣佛華嚴經疏．入法界品》)

21「吒 ṭha」字者，別譯為「姹 ṭha」字，即悟一切法(之)「積集性」(乃)不可得，(若)謂(能)「積集念佛」故(亦)能「普見」。(唐．澄觀撰。明．憨山 德清提挈《華嚴綱要》)

22「姹 ṭha」字門，表示一切法，(具)畢竟「無邊際」(之)義。(宋．惟淨譯《佛說海意菩薩所問淨印法門經》)

23「咤 ṭha」字門，一切諸法(之)「長養」(增長養育之相)，(皆)「不可得」故者。

梵音「毘咤鉢那」(viṭhapana)，是「長養」義。如世間(以)「種子」為「因」，(以)「五大」(地水火風空)時節為「緣」，漸次「滋長」(而)得成(熟)「果實」。(所謂)「內法」亦爾，於「業田」中(種)下「識」(之)種子，(經)「無明」所覆，(由)「愛水」所潤，而得(以)滋長，如《稻芉經》中(已)廣明(此理)。

今此經「違世、順世」，(由)「八心」相續(或)增長，亦有因緣，乃至「淨菩提心」以「五字門」為「緣」(而)生「大悲」根……

然一切法，即由此「五字」門，「①本不生、②離言說、③自性淨、④無因緣、⑤如虛空相」，故(其)「長養」(增長養育之相)不可得。

復次從「阿 a、迦 ka」字以來，展轉相釋，乃至諸法畢竟「平等」，無有「高、下」，以無「高、下」故，當知即無有「增長」也。

(唐．一行記《大毘盧遮那成佛經疏．卷七》)

ḍa

歷代密咒譯師對「拏」字母發音的描述

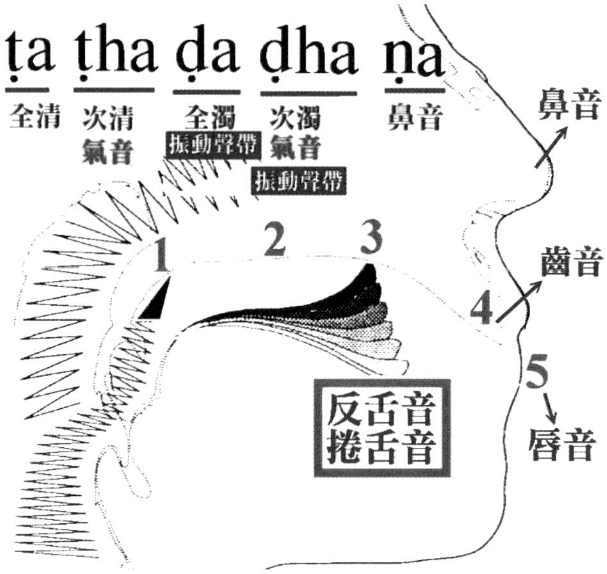

ḍa 舌頭放在 3 號「捲舌」的位置(或放在靠近 2 號的位置)，以梵文羅馬拼音的「ṭa」來發音，音較濁，必需振動聲帶，嘴拉開一些！

ḍa **茶字** 宅下反，輕音，餘國有音搦下反➔字記(唐・智廣《悉曇字記》)

❶**茶** 上(聲)，彈舌➔寶月

❷**茶** 《方廣大莊嚴經》。南本涅槃(南本《大般涅槃經》)・義淨

❸**茶** 搦我反➔《續刊定記》(唐・慧苑述《續華嚴經略疏刊定記》)

❹**茶** 平➔玄應

❺**茶** 除蝦反➔慧均・梁武

❻**茶** 宅奢反，梵音同，「稍重」呼之➔涅槃文字(北涼・曇無讖《大般涅槃經・如來性品》與東晉・法顯《佛說大般泥洹經・文字品》)・慧遠・吉藏

❼**茶** 直假反➔信行(唐日僧・信行《大般涅槃經音義》)

❽**茶** 除牙反➔慧圓(惠圓法師《涅槃經音義》)

❾**茶** 除假反➔開善(開善法師)

❿**那** 上(聲)，吳音➔宗睿

⓫**拏** 上(聲)，短➔大日經。《大悉曇》。全雅

⓬**拏** 上(聲)➔《瑜伽金剛頂經釋字母品》。《文殊問經字母品》。大師釋義(空海大師撰《梵字悉曇字母並釋義》)

⓭**拏** 拏雅反➔全真

⓮**拏** 上(聲)，如初阿➔難陀

註：曼荼羅

maṇḍala　maṇ ḍa la

註：曼荼羅

maṇṭala　這是錯誤的寫法！

註：真言、咒語

Mantra

顯密經典中對「拏」字母釋義之研究

1「拏 ḍa」(上)**字門，一切法**(若具)「**怨敵**」(魔怨仇敵之相)，(乃)**不可得故**。(唐・不空譯《瑜伽金剛頂經釋字母品》)

2稱「拏 ḍa」(上)**字時，是**(現)**出**(能)**攝伏**(四種)「**魔諍**」(魔怨諍訟之)**聲**。(唐・不空譯《文殊問經字母品》)

3若聞「荼 ḍa」字，即(時能)知諸法(皆)「不熱」(無熱惱之)相。南天竺(之)「荼闍ㄉㄨˊ他」(**dagdhṛ** 能燒。**tāpa** 熱惱。另一「無熱惱」的梵文是 **anavatapta** 阿那婆達多；無熱；無暖)，秦言「不熱」。(《大智度論・四念處品》)

有關「闍ㄉㄨˊ 彧ㄕㄜˊ」的梵文轉譯例證

(一)耆闍ㄉㄨˊ崛山(**Gṛdhra** 鷲鳥-**kūṭa** 峰；頂；山；臺；樓。靈鷲山、靈山)

闍ㄉㄨ →dh

(二)頻闍ㄉㄨ 訶婆娑。梵名作**vindhya vāsin**。為印度數論派學者。

vindhya乃頻闍訶山名。

vāsin「婆娑」譯為「住」，以其住於頻闍訶山故有此稱。

闍ㄉㄨ →dh

(三)阿闍ㄉㄜˇ 世，梵名 **ajātaśatru**。

闍ㄉㄜˇ →jā

(四)阿闍ㄉㄜˇ 梨，梵名 **ācārya**。

闍ㄉㄜˇ →cā

(五)荼闍ㄉㄨ 他，梵名 **dagdhṛ** 能燒。**tāpa** 熱惱→能燒煩惱熱=無熱惱。

闍ㄉㄨ →dh

4 說「陀 ḍa」字，(能現)出攝伏(四種)「魔賊」(之)聲……

(ḍa 字能現出)**攝伏**(四種)**「魔賊」**(之)**聲者：**

「魔」者「四魔」。

①(所謂)「**色、受、想、行、識**」(五蘊魔)，**此謂**(內魔)「**陰魔賊**」(蘊魔：由「色、受、想、行、識」五蘊「積聚」而造成「生死苦果」，此「生死法」能奪「慧命」)。

②(若能)**從此「有」**(而越)**度彼「有」**，(能)**息一切事**(者，即能不受死魔所困)，**此**(即)**謂**(內魔)「**死魔賊**」(死魔：能令人命致死而歿，若證得「法性身」，即可破除死魔)。

③(十二因緣，從)「**無明**」(而至)「**愛、取**」(等，皆生種種煩惱)，**此**(即)**謂**(內魔)「**煩惱魔賊**」(煩惱魔即「欲魔」。人身中有「百八」等諸欲煩惱，惱亂眾生心神，奪取「慧命」而不能成就菩提)。

④(若)「**五欲**」**眾**(皆)**具**(者)，(即)**為「天魔體」**，**此**(即)**謂**(外魔之)「**天魔賊**」(天子魔即「他化自在天子魔、天魔」。欲界第六天之魔王，能害人而作種種擾亂，令人不得成就菩提)。

(以上)**此**(即)**謂**(能)**攝伏**(四種)「**魔賊**」(之)**聲**。(梁・僧伽婆羅譯《文殊師利問經・字母品》)

5 唱「荼 ḍa」字時，應當得彼「四如意足」(①欲如意足：希慕所修之法能如願滿足。②精進如意足：於所修之法，專注一心，無有間雜，而能如願滿足。③念如意足：於所修之法，記憶不忘，如願滿足。④思惟如意足：心思所修之法，不令忘失，如願滿足)，**即能「飛行」**，(而)**出如是**

聲。(隋・闍那崛多譯《佛本行集經》)

6 唱「荼 ḍa」(上聲)字時，(能現)出斷一切「魔惱亂」(之)聲。(唐・地婆訶羅譯《方廣大莊嚴經》)

7「拏 ḍa」(上重)字印者，(能)離諸「怨敵」(魔怨仇敵)及「憂惱」故。(唐・般若共牟尼室利譯《守護國界主陀羅尼經・陀羅尼品》)

8「荼 ḍa」者，(即)是「愚癡僧」，(竟)不知「常」與「無常」(的眞實義理)，(此)喻如「小兒」，是故名「荼 ḍa」。(北涼・曇無讖《大般涅槃經・如來性品》)

9「荼 ḍa」者，(能獲「四如意足」而飛行就像)輕仙(而)不(沉)沒，是故說「荼 ḍa」。(東晉・法顯《佛說大般泥洹經・文字品》)

10「荼 ḍa」者，諸法(之)「垢」已(滅)盡。(西晉・無羅叉譯《放光般若經・陀鄰尼品》)

11「荼 ḍa」字門，諸法「荼 ḍa」字(乃盡)「淨」故。(姚秦・鳩摩羅什譯《摩訶般若波羅蜜經・廣乘品》)

12 入「荼 ḍa」字門，(能)解一切法(皆)執持「清淨」，(而)不可得故。(唐・菩提流志譯《不空羂索神變眞言經・陀羅尼眞言辯解脫品》)

13「拏 ḍa」(上)字時，(能)入「普遍」(普遍圓滿之法)輪(之)般若波羅蜜門。悟一切法，(皆)離「熱(惱)、矯(詐)、穢(染)」，得「清涼」故。(唐・不空譯《大方廣佛華嚴經入法界品四十二字觀門》)

14 唱「荼 ḍa」字時，入「般若」波羅蜜門，名曰(能入)「普輪」(普遍圓滿之法輪)。(東晉・佛馱跋陀羅譯六十《華嚴經・入法界品》)

15 唱「荼 ḍa」(徒解切)字時，入「般若」波羅蜜門，名曰(能入)「普輪」(普遍圓

滿之法輪）。（唐・實叉難陀譯八十《華嚴經・入法界品》）

16 唱「拏 ḍa」字時，能甚深入「般若」波羅蜜門，名(能入)普(遍)圓滿(之法)輪。（唐・般若譯四十《華嚴經・入不思議解脫境界普賢行願品》）

17「茶 ḍa」字，悟一切法，(皆)離「熱(惱)、矯(詐)、穢(染)」，得「清涼」故，是「普摧」(普遍摧毀)義。（唐・澄觀撰《大方廣佛華嚴經疏・入法界品》）

18「茶 ḍa」字者，悟一切法，(皆)離「熱(惱)、矯(詐)、穢(染)」，得「清涼」故，是「普摧」(普遍摧毀)義。（唐・澄觀撰。明・憨山 德清提挈《華嚴綱要》）

19「拏 ḍa」字門，一切諸法(之)「怨對」(魔怨敵對之相)，「不可得」故者，梵音云「拏麼囉」(ḍamara)是「怨對」義。如世間(之)「仇讎」，更(加)相「報復」，故名為(怨)「對」。

ḍa-kāra 男 ḍa の音又は字; 漢譯 (音寫) 茶字 [五十字門の一]: ～e ḍamara-māra-nigrahaṇa-śabdaḥ (→ a-kāra) 唱茶(上聲)字時出斷一切魔惱亂聲 *Lal-v. 127*; (音寫) 拏字 [四十二字門の一]: ～ṃ parikīrtayataḥ samanta-cakraṃ nāma prajñā-pāramitā-mukham avakrāntam 唱拏字時能甚深入般若波羅蜜門名普圓滿輪 *Gaṇḍ-vy. 449.*

Ḍam, I. 他 **ḍamati** 鳴る(太鼓).

ḍasma 男 [賤しき雜種種姓(階級)の名].

ḍamara 男 騷動, 喧嘩; 漢譯 惱亂, 荒亂, 反逆 *Lal-v., Saddh-p., Laṅk.*

又前云「戰敵」(jhamara)，是彼此(之)「相加」；此中(之)「怨對」(ḍamara)，是(指)「避仇」之義，「梵音」(是)各自不同(的)。

(於)「毘尼」(vinaya 戒律)中，佛說以「怨」報「怨」，「怨」終不絕(止)，唯有「無怨」，「怨」乃(能完全)息(止)耳……

是故行者，(若)見「拏 ḍa」字門時，則知一切法，(亦)悉有「怨對」(魔怨敵對之相)，(此即)名為(能真實)了知「字相」(之義)。

又以諸法本「不生」，乃至「長養」(增長養育之相)不可得故，當知(所有諸法之)「怨對」(魔怨敵對)亦復本來「不生」，乃至無有「長養」(增長養育之相)。是故如來畢竟無有「怨對」(魔怨敵對)，(此即)名為(ḍa)字門(之)真實義也。

（唐·一行記《大毘盧遮那成佛經疏·卷七》）

ḍha

歷代密咒譯師對「荼」字母發音的描述

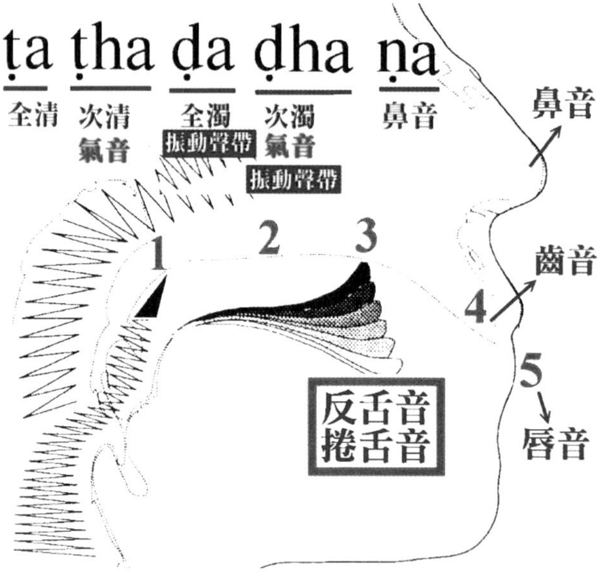

ḍha 荼字 重音，音近幢我反→字記(唐·智廣《悉曇字記》)

❶荼 上(聲)，短→大日經·《大悉曇》·全雅

❷荼 去→《瑜伽金剛頂經釋字母品》。《文殊問經字母品》。玄應。大師釋義(空海大師撰《梵字悉曇字母並釋義》)

❸荼 上(聲)，絕音→寶月

❹荼 上(聲)，如次阿→難陀

❺荼 引，如日本音(如日本之本國音)→宗睿

❻**荼** 宅何反➔《續刊定記》(唐・慧苑述《續華嚴經略疏刊定記》)

❼**荼** 重音，除赧反➔吉藏(隋・吉藏《涅槃經遊意》)。南本涅槃(南本《大般涅槃經》)

❽**荼** 重(音)，除那反➔慧圓(惠圓法師《涅槃經音義》)

❾**搽** 奈夏反，去聲，引➔全真

❿**拏** 上(聲)➔《方廣大莊嚴經》

⓫**袓** 遲戰反，梵音以「荼」字，去聲，稍重呼之➔涅槃文字(北涼・曇無讖《大般涅槃經・如來性品》與東晉・法顯《佛説大般泥洹經・文字品》)・慧遠

⓬**袓** 除赧反，重(音)➔信行(唐日僧・信行《大般涅槃經音義》)

⓭**袓** 音猶是除蝦反，但「重聲」語之➔慧均・梁武

⓮**綻** 直莧切，同「綻」➔義淨

⓯**檀** 除那反➔光宅(南朝・法雲法師，皇帝敕爲大僧正，即僧界統制官。精通《涅槃經》，皇帝親幸聽講《大般涅槃經》)

顯密經典中對「荼」字母釋義之研究

1「荼 ḍha」(去)字門，一切法(之)「執持」(相)，(皆)不可得故。(唐・不空譯《瑜伽金剛頂經釋字母品》)

2 稱「荼 ḍha」字時，是(能除)滅「穢境界」(之)聲。(唐・不空譯《文殊問經字母品》)

3 若聞「荼 ḍha」字，即(時能)知一切法，(最終)「必」(亦)不可得。「波荼」(**apādana** 成立。**apādanatā** 令成。**apada** 無句;無跡)，秦言「必」(必字古同「畢」➔畢竟)。

「荼 ḍha」(字之)外，(已)更無字；若更(尚)有(餘字)者，(則仍)是「四十二字」(之分)枝(餘)派。(《大智度論・四念處品》)

4 説「檀 ḍha」字，(能現)出滅(除)諸(六塵)「境界」(之)聲……

(ḍha 字能現出)滅(除)諸(六塵)「境界」(之)聲者：

滅「色」乃至滅「觸」。「境界」者，(即六塵)「色、聲、香、味、觸」，此(即)謂(能)滅諸(六塵)「境界」(之)聲。(梁・僧伽婆羅譯《文殊師利問經・字母品》)

5 唱「嗏ḍha」字時，作「合歡華」(合歡花)，如「嗏ḍha」言語，(乃)散唱「諸行」及「十二緣」(之)「生滅」之法，(及種種)「無常」(之)顯現，(而)出如是聲。(隋・闍那崛多譯《佛本行集經》)

6 唱「荼 ḍha」字時，(能現)出一切(之六塵)「境界」皆是「不淨」(之)聲。(唐・地婆訶羅譯《方廣大莊嚴經》)

7「瑟姹 ṣḍha」(二合)字印者，(能)悟解「無邊、無盡」(之)體故。
善男子！菩薩以如是等種種「法相」(之義)，分別演說「諸字印門」。
善男子！(此)是名(能)深入「海印三昧陀羅尼」門。(唐・般若共牟尼室利譯《守護國界主陀羅尼經・陀羅尼品》)

8「袓 ḍha」(原作「祖」字，宋本改「袒」)者，不知(在家與出家之)師恩，(此)喻如羝ㄉㄧ 羊(公羊。此喻無慚無愧者，即同公羊畜生一般)，是故名「袓 ḍha」。(北涼・曇無讖《大般涅槃經・如來性品》)

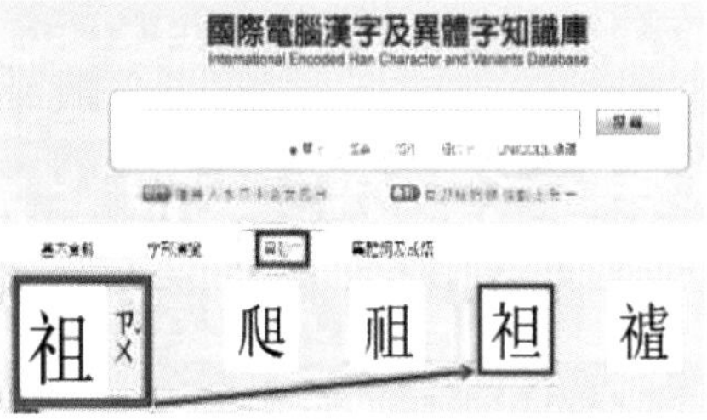

9 重音「荼 ḍha」者，不知「慚(愧)、(羞)恥」，(他人於我有)重恩(而)不(會)報(答)，是故說「荼 ḍha」。(東晉・法顯《佛說大般泥洹經・文字品》)

10「荼 ḍha」(字)亦一切法門，「荼」者，一切諸法，(皆)無有「畢竟」(其處)。(北涼・曇無讖譯《大方等大集經》)

11「嗏 ḍha」者，諸法(之)邊際、(窮)盡(究)竟(之)處，亦「不生」亦「不死」。

(以上)諸(四十二)字數，無有(越)過「嗏 ḍha」上者。何以故？是(諸)字無有「數」，亦不念言(說)是(諸)字有(所而)失，亦不可「見」、亦無所「說」、亦無所「書」、亦不「現」。

須菩提！當知一切法，譬如「虛空」，是(諸)字(所)教、所「入」，皆是「陀鄰尼」所入(之法)門。

若有菩薩摩訶薩曉了是(四十二)字事者，不住於(所)言(之)數(字)，便(能)曉知(所)言數(字)之(智)慧。

若有菩薩摩訶薩聞是「四十二字」所入「句印」者，「(執)持、諷誦」者。若復(能)為他人「解說」其義，(但)不以望見(求名求利。例如《大寶積經》云：若菩薩以「無希望心」行法施時，不著名聞利養果報，以饒益事而爲上首，常爲眾生廣宣正法，又能成就二十種利)，(凡有)「持、諷誦」者(指受持讀誦並爲人解說「四十二字母」者)，當得「二十功德」。(西晉‧無羅叉譯《放光般若經‧陀鄰尼品》)

12「荼 ḍha」字門，入諸法(於其)「邊(際究)竟」(之)處故，(而)「不終、不生」。

過「荼 ḍha」(字後)，(已)無字可說。何以故？更無(有)字故。諸字(皆)「無礙」、「無名」、亦「滅」，不可說、不可示、不可見、不可書。

須菩提！當知一切諸法如「虛空」。須菩提！(此)是名「陀羅尼」門，所謂「阿 a」字義(者)。若(有)菩薩摩訶薩，(能於)是諸(四十二)字門印，(如)「阿 a」字印(等)，若聞、若受、若誦、若讀、若持、若為他(人解)說，如是知當得「二十功德」。(姚秦‧鳩摩羅什譯《摩訶般若波羅蜜經‧廣乘品》)

13入「擇 ḍha」字門，悟一切法，(其)究竟「處所」，(皆)不可得故。

善現當知！此「擇 ḍha」字門，是能悟入「法空」(之)邊際，除此諸字表諸「法空」(之外)，(餘)更不可得……

若菩薩摩訶薩能聽如是入諸「字門印相、印句」，聞已受持、讀誦、通利、為他解說，(及)無所「執著」，(亦)不徇ㄒㄩㄣˋ(依止順從於)「名譽、利養、恭敬」。由此因緣，(能)得「三十種」功德勝利。何等三十？謂：

①得強憶念，②得勝慚愧，③得堅固力，④得法旨趣，⑤得增上覺，⑥得殊勝慧，⑦得無礙辯，⑧得總持門，⑨得無疑惑，⑩得違順語不生愛恚，⑪得無高下平等而住，⑫得於有情言音善巧，⑬得蘊善巧，

⑭得界善巧，⑮得處善巧，⑯得諦善巧，⑰得緣起善巧，⑱得因善巧，⑲得緣善巧，⑳得法善巧，㉑得根勝劣智善巧，㉒得他心智善巧，㉓得神境智善巧，㉔得天耳智善巧，㉕得宿住隨念智善巧，㉖得死生智善巧，㉗得漏盡智善巧，㉘得處非處智善巧，㉙得往來智善巧，㉚得威儀路智善巧。是為「三十」功德勝利。(唐．玄奘《大般若波羅蜜多經．善現品》)

14 蓮花手！如是(上述之)字門，(能)解入「法」中根本(之)「邊際」。除如是(諸)「字」(能)表(顯宣盡)「諸法」(之義)中，更「不可得」。何以故？

蓮花手！如是(上述諸)字義，(皆)不可「宣說」、不可「顯示」、不可「執取」、不可「書持」、不可「觀受」，(皆)離「諸相」故。

譬如「虛空」，是一切物所「歸趣」(之)處，斯「諸字門」，亦復如是。諸法「義理」皆(能)入斯(字)門，方得「顯現」(其中百千萬億分之一的義理)。

蓮花手！(若能)入如是「旃a」字門等，(是)名(爲能)「入」諸「字門」。

若(有欲)修治(此字母)者，(應)如是受持，入諸字門(而)得「善巧智」。於諸「言音」，能「詮」、能「表」，(於心中)皆「無罣礙」。

於一切法「平等」(之)「空性」，盡能「證持」。於眾「言音」，咸(能獲)得「善巧」。

蓮花手！若(有)「受持」者，能聽如是(而)入諸「字門」(之)「印相、印句」(者)，聞已，(能)受持、讀誦、通利(通達暢利;貫通患利)，(並)為他(人)「解說」(而)不(執)著(於)「名利」(者)，由茲「因緣」，(能)得「二十種」殊勝功德。

何等二十？……

如是「陀羅尼」三摩地，若(只要)一經(於)耳(經耳朵所聞)，亦當得(往)生極樂剎土阿彌陀佛(之)前，「蓮花」化生，以諸「相好」而自莊嚴。一切「經法、真言、壇印三昧耶」等，悉皆證現，六根清淨，具「宿住智」(而)得「五神通」。

是故智者，(應)晝夜精勤(的)受持讀誦，莫令「懈怠」(而)祕吝於法，應(生)起平等「大悲愍心」。(應)為諸有情而「廣敷演」是「陀羅尼壇印三昧耶」……

如是等人，亦得無量「大福」聚蘊，何況有人以「菩提心」，(去)「書寫、讀誦、受持、供養」，而豈不(能)證菩薩「十地」(之)神通功德？(唐・菩提流志譯《不空罥索神變眞言經・陀羅尼眞言辯解脱品》)

15「荼 ḍha」(引)字時，(能)入(一切)「法輪」(皆)無「差別」(法)藏(之)般若波羅蜜門。悟一切法，(其)究竟「處所」(乃)不可得故。

善男子！我(善知眾藝童子菩薩)稱(呼)如是(能)入諸「解脱」(的)「根本」(之四十二)字時，此「四十二」(字皆以)「般若」波羅蜜為首，(四十二字皆能)入無量無數「般若」波羅蜜門。

善男子！如是(四十二)字門，是能悟入「法空」邊際，除(了)如是(四十二)字(之外)，(若更要)表(顯)諸法(皆)空，更不可得！何以故？(其實)如是(四十二)字(之)義(皆)不可「宣說」、不可「顯示」、不可「執取」、不可「書持」、不可「觀察」，離「諸相」故。

善男子！譬如「虛空」是一切物所歸(之)趣處，此諸(四十二)字門，亦復如是，諸法(之)「空義」(亦)皆(能)入此(四十二字)門，方得顯(示明)了。

若(有)菩薩摩訶薩，(能)於如是(而)入諸(四十二)字門，(能)得「善巧智」，(能)於諸「言音」(之)所詮、所表，皆「無罣礙」，(能)於一切法(獲)「平等、空性」，(及)盡能「證、持」，(能)於眾「言音」，咸得「善巧」。

若菩薩摩訶薩，能聽如是(而)入諸(四十二)字門印，(如)阿(上)字印，聞已(能)受持、讀誦、通利(通達暢利；貫通惠利)，(並)為他(人)解說，(且)不貪(於)「名利」(者)，由此(受持讀誦並爲人解説「四十二字母」的)因緣，(能)得「二十種」殊勝(的)功德，何等二十？謂：

❶(能)得強(大的)「憶念」(記憶、憶想之心力)。(《大智度論》云：菩薩得是陀羅尼，常觀諸字相，修習憶念故，得強識念)

❷(能)得(殊)勝「慚、愧」(心)。(《大智度論》云：集諸善法，厭諸惡法故，生大慚愧)

❸(能)得(道心的)「堅固力」。(《大智度論》云：集諸福德、智慧故，心得堅固如金剛；乃至[至]阿鼻地獄事[而受苦]，尚不退阿耨多羅三藐三菩提，何況餘苦！)

❹(能)得(佛)法(最高深的)「旨趣」。(《大智度論》云：知佛五種方便說法故，名爲得經旨趣：一者、知作種種門說法，二者、知爲何事故說；三者、知以方便故說，四者、知示理趣故說，五者、知以大悲心故說)

❺(能)得「增上覺(悟之智)」。

❻(能)得「殊勝(智)慧」。(《大智度論》云:菩薩因是陀羅尼,[能]分別「破散」諸字,「言語」亦空,「言語空」故名亦空,「名空」故義亦空;得「畢竟空」,即是般若波羅蜜)

❼(能)得「無礙辯(才)」。(《大智度論》云:既得如是畢竟清淨「無礙智慧」,以「本願、大悲心」度眾生,故樂說易[因已得無礙辯才,所以很容易樂於跟眾生說法])

❽(能)得「總持門」。(《大智度論》云:譬如破竹,初節既破,餘者皆易;菩薩亦如是,得是文字陀羅尼,[其餘]諸陀羅尼自然而得)

❾(能)得「無疑惑」。(《大智度論》云:入諸法實相中,雖未得一切智慧,於一切深法中無疑無悔)

❿(能)得(於)「違、順」語(時),(皆)不生「恚、愛」。(《大智度論》云:各各分別諸字,無讚歎、無毀呰故,聞善不喜,聞惡不瞋)

⓫(能)得「無高下」(之)平等而住。(《大智度論》云:「憎、愛」斷故)

⓬(能)得於有情「言音」(之)善巧。(《大智度論》云:得解一切眾生言語三昧故)

⓭(能)得(五)蘊(之)善巧、(十二)處(之)善巧、(十八)界(之)善巧。

⓮(能)得「緣起」(之)善巧、因(之)善巧、緣(之)善巧、法(之)善巧。

⓯(能)得(眾生之)根「勝、劣」智(之)善巧,(得)「他心智」(之)善巧。

⓰(能)得「觀星曆」(之)善巧。(《大智度論》云:云何和合成月?月無故。云何和合而爲歲?以是故佛言:世間法如幻、如夢,但是誑心法。菩薩能知世間日、月、歲和合,能知[天文星象皆]破散[而]無所有[故不執著],是名巧分別)

⓱(能)得「天耳智」(之)善巧、(得)「宿住隨念智」(宿命通;宿命無漏智力;宿命智力;宿命力)善巧、(得)「神境智」(神足通)善巧、(得)「死生智」(天眼無礙智力;宿住生死智力;天眼力)善巧。

⓲(能)得「漏盡智」(知永斷習氣智力;結盡力;漏盡力)善巧。

⓳(能)得說「處、非處」智(之)善巧。(同樣的名相還有「處非處智力;知是處非處智力;是處不是力;是處非處力」。「處」指「道理」,即指如來於一切因緣果報悉皆能知。如作「善業」,即知將得「樂果報」,此稱爲知「是處」;如作「惡業」,即知將得受「惡報果」而無有是處,此稱爲知「非處」)

⓴(能)得「往、來」等「威儀路」(此指眾生於行住坐臥、取捨屈伸等諸威儀動作門路)善巧。

(若有受持讀誦並爲人解說「四十二字母」者)是為得「二十種」殊勝功德。

善男子!我唯知此(能)入諸「解脫」(的)「根本」字智,如諸菩薩摩訶薩,能於一切世間「善巧」之法，以「智」通達，(而)到於彼岸。而我(又)云何「能知(盡)、能說(盡)」彼功德行？
時善財童子(Sudhana-śreṣṭhi-dāraka)，頭面敬禮眾藝(善知眾藝童子)之足，遶無數匝，戀仰而去。(唐・不空譯《大方廣佛華嚴經入法界品四十二字觀門》)

16 唱「陀 ḍha」字時，入「般若」波羅蜜門，名(能入)一切法輪(種種不同)「出生」之藏。
善男子！我唱如是(能)入諸解脫根本(的四十二)字時，此四十二(字皆以)「般若」波羅蜜門為首，(故四十二字母皆能)入無量無數(之)「般若」波羅蜜門。(東晉・佛馱跋陀羅譯六十《華嚴經・入法界品》)

17 唱「陀 ḍha」字時，入「般若」波羅蜜門，名(能入)一切法輪(種種)「差別」(之法)藏。
善男子！我唱如是「字母」時，此「四十二」(字皆以)「般若」波羅蜜門為首，(故四十二字母皆能)入無量無數(之)「般若」波羅蜜門。(唐・實叉難陀譯八十《華嚴經・入法界品》)

18 唱「荼 ḍha」(去)字時，能甚深入「般若」波羅蜜門，名(能入)一切法輪(種種)「差別」(之法)藏。善男子！我唱如是「字母」之時，此四十二(字皆以)「般若」波羅蜜門為首，一切「章句」(皆能)隨(四十二字)轉(起而)無礙，(故四十二字母皆)能甚深入無量無數「般若」波羅蜜門。(唐・般若譯四十《華嚴經・入不思議解脫境界普賢行願品》)

19「陀 ḍha」字，即「究竟」(之)處，所謂此究竟(之)處(能)含藏一切「法輪」，然新譯乃是「荼 ḍha」字，去聲，引(長音)之。(唐・澄觀撰《大方廣佛華嚴經疏・入法界品》)

20「陀 ḍha」字者，即悟一切法「究竟」(之)處(而)不可得。(所)言「差別藏」者，謂此「究竟處」含藏一切「法輪」，亦是一切「法輪」(所)歸極之處。約「表位」當(爲)「妙覺」(階位，即爲佛陀階位)，是一切法「究竟邊際」，盡其「處所」，以「無所得」故，(而)得「菩提」故也，上皆疏義。

補義云：上之字母，皆言「入般若波羅蜜門」，而「等覺」位(之)善友(指善知眾藝童子爲等覺菩薩)，說此「字母」法門者，意在「離文字相、離心緣相」，乃至「離一切相」，乃能入「妙」(覺佛果)，(而)證(入)「一法界」(爲)心之(本)源也，何以明之？

謂「字母」者，乃「言語、文字」之本也，以我「娑婆」，以「言語音聞」而為教(化眾生之)體(《楞嚴經》云：此方眞教體，清淨在音聞)。不但佛法，即一切「世間、出世間」法，凡有「詮表」，皆是「言語、文字」。然此「文字」，蓋從「一真法界」所流(出)故，故「十法界」凡聖之法，種種「語言」，總不出此「四十二字」為「母」，即今《華嚴》所演無盡「法界」……《疏》(指唐・澄觀撰《大方廣佛華嚴經疏・入法界品》)引「二經」(指唐・善無畏共一行譯《大毘盧遮那成佛神變加持經》與唐・不空所譯的《瑜伽金剛頂經釋字母品》)，釋「入般若」，皆以「不可得」(三個字而)釋之，以「不可得」乃(能)得「菩提」，是為入法界之「究竟歸極」之處。以唱此字母，乃是(爲)引(導而進)入「般若」之門，(並)非是(諸)「字」(即是)為「般若」也。(所以)「法界」(所具的)重(重)玄(祕)之義，(即)妙極於此。(祈)有志(於)「大法門」者，請深觀之。(唐・澄觀撰。明・憨山 德清提挈《華嚴綱要》)

21(若)見此「荼 ḍha」字門，即知一切眾生，從無始來，為「四魔」(五蘊魔、死魔、欲魔、天魔)所著(而)不能「捨離」，(此即)是「名字」相。今以「阿 a」字等種種門，展轉觀一切法皆「不可得」故，當知一切法無有「怨對」，以「怨對」本「不生」故，終不以「平等法界」執著(於)「平等法界」，故云一切諸法(之)「執持」，(皆)不可得也。

(唐・一行記《大毘盧遮那成佛經疏・卷七》)

 ṇa

歷代密咒譯師對「儜」字母發音的描述

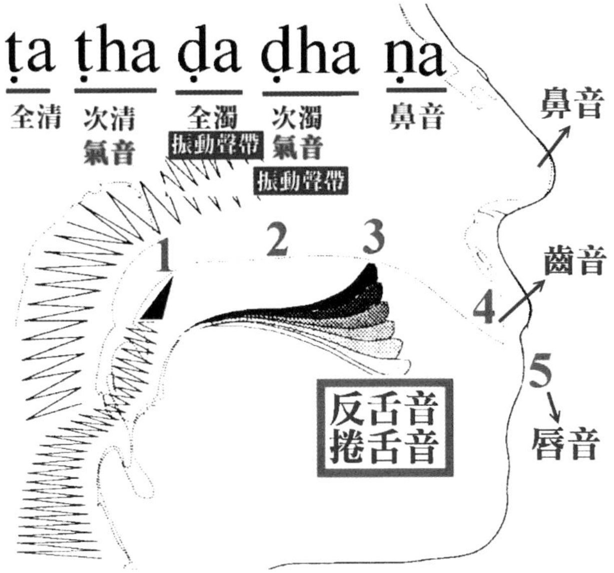

ṇa 拏字 搦下反，音近搦我反，餘國有音拏講反。別體作，加「麼多」(mātṛkā 摩多；母義；韻義，即母音字)➔字記(唐·智廣《悉曇字記》)

❶拏 陀爽切，仍「鼻聲」呼➔大日經。《瑜伽金剛頂經釋字母品》。《文殊問經字母品》。大師釋義(空海大師撰《梵字悉曇字母並釋義》)

❷拏 《大悉曇》

❸拏 引，入，鼻呼，如日本之音➔宗睿

❹拏 義淨辨。全雅

❺拏 去➔玄應

❻拏 儜雅反，兼鼻音➔全真

❼拏 女奢反，梵音乃亞反，「不輕不重」呼之➔涅槃文字(北涼·曇無讖《大般涅槃經·如來性品》與東晉·法顯《佛説大般泥洹經·文字品》)·南本(南本《大般涅槃經》)又同·慧遠·吉藏

❽拏 拏蝦反➔慧均·梁武·開善

❾拏 尼夏反➔慧圓(惠圓法師《涅槃經音義》)

❿拏 奴價反，乃加反➔信行(唐日僧·信行《大般涅槃經音義》)

⑪ **那** 上(聲)，如次阿，吳音➔難陀

⑫ **那** 上(聲)，入，鼻呼，吳音，帶「阿」呼➔寶月

⑬ **曩** 搦仰反➔《續刊定記》(唐・慧苑述《續華嚴經略疏刊定記》)

已上五字(指 ṭa、ṭha、ḍa、ḍha、ṇa)**舌聲**➔字記(唐・智廣《悉曇字記》)全真。

舌頭聲➔寶月。

近舌頭聲➔慧均 梁武 真諦(梁・真諦《大涅槃經論》或《涅槃論》)。

舌上聲➔灌頂(隋・章安 灌頂《大般涅槃經疏》)。

斷聲➔宗睿。

腭聲➔玄應・信行。涅槃文字(北涼・曇無讖《大般涅槃經・如來性品》與東晉・法顯《佛說大般泥洹經・文字品》)。云：舌轉上腭而出聲也。

上腭中聲➔慧遠

顯密經典中對「儜」字母釋義之研究

1「拏 ṇa」(尼爽反)(鼻呼)字門，一切法(之)「諍」(諠鬧諍訟之相)，(乃)不可得故。

(唐・不空譯《瑜伽金剛頂經釋字母品》)

2 稱「拏 ṇa」(鼻聲呼)字時，是(能滅)除(三毒)諸「煩惱」(之)聲。(唐・不空譯《文殊問經字母品》)

3 若聞「拏 ṇa」字，即(時能)知一切法及眾生(皆)「不來、不去、不坐、不臥、不立、不起」，(故)眾生空、法(亦)空故。南天竺「拏 na」，秦言「不」。

(《大智度論・四念處品》)

4 說「那 ṇa」字，(能現)出除(三毒)諸「煩惱」(之)聲……

(ṇa 字能現出)除(三毒)諸「煩惱」(之)聲者：

斷滅「煩惱」，除「煩惱」者。

「染欲」(爲)大毒，(應以)「不淨觀」為藥。

「瞋恚」(爲)大毒，(應以)「慈悲」為藥。
「無明」(爲)大毒，(應以)「十二因緣觀」為其藥。
此(即)謂(能)除(三毒)諸「煩惱」(之)聲。(梁・僧伽婆羅譯《文殊師利問經・字母品》)

5 唱「拏 ṇa」字時，其(若有)「得道人」(在)受「利養」(之)時，(此得道人)無(生)一(念)「微塵」等諸「煩惱」，而(維持正念)不「散滅」，(則此人已能)堪「應」他(人)供(養)，(而)出如是聲。(隋・闍那崛多譯《佛本行集經》)

6 唱「拏 ṇa」(上聲)字時，(能現)出永拔「微細煩惱」(之)聲。(唐・地婆訶羅譯《方廣大莊嚴經》)

7「拏 ṇa」者，非是(而知)「聖」義，(此)喻如「外道」(而不知道佛法聖諦之義)，是故名「拏 ṇa」。(北涼・曇無讖《大般涅槃經・如來性品》)

8「挐 ṇa」者，不正，可如諸「外道」(而不知道佛法聖諦之義)，是故說「挐 ṇa」。(東晉・法顯《佛說大般泥洹經・文字品》)

9「那 ṇa」者，諸法(乃)「無來、無去」，亦「不住」、亦「不坐」、亦「不臥」、亦「不別」。(西晉・無羅叉譯《放光般若經・陀鄰尼品》)

10「拏 ṇa」字門，(能)入諸法(至)「不來、不去、不立、不坐、不臥」(之境)故。(姚秦・鳩摩羅什譯《摩訶般若波羅蜜經・廣乘品》)

11 入「拏 ṇa」(尼賈反)字門，(能)解一切法(若具)「怨對」(魔怨敵對之相)，(皆)不可得故。(唐・菩提流志譯《不空羂索神變眞言經・陀羅尼眞言辯解脫品》)

12「儜 ṇa」(上)字時，(能)入(一)字(之)輪(即能)積集(無量)「俱胝」字(之)般若波羅蜜門。悟一切法，(皆)離諸「諠諍」(諠鬧諍訟)，無往、(亦)無來，(諸法之)「行、住、坐、臥」(亦皆)不可得故。(唐・不空譯《大方廣佛華嚴經入法界品四十二字觀門》)

13 唱「拏 ṇa」字時，入「般若」波羅蜜門，名(能)不動(一)字(之)輪(而能)聚集(無盡之)「諸億字」。(東晉・佛馱跋陀羅譯六十《華嚴經・入法界品》)

14 唱「拏 ṇa」(嬭可切)字時，入「般若」波羅蜜門，名(能)觀察(一)字(之)輪(而能)有「無盡」(之)「諸億字」。(唐・實叉難陀譯八十《華嚴經・入法界品》)

15 唱「儜 ṇa」(上)字時，能甚深入「般若」波羅蜜門，名(能)入(一)字(之)輪(而能通達邊)際「無盡」(之)境界。(唐・般若譯四十《華嚴經・入不思議解脫境界普賢行願品》)

16「拏 ṇa」字，即(能)離諸「諠諍」(諠鬧諍訟)，無往、(亦)無來，(諸法之)「行、住、坐、臥」(亦皆不可得)，謂以常觀(一)字(之)輪(能入無量億字之門)故。(唐・澄觀撰《大方廣佛華嚴經疏・入法界品》)

17「拏 ṇa」字者，即悟一切法(皆)離諸「喧諍」(諠鬧諍訟)，(與)無往(亦)無來，(諸法之)「行、住、坐、臥」性，(皆)不可得，謂(若)以(能)常觀(一)字(之)輪(能入無量億字之門)，(則)謂「眾生空、法空」故。(唐・澄觀撰。明・憨山 德清提挈《華嚴綱要》)

𑖝 ta

歷代密咒譯師對「多」字母發音的描述

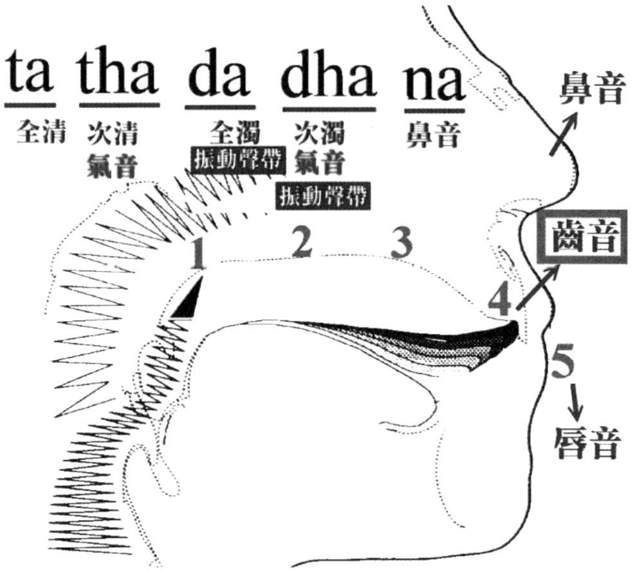

𑖝 ta 直接以英文的「da ㄉㄚ」來發音

𑖝 ta **多字** 怛下反，音近多可反。別體作𑖝→字記(唐・智廣《悉曇字記》)

❶**多** 上(聲)，短→大日經。《瑜伽金剛頂經釋字母品》。《文殊問經字母品》。《方廣大莊嚴經》。南本涅槃(南本《大般涅槃經》)・慧遠・吉藏・《大悉曇》・宗睿・寶月・大師釋義(空海大師撰《梵字悉曇字母並釋義》)

❷**多** 都何反，梵音同，「稍輕」呼之→涅槃文字(北涼・曇無讖《大般涅槃經・如來性品》與東晉・法顯《佛説大般泥洹經・文字品》)・信行

❸**多** 平→玄應

❹**多** 猪舸反→慧均

❺**多** 上(聲)，如初阿→難陀

❻**哆** 全雅。義淨

❼**彈** 多可反→全真

❽**樣** 多我反→《續刊定記》(唐・慧苑述《續華嚴經略疏刊定記》)

顯密經典中對「多」字母釋義之研究

1「多 ta」(上)字門，一切法(之)「如如」(相)，(皆)不可得故。(唐·不空譯《瑜伽金剛頂經釋字母品》)

2稱「多 ta」(上)字時，(即)是「真如」無間斷(之)聲。(唐·不空譯《文殊問經字母品》)

3若聞「多 ta」字，即(時能)知諸法，(皆)在「如」中(而)「不動」。「多他」(tathā)，秦言「如」。(《大智度論·四念處品》)

4說輕「多 ta」字，(能現)出如是「無異」(與)「不破」(最高境界之)聲……

(ta 字能現出通達)「無異」(與)「不破」(最高境界之)聲者：

(所謂)「無異」者，(指)「無破、無異、第一義、實、諦、空、無相、無形、平等、不動、不可思議」，此(即)謂「無異」。

(所謂)「不破」者，(指)「無異形、平等、無相、不動、不破、不斷、純一、無過患、無心、無前後」。

此(即)謂(能通達)「無異」(與)「不破」(之)聲。(梁·僧伽婆羅譯《文殊師利問經·字母品》)

5唱「多 ta」字時，當向(諸)「苦」行(中而遠離「顛倒、罣礙、恐怖」)，(而)出如是聲。(隋·闍那崛多譯《佛本行集經》)

6唱「多 ta」(上聲)字時，(能現)出一切法(不離)「真如」，無「別異」(之)聲。(唐·地婆訶羅譯《方廣大莊嚴經》)

7「多 ta」(上聲)字印者，(能)悟一切法(之)「真實義」故。(唐·般若共牟尼室利譯《守護國界主陀羅尼經·陀羅尼品》)

8「多 ta」者，如來於彼，告諸比丘，宜離「驚畏」(喻應遠離顛倒夢想、罣礙、恐怖)，當為汝等說「微妙法」，是故名「多 ta」。(北涼·曇無讖《大般涅槃經·如來性品》)

9「多 ta」者，遮(斷)一切有(漏法)，令(顛倒、罣礙、恐怖)不相續，是故說「多 ta」。

（東晉・法顯《佛說大般泥洹經・文字品》）

10「多 ta」(字)亦一切法門，「多 ta」者，一切法(皆具)「如」(相而不動)。(北涼・曇無讖譯《大方等大集經》)

11「多 ta」者，諸法(之)「如」(相皆)不動。(西晉・無羅叉譯《放光般若經・陀鄰尼品》)

12「多 ta」字門，(能)入諸法(之)「如相」(而)不動故。(姚秦・鳩摩羅什譯《摩訶般若波羅蜜經・廣乘品》)

13入「嚲 ta」(多可反)字門，(能)解一切法，(其)「真如」住處(而)不可得故。(唐・菩提流志譯《不空罥索神變眞言經・陀羅尼眞言辯解脫品》)

14「多 ta」(上)字時，(能)入照曜「塵垢」(之)般若波羅蜜門。悟一切法，(其)「真如」(皆)不動故。(唐・不空譯《大方廣佛華嚴經入法界品四十二字觀門》)

15唱「那 ta」字時，入「般若」波羅蜜門，名(能入「眞如」不動平等之)「圓滿光」。(東晉・佛馱跋陀羅譯六十《華嚴經・入法界品》)

16唱「哆 ta」(都我切)字時，入「般若」波羅蜜門，名(能入「眞如」不動平等之)「圓滿光」。(唐・實叉難陀譯八十《華嚴經・入法界品》)

17唱「哆 ta」字時，能甚深入「般若」波羅蜜門，名(能入「眞如」不動平等就像)「星宿(ㄒㄡˋ)月」圓滿(之)光。(唐・般若譯四十《華嚴經・入不思議解脫境界普賢行願品》)

18「哆 ta」字，悟一切法，(其)真(如皆)不動故，「不動」則(能)圓滿「發光」。(唐・澄觀撰《大方廣佛華嚴經疏・入法界品》)

19「哆 ta」字者，悟一切法，(其)真(如皆)不動故，「不動」則圓滿「發光」。(唐・澄觀撰。明・憨山 德清提挈《華嚴綱要》)

20「多 ta」字門，表示一切法，(能)隨住(其)「真如」(之)義。(宋‧惟淨譯《佛說海意菩薩所問淨印法門經》)

21「多 ta」字門，一切諸法(皆住於)「如如」，「不可得」故者。梵云「哆他多」(tathāta)，是「如如」義……(若能)證得「如如」，即是「解脫」(之)義。(所謂)「如」(即)謂「諸法實相」，種種「不如實」(的知)見、戲論皆滅，常如本性、不可破壞……

若知「生死」，從「本際」已來，常自如「涅槃」相，復待誰故說為(有眞實存在的)「涅槃」？是故一切法畢竟「非實非虛、非如非異」。《中論》亦云：「涅槃之實際，及與世間際，如是二際者，無毫釐差別」。以無「差別」故，一切法(即)無「怨對」，無「怨對」；故無「執持」；無「執持」；故亦無「如如」(之)解脫也。

(唐‧一行記《大毘盧遮那成佛經疏‧卷七》)

𑖞 tha

歷代密咒譯師對「他」字母發音的描述

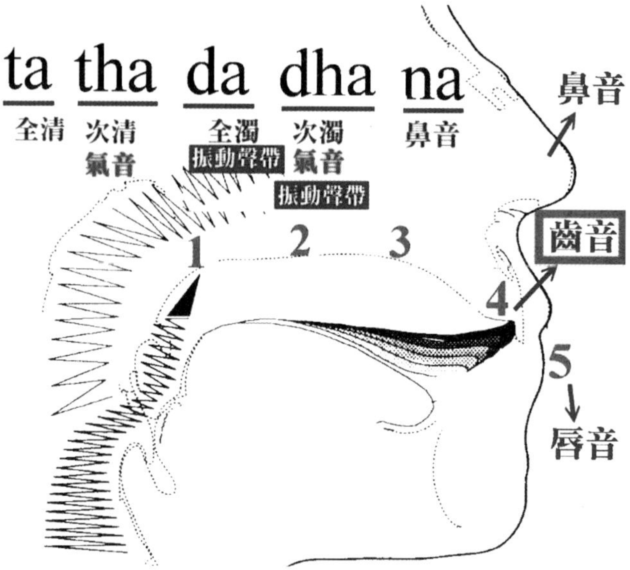

ঘ **tha 他字** 他下反，音近他可反➔字記（唐・智廣《悉曇字記》）

❶**他** 上（聲），短➔大日經。《瑜伽金剛頂經釋字母品》。《文殊問經字母品》。《方廣大莊嚴經》・南本涅槃（南本《大般涅槃經》）。慧遠・吉藏・《大悉曇》・義淨・全雅・《續刊定記》（唐・慧苑述《續華嚴經略疏刊定記》）・大師釋義（空海大師撰《梵字悉曇字母並釋義》）

❷**他** 他多反，梵音同，「稍重」呼之➔涅槃文字（北涼・曇無讖《大般涅槃經・如來性品》與東晉・法顯《佛說大般泥洹經・文字品》）

❸**他** 上（聲），絕音➔寶月

❹**他** 上（聲），如次阿➔難陀

❺**他** 引，絕音➔宗睿

❻**他** 平➔玄應

❼**他** 塘可反➔慧均

❽**他** 土何反，託何反➔信行（唐日僧・信行《大般涅槃經音義》）

❾**侘** 他可反➔全真

顯密經典中對「他」字母釋義之研究

1「他 tha」(上)字門，一切法(之)「住處」，(皆)不可得故。(唐・不空譯《瑜伽金剛頂經釋字母品》)

2稱「佗 tha」(上)字時，(即)是「(勇)勢、(十)力、(速)進、無畏」(之)聲。(唐・不空譯《文殊問經字母品》)

3若聞「陀 tha」字，即(時能)知「四句」(指 tathāgata 漢字轉譯爲「打他嗄打」即是指四句)「如去」(而)不可得。「多陀阿伽陀」(tathāgata)，秦言「如去」。(《大智度論・四念處品》)

4說輕「他 tha」字，(能現)出「勇猛、(十)力、速(疾)、無畏」(之)聲……

(tha 字能現出)「勇猛(精進)、(十)力、速(疾)、無(怖)畏」(之)聲者：

「勇猛」者「精進」。

「力」者「十力」。

「速」者「駃𩢷」(古通「快」)也。

「無畏」者，(於)一切處(皆)「不怖畏」。

此(即)謂「勇猛、力、速、無畏」(之)聲。(梁・僧伽婆羅譯《文殊師利問經・字母品》)

5唱「他 tha」字時，一切眾生，其心若「斧」(頭)；諸塵「境界」，(則)猶如「竹木」，當作(如)是(之)觀(心如斧頭，然後去破除六塵之竹木，應作如是之觀)，(而)出如是聲。(隋・闍那崛多譯《佛本行集經》)

6唱「他 tha」(上聲)字時，(能現)出「(勇)勢、(十)力、無畏」(之)聲。(唐・地婆訶羅譯《方廣大莊嚴經》)

7「娑 s 他 tha」(上二合)字印者，(能)顯云「(勇)勢、(十)力」(相)，(皆)不可得故。(唐・般若共牟尼室利譯《守護國界主陀羅尼經・陀羅尼品》)

8「他 tha」者，名「愚癡」義。眾生流轉(於)生死(之)纏裹(纏縛繫裹)，如蠶(之作繭自縛)、蜣ㄑㄧㄤ 蜋ㄌㄤˊ(亦作「蜣螂」，專吃糞屎和動物的屍體，常把糞滾成球形，產卵其中。俗稱

屎般郎、坌屎蟲），是故名「他 tha」。（北涼・曇無讖《大般涅槃經・如來性品》）

9「他 tha」者，「無知」也，如蠶虫作繭（而自縛），是故說「他 tha」。（東晉・法顯《佛說大般泥洹經・文字品》）

10「他 tha」者，諸法（之住）「處」，（皆）不可得。（西晉・無羅叉譯《放光般若經・陀鄰尼品》）

11「他 tha」字門，（能）入諸法（之住）「處」，（皆）不可得故。（姚秦・鳩摩羅什譯《摩訶般若波羅蜜經・廣乘品》）

12「他 tha」（上）字時，（能）入（法界眾生之）「真如」（皆）無差別（之）般若波羅蜜門。悟一切法，（其）「處所」（皆）不可得故。（唐・不空譯《大方廣佛華嚴經入法界品四十二字觀門》）

13唱娑 s「他 tha」字時，入「般若」波羅蜜門，名（法界一切眾生之）「真如藏」（皆普）遍平等。（東晉・佛馱跋陀羅譯六十《華嚴經・入法界品》）

14唱「他 tha」（他可切）字時，入「般若」波羅蜜門，名（法界一切眾生之）「真如」（皆）平等（之）藏。（唐・實叉難陀譯八十《華嚴經・入法界品》）

15唱「他 tha」（上）字時，能甚深入「般若」波羅蜜門，名（法界一切眾生之）「真如」（皆）平等「無分別」（之）藏。（唐・般若譯四十《華嚴經・入不思議解脫境界普賢行願品》）

16「他 tha」字，即是（諸法）「處所」（之）性（皆不可得）。（唐・澄觀撰《大方廣佛華嚴經疏・入法界品》）

17「他 tha」字者，即是悟一切法，（其）「處所」（之）性，（皆）不可得，以「真如」平等，是一切法所依（之）處所故。（唐・澄觀撰。明・憨山 德清提挈《華嚴綱

要》)

18「他 tha」字門，一切諸法(之)「住處」，(皆)「不可得」故者，梵音「薩他娜」(sthāna)，是「住處」義，亦是「住」義……

若見「他 tha」字時，即知一切諸法，無不待「緣」(而)成故，當知悉有所「依住」(之)處，是為字相。

然諸法本來「不生」，乃至「如如」(之)解脫，亦不可得，則「無去無來、無行無住」，如是(於)「寂滅」相中當有何「次位」耶？

復次入「多 tha」字門時，了知諸法皆「空」故，不住「生死」中；即此「如如」亦「不可得」，故(亦)不住(於)「涅槃」中。

爾時(所有的)「行處」盡息、(所有的)「諸位」皆盡，遍一切處的(皆)「無所依」，(此即)是名以「不住法」(而)住於「如來大住」也。

(唐・一行記《大毘盧遮那成佛經疏・卷七》)

ᖱ da

歷代密咒譯師對「娜」字母發音的描述

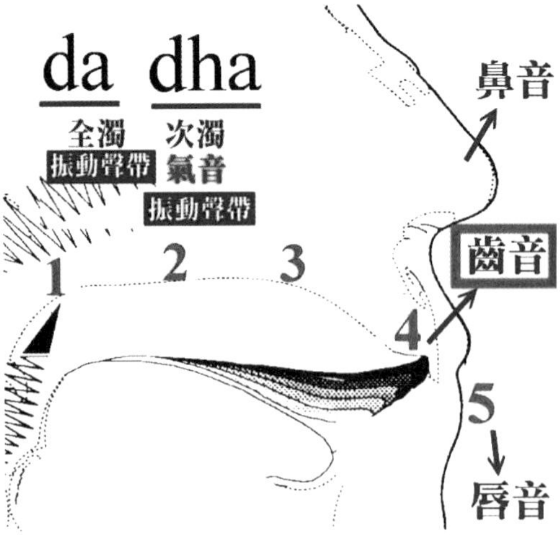

ᖱ da 陀字 大下反，輕音，餘國有音陀可反➔字記(唐・智廣《悉曇字記》)

❶**陀** 上(聲)➔《方廣大莊嚴經》

❷**陀** 平→玄應

❸**陀** 南本涅槃(南本《大般涅槃經》)·慧遠·吉藏(隋·吉藏《涅槃經遊意》)

❹**陀** 達何反，梵音同，「稍輕」呼之→涅槃文字(北涼·曇無讖《大般涅槃經·如來性品》與東晉·法顯《佛說大般泥洹經·文字品》)

❺**陀** 徒何反→信行(唐日僧·信行《大般涅槃經音義》)

❻**柁** 義淨

❼**陀** 音柁→慧均

❽**㧱** 那可反→全真。今考恐「袲」字，袲奴可反

❾**荼** 上(聲)→宗叡

❿**娜** 上(聲)，短→大日經。《瑜伽金剛頂經釋字母品》。《文殊問經字母品》。《大悉曇》。《續刊定記》(唐·慧苑述《續華嚴經略疏刊定記》)·全雅·大師釋義(空海大師撰《梵字悉曇字母並釋義》)

⓫**娜** 上(聲)，漢音→寶月

⓬**那** 上(聲)，如初阿→難陀

顯密經典中對「娜」字母釋義之研究

1「娜 da」字門，一切法(之布)「施」(相)，(皆)不可得故。(唐·不空譯《瑜伽金剛頂經釋字母品》)

2 稱「娜 da」字時，是(能)調伏「律儀」(若修十善即是修律儀之事)，(獲)「寂靜、安隱」(之)聲。(唐·不空譯《文殊問經字母品》)

3 若聞「陀 da」字，即(時能)知一切法(皆具)「善」相。「陀摩」(dharma 善;法;軌則)，秦言「善(法)」。(《大智度論·四念處品》)

4 說輕「陀 da」字，(能現)出「(布)施、(十善)寂靜、守護(六根)、(不求他過失而得)安隱」(之)聲……

(da 字能現出布)施、(十善)寂靜、守護(六根)、(不求他過失而得)安隱(之)聲者：

「施」者二種：「內施」、「外施」。

云何「內施」？說真「四(聖)諦」。

云何「外施」？(佈)施「肌肉、皮血、國城、妻子、男女、財物、穀米」等。

「寂靜」(有)三種，謂「身、口、意」。

云何「身寂靜」？不作「三過」(殺生、偷盜、邪淫=身三)。

「口寂靜」者，無「口四過」(妄語、兩舌、惡口、綺語=口四)。

「意寂靜」者，不貪、不瞋、不癡。(貪、瞋、癡=意三)

「守護」者，守護「六根」。

「安隱」者，同止、和合、不覓彼(人)過(失)，知足、少欲、不求長短。

「不覓他過」者，不相覓過(失)，不以此(過失而)語彼(人)。

此(即)謂「施、(十善)寂靜、守護(六根)、(不求他過失而得)安隱」(之)聲。

(梁・僧伽婆羅譯《文殊師利問經・字母品》)

5「陀 da」者，一切諸持，悉(能)隨(順)入「空、無相、無願」(義)。(東晉・佛陀跋陀羅譯《佛說出生無量門持經》。此爲「八字」陀羅尼之一)

6「他 da」字，(能)入持「陀羅尼」法度(法教度脫)，(具)「空、無相、無作」法界(之)義。(梁・僧伽婆羅譯《舍利弗陀羅尼經》。此爲「八字」陀羅尼之一)

7唱「陀 da」字時，當行「布施」、行諸「苦行」，即得「和合」，(而)出如是聲。(隋・闍那崛多譯《佛本行集經》)

8唱「陀 da」(上聲)字時，(能現)出「(布)施、(持)戒」，(皆是)「質直」(之)聲。(唐・地婆訶羅譯《方廣大莊嚴經》)

9「拏 da」(上聲)字印者，(能)悟入清淨「十力」門故。(唐・般若共牟尼室利譯《守護國界主陀羅尼經・陀羅尼品》)

10「陀 da」者，名曰「大施」(將大乘法作歡喜的法布施)，所謂「大乘」，是故名「陀 da」。(北涼・曇無讖《大般涅槃經・如來性品》)

11「陀 da」者，於「摩訶衍」歡喜方便(而作大布施)，是故說「陀 da」。(東晉・法顯《佛說大般泥洹經・文字品》)

12「陀 da」(字)亦一切法門，「陀 da」者，(其)性能「調伏」一切「法性」。(北涼・曇無讖譯《大方等大集經》)

13「陀 da」者，諸法如無「斷絕」時(的不生不滅)。(西晉・無羅叉譯《放光般若經・陀鄰尼品》)

14「陀 da」字門，諸法「善心」(之)生故，亦(是一種佈)施相故。(姚秦・鳩摩羅什譯《摩訶般若波羅蜜經・廣乘品》)

15 入「陀 da」(上)字門，(能)解一切法(具)「調伏」、(得)「寂靜」，(法界)「真如」(皆)平等(而)無分別故。(唐・菩提流志譯《不空羂索神變眞言經・陀羅尼眞言辯解脫品》)

16「娜 da」字時，(能)入「不退轉」加行(之)般若波羅蜜門。悟一切法，(能獲)調伏(而達)「寂靜」，(法界眾生之)「真如」(皆)平等，無分別故。(唐・不空譯《大方廣佛華嚴經入法界品四十二字觀門》)

17 唱「茶 da」(徒假反)字時，入「般若」波羅蜜門，名(能入)「不退轉」之行。(東晉・佛馱跋陀羅譯六十《華嚴經・入法界品》)

18 唱「柂 da」(輕呼。柂字古同「舵」)字時，入「般若」波羅蜜門，名(能入)「不退轉」(之)方便(行)。(唐・實叉難陀譯八十《華嚴經・入法界品》)

19 唱「娜 da」字時，能甚深入「般若」波羅蜜門，名(能入)「不退轉」方便(之行)。(唐・般若譯四十《華嚴經・入不思議解脫境界普賢行願品》)

20「拕 da」字，悟一切法，(皆獲)「調伏」(而達)「寂靜」，(法界眾生之)「真如」(皆)

平等，無分別故，方為「不退轉」(之)**方便。**(唐·澄觀撰《大方廣佛華嚴經疏·入法界品》)

21「**柁 da**」**字者，悟一切法，**(皆獲)「**調伏**」(而達)「**寂靜**」**，**(法界眾生之)「**真如**」(皆)**平等，無分別故，方為「不退轉」**(之)**方便。**(唐·澄觀撰。明·憨山 德清提挈《華嚴綱要》)

22「**捺 da**」**字門，表示一切法，**(具)「**調伏、寂靜**」(之)**義。**(宋·惟淨譯《佛說海意菩薩所問淨印法門經》)

23「**娜 da**」**字門，一切「諸法」**(之)**施，**(皆)「**不可得」故者，梵云「檀那」**(dāna)**是「捨施」義。若見「娜 da」字，即知一切諸法皆是「可捨」相……今觀諸法「不生」故，**(所謂布)**施者、**(所)**施**(的)**處**(所對象)**、及所施**(之)**物，皆悉本來「不生」**(此與「三輪體空」爲同義)**。乃至一切法**(皆)**無「住處」，無「住處」故，即此「三事」亦無「住處」。**
是故佛坐「道場」，都無所「得」，亦無所「捨」，於「虛空藏」中無所「蘊積」，而普門流出，遍施「群生」，是名(爲)**見「檀」**(之)**實相，亦名具足「檀」波羅蜜……**
是故經云：一切「諸法」(之)「**施**」**，**(皆)**不可得，**(此即)**名為**(da)**字門**(之)「**真實義」也。**

(唐·一行記《大毘盧遮那成佛經疏·卷七》)

𑖠 dha

歷代密咒譯師對「陀」字母發音的描述

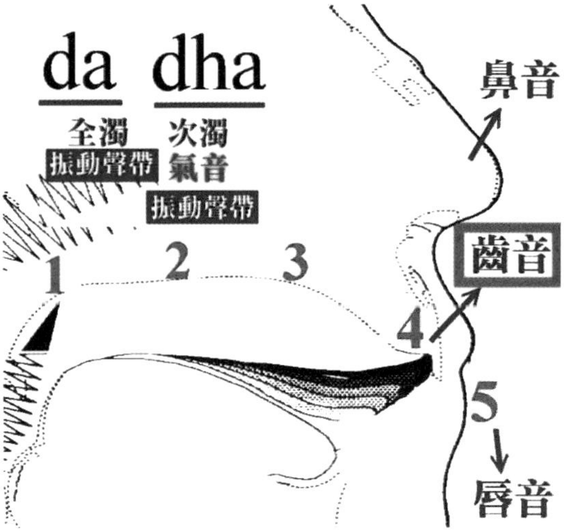

ᑫ **dha 陀字** 重音，音近陀可反➔字記(唐・智廣《悉曇字記》)

❶**陀** 《方廣大莊嚴經》

❷**陀** 按聲掣呼➔《續刊定記》(唐・慧苑述《續華嚴經略疏刊定記》)

❸**陀** 去➔玄應

❹**馱** 上(聲)，短➔大日經。《瑜伽金剛頂經釋字母品》。《文殊問經字母品》。《大悉曇》。全雅・釋義(空海大師撰《梵字悉曇字母並釋義》)

❺**馱** 去➔大師

❻**馱** 陀賀反，重(音)➔全真

❼**馱** 上(聲)，如次阿➔難陀

❽**娜** 上(聲)，絕音➔寶月

❾**陀** 重(音)➔南本涅槃(南本《大般涅槃經》)・吉藏(隋・吉藏《涅槃經遊意》)

❿**但** 義淨

⓫**彈** 檀旦反，梵音「馱」，「稍重」呼之➔涅槃文字(北涼・曇無讖《大般涅槃經・如來性品》與東晉・法顯《佛說大般泥洹經・文字品》)

⓬**彈** 慧遠

⓭**彈** 猶是「柁」，重音➔慧均

⓮**彈** 徒山反，重(音)➔信行(唐日僧・信行《大般涅槃經音義》)

⑮**檀** 光宅(南朝·法雲法師，皇帝敕爲大僧正，即僧界統制官。精通《涅槃經》，皇帝親幸聽講《大般涅槃經》)

⑯**馱** 引➔宗睿

註：佛陀、佛馱、休屠、浮陀、浮屠、浮圖、浮頭、没馱、勃陀、馞陀、步他

Buddha

Dharma(法)

buddha　dharma

顯密經典中對「陀」字母釋義之研究

1「馱 dha」(去)字門，一切「法界」(**dharma-dhātu** 法界)，(皆)不可得故。(唐·不空譯《瑜伽金剛頂經釋字母品》)

2 稱「馱 dha」字時，是「七聖財聲」(①信財:能信受正法②戒財:能持戒律③慚財:能自慚不造諸惡④愧財:於不善法能生羞愧⑤聞財:能多聞佛典正教⑥施財:能施捨諸物，捨離執著⑦慧財:能修習般若空性智慧)。(唐·不空譯《文殊問經字母品》)

3 若聞「馱dha」字，即(時能)知一切法中，(其)「法性」(皆)不可得。「馱摩」(**dharma** 善;法;軌則)，秦言「法」。(《大智度論·四念處品》)

4 唱「咃 dha」字時，當有「法(界之)聲」，(而)出如是聲。(隋·闍那崛多譯《佛本行集經》)

5「馱 dha」字印者，(其)法界(之)「體性」，(皆)不雜亂故。(唐·般若共牟尼室利譯《守護國界主陀羅尼經·陀羅尼品》)

6 唱「陀 dha」字時，(能現)出希求「七聖財」(之)聲。(唐·地婆訶羅譯《方廣大莊嚴

經》。例如 dhana 財也)

7 說輕「檀 dha」字，(能現)出「聖七財」(之)聲……
(dha 字能現出得)「七聖財」(之)聲者：
一「信」、二「慚」、三「愧」、四「施」、五「戒」、六「聞」、七「慧」。此(即)謂「七聖財」(之)聲。(梁‧僧伽婆羅譯《文殊師利問經‧字母品》)

8「彈 dha」者，稱讚「功德」，所謂「三寶」如須彌山，高峻廣大，無有傾倒，是故名「彈 dha」。(北涼‧曇無讖《大般涅槃經‧如來性品》)

9 重音「陀 dha」者，持也，護持「三寶」如「須彌山」，不令「沈沒」，是故說「陀 dha」。(東晉‧法顯《佛說大般泥洹經‧文字品》)

10「曇 dha」(字)亦一切法門，「曇 dha」者，於「法界」(dharma-dhātu)中(而)不生「分別」。(北涼‧曇無讖譯《大方等大集經》)

11「大 dha」者，諸法(之法界)「性」，(皆)不可得。(西晉‧無羅叉譯《放光般若經‧陀鄰尼品》)

12「馱 dha」字門，(能)入諸法(之法界)「性」，(皆)不可得故。(姚秦‧鳩摩羅什譯《摩訶般若波羅蜜經‧廣乘品》)

13 入「馱 dha」字門，(能)解一切法，(其)「法界」(皆)不可得故。(唐‧菩提流志譯《不空罥索神變眞言經‧陀羅尼眞言辯解脫品》)

14「馱 dha」字時，(能)入「觀察法界道場」(之)般若波羅蜜門。悟一切法，(其)能(執)持(法)界(之)性，(皆)不可得故。(唐‧不空譯《大方廣佛華嚴經入法界品四十二字觀門》)

15 唱「拕 dha」(拕字古同「拖」)字時，入「般若」波羅蜜門，名(能)「觀察」圓

滿法(界之集)聚(皆不可得)。(東晉・佛馱跋陀羅譯六十《華嚴經・入法界品》)

16 唱「柂 dha」(柂字古同「舵 」)字時，入「般若」波羅蜜門，名(能)「觀察」揀擇(揀別擇取)一切法(界之集)聚(皆不可得)。(唐・實叉難陀譯八十《華嚴經・入法界品》)

17 唱「馱 dha」字時，能甚深入「般若」波羅蜜門，名(能)微細「觀察」一切法(界之集)聚(皆不可得)。(唐・般若譯四十《華嚴經・入不思議解脫境界普賢行願品》)

18 「拕 dha」字，即能(執)持(法)界(之)性(皆不可得)。(唐・澄觀撰《大方廣佛華嚴經疏・入法界品》)

19 「柁 dha」字者，別譯為「馱dha」字，即悟一切法，(其)能持(之法)界性，(皆)不可得，以簡(別)「法聚」，即(是指)能持(之法)界性故。(唐・澄觀撰。明・憨山 德清提挈《華嚴綱要》)

20 「馱 dha」字門，表示一切法，(其)法界(皆)「無分別」(之)義。(宋・惟淨譯《佛說海意菩薩所問淨印法門經》)

21 「馱 dha」字門，一切諸法(之)「法界」，(皆)「不可得」故者。梵云「達摩馱都」(dharma-dhātu)，名為「法界」，「界」是體義、分義。佛之「舍利」亦(可)名(為)「如來馱都」(tathāgata-dhātu)，言是如來「身分」也。

若見「馱 dha」字門，即知一切諸法悉皆有「體」，謂(即)以「法界」為體。所以者何？若離「諸法實相」，則一切「法體」(之)義(即)不(能)成故。

夫「法界」者，即是「心界」，以「心界」本「不生」故，當知「法界」亦本「不生」。乃至「心界」(亦)無「得」、無「捨」故，當知「法界」亦復無「得」、無「捨」。

(連)「捨」(相)尚自無，(亦)無(一)法可捨，況(有何何一法)可「得」乎？若「法界」是「可得相」者，即是從「眾因緣」生；若(從)「眾因緣」生，當知(其)自「無本體」，何況為諸「法體」？

故「法界」者，唯是(由心所)自證(之)常心(即指「法爾如是」之常法也)，無別法也。

復次如來(之)「大施」者，所謂大悲「漫荼羅」(maṇḍala)。

「法界」者，即是「普門實相」，如是「實相」，不可以「加持神力」(而)示人，是故「無法」可得。

(唐・一行記《大毘盧遮那成佛經疏・卷七》)

ན na

歷代密咒譯師對「那」字母發音的描述

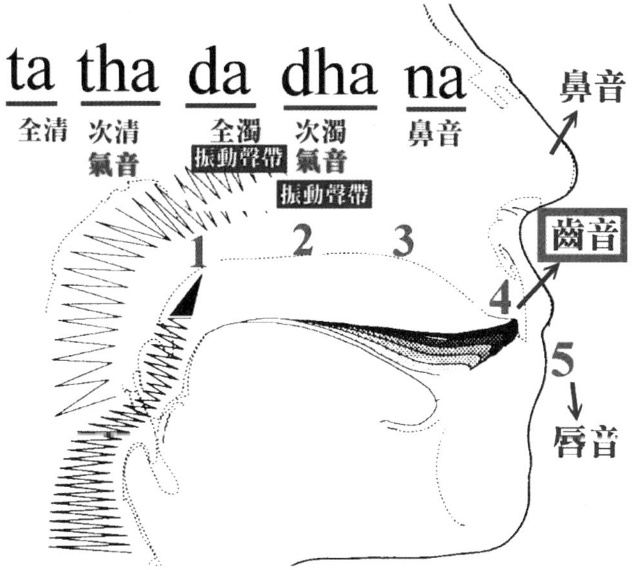

ན **na 那字** 捺可反，音近那可反，餘國有音「曩」。別體作ན➔字記

(唐・智廣《悉曇字記》)

❶**那** 奴多反，梵音以「那」字，上聲，「不輕不重」呼之➔涅槃文字(北涼・曇無讖《大般涅槃經・如來性品》與東晉・法顯《佛說大般泥洹經・文字品》)

❷**那** 南本涅槃(南本《大般涅槃經》)・大莊嚴・慧遠・吉藏(隋・吉藏《涅槃經遊意》)

❸**那** 奴賀反➔玄應

❹**那** 乃可反➔慧均

❺**那** 乃何反➔信行(唐日僧・信行《大般涅槃經音義》)

❻**那** 乃賀反➔慧圓(惠圓法師《涅槃經音義》)

❼**那** 上(聲)，入，鼻呼➔寶月

❽**娜** 義淨《寄歸傳》

❾**拏** 引，或上(聲)，入，鼻呼，如日本音(如日本之本國音)➔宗睿

❿**曩** 上(聲)➔大日經·《瑜伽金剛頂經釋字母品》·《文殊問經字母品》·《續刊定記》(唐·慧苑述《續華嚴經略疏刊定記》)·《大悉曇》·全雅·大師釋義(空海大師撰《梵字悉曇字母並釋義》)

⓫**曩** 乃朗反，帶「鼻音」➔全真

⓬**曩** 上(聲)，如次阿➔難陀

已上五字(指 ta、tha、da、dha、na)**喉聲**➔字記(唐·智廣《悉曇字記》) 全真。

齒聲➔宗睿。

舌上聲➔寶月。

舌頭聲➔涅槃文字(北涼·曇無讖《大般涅槃經·如來性品》與東晉·法顯《佛說大般泥洹經·文字品》)·慧遠·灌頂·玄應·梁武·真諦·信行·法寶。慧均亦曰「舌上聲」。

顯密經典中對「那」字母釋義之研究

1「曩 na」字門，一切法(之)「名」(相)，(皆)不可得故。(唐·不空譯《瑜伽金剛頂經釋字母品》)

2 稱「曩 na」字時，是遍知「名、色」(之)聲。(唐·不空譯《文殊問經字母品》)

3 若聞「那 na」字，即(時能)知一切法，(皆)「不得、不失、不來、不去」。「那」(na)，秦言「不」。(《大智度論·四念處品》)

4 說輕「那 na」字，(能現)出分別「名、色」(之)聲……

(na 字能現出)分別「名(四陰)、色(四大)」(之)聲者：

「名」者(即)「四陰」(即受、想、行、識四蘊)。
「色」者(即)「四大」(即色蘊之四大)。
「分別」者，(即能)分別「名、色」。
此(即)謂(能)分別「名、色」(之)聲。(梁・僧伽婆羅譯《文殊師利問經・字母品》)

5 唱「哪 na」字時，當須用彼「食飲」(而)「活命」(食飲也可喻爲「五蘊身」，因爲眾生皆以「五蘊身」來活命的，而「受想行識」四蘊即是「名」；「色蘊」即是「色」，所以亦同於「名、色」之義)，(而)出如是聲。(隋・闍那崛多譯《佛本行集經》)

6 唱「那 na」(上聲)字時，(能現)出遍知「名、色」(之)聲。(唐・地婆訶羅譯《方廣大莊嚴經》)

7「娜 na」字印者，(其)「名、色」(之)「性、相」，(皆)不可得故。(唐・般若共牟尼室利譯《守護國界主陀羅尼經・陀羅尼品》)

8「那 na」者，(能令)三寶安住，無有傾動，(此)喻如「門閫ㄎㄨㄣˇ」(而能安住三寶)，是故名「那 na」。(北涼・曇無讖《大般涅槃經・如來性品》)

9「那 na」者，如「城門」側(之)「因陀羅」幢，(此能)豎立「三寶」，是故說「那 na」。(東晉・法顯《佛說大般泥洹經・文字品》)

10「那 na」(字)亦一切法門，「那 na」者，諸法(本)「無礙」。(北涼・曇無讖譯《大方等大集經》)

11「那 na」者，於諸法字，已(達終)訖(了)，(其)字(之)「本性」，亦「不得」、亦「不失」。(西晉・無羅叉譯《放光般若經・陀鄰尼品》)

12「那 na」字門，諸法離(一切)「名」，(其)「性、相」(皆)不得、不失故。(姚秦・鳩摩羅什譯《摩訶般若波羅蜜經・廣乘品》)

13 入「娜 na」字門，(能)解一切法(皆)「離名字相」(而)不可得故。(唐・菩提流志譯《不空罥索神變眞言經・陀羅尼眞言辯解脫品》)

14「曩 na」(舌頭呼)字時，(能)入無「阿賴耶」(梵文 ālaya 音譯作「阿賴耶」，其本義是指「住處、依止處、執著、執藏」。「無阿賴耶」是指「無有眞實所依止之處與執著」。故此處之「阿賴耶」並非是專指第八意識)際(之)般若波羅蜜門。悟一切法，(其)「性、相」(皆)不可得故。(唐・不空譯《大方廣佛華嚴經入法界品四十二字觀門》)

15 唱「多 na」字時，入「般若」波羅蜜門，名(能)得「無(所)依(止之處)」，(此即是最極)「無上」。(既已無所依，則已達「應無所住而生其心」的能所雙亡，此即是最極之無上)。(東晉・佛馱跋陀羅譯六十《華嚴經・入法界品》)

16 唱「那 na」字時，入「般若」波羅蜜門，名(能)得「無(所)依(止之處)」，(此即是最極)「無上」。(既已無所依，則已達「應無所住而生其心」的能所雙亡，此即是最極之無上)。(唐・實叉難陀譯八十《華嚴經・入法界品》)

17 唱「曩 na」(鼻音)字時，能甚深入「般若」波羅蜜門，名(能)證得「無(所)依(止之處)」，(此即是最極)「無住」(之)際。(唐・般若譯四十《華嚴經・入不思議解脫境界普賢行願品》)

18「那 na」者，諸法無有「性、相」，(所有)「言說、文字」皆不可得，謂「性、相」雙亡，故無所「依」，「能、所」詮亡，是謂「無上」。
又云：以「那 na」字，無「性、相」故。(文殊菩薩五字咒：a ra pa ca na)
「者 ca」字無有「諸行」，「者 ca」字無有「諸行」故。
「跛 pa」字無「第一義」，「跛 pa」字無「第一義」故。
「囉 ra」字無「塵垢」義，以「囉 ra」字無「塵垢」義故。
「阿 a」字法本「不生」，以「阿 a」字法本「不生」故。
「那 na」字(則)無有「性、相」，汝知是要。
當觀是心，本來「清淨」，無染無著，離「我、我所」分別之相。
《遮那經》(指唐・善無畏共一行譯《大毘盧遮那成佛神變加持經・入漫荼羅具緣眞言品》)中

(釋的)「**字義**」，**與此無**(有)**殊**(別)，**下多依彼**(《大毘盧遮那成佛》)**經**，**及**阿目佉**所譯**(即指唐・不空所譯的《瑜伽金剛頂經釋字母品》)，**而**「**梵音**」(的發音)「**輕、重**」(雖)**有殊**，(但其所)**釋**(之)**義**(乃)**無別**。(唐・澄觀撰《大方廣佛華嚴經疏・入法界品》)

19「**那 na**」**字者，謂諸法無有**「**性、相**」，「**言說、文字**」**皆不可得，謂**「**性、相**」**雙亡，故無所**「**依**」，「**能、所**」**雙亡，是謂**「**無上**」。**此上**「**五字**」，**即文殊**(之)「**五字心呪**」。**結歸**「**觀心**」**云：汝知是要，當觀是**「**心**」，**本來**「**清淨**」，**無染、無著，離**「**我、我所**」**分別之相**。(唐・澄觀撰。明・憨山 德清提挈《華嚴綱要》)

20「**那 na**」**字門，表示一切法，了知**(其)「**名、色**」(之)**義**。(宋・惟淨譯《佛說海意菩薩所問淨印法門經》)

ᛋ pa

歷代密咒譯師對「波」字母發音的描述

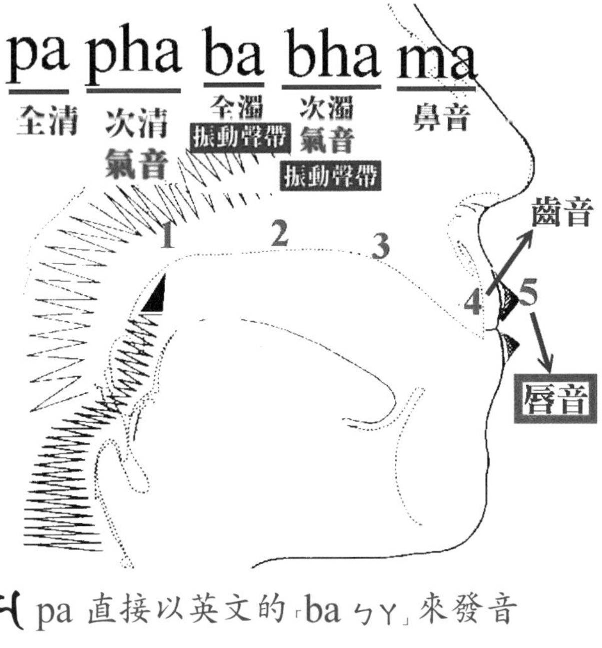

ᛋ pa 直接以英文的「ba ㄅㄚ」來發音

ᛔ pa 波字 鉢下反，音近波我反➔字記(唐・智廣《悉曇字記》)

❶**波** 上(聲)➔宗睿

❷**波** 上(聲)，如初阿➔難陀

❸**波** 上(聲)➔寶月

❹**波** 平➔玄應

❺**波** 上(聲)，短➔大日經・《方廣大莊嚴經》・慧遠・吉藏・全雅・《大悉曇》・南本涅槃(南本《大般涅槃經》)

❻**波** 博何反，梵音以「波」字，上聲，「稍重」呼之➔涅槃文字(北涼・曇無讖《大般涅槃經・如來性品》與東晉・法顯《佛說大般泥洹經・文字品》)

❼**波** 音跛➔慧均

❽**波** 本禾反，補何反➔信行(唐日僧・信行《大般涅槃經音義》)

❾**跛** 《瑜伽金剛頂經釋字母品》。《文殊問經字母品》。釋義大師(空海大師撰《梵字悉曇字母並釋義》)・義淨

❿**跛** 波可反➔全真

⓫**簸** 《續刊定記》(唐・慧苑述《續華嚴經略疏刊定記》)

顯密經典中對「波」字母釋義之研究

1「跛 pa」字門，一切法(之)「第一義諦」，(亦皆)不可得故。(唐・不空譯《瑜伽金剛頂經釋字母品》)

2 稱「跛 pa」字時，是「勝義」(之)聲。(唐・不空譯《文殊問經字母品》)

3 若聞「波 pa」字，即時(能)知一切法，(皆)入「第一義」中。「波羅木陀」(Paramārtha)，秦言「第一義」。(《大智度論・四念處品》)

4 説「波 pa」字，(能現)出「第一義」(之)聲……

(pa 字能現出)「第一義」(之)聲者：

(能)**分別「五陰」，此**(即)**謂「第一義」**(之)**聲。**(梁・僧伽婆羅譯《文殊師利問經・字母品》)

5 跛 pa 字，(即是)**「第一義」，一切諸法「無我」，悉入**(於)**此中。**(梁・僧伽婆羅譯《文殊師利問經・字母品》)。

(佛告文殊師利：我當說八字……此謂八字[之一]，是可受持，入一切諸法)

6「波 pa」者，第一義，一切諸法(皆)**「無我」，悉來入**(此「波」字)**門。**(東晉・佛陀跋陀羅譯《佛說出生無量門持經》。此為「八字」陀羅尼之一)

7「婆 pa」字，(能)**入一切諸法**(皆)**「無我」**(之)**義。**(梁・僧伽婆羅譯《舍利弗陀羅尼經》。此為「八字」陀羅尼之一)

8 唱「簸 pa」字時，(具)**「真如、實諦」，**(而)**出如是聲。**(隋・闍那崛多譯《佛本行集經》)

9 唱「波 pa」(上聲)**字時，**(能現)**出證「第一義諦」**(之)**聲。**(唐・地婆訶羅譯《方廣大莊嚴經》)

10「跛 pa」字印者，(具最)**勝義諦**(之)**門，**(亦皆)**不可得故。**(唐・般若共牟尼室利譯《守護國界主陀羅尼經・陀羅尼品》)

11「波 pa」者，於諸法(之)**「泥洹」**(乃是)**最「第一」教度**(法教度脫之門)**。**(西晉・無羅叉譯《放光般若經・陀鄰尼品》)

12「波 pa」字門，一切法(皆)**「第一義」故。**(姚秦・鳩摩羅什譯《摩訶般若波羅蜜經・廣乘品》)

13 入「播 pa」字門，(能)**解一切法，**(其)**「究竟」**(處)**所，**(亦皆)**不可得故。**

(唐・菩提流志譯《不空羂索神變真言經・陀羅尼真言辯解脫品》)

14「波 pa」者，名「顛倒」義。若言「三寶」悉皆(屬於無常而終將)「滅盡」(斷滅)，當知是人為自(生顛倒之)「疑惑」，是故名「波 pa」。(北涼・曇無讖《大般涅槃經・如來性品》)

15「波 pa」者，起「顛倒」想，(認爲)三寶(屬於無常終將)沈沒，而自(生顛倒)迷亂(心)，是故説「波 pa」。(東晉・法顯《佛説大般泥洹經・文字品》)

16「波 pa」(字)亦一切法門，「波 pa」者，即「第一義」。(北涼・曇無讖譯《大方等大集經》)

17入「跛 pa」字門，(能)解一切法(皆)「第一義」(法)教，(而亦)不可得故。(唐・菩提流志譯《不空罥索神變眞言經・陀羅尼眞言辯解脱品》)

18「跛 pa」字時，(能)入「法界際」(之)般若波羅蜜門。(能)悟一切法，(其)「勝義諦」(亦皆)不可得故。(唐・不空譯《大方廣佛華嚴經入法界品四十二字觀門》)

19唱「波 pa」字時，入「般若」波羅蜜門，名(能入普照於)法界(平等而)無「異相」。(東晉・佛馱跋陀羅譯六十《華嚴經・入法界品》)

20唱「波 pa」字時，入「般若」波羅蜜門，名(能入)「普照」(於)法界(平等而無異相)。(唐・實叉難陀譯八十《華嚴經・入法界品》)

21唱「跛 pa」字時，能甚深入「般若」波羅蜜門，名(能入)普照(於)法界「平等」際(之)微細智。(唐・般若譯四十《華嚴經・入不思議解脱境界普賢行願品》)

22「波 pa」者，《五字經》(唐・不空譯《金剛頂超勝三界經説文殊五字眞言勝相》。或唐・金剛智譯《金剛頂經曼殊室利菩薩五字心陀羅尼品》)云：亦無「第一義諦」，諸法「平等」，謂「真、俗」雙亡，是真「法界」。諸法皆(平)等，即是「普照」。(唐・澄觀撰《大方廣佛華嚴經疏・入法界品》)

23「波 pa」字者，《五字經》(唐・不空譯《金剛頂超勝三界經説文殊五字眞言勝相》。或唐・金剛智譯《金剛頂經曼殊室利菩薩五字心陀羅尼品》)云：亦無「第一義諦」，諸法「平等」，謂「真、俗」雙亡，是真法界。諸法(皆)「平等」即是「普照」。

(唐・澄觀撰。明・憨山 德清提挈《華嚴綱要》)

24「波 pa」字門，表示一切法，(皆具)「勝義諦」。(宋・惟淨譯《佛説海意菩薩所問淨印法門經》)

25《大般若》言：「跛 pa」者，一切法「勝義」教。

《大品》云：「跛 pa」者，「第一義」故。

《放光》云：「跛 pa」者，諸法「泥洹」，最第一義。

《文殊問經》云：出勝義聲。

釋曰：上(述)諸經，皆獨明(有)「第一義」；但是(仍具有)所遣(的解釋者)，唯《金剛頂》(指唐・不空譯《瑜伽金剛頂經釋字母品》)云：「跛 pa」者，(於)「第一義」(仍亦)不可得。

(此種解釋)則(爲)具(眞正的空性)「般若」相矣。

故疏云：謂「真、俗」(皆)雙亡。下會經前二字，以「第一義」(亦需)遣俗，今亦無「第一義」，則復遣(其)「真」，(此即)為雙亡「真、俗」(之義也)，(方)是(眞正「離言絕相」的)「真法界」。

(唐・澄觀撰《大方廣佛華嚴經隨疏演義鈔・卷八十九)

26「波 pa」字門，一切諸法(之)「第一義諦」，(亦皆)「不可得」故者，梵云「波羅麼他」(Paramārtha)，翻為「第一義」，或云「勝義」。「薩底」(satya)也，此翻為「諦」，「諦」義於「娑」字門(已解)說之。

今此「波 pa」字門，正明「第一義」相，龍樹云：「第一義」名「諸法實相」，(乃)「不破、不壞」故。

復次(於)諸法中，「第一」(即)名為「涅槃」，如《阿毘曇》云：云何「無上法」？謂「智緣盡」。

(所謂)「智緣盡」即是(指)「涅槃」。

若見「波 pa」字，即知一切法(皆)不離「第一義」；(而)「第一義」(必)不離「諸法實相」，(此)是為(pa)字相。

若(pa)字門(爲)真實義者，(則)「第一義」亦不可得。何以故？(以)無愛、無著故。

《智論》(大智度論)又云：以眾生(執)著(於)「涅槃」音聲，而作「戲論」，若有、若無。以(爲)破(其執)著故，說「涅槃」(亦)空，(此)是(即)名(爲)「第一義空」。不破聖人心中(之)所得，以聖人於一切法中(已)「不取相」故。復次「一切法」皆入「平等法界」，則無「高、下」，豈欲令「無生法」中有「勝、劣」相耶？是故(於)「第一義」(中)，(仍亦)「不可得」也。

（唐・一行記《大毘盧遮那成佛經疏・卷七》）

pha

歷代密咒譯師對「頗」字母發音的描述

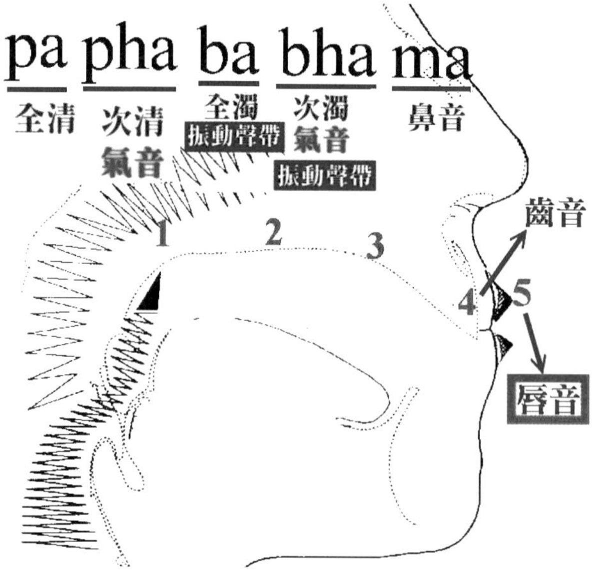

pha 頗字 破下反，音近破我反→字記(唐・智廣《悉曇字記》)

❶**頗** 上(聲)，短→大日經。《瑜伽金剛頂經釋字母品》。《文殊問經字母品》。《方廣大莊嚴經》。南本涅槃(南本《大般涅槃經》)・慧遠・吉藏・全

雅·全真·《大悉曇》·釋義大師(空海大師撰《梵字悉曇字母並釋義》)

❷**頗** 破何反，梵音同，「稍重」呼之➔涅槃文字(北涼・曇無讖《大般涅槃經・如來性品》與東晉・法顯《佛說大般泥洹經・文字品》)

❸**頗** 平➔玄應

❹**頗** 引，絕音➔宗睿

❺**頗** 上(聲)，絕音➔寶月

❻**頗** 上(聲)，如次阿➔難陀

❼**頗** 判戈反，蒲何反➔信行(唐日僧・信行《大般涅槃經音義》)

❽**頗** 敷舸反➔慧均

❾**叵** 《續刊定記》(唐・慧苑述《續華嚴經略疏刊定記》)。義淨

顯密經典中對「頗」字母釋義之研究

1「頗 pha」字門，一切法不「堅(實)」，(皆)如「聚沫」故。(唐・不空譯《瑜伽金剛頂經釋字母品》)

2 稱「頗 pha」字時，是「得(聖)果、作證」(之)聲。(唐・不空譯《文殊問經字母品》)

3 若聞「頗 pha」字，即(時能)知一切法，(其)「因果」(亦)空故(因果亦是「無自性」，故非真實可得，亦非斷滅虛無)。「頗羅」(Phala)，秦言「果」。(《大智度論・四念處品》)

4 說「頗 pha」字，(能現)出「作證、得果」(之)聲……

(pha 字能現出)作證(及)得(入聖)果(之)聲者：

「果」者(即)「四果」，(從證)「須陀洹」(果)乃至(證阿)「羅漢」(果)，及(證)「緣覺」果。

「得」者「入」義也。

「證」者「現證」也。

「作」者「造作」也。此(即)謂「作證、得果」(之)聲。(梁・僧伽婆羅譯《文殊師利問經・字母品》)

5 唱「頗 pha」字時，當得「成道」，證於「妙果」，(而)出如是聲。(隋・闍那崛多譯《佛本行集經》)

6 唱「頗 pha」字時，(能現)出得(聖)果，入「現證」(之)聲。(唐・地婆訶羅譯《方廣大莊嚴經》)

7「頗 pha」字印者，(能)周遍圓滿「果報」(之)體故。(唐・般若共牟尼室利譯《守護國界主陀羅尼經・陀羅尼品》)

8「頗 pha」者，是「世間災」。若言世間「災起」之時，「三寶」亦(將滅)盡。當知是人(乃)愚癡無智，違失「聖旨」，是故名「頗 pha」。(北涼・曇無讖《大般涅槃經・如來性品》)

9「頗 pha」者，(有關)世界(之)成敗，(有關)持戒(之)成敗，(有關)自己(之)成敗，是故說「頗 pha」。(東晉・法顯《佛說大般泥洹經・文字品》)

10「破 pha」者，(世俗)諸法皆於三界(而)不「安(隱)」。(西晉・無羅叉譯《放光般若經・陀鄰尼品》)

11「頗 pha」字門，(能)入諸法(之周)「遍」，(皆)不可得故。(姚秦・鳩摩羅什譯《摩訶般若波羅蜜經・廣乘品》)

12 入「叵 pha」字門，解一切法，(其能)遍滿「果報」，(皆)不可得故。(唐・菩提流志譯《不空羂索神變眞言經・陀羅尼眞言辯解脫品》)

13 入「頗 pha」(披我反)字門，(能)解一切法而「不堅實」，如「聚沫」故。(唐・菩提流志譯《不空羂索神變眞言經・陀羅尼眞言辯解脫品》)

14「頗 pha」字時，(能)入(助長)「成熟」(與度化)一切眾生際，(令眾生最終能)往詣(究竟圓滿)「道場」(之)般若波羅蜜門。悟一切法，(其)遍滿「果報」(皆)不

可得故。(唐・不空譯《大方廣佛華嚴經入法界品四十二字觀門》)

15 唱娑s「頗pha」字時，入「般若」波羅蜜門，名(能度)化眾生(至)「究竟」(圓滿之)處。(東晉・佛馱跋陀羅譯六十《華嚴經・入法界品》)

16 唱娑s(蘇紇切)「頗pha」字時，入「般若」波羅蜜門，名(能度)化眾生(至)「究竟」(圓滿之)處。(唐・實叉難陀譯八十《華嚴經・入法界品》)

17 唱「頗pha」字時，能甚深入「般若」波羅蜜門，名(能)教化眾生(至)「究竟圓滿」(之)處。(唐・般若譯四十《華嚴經・入不思議解脱境界普賢行願品》)

18 娑s「頗pha」字，即(能)「遍滿」果報(皆不可得)。(唐・澄觀撰《大方廣佛華嚴經疏・入法界品》)

19 娑s「頗pha」字者，別譯但云「頗pha」，即悟一切法(能)「偏滿」果報(皆)不可得。謂(若能度)化眾生(至)究竟(地)，方為「偏滿果報」(之義)。(但若達)因果俱空(能所雙亡)，方為「圓滿」。(唐・澄觀撰。明・憨山 德清提挈《華嚴綱要》)

20 「頗pha」字門，一切諸法(皆)「不堅(實)」，如「聚沫」故者。梵云「沛奴」(phena)，譯云「聚沫」。如(於)大水中，「波濤」鼓怒相激，而成「聚沫」，有種種「相」生，乃至「固結」相持，遂有「堅固」。然從「麁」至「細」(而)一一觀察，只是「緣」復從「緣」，不可撮摩，都無「實性」。至其「本際」，則舉體是「水」，都無所「生」。

今世間種種(之)「五陰」，亦復如是……皆是「展轉」從「緣」，若是從「眾緣」生，則無「自性」，若無「自性」，當知是「生」即「不生」；(乃)至「至於」本「不生」(之)際，但(即)是「心性海」耳……

夫「心性海」者，即是「法界」，「法界」者，即是「勝義涅槃」。若能如是見(之)時，雖復「洪波」震蕩(而)作種種「普現」(之)色身，亦不壞「澄清」之性也。

（唐・一行記《大毘盧遮那成佛經疏・卷七》）

ᥤ ba

歷代密咒譯師對「麼」字母發音的描述

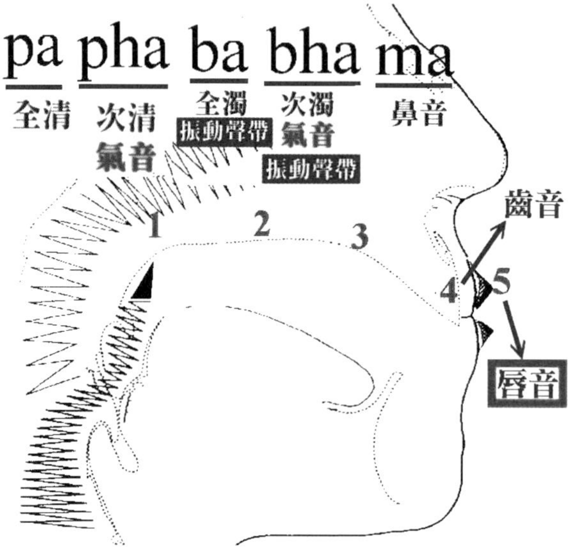

ᥤ ba 婆字 罷下反，輕音，餘國有音「麼」，字下「不尖」，異後➔字記(唐・智廣《悉曇字記》。如果是 va 嚩字➔ᥤ)

❶**婆** 上(聲)➔《方廣大莊嚴經》

❷**婆** 平➔玄應

❸**婆** 義淨・慧遠・吉藏・南本涅槃(南本《大般涅槃經》)

❹**婆** 薄何反，梵音同，「稍輕」呼之➔涅槃文字(北涼・曇無讖《大般涅槃經・如來性品》與東晉・法顯《佛說大般泥洹經・文字品》)

❺**婆** 滿舸反➔慧均

❻**婆** 蒲何反➔信行(唐日僧・信行《大般涅槃經音義》)

❼**麼** 上(聲)，短➔大日經。《瑜伽金剛頂經釋字母品》。《文殊問經字母品》。全雅・釋義(空海大師撰《梵字悉曇字母並釋義》)・《大悉曇》又「婆」

❽麼 莫我反，兼「鼻音」➔全真

❾麼 似呼「婆」字，後呼是「麼」音➔《續刊定記》(唐・慧苑述《續華嚴經略疏刊定記》)

❿麼 上(聲)➔大師

⓫麼 上(聲)，吳音➔宗睿

⓬麼 上(聲)，重(音)，漢音➔寶月

⓭麼 上(聲)，如初阿➔難陀

顯密經典中對「麼」字母釋義之研究

1「麼 ba」字門，一切法(若具繫)「縛」(相)，(乃)不可得故。(唐・不空譯《瑜伽金剛頂經釋字母品》)

2 稱「麼 ba」字時，是(能)解脫「繫縛」(之)聲。(唐・不空譯《文殊問經字母品》)

3 若聞「婆 ba」字，即(時能)知一切法(皆)「無(繫)縛、無解(脫)」。「婆陀」(baddha 或 bandha)，秦言「(繫)縛」。(《大智度論・四念處品》)

4 說「婆 ba」字，(能現)出解脫(繫)縛(之)聲……

(ba 字能現出得)解脫(繫)縛(之)聲者：

「縛」者(指)「三縛」，(即)「貪、瞋、癡」縛。

「解脫」者(即)離此「三縛」。此(即)謂(能得)解脫(繫)縛(之)聲。(梁・僧伽婆羅譯《文殊師利問經・字母品》)

5「婆 ba」字，(所謂)「愚人法」(此喻繫縛法)，(與)「慧人法」(此喻解脫法)，(皆能)如法(而獲得)度(脫)，(故能得)無「愚」、(亦)無「慧」(之)義。(此指能得「無繫縛之愚」與「無解脫之慧」)。(梁・僧伽婆羅譯《文殊師利問經・字母品》)。

(佛告文殊師利：我當說八字……此謂八字[之一]，是可受持，入一切諸法)

6「婆 ba」者，(所有的)愚癡之法(此喻繫縛法)，及智慧(之)法(此喻解脫法)，(皆能)隨

順入(其)義。(東晉・佛陀跋陀羅譯《佛說出生無量門持經》。此爲「八字」陀羅尼之一)

7「娑 ba」字，(能)入二義，(所謂)「愚人法」(此喻繫縛法)，(及)「智人法」義(此喻解脫法)。(梁・僧伽婆羅譯《舍利弗陀羅尼經》。此爲「八字」陀羅尼之一)

8 唱「婆 ba」字時，(能)解(脫)一切(繫)縛，(而)出如是聲。(隋・闍那崛多譯《佛本行集經》)

9 唱「婆 ba」(上聲)字時，(能現)出「解脫」一切「繫縛」(之)聲。(唐・地婆訶羅譯《方廣大莊嚴經》)

10「摩 ba」字印者，(能令十)「力」及「菩提分」皆(得)清淨故。(唐・般若共牟尼室利譯《守護國界主陀羅尼經・陀羅尼品》)

11「婆 ba」者，名佛(之)「十力」，是故名「婆 ba」。(北涼・曇無讖《大般涅槃經・如來性品》)

12「婆 ba」者，「力」(bala)也，如諸如來(有)無量神力，非但(只有)「十力」(而已)，是故說「婆 ba」。(東晉・法顯《佛說大般泥洹經・文字品》)

13「婆 ba」字門，諸法「婆 ba」字，(乃)「離」(一切繫縛)故。(姚秦・鳩摩羅什譯《摩訶般若波羅蜜經・廣乘品》)

14 入「婆 ba」(無何反)字門，(能)解(脫)一切「法」(及)一切「有情」(眾生)，(皆令)離「繫縛」故。(唐・菩提流志譯《不空罥索神變眞言經・陀羅尼眞言辯解脫品》)

15 入「麼 ba」字門，(能)解(脫)一切法(之)所「(繫)縛」，(皆)不可得故。(唐・菩提流志譯《不空罥索神變眞言經・陀羅尼眞言辯解脫品》)

16「婆 ba」(字)亦一切法門，「婆 ba」者，(能)修「八正道」。(北涼・曇無讖譯《大

方等大集經》）

17「波 ba」者，諸法已離(繫縛之)獄。（西晉・無羅叉譯《放光般若經・陀鄰尼品》）

18「麼 ba」字時，(能)入「金剛場」(之)般若波羅蜜門。悟一切法，(能)離(繫)縛(而得)解(脫)故。（唐・不空譯《大方廣佛華嚴經入法界品四十二字觀門》）

19 唱「婆 ba」字時，入「般若」波羅蜜門，名(能入離繫縛得解脫之)「金剛場」。（東晉・佛馱跋陀羅譯六十《華嚴經・入法界品》）

20 唱「婆 ba」(蒲我切)字時，入「般若」波羅蜜門，名(能入離繫縛得解脫之)「金剛場」。（唐・實叉難陀譯八十《華嚴經・入法界品》）

21 唱「婆 ba」(摹我反)字時，能甚深入「般若」波羅蜜門，名(能入離繫縛得解脫之)「金剛輪」道場。（唐・般若譯四十《華嚴經・入不思議解脫境界普賢行願品》）

22「婆 ba」字悟一切法，(能)離(繫)縛(而得)解(脫)故，方入「金剛場」。（唐・澄觀撰《大方廣佛華嚴經疏・入法界品》）

23「婆 ba」字者，悟一切法，(能)離(繫)縛(而得)解(脫)故，方入「金剛」(道場)。（唐・澄觀撰。明・憨山 德清提挈《華嚴綱要》）

24「娑 ba」字門，表示一切法，(能)出(離越)過諸「(執)著」(之)義。（宋・惟淨譯《佛說海意菩薩所問淨印法門經》）

25「麼 ba」字門，一切諸法(若具繫)縛(相)，(乃)「不可得」故者，梵云「滿馱」(bandha)，此翻為「縛」。如人為「縲ㄌㄟˊ 紲ㄒㄧㄝˋ」(縲繫紲絆)所拘，不可得「動轉」，(即)是「縛」義。若(能)以「方便」解是「結」時，則名(爲)「解脫」。若(能)離「身」(之)繩，(則亦)無別「縛、解」法。

如「天帝釋」，(曾)以「微細」(之)縛(而繫)縛「阿脩羅」王，(並)置(於)「忉利天」上。(當阿修羅)起念欲還(脫之)時,「五縛」(便)已在其身(而被綑住),若(阿修羅)「息念」(之)時,(繫)縛(當)自「除解」。

若「波旬」(之)羂網,復(超)過於此(有)「百千倍」數,何況「業煩惱」(亦)無為(能繫)「縛」等耶?

以要言之,若(能)離諸(繫縛之)「因緣」,(便)不墮諸(於)「法數」者,乃謂「無縛」,(此)是為(ba)字義……

如〈觀縛解品〉中(已)廣說(此理)。復次若諸法本來「不生」,乃至(諸法)如「聚沫」者,是中誰為能解(除)?誰為所(繫)縛?是故諸「縛」,(乃)不可得也。

(唐·一行記《大毘盧遮那成佛經疏·卷七》)

bha

歷代密咒譯師對「婆」字母發音的描述

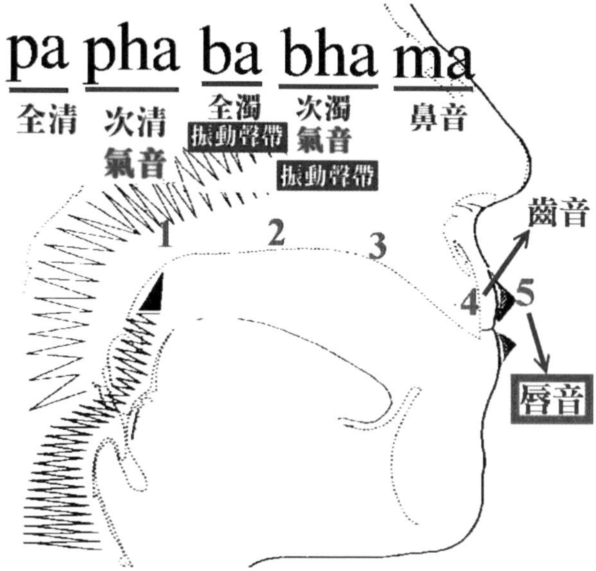

bha 婆字 重音,薄我反→字記(唐·智廣《悉曇字記》)

❶**婆** 上(聲),短→大日經。《方廣大莊嚴經》。全雅·《大悉曇》

❷**婆** 重(音),上呼→《瑜伽金剛頂經釋字母品》。釋義(空海大師撰《梵字悉曇

字母並釋義》）

❸婆 去➔《文殊問經字母品》·玄應·大師

❹婆 重(音)➔吉藏(隋・吉藏《涅槃經遊意》)。南本涅槃(南本《大般涅槃經》)

❺婆 按聲挈呼➔《續刊定記》(唐・慧苑述《續華嚴經略疏刊定記》)

❻婆 引➔宗睿

❼婆 上(聲)，絕音➔寶月

❽婆 上(聲)，如次阿➔難陀

❾䓍 波賀反，去聲，重(音)➔全真

❿滼 蒲紺反，梵音以「婆」字，去聲，「稍重」呼之➔涅槃文字(北涼・曇無讖《大般涅槃經・如來性品》與東晉・法顯《佛說大般泥洹經・文字品》)

⓫嘙 蒲耽反➔光宅(南朝・法雲法師，皇帝敕爲大僧正，即僧界統制官。精通《涅槃經》，皇帝親幸聽講《大般涅槃經》)

⓬噡 義淨。慧遠

⓭噡 猶是滿舸反，語之如上➔慧均

⓮滼 蒲三反，重(音)➔信行(唐日僧・信行《大般涅槃經音義》)

註：婆伽婆；婆伽梵；薄伽梵

bhagavan

bhagavaṃ

顯密經典中對「婆」字母釋義之研究

1「婆 bha」(去重)字門，一切法(之諸)「有」，(皆)不可得故。(唐・不空譯《瑜伽金剛頂經釋字母品》)

2 稱「婆 bha」(去)字時，是(能)出(離)「三(世諸)有」(之)聲。(唐・不空譯《文殊問經字母品》)

3 若聞「婆 bha」字，即(時能)知一切法(皆)不可「破相」。「婆伽」(bhaṅga)，秦言「破」。(《大智度論・四念處品》)

4 說「梵 bha」字，(能)出生「三(世諸)有」(之)聲……

(bha 字能現出)生「三有」(之)聲者：

所謂「生有(過去生前之有)、現有(現在住世之有)、後有(未來之諸有)」，此謂(能現)出生「三有」聲。(梁·僧伽婆羅譯《文殊師利問經·字母品》)

5 唱「嘙 bha」字時，說(於此)世間(之)後，更不(再)受(諸)「有」，(故)出如是(之)聲。(隋·闍那崛多譯《佛本行集經》)

6 唱「婆 bha」字時，(能現)出斷一切「(三世諸)有」(之)聲。(唐·地婆訶羅譯《方廣大莊嚴經》)

7「婆 bha」(上)字印者，(能)慣習(習慣熟習的去)觀察「覺悟」(之)體故。(唐·般若共牟尼室利譯《守護國界主陀羅尼經·陀羅尼品》)

8「滼 bha」者，名為「重擔」，堪任「荷負」無上正法，當知是人，是「大菩薩」，是故名「滼 bha」。(北涼·曇無讖《大般涅槃經·如來性品》)

9 重音「婆 bha」者，能檐「正法」，為菩薩道，是故說「婆 bha」。(東晉·法顯《佛說大般泥洹經·文字品》)

10「婆 bha」(字)亦一切法門，「婆 bha」者，一切諸法(皆)「非內、非外」。(北涼·曇無讖譯《大方等大集經》)

11「繁 bha」者，諸法(皆)無有「閑」(閑古同「間」→指無有間斷)時。(西晉·無羅叉譯《放光般若經·陀鄰尼品》)

12「婆 bha」字門，入諸法(若具)「破壞」(性)，(乃)不可得故。(姚秦·鳩摩羅什譯《摩訶般若波羅蜜經·廣乘品》)

13 入「皤 bha」字門，(能)解一切法，(其可)「破壞」性，(乃)不可得故。(唐・菩提流志譯《不空罥索神變眞言經・陀羅尼眞言辯解脱品》)

14 入「薄 bha」字門解，(能於)一切法(而)「出世間」故，(其)「愛支」(等十二)因緣(皆)永不(再)現(起)故。(唐・菩提流志譯《不空罥索神變眞言經・陀羅尼眞言辯解脱品》)

15「婆 bha」(引去)字時，(能)入一切「宮殿道場」(而具足)莊嚴(之)般若波羅蜜門。悟一切法，(其)可「破壞」性，(乃)不可得故。(唐・不空譯《大方廣佛華嚴經入法界品四十二字觀門》)

16 唱「婆 bha」字時，入「般若」波羅蜜門，名(能入)一切宮殿(道場而)具足莊嚴。(東晉・佛馱跋陀羅譯六十《華嚴經・入法界品》)

17 唱「婆 bha」(蒲我切)字時，入「般若」波羅蜜門，名(能入)一切智(的)宮殿(道場而獲)圓滿莊嚴。(唐・實叉難陀譯八十《華嚴經・入法界品》)

18 唱「婆 bha」(蒲我反)字時，能甚深入「般若」波羅蜜門，名(能入)圓滿莊嚴一切(的)宮殿(道場)。(唐・般若譯四十《華嚴經・入不思議解脱境界普賢行願品》)

19「婆 bha」字，即「可破壞性」(乃不可得)，(皆具)「圓滿」之言，不空譯為「(宮殿)道場」。然此「婆 bha」字，宜(作)「蒲餓」反，諸本多云「蒲我」(反)，則與「第八」(之「婆 ba」字而一樣)不殊。(唐・澄觀撰《大方廣佛華嚴經疏・入法界品》)

20「婆 bha」字者，即悟一切法(之)「可破壞性」(乃)不可得，(具)「圓滿」之言，不空譯為「(宮殿)道場」。謂「宮殿道場」(之)莊嚴(亦)從(眾)緣(而生)，故(仍)可破壞(性)，即非「莊嚴」，故(亦皆)不可得。(唐・澄觀撰。明・憨山德清提挈《華嚴綱要》)

21「婆 bha」字門，一切諸法(之)「一切有」，(皆)「不可得」故者，梵云「婆嚩」(bhava)，此翻為「有」，「有」謂「三有」，乃至「二十五有」等。
若見「婆 bha」字，即知一切諸法，皆悉有「因緣」，(由)「眾緣」合故。
(既)說名為「有」，(則)無「決定」性。所以者何？
若法(決)定有(其)「有」相，則終無「無」相，是即為(恒)「常」(相)。如說「三世」者，(於)「未來」中(已決定)有「法相」，是法來至「現在」、(再)轉入「過去」，(皆)不捨(其「決定已有」的)「本相」，則墮(於恒)「常」見。
若說(決)定有(其)「無」(相)，是「無」(則)必先(要)「有」(而)今(方始變成)「無」，(此)是則為「斷滅」(之)見。
因是(有與無)「二見」故，(皆)遠離佛法。如(於)《中論》(中)破「有、無」(品)中(已)廣明(此理)。
今觀「諸有」(皆)從(眾)緣(而起)，(此)即是本「不生」義，以本「不生」故，(即是)「無作、無行」，乃至「無縛、無脫」。
是故「婆 bha」字門，以從「緣」(而)「有」故，(亦)具足一切「字門」。
若(bha 字)具(足)一切「字門」，即是「三昧王」(之)三昧，能破「廿五有」。
釋迦牟尼由此「義」故，(即)名為「破有」(之)法王也。

(唐·一行記《大毘盧遮那成佛經疏·卷七》)

𑖦 ma

歷代密咒譯師對「莽」字母發音的描述

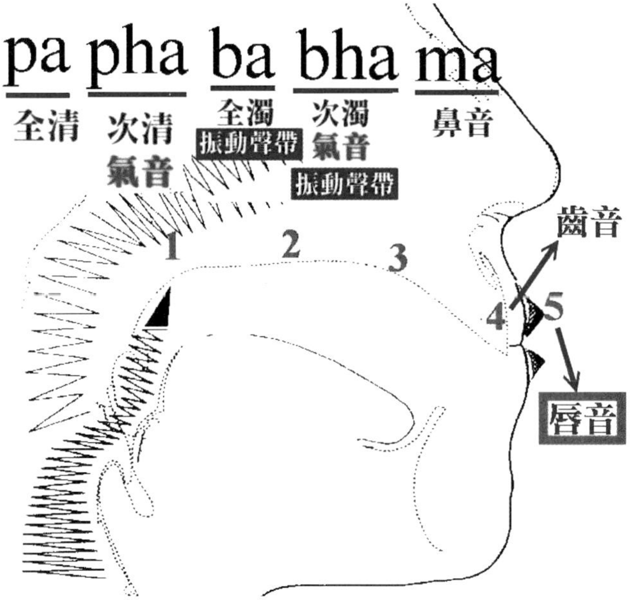

ma 麼字 莫下反，音近莫可反，餘國有音「莽」➔字記(唐・智廣《悉曇字記》)

❶**麼** 上(聲)➔《方廣大莊嚴經》。義淨・慧遠・吉藏・南本涅槃(南本《大般涅槃經》)

❷**摩** 上(聲)，入，鼻呼，吳音➔寶月

❸**摩** 摸舸反➔慧均

❹**摩** 莫婆反，梵音以「麼」字，上聲，「不重不輕」呼之➔涅槃文字(北涼・曇無讖《大般涅槃經・如來性品》與東晉・法顯《佛說大般泥洹經・文字品》)

❺**摩** 莫个反➔玄應

❻**摩** 莫戈反➔信行(唐日僧・信行《大般涅槃經音義》)

❼**摩** 上(聲)，如次阿➔難陀

❽**莽** 大日經。《瑜伽金剛頂經釋字母品》。全雅・《大悉曇》・大師釋義(空海大師撰《梵字悉曇字母並釋義》)

❾**莽** 「鼻聲」呼➔《文殊問經字母品》

❿**莽** 輕呼➔《續刊定記》(唐・慧苑述《續華嚴經略疏刊定記》)

⓫**麼** 忙傍反，「鼻」音➔全真

⑫ **銘** 引，或上(聲)，入，鼻呼，如日本「賣」音➔宗睿

已上五字(指 pa、pha、ba、bha、ma)**脣聲**➔字記(唐·智廣《悉曇字記》)·全真·宗睿。

脣吻聲➔涅槃文字(北涼·曇無讖《大般涅槃經·如來性品》與東晉·法顯《佛說大般泥洹經·文字品》)·玄應·信行。

脣間聲➔寶月·灌頂(隋·章安 灌頂《大般涅槃經疏》)。

脣中聲➔梁武·慧遠·法寶。慧均亦曰：「脣」上相搏聲。

轉脣聲➔真諦(梁·眞諦《大涅槃經論》或《涅槃論》)

右五句字(指 ka、ca、ṭa、ta、pa 這五行每句底下，各有五個字)**名曰：毘聲**解見上➔玄應·慧遠·法寶·大涅槃經文字品(北涼·曇無讖《大般涅槃經·如來性品》與東晉·法顯《佛說大般泥洹經·文字品》)·信行《音義》(唐日僧·信行《大般涅槃經音義》)。

又名五五相隨聲五處所發音，各五字故➔信行《音義》(唐日僧·信行《大般涅槃經音義》)。

初五字(指 ka 行下面五個字)「**舌根聲**」，**後二十字**(指 ca、ṭa、ta、pa 這四句底下，各有五個字)**隨鼻聲**➔吉藏(隋·吉藏《涅槃經遊意》)。梁武。

每句五字(指 ka、ca、ṭa、ta、pa 這五行每句底下，各有五個字)**中**(的)**第三**(第三字需發「全濁」音與振動聲帶)**、第四**(第四字需發「次濁」音與振動聲帶)**雖同，**(只差別在)**輕**(音)**重**(音之)**異也**

顯密經典中對「莽」字母釋義之研究

1「莽 ma」字門，一切法(之)「吾我」(ma 我)，(皆)不可得故。(唐·不空譯《瑜伽金剛頂經釋字母品》)

2 稱「莽 ma」(鼻聲呼)字時，是息(滅一切)「憍、慢」(之)聲。(唐·不空譯《文殊問經字母品》)

3 若聞「摩 ma」字，即(時能)知一切法，(皆)離「我所」。「磨磨迦羅」(mamakāra)，秦言「我所」。(《大智度論・四念處品》)

4 說「磨 ma」字，(能現)出斷「(八)憍、(七)慢」(之)聲……

(ma 字能現出)斷「(八)憍、(七)慢」(之)聲者：

「憍」者，(所謂)「色憍、盛壯憍、富憍、自在憍、姓憍、行善憍、壽命憍、聰明憍」，此(即)謂「八憍」。

「慢」者，(所謂)「慢慢、大慢、增上慢、我慢、不如慢、勝慢、邪慢」，此謂「七慢」。

「斷」者，斷「憍慢」，此(即)謂(能)斷「憍慢」(之)聲。(梁・僧伽婆羅譯《文殊師利問經・字母品》)

5 唱「摩 ma」字時，說諸「生死」(輪迴之事於)一切「恐怖」(中)，(乃)最為「可畏」，(而)出如是聲。(隋・闍那崛多譯《佛本行集經》)

6 唱「摩 ma」(上聲)字時，(能現)出「銷(散)滅(除)」一切「憍、慢」(之)聲。(唐・地婆訶羅譯《方廣大莊嚴經》)

7 「莽 ma」(輕呼)字印者，(能)悟一切法(皆)「清淨道」故。(唐・般若共牟尼室利譯《守護國界主陀羅尼經・陀羅尼品》)

8 「摩 ma」者，是諸菩薩(之)嚴峻「制度」，所謂大乘(之)「大般涅槃」(即是菩薩最嚴峻的制度法義)，是故名「摩 ma」。(北涼・曇無讖《大般涅槃經・如來性品》)

9 「摩 ma」者，(制)限也，入菩薩法，(制)限(與)自強其(心)志，為眾(生擔負)重檐，是故說「摩 ma」。(東晉・法顯《佛說大般泥洹經・文字品》)

10 「摩 ma」者，諸法(之)「吾我」(ma 我)，(皆)不可得見。(西晉・無羅叉譯《放光般若經・陀鄰尼品》)

11「磨 ma」字門，入諸法(之)「我所」，(皆)不可得故。(姚秦・鳩摩羅什譯《摩訶般若波羅蜜經・廣乘品》)

12 入「摩 ma」字門，(能)解一切法，(其具)「我所」(之)性，(皆)不可得故。(唐・菩提流志譯《不空罥索神變眞言經・陀羅尼眞言辯解脫品》)

13「莽 ma」(輕呼)字時，入(因我慢而造成的生死)大迅疾(河流)，(我慢亦如齊峙之)眾峰(之)般若波羅蜜門。悟一切法，(其)「我所執性」(皆)不可得故。(唐・不空譯《大方廣佛華嚴經入法界品四十二字觀門》)

14 唱「摩 ma」字時，入「般若」波羅蜜門，名(因我慢造成的生死)大流(盛大河流)「湍激」(湍流激烈)，(我慢亦如)眾峯(在同)齊(對)峙ㄓˋ(聳立)。(東晉・佛馱跋陀羅譯六十《華嚴經・入法界品》)

15 唱「麼 ma」字時，入「般若」波羅蜜門，名(因我慢造成的生死)大流(盛大河流)「湍激」(湍流激烈)，(我慢亦如)眾峯(在同))齊(對)峙ㄓˋ(聳立)。(唐・實叉難陀譯八十《華嚴經・入法界品》)

16 唱「莽 ma」字時，能甚深入「般若」波羅蜜門，名(因我慢造成的生死)「大速疾」(之流而)現種種色(相)，(我慢亦)如眾「高峯」(在同)齊對峙聳立)。(唐・般若譯四十《華嚴經・入不思議解脫境界普賢行願品》)

17「麼 ma」字，即「我所執」(之)性，(其)「我慢」高舉，若眾峯(在同)齊(對)峙(之狀)，(有)「我慢」則(將獲)「生死」長流(之)「湍馳」(湍流激馳)奔激(奔騰激蕩)。(唐・澄觀撰《大方廣佛華嚴經疏・入法界品》)

18「麼 ma」字者，悟一切法，(其)「我所」性(皆)不可得。「大流」等者，謂「我慢」，則(造成)「生死」長流(之)「湍馳」(湍流激馳)奔激(奔騰激蕩)。「我慢」(一)高舉，若眾峰(在同)齊(對)峙(之狀)，皆「我所執」故。(唐・澄觀撰。明・

憨山 德清提挈《華嚴綱要》)

19「**摩 ma**」**字門，表示一切法，**(具)「**大悲**」(之)**義。**(宋・惟淨譯《佛說海意菩薩所問淨印法門經》)

य ya

歷代密咒譯師對「野」字母發音的描述

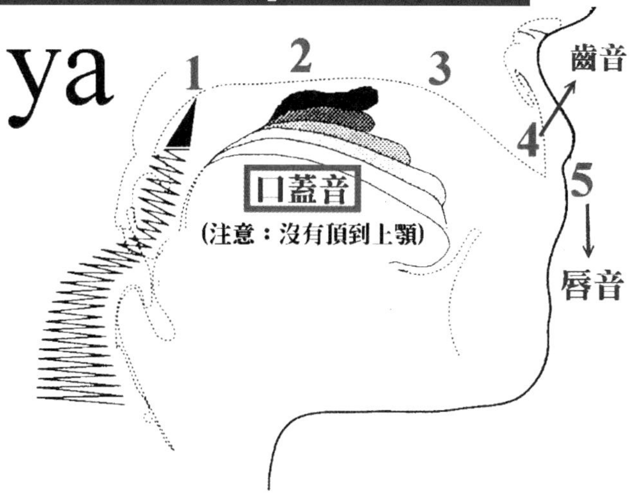

य ya 直接以英文的「ya —ㄚ」來發音，舌頭必須放在接近 2 號的位置，沒有頂到上顎

य ya 也字 藥下反，音近藥可反。又音祗也反，訛也➔字記(唐・智廣《悉曇字記》)

❶**也** 《方廣大莊嚴經》

❷**野** 上(聲)。短➔大日經・《瑜伽金剛頂經釋字母品》・《文殊問經字母品》・《大悉曇》・義淨・宗睿・大師釋義(空海大師撰《梵字悉曇字母並釋義》)

❸**野** 上(聲)，如次阿➔難陀

❹**野** 社寫反，如本字音➔全真

❺**野** 上(聲)，滿口➔寶月·全雅

❻**耶** 余我反➔《續刊定記》(唐·慧苑述《續華嚴經略疏刊定記》)

❼**耶** 餘家反，亦餘歌反➔南本涅槃(南本《大般涅槃經》)。吉藏(隋·吉藏《涅槃經遊意》)

❽**耶** 北經(北本《大般涅槃經》)作「蛇」➔玄應

❾**耶** 由柯反➔信行(唐日僧·信行《大般涅槃經音義》)

❿**蛇** 食遮反，梵音「邪」➔涅槃文字(北涼·曇無讖《大般涅槃經·如來性品》與東晉·法顯《佛說大般泥洹經·文字品》)·慧遠

⓫**蛇** 喪假反，「小短音」語➔梁武

⓬**蛇** 音與假反，「小短音」語之➔慧均

藏曰：本作「耶」字，人以讀「邪」，又以呼「蛇」，改作「蛇」字第五。

顯密經典中對「野」字母釋義之研究

1「野 ya」字門，一切法(所分別之諸)「乘」(相)，(乃)不可得故。(唐·不空譯《瑜伽金剛頂經釋字母品》)。(mahā 大 yāna 乘)

2 稱「野 ya」字時，是佛(法最)通達(之)聲。(唐·不空譯《文殊問經字母品》)

3 若聞「夜 ya」字，即(時能)知「諸法」，(皆)入「實相」中，(具)「不生不滅」。「夜他跋」(yathā-bhāva 如實;諦)，秦言「實」。(《大智度論·四念處品》)

4 說「耶 ya」字，(能現)出如法「分別」(之)聲……

(ya 字能現出)通達「諸法」(之)聲者：

「通達」者，(指能)如「境」而知(一切)。

「諸法」者，(指)善、不善法。(若是)「五欲」眾具，(即)謂「不善法」。(若能)除斷「五欲」，此(即)謂「善法」。

此(即)謂通達「諸法」(之)聲。

(ya 字能現出)如法「分別」(之)聲者：
「如」者，(平)等義。
「法」者，(分成)「善法、不善法」。
「不善法」者，(指)不斷「五欲」眾具(者)。(所謂)「善法」者，(指能)斷「五欲」眾具。「斷」者(即指)「破滅」義。
此(即)謂(能)如法「分別」(之)聲。(梁・僧伽婆羅譯《文殊師利問經・字母品》)

5 唱「耶 ya」字時，(能)開穿(開通貫穿)一切「諸法之門」(而)為人演說，(故)出如是聲。(隋・闍那崛多譯《佛本行集經》)

6 唱「也 ya」字時，(能現)出「通達一切法」(之)聲。(唐・地婆訶羅譯《方廣大莊嚴經》)

7 「也 ya」字印者，(能)稱「如實」(之)理，而(爲眾生)「演說」故。(唐・般若共牟尼室利譯《守護國界主陀羅尼經・陀羅尼品》)

8 「耶 ya」(原作「蛇」字，宋本改「耶」)者，是諸菩薩在在處處，為諸眾生說「大乘法」(mahā yāna)，是故名「耶 ya」。(北涼・曇無讖《大般涅槃經・如來性品》)

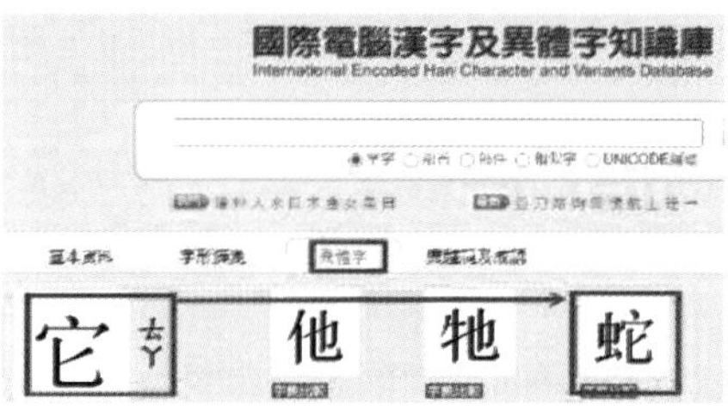

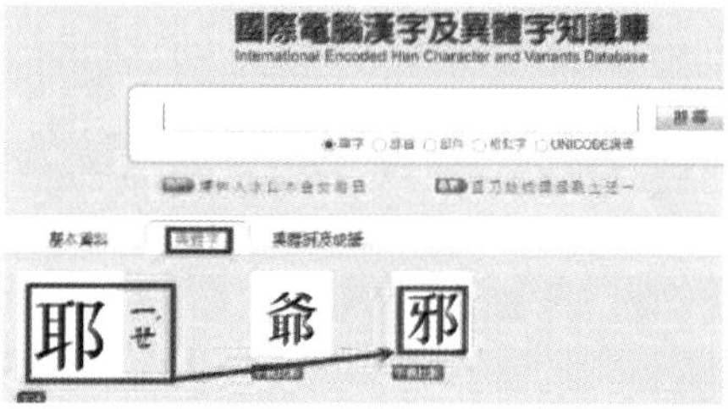

9 「耶 ya」者，習行菩薩(慈悲喜捨)「四種功德」，是故說「耶 ya」。(東晉・法顯《佛說大般泥洹經・文字品》)

10 「夜 ya」字門，入諸法(皆)「如實」(yathā-bhāva 如實;諦)，(乃)「不生」故。(姚

秦·鳩摩羅什譯《摩訶般若波羅蜜經·廣乘品》)

11「蛇 ya」(字)亦一切法門，「蛇 ya」者，善「思惟」(諸法之善與不善)。(北涼·曇無讖譯《大方等大集經》)

12「夜 ya」者，諸法(之)「諦」(yathā-bhāva 如實;諦)，(乃)無所生(起)。(西晉·無羅叉譯《放光般若經·陀鄰尼品》)

13「野 ya」字時，(能)入(諸法)「差別」(與)「積聚」(皆不可得的)般若波羅蜜門。悟一切法，(皆)如實(而)「不生」故。(唐·不空譯《大方廣佛華嚴經入法界品四十二字觀門》)

14唱「耶 ya」字時，入「般若」波羅蜜門，名(諸法之)「差別」(與)「積聚」(皆不可得)。(東晉·佛馱跋陀羅譯六十《華嚴經·入法界品》)

15唱「也 ya」(以可切)字時，入「般若」波羅蜜門，名(諸法之)「差別」(與)「積聚」(皆不可得)。(唐·實叉難陀譯八十《華嚴經·入法界品》)

16唱「也 ya」(移我反)字時，能甚深入「般若」波羅蜜門，名(諸法之)「差別」(與)「積集」(皆不可得)。(唐·般若譯四十《華嚴經·入不思議解脫境界普賢行願品》)

17「也 ya」字，悟「如實」(而)「不生」故，則「諸乘」(之)「差別」(與)「積聚」皆不可得。(唐·澄觀撰《大方廣佛華嚴經疏·入法界品》)

18「也 ya」字者，悟一切法「真實」(而)「不生」故，則「諸乘」(之)差別(與)「積聚」皆不可得。(唐·澄觀撰。明·憨山 德清提挈《華嚴綱要》)

19「野 ya」字門，一切諸法(所分別的)「一切乘」(相)，(乃)「不可得」故者。梵云「衍那」(yāna)，此翻為「乘」，亦名為「道」。如人乘馭「舟車」，則能「任重致遠」，有所「至到」。

若見「野 ya」字門，則知一切眾生，(皆)**以種種「因緣」，趣向「生死」果報，及趣**(向)**「涅槃」者，各有所「乘」，亦知**(有)**無量「諸乘」，悉是「佛乘」，**(此即以 ya 字)**名為「字相」。**
今觀諸法本「不生」故，即(然)**是「無行、無住、不動、不退」，是中誰**(能作)**為**(其)**「乘」者？當「乘」何法耶？……**
是故(一切諸法所分別的)**「一切乘」，**(皆)**不可得，乃名「摩訶衍」**(mahā yāna)**道。**

（唐・一行記《大毘盧遮那成佛經疏・卷七》）

ra

歷代密咒譯師對「囉」字母發音的描述

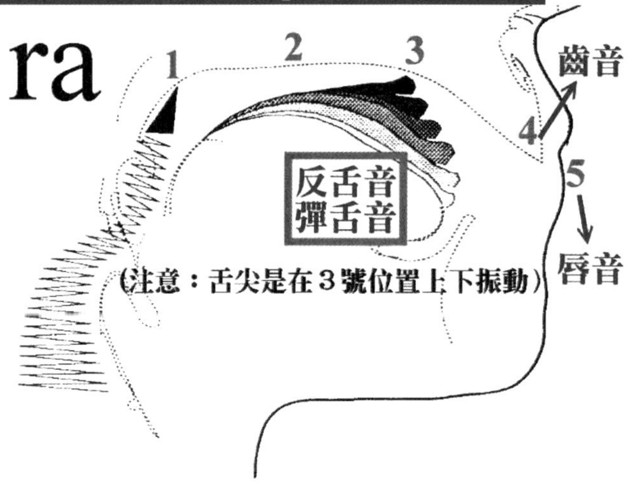

ra 以近似「ㄖㄚ咼」來發音(本音需「彈舌」)

ra 囉字 曷力下反，三合，卷舌呼「囉」→字記(唐・智廣《悉曇字記》)

❶**囉** 上(聲)，短→大日經。《瑜伽金剛頂經釋字母品》。《文殊問經字母品》。宗叡・大師・釋義(空海大師撰《梵字悉曇字母並釋義》)。寶月云「帶阿，上呼」

❷**囉** 卷舌呼➔《續刊定記》(唐・慧苑述《續華嚴經略疏刊定記》)

❸**囉** 「羅」字，上聲，兼「彈舌」呼之➔全真

❹**囉** 全雅。《大悉曇》

❺**囉** 《方廣大莊嚴經》

❻**囉** 來加反，梵音同➔涅槃文字(北涼・曇無讖《大般涅槃經・如來性品》與東晉・法顯《佛說大般泥洹經・文字品》)

❼**囉** 呂假反➔吉藏(隋・吉藏《涅槃經遊意》)。南本涅槃經(南本《大般涅槃經》)

❽**囉** 盧舸反➔玄應

❾**囉** 慧遠。義淨

❿**囉** 力佐反，盧舸反➔信行(唐日僧・信行《大般涅槃經音義》)

⓫**囉** 舊反荷羅，今謂來家反➔慧均

⓬**囉** 舊反胡盧柁，是荷羅，從舊取荷羅二字也➔梁武

⓭**羅** 上(聲)，並如次阿➔難陀

私曰：**胡盧柁反是荷羅者。胡柁反是「荷」。**

盧柁反是「羅」，故云荷羅也。

復次曷阿葛反，音攝「麼多」(mātṛkā 摩多；母義；韻義，即母音字)**，始𑖀終𑖀𑖾。**

下音攝「體文」(vyañjana 子音；體文)**，始𑖎終𑖎𑖿𑖬力音，𑖨字自音也。**

故曷力下三聲密合，「卷舌」呼𑖨阿羅之時，自具「麼多(母音字)**、體文**(子音)**」諸音也。**

以此𑖨字為南方「火大」，諸德圓滿，寶珠職之斯由。「聲」字即「實相」深旨，可貴可仰，不可不知。

九、關於梵咒中「ra 𑖨」音的讀法研究

一、「彈舌」又稱「轉舌」、「轉聲」的經典說明：

1《佛說大孔雀咒王經》序文中有一段文字載：

(1)一部經須知大例，若是尋常字體傍加「口」者，即須「彈舌」呼之。

(2)但為此方無字，故「借音」耳，自餘唯可依字直説，不得漫為「聲」勢，致失「本音」。

(3)又但是「底」字皆作「丁裡」音道，不得依字即喚，便乖梵韻。

(4)又讀咒時，聲含「長、短」，字有「重、輕」，看注「四聲」而讀。

(5)終須「師授」，方能愜ㄑㄧㄝˋ當。(T19, p0459b)。

按：可見梵音發音上的「彈舌音」與「長短音」是非常重要的。

2《大佛頂如來放光悉怛多般怛羅大神力都攝一切咒王陀羅尼經大威德最勝金輪三昧咒品・卷一》載：

若作法安置訖，三迴遶壇，作「彈舌」聲。一切金剛，各守本位，一切鬼神，無敢入內。(T19, p0186a)。

按：如果壇場中發出某些咒文的「彈舌音」，則一切鬼神無人敢入內。

3《佛頂尊勝陀羅尼真言》有一段關於「梵音」的文字記載：

(1)夫誦陀羅尼，務存「梵」，但取其「聲」，不取其義。比來多失「本音」，良由「翻譯文字」有異，遂使學者多疑不決……

(2)今所翻者，稍殊往譯，應合「彈紐」，具注其側，幸請審看，萬不失一。不應「彈紐」而「彈紐」者，是陀羅尼之大病也。

(3)若無側注，不假紐聲，但依其文，自當周正。

(4)所有「口」邊字者，皆須「彈舌」而言之，側注「平、上、去、入」者，依「四聲」而紐之。

(5)所注「二合」者，兩字相和，一時急呼，是為「二合」也……一切佛部陀羅尼真言，一切菩薩金剛等陀羅尼真言，悉皆如是……

(6)如擬學梵音念誦者，先須學梵音。(T19, p0389b)。

按：要誦持陀羅尼。一定要唸梵音，而且要注意「彈舌」之音。

4唐・中印度日照(Divākara)的《佛頂尊勝陀羅尼經》注：

(《大正藏》第十九冊頁353下)

羅ra、利ri、盧ro、栗ṛ、黎re、藍raṃ等字，(漢字之)傍(有)加「口」者，(皆應作)「轉聲」讀。

二、印度僧暨華僧對「彈舌」的翻譯說明：

1北周・中印度闍那耶舍大師

北周・中印度・摩伽陀國(Magadha)闍那耶舍(Jinayaśa)譯《大方等大雲經・請雨品》

囉(「轉舌」言之，餘同)

北周・中印度・摩伽陀國闍那耶舍(Jinayaśa)譯《大雲經・請雨品》

怛地也他(其咒文中字「口」傍作者，皆「轉舌」讀之。注：「引」字者皆須「引聲」讀之)

2隋・北印度那連提耶舍大師

隋・北印度・烏場國(Udyāna)那連提耶舍(Narendrayaśas)譯《大雲輪請雨經・卷上》

怛緻吔(其咒字「口」傍作者，「轉舌」讀之……)

3唐・中印度善無畏大師

《無畏三藏禪要》(海仁睿)

唐・中天竺・摩伽陀國那爛陀竹林寺輸波迦羅唐言善無畏

迦嚕(轉舌)迷

karomi

唐・中印度善無畏暨一行大師譯《大毘盧遮那成佛神變加持經・卷五》

(《大正藏》第十八冊頁30中)

頷吃衫(二合，其「口」邊字，皆帶第一(音)，(而)轉(舌)「本音」(以)呼之)

唐・中印度善無畏暨一行大師譯《大毘盧遮那成佛神變加持經・卷二》

(《大正藏》第十八冊頁125上)

睒衫參頷(其「口」邊字，皆帶第一(音)，(而)轉(舌)「本音」(以)呼之)

唐・中印度善無畏大師譯《蘇悉地羯羅經・分別成就品》

(《大正藏》第十八冊頁684下)

澇 **rau**(彈舌輕呼)

4 唐・南印度金剛智大師

唐・南印度摩賴耶國金剛智譯《金剛頂經曼殊室利菩薩五字心陀羅尼品》

(《大正藏》第二十冊頁712中)

唵渴(彈舌呼)……渴(彈舌呼)……渴(彈舌呼)……悶遮渴(彈舌)……

5 唐・南印度不空大師(一說係「北天竺」婆羅門人)

唐・南印度師子國不空(Amogha-vajra)譯《佛說摩利支天經》

囉(轉舌)乞灑(二合)

rākṣa

不空譯《菩提場所說一字頂輪王經》

步嚕唵(三合，「嚕」字「彈舌」)

bhrūṃ

不空譯《金剛頂經一字頂輪王瑜伽一切時處念誦成佛儀軌》

勃嚕唵（三合，以此國無字同，故以三字聲成一字，急呼之）

bhrūṃ

不空譯《金輪王佛頂要略念誦法》

勃嚕唵(三合，「嚕」字「彈舌」為一音，又「引聲」從胸喉中出，其音如擊大鼓，古譯云「步林」者，訛略不正也)。（T19, p0189c）。

按：可見 **bhrūṃ** 字，是 **rūṃ** 的彈舌音，不是「步林」（**bhlūṃ**）的音。

按：不空大師是提到「彈舌」與「轉舌」是最多的一位，其餘資料省去，繁不待舉。

6 唐僧・青龍寺法全大師

唐僧・青龍寺沙門法全集《大毘盧遮那成佛神變加持經蓮華胎藏菩提幢標幟普通真言藏廣大成就瑜伽・卷中》

(《大正藏》第十八冊頁 151 中)

睒引 衫參頷引 訖衫(二合，皆「口」邊字，(皆)同第一(音)，(而)轉(舌)「本音」呼)

7 唐僧・義淨大師

唐・義淨大師去印度遊學取經回國後曾大嘆「梵音彈舌」，如他著的

《梵語千字文》中，大師自說：

讚詠歌管……梵音彈舌，悉曇莫忘，願茲利潤（T54, p1198a）。

唐・義淨譯《佛說莊嚴王陀羅尼咒經》

(《大正藏》第二十一冊頁 895 中)

但是口邊作字者，皆可「彈舌」道之。

唐・義淨撰《南海寄歸內法傳・卷三》

(《大正藏》第五十四冊頁 225 中)

斫羯囉(彈舌道之)，**譯為「時輪」矣。**

cakra

8唐僧・百丈 懷海大師

唐・百丈山沙門懷海集編《百丈叢林清規證義記・卷五》

(《卍續藏》第六十三冊頁 416 上)

(附)念誦規約(凡十一條)

施食：要一一依文，精誠結印，誦咒、作觀，三業相應，不得含糊「彈舌」、急促了事。白文亦然。

按：百丈禪師所訂清規，世稱「百丈清規」，天下叢林無不奉行，為禪宗史上劃時代之功績。宋儒仿效而創立書院，元明清三朝，更以書院為鄉學，充作養士之所，皆師之賜。

9唐・於闐國 提雲般若大師

唐・於闐國(Khotan)提雲般若(Devaprajñā 天智)等譯《智炬陀羅尼經》

蘇囉(依「羅」字本音，而「轉舌」呼之，咒內有「口」邊，作「魯、梨、履、盧、邏」者皆倣此)

sura

唐・於闐國(Khotan)提雲般若(Devaprajñā 天智)等譯《諸佛集會陀羅尼經》

(《大正藏》第二十一冊頁 859 上)

薩婆嚕(依「魯」字本音，而「轉舌」呼之，其下「口」邊作「犁、羅、麗」皆倣此)

sabharu

10唐・中天竺菩提嚟使淨智大師

唐・中天竺・那爛陀寺戒行沙門菩提嚟使(二合)淨智金剛譯《大聖妙吉祥菩薩祕密八字陀羅尼修行曼荼羅次第儀軌法》

(出《文殊菩薩普集會經・除災救難息障品》)

薩嚩(轉舌)

sarva

11唐・北印度寶思惟大師

唐・北印度迦濕彌羅(Kaśmīra)國寶思惟(Maṇicinta 或 Ratnacinta)於天宮寺譯《佛說隨求即得大自在陀羅尼神咒經》

注:「平上去入」者,依四聲借音。

讀注「二合」者,半上二字,連聲合。

讀注「重」者「喉聲」重。

讀注「長」者「長聲」。

讀注「引阿」者,「引」上字,(而)入「阿」中,(再)接下字,讀「引」論等類可知。

(例如)「嵯、揭、囉、嚩、唎、嚧、嚕、嗡、哩、嘚、嚇、嚂、喋」等字。

傍加「口」者,(即爲)「轉舌」(之)聲。

(若)讀「囊 naḥ、哪yaḥ、吔 taḥ」等字,(梵字若)傍(有)加「二點」□:者,(則)取「半」(音)者,不(是以)「全聲」(而)讀(之)耳。

寶思惟譯《大陀羅尼末法中一字心咒經》

部(上聲)臨(去聲,此是唐音,彈舌呼之)

bhrūṃ

12唐・北印度李無諂大師

唐・北天竺嵐波國(Lampāka)婆羅門大首領李無諂譯《不空羂索陀羅尼經》

(1)從第一咒以下諸咒,除「莎訶」外,皆是一字。

(2)但有「二合、三合」等字,應急呼之。

(3)傍注「口」者,應(以)「轉舌」呼(之)。

(4)其(梵咒的)「泮吒 phaṭ」字,(應)「大張口呼」,(必須)「舌拄上齶」,但惠日謹案。

(5)(在)西域(的)《大咒藏》中(有)說:佛在世時凡咒法中,云誦「十萬遍」(而)

得成者，以佛在世(仍有)「佛威力」，故(誦咒十萬遍可)得成(就)。(但如今)佛(於)滅度後，誦「十萬遍」(或)不(能)成(就)者，(因)緣眾生(之)「薄福」，要須(誦)滿「百萬遍」，方可得成。以遍數(較)多故，一(來能)消「諸障」，二則於咒(才能)綽(餘而)有其功(德與功力)。

(6)若有眾生，(其)「宿業」障重，誦滿「百萬」遍，(尚)不得成(就)者，仍(應)須誦(滿)「二百萬」遍，或「三百萬」遍，或「四百萬」，乃至誦滿「七百萬」遍，必(獲)成就。

(7)然此中言誦「一百八遍」(即能獲)得「法成就」者，其(指應)先誦《不空羂索咒》，(誦咒的)「人」(想要)有功效，(咒)法(的遍數應)先成就，(所以先)為此等人(而)故說「一百八遍」(即能獲得)成就(即指先以「先以欲利勾牽，後得令入佛智」)。(但我)未曾見聞，但依前所說(的108)「遍數」誦持，悉(有)得成就(的人啊)！

(8)其咒印一品，惠日續檢梵本翻入，合成一十七品。然此《羂索咒》更大有方法，翻廣如大咒藏所說。

(9)其有人未曾經「和尚、闍梨」入大「縵茶羅」壇場者，覓取《大輪金剛咒》誦二十一遍，即當入壇。然後作諸咒法，悉得成就也。

13 唐・南印度菩提流志大師

唐・南天竺菩提流志(Bodhiruci)譯《不空羂索咒心經》

囉(攞音「轉舌」呼之，自此已下，非「口」傍字，其傍加「口」者，皆倣此)

唐・南天竺菩提流志(Bodhiruci)譯《護命法門神咒經》

唎(自此已下，「口」邊作字者，皆「轉舌」呼之)

唐・南天竺菩提流志譯《一字佛頂輪王經》

唵勃琳(「琳」字，重「彈舌」呼，二合)許

bhrūṃ

唐・南天竺菩提流志譯《金剛光焰止風雨陀羅尼經》

(《大正藏》第十九冊頁728上)

囉(凡「羅」字，「口」傍作者，「彈舌」呼之，下例同)

14 唐僧・道世大師

唐僧・道世撰《法苑珠林・卷六十》

(《大正藏》第五十三冊頁 735 中)

此阿彌陀咒(往生咒)**，若欲誦者。諸「口」傍字，皆依「本音」，**(而)**轉**(舌)**言之，無「口」者依字讀，仍須師授之。聲韻合梵，輕重得法，依之修行，剋有靈驗。**

15 唐僧・法照大師

唐僧・法照撰《淨土五會念佛誦經觀行儀・卷中》

(《大正藏》第八十五冊頁 1244 上)

咒中諸「口」傍字，皆依「本音」(而)**「轉舌」言之，**(若)**無「口」**(字旁)**者，**(只)**依**(其)**字讀之**(即可)**。**

16 唐末五代西域 疏勒國人慧琳國師

師事不空三藏，內持密藏，外究儒學，精通「聲明」與「訓詁」之學。

唐・西域 疏勒國慧琳國師撰《一切經音義・卷三十六》

囕字(覽字「彈舌」，即是梵語)。

raṃ

慧琳撰《一切經音義・卷五十一》

蘇呾囉(上「丹達反」，下「羅」字，上聲，兼「轉舌」呼，梵語也)。

sutra

慧琳撰《一切經音義・卷四十一》

迦嚕羅(梵語食龍大鳥名也，古云迦婁羅，亦名金翅鳥，或云揭路茶……「嚕」音「轉舌」呼，亦名龍怨(古同「怨」))。

garuḍa

慧琳撰《一切經音義・卷三十五》

盧地囉(上音,「魯」兼「轉舌」呼,「囉」字亦「轉舌」,梵語唐言「血」也)。
rudhira

慧琳撰《一切經音義・卷十二》

啳re(轉舌)。

慧琳撰《一切經音義・卷十》

嗠ro(轉舌呼)。

慧琳撰《一切經音義・卷六》

羅刹娑 **rākṣa**(梵語鬼名。「羅」字「轉舌」,長聲呼,古譯但云「羅刹」)

註:也就是說「羅刹娑」的「羅」rā 是要「彈舌」的,而且要「長聲」呼之,如果唸短音就變成了「擁護」(**rakṣa**)這個字去了!

慧琳撰《一切經音義・卷二》

洛 ro(此「洛」與梵音不相當,應書「囉」字,「上聲」兼「轉舌」,即是也)。

慧琳撰《一切經音義・卷一》

般 **pra**(音鉢,本梵音云「鉢囉」(二合)。「囉」取「羅」字,「上聲」兼「轉舌」,即是也。其「二合」者,兩字各取「半音」,合為一聲。古云「般」者,訛略也)

若 **jñā**(而者反,正梵音「枳𡫸 孃𧹞 」(二合)。「枳」音,雞以反。「孃」取上聲,二字合為一聲。古云「若」者,略也)

波 **pā**(正梵音應云「播」。波箇反,引聲)。

羅 **ra**(正梵音應云「囉」。准上,取「羅」上聲,「轉舌」呼之)

蜜多 **mitā**(正云「弭多」。「弭」音「迷以反」)

具足應言:「摩賀(引) 鉢囉(二合)枳孃(二合) 播(引)囉(轉舌)弭多」

mahā-prajñā- pāramitā

梵云:「摩賀(唐言大)鉢囉(二合)枳孃」(二合,唐言「慧」,亦云「智慧」,或云「正了知」,義淨作此解)播(引)囉弭多(唐言「彼岸到」,今廻文云「到彼岸」)

如上所說，雖是「本正梵語」,「略音」已行，難為改正。
「般若波羅蜜多」久傳於世，愚智共聞。
今之所論，為造經音解其文字及釋梵語，不可不具說也。
但欲廣其學者「知見」耳，實非「改易經文」。
已下諸經中有「正梵語」及「論文字是非」，皆同此例。
取捨今古，任隨本志。

17 北宋・北印度施護大師

北宋・北印度・烏填曩國(Udyāna)帝釋宮寺施護(Dānapāla)譯《一切如來正法祕密篋印心陀羅尼經》

達(轉舌)麼

dharma

北宋・北印度・烏填曩國(Udyāna)帝釋宮寺施護(Dānapāla)譯《佛說聖最上燈明如來陀羅尼經》

達(轉舌)麼

dharma

18 北宋・中印度法天大師

北宋・中印度・摩伽陀國(Magadha)那爛陀寺法天譯《最勝佛頂陀羅尼經》

薩(轉舌)嚩

sarva

北宋・中印度・摩伽陀國那爛陀寺法天譯《大寒林聖難拏陀羅尼經》

達(轉舌)麼

dharma

北宋・中印度・摩伽陀國那爛陀寺法天譯《佛說無能勝大明王陀羅尼經》

薩(轉舌)嚩

sarva

北宋・中印度・摩伽陀國那爛陀寺法天譯《大寒林聖難拏陀羅尼經》

囉(轉舌)誐

ranga

19 宋《禪宗頌古聯珠通集》

宋・池州報恩光孝禪寺沙門法應等集《禪宗頌古聯珠通集・卷三十》云：

(《卍續藏》第六十五冊頁 662 下)

越州乾峰和尚(嗣洞山)上堂曰……舉一不得舉二……頌曰：

波斯捧出海南香，白眼崑崙與論量，賈客不諳「彈舌」語，只看兩箇鼻頭長。(佛智裕)。

20 宋・睦庵(善卿)編《祖庭事苑・卷三》云：

(《卍續藏》第六十一冊頁 357 上)

……由「莎羅」與「娑囉」聲相近也，若呼堅固，則「轉舌」言之。若呼高遠，則依平言之也。

21《石溪和尚語錄・卷中》云：

(《卍續藏》第七十一冊頁 57 下)

…百尺竿頭。溪橋那畔。蹇驢失步……「彈舌」作梵時，豈非明珠放光耶？……

22 明・《紫柏老人集・卷十七》云：

(《卍續藏》第七十三冊頁 291 中)

【普賢菩薩贊】

稽首遍吉大尊者，在在佛土為願王……雪覆寒岩法界幽，瑯瑯貝葉「彈舌」轉，清音不許瞿曇聞，牛頭馬面偏知己。

明·《紫柏老人集·卷二十八》云：

(《卍續藏》第七十三冊頁 383 下)

【贈天竺僧】

十萬程途數載通，沙頭「彈舌」授降龍。五天到日頭應白，月落斜西半夜鐘。

明·《紫柏尊者別集·卷二》云：

(《卍續藏》第七十三冊頁 410 中)

本是一海水，情見各不同……笑指紫竹叢，白花去不遠。紫竹吟海風，俄然一比丘，「彈舌」授降龍。

23 明·《憨山老人夢遊集·卷三十七》云：

(《大正藏》第七十三冊頁 734 上)

【送樂天法師還匡廬】

山色湖光一鏡開，曼殊誤落此中來，莫教獅子輕「彈舌」，恐震當年舊講臺。

附：憨山大師傳授「喍」字必需「彈舌閉口」：

(1)**自庚戌年，**(道一居士我)**二十一歲，為雪嶠禪師，結**(於)**千指庵，於經山，**(後來我)**遇**(見了)**貝林法師，在殿後山菴中，**(貝林法師)**能以「竹筆」匾**(作為標記或表示贊揚文字的長方形橫牌)**，樣如篦**(一種比梳子密的梳頭用具;似竹籬)**刷者，慣作**(書寫)**「梵書」。**

(2)(道一居士我)**因**(向貝林法師)**乞書「准提咒」，**(貝林法師)**覿面**(當面;面對面)**縱橫成字，傳本特真，**(貝林法師)**並授**(我有關)**「二合彈舌梵音」**(的誦咒技巧)**。**

(3)**時**(我又)**從雲棲大師**(指蓮池大師獲得)**授記、**(與)**散持**(准提咒語)**。已閱**(函)**三載，**

(我才)始解(梵咒有關)「二合彈舌」之義。歸(家後)而(便)勒「梵書」於石，存(於)「三塔」大乘堂中，(並)受持「六載」……(此)則余二十七歲時事也。

(4)適是冬(季之時)，憨山國師，(剛好)東遊至徑山……余亟ㄐㄧˊ走(而欲)皈依(大師)……(後來我)於武林 淨慈宗鏡堂，延請憨(山國)師(為我解)說受持「准提法」(之密要)。憨(山國)師上堂，痛切(極其懇切)授記(於我)。復入室，示(我)以(准提咒的)「根本身契」，與(即)刻傳(授我准提咒)「手印」，堅固「迴別」(不一樣)。(憨山國師)更示(我)以「九聖梵字觀門」，令攝入「嚂」raṃ 之一字。

(5)(憨山國師)又示(我)以「唵」oṃ 字梵音，(唵 oṃ 字的發音祕訣應)作吼聲，如饑虎呑物，(聲音要像能)動搖「山嶽」，(發聲至)氣盡乃已。

(6)「嚂」raṃ 之一字，(則應)「閉口彈舌」，(且)作「鼻音」，(嚂 raṃ 字的發音祕訣應)如壯士怒咄ㄉㄨㄛˋ。蓋(發聲為)「去聲」，非(以)「平聲」(而發音)也。

——詳於清・順治曹溪憨祖受持弟子福徵 道一居士埽菴譚貞默槃談撰《佛母准提焚修悉地儀文寶懺序》(《卍新纂續藏經》第七十四冊頁 556 上~557 上)

24 清人的說法：

清・咫ㄓˇ觀撰《水陸道場法輪寶懺・卷九》

(《卍續藏》第七十四冊頁 1020)

曩謨三(去)**滿多沒馱喃**(引)(一) **勃嚕唵**(三合)(二)

「嚕」字彈舌為一音，又引聲從胸喉中出，其音如擊「大鼓」，古譯云「步林」者，訛略不正也。按此真言 bhrūṃ，有作「勃嚨」者，有作「勃琳」者，有作「部嚨」者，有作「悖論」者，有作「毗藍」者。各各不同，總以(不)空師所出儀軌為最正最確，可用之。

清・弘贊輯《持誦準提真言法要》

(《卍續藏》第五十九冊頁 250)

囉 ra 字，即「羅」字，彈舌道之，不可讀作「賴」la 字。

吽 hūṃ 字，上有「虎」字，「二字」合為「一音」，「合口」呼(之)，如「牛吼」(之)聲。

25 唐、宋以來文學人士對佛經「彈舌」的描述

北齊・顏之推《顏氏家訓集解・卷第七・音辭第十八》頁 480 云：

又案：唐沙門不空譯《孔雀明王經・卷上》，自注云：

此經須知大例：若是尋常字體，旁加「口」者，即「彈舌」呼之；但為「此方」無字，故「借音」耳。

“彈舌呼”，(此即是指)「借音字」，即兩漢以來，(爲了能)轉讀「外語」(印度梵語)、(爲了能)「對音」之發展，此又治「聲韻學」史者，不可「不知」之事也。

宋・郭忠恕撰《佩觿・卷上》云：(《欽定四庫全書》)

「鉢囉 pra 護嚕 huru」之文，內典加口而「彈舌」(佛經眞言彈舌者，多非本字，皆取聲近者，從口以識之)

清・章嘉大師等集《欽定同文韻統・卷六・華梵字母合璧說》云：(《欽定四庫全書》)

……若夫五方風土不同，以致音聲各異。中華有「閉口」，西域有「彈舌」，既各自成文，故不復牽合惟。

《欽定續通志・卷九十六・七音畧四》云：(《欽定四庫全書》)

若夫中華有「閉口」，西域有「彈舌」，因字製母，故多少不同。即西番(西藏)字母本於天竺(印度)，而「彈舌」及「捲舌」諸音，則西番(西藏)無之。

《皇朝通志・卷十四・七音畧一》云：(《欽定四庫全書》)

「喇 ra 啰 re 哩 ri」為「彈舌」，此則「轉注」之所不能明，「翻切」(反切)之所不能協者。

錢唐・倪濤撰《六藝之一録・卷二百四十二・古今書體七十四》云：(《欽定四庫全書》)

「鉢囉 pra 護嚕 huru」之文，內典加「口」而「彈舌」。佛經真言彈舌者，多非本字，皆取聲近者，從口以識之。

《欽定皇輿西域圖志・卷四十八・雜録二》云：(《欽定四庫全書》)

回部與準噶爾接壤，而其書特異，共二十九字頭……❏音「勒」，彈舌音。……音共得八十七字……❏音喇，彈舌音。❏音哩，彈舌音。❏音囉，彈舌音。

平湖・沈季友編《檇李詩繫・卷三十三》。【過沈明德】云：(《欽定四庫全書》)

慮君倘早出，卻覓尚眠時。客可科頭欵(同「款」)，咒能「彈舌」持。埽冰去鳥跡，敲雪起花枝。竹裡一幽徑，寧容俗客知。

錢塘・厲鶚撰《宋詩紀事・卷八十二》。胡梅所【石禪牀】(在鶴鳴山)云：(《欽定四庫全書》)

空山危石平如掌，雲鎖苔封自昔時。不識山僧曾坐處，幾回「彈舌」雨龍歸。(漳州府志)

宋・周弼撰《端平詩雋・卷四》云：(《欽定四庫全書》)

讀罷《南華》誰得聞，兩川寒玉一禪身，松邊「彈舌」低聲念，莫引龍來變作人。

宋・陳思編。元・陳世隆補《兩宋名賢小集・卷二百八十》云：(《欽定四庫全書》)

【寄雲泉僧水頤】二首

……頌罷南華誰得聞，兩川寒玉一禪身。松邊「彈舌」低聲念，莫引龍來變作人。

《浙江通志・卷二百七十七・藝文詩・五言排律十九》。元・納延【寶林八詠為別峰同禪師賦】「鐵鉢盂」云：(《欽定四庫全書》)

鐵鉢溪頭洗，冰花六月寒，山僧偶「彈舌」，引得老龍蟠。

元・納延撰《金臺集・卷二》云：(《欽定四庫全書》)
鐵鉢溪頭洗，冰花六月寒，山僧偶「彈舌」，引得老龍蟠。

明・張羽撰《靜菴集・卷四・海會僧房》云：(《欽定四庫全書》)
床頭書卷綠牙籤，病起名家手自拈。氣息未回禪誦少，猶能「彈舌」講《楞嚴》。

《御定佩文齋詠物詩選・卷四百七十四》。明・徐渭【蛙聲】云：(《欽定四庫全書》)
紅芳綠漲綠連天，夾岸蘼蕪匝澗灣。別有鼓吹喧渡口，不教蚯蚓疊陽關……寒寺沙門呪後餐，蟾蜍借月瘖(同「暗」)何謂……貝葉西來鵙(伯勞鳥)舌「彈」，金響俠徒丸儘落……

《御定歷代題畫詩類・卷六十五・仙佛類》。明・僧來復【過海羅漢應供圖】云：(《欽定四庫全書》)
大士受齋龍伯宮……兩僧後顧冰雪容……中有四鬼舁一翁。雪眉垂領衣露胷(同「胸」)……手扶七尺邛州笻，是誰「彈舌」呪老龍？火鬐電鬣(同「鬣」)燒雲紅，五輪舒光迸五色，一葦直渡猶行明………

三、何謂彈舌音？

1、經典的描述：

「彈舌音」到底是個怎樣的音？有很多人問：佛經是二千年前的記載，當時也沒有錄音機，有誰知道正確的「彈舌音」」怎麼發？你如何證明呢？我們可以在律部的佛典中找到一些相關的證據，律部一再說明飲食時是不得「彈舌」的，也就是飲食時不得做「彈舌音」，這樣的經典記載非常多，茲舉例一一些經典來說明：

(1)、不彈舌食。不嚀(吞咬東西所發出的聲音)噍(吃東西)食。不呵氣食。不吹

氣食。應當學。

——出自《根本說一切有部毘奈耶》T23, p0903a

(2)、**不彈舌食。不嗒**(吞咬東西所發出的聲音)**噍**(吃東西)**食。不呵氣食。不吹氣食。**

——出自《根本說一切有部戒經》T24, p0507a

(3)、**不彈舌食。不嗒**(吞咬東西所發出的聲音)**噍**(吃東西)**食。**

——出自《根本說一切有部苾芻尼戒經》T24, p0516b

(4)、**不得彈舌食。不得齧半食。不得舐手。**

——出自《根本說一切有部苾芻習學略法》T45, p0914b

那到底「彈舌音」是什麼音？絕對不是單純的 La Li Lu Le Lo 這些音，因為這些音不會影響我們吃飯的食欲，惟獨這種「**ra**、**bhrūṃ**、**trūṃ**」的音才會令人覺得有點「噁心」，而且多少會影響我們的食欲，所以這是佛陀禁止飲食發出「彈舌音」的理由。

2、唐・義淨大師的看法：

義淨大師認為如果你沒有到過「有彈舌音」的國家地區，可能不太容易學會，除非自己閉門苦練。義淨大師在當年為了抄寫與翻譯佛經，曾於西元 689 年回廣州一趟，專門購買紙墨及帶去抄寫梵經的人員到三佛齊，照這樣來推，義淨所翻的佛典，多數語詞一定偏向於「廣東話」，如果「彈舌音」用「廣東話」就可以輕而易舉的表現出來的話，那義淨大師就不會那麼讚詠天竺的「**梵音彈舌**」了！

義淨大師去印度遊學取經回國後曾大嘆「**梵音彈舌**」，如他著的《梵語千字文》中，大師自說：「**讚詠歌管……梵音彈舌，悉曇莫忘，願茲利潤**」（T54, p1198a）。

為義淨《梵語千字文》作序者亦說：

寫勘尊經(第七韻)**者，非西天取經之人，而何能及之？讚詠歌管，梵音彈舌**(第八韻)**，亦《南海傳》之所示也**（T54, p1196c）。

所以要學會「梵音彈舌」的話不是親到西天取經遊學，親自學習，誰能如此的讚詠「梵音彈舌」？

3、約唐末五代・日僧淳祐大師

淳祐《悉曇集記（石記）・卷上》云：

「吒 ṭa」字，此「彈舌」初發聲，而後漸開口，自舌端聲初生。

4、約北宋・日僧明覺大師

明覺撰《悉曇要訣・卷一》

(《大正藏》第八十四冊頁 517 上)

問：轉舌者何？

《刊定紀》云：

ra 囉（捲舌呼之）

唐・智廣云「囉」(曷遐三合，捲舌呼羅文)

唐・全真云「囉」(羅字，上聲，兼「彈舌」呼之文)，

又他處云「達（轉舌呼之）麼」。--dharma

「襪（轉舌呼之）帝」。--varte

《如意輪咒》「襪（轉舌）底」--varti

何云「轉舌」、「彈舌」、「卷」耶？

答：《切韻》去聲，「轉」字「知變反」，流運也（文)。

上聲「陟[业] 宛反」，運也。

「卷」上聲，收也，屈也。

「彈」平聲，徒於反，彈弓也。又激動絃出聲也，又糾彈罪也（文)。

私云：先以舌付上齶，舒舌摺[业ㄜ] 上齶，放之出聲，故云「轉舌」歟，「彈舌」義同。

寶月三藏之傳：
𑖘 ṭa 𑖙 ṭha 𑖚 ḍa 𑖛 ḍha 𑖜 ṇa 五字亦云「彈舌」，彼字亦以舌拄上齶ㄜˋ，磨之後(而)舒舌(舒放舌頭)，其義一同也。

「達麼 dharma、襪帝 varte」等，亦舌付上齶，故云「轉舌」云、「彈舌」歟，「捲舌」文可案之。

又《攝真實經》有「反舌」之文。
「怛剌吒 traṭ」(三合反舌)。
「迦宅 kaṭa」(下字反舌)。
「吒 ṭa」(反舌呼)。
「發吒那 phaṭana」(反舌呼) 等，
此等字「捲舌」向本出聲，故云「反舌」歟，「捲舌」同事歟。

5、明・趙宧光《悉曇經傳》中對「彈舌音」的探討

明・趙宧ㄧˊ光(1559~1625)撰《悉曇經傳》，目前此書由饒宗頤所編集，臺北新文豐出版。趙宧光曾師法於精通五天梵書及密宗巨匠的仁淖ㄠˋ法師，而仁淖ㄠˋ法師又與烏思藏(西藏)僧鷲師往還，精通五大梵書。從趙宧光的【學悉曇記】一文中可得知他從小得《四書等子》研究，後來求之蜀僧慧鐙，得其教本一二……**每有刺麻頭陀奉悉曇相示，以故聲明梵冊，大藏所不載者，亦歸吾山中……以內典諸文，外典各母，兼收並錄，作悉曇……題之曰《悉曇經傳》**。
饒宗頤說這本**《悉曇經傳》可謂「人間祕笈」也。**

下麵我們就《悉曇經傳》頁十三中有關於梵音「彈舌音」的問題提出討論，全文影印如下：

彈舌者。五天音聲用事。辨悉曇切。其用甚廣。一法不足以攝之。遂加彈舌。而𣪘為二用。于是不彈為一義一用。加彈為一義一用。若彈指則又溢于喉舌之外而為三用矣。華言皆無此法也。譯者无字當之。不得已而于字旁贅以口字。而為彈舌之別。不成文也。如𠵏譯剌(盧達切不彈舌)𠺕譯喇(音同剌彈舌呼)之類。故篇韻口部所增俗書獨多者。太半此類誤入也。不知者認為有義而仍讀華言不彈之音。謬矣。集韻之人。淺妄雜廁。不

悉曇經傳　凡例　五

可不辨。又有華字先有从口者。如哆(丁可切)咽(虛器切)之類。而譯人誤取。同形異法。華梵迥絕矣。不知者或強作二字。或強設門法以收之。失其本矣。

彈舌之音。始若甚難。然自陝已西。則恒言如是。三尺童子。出口即彈。雖風氣殊絕。亦習俗使之也。習法無難。但不為耳。每呼一𣪘冠以𠼪剌二字。或敦崙二字則𣪘𣪘可彈。讀至數百𣪘。涸然若故有之

「彈舌」是印度五天的音聲用事，必須辨別清楚，彈舌的用法很廣泛，不能像一個「漢字」就足以將它說明，所以加了「彈舌」音。這樣「不彈舌」的音為一義一用；有加「彈舌」的音為二義二用；若再加彈指之法，則成為三義三用也。在中國的漢字是沒有這種用法的，當時翻譯梵咒梵經的人，找不到相對應的「漢字」去摹擬這些特殊發音字，所以只好在漢字旁加上「口」字來表達，成為有無彈舌的區別，其實這些加上「口」旁的造字，並非正統的漢字，那是不得已才另加上去以方便區別這個字有無彈舌音。

例如：「**剌**」，**盧達切，不彈舌。**
「**喇**」，**音同剌，彈舌呼之。**

舉凡這類的字有很多，可是做《韻書》的人以為這些是「正統字」，所以也將它收入，因為做《韻書》的人不曉得這是為了區別彈舌與否而「造」的字。結果呢？不知道的人，仍然唸華語「不彈舌」的音，這真是「謬矣」啊！收集《韻書》的人不可不明辨這個問題。

還有華字本來就有從「口」旁的字，如「哆 ṭa」、「呬 hi」字等，這些字不是為了「彈舌」而造的，本來就有這類的字，然而做《韻書》的人又將它們「誤取」歸於「造字」。「喇 ra」(彈舌呼之)與「哆 ṭa」(不彈舌)雖然同樣有「口」字旁，但是唸法卻是不同的，這是「同形異法，華梵迥絕」，不知道的人更將這類的字強作二字，或強設門法以收之，真是「失其本矣」！

有關趙宧光解釋加「口」旁所造的「彈舌音字」說法，在佛典《佛說大孔雀咒王經・卷一》下亦有同樣的說明：「**一部經須知大例，若是尋常字體傍加『口』者，即須『彈舌』呼之。但為此方無字故"借音"耳，自餘唯可依字直說**」。(詳 T19, p0459b)。

《佛頂尊勝陀羅尼》經也有說明：「**夫誦陀羅尼，務存『梵音』，但取其聲，不取其義。比來多失本音，良由『翻譯文字』有異，遂使學者多疑不決……今所翻者，稍殊往譯，應合『彈紐』，具注其側，幸請審看，萬不失一。不應『彈紐』而『彈紐』者，是陀羅尼之大病也。若無側注，不假紐聲，但依其文，自當周正。所有『口』邊字者，皆須『彈舌』而言之，側注平上去入者，依『四聲』而紐之。所注『二合』者，兩字相和，一時急呼，是為『二合』也……一切佛部陀羅尼真言，一切菩薩金剛等陀羅尼真言，悉皆如是……如擬學梵音念誦者，先須學梵音**」(詳 T19, p0389b)。

趙宧光解釋完「彈舌音」後，他又教導如何發彈舌音，文中說：彈舌之音，始若甚難，然自陝以西，則大家都是「**恆言如是**」，也就是「彈舌音」是在平常講話用語就是如此，在那邊一般的小孩子都可以「出口即彈」，雖然是一種特殊風氣，亦是當地的習俗造成的。要學彈舌音不難，只要每次開口就以「達喇」(**tra**)二字來練，或用「敦侖」(**trūṃ**)二字來唸，那「聲聲皆可彈」，讀到數百聲，則自然就會了！

6、約清代・日僧淨嚴大師

日僧淨嚴（1639～1702）集《悉曇三密鈔・卷中》之上

（《大正藏》第八十四冊頁 738 下－739 上）

問：𑖨 ra 字及𑖎𑖿𑖬 kṣa 字，具眾多音，其故如何？
答：一切音聲皆因舌成。

「舌內音」中𑖓 ca 是舌本。

𑖝 ta 是「舌中」。

𑖡 na 是「舌末」。

以此𑖓 ca 𑖝 ta 𑖡 na 三音俱時呼之，即成𑖨 ra 音。

應知𑖨 ra 字別周舌內，通遍三內（遍口字故），本具多音，誠是由也。

又𑖨字形三角，而「火大」種也，心藏主火，舌又心條，言語心之標。心正則語合理，心狂則辭不整。心形上尖（三角），舌亦鋒鋭。

又𑖨字，字相，是則塵垢，火燒諸物成塵飛揚，煩惱塵垢，唯心所作。理雖本淨，言生則黷。

又𑖨字，字義，一切諸法離塵垢義，火燒塵穢，變成淨白灰。除煩惱垢因，一心智火，轉捨迷妄，依佛語宣示云「形」云「義」。𑖨字，即火即心即舌，即言理在絕言。是故𑖨字具多音也。乃至此字具諸字音，如上𑖨字下明矣。

次𑖎𑖿𑖬 kṣa 字，有多音則此字主涅槃理。理能攝持諸法，此字一切作業（𑖎 ka 字），歸本性鈍（𑖬 ṣa 字），涅槃翻云「圓寂」。圓滿諸法，寂靜安住之義，具多種音其義可知。況複後後必具前前，究到佛地圓備眾德。聲字即本地法身，以之思之。

7、清・周春《悉曇奧論》的見解

周春《悉曇奧論》云：

梵書加「口」傍者，多須「彈舌」呼之，即如「囉 ra」字，讀當似「羅 ra」非「羅 la」，似「來 rai」非「來 lai」。**僧俗不得其「真」，竟以「辣」la 字音之，失之遠矣。**

又梵書有「四合、三合」，而「二合」最多。「二合」則此方之翻「切」，將「二字」合為「一音」。「二合」之外，又有「切身」（切聲）**，則猶為逼真，然要皆「字母」之理也。俗僧竟作「兩字」讀，則《金剛百字咒》轉成「一百三十字」咒矣。**

註：周春，據《清史稿・卷四八一・儒林傳》載，生於 1729~1815。該書沒有刊刻流通，現存於《上海圖書館》吳氏拜經釋抄校本。

8、唐、宋以來文學人士對「彈舌」的名詞使用

唐・白居易撰《白氏長慶集・卷十六・聽李士良琵琶》云：（《欽定四庫全書》）

聲似胡兒「彈舌」語，愁如塞月恨邊雲。閒人蹔ㄓㄢˋ **聽猶眉斂，可使和蕃公主聞。**

宋・洪邁編《萬首唐人絕句・卷十二》。白居易【聽琵琶】云：（《欽定四庫全書》）

聲似胡兒「彈舌」語，愁如塞月恨邊雲。閒人暫聽猶眉斂，可使和蕃公主聞。

《御定全唐詩・卷四百三十九》。白居易【聽李士良琵琶】云：（《欽定四庫全書》）

聲似胡兒「彈舌」語，愁如塞月恨邊雲，閒人暫聽猶眉斂，可使和蕃公主聞。

宋・文同撰《丹淵集・卷十五・夏日湖亭試筆》云：（《欽定四庫全書》）

……蓮花窺人類楚女，野鳥「彈舌」如胡僧，旋來開卷坐松蔭…

《御製詩初集・卷十三・古今體一百五首》。【微雨】云：(《欽定四庫全書》)

春雲暗綠原微雨……膏潤足園林清景，別綴瓊梅沃心梳，翎ㄌㄧㄥˊ 鶴「彈舌」眷言利，東作欽承倍欣悅。

《御製詩初集・卷三十・古今體九十二首》。【題王翬仿曹知白小景】云：(《欽定四庫全書》)

竹木周遭茅屋低。遠山澹ㄉㄢˋ 澹草萋萋……梳翎雙鶴松陰靜，「彈舌」一聲今古齊。

《御製詩初集・卷三十・古今體九十二首》。【海天羣鶴歌題餘省畫】之「耳鹹知時」云：(《欽定四庫全書》)

……引吭「彈舌」振空穀，婆羅嘂ㄐㄧㄠˋ 梵非笙絲，昂然黃鶴獨超絕，不與眾侶相追隨。

《御製詩初集・卷四十・古今體一百首》。【藤蘿】云：(《欽定四庫全書》)

……每攜春色見薰風，施松似聽鶴「彈舌」。壓架還招蝶遶叢，細與評量惟兩字……

《御製詩二集・卷一・古今體一百二十三首》。【禦園初春即事】云：(《欽定四庫全書》)

……樹春禽「彈舌」綺，友松古鶴泯ㄇㄧㄣˇ 心葩ㄆㄚ ，中庭步屧ㄒㄧㄝˋ 知消息，嫩綠緣階已作芽。

《御製詩三集・卷三十四・古今體一百二十四首》。【放鶴疊去歲避暑山莊放鶴亭韻】云：(《欽定四庫全書》)

山園有籠鶴，山莊試衡校。桎ㄓˋ 梏ㄍㄨˋ 與之食，諒非心所好。傍巖偶過之，「彈舌」聲聲叫。其情似相訴，云彼則何樂。

《御製詩三集・卷三十七・古今體一百二十三首》。【試泉悅性山房】云：(《欽定四庫全書》)

……低枝竹解塵蹤掃，「彈舌」禽䏸ㄩˊ 佛偈翻。小坐已欣諸慮靜，一聲定磬ㄑㄧㄥˋ 隔雲垣ㄩㄢˊ 。

《禦選明詩・卷七十二・七言律詩五》。明・危進【送人之七閩憲副】云：(《欽定四庫全書》)

七閩風景異江鄉。嶺徼ㄐㄧㄠˋ 緣雲去路長……花間「彈舌」調鸚鵡，月下吹簫引鳳皇。行樂未終淹壯志，軺ㄧㄠˊ 車(古時一種輕便的馬車)**行處起秋霜。**

按：從上面的引證資料顯示，唐宋以來，文人的詩偈中所指的「彈舌音」與「**鸚鵡、黃鶴、春禽、野鳥**」及「**琵琶**」樂器的聲音有絕對的關連，聰明的讀者，您應該知道唐朝所指的「彈舌」音究竟是如何發出的了！

四、佛典中論及「彈舌唸咒」的故事：

《佛說大孔雀咒王經・卷一》載：「**讀咒時，聲含長短字有重輕，看注四聲而讀，終須師授方能愜ㄑㄧㄝˋ 當**」(T19, p0459b)。也就是梵音的「長短音」是很重要的，甚至佛魔就在「音長短與否」與「彈舌不彈舌」之間啊！

例舉咒音單字如下：

(1)jvala(熾然)　　jva**ra**(瘟疫;瘧病)

(2)rakṣa(擁護)　　r**ā**kṣa(羅剎鬼) 按:羅剎鬼的 rā 是要發「長音」的

(3)mara(死的世界)　　m**ā**ra(惡魔) 按: 惡魔的 mā 是要發「長音」的

(4)mala(垢染)　　m**ā**lā(花鬘) 按:花鬘的 mālā 全都是要發「長音」的

(5)kuru(實行)　　guru(上師;尊者)

(6)bhlūṃ 無義？　　bh**rū**ṃ(具佛頂威德熾盛之神力) 按:rū 是要發「長音」的

1、不空大師「彈舌唸咒」求龍王賜雨

《神僧傳‧卷八》載：唐朝曾經有一年大旱，這時京兆尹的蕭昕就到不空的寺廟求雨。不空命他的徒弟「**取樺皮僅尺餘，繢（通「繪」）小龍於其上，而以爐香、甌水置於前**」，然後不空大師開始「**轉吹震舌呼使咒**」，呼叫龍王，沒多久有「白龍」長數丈自水出，然後「**雲物凝晦，暴雨驟降，比至**（等到）**永崇裡第衢中之水已決渠矣**」。原文中說不空大師「**轉吹震舌呼使咒**」就是指「**彈舌**」**唸咒**，此事見於《神僧傳‧卷八》，《大正藏》第五十冊頁 1001 中-下。

2、玄奘大師「梵音彈舌」傳授降龍

唐‧李洞【送三藏歸西天】。出自宋‧周弼編《三體唐詩‧卷一》（《欽定四庫全書》）

十萬里程多少難，沙頭「彈舌」授降龍。五天到日應頭白，月落長安半夜鐘。

（奘公「彈舌」念《梵語心經》以授流沙之龍。五天者，東西南北中天竺也。頭應白者，程之遠也。半夜鐘者，思三藏之時也）

宋‧洪邁編《萬首唐人絕句‧卷三十六》云：（《欽定四庫全書》）

唐‧李洞【送三藏歸西天】

十萬里程多少難，沙中「彈舌」受降龍。五天到日應頭白，月落長安半夜鐘。

《禦定分類字錦‧卷十四‧彈舌授龍》（《欽定四庫全書》）**。唐‧李洞【送三藏歸西天竺國詩】云：**

十萬里程多少難，沙中「彈舌」授降難……舊注奘公「梵語心經」以流沙之。

明‧彭大翼撰《山堂肆考‧卷一百四十七‧虎豹潛跡》云：（《欽定四庫全書》）

玄奘禪師。唐貞觀初，往西域取經，至罽賓國道險，不可過。玄奘閉

室而坐，至夕，忽見老僧授以《心經》一卷，令誦之。於是虎豹潛跡，因得至佛國，取經六百餘部。以貞觀十七年還。令住玉華翻譯經藏。又玄奘「彈舌」念梵語《心經》以授流沙之龍。

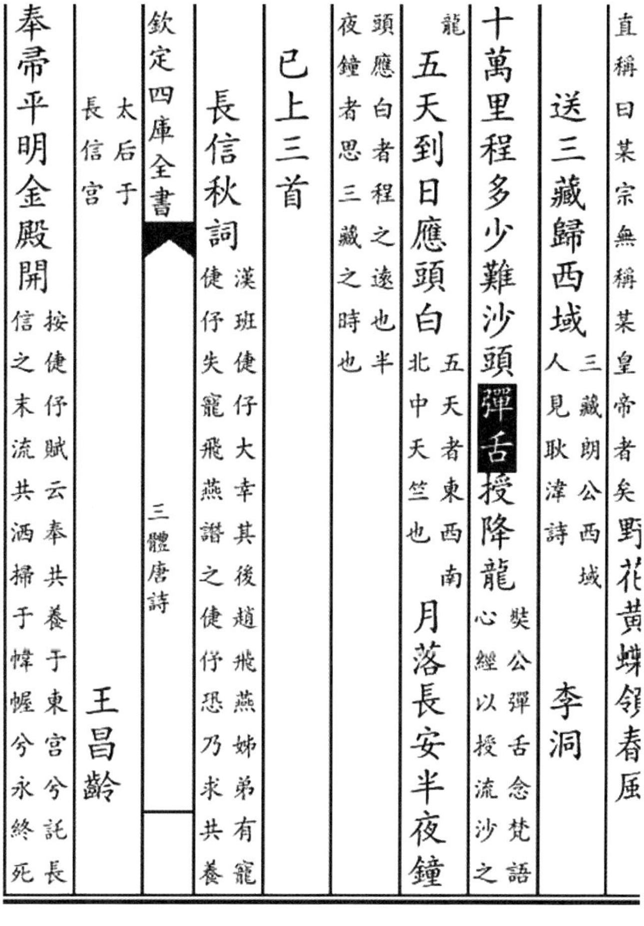
直稱曰某宗無稱某皇帝者矣 野花黃蝶領春風
送三藏歸西域 三藏朗公西域人見耿湋詩 李洞
十萬里程多少難沙頭彈舌授降龍 奘公彈舌念梵語心經以授流沙之龍
五天到日應頭白 五天者東西南北中天竺也 月落長安半夜鐘 頭應白者程之遠也半夜鐘者思三藏之時也
已上三首
長信秋詞 漢班倢伃大幸其後趙飛燕姊弟有寵倢伃失寵飛燕譖之倢伃恐乃求共養
欽定四庫全書　三體唐詩
太后于長信宮 王昌齡
奉帚平明金殿開 按倢伃賦云奉共養于東宮兮託長信之末流共洒掃于帷幄兮永終死

3、金剛仙大師「梵音彈舌」降魔

《神僧傳・卷九》載：

「僧金剛仙者，西域人也，居於清遠峽山寺。能『梵音彈舌』搖錫而咒物，物無不應，善囚拘鬼魅，束縛蚊螭彳　。動錫杖一聲，召雷立震」。(T50, p1007c)

《太平廣記・卷九十六・異僧十・金剛仙》云：（《欽定四庫全書》）

唐・開成中有僧金剛仙者，西域人也，居於清遠峽山寺，能「梵音彈舌」，搖錫而咒物，物無不應，善囚拘鬼魅，束縛蛟螭彳　，動錫杖一聲，召雷立震。

按：金剛仙大師能用「梵音彈舌」唸咒，感應力不可思議，所咒之物，無有不應，而且鬼魅無有不被縛者。

4、唐・滿月大師說「彈舌」是梵語之音

《宋高僧傳・卷三》

「**唐有宣公亦同鼓唱，自此若聞『彈舌』，或睹黑容印定呼為梵僧，雷同認為梵語**」。(T50, p0723c)

5、唐・大愚芝禪師說「彈舌唸真言」

宋・覺範 慧洪（1071～1128）**撰《林間錄・卷下》載：**

「**大愚 芝禪師作偈絕精峭，予尤及見，老成多誦之，其作**「**僧問洞山**『**如何是佛**』**答云**『**麻三斤**』」**偈曰**：「**橫眸**ㄡ **讀梵字，『彈舌』念真言。吹火長尖嘴，柴生滿灶煙。**」(卍續 148 冊頁 627 下~628 上)

按：由文中的偈誦來看，可得知在唐、宋時，修持眞言者均有「彈舌」之說！

6、元詩唱云「山僧偶彈舌」

顧嗣立編《元詩選・金臺集・寶林八詠為別峰同禪師賦》之「鐵盂」唱云：

山僧偶『彈舌』，引得老龍蟠。（北京：中華書局，1987 版）

7、虛雲老和尚說誦咒彈舌不得含糊

《虛雲和尚法彙一規約》寫於民國九年歲次庚申七月初二日。

其中的「水陸法會念誦執事規約」，虛雲老和尚說：

「**施食要依文，精誠結印，誦咒作觀，三業相應，不得含糊『彈舌』，急促了事**」。也就是說誦咒時要清楚的唸，該「彈舌」之處，不得「含糊」，一定要唸清楚！

結論：

「彈舌音」的系統目前存在於西班牙語、俄語、印歐語系、原住民語……等。各位想想，這些國家平常講話的語言就有「彈舌」音，而我們現在學的是要「了生死、渡眾生」的「佛咒」！怎可輸給「世間不了生死」的語言呢？怎可不努力的用心去學呢？而且如果你不會彈舌，那「佛頂部」的咒語你幾乎都無法「正確」的唸誦它，如光聚佛頂是「trūṃ」、白傘蓋佛頂是「brūṃ」、勝佛頂是「drūṃ」、除蓋佛頂是「hrūṃ」、熾盛光佛頂是「bhrūṃ」、無量聲佛頂是「srūṃ」，連「觀音菩薩」及「阿彌陀佛」的種子字是還是要彈舌的「hrīḥ」……等等。

如果要找都沒有「彈舌」音的話，那大概是唸六字大明咒 **oṃ maṇi padme hūṃ**。這六個字都沒「彈舌」的。

雖然會「彈舌」音，但並不代表你的「梵咒」就會成就，**因為要成就的修法還是離不開「心法、清淨心」與「六度」波羅蜜的「行門」！**

例舉需要發出「彈舌」音的一些重要祕密咒語：

一、大白傘蓋根本心咒

【佛住於三十三天的「善法堂」中宣說】

tadyathā • oṃ • anale--anale • viśade--viśade • vīra--vīra • vajra--dhare • bandha--bandha • vajra--pāṇi • phaṭ • hūṃ--hūṃ • phaṭ--phaṭ • hūṃ • **trūṃ** • bandha • phaṭ • svāhā •

註：anale 無比甘露自性火光。—《大正藏》第十九冊頁 403 中。

二、一字佛頂輪王真言

【佛住於「如來莊嚴吉祥摩尼寶藏大寶樓閣」中宣說】

namaḥ • samanta • buddhānāṃ • oṃ • **bhrūṃ** • —《大正藏》第十九冊頁 195 上。

三、辦事佛頂陀羅尼(一切佛頂心真言；一切頂王心咒)

【佛住於「如來莊嚴吉祥摩尼寶藏大寶樓閣」中宣說】

namo • bhagavata-uṣñīṣāya • oṃ • **ṭrūṃ** • bandha • svāhā •

—《大正藏》第十九冊頁 218 上、282 中。

四、摧毀佛頂陀羅尼(摧碎佛頂陀羅尼；摧惡鬼神佛頂咒)

【佛住於「如來莊嚴吉祥摩尼寶藏大寶樓閣」中宣說】

namo • bhagavata-uṣñīṣāya • sarva • vighna • vidhvaṃ • sana-karāya • **ṭrū**ṭāya • svāhā • —《大正藏》第十九冊頁 218 中、282 中、309 下、312 下。vighna 障難 p1204。vidhvaṃ 破滅；摧壞 p1219 。

五、熾盛光佛頂真言(prajvala-uṣñīṣa)

【佛住在「色界第四禪天」中之五天「淨居天宮」中宣說】

namaḥ • samanta • buddhānāṃ • apratihata • śāsananāṃ • tadyathā • oṃ • khakha • khāhi--khāhi • hūṃ--hūṃ • jvala--jvala • prajvala--prajvala • tiṣṭha--tiṣṭha • **ṣṭri--ṣṭri** • sphoṭa--sphoṭa • śāntika • śrīye • svāhā • —《大正藏》第十九冊頁 344 下。

六、勝佛頂王真言(uṣñīṣa-jaya)(一切如來勝頂王咒)

【佛住於「正覺菩提樹下金剛道場大寶藏」中宣說】

namaḥ・samanta・buddhānāṃ・oṃ・jvala・jaya-uṣṇīṣa・jvala-jvala・bandha--bandha・dama--dama・**drūṃ--drūṃ--drūṃ**・haḥ・hana・hūṃ・**註：**dama 調伏;柔善 p569。—《房山石經·釋教最上乘祕密藏陀羅尼集·卷五》第二十八冊頁 3 下。

七、一切如來大勝金剛頂最勝真實大三昧耶真言(大勝佛頂心真言)

【佛住在「本有金剛界自在大三昧耶自覺本初大菩提心普賢滿月不壞金剛光明心殿」中宣說】

oṃ・mahā-vajra-uṣṇīṣa・hūṃ・**traḥ**・**hrīḥ**・aḥ・hūṃ・

—《大正藏》第十九冊頁 410 下。十八冊 258 中。

八、輪王佛頂心陀羅尼

【佛住於「六欲天」中的「忉利天」中宣說】

namaḥ samanta buddhānāṃ apratihata śāsanānāṃ oṃ tathāgata-uṣṇīṣa anavalokita mūrdhne cakra-varti hūṃ jvala--jvala dhaka dhaka dhūna vidhūna trāsaya māra-yotsadaya hana--hana bhañja--bhañja aṃ--aṃ aḥ--aḥ khaḥ--khaḥ **pruṃ**-khini--**pruṃ**-khini kuṇḍalini aparājita stra-dhariṇi hūṃ--hūṃ phaṭ--phaṭ svāhā--《房山石經》第二十八冊頁 4 上。《大正藏》第十九冊頁 312 下、290 中。

九、光聚佛頂真言(uṣṇīṣa-tejo-rāśi)

【佛住在「如來加持廣大金剛法界宮」中宣說】

namaḥ・samanta・buddhānāṃ・**trīṃ**・tejo-rāśi・uṣṇīṣa・svāhā・—《大正藏》第十八冊頁 77 上、103 中、121 上、138 中、159 下。

十、除障佛頂真言（uṣṇīṣa-vikiraṇa）

【佛住在「如來加持廣大金剛法界宮」中宣說】

namaḥ・samanta・buddhānāṃ・**hrūṃ**・vikiraṇa・pañca-uṣṇīṣa・svāhā・ 註：vikiraṇa 摧伏、壞散意 p.1200。vikīrṇa 散亂。－《大正藏》第十八冊頁 159 下、138 中、121 上。

十一、廣生佛頂真言(mahā-uṣṇīṣa-cakra-vartin)

【佛住在「如來加持廣大金剛法界宮」中宣說】

namaḥ・samanta・buddhānāṃ・**ṭrūṃ**・uṣṇīṣa・svāhā・

－《大正藏》第十八冊頁 159 下。

十二、發生佛頂真言(abhyudgata-uṣṇīṣa)

【佛住在「如來加持廣大金剛法界宮」中宣說】

namaḥ・samanta・buddhānāṃ・**śrūṃ**・uṣṇīṣa・svāhā・

－《大正藏》第十八冊頁 159 下。

十三、無能勝真言

【佛住在「如來加持廣大金剛法界宮」中宣說】

namaḥ・samanta・buddhānāṃ・**dhriṃ-dhriṃ・riṃ-riṃ・jriṃ-jriṃ**・svāhā・－《大毘盧遮那成佛神變加持經·卷 2》(T18, p0015a)

解說：「無能勝真言」是釋迦之眷屬，亦入「寶處三昧」如上而說真言，此是釋迦化身，隱其無量自在神力，而現此忿怒明王之形，謂降伏眾生而盡諸障也。地𠼪(二合)地𠼪(二合折廉反)。以初字為體以初第一字『陀𠼪』(二合)為種子。『陀』是法界義；『囉』是塵障諸垢之義。若入『阿』字門即是『無塵障』，即是法界，當知即同法界故，更於何處而有塵耶？此即『大空』之義。若人住此三昧，則一切蓋障無不破壞。重說者極破塵障之義也，故以說『無塵三昧』，所謂『陵』字門。次說『馹陵(二合)』字是三昧。即是『諸障不生』而得『大空生』也。此種子字有種種定慧莊嚴，故能於生死中而得自在，坐佛樹下摧破四魔兵眾也。『無能勝』即無不可破壞之義也。—《大毘盧遮那成佛經疏·卷10》(T39, p0683c)。

顯密經典中對「囉」字母釋義之研究

1「囉 ra」字門，一切法(皆)離諸「塵染」故。(唐・不空譯《瑜伽金剛頂經釋字母品》)

2 稱「囉 ra」(梨假反)字時，是「樂(五欲)、不樂(五欲)、(最)勝(第一)義」(之)聲。(唐・不空譯《文殊問經字母品》)

3 若聞「羅 ra」字，即(時能)隨(其)義(而)知一切法(皆)「離垢」相。「羅闍」(raja)，秦言「垢」。(《大智度論・四念處品》)。(附：rāja 國王)

4 說「囉 ra」字，出「樂、不樂、第一義」(之)聲……

(ra 字能現出)「樂(五欲)、不樂(五欲)、(空與無相之)第一義」(三種)聲者：

「樂」者，(樂於)「五欲」境界。

「不樂」者，不著(於)「五欲」。

「第一義」者，(指)「空、無相」。此(即)謂「樂(五欲)、不樂(五欲)、(空與無相之)第一義」(之)聲。(梁・僧伽婆羅譯《文殊師利問經・字母品》)

5「囉 ra」字印者，以一切法「無染著」故。(唐・般若共牟尼室利譯《守護國界主陀羅尼經・陀羅尼品》)

6「波羅 pra」(二合)字印者，(能)隨順最(殊)勝「寂、照」(寂而常照；照而常寂。或止而常觀；觀而常止。或定而常慧；慧而常定之)體故。(唐・般若共牟尼室利譯《守護國界主陀羅尼經・陀羅尼品》)

7「羅 ra」字，(能)以此「相好」(及)「無相」(之)好，入如來「法身」義。(梁・僧伽婆羅譯《文殊師利問經・字母品》)。(佛告文殊師利：我當說八字……此謂八字[之一]，是可受持，入一切諸法)

8「羅 ra」者，(所有的)「相好」(與)「無相(好)」，(皆)如「如來身」，(而能)入於「法性」。(東晉・佛陀跋陀羅譯《佛說出生無量門持經》。此爲「八字」陀羅尼之一)

9「羅 ra」字，(能)入「相好」(與)「無相好」(之)「法身」義。(梁・僧伽婆羅譯《舍利弗陀羅尼經》。此爲「八字」陀羅尼之一)

10唱「囉 ra」字時，當有「三寶」(ratnan 寶 trayāya 三)，(而)出如是聲。(隋・闍那崛多譯《佛本行集經》)

11唱「羅 ra」字時，(能現)出厭離(具三毒與沉輪五欲之)「生死」，(而)欣「第一義諦」(之)聲。(唐・地婆訶羅譯《方廣大莊嚴經》)

12「囉 ra」者，能壞「貪欲、瞋恚、愚癡」，說「真實法」，是故名「囉 ra」。(北涼・曇無讖《大般涅槃經・如來性品》)。(例如 rāga 貪染)

13「羅 ra」者，(能)滅「婬、怒、癡」，入「真實法」，是故說「羅 ra」。(東晉・法顯《佛說大般泥洹經・文字品》)

14「羅 ra」者，(屬種種的塵)垢貌，(能)於諸法(中而)無有塵(染)。(西晉・無羅叉譯《放光般若經・陀鄰尼品》)

15「羅 ra」字門，一切法(皆三毒之)「離垢」故。(姚秦・鳩摩羅什譯《摩訶般若波羅蜜經・廣乘品》)

16入「洛 ra」字門，(能)悟一切法，(皆)離「塵垢」故。(唐・玄奘《大般若波羅蜜多經・善現品》)

17 入「落 ra」字門，(能)解一切法，(皆)離「塵垢」故。(唐・菩提流志譯《不空罥索神變眞言經・陀羅尼眞言辯解脫品》)

18 入「囉 ra」字門，(能)解一切法，(皆)離一切「塵染」故。(唐・菩提流志譯《不空罥索神變眞言經・陀羅尼眞言辯解脫品》)

19「囉 ra」字時，(能)入無「邊際、差別」(之)般若波羅蜜門。(能)悟一切法，離「塵垢」故。(唐・不空譯《大方廣佛華嚴經入法界品四十二字觀門》)

20 唱「羅 ra」字時，入「般若」波羅蜜門，名(能入)「平等一味」(之)最上「無邊(際)」。(東晉・佛馱跋陀羅譯六十《華嚴經・入法界品》)

21 唱「多 ra」字時，入「般若」波羅蜜門，名(能入)無「邊(際)、差別」(之)門。(唐・實叉難陀譯八十《華嚴經・入法界品》)

22 唱「囉 ra」字時，能甚深入「般若」波羅蜜門，名(能入)普遍顯示無「邊際、微細(差別)」(之)解。(唐・般若譯四十《華嚴經・入不思議解脫境界普賢行願品》)

23「多 ta」者，彼經第二當「囉 ra」字，是「清淨無染、離塵垢」義，今云「多 ta」者，《毘盧遮那經》(《大毘盧遮那成佛經》)釋「多 ta」云：「如如解脫」。

《金剛頂》(唐・不空譯《瑜伽金剛頂經釋字母品》)云：「如如不可得」故，謂「如」即無「邊(際)、差別」故，如不可得。

此順「多 ta」字義，應是「譯人之誤」，「囉 र ra、多 त ta」二字，「字形」相近，聲「相濫」故。若順「無塵垢」(之)釋，以「無邊」之門，方淨「塵垢」。(唐・澄觀撰《大方廣佛華嚴經疏・入法界品》)

24「多 ta」字者，彼《五字經》當「囉 ra」字，是「清淨無染、離垢」義，今云「多 ta」者，《毗盧經》(《大毘盧遮那成佛經》)釋「多 ta」云：「如如解脱」。

《金剛頂》(唐・不空譯《瑜伽金剛頂經釋字母品》)云:「如如不可得」故。

謂「如」即無「邊(際)、差別」故,「如」(即)「不可得」。

「囉 ra、多 ta」二字,(因)字形相近,聲「相濫」故,今順「多 ta」釋。(唐・澄觀撰。明・憨山 德清提挈《華嚴綱要》)

25「囉 ra」字門,一切諸法,(皆)離一切「塵染」故者。梵云「囉逝」(raja)是「塵染」義。「塵」是「妄情」所行(之)處,故說「眼」(耳鼻舌身意)等「六情」(六根),行「色」(聲香味觸法)等「六塵」。

若見「囉 ra」字門,則知一切可「見、聞、觸、知」法,皆是「塵相」,猶如「淨衣」為「塵垢」所染,亦如「遊塵」紛動,使「太虛」昏濁,日月不明,(此)是為(ra)字相……

復次以「阿」字門,展轉觀察「諸塵」,以其本「不生」故、無「造作」故,乃至無所「乘法」及「乘者」故。當知所可「見、聞、觸、知」法,悉是「淨法界」,豈以「淨法界」染污如來(之)「六根」耶?

《鴦掘摩羅經》(中)以佛(之)常「眼」具足(而)「無滅」,(佛眼能)明見常「色」,乃至「意法」,亦如是,(此即)是「囉(ra)」字門(之)真實義也。

(唐・一行記《大毘盧遮那成佛經疏・卷七》)

註:**rakṣa** 救護。**rākṣa** 羅叉鬼。
ratna 寶。
rāja 國王。**raja** 塵染。
rāga 貪愛。

la

歷代密咒譯師對「攞」字母發音的描述

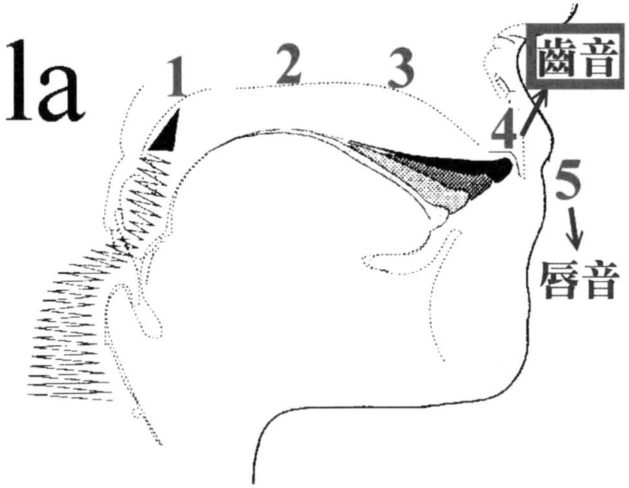

ꢭ la 直接以英文的「la ㄌㄚ」來發音，舌頭必須放在接近 4 號齒音的位置

ꢭ **la 羅字** 洛下反，音近洛可反➔字記(唐・智廣《悉曇字記》)

❶**邏** 上(聲)，短➔大日經。《瑜伽金剛頂經釋字母品》。《方廣大莊嚴經》·大師釋義(空海大師撰《梵字悉曇字母并釋義》)·全雅·《大悉曇》

❷**邏** 上(聲)，重(音)➔寶月·宗睿

❸**邏** 上(聲)，並如次阿➔難陀

❹**攞** 《續刊定記》(唐・慧苑述《續華嚴經略疏刊定記》)·義淨

❺**攞** 來何反，梵音同➔涅槃文字(北涼・曇無讖《大般涅槃經・如來性品》與東晉・法顯《佛說大般泥洹經・文字品》)

❻**砢** 勒可反➔全真

❼**砢** 《文殊問經字母品》

❽**羅** 盧舸反➔慧均·梁武

❾**羅** 李舸反➔玄應

❿**羅** 輕➔吉藏(隋・吉藏《涅槃經遊意》)。南本涅槃(南本《大般涅槃經》)

⓫**羅** 慧遠

⓬**羅** 李柯反，來加反，上厚喚，下薄喚也➔信行

顯密經典中對「攞」字母釋義之研究

1「邏 la」字門，一切(十二因緣之諸)「法相」，(皆)不可得故。(唐‧不空譯《瑜伽金剛頂經釋字母品》)

2 稱「砢 la」字時，是斷「愛支」(等十二因緣之)聲。(唐‧不空譯《文殊問經字母品》)

3 若聞「邏 la」字，即(時能)知一切法，(皆)離「輕、重」相。「邏求」(laghu)，秦言「輕」。(《大智度論‧四念處品》)

4 說「邏 la」字，(能現)出斷(六塵染)愛(之)聲……

(la 字能現出)斷(除六塵染)愛(之)聲者：

「愛」者，(所謂)「色愛」乃至「觸愛」(色愛、聲愛、香愛、味愛、觸愛)。

「斷」者(即)「滅除」。此(即)謂斷(六塵染)「愛」(之)聲。(梁‧僧伽婆羅譯《文殊師利問經‧字母品》)

5 唱「邏 la」字時，斷諸「愛枝」(等十二因緣。枝古同「支」)，(而)出如是聲。(隋‧闍那崛多譯《佛本行集經》)

6 唱「羅 la」(上聲)字時，(能現)出斷一切「生死」枝條(等十二因緣之)聲。(唐‧地婆訶羅譯《方廣大莊嚴經》)

7「攞 la」字印者，(能將)「愛支」(等十二)因緣(會)連續不斷(的現象)，皆(令)不(再)現(起)故。(唐‧般若共牟尼室利譯《守護國界主陀羅尼經‧陀羅尼品》)

8「羅 la」者，名「聲聞乘」，(屬於會)動轉(與)不住(不能「安住」的一種小乘法)，(唯有)「大乘」(是)安固(安住穩固)，(而)無有「傾動」。(我棄)捨「聲聞乘」，(而)精勤

修習「無上大乘」，是故名「羅 la」。（北涼・曇無讖《大般涅槃經・如來性品》）

9 輕音「羅 la」者，不受「聲聞、辟支佛」乘，(應)**受學「大乘」，是故說「羅 la」。**（東晉・法顯《佛說大般泥洹經・文字品》）

10「羅 la」者，(能)**得度**(脫)**世**(間)**「愛**(支)**」各**(十二)**因緣已，**(而)**滅**(盡之)**。**（西晉・無羅叉譯《放光般若經・陀鄰尼品》）

11「邏 la」字門，諸法(能)**度**(脫)**世間故，亦**(能將)**「愛支」**(等十二)**因緣**(而)**滅**(盡)**故。**（姚秦・鳩摩羅什譯《摩訶般若波羅蜜經・廣乘品》）

12 入「攞 la」字門，(能)**解一切「法」、一切「相」，**(皆)**不可得故。**（唐・菩提流志譯《不空罥索神變眞言經・陀羅尼眞言辯解脫品》）

13「攞 la」字時，(能)**入「無垢」**(之)**般若波羅蜜門。悟一切法，**(能)**「出世間」故，**(所有)**「愛支」**(等十二)**「因緣」永不**(再)**現**(起)**故。**（唐・不空譯《大方廣佛華嚴經入法界品四十二字觀門》）

14 唱「邏 la」字時，入「般若」波羅蜜門，名(能遠)**離**(所)**依止**(的十二因緣而獲得)**「無垢」。**（東晉・佛馱跋陀羅譯六十《華嚴經・入法界品》）

15 唱「邏 la」字時，入「般若」波羅蜜門，名(能遠)**離**(所)**依止**(的十二因緣而獲得)**「無垢」。**（唐・實叉難陀譯八十《華嚴經・入法界品》）

16 唱「攞 la」字時，能甚深入「般若」波羅蜜門，名(能遠)**離「名色」**(等十二因緣所)**依**(止)**處**(而獲得)**「無垢污」。**（唐・般若譯四十《華嚴經・入不思議解脫境界普賢行願品》）

17「邏 la」字，悟一切法，(皆)**「離世間」故，**(令)**「愛支」**(等十二)**因緣永不現故，**(能)**「離世」故「無依」，「愛」**(支等十二因緣)**不現，故「無垢」。**（唐・澄

觀撰《大方廣佛華嚴經疏·入法界品》)

18「邏 la」字者，悟一切法，(皆)「離世間」故，「愛支」(等十二)因緣永不現故，「離世」故「無依」，「愛」(支等十二因緣)不現，故「無垢」。(唐·澄觀撰。明·憨山 德清提挈《華嚴綱要》)

19「邏 la」字門，一切諸法，一切(十二因緣之諸法)相，(皆)「不可得」故者，梵云「邏吃灑 lakṣa」，此翻為「相」。

有人言：「性」(與)「相」(兩者)無有差別。如(又)說「火」性即是「熱」相。或言：(「性」與「相」乃)少有差別，「性」言其「體」，「相」言「可識」。如「釋子」受持「禁戒」(即)是其「性」，「剃髮、割截染衣」(即)是其「相」。

若見「邏 la」字門，即知一切法皆悉有「相」。「相」復二種：

一者「總相」：謂「無常、苦、空、無我」相。

(二者)「別」(相，即)謂「諸法」雖(屬)「無常、無我」(之性質)，而(仍然具)有各各(不同的)相，如：地堅、水濕、火熱、風動等。

(例如)「捨」為「施」相、「不悔不惱」為「持戒」相、「心不變異」為「忍」相、「發勤」為「精進」相、「攝心」為「禪」相、「無所著」為「慧」相、「能成事」為「方便」相、「織作生死」為「世間」相、「無織」為「涅槃」相等。

今觀「有為、無為」法，體性皆「空」，此相(能)與誰(作)為「相」耶？(此理已)如(於)《中論·三相品》及《十二門》中廣說。

復次，(於)淨法界中，(有)「百六十心」等，種種諸相，(皆)本「不生」，則無「造作」，無「造作」故，乃至畢竟「無塵」，「無塵」故，(即)「離一切相」。以「離一切相」故，(即)名為(由)「諸佛」自證(自心所證的)「三菩提」(三藐三菩提)也。

(唐·一行記《大毘盧遮那成佛經疏·卷七》)

 **va**

歷代密咒譯師對「嚩」字母發音的描述

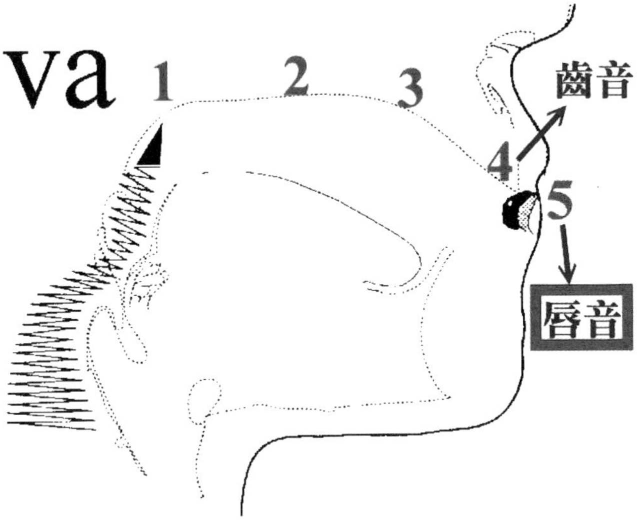

ཝ va 抹草的「抹」(台語)，接近英文 wa 的音

ཝ **va 嚩字** 房下反，音近房可反。舊又音「和」，一云字「下尖」➔字記(唐・智廣《悉曇字記》。如果是 ba 婆字➔ཝ)

❶**嚩** 上(聲)，短➔大日經。《瑜伽金剛頂經釋字母品》。全雅・《大悉曇》・大師釋義(空海大師撰《梵字悉曇字母並釋義》)

❷**嚩** 無可反➔《文殊問經字母品》・全真

❸**嚩** 平➔玄應

❹**婆** 上(聲)，重(音)➔寶月

❺**嚩** 上(聲)，並如次阿➔難陀

❻**嚩** 上(聲)，齒脣呼➔宗睿

❼**嚩** 無我反➔《續刊定記》(唐・慧苑述《續華嚴經略疏刊定記》)

❽**嚩** 上(聲)➔《方廣大莊嚴經》

❾**婆** 義淨

❿**和** 亦作「咼」字➔南本涅槃經(南本《大般涅槃經》)。吉藏(隋・吉藏《涅槃經遊意》)

⓫**啝** 活戈反，梵音無哥反➔涅槃文字(北涼・曇無讖《大般涅槃經・如來性品》與東晉・

法顯《佛說大般泥洹經．文字品》)．慧遠

⑫啝 蒲可反，直騫，上脣呼之➔慧均．梁武

⑬啝 胡果反，胡訛反➔信行(唐日僧．信行《大般涅槃經音義》)

註：下面三種發音是不同的

1 s wa(挖) ha➔這不是很正確的發音

2 s va(英文發音) ha➔這不是很正確的發音

3 s vā(古無輕唇音) hā➔這個才是最正確的「梵咒」發音！

按𑖪 va 字有「禍」音，此故舊云𑖭 sa 婆𑖪 va 婆，新云𑖭 sa 索𑖪 va 訶。「訶」是「直音」，「禍」是「拗音」也。諸梵文中此類極多，切宜思擇。

顯密經典中對「囀」字母釋義之研究

1「囀 va」字門，一切法(皆)「語言道斷」故。(唐．不空譯《瑜伽金剛頂經釋字母品》)

2 稱「囀 va」(無可反)字時，是「最上乘」(之)聲。(唐．不空譯《文殊問經字母品》)

3 若聞「和 va」字，即(時能)知一切諸法，(皆)離「語言相」。「和(于波反)波他」(vāk-patha 語言道)，秦言「語言」。(《大智度論．四念處品》)

4 說「婆 va」字，(能現)出(殊)勝(三)乘(之)聲……

(va 字能現出通達殊)勝(三)乘(之)聲者：

所謂三乘：「佛乘、緣覺乘、聲聞乘」。

(能證)般若波羅蜜(及)「十地」，此(即)謂「佛乘」。

(能)「調伏自身、寂靜自身」，(能)令自身入(無餘)「涅槃」(者)，此(即)謂「緣覺乘」。

(若具)軟根(之)眾生、(具)怖畏(生死之)眾生，(即)欲出「生死」，此(即)謂「聲聞乘」。

此謂(殊)**勝**(三)**乘**(之)**聲。**(梁・僧伽婆羅譯《文殊師利問經・字母品》)

5 唱「婆 va」字時，(能)**斷一切「身根本」**(之)**種子，**(而)**出如是聲。**(隋・闍那崛多譯《佛本行集經》)

6 唱「婆 va」(上聲)**字時，**(能現)**出「最勝」**(上)**乘**(之)**聲。**(唐・地婆訶羅譯《方廣大莊嚴經》)

7「嚩 va」字印者，(即)**「不二」之道**(之)**「言語斷」故。**(唐・般若共牟尼室利譯《守護國界主陀羅尼經・陀羅尼品》)

8「和 va」者，如來世尊，(能)**為諸眾生，雨ㄩˋ 大法雨，**(包含)**所謂世間**(的)**「呪術、經書」**(應以何法得度即現何法而爲說之)**，是故名「和 va」。**(北涼・曇無讖《大般涅槃經・如來性品》)

9「和 va」者，一切世間「呪術」制作，菩薩悉說，是故說「和 va」。(東晉・法顯《佛說大般泥洹經・文字品》)

10「和 va」者，諸法(之)**「言、行」已斷**(此指「言語道斷、心行處滅」的意思。所有的「言語說道」都遭阻斷遮斷，皆無法描敘「諸法實相」。一切眾生的「心識、思慮、妄心」所行之處，都是剎那的生滅幻境，皆無法描敘「諸法實相」)**。**(西晉・無羅叉譯《放光般若經・陀鄰尼品》)

11「和 va」字門，入諸法(皆)**「語言道斷」故。**(姚秦・鳩摩羅什譯《摩訶般若波羅蜜經・廣乘品》)

12 入「縛 va」(無可反)**路字門，**(能)**解一切法，**(其)**「言音道斷」故。**(唐・菩提流志譯《不空羂索神變眞言經・陀羅尼眞言辯解脫品》)

13「嚩 va」字時，(能)**入普遍生**(於)**「安住」**(之)**般若波羅蜜門。悟一切法，**(其)**言語**(皆)**「道斷」故。**(唐・不空譯《大方廣佛華嚴經入法界品四十二字觀門》)

14 唱「他 va」字時，入「般若」波羅蜜門，名(因言語道斷的離文字相，皆不可得，所以佛法就能)普(遍)生(於)「安住」。(東晉・佛馱跋陀羅譯六十《華嚴經・入法界品》)

15 唱「縛 va」(房可切)字時，入「般若」波羅蜜門，名(因言語道斷的離文字相，皆不可得，所以佛法就能)普(遍)生(於)「安住」。(唐・實叉難陀譯八十《華嚴經・入法界品》)

16 唱「嚩 va」(無可反)字時，能甚深入「般若」波羅蜜門，名(因言語道斷的離文字相，皆不可得，所以佛法就能)普遍勤求出生(於)「安住」。(唐・般若譯四十《華嚴經・入不思議解脱境界普賢行願品》)

17「嚩 va」字悟一切法，(其)「言語道斷」，故能遍「安住」。(唐・澄觀撰《大方廣佛華嚴經疏・入法界品》)

18「嚩 va」字者，悟一切法，(其)「言語道斷」，故能徧「安住」。(唐・澄觀撰。明・憨山 德清提挈《華嚴綱要》)

19「嚩 va」字門，一切諸法，「語言道斷」(此指「言語道斷、心行處滅」的意思。所有的「語言説道」都遭阻斷遮斷，皆無法描敘「諸法實相」)故者，梵音「嚩劫跛」(vāk-patha 語言道)，名為「語言」。

若見「嚩 va」字時，即知一切諸法(皆)不離「語言地」，以是諸法，無不有「因」、有「緣」故。若法本來「不生」，則是離諸(眞實可得之)「因緣」，是故「語言道斷」。

復次，若法是「作相」則可「宣説」，(若是)「無作」則「語言道斷」。若「虛空相」是「有相」者，則可宣説，以諸法(皆)如「虛空相」，亦復「無相」，是故「語言道斷」。

若法(是)有「行」、有「遷變」、有「影像」，則可宣説；若(法是)「無行、無遷變、無影像」(者)，則(即是爲)「語言道斷」。

乃至「諸法」，若是「有相」者，則可「宣説」，今一切法(皆)「離一切相」，故不可「表示」、(亦)不可「授人」，是故「語言道斷」……餘法門(皆相)

例(於)**此**(而)**可知也。**

(唐・一行記《大毘盧遮那成佛經疏・卷七》)

註:valokite 觀。vajra 金剛。varade 與願、勝願。vartta 輪轉。

𑖫 śa

歷代密咒譯師對「捨」字母發音的描述

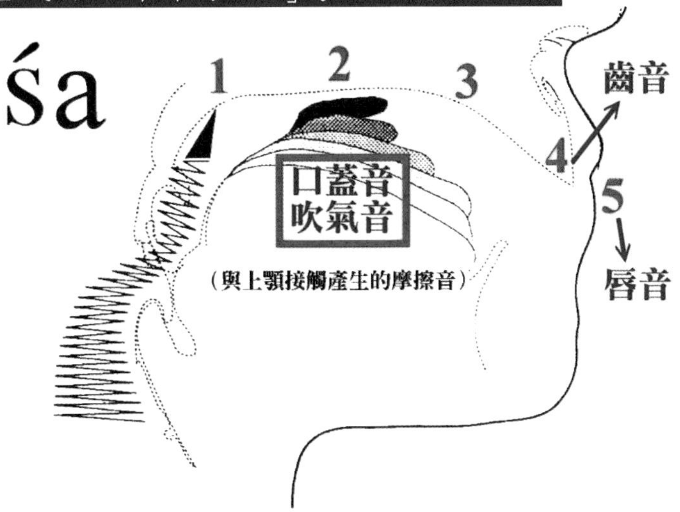

𑖫 śa 類似「ㄒㄧㄚ」的發音,舌頭必須放在接近 2 號口蓋音的位置

𑖫 **śa 奢字** 舍下反,音近舍可反➔字記(唐・智廣《悉曇字記》)

❶**奢** 上(聲),短➔大日經・全雅・《大悉曇》・宗睿・寶月・慧遠・玄應

❷**奢** 上(聲),如初阿➔難陀

❸**奢** 舒蝦反➔慧均・梁武

❹**奢** 梵音沙➔涅槃文字(北涼・曇無讖《大般涅槃經・如來性品》與東晉・法顯《佛說大般泥洹經・文字品》)・信行(唐日僧・信行《大般涅槃經音義》)

❺捨 上(聲)➔《瑜伽金剛頂經釋字母品》·《文殊問經字母品》·《方廣大莊嚴經》·義淨·大師釋義(空海大師撰《梵字悉曇字母並釋義》)

❻捨 尺也反➔全真

❼爍 傷我反➔《續刊定記》(唐・慧苑述《續華嚴經略疏刊定記》)

❽賒 吉藏(隋・吉藏《涅槃經遊意》)。南本涅槃(南本《大般涅槃經》)

顯密經典中對「捨」字母釋義之研究

1「捨 śa」字門，一切法(之)本性(皆)「寂」故。(唐・不空譯《瑜伽金剛頂經釋字母品》)

2稱「捨 śa」字時，是(現)出「信、進、念、定、慧」(五力之)聲。(唐・不空譯《文殊問經字母品》)。(五力;五種力用。❶信力❷精進力❸念力❹定力❺慧力)

3若聞「賒 śa」字，即(時能)知諸法(皆具)「寂滅」相。「賒 多」(都餓反 Śānta)，秦言「寂滅」。(《大智度論・四念處品》)

4說「捨 śa」字，(能現)出「信、精進、念、定意、慧」(五力之)聲……

(śa 字能現出)「信、精進、念、定意、慧」(五力之)聲者：

(能)隨逐「不異」(無有別異之)「思惟」觀(無分別即是正思惟觀)，此謂「信」。

(能)勇猛勤策，(於諸)行事、持事(皆精進)，此謂「精進」。

(能)專攝(於)一心，此謂「念」。

(於)諸事(能)「不動」，此謂「定意」。

(能達)般若「純一、平等」(之境)，此謂「慧」。

此(即)謂「信、精進、念、定意、慧」(五力之)聲。(梁・僧伽婆羅譯《文殊師利問經・字母品》)

5「捨 śa」字，(能入)「奢摩他」(śamatha 止;定)、「毘婆舍那」(vipaśyanā 觀;慧)，令「如實」(的)觀諸「法義」。(梁・僧伽婆羅譯《文殊師利問經・字母品》)。(佛告文殊師利：我當說八字……此謂八字[之一]，是可受持，入一切諸法)

6「賒 śa」者，(對)一切諸(法之執)持，(應)皆(能)隨順(而)入(其義)。(東晉・佛陀跋陀羅譯《佛說出生無量門持經》。此爲「八字」陀羅尼之一)

7「沙 śa」字，(能入)「賒摩他」(śamatha 止;定)、「毘婆舍那」(vipaśyanā 觀;慧)，(所謂)「賒摩他、毘婆舍那」者，(能)入如「真實」一切(的)法義。(梁・僧伽婆羅譯《舍利弗陀羅尼經》。此爲「八字」陀羅尼之一)

8 唱「嗜śa」字時，得「奢摩他」(śamatha 止;定)、「毘婆舍那」(vipaśyanā 觀;慧)，(而)出如是聲。(隋・闍那崛多譯《佛本行集經》)

9 唱「捨 śa」字時，(能現)出一切「奢摩他」(śamatha 止;定)、「毘鉢舍那」(vipaśyanā 觀;慧)聲。(唐・地婆訶羅譯《方廣大莊嚴經》)

10「捨 śa」字印者，(能)入深「止(śamatha 定)、觀(vipaśyanā 慧)」(而)皆(獲)滿足故。(唐・般若共牟尼室利譯《守護國界主陀羅尼經・陀羅尼品》)

11「奢 śa」者，遠離三(毒之)箭，是故名「奢 śa」。(北涼・曇無讖《大般涅槃經・如來性品》)

12「賒 śa」者，三種「毒刺」皆悉已拔(除)，是故說「賒 śa」。(東晉・法顯《佛說大般泥洹經・文字品》)

13「奢 śa」(字)亦一切法門，「奢 śa」者，具「奢摩他」(śamatha 止;定)，(能)得「八正道」。(北涼・曇無讖譯《大方等大集經》)

14「赦 śa」者，(能入)諸法(之)「寂」(相)，(皆)不可得。(西晉・無羅叉譯《放光般若經・陀鄰尼品》)

15「賒 śa」字門，(能)入諸法(之)「定」(相)，(皆)不可得故。(姚秦・鳩摩羅什譯《摩訶般若波羅蜜經・廣乘品》)

16 入「捨 śa」字門，(能)解一切法(之)「寂靜」性，(皆)不可得故。(唐・菩提流志譯《不空罥索神變眞言經・陀羅尼眞言辯解脫品》)

17「捨 śa」字時，(能)入「隨順」一切「佛教」(佛法教化之)般若波羅蜜門。悟一切法，(皆具)「寂靜性」，(而)不可得故。(唐・不空譯《大方廣佛華嚴經入法界品四十二字觀門》)

18 唱「奢 śa」字時，入「般若」波羅蜜門，名(能隨入)一切諸佛「教授」(的法)輪(之)光。(東晉・佛馱跋陀羅譯六十《華嚴經・入法界品》)

19 唱「奢 śa」(尸苛切)字時，入「般若」波羅蜜門，名(能)隨順一切(諸)佛教(化的法)輪(之)光明。(唐・實叉難陀譯八十《華嚴經・入法界品》)

20 唱「捨 śa」(上尸我反)字時，能甚深入「般若」波羅蜜門，名(能)隨順諸佛教(化的法)輪光明。(唐・般若譯四十《華嚴經・入不思議解脫境界普賢行願品》)

21「奢 śa」字，即(具)「寂靜」性(而不可得)。(唐・澄觀撰《大方廣佛華嚴經疏・入法界品》)

22「奢 śa」字者，即悟一切法「寂靜」，(其)性(皆)不可得，以「寂靜」(之)別，(乃)順(於)「佛教」(佛法教化之)故。(唐・澄觀撰。明・憨山 德清提挈《華嚴綱要》)

23「設 śa」字門，表示一切法，(具有)圓滿「奢摩他」(śamatha 止;定)義。(宋・惟淨譯《佛說海意菩薩所問淨印法門經》)

24「奢 śa」字門，一切諸法(之)本性(皆)「寂」故者，梵云「扇底」(śanti)，此翻為「寂」。如世間凡夫，獲(得)少分「恬泊」之心，(能)止息「諠動」，亦名為「寂」。乃至「二乘」人等，永斷諸行「輪迴」，得「涅槃」(之)證，亦名為「寂」。

然(亦可說)非本性常「寂」。所以然者？諸法從「本」(以)來，常自「寂滅」

相，(於)「三界六道」，何者非是「涅槃」？(於)「無漏智」生時，復與「凡夫」(有)何(差)異？而今獨於其中(而)作「滅度」想，豈非「顛倒」耶？又若諸法本性「寂」者，於(菩薩之)「四十二地」中，何者非是「如來地」？何者(又)非是「凡夫地」？……

若入「奢 śa」字門時，則知「是法平等、無有高下」，常(而)「無所動」而「無所不為」。故云(於)「解脫」之中多所容受，「大般涅槃」能(興)建「大義」，皆以此(śa 字)也。

ष ṣa

歷代密咒譯師對「灑」字母發音的描述

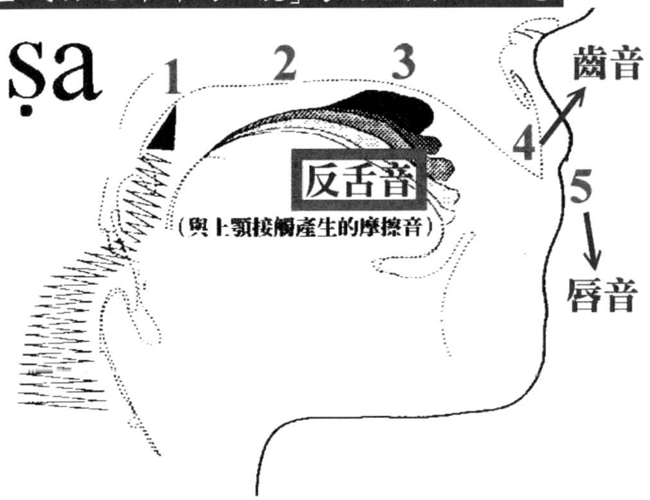

ष ṣa 以國語「沙ㄕㄚ」來發音

ष ṣa 沙字 沙下反，音近沙可反，一音府下反➔字記(唐・智廣《悉曇字記》)

❶**沙** 上(聲)，短➔大日經。《方廣大莊嚴經》。南本涅槃(南本《大般涅槃經》)・吉藏・全雅・慧遠・涅槃文字(北涼・曇無讖《大般涅槃經・如來性品》與東晉・法顯《佛說大般泥洹經・文字品》)

❷**沙** 舒加反，應依吳音➔慧均・梁武

❸**灑** 上(聲)➔《瑜伽金剛頂經釋字母品》。《文殊問經字母品》。《大悉曇》。義淨·宗睿·大師釋義(空海大師撰《梵字悉曇字母並釋義》)

❹**灑** 上(聲)，屈舌➔寶月

❺**灑** 上(聲)，如次阿➔難陀

❻**灑** 霜賈反➔全真

❼**屣** 使我反➔《續刊定記》(唐·慧苑述《續華嚴經略疏刊定記》)

顯密經典中對「灑」字母釋義之研究

1「灑 ṣa」字門，一切法(之)性(皆)「鈍」(鈍樸質實而不造作)故。(唐·不空譯《瑜伽金剛頂經釋字母品》)

(《大般若波羅蜜多經·卷二八六讚清淨品》云：以一切法本性鈍故，如是清淨本性「無知」)

2 稱「灑 ṣa」字時，是(能)制伏「六處」(六根之處。ṣaḍ-indriya 六根;諸根)，(證)得「六神通」智(之)聲。(唐·不空譯《文殊問經字母品》)

3 若聞「沙 ṣa」字，即(時能)知人身(具)「六種相」(即六根之相)。「沙」(ṣaṣ)，秦言「六」。(《大智度論·四念處品》)

4 說「屣 ṣa」字，(能現)出攝伏「六入」(ṣaḍ-indriya 六根;諸根)、不得「不知」(無明)、(獲證)「六通」(之)聲……

(ṣa 字能現出)攝伏「六入」，不得「不知」(無明)，(能獲證)「六通」(之)聲者：

「六入」者：(從)「眼入」，乃至「意入」(以上指六根)。

「攝伏」(六塵)者：(從)攝伏「色」，乃至攝伏「法」(以上指攝伏「色聲香味觸法」)。

「六通」者：(即)「天眼(通)、天耳(通)、他心智、宿命智、身通(神足通)、漏盡通」。

「不知」者：(即是)「無明」。不得(不會獲得)「不知」(無明)者，(即表示已)除彼「無明」。

此(即)謂(能)攝伏「六入」，不得「不知」(無明)，(能獲證)「六通」(之)聲。(梁·僧伽婆羅譯《文殊師利問經·字母品》)

5 唱「沙 ṣa」字時，當知「六界」(即指六根之界)，(而)出如是聲。(隋・闍那崛多譯《佛本行集經》)

6 唱「沙 ṣa」(上聲)字時，(能現)出制伏「六處」(六根之處)，(證)得「六神通」(之)聲。(唐・地婆訶羅譯《方廣大莊嚴經》)

7「灑 ṣa」字印者，(能獲)「六(神)通」(ṣaḍ-abhijña 六通;六智;具足神通)圓滿(而)無罣礙故。(唐・般若共牟尼室利譯《守護國界主陀羅尼經・陀羅尼品》)

8「沙 ṣa」者，名「具足」義，若能聽是《大涅槃經》，則為已得「聞持」一切「大乘經典」，是故名「沙 ṣa」。(北涼・曇無讖《大般涅槃經・如來性品》)

9「沙 ṣa」者，(圓)滿義，悉能聞受「方等」契經，是故說「沙 ṣa」。(東晉・法顯《佛說大般泥洹經・文字品》)

10「沙 ṣa」(字)亦一切法門，「沙 ṣa」者，(能)遠離(對)一切諸法(的執著)。(北涼・曇無讖譯《大方等大集經》)

11「沙 ṣa」者，(能獲)諸法(而)無有「罣礙」。(西晉・無羅叉譯《放光般若經・陀鄰尼品》)

12「沙 ṣa」字門，諸法(於)「六自在王」(即指六根)，(其)性(皆)「清淨」故。(姚秦・鳩摩羅什譯《摩訶般若波羅蜜經・廣乘品》)

13 入「灑 ṣa」(踈買反)字門，(能)解一切法，(而)無「罣礙」故。(唐・菩提流志譯《不空罥索神變真言經・陀羅尼真言辯解脫品》)

14「灑 ṣa」字時，(能)入「海藏」(之)般若波羅蜜門。(能)悟一切法，(皆心)「無罣礙」故。(唐・不空譯《大方廣佛華嚴經入法界品四十二字觀門》)

15 唱「沙 ṣa」字時，入「般若」波羅蜜門，名為(能入佛法大)海(法)藏(而心無罣礙)。(東晉・佛馱跋陀羅譯六十《華嚴經・入法界品》)

16 唱「沙 ṣa」(史我切)字時，入「般若」波羅蜜門，名為(能入佛法大)海(法)藏(而心無罣礙)。(唐・實叉難陀譯八十《華嚴經・入法界品》)

17 唱「灑 ṣa」(史我反)字時，能甚深入「般若」波羅蜜門，名為(能入佛法大)海(法)藏(而心無罣礙)。(唐・般若譯四十《華嚴經・入不思議解脫境界普賢行願品》)

18「沙 ṣa」字，悟一切法，(皆)「無罣礙」故，如(大)海(能)含(眾)像(而無礙)。

(唐・澄觀撰《大方廣佛華嚴經疏・入法界品》)

19「沙 ṣa」字者，悟一切法，(皆)「無罣礙」故，如(大)海(能)含(眾)像(而無礙)。

(唐・澄觀撰。明・憨山 德清提挈《華嚴綱要》)

20「沙 ṣa」字門，一切諸法(之)性(皆)「鈍」(鈍樸質實而不造作)故者，若梵本存質，當云(其)性「同」於「頑」。「頑」謂猶如「木石」無所「識知」、無「觸受」之義……又《大品》云：「般若」無知，自性「鈍」故。

即與此(ṣa)字門義合。故(修)飾文(句)者，(爲)存「古譯」之(字)辭耳。

夫「自性鈍」者，即是極「無分別心」，不愚、不智、不慧、無識、無智、無妄、無覺，乃至一切諸法(皆)不能「動搖」，但是(爲)一純固(之)「金剛地」耳。所以然者？……

而今一概(皆)本「不生」，乃至一概(其)本性(皆)「寂」，(既如此的話)則誰(爲)「利」？誰(爲)「鈍」耶？如彼「金剛利刃」，以對(應)「不堅物」故、以偏用(於)「一邊」故，則名為「利」。

若令(其)所向之處，悉(全)是「金剛」(的話)，(則)舉體皆「圓」(而)不可「偏」用，則「利」(亦)相同，(皆)歸於「鈍」矣。

(唐・一行記《大毘盧遮那成佛經疏・卷七》)

स sa

歷代密咒譯師對「娑」字母發音的描述

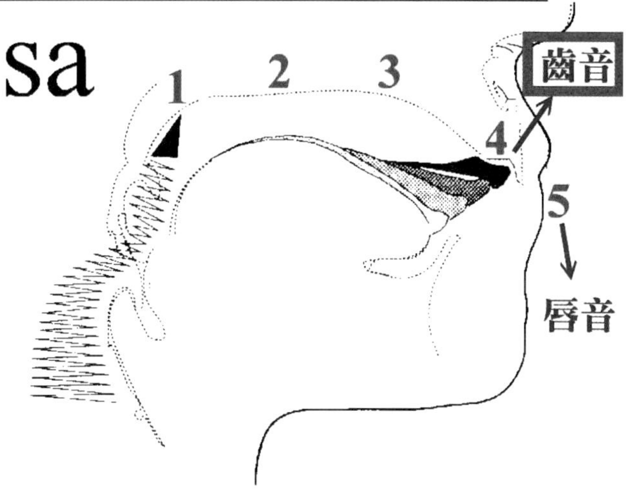

स sa 以國語「撒ㄙㄚ」來發音

स **sa** **娑字** 娑下反，音近娑可反➔字記(唐・智廣《悉曇字記》)

❶**娑** 上(聲)，短➔大口經。《瑜伽金剛頂經釋字母品》。《文殊問經字母品》・《方廣大莊嚴經》・南本涅槃(南本《大般涅槃經》)・玄應・吉藏・慧遠・全雅・寶月・義淨・《續刊定記》(唐・慧苑述《續華嚴經略疏刊定記》)・宗睿・大師釋義(空海大師撰《梵字悉曇字母並釋義》)

❷**娑** 索嗟反，梵音以「娑」字，上聲呼➔涅槃文字(北涼・曇無讖《大般涅槃經・如來性品》與東晉・法顯《佛說大般泥洹經・文字品》)

❸**娑** 上(聲)，如初阿➔難陀

❹**娑** 舒可反➔慧均・梁武

❺**娑** 蘇舸反，北經(北本《大般涅槃經》)作「沙」字➔信行(唐日僧・信行《大般涅槃經音義》)

❻**薩** 《大悉曇》

❼縒 桑可反➔全真

顯密經典中對「娑」字母釋義之研究

1「娑 sa」(上)字門，(於)一切「法」、一切「諦」，(皆)不可得故。(唐・不空譯《瑜伽金剛頂經釋字母品》)

2稱「娑 sa」字時，是現證「一切智」(之)聲。(唐・不空譯《文殊問經字母品》)

3若聞「婆 sa」字，即(時能)知「一切法、一切種」，(皆)不可得。「薩婆」(Sarva)，秦言「一切」。(《大智度論・四念處品》)

4說「娑 sa」字，(能現)出覺「一切智」(之)聲……

(sa 字能現出)覺「一切智」(之)聲者：

「一切智」者，(指)一切「世法」皆悉(能)知。

(所謂)「世」者，(乃)念念「生滅」。

復次「世」者，(亦指)諸「陰、界、入」。

復次「世」者(有)二種：一「眾生世」、二者「行世」。

「眾生世」者，(指)一切「諸眾生」。

「行世」者，(指)眾生(所)住處，(於)一切世界(中皆)可知、(可)悉知。

「智」者(有)二種：「聲聞智」(與)「一切智」，此(即)謂「智覺」者，(能)覺「自身」(與)覺「他身」。

此(即)謂(能)覺「一切智」(之)聲。(梁・僧伽婆羅譯《文殊師利問經・字母品》)

5「沙 sa」字，一切諸法(不可得)，(而)念念「生滅」，亦無「滅、不滅」。(諸法)本來寂靜，一切「諸法」悉(皆能)入「涅槃」。(梁・僧伽婆羅譯《文殊師利問經・字母品》)。(佛告文殊師利：我當說八字……此謂八字[之一]，是可受持，入一切諸法)

6唱「娑 sa」字時，當得諸(一切)「智」，(而)出如是聲。(隋・闍那崛多譯《佛本行集經》)

7 唱「娑 sa」字時，(能現)出現證「一切智」(之)聲。(唐・地婆訶羅譯《方廣大莊嚴經》)

8「娑 sa」(上)字印者，(能)悟「四真諦」(而)皆「平等」故。(唐・般若共牟尼室利譯《守護國界主陀羅尼經・陀羅尼品》)

9「娑 sa」者，(能)為諸眾生演說「正法」，令心歡喜，是故名「娑 sa」。(北涼・曇無讖《大般涅槃經・如來性品》)

10「娑 sa」者，(能)豎立「正法」，是故說「娑 sa」。(東晉・法顯《佛說大般泥洹經・文字品》)

11「娑 sa」(字)亦一切法門，「娑 sa」者，一切諸法，(皆)無有「分別」。(北涼・曇無讖譯《大方等大集經》)

12「娑 sa」者，諸法不可得(其)「時」(三時、三世皆不可得)，(亦)不可(得其)「轉」(生而起)。(西晉・無羅叉譯《放光般若經・陀鄰尼品》)

13「娑 sa」字門，入諸法(其)「時」(皆)不可得故(三時、三世皆不可得)，諸法(之)「時、來、轉」(亦皆不可得)故。(姚秦・鳩摩羅什譯《摩訶般若波羅蜜經・廣乘品》)

14「娑 sa」(上)字時，(能)入現前降霔ㄓㄨˋ(古同「澍」→大雨灌注)大(法)雨(之)般若波羅蜜門。悟一切法，(其)「時」(乃)平等性(而)不可得故。(三時、三世皆不可得)。(唐・不空譯《大方廣佛華嚴經入法界品四十二字觀門》)

15 唱「娑 sa」字時，入「般若」波羅蜜門，名(能豐)霈(注)然(降下)「法雨」。(東晉・佛馱跋陀羅譯六十《華嚴經・入法界品》)

16 唱「娑 sa」(蘇我切)字時，入「般若」波羅蜜門，名(能)降霔ㄓㄨˋ(古同「澍」→大雨灌注)大(法)雨。(唐・實叉難陀譯八十《華嚴經・入法界品》)

17 唱「娑 sa」(蘇我反)字時，能甚深入「般若」波羅蜜門，名(能)降(下灌)注大(法)雨(而利益眾生)。(唐·般若譯四十《華嚴經·入不思議解脫境界普賢行願品》)

18「娑 sa」上字，即「時」(乃)平等性(而不可得)。(唐·澄觀撰《大方廣佛華嚴經疏·入法界品》)

19「娑 sa」字者，悟一切法，即得「平等」，(其)性(皆)不可得。(唐·澄觀撰。明·憨山 德清提挈《華嚴綱要》)

20 又「娑 sa」字門，表示一切法(具)「平等、無差別」(之)義。(宋·惟淨譯《佛說海意菩薩所問淨印法門經》)

21「娑 sa」字門，一切諸法、一切「諦」，(皆)「不可得」故者。梵云「薩跢也」(satya)，此翻為「諦」。「諦」(即)謂如諸法(之)「真相」而知(其爲)「不倒、不謬」(之理)，如說「日可令冷、月可令熱。佛說『苦諦』不可令異。」……

復次《涅槃》云：「(諸世等已能)解苦、(已獲)無苦，是故(菩薩已獲)「無苦」，而有「真諦」(眞實之諦)。」(集、滅、道)餘三，亦爾。

乃至分別「四諦」，(皆)有「無量相」及一「實諦」，如(《大般涅槃經》的)〈聖行品〉中(所)說之，(此)是為(sa)字門之相。

然一切法本「不生」，乃至畢竟「無相」故、語言斷故、本性「寂」故、自性「鈍」故，當知(所謂「四聖諦」之)「無見(見苦)、無斷(斷集)、無證(證滅)、無修(修道)」；如是(之)「見、斷、證、修」，(亦)悉是不思議(的)「法界」。(四聖諦)亦「空」、亦「假」、亦「中」，不實、不妄，無「定相」可示，故云「諦」(亦)不可得(也)。(此理已於)《中論·四諦品》中，亦廣辨其義也。

(唐·一行記《大毘盧遮那成佛經疏·卷七》)

 **ha**

歷代密咒譯師對「賀」字母發音的描述

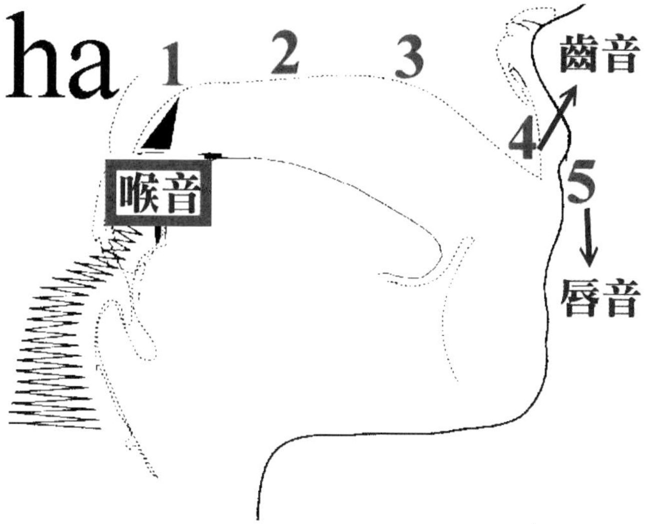

𑖮 ha 以國語「哈ㄏㄚ」來發音

𑖮 **ha** **訶字** 許下反，音近許可反，一本音「賀」➔字記(唐・智廣《悉曇字記》)

❶**訶** 上(聲)，短➔大日經・南本涅槃(南本《大般涅槃經》)・義淨

❷**訶** 上聲，喉嗚➔寶月

❸**訶** 壑坷反，梵音同➔涅槃文字(北涼・曇無讖《大般涅槃經・如來性品》與東晉・法顯《佛說大般泥洹經・文字品》)

❹**呵** 呼舸反➔慧均・梁武

❺**呵** 呼荷反，呼佐反➔信行(唐日僧・信行《大般涅槃經音義》)

❻**呵** 《方廣大莊嚴經》・吉藏・慧遠・玄應

❼**賀** 何馱反➔全真

❽**賀** 上(聲)，如次阿➔難陀

❾**賀** 上(聲)➔《瑜伽金剛頂經釋字母品》。《文殊問經字母品》。《續刊定記》(唐・慧苑述《續華嚴經略疏刊定記》)。《大悉曇》。宗睿・全雅・大師釋義(空海大師撰《梵字悉曇字母並釋義》)

十、關於梵咒中「hūṃ 𑖮𑖳𑖽 吽」音的讀法研究

(有加寶蓋，或不加，都可以)

1 唐・不空譯《寶悉地成佛陀羅尼經》

吽(hūṃ)(牛鳴音)

2 宋・北天竺迦濕彌羅國天息災(法賢或法天，原住於中印度惹爛陀國密林寺)譯《大方廣菩薩藏文殊師利根本儀軌經・卷十一》

吽(hūṃ)(牛鳴音呼)

➔指「吽」字應牛鳴聲呼之。

3 唐・不空譯《金輪王佛頂要略念誦法》

吽(hūṃ)(引，胸喉中聲，如牛吼)

4 唐・不空譯《金剛頂經瑜伽文殊師利菩薩供養儀軌》

吽(hūṃ)(引，如牛吼)

5 唐・西域慧琳國師《一切經音義・卷十》

吽(hūṃ)(梵文真言句也，如牛吼聲，或如虎怒，智(同「胸」)**喉中聲也)。**

6 唐・西域慧琳國師《一切經音義・卷三十五》

訏**吽(hūṃ)(兩字音一種，於智**(同「胸」)**喉中，牛吼聲即是，亦難為音腳也)。**

7 唐・不空譯《金輪王佛頂要略念誦法》

吽(hūṃ)(引，胸喉中聲，如牛吼)

8 唐・西域慧琳國師《一切經音義・卷四十》

吽泮(hūṃ)(上梵字無反，如牛吼聲，或作吽，同下，潘末反)。

9 唐・西域慧琳國師《一切經音義・卷四十二》

吽字(胷(同「胸」)**)喉中聲，如虎怒，或如牛吼聲)。**

10 唐・西域慧琳國師《一切經音義・卷三十九》

吽(hūṃ) **(上牛鳴，合口，蹙氣呼之也)。**

11《奇特最勝金輪佛頂念誦儀軌法要》

金輪頂王真言曰：

曩謨三漫多・母馱南・唵・吽・ **嚩臨(二合，彈舌，重呼)・**吽。

hūṃ bhrūṃ

12《牟梨曼陀羅咒經》

(《大正藏》第十九冊頁 668 上)

破囉・破囉・三破囉、呼吽(hūṃ)**・呼**吽(hūṃ)。

13 唐・中天竺善無畏譯《蘇悉地羯羅經・卷一》

(《大正藏》第十八冊頁 634 上)

虎吽(hūṃ)。

14 唐・中天竺善無畏譯《蘇悉地羯羅經・卷二》

或有真言，後有吽**字及有「泮吒」字者，當知皆應「厲聲」念誦。**

hūṃ phaṭ

15 唐・中天竺善無畏譯《蘇悉地羯羅經・卷二》

「忿怒吉利枳羅」真言：唵・枳裡枳裡・跋日羅・虎吽**・泮。**

hūṃ phaṭ

16 唐・中天竺金剛智譯《金剛頂瑜伽中略出念誦經・卷四》

戶含(二合)

(**hūṃ**)

17 唐・中天竺金剛智譯《金剛頂瑜伽中略出念誦經・卷三》

(**hūṃ**)吽(**鼻聲，引**)

18 唐・南天竺菩提流志譯《不空羂索神變真言經・卷十三》

吽(**特牛，合口聲呼之**)

(**hūṃ**)➔特牛指「公牛」，或指「一般牛」。

19《要略念誦經》、《大日經疏》、《大妙金剛經》、《金胎字記》皆作➔吽(**hūṃ**)。

20 日本淨嚴(1639～1702)集《悉曇三密鈔・卷下》之上

(《大正藏》第八十四冊頁 777 下)

其𑖮𑖳𑖽吽字或云「呼吽」，且唐「吽」字。

《玉篇》云：「吽，呼垢反、去牛反」。

或《真言》注云：「牛鳴聲」也。

故據師承，世皆云「吽」(不開口，呼之)。

➔「**虎吽**」(二合)音為什麼一定是發成「**hūṃ**」的音，絕對不是「**hoṃ**」的音！

請看下面《漢字古今音表》第 107 頁上的說明：

漢字	中古音									上古音				近代音				現代音				漢語方言						
	攝	開合	等	聲	韻	紐	反切	詩韻	擬音	韻	紐	聲	擬音	韻	紐	聲	擬音	韻	紐	聲	擬音	吳語	湘語	贛語	客話	粵語	閩東話	閩南話
○罟	遇	合	1	上	姥	見	公户	麌	ku②	魚	見	上	ka②	魚模	見	上	ku③	姑蘇	哥	上	ku③					ku③		kɔ③
詁	〃						〃	〃	〃	〃		〃	〃	〃		〃	〃	〃		〃	〃	kau③				〃		〃
仵	〃						〃	〃	〃 ✓	〃		〃	〃	〃		〃	〃 ✓	〃		〃	〃 ✓		✓	〃 ✓	✓	✓	✓	〃 ○
○虎	遇	合	1	上	姥	曉	呼古	麌	hu②	魚	曉	上	ha②	魚模	曉	上	hu③	姑蘇	喝	上	hu①	həu③	fu③	fu③ fu④	fu③	fu③	hu③	hɔ③

上古音：一般以《詩經》韻腳和諧聲字所反映的語音系統作為代表。
中古音：一般以隋唐時期盛行的韻書《切韻》的語音系統作為代表。
近古音：一般以元代周德清所編《中原音韻》的語音系統作為代表。

「**虎**」這個字在「中古音、近代音、現代音」都是唸成「**hu**」，只有我們閩南話中是唯一將它發成「**ho**」。

所以凡是密教經典中有「**虎件**」(二合) 或是「**吽**」(後期的寫法)的都是發成「**hūṃ**」的音。

再舉一個大家熟的十小咒第一個咒語

21《觀世音菩薩如意摩尼陀羅尼經》

(前略)……**虎件**(二合)・**泮吒**(二合，半聲)・**莎**(引)**訶**。
hūṃ・ phaṭ・ svāhā・

次説心咒咒曰：
烏唵(二合)・**鉢特摩**(二合)・**震哆末尼**(平聲)・**啜囉**(二合)・**虎件**(二合)。
oṃ・ padma・ cintā-maṇi・ jvala・ hūṃ・

➔**虎件**(二合)都是發成「**hūṃ**」音！

顯密經典中對「賀」字母釋義之研究

1「賀 ha」字門，一切法(之)「因」，(皆)不可得故。(第一因、過去因、現在因、未來因、諸因皆不可得)。(唐・不空譯《瑜伽金剛頂經釋字母品》)

2稱「賀 ha」字時，是(破)害「煩惱」，(與能)「離欲」(之)聲。(唐・不空譯《文殊問經字母品》)

3說「訶 ha」字，(能現)出正殺「煩惱」(之)聲……

(ha 字能現出)正殺「煩惱」(之)聲者：

「殺」者，「除斷」義。

「煩惱」者，(見思二惑共有)「九十八使」。

(於)「欲界」(之見)「苦」所斷「十使」，(見)「習」(集諦所)滅「七使」，(見)「道」諦(所滅)「八使」，思惟「四使」。

(於)「色界」(之見)「苦」所斷「九使」，(見)「習」(集諦所)滅「六使」，(見)「道」(諦所滅)「七使」，思惟「三使」。(於)「無色」(界)亦如是。

「正」者，(能)分明「除斷」(而)無「餘垢」。此(即)謂(能)正殺「煩惱」(之)聲。

(梁・僧伽婆羅譯《文殊師利問經・字母品》)

4唱「嗬 ha」字時，當打(滅)一切「諸煩惱」(而令)却(退)，(而)出如是聲。
爾時，彼諸「五百童子」，作如是「唱」諸「字門」(之)時，以是(悉達多)太子(之)「威德力」故，兼復「諸天」護持所加(持)，(即能)出於如是「微密、祕奧」(之)諸「法門聲」。(隋・闍那崛多譯《佛本行集經》)

5唱「呵 ha」字時，(能現)出「永害」(永遠破害)一切「業煩惱」(之)聲。(唐・地婆訶羅譯《方廣大莊嚴經》)

6「呵 ha」者，名「心歡喜」，奇哉！世尊(能)離一切(世間諸)行。怪哉！如來(能)入「般涅槃」，是故名「呵 ha」。(北涼・曇無讖《大般涅槃經・如來性品》)

7「呵 ha」者，「驚聲」也，怪哉！(世尊於世間)諸行悉皆(獲得)「究竟」。怪哉！

如來而(能獲)「般泥洹」，離諸(三界之)「喜樂」，是故說「呵 ha」。(東晉・法顯《佛說大般泥洹經・文字品》)

8 入「歌ha」字門，(能)解一切法，(其)「因性」(皆)不可得故。(第一因、過去因、現在因、未來因、諸因皆不可得)。(唐・菩提流志譯《不空罥索神變眞言經・陀羅尼眞言辯解脫品》)

9 入「呵 ha」字門，悟一切法，能為「因性」，(皆)不可得故。(第一因、過去因、現在因、未來因、諸因皆不可得)。(唐・玄奘《大般若波羅蜜多經・善現品》)

10「訶 ha」字門，一切諸法(之)因，(皆)不可得故者，梵云「係怛嚩」(hetv-artha)，即是「因」義……

若見「訶 ha」字門，即知一切諸法無不從「因緣」(而)生，(此即)是為(ha的)字相。以諸法展轉(皆需)「待因」(而)成故，當知最後(即)「無依」(無眞實之所他)，故說「無住」為諸法(之)本……

前說「阿 a」字門，從「本」(而)歸「末」，畢竟到「如是」(之)處。今亦「訶 ha」字門，亦從「末」(而)歸「本」，畢竟(亦)到「如是」(之)處……

復次，此中(之)「旋」(轉)陀羅尼(的)「字輪相」者，謂：

①以「一字」(可)釋「一切字」義。
②以「一切字」(可)釋「一字」義。
③以「一字」義(可)成立「一切字」義。
④以「一切字」義(可)成立「一字」義。
⑤以「一字」義(能)破「一切字」義。
⑥以「一切字」義(能)破「一字」義。
⑦如「一字」(即爲)「一切字」者。
⑧(如於)「逆、順」(中)旋轉(諸法之義)，例此(皆)可知。

❶云何以「一字」(能)釋「一切字」？

如釋「迦 ka」字時，但以種種「因緣」觀本「不生」，即見「無所作」(之)義。乃至釋「訶 ha」字時，亦以種種「因緣」觀本「不生」，即見「無因」(之)義。

❷❸云何以「一切字」(能)釋「一字」？

如釋「阿 a」字門時，以種種「因緣」觀，(皆)無「造作」，即見本「不生」義。乃至以種種因緣，觀諸法「無因」，即見本「不生」義。餘字例爾，當廣說之。

❹云何「一切字」(能)成立「一字」？

謂一切法本「不生」，以「無作」故、如「虛空無相」故、「無行」故、「無合」故，乃至「無因」故。

❺云何「一字」(能)成「一切字」？

謂一切法「無作」，以其本「不生」故，乃至一切法「無因」，以其本「不生」故。

❻云何以「一切字」(能)破「一字」？

如人執「諸法」有「本有」(之)生，(汝)應破彼言：若諸法(能)離於(一切的)「造作」而云(仍能)「有生」者？是義不然！

乃至若諸法(之)「因」(皆)不可得，而云(仍)有(眞實之)「生」者？是義不然！

❼云何「一字」(能)破「一切字」？

如人執有「造作」，(汝)應破彼言：若諸法本「不生」義已成立，而(仍)云「有作」(有造作而生起)，是義不然！

乃至執「有因」者，亦(應)破彼言：若諸法本「不生」義已成立，而(仍)云「有因」(有個眞實生起之因)，是義不然！

❽云何(於)「逆、順」(中)旋轉(諸法之義呢)？

所謂若法本來「不生」，則無「造作」；若無「造作」，則如「虛空無相」；若如「虛空無相」；即「無有行」。若「無所行」則無有「合」；若無有「合」，則無「遷變」，乃至若「無因」者，當知法本「不生」，(此即)是名為「順」(著字義而旋轉)。

若法無「因」，則(其)**「諦」**(義亦)**不可得，若「諦」不可得；則自性「鈍」；若是自性「鈍」者，當知本性「寂」；若本「寂」者，當知「無相」，乃至若本「不生」者，當知「無因」**(無眞實生起之因)**。**
如是(上述共有)**「八種義門」，**(皆以)**自在「旋轉」**(而)**說之。**

（唐・一行記《大毘盧遮那成佛經疏・卷七》）

llaṃ

歷代密咒譯師對「濫」字母發音的描述

llaṃ 直接以英文的「la ㄌㄚ」來發音，尾音必須有合嘴音「ṃ」

llaṃ 濫字 力陷反，音近郎紺反➔字記(唐・智廣《悉曇字記》)

❶**藍** 義淨

❷**輪** 上(聲)，宗(唐日僧・宗叡)曰：魯吽二合➔宗睿

❸**稜** 全雅

「濫 **llaṃ**」是「羅 **la**」字的「重體」字，再加上鼻音 ṃ 的一點□。

kṣa

歷代密咒譯師對「叉」字母發音的描述

kṣa 以國語「掐ㄑㄧㄚ」(需捲舌)來發音

kṣa 叉字 楚下反，音近楚可反➔字記(唐・智廣《悉曇字記》)

❶**叉** 義淨

❷**叉** 楚我反➔《續刊定記》(唐・慧苑述《續華嚴經略疏刊定記》)

❸**吃灑** 二合，上(聲)，短➔大日經。《瑜伽金剛頂經釋字母品》。《文殊問經字母品》。全真

❹**乞灑** 大師釋義(空海大師撰《梵字悉曇字母並釋義》)

❺乞叉 《大悉曇》

❻乞叉 上(聲)，如次阿➔難陀

❼乞叉 上(聲)，急呼➔宗睿

❽葛叉 全雅。寶月

❾差 《方廣大莊嚴經》

❿荼 音「荼」，梵音「朗」，取「訶」字相連，急呼，云訶朗➔涅槃文字(北涼·曇無讖《大般涅槃經·如來性品》與東晉·法顯《佛說大般泥洹經·文字品》)。慧遠

⓫荼 南經(南本《大般涅槃經》)作「囉」，力破反，又來家反➔信行(唐日僧·信行《大般涅槃經音義》)

⓬荼 盧爾反➔慧均

⓭羅 南經(南本《大般涅槃經》)注來家反，此經作「荼」，(慧)遠云「矩」➔玄應

⓮羅 來家反➔南本涅槃(南本《大般涅槃經》)。吉藏(隋·吉藏《涅槃經遊意》)。梁武

⓯矩 慧遠

十一、關於梵咒中「kṣa 乞灑」音的讀法研究

kṣa 音絕對不能唸成「科 莎」二個音的理由。

例舉所有的「藏經」資料，都是記載著「乞灑」是「二合音」，或者只寫成一個「叉」字。

1《方廣大莊嚴經・卷四》
唱「差 kṣa」字時，出「諸文字不能詮表一切法聲」。

2《摩訶般若波羅蜜經・卷五》
「叉 kṣa」字門，入諸法「盡」，不可得故。

3《大智度論・卷四十八》
「叉 kṣa」字門，入諸法「盡」，不可得故。

4《翻譯名義集・卷五》
「叉耶」(kṣaya)，秦言「盡」。《大品》:「叉」字門，入諸法「盡」，不可得。《華嚴》唱「叉 kṣa」字時，名「息諸業海藏」。《疏》云：即「盡性」。

5《大智度論・卷四十八》
若聞「叉 kṣa」字，即知一切法「盡」，不可得。「叉耶」(kṣaya)，秦言「盡」。

6《大方廣佛華嚴經・卷五十七》
唱「叉 kṣa」字時，入般若波羅蜜門，名「息諸業海藏蘊」。

7《大方廣佛華嚴經・卷七十六》
唱「叉 kṣa」(楚我切)字時，入般若波羅蜜門，名：「息諸業海藏」

8《一切經音義・卷九》

「閱叉」(yakṣa)

➔「以拙」反，或云「夜叉」，皆訛也。正言「藥叉」(yakṣa)，此譯云「能噉人鬼」，又云「傷者」，謂「能傷害人」也。

9《一切經音義・卷十二》

藥叉(yakṣa)

➔舊曰「閱叉」，或云「夜叉」，或云「野叉」，皆訛轉也。即「多聞天王」所統之眾也。

10《翻譯名義集・卷二》

夜叉(yakṣa)

➔(1)此云「勇健」，亦云「暴惡」，舊云「閱叉」(yakṣa)。《西域記》云「藥叉」(yakṣa)，舊訛曰「夜叉」(yakṣa)，能飛騰空中。

(2)什曰：秦言「貴人」，亦言「輕健」。有三種：

一在「地」。二在「虛空」。三「天夜叉」。

「地」夜叉，但以「財施」故，不能飛空。

「天」夜叉，以「車馬施」故，能飛行。

(3)肇曰：「天夜叉」居「下二天」，守「天城池、門閣」。

(4)「和夷羅洹-閱叉」(Vajrapāṇi-yakṣa)，即「執金剛神」。

(5)「羅剎」，此云「速疾鬼」，又云「可畏」，亦云「暴惡」。

(6)或「羅叉娑」(Rākṣasa)，此云「護士」。若女則名「囉叉斯」(Rākṣasī)。

CBETA 中可檢索「夜叉羅剎」

11《梵語雜名》

夜叉。藥乞叉➔𑖧 ya 𑖎𑖿𑖬 kṣa

羅剎。羅(引)察娑➔𑖨𑖯 rā 𑖎𑖿𑖬 kṣa

12《唐梵兩語雙對集》

夜叉(藥叉 yakṣa)。

羅刹(羅察娑 Rākṣasa)

13 日僧淨嚴(1639～1702)集《悉曇三密鈔・卷上之下》

(《大正藏》第八十四冊頁 738 下)

問：𑖎𑖿𑖬 kṣa 字𑖎𑖬 kaṣa 二合。何一音呼「叉 kṣa」耶？「羅荼矩」等音又如何？

答：初「叉 kṣa」音，倒反𑖎𑖬 kaṣa，則𑖬𑖎 ṣaka 反，「叉 kṣa」音也。

卷七　楞嚴咒第一會

現行課誦本咒文 阿瑟吒　冰舍帝南 89　　那叉刹怛囉若闍 90

房山石經版咒文 阿上瑟吒二合引尾孕二合設底難上[82]諾乞刹二合怛囉二合引喃引[83]

aṣṭā-viṃśatīnāṃ　nakṣatrānāṃ

……

翳帝夷帝 133　母陀囉羯拏 134　娑鞞　囉懺 135

伊上底曳二合帝[127]母捺囉二合引誐拏引[128]薩吠引囉乞鑱二合

ityete　mudrā　gaṇā　sarve rakṣaṃ

卷七　楞嚴咒第二會

波囉瑟地耶　三般叉拏　羯囉 150　虎鉾 151　都嚧雍 152

跛囉尾你野二合　三去薄乞灑二合拏鼻迦囉[148]　吽引[149]　䂉嚕唵三合[150]

para-vidyā　saṃ-bhakṣaṇa--kara—　hūṃ　trūṃ・

……

薩婆　藥叉　喝囉刹娑 153　揭囉訶若闍 154　毗騰崩薩那羯囉 155

薩嚩藥乞灑二合囉乞灑二合娑去屹囉二合賀引喃引155尾特吻無肯反二合娑曩迦囉156
sarva yakṣa rākṣasa grahāṇāṃ vi-dhvaṃsāna--kara
……

囉叉 163
囉乞灑二合 囉乞灑二合 鋡引174
rakṣa-- rakṣa māṃ・
……

卷七 楞嚴咒第三會
……
突瑟叉 婆夜 186
訥蹕乞叉二合婆去夜引194
dur-bhikṣa—bhayā・
……

藥叉 揭囉訶 195
藥乞灑二合 屹囉二合賀引205
yakṣa— grahā・

囉叉私 揭囉訶 196
啰乞灑二合娑 屹囉二合賀引206
rākṣasa— grahā・
……

囉叉罔 270 **婆伽梵** 271 **印兔那麼麼寫** 272
囉乞灑二合囉乞灑二合鋡引296
rakṣa-- rakṣa māṃ・

卷七 楞嚴咒第五會

……

藥叉 **揭囉訶** 350
藥乞灑二合 **屹囉**二合**賀** [391]
yakṣa— graha ·

囉刹娑 **揭囉訶** 351
囉引**乞灑**二合**娑** **屹囉**二合**賀** [392]
rākṣasa— graha ·

……

那俱囉 408 **肆引伽** **弊揭囉** **唎藥叉** **怛囉芻** 409 **末囉**
曩矩攞 [454] **僧**星孕反**伽尾野**二合引**竭囉**二合 [455] **哩乞灑**二合**多囉乞茎**二合 [456] **沒哩**二合**誐** [457]
nakula siṃha vyāghra ṛkṣa tarakṣa mṛga

……

14 唐・慧琳國師《一切經音義・卷五》

乞灑(二合)字 kṣa

➔二字合作「一聲」，經中書「羼」字聲轉耳。

15 唐・慧琳國師《一切經音義・卷二十五》

乞灑 kṣa

➔二合，兩字合為「一聲」，此一字不同眾例也。

16 唐・慧琳國師《一切經音義・卷二十四》

乞灑 kṣa

➔二合，下「灑」字，「沙賈」反，合為「一字」，經中作「訖不」切。

17《攝大毘盧遮那成佛神變加持經入蓮華胎藏海會悲生曼荼攞廣大念誦儀軌供養方便會・卷三》

乞叉 kṣa

➔二合，右此一轉，皆上聲短呼……

18 乞灑(《佛光大辭典》的解釋)

(1)悉曇字𑖎𑖿𑖬(kṣa)。悉曇「五十字門」之一，及「四十二字門」之一。

(2)又作「**剎**、**差**、**荼**、**羅**、**矩**、**乞叉**、**吃灑**、**葛叉**」。

(3)《大品般若經・卷五》取梵語**kṣaya**(音譯「乞叉耶」，意譯「盡」)之義，解為「諸法盡不可得」。

(4)《大方等大集經・卷四》及《方廣大莊嚴經・卷四》解為「忍」(**kṣānti**)。《出生無邊門陀羅尼經》解為「剎那」(**kṣaṇika**)、「無盡」(**akṣaya**)。二者均採「聯想法」，即聞 **kṣa** 之「音」時，則聯想含有此音之如上「三字」。

(5)《文殊問經・字母品》則謂，稱「**乞灑**」(二合)字時，是一切文字究竟「無言聲」之義，此係梵語 **akṣara**(音譯「惡刹羅」)之轉釋。

19 惡叉(《佛光大辭典》的解釋)

梵語 **akṣa**，又作「嗚嚕捺囉**叉**」(**rudrākṣa**)，意譯為「綖貫珠、金剛子」。樹名，亦為「果實」名。

20 剎帝利(《佛光大辭典》的解釋)

梵語 **kṣatriya**。意譯作「地主、王種」，略作「**剎**利」。乃印度「四姓」階級中之「第二階級」，地位僅次於「婆羅門」。

21 西方「廣目天王」(《佛光大辭典》的解釋)

(1)廣目，梵名 **Virūpākṣa**，音譯作「鼻溜波阿**叉**、毘樓婆**叉**、毘嚕博**叉**、髀路波呵**迄叉**」。

(2)又解作「惡眼天、醜目天、雜語主天」，或「非好報天」。為「四天王」之一，或「十二天」之一，或「十六善神」之一。

(3)住於須彌山「西面」之半腹，常以「淨天眼」觀察「閻浮提」眾生，乃守護「西方」之「護法善神」，又稱「西方天」。亦司掌處罰「惡人」，令彼生起道心。

22 解脫(《佛光大辭典》的解釋)

梵語 **vimokṣa**，音譯作「毘木**叉**、毘目**叉**」。

23 波羅提木叉(《佛光大辭典》的解釋)

梵語 **prātimokṣa** 或 **pratimokṣa**。又作「波羅提毘木**叉**、般羅底木**叉**、缽喇底木**叉**」。意譯為「隨順解脫、處處解脫、別別解脫、別解脫、最勝、無等學」。此戒以防護諸根，增長善法，乃諸善法中之「最初門」者，故稱「波羅提木**叉**」。

24 木叉提婆(《佛光大辭典》的解釋)

(1)梵名 **Mokṣadeva**。意譯作「解脫天」。

(2)玄奘三藏之美稱。玄奘在印度時，小乘眾尊之為「木**叉**提婆」，意謂已獲解脫之最勝者。

25 式叉摩那(《佛光大辭典》的解釋)

梵語 śikṣamāṇā。即未受「具足戒」前學法中之「尼眾」。又作「式叉摩那尼、式叉摩尼、式叉尼、式叉摩拏」。意譯作「學戒女、正學女、學法女」。蓋受「具足戒」之前，凡二年內，須修學「四根本戒」和「六法」，即學習一切「比丘尼」之戒行。

26 卑摩羅叉(《佛光大辭典》的解釋)

(1)梵名 Vimalākṣa。為魏晉時來華之罽賓國沙門。意譯作無垢眼。

(2)鳩摩羅什亦從卑摩羅叉受「律法」。及至龜玆有亂，遂避難於烏纏。後聞羅什在長安弘法，卑摩羅叉乃東行渡「流沙」，於姚秦弘始八年(406)抵長安，頗受羅什之禮遇。羅什示寂後，卑摩羅叉遷住壽春石澗寺，宣講「戒律」，並重校羅什所譯之《十誦律》五十八卷，開演為六十一卷。

27 呾叉始羅國(《佛光大辭典》的解釋)

呾叉始羅，梵名 Takṣaśilā。為北印度之古國。又譯作特叉尸羅國、德差伊羅國、德叉尸羅國、呾叉尸羅國、竺刹尸羅國。意譯為石室國、削石國、截頭國。

28 洛叉(《佛光大辭典》的解釋)

梵語 lakṣa。印度古代數量名稱，意謂「十萬」。又譯作「落叉、洛沙、羅乞史」。

29 度洛叉(《佛光大辭典》的解釋)

梵語 atilakṣa。洛叉(lakṣa)乃印度古代「計算數目」之單位，相當於六位數之「十萬」。「十洛叉」稱「度洛叉」，故相當於「百萬」之數。

30 勒叉那(《佛光大辭典》的解釋)

梵名 Lakṣaṇa。意譯「護」也，此為佛陀弟子之一。

31 實叉難陀(《佛光大辭典》的解釋)

梵名 **Śikṣānanda**，又作施**乞叉**難陀（652～710）。譯作「學喜、喜學」，為唐代譯經之三藏大師。

32 竺法護(《佛光大辭典》的解釋)

梵名**Dharma-rakṣa**。又稱支法護。西晉譯經僧。音譯作曇摩羅**剎**、曇摩羅**察**。祖先為月支人，世居敦煌。八歲出家，師事沙門竺高座，遂以竺為姓。時人稱之為月支菩薩、敦煌菩薩、敦煌開士、本齋菩薩。

33 婆羅婆叉(《佛光大辭典》的解釋)

梵語 **bālabhakṣa**。為餓鬼之一，意譯為「食小兒」。

34 嗚嚕捺囉叉(《佛光大辭典》的解釋)

梵語 rudrā**kṣa**。又作「烏嚧咤羅**迦叉**」。意譯作「天目珠」，或「金剛子」。

35 忍辱(《佛光大辭典》的解釋)

梵語 **kṣānti**。音譯為「**羼**⿰乞 提、**羼**底、**乞叉**底」。意譯作「安忍、忍」，「忍耐」之意。

36 剎那(《佛光大辭典》的解釋)

梵語**kṣaṇa**。又作「**叉**拏」。意譯作「須臾、念頃」，即一個「心念」生之間，與「發意」之頃為同義。

37 伊叉尼柯(《佛光大辭典》的解釋)

(1)梵語 **Īkṣaṇikā**。又作「伊**叉**尼柯」。意譯作「見命、論命、觀察」。即指觀察命運之「占相」或「咒術」之意。持此咒術，能知他人心念。乃露形外道師所造。

(2)《翻梵語》云：**「抑叉尼呪」(應云「伊叉尼」。譯曰「伊叉尼者」，見也)**。

38 惡剎羅(《佛光大辭典》的解釋)

(1)梵語 **akṣara**。又作「噁**剎**囉、阿**察**囉、羅**剎**羅、惡**察**那、阿**乞史**羅」。

(2)譯作「字」，又為「音節、韻、語」之意。即指文字，由其不變之義，取為不改轉之義。

(3)《成唯識論述記・卷二》末（大四三・六九上）：「惡**察**那」是「字」，「無改轉」義。

(4)《俱舍論光記・卷五》（大四一・一〇八下）：梵云「惡**剎**羅」，唐言「字」，是「不流轉」義，謂不隨方「流轉改易」。

(5)據玄應《音義・卷二》載，「字」為文字之總名，梵語為「惡**剎**羅」，譯作「無當流轉、無盡」；字借「紙墨之書寫」可得「不滅」，此「不滅」用以譬喻「常住」，凡有四十七字，為一切之字本。

(6)又據《大日經疏・卷十七》載，「字」之梵語有「惡**剎**羅、哩比鞞」二音，前者為「根本字」，即是「本字」，如「阿」字之最初二音，後者則為「增加字」。

39 剎(《佛光大辭典》的解釋)

(1)梵語 **kṣetra** 之略譯。又作「**剎**多羅、**差**多羅、**剎**摩、**紇差**呾羅」。意譯為「土田、土、國、處」，即指「國土」，或合梵漢稱為「剎土」。一般所熟知之「佛剎」即佛土之意。

(2)梵語 **lakṣatā** 之略譯，全稱作「刺**瑟**胝」。意謂「標誌、記號」。指「旗桿」或「塔之心柱」。一般稱寺院謂「寺剎、梵剎、金剎」或「名剎」等，蓋佛堂前自古有建「幡竿」(即「剎」)之風，故得此名。僧人對語時，在稱呼對方之寺時，皆稱為「寶剎」。

40 白月(《佛光大辭典》的解釋)

梵語 **śukla-pakṣa**。音譯為「戍迦羅博**乞史**」。正名為「白半」，又作「白月分、白分」。與「黑月」相對，指「新月」至「滿月」期間。

41 黑月(《佛光大辭典》的解釋)

梵語 **kṛṣṇa-pakṣa**。音譯為「訖哩史拏博乞史」。又稱為「黑分、黑半」，為「白月」之對稱。即指印度曆法中，每月之「前十五日」。

42 邏吃灑(《佛光大辭典》的解釋)

(1)梵語 lakṣaṇa 之音譯。又作「邏乞洒、攞乞尖拏」。意譯為「相」(即事物之諸相)、特徵。

(2)《大日經疏・卷七》(大三九・六五五上)：梵云邏**吃灑**，此翻為「相」……諸法雖無常、無我，而有各各相，如地堅、水濕、火熱、風動等，捨為施相，不悔不惱為持戒相……無織為涅槃相等。

地藏菩薩(《佛光大辭典》的解釋)

Kṣitigarbha，音譯作「乞叉底蘖婆」。

地　藏王菩薩(法界共同認可的「稱號」)

地　藏菩薩(法界共同認可的「稱號」)

Kṣiti-　garbha

乞叉底　蘖婆

《釋教最上乘秘密藏陀羅尼集．卷二十一．地藏菩廣大心陀羅尼》

曩莫 乞史(二合)底　蘖婆(去)野(一)……

Kṣiti-　garbhaya

從唐代以來，就改變成

法界共同認可的「稱號」

觀世音菩薩(聲音名號)—成千上億的人在念，已稱唸上千年了

觀音菩薩

觀自在菩薩

那摩　阿哩吔　婆嚕吉帝　説(長引聲)**婆囉吔　菩提薩埵吔**

nama-āryā- valokite-śvarāya • bodhi-satvāya •
禮敬 聖 觀 自在 菩薩

普賢菩薩

Samanta bhadra
三曼多 跋陀羅菩薩、三曼陀跋陀菩薩。

文殊菩薩(法界共同認可的「稱號」)

Mañju śrī
文殊師利、曼殊室利、滿祖室哩。

東方阿閦佛(法界共同認可的「稱號」)

阿芻毗耶➔akṣobhya

43 唐・慧琳國師《一切經音義・卷十九》

阿閦婆

➔閦音「蒭六」反。此上三句皆梵語,數法名也。

阿芻毗耶➔akṣobhya

44 唐・慧琳國師《一切經音義・卷二十七》

阿閦

➔「初六」反。梵語也。唐云「無動」。

阿芻毗耶➔akṣobhya

45 唐・慧琳國師《一切經音義・卷二十九》

阿閦

➔下「差縮」反。梵語。唐云「無動」。

阿芻毗耶➔akṣobhya

46 唐・慧琳國師《一切經音義・卷三十六》

阿閦鞞

➔「初菊」反、「毗迷」反。梵語。唐云「無動佛」也。

阿芻毗耶➔akṣobhya

47 唐・慧琳國師《一切經音義・卷八十》

阿閦

➔下「芻縮」反，經名也。

阿芻毗耶➔akṣobhya

48 宋・希麟集《續一切經音義・卷四》

阿閦

➔下又作「閦」，同「初六」反。梵語「不妙」，古云「阿插一也」，應云「惡蒭」。此云「無動」，即「東方佛名」也。

阿芻毗耶➔akṣobhya

49 宋・希麟集《續一切經音義・卷六》

阿閦鞞

➔閦或作閦，同「初六」反。鞞或作「鞞」，同「薄迷」反。梵語也。古云「阿插」，皆非「正音」也。依梵本「惡蒭毘夜」，此云「無動」，即「東方無動如來也」。「毘夜」二字，都合「一聲」呼也。

阿芻毗耶➔akṣobhya

50 宋・法雲編《翻譯名義集・卷三》

阿閦婆

➔或阿「芻」婆。

阿芻毗耶➔akṣobhya

顯密經典中對「叉」字母釋義之研究

1「乞灑 kṣa」(二合)字門，一切法(之最極窮)盡(相)，(皆)不可得故。(唐・不空譯《瑜

伽金剛頂經釋字母品》)

2 稱「乞灑 kṣa」(二合)字時，是一切文字「究竟」(之)「無言說」(之)聲。
文殊師利！(以上所說)此謂(五十一)字母義，一切諸字(皆能)入於此(乞灑 kṣa 字)中。(唐·不空譯《文殊問經字母品》)

3 若聞「叉 kṣa」字，即(時能)知一切法(之最極窮)「盡」(相)，(皆)不可得。「叉耶」(Kṣaya 竭盡;滅盡;滅除)，秦言「盡」(最極窮盡)。(《大智度論·四念處品》)

4 說「攞 llaṃ」字，(能現)出最後(之)字，(越)過此諸法(之外)，(皆是)不可說(之)聲。
文殊師利！此謂「字母」義(者)，一切諸字，(皆能)入於此(llaṃ 或 kṣa)中……(llaṃ 字或 kṣa 字能現此)是最後(之)字，過此法(後即是屬於)「不可說」(之)「聲」者。若(有能證)無有「字」(者)，此(即)謂「涅槃」；若(仍還)有「字」(可釋義)者，則是(為)「生死」(義)。
(所謂字母義之)最後者，(即)更無有「字」(可說及可釋義)，唯除「羅」字(因為「羅」或譯為「叉」是字母的最後一個字母，所以最後一個字母經常混著二種說法，llaṃ 或 kṣa 字)。
(諸字母或諸法皆)不可說者，(皆)不可得、不可分別，(皆)無「色」故「不可說」。
(所謂)「諸法」者，(即)謂「陰、界、入、三十七品」，此(「羅」或「叉」字母)謂(為)最後(之)字，過此(字後即皆是屬於)「不可說」(之)聲。(梁·僧伽婆羅譯《文殊師利問經·字母品》)

5 唱「差 kṣa」字時，(能現)出(以)「諸文字」(仍然)不能(畢竟)「詮表」(詮釋表達)一切法(之)聲。
佛告諸比丘：菩薩與諸童子，(在)居「學堂」(之)時，同唱(此諸)「字母」，(能)演出無量百千「法門」之聲，令三萬二千「童男」、三萬二千「童女」，皆發「阿耨多羅三藐三菩提心」。以是因緣，(如來乃)「示現」入於「學堂」(而教)。(唐·地婆訶羅譯《方廣大莊嚴經》)。

6「叉 kṣa」者，(窮)盡一切諸法，悉(皆能)入於「如是」。(東晉·佛陀跋陀羅譯《佛

說出生無量門持經》。此爲「八字」陀羅尼之一)

7「屣 kṣa」字，(能)入一切諸法(而不可得)，(因諸法乃)「念念生滅」。(諸法皆)不盡、不破，本來「寂靜」故。(梁・僧伽婆羅譯《舍利弗陀羅尼經》。此爲「八字」陀羅尼之一)

8「乞叉 kṣa」(二合)字印者，(能)入於「盡智」(與)「無生智」故。(唐・般若共牟尼室利譯《守護國界主陀羅尼經・陀羅尼品》)

9「荼 kṣa」(原作「嗏」字，宋本改「荼」)者，名曰「魔」義，無量諸魔不能毀壞「如來祕藏」(佛性)，是故名「荼 kṣa」。
復次「荼 kṣa」者，乃至(如來能)「示現」隨順世間(而)有父母、妻子，是故名「荼 kṣa」。(北涼・曇無讖《大般涅槃經・如來性品》)

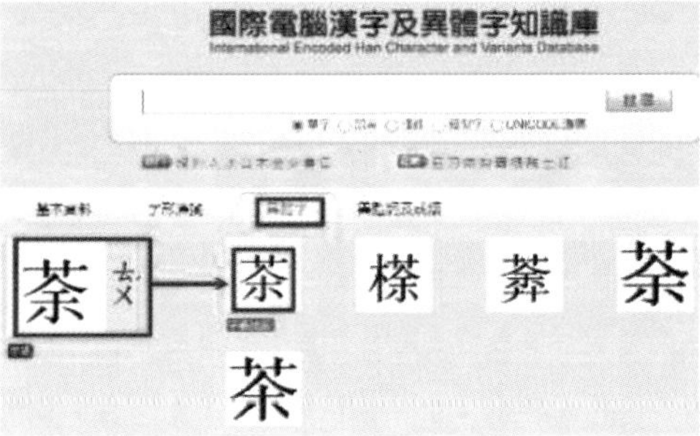

10「叉 kṣa」(原作「羅」字，宋本改「叉」)者，魔也。天魔(就算有上)億(百)千，(亦)無能破壞「如來、正、僧」(如來、正法、僧眾三寶)。(如來亦能)隨順世間而(示)現有(消)壞，又復(如來能)隨順世間，(示)現為(有)「父母」諸「宗親」等，是故說「叉 kṣa」。(東晉・法顯《佛說大般泥洹經・文字品》)

11「叉 kṣa」(字)亦一切法門，「叉 kṣa」者，一切法(之最極窮)「盡」。(北涼・曇無讖譯《大方等大集經》)

12「叉 kṣa」者，(能入)諸法(之)「消(盡寂)滅」(境界)，(皆)不可得。(西晉・無羅叉譯《放光般若經・陀鄰尼品》)

13「叉 kṣa」字門，(能)入諸法(之最極窮)「盡」，(皆)不可得故。(姚秦 · 鳩摩羅什譯《摩訶般若波羅蜜經 · 廣乘品》)

14 入「羼 kṣa」字門，悟一切法，(其最極)「窮盡」之性，(皆)不可得故。(唐 · 玄奘《大般若波羅蜜多經 · 善現品》)

15「訖灑 kṣa」(二合)字時，(能)入「決擇」(決取擇定)，(去)息(滅)諸(不善)業海藏(之)般若波羅蜜門。悟一切法，(其最極)「窮盡性」(皆)不可得故。(唐 · 不空譯《大方廣佛華嚴經入法界品四十二字觀門》)

16 唱「叉 kṣa」字時，入「般若」波羅蜜門，名(能)息(滅)諸(不善)業海藏(之聚)蘊(而出生智慧寶藏)。(東晉 · 佛馱跋陀羅譯六十《華嚴經 · 入法界品》)

17 唱「叉 kṣa」(楚我切)字時，入「般若」波羅蜜門，名(能)息(滅)諸(不善)業海藏(而出生智慧寶藏)。(唐 · 實叉難陀譯八十《華嚴經 · 入法界品》)

18 唱「乞叉 kṣa」(二合)字時，能甚深入「般若」波羅蜜門，名(能)息(滅)諸(不善)業海，(而)出生「智慧(寶)藏」。(唐 · 般若譯四十《華嚴經 · 入不思議解脱境界普賢行願品》)

19「叉 kṣa」字，即(最極窮)盡(之)性(皆不可得)。(唐 · 澄觀撰《大方廣佛華嚴經疏 · 入法界品》)

20「叉 kṣa」字者，即悟一切法，(其最極窮)盡(之)性，(皆)不可得。謂(善惡)業海(之)深廣，無(所)不包含，故名為「藏」。(唐 · 澄觀撰。明 · 憨山 德清提挈《華嚴綱要》)

21「叉 kṣa」字門，表示一切法，(具)普盡(普遍滅盡之)「無生」義。(宋 · 惟淨譯《佛説海意菩薩所問淨印法門經》)

第三章 《華嚴經》42 字母中出現 10 個新字母

51 字母+華嚴 10 個新字 =61 字母

華嚴經四十二字母陀羅尼

羅馬拼音 原漢文經典	(1) **a** 阿	(2) **ra** 囉	(3) **pa** 跛	(4) **ca** 左	(5) **na** 曩	(6) **la** 攞	(7) **da** 娜
中文摹擬	**阿**	**[illegible]**	**叭**	**家**	**那**	**拉**	**打**
羅馬拼音 原漢文經典	(8) **ba** 麼	(9) **ḍa** 拏	(10) **ṣa** 灑	(11) **va** 嚩	(12) **ta** [illegible]	(13) **ya** 野	(14) **ṣṭa** 瑟吒 (二合)
中文摹擬	**肉** **(台語)**	**打** **(捲舌)**	**沙**	**瓦**	**答**	**雅**	**師答** (二合)
羅馬拼音 原漢文經典	(15) **ka** 迦	(16) **sa** 娑	(17) **ma** 莽	(18) **ga** 誐	(19) **tha** 他	(20) **ja** 惹	(21) **sva** 娑嚩 (二合)
中文摹擬	**嘎**	**撒**	**嗎**	**尬**	**他**	**假**	**斯瓦** (二合)
羅馬拼音 原漢文經典	(22) **dha** 馱	(23) **śa** 捨	(24) **kha** 佉	(25) **kṣa** 訖灑 (二合)	(26) **sta** 娑[illegible] (二合)	(27) **ña** 孃	(28) **rtha** 囉他 (二合)
中文摹擬	**大**	**夏**	**咖**	**掐**	**斯搭** (二合)	**你雅**	**樂他** (二合)

羅馬拼音 原漢文經典	(29) **bha** 婆	(30) **cha** 縒	(31) **sma** 娑麼 （二合）	(32) **hva** 訶嚩 （二合）	(33) **tsa** 哆娑 （二合）	(34) **gha** 伽	(35) **ṭha** 姹
中文摹擬	**爸**	**洽**	**斯嗎** （二合）	**喝瓦** （二合）	**插**	**尬**	**他** **（捲舌）**
羅馬拼音 原漢文經典	(36) **ṇa** 儜	(37) **pha** 頗	(38) **ska** 娑迦 （二合）	(39) **ysa** 野娑 （二合）	(40) **śca** 室左 （二合）	(41) **ṭa** 吒	(42) **ḍha** 荼
中文摹擬	**那** **（捲舌）**	**趴**	**斯迦** （二合）	**也沙** （二合）	**室家** （二合）	**答** **（捲舌）**	**大** **（捲舌）**

第 14 字母  ṣṭa

1「**瑟吒 ṣṭa**」(二合上)**字時**，(能)**入**「**普遍光明**」，(能)**息除**「**熱惱**」(之)「**般若**」**波羅蜜門。悟一切法，**(其能)**制伏**(的煩惱之相)、(與被)**任持**(任所執持的煩惱之)**相，**(皆)**不可得故。**(唐・不空譯《大方廣佛華嚴經入法界品四十二字觀門》)

2 **唱**「**史吒 ṣṭa**」**字時，入**「**般若**」**波羅蜜門，名**「**普**(照)**光明**」，(而能)**息諸**「**煩惱**」(而獲普照光明)。(東晉・佛馱跋陀羅譯六十《華嚴經・入法界品》)

3 **唱**「**瑟吒 ṣṭa**」**字時，入**「**般若**」**波羅蜜門，名**「**普**(照)**光明**」，(而能)**息**「**煩惱**」(而獲普照光明)。(唐・實叉難陀譯八十《華嚴經・入法界品》)

4 **唱**「**瑟吒 ṣṭa**」(二合上)**字時，能甚深入**「**般若**」**波羅蜜門，名**(獲)「**普照光明**」，(而能)**息除**「**煩惱**」。(唐・般若譯四十《華嚴經・入不思議解脫境界普賢行願品》)

5 十四者：「吒 ṣṭa」者，諸法(之)「強(迫)、垢(染)」，(皆)不可見。(西晉・無羅叉譯《放光般若經・陀鄰尼品》)

6「咤 ṣṭa」字門，(能)入諸法(之)「折伏」(伏古同「服」)，(皆)不可得故。(姚秦・鳩摩羅什譯《摩訶般若波羅蜜經・廣乘品》)

7「瑟吒 ṣṭa」(二合)字印者，(其能)制伏(的煩惱之相)、(與被)任持(任所執持的煩惱之相)，(皆)不可得故。(唐・般若共牟尼室利譯《守護國界主陀羅尼經・陀羅尼品》)

8 入「瑟吒 ṣṭa」字門，(能)解一切法，(其)「制伏、任持(任所執持)、驅迫、(憍)慢相」(之)性，(皆)不可得故。(唐・菩提流志譯《不空罥索神變眞言經・陀羅尼眞言辯解脱品》)

9 若聞「吒 ṣṭa」字，即(時能)知一切法，(皆)無「障礙」相。「吒婆」(prati-ṣṭaṃbha 防礙;障礙;阻止;廢除)，秦言「障礙」。(《大智度論・四念處品》)

10「瑟吒 ṣṭa」字，悟一切法，(其)「制伏、任持(任所執持)」相，(皆)不可得故。
(所謂)「普(照)光明」即(指)能(去)「制伏」(煩惱)。
(所謂)「任持」(任所執持)煩惱，即(指被)所「制伏」(的煩惱)。
(所謂)「息」即「伏」義。(唐・澄觀撰《大方廣佛華嚴經疏・入法界品》)

11 十四：「瑟吒 ṣṭa」字者，悟一切法，(其)「制伏、任持(任所執持)」相，(皆)不可得。
(所謂)「普(照)光明」即(指)能(去)「制伏」(煩惱)。
(所謂)「任持」(任所執持)煩惱，即(指被)所「制伏」(的煩惱)。
(所謂)「息」即「伏」義。 唐・澄觀撰。明・憨山 德清提挈《華嚴綱要》)

第 21 字母 𑖭𑖿𑖪 sva

1「娑嚩 sva」(二合)字時，(能)入(正)念「一切佛」(皆)莊嚴(之)「般若」波羅蜜門。(能)悟一切法，(皆)「安隱性」(而)不可得故。(唐・不空譯《大方廣佛華嚴經入法界品四十二字觀門》)

2 唱「室者 sva」字時，入「般若」波羅蜜門，名(能對)一切諸佛(皆)「正念」(其)莊嚴。(東晉・佛馱跋陀羅譯六十《華嚴經・入法界品》)

3 唱「鎖 sva」字時，入「般若」波羅蜜門，名(能正)念「一切佛」(皆)莊嚴。(唐・實叉難陀譯八十《華嚴經・入法界品》)

4 唱「娑嚩 sva」(二合)字時，能甚深入「般若」波羅蜜門，名(能)普念諸佛一切(皆)莊嚴。(唐・般若譯四十《華嚴經・入不思議解脫境界普賢行願品》)

5 二十一者：「濕波 sva」者，諸法(皆)「善」，(而)不可得。(西晉・無羅叉譯《放光般若經・陀鄰尼品》)

6「皷sva」字門，(能)入諸法「皷sva」字，(而)不可得故。(姚秦・鳩摩羅什譯《摩訶般若波羅蜜經・廣乘品》)

7「濕嚩 sva」(二合)字印者，(所有)「煩惱」所行，皆(能)「遠離」故。(唐・般若共牟尼室利譯《守護國界主陀羅尼經・陀羅尼品》)

8 入「濕縛 sva」(同上二合)字門，(能)解一切法，(其)「安隱」性，(皆)不可得故。(唐・菩提流志譯《不空罥索神變眞言經・陀羅尼眞言辯解脫品》)

9 若聞「濕波 sva」字，即(時能)知一切法，(皆)不可得，如「濕波 sva」字不可得。「濕簸 sva」字(即)「無義」，故不釋。(《大智度論・四念處品》)

10「鎖 sva」字，即(諸法)「安隱」(之)性(而不可得)。(唐・澄觀撰《大方廣佛華嚴經疏・入法界品》)

11 二十一：「鎖 sva」字者，即悟(諸法之)「安隱性」(而)不可得。以(正)念(諸)佛(皆)莊嚴，(乃)最(爲)「安隱」故。(唐・澄觀撰。明・憨山 德清提挈《華嚴綱要》)

第 26 字母 𑖭𑖿𑖝 sta

1「娑多 sta」(二合上)字時，(能)入摧諸「煩惱」，(獲)清淨「光明」(之)「般若」波羅蜜門。(能)悟一切法，(其)住持(之)「處」(與)「非處」，(能)令(具)「不動轉」性，(皆)不可得故。(唐・不空譯《大方廣佛華嚴經入法界品四十二字觀門》)。

(同樣的名相還有「處非處智力;知是處非處智力;是處不是力;是處非處力」。

「處」指「道理」，即指如來於一切因緣果報悉皆能知。

如作「善業」，即知將得「樂果報」，此稱爲知「是處」。

如作「惡業」，即知將得受「惡報果」而無有是處，此稱爲知「非處」)

2 唱「娑多 sta」字時，入「般若」波羅蜜門，名(能)蠲ㄐㄩㄢ 諸「惑障」(而)開(啓清)淨「光明」。(東晉・佛馱跋陀羅譯六十《華嚴經・入法界品》)

3 唱「娑 s」(蘇紇切)「多 ta」(上聲呼)」字時，入「般若」波羅蜜門，名(能)蠲ㄐㄩㄢ 諸「惑障」(而)開(啓清)淨光明。(唐・實叉難陀譯八十《華嚴經・入法界品》)

4 唱「娑 s」(蘇紇反)「哆 ta」(二合上)」字時，能甚深入「般若」波羅蜜門，名(能)開(啓清)淨光明，(與)蠲ㄐㄩㄢ 諸「惑障」。(唐・般若譯四十《華嚴經・入不思議解脱境界普賢行願品》)

5 二十六者：「侈 sta」者，諸法各在其「所處」(即處所)，(皆)不可動搖。(西晉・無羅叉譯《放光般若經・陀鄰尼品》)

6「哆 sta」字門，入諸法(之)「有」(其處所者)，(皆)不可得故。(姚秦・鳩摩羅什譯《摩

訶般若波羅蜜經・廣乘品》)

7「娑(上)多 sta 也阿」(四合)字印者，(能)遠離「昏沈、懈怠」障故。(唐・般若共牟尼室利譯《守護國界主陀羅尼經・陀羅尼品》)

8 入「跢 sta」(多箇反)字門，(能)解一切法，(其)任持(之)「處」(與)「非處」，(能)令(具)「不動轉」性，(皆)不可得故。(唐・菩提流志譯《不空罥索神變眞言經・陀羅尼眞言辯解脱品》)。

9 若聞「哆 sta」字，即(時能)知諸法(其)「邊」(際而)不可得。
「阿利迦　　哆度　　求那」，
(alīka 無有事物。　taṭa 邊;岸。guṇa 功利福德)
秦言「是事邊得何利」。(《大智度論・四念處品》)

10「s 他 ta」字門，表示一切法，(能)善解「處」(與)「非處」(之)義。(宋・惟淨譯《佛説海意菩薩所問淨印法門經》)。

11「娑多 sta」字，即(能)任持(於)「處」(與)「非處」，(能)令(具)「不動」性。(所謂)「惑障」(即)為「非處」，(若是)「開淨光明」(即)為其「處」。(唐・澄觀撰《大方廣佛華嚴經疏・入法界品》)

「是處」：行善將得「樂果報」的「道理」，可開啓清淨光明

「非處」：行惡將受「惡果報」的「道理」，將導至煩惱惑障

12 二十六：「娑哆 sta」字者，即悟一切法，(其)任持(之)「處」(與)「非處」，(能)令(具)「不動」性，(皆)不可得。(所)以(有)「惑障」(即)為「非處」；(若是)「開淨光明」(即)為其「處」。(若能)此以「離障」(而獲)真空，(即)為「如實」(之)處。(唐・澄觀撰。明・憨山 德清提挈《華嚴綱要》)

第 28 字母 ऌ rtha

1「囉他 rtha」(二合上)字時，(能)入(違)逆「生死」輪(轉的)智(慧)道場(之)「般若」波羅蜜門，(能)悟一切法，(其)「執著」義性(皆)不可得故。(唐・不空譯《大方廣佛華嚴經入法界品四十二字觀門》)

2 唱「頗 rtha」字時，入「般若」波羅蜜門，名智慧(法)輪，(能)斷(眾生)生死(苦惱)。(東晉・佛馱跋陀羅譯六十《華嚴經・入法界品》)

3 唱「曷攞多 rtha」(上聲)字時，入「般若」波羅蜜門，名(能令眾生解脫)生死境界(之)智慧(法)輪。(唐・實叉難陀譯八十《華嚴經・入法界品》)

4 唱「曷囉他 rtha」(三合上)字時，能甚深入「般若」波羅蜜門，名(能)利益眾生，(以)「無我、無人」(之)智慧燈(去照耀眾生)。(唐・般若譯四十《華嚴經・入不思議解脫境界普賢行願品》)

5 二十八者：「伊陀 rtha」者，(所謂)諸法(其眞實究竟的)義，(皆)不可得。(西晉・無羅叉譯《放光般若經・陀鄰尼品》)

6「挓 rtha」字門，(能)入諸法，(其)「挓 rtha」字(乃)不可得(其眞實究竟之義)故。(姚秦・鳩摩羅什譯《摩訶般若波羅蜜經・廣乘品》)

7「賀 rtha」字印者，(能)「摧惡(摧伏惡業)、進善(增進善惡)」，(其性本)體皆「離」(一切的執著)故。(唐・般若共牟尼室利譯《守護國界主陀羅尼經・陀羅尼品》)

8 入「喇詑 rtha」字門，(能)解一切法，(其)「執著義」(之)性，(皆)不可得故。(唐・菩提流志譯《不空罥索神變眞言經・陀羅尼眞言辯解脫品》)

9 若聞「他 rtha」字，即(時能)知一切(眞實究竟的)「法義」(皆)不可得。「阿他」(artha)，秦言「義」。(《大智度論・四念處品》)

10「曷攞多 rtha」字，即「執著義」(之)性。(若有)「執著」(即)為「生死」(之)境。「義」即(是)「智慧輪」。(唐・澄觀撰《大方廣佛華嚴經疏・入法界品》)

11 二十八：「曷攞哆 rtha」字者，即悟一切法，(其)「執著義」(之)性(皆)不可得，謂(若有)「執著」(即)為「生死」(之)境。「義」即「智慧輪」，以「執著」(於)生死，(此)是「智慧」所觀(之)境。(唐・澄觀撰。明・憨山 德清提挈《華嚴綱要》)

第 31 字母 𑖭𑖿𑖦 sma

1「娑麼 sma」(二合)字時，(能)入現見十方諸佛(在)「旋」(轉法輪之)「般若」波羅蜜門，(能)悟一切法，(其)「可憶念」性，(皆)不可得故。(例如 smara 憶念)。(唐・不空譯《大方廣佛華嚴經入法界品四十二字觀門》)

2 唱「娑摩 sma」字時，入「般若」波羅蜜門，名(能)隨十方(而)現見(一切)諸佛(在大轉法輪藏)。(東晉・佛馱跋陀羅譯六十《華嚴經・入法界品》)

3 唱「娑 s(蘇紇切)麼 ma」字時，入「般若」波羅蜜門，名(能)隨十方(而)現見(一切)諸佛(在大轉法輪藏)。(唐・實叉難陀譯八十《華嚴經・入法界品》)

4 唱「娑麼 sma」(尕音二合)字時，能甚深入「般若」波羅蜜門，名(能)隨順十方(而)現見(一切)諸佛(在)「旋轉」(法輪)藏。(唐・般若譯四十《華嚴經・入不思議解脫境界普賢行願品》)

5 三十一者：「魔 sma」者，諸法無有「丘墓」(指老死之諸相)。(西晉・無羅叉譯《放光般若經・陀鄰尼品》)

6「摩 sma」字門，(能)入諸法，(其)「摩 sma」字(乃)不可得故。(姚秦・鳩摩羅什譯《摩訶般若波羅蜜經・廣乘品》)

7「娑莽 sma」(二合)字印者，(能心憶)念(而)不「散動」，(亦)無「忘失」故。(例如 smara 憶念)。(唐・般若共牟尼室利譯《守護國界主陀羅尼經・陀羅尼品》)

8 入「塞(桑紇反)麼 sma」字門，(能)解一切法，(其)可「憶念性」，(皆)不可得故。(例如 smara 憶念)。(唐・菩提流志譯《不空羂索神變眞言經・陀羅尼眞言辯解脫品》)

9 若聞「濕尛 sma」(尛古同→麼)字，即(時能)知諸法「牢堅」(牢固堅硬不可破壞)，(皆)如「金剛石」。「阿濕尛」(aśman 岩石;寶石)，秦言「石」。(《大智度論・四念處品》)

10「娑麼 sma」字，即「可憶念」性(而不可得)。(唐・澄觀撰《大方廣佛華嚴經疏・入法界品》)

11 三十一:「娑麼 sma」字者，即悟一切法，(其)可「憶念性」，(皆)不可得。(唐・澄觀撰。明・憨山 德清提挈《華嚴綱要》)

第 32 字母  hva

1「訶嚩 hva」(二合)字時，(能)入觀察一切(無緣的微細)眾生，(以其)堪任(種種方便之)力，(令彼眾生皆能)遍生(無礙力如大)海藏(般之)「般若」波羅蜜門。(能)悟一切法，(其)可「呼召」性(此指能呼招無緣眾生而度化之)，(而)不可得故。(唐・不空譯《大方廣佛華嚴經入法界品四十二字觀門》)

2 唱「訶婆 hva」字時，入「般若」波羅蜜門，名(能)觀察一切「無緣眾生」，(然後)方便攝受(之)，令(彼皆能)生(出無礙力如大)海藏(般)。(東晉・佛馱跋陀羅譯六十《華嚴經・入法界品》)

3 唱「訶婆 hva(二字皆上聲呼)字時，入「般若」波羅蜜門，名(能)觀察一切「無

緣眾生」，(然後)方便攝受(之)，令(彼皆能)出生「無礙」力(如大海藏般)。(唐・實叉難陀譯八十《華嚴經・入法界品》)

4 唱「訶嚩 hva」(無我反二合)字時，能甚深入「般若」波羅蜜門，名(能)觀察一切(無緣的)微細眾生，(然後以種種)方便力(而令彼眾生皆能)出生(無礙力如大)海藏(般)。(唐・般若譯四十《華嚴經・入不思議解脫境界普賢行願品》)

5 三十二者：「叵 hva」者，諸法不可「分別」。(西晉・無羅叉譯《放光般若經・陀鄰尼品》)

6 「火 hva」字門，(能)入諸法(之召)「喚」(性)，(皆)不可得故。(姚秦・鳩摩羅什譯《摩訶般若波羅蜜經・廣乘品》)

7 入「嗑縛 hva」字門，悟一切法，(其)可「呼召」性(此指能呼招無緣眾生而度化之)，(而)不可得故。(唐・玄奘《大般若波羅蜜多經・善現品》)

8 「訶婆 hva」(上二合)字印者，可以(對眾生)「呼召」(與)「請命」(請求命令之)體故。(唐・般若共牟尼室利譯《守護國界主陀羅尼經・陀羅尼品》)

9 入「訶縛 hva」(二合 同上)字門，(能)解一切法，(其)「可呼召」性，(皆)不可得故。(唐・菩提流志譯《不空羂索神變眞言經・陀羅尼眞言辯解脫品》)

10 若聞「火 hva」字，即(時能)知一切法(皆)無「音聲」相。「火夜」(āhvaya 喚)，秦言「喚來」。(《大智度論・四念處品》)

11 「訶婆 hva」字，即「可呼召」性，(能呼喚)無緣(者)，召令(而成爲)「有緣」故。(唐・澄觀撰《大方廣佛華嚴經疏・入法界品》)

12 三十二：「訶婆 hva」字者，別譯為「訶嚩」，即悟一切法，(其)「可呼召」性，(皆)不可得，謂(對)「無緣」(眾生呼)召，(然後)令(彼成爲)「有

緣」故。(唐・澄觀撰。明・憨山 德清提挈《華嚴綱要》)

第 33 字母  tsa

1「哆娑 tsa」(二合)字時，(能自在的趣)入一切功德(大)海，(亦能)趣入修行(最)「源底」(根源究竟之底的)「般若」波羅蜜門。(能)悟一切法，(其)「勇健」性，(皆)不可得故。(唐・不空譯《大方廣佛華嚴經入法界品四十二字觀門》)

2 唱「訶 tsa」字時，入「般若」波羅蜜門，名(能)修行(而自在的)趣入一切功德(之大)海。(東晉・佛馱跋陀羅譯六十《華嚴經・入法界品》)

3 唱「縒 tsa」(七可切)字時，入「般若」波羅蜜門，名(能)修行(而自在的)趣入「一切功德」(大)海。(唐・實叉難陀譯八十《華嚴經・入法界品》)

4 唱「哆娑 tsa」(二合)字時，能甚深入「般若」波羅蜜門，名(能)「自在」(的)趣入諸功德(大)海。(唐・般若譯四十《華嚴經・入不思議解脫境界普賢行願品》)

5 三十三者：「蹉 tsa」者，諸法(其)「死亡」(相)，(皆)不可得。(西晉・無羅叉譯《放光般若經・陀鄰尼品》)

6「嗟 tsa」字門，(能)入諸法，(其)「嗟 tsa」字(乃)不可得故。(姚秦・鳩摩羅什譯《摩訶般若波羅蜜經・廣乘品》)

7「哆娑 tsa」(二合)字印者，(能)勇猛(的)驅逐諸「(煩惱)惑」體故。(唐・般若共牟尼室利譯《守護國界主陀羅尼經・陀羅尼品》)

8 入「縒 tsa」字門，(能)解一切法，(其)「勇健」性，(皆)不可得故。(唐・菩提流志譯《不空罥索神變眞言經・陀羅尼眞言辯解脫品》)

9 若聞「蹉 tsa」字，即(時能)知一切法(皆具有)「無慳(吝)、無(所)施」(之)相。「末蹉羅」(mātsarya 吝惜)，秦言「慳」。(《大智度論・四念處品》)

10「縒 tsa」字，即(指諸法皆具)「勇健」性(而不可得)。(唐・澄觀撰《大方廣佛華嚴經疏・入法界品》)

11 三十三：「縒 tsa」字者，即悟一切法，(其)「勇健」性，(皆)不可得。以(其)「勇健」(性)，方能修入「功德」。(唐・澄觀撰。明・憨山 德清提挈《華嚴綱要》)

第 38 字母 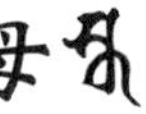 ska

1「塞迦 ska」(二合上)字時，(能)入無(執)著、無(障)礙(的)「解脫」，(如大)地(之)藏，(能以種種)光明輪(而)普照(一切眾生之)「般若」波羅蜜門，(能)悟一切法，(其)「積、聚、蘊」性(皆)不可得故。(唐・不空譯《大方廣佛華嚴經入法界品四十二字觀門》)

2 唱「娑迦 ska」字時，入「般若」波羅蜜門，名(如廣大)諸地(而圓)滿(具)足，(能)無(執)著、無(障)礙、(而令眾生獲)解脫(之)光明輪遍照。(東晉・佛馱跋陀羅譯六十《華嚴經・入法界品》)

3 唱「娑(同前音)迦 ska」字時，入「般若」波羅蜜門，名(如)廣大(的大地之)藏，(能以)無礙辯(才)，(而令眾生獲得解脫)光明輪遍照。(唐・實叉難陀譯八十《華嚴經・入法界品》)

4 唱「娑迦 ska」字時，能甚深入「般若」波羅蜜門，名(如)廣大(的大地之)藏，(能以)無礙辯(才)，(而令眾生獲得解脫)遍照(之)光明輪。(唐・般若譯四十《華嚴經・入不思議解脫境界普賢行願品》)

5 三十八者：「歌 ska」者，諸法(之「積、聚、蘊」之)性，(皆)不可得。(西晉・無羅叉譯《放光般若經・陀鄰尼品》)

6「歌 ska」字門，(能)入諸法(之積)「聚」(性)，(皆)不可得故。(姚秦・鳩摩羅什譯《摩訶般若波羅蜜經・廣乘品》)

7「娑迦 ska」(上二合)字印者，(能)悟解一切，(其)「蘊、(積)聚」(之)體(皆不可得)故。(唐・般若共牟尼室利譯《守護國界主陀羅尼經・陀羅尼品》)

8 入「塞(桑紇反)迦(同上)ska」字門，(能)解一切法，(其)「聚、積、蘊」性，(皆)不可得故。(唐・菩提流志譯《不空罥索神變眞言經・陀羅尼眞言辯解脫品》)

9 若聞「歌 ska」字，即(時能)知一切法，(其)「五眾」(五蘊舊譯爲「五眾」)不可得。「歌大」(skandha 聚;蘊;眾)，秦言「眾」。(五陰皆空=五蘊皆空=五眾皆空)。(《大智度論・四念處品》)

10「塞迦 ska」字門，表示一切法，(能)了知(其)諸「蘊」(之)義(皆不可得)。(宋・惟淨譯《佛說海意菩薩所問淨印法門經》)

11「娑迦 ska」字，即(諸法之)「積、聚、蘊」性(皆不可得)。(唐・澄觀撰《大方廣佛華嚴經疏・入法界品》)

12 三十八：「娑迦 ska」字者，別譯為「塞迦 ska」，(能)悟一切法，(其)「積、聚、蘊」性，(皆)不可得。(所)謂「蘊、積」(即)為「廣大藏」。(所謂)「無礙光輪」(即爲)所「積」(之)「蘊」也。(唐・澄觀撰。明・憨山德清提挈《華嚴綱要》)

第 39 字母 ysa

1「也娑 ysa」(上二合)字時，(能)入宣說一切「佛法境界」(之)「般若」波羅蜜門，(能)悟一切法，(其)「衰、老」性相(皆)不可得故。(唐・不空譯《大方廣佛華嚴經入法界品四十二字觀門》)

2 唱「闍 ysa」字時，入「般若」波羅蜜門，名(能)宣說一切「佛法境界」。(東晉・佛馱跋陀羅譯六十《華嚴經・入法界品》)

3 唱「也 y(夷舸切)娑 sa(蘇舸切)」字時，入「般若」波羅蜜門，名(能)宣說一切「佛法境界」。(唐・實叉難陀譯八十《華嚴經・入法界品》)

4 唱「夷娑 ysa」(二合)」字時，能甚深入「般若」波羅蜜門，名(能)演說一切「佛法智」(的境界)。(唐・般若譯四十《華嚴經・入不思議解脫境界普賢行願品》)

5 三十九者：「嵯 ysa」者，諸法(皆)不可得(其永恒之)「常」(性)。(西晉・無羅叉譯《放光般若經・陀鄰尼品》)

6「醝ㄘㄨㄛ ysa」字門，(能)入諸法，(其)「醝ㄘㄨㄛ ysa」字，(乃)不可得故。(姚秦・鳩摩羅什譯《摩訶般若波羅蜜經・廣乘品》)

7「也娑 ysa」(上二合)字印者，(能)能除「老、死」一切病故。(唐・般若共牟尼室利譯《守護國界主陀羅尼經・陀羅尼品》)

8 入「逸娑 ysa」(去)字門，(能)解一切法，(其)「衰、老」性相，(皆)不可得故。(唐・菩提流志譯《不空罥索神變眞言經・陀羅尼眞言辯解脫品》)

9 若聞「醝ㄘㄨㄛ ysa」字，即(時能)知「醝ㄘㄨㄛ ysa」字(本)空，諸法亦(空)爾。(《大智度論・四念處品》)

10「也娑 ysa」字，即(諸法)「衰老」(之)性相。(唐・澄觀撰《大方廣佛華嚴經疏・入法界品》)

11 三十九：「也娑 ysa」字者，即悟一切法，(其)「衰老」性相，(皆)不可得。(所)謂「衰老」性，即(是)「佛法境界」。(唐‧澄觀撰。明‧憨山 德清提挈《華嚴綱要》)

第 40 字母  śca

1「室左 śca」(二合上)字時，(能)入一切「虛空」(法界眾生)，(能)以「法雲」(及)「雷震」(的師子)吼(音而)普照(一切眾生之)「般若」波羅蜜門，(能)悟一切法，(其所)「聚集」(的)「足跡」(之性)，(皆)不可得故。(諸法皆在念念生滅、念念不住的「變動」無常中，所以若要「聚集執取」處在「變動」中的「足跡」是不可能、不可得的)。(唐‧不空譯《大方廣佛華嚴經入法界品四十二字觀門》)

2 唱「多娑 śca」字時，入「般若」波羅蜜門，名(能於)一切「虛空」法(界眾生)，(而作法)雷(之廣大)遍吼(聲)。(東晉‧佛馱跋陀羅譯六十《華嚴經‧入法界品》)

3 唱「室者 śca」字時，入「般若」波羅蜜門，名(能)於(虛空)一切眾生界，(而作)法雷(之廣大)遍吼(聲)。(唐‧實叉難陀譯八十《華嚴經‧入法界品》)

4 唱「室者 śca」(二合)字時，能甚深入「般若」波羅蜜門，名(能)入「虛空」一切(之)「眾生界」，(而作)法雷(之)大音遍吼(聲)。(唐‧般若譯四十《華嚴經‧入不思議解脫境界普賢行願品》)

5 四十者：「嗟 śca」者，諸法(之)「分」(與)「捨」，(皆)不可得。(西晉‧無羅叉譯《放光般若經‧陀鄰尼品》)

6「遮 śca」字門，(能)入(一切)諸法(之)「行」，(皆)不可得故。(姚秦‧鳩摩羅什譯《摩訶般若波羅蜜經‧廣乘品》)

7 入「酌 śca」字門，悟一切法，(皆)無(聚集的)「足迹」故(皆不可得)。(唐・玄奘《大般若波羅蜜多經・善現品》)

8「室者 śca」(二合)字印者，(能)現前覺悟(其)「未曾有」(之境)故。(唐・般若共牟尼室利譯《守護國界主陀羅尼經・陀羅尼品》)

9 入「柘 śca」字門，(能)解一切法，(其所)「聚集」(的)「足迹」(之性)，(皆)不可得故。(唐・菩提流志譯《不空罥索神變眞言經・陀羅尼眞言辯解脱品》)

10 若聞「遮 śca」字，即(時能)知一切法(皆)「不動」相。「遮羅地」(carā 可動性。carita 舉止;動作)，秦言「動」。(諸法皆在念念生滅、念念不住的「變動」無常中)。(《大智度論・四念處品》)

11「室者 śca」字，即「聚集足迹」，謂「聚集」即(指)一切「眾生」。「法雷」即是(指)「足迹」。(唐・澄觀撰《大方廣佛華嚴經疏・入法界品》)

12 四十：「室者 śca」字者，別譯為「室左 śca」，即悟一切法，(其)「聚積足跡」，(皆)不可得。(所)謂「聚集」即(指)「一切眾生」。(所謂)「法雷」即是(指)「足跡」。足即能「行」，因「行」有「跡」，「跡」為「所行」，法雷(能)徧吼，即(是屬於)「行」法也。(唐・澄觀撰。明・憨山 德清提挈《華嚴綱要》)

第四章 六十、八十、四十《華嚴經》中的 42 字母比對

東晉・佛馱跋陀羅譯 六十《華嚴經・入法界品》	唐・實叉難陀譯 八十《華嚴經・入法界品》	唐・般若譯 四十《華嚴經・入不思議解脫境界普賢行願品》
㊀爾時，善財（Sudhana-śreṣṭhi-dāraka）即至其所，頭頂禮敬，於一面立，白言：（善知眾藝童子）聖者！我已先發「阿耨多羅三藐三菩提心」，而未知「菩薩」云何（修）學「菩薩行」？（如何）修（學）「菩薩道」？ 我聞（善知眾藝童子）聖者善能誘誨，願為我說。	㊀爾時，善財（Sudhana-śreṣṭhi-dāraka）即至其所，頭頂禮敬，於一面立，白言：（善知眾藝童子）聖者！我已先發「阿耨多羅三藐三菩提心」，而（仍）未知「菩薩」云何（修）學「菩薩行」？云何修（學）「菩薩道」？ 我聞（善知眾藝童子）聖者善能誘誨，願為我說！	㊀爾時，善財（Sudhana-śreṣṭhi-dāraka）即至其所，頂禮其足，遶無數匝，於前合掌，白言：（善知眾藝童子）聖者！我已先發「阿耨多羅三藐三菩提心」，而（仍）未知「菩薩」云何（修）學「菩薩行」？云何修（學）「菩薩道」？ 我聞（善知眾藝童子）聖者善能誘誨，願為我說。
㊁時彼（善知眾藝）童子告善財言：善男子！我（已）得「菩薩」（位之）解脫，名善知眾藝（śilpa 眾藝。abhijña 善知 = śilpābhijña）。	㊁時彼（善知眾藝）童子（即）告善財言：善男子！我（已）得「菩薩」（位之）解脫，名善知眾藝（śilpa 眾藝。abhijña 善知 = śilpābhijña）。	㊁時彼（善知眾藝）童子告善財言：善男子！我（已）得「菩薩」（位之）解脫，名具足圓滿（的）善知眾藝（śilpa 眾藝。abhijña 善知 = śilpābhijña）。
㊂我恒「唱（頌）、持（誦）」入此「解脫」根本之字。	㊂我恒「唱（頌）、持（誦）」此之字母。	㊂我恒「唱（頌）、持（誦）」此之字母，所謂：

唱「阿 a」字時，入「般若」波羅蜜門，名菩薩「威德」(之)各別境界。	唱「阿 a」字時，入「般若」波羅蜜門，名(能)以菩薩「威力」(而)入「無差別」境界。	唱「婀 a」字時，能甚深入「般若」波羅蜜門，名以菩薩「勝威德力」，顯示諸法本「無生」義。
㊃唱「羅 ra」字時，入「般若」波羅蜜門，名(能入)「平等一味」(之)「無邊(際)」。	㊃唱「多 ra」字時，入「般若」波羅蜜門，名(能入)無「邊(際)、差別」(之)門。	㊃唱「囉 ra」字時，能甚深入「般若」波羅蜜門，名(能入)普遍顯示無「邊際、微細(差別)」(之)解。
㊄唱「波 pa」字時，入「般若」波羅蜜門，名(能入普照於)法界(平等而)無「異相」。	㊄唱「波 pa」字時，入「般若」波羅蜜門，名(能入)「普照」(於)法界(平等而無異相)。	㊄唱「跛 pa」字時，能甚深入「般若」波羅蜜門，名(能入)普照(於)法界「平等」際(之)微細智。
㊅唱「者 ca」字時，入「般若」波羅蜜門，名(能入)「普輪」(普遍法輪而能)斷(種種)差別(色相)。	㊅唱「者 ca」字時，入「般若」波羅蜜門，名(能入)「普輪」(普遍法輪而能)斷(種種)差別(色相)。	㊅唱「者 ca」字時，能甚深入「般若」波羅蜜門，名(能入)「普輪」(普遍法輪而)能斷(種種)差別色(相)。
㊆唱「多 na」字時，入「般若」波羅蜜門，名(能)得「無(所)依(止之處)」，(此即是最極)「無上」。(既已無所依，則已達「應無所住	㊆唱「那 na」字時，入「般若」波羅蜜門，名(能)得「無(所)依(止之處)」，(此即是最極)「無上」。(既已無所依，則已達「應無所住	㊆唱「曩 na」(鼻音)字時，能甚深入「般若」波羅蜜門，名(能)證得「無(所)依(止之處)」，(此即是最極)「無住」(之)際。

而生其心」的能所雙亡，此即是最極之無上）。	而生其心」的能所雙亡，此即是最極之無上）。	
㊳唱「邏 la」字時，入「般若」波羅蜜門，名（能遠）離（所） 依止（的十二因緣而獲得）「無垢」。	㊳唱「邏 la」字時，入「般若」波羅蜜門，名（能遠）離（所）依止（的十二因緣而獲得）「無垢」。	㊳唱「攞 la」字時，能甚深入「般若」波羅蜜門，（能遠）離「名色」（等十二因緣所）依（止）處（而獲得）「無垢污」。
㊴唱「荼 da」（徒假反）字時，入「般若」波羅蜜門，名（能入）「不退轉」之行。	㊴唱「柂 da」（輕呼。柂字古同「舵」）字時，入「般若」波羅蜜門，名（能入）「不退轉」（之）方便（行）。	㊴唱「娜 da」字時，能甚深入「般若」波羅蜜門，名（能入）「不退轉」方便（之行）。
㊵唱「婆 ba」字時，入「般若」波羅蜜門，名（能入離繫縛得解脫之）「金剛場」。	㊵唱「婆 ba」（蒲我切）字時，入「般若」波羅蜜門，名（能入離繫縛得解脫之）「金剛場」。	㊵唱「婆 ba」（摹我反）字時，能甚深入「般若」波羅蜜門，名（能入離繫縛得解脫之）「金剛輪」道場。

東晉・佛馱跋陀羅譯 六十《華嚴經・入法界品》	唐・實叉難陀譯 八十《華嚴經・入法界品》	唐・般若譯 四十《華嚴經・入不思議解脫境界普賢行願品》
㊀唱「茶 ḍa」字時，入「般若」波羅蜜門，名曰（能入）「普輪」（普遍圓滿之法輪）。	㊀唱「茶 ḍa」（徒解切）字時，入「般若」波羅蜜門，名曰（能入）「普輪」（普遍圓滿之法輪）。	㊀唱「拏 ḍa」字時，能甚深入「般若」波羅蜜門，名（能入）普（遍）圓滿（之法）輪。
㊁唱「沙 ṣa」字時，入「般若」波羅蜜門，名為（能入佛法大）海（法）	㊁唱「沙 ṣa」（史我切）字時，入「般若」波羅蜜門，名為（能入佛法大）	㊁唱「灑 ṣa」（史我反）字時，能甚深入「般若」波羅蜜門，名為（能入佛

藏(而心無罣礙)。	海(法)藏(而心無罣礙)。	法大)海(法)藏(而心無罣礙)。
㊳唱「他 va」字時，入「般若」波羅蜜門，名(因言語道斷的離文字相，皆不可得，所以佛法就能)普(遍)生(於)「安住」。	㊳唱「縛 va」(房可切)字時，入「般若」波羅蜜門，名(因言語道斷的離文字相，皆不可得，所以佛法就能)普(遍)生(於)「安住」。	㊳唱「嚩 va」(無可反)字時，能甚深入「般若」波羅蜜門，名(因言語道斷的離文字相，皆不可得，所以佛法就能)普遍勤求出生(於)「安住」。
㊴唱「那 ta」字時，入「般若」波羅蜜門，名(能入「真如」不動平等之)「圓滿光」。	㊴唱「哆 ta」(都我切)字時，入「般若」波羅蜜門，名(能入「真如」不動平等之)「圓滿光」。	㊴唱「哆 ta」字時，能甚深入「般若」波羅蜜門，名(能入「真如」不動平等就像)「星宿ㄒㄡˋ月」圓滿(之)光。
㊵唱「邪 ya」字時，入「般若」波羅蜜門，名(諸法之)「差別」(與)「積聚」(皆不可得)。	㊵唱「也 ya」(以可切)字時，入「般若」波羅蜜門，名(諸法之)「差別」(與)「積聚」(皆不可得)。	㊵唱「也 ya」(移我反)字時，能甚深入「般若」波羅蜜門，名(諸法之)「差別」(與)「積集」(皆不可得)。
㊶唱「史吒 ṣṭa」字時，入「般若」波羅蜜門，名「普(照)光明」，(而能)息諸「煩惱」(而獲普照光明)。	㊶唱「瑟吒 ṣṭa」字時，入「般若」波羅蜜門，名「普(照)光明」，(而能)息「煩惱」(而獲普照光明)。	㊶唱「瑟吒 ṣṭa」(二合上)字時，能甚深入「般若」波羅蜜門，名(獲)「普照光明」，(而能)息除「煩惱」。
㊷唱「迦 ka」字時，	㊷唱「迦 ka」字時，	㊷唱「迦 ka」(上)字

入「般若」波羅蜜門，名(所有的法雲)差別(皆是平等)一味。	入「般若」波羅蜜門，名「無差別」(之法)雲。	時，能甚深入「般若」波羅蜜門，名普(遍平等之法)雲(而)不(間)斷。
(捌)唱「娑 sa」字時，入「般若」波羅蜜門，名(能豐)霈(注)然(降下)「法雨」(而利益眾生)。	(捌)唱「娑 sa」(蘇我切)字時，入「般若」波羅蜜門，名(能)降霔ㄕㄨˋ(古同「澍」→大雨灌注)大(法)雨(而利益眾生)。	(捌)唱「娑 sa」(蘇我反)字時，能甚深入「般若」波羅蜜門，名(能)降(下灌)注大(法)雨(而利益眾生)。
(玖)唱「摩 ma」字時，入「般若」波羅蜜門，名(因我慢造成的生死)大流(盛大河流)「湍激」(湍流激烈)，(我慢亦如)眾峯(在同)齊(對)峙ㄓˋ(聳立)。	(玖)唱「麼 ma」字時，入「般若」波羅蜜門，名(因我慢造成的生死)大流(盛大河流)「湍激」(湍流激烈)，(我慢亦如)眾峯(在同)齊(對)峙ㄓˋ(聳立)。	(玖)唱「莽 ma」字時，能甚深入「般若」波羅蜜門，名(因我慢造成的生死)「大速疾」(之流而)現種種色(相)，(我慢亦)如眾「高峯」(在同齊對峙聳立)。
(拾)唱「伽 ga」字時，入「般若」波羅蜜門，名(諸法輪皆能)普(遍於)上(而獲)「安立」。	(拾)唱「伽 ga」(上聲輕呼)字時，入「般若」波羅蜜門，名(諸法輪皆能)普(遍於)「安立」。	(拾)唱「誐 ga」(言迦反上)字時，能甚深入「般若」波羅蜜門，名普輪(普遍諸法輪皆能)「積集」(而獲安立)。

東晉・佛馱跋陀羅譯 六十《華嚴經・入法界品》	唐・實叉難陀譯 八十《華嚴經・入法界品》	唐・般若譯 四十《華嚴經・入不思議解脫境界普賢行願品》
(壹)唱娑 s「他 tha」字時，入「般若」波羅蜜門，名(法界一切眾生之)「真	(壹)唱「他 tha」(他可切)字時，入「般若」波羅蜜門，名(法界一切眾生之)	(壹)唱「他 tha」(上)字時，能甚深入「般若」波羅蜜門，名(法界一切眾

如藏」(皆普)遍平等。	「真如」(皆)平等(之)藏。	生之)「真如」(皆)平等「無分別」(之)藏。
㉒唱「社 ja」字時，入「般若」波羅蜜門，名(能示現)入「世間(大)海」(中而皆)清淨。	㉒唱「社 ja」字時，入「般若」波羅蜜門，名(能示現)入「世間(大)海」(中而皆)清淨。	㉒唱「惹 ja」(上)字時，能甚深入「般若」波羅蜜門，名(能示現)遍入(於)「世間(大)海」(中)遊行(而皆)清淨。
㉓唱「室者 sva」字時，入「般若」波羅蜜門，名(能對)一切諸佛(皆)「正念」(其)莊嚴。	㉓唱「鎖 sva」字時，入「般若」波羅蜜門，名(能正)念「一切佛」(皆)莊嚴。	㉓唱「娑嚩 sva」(二合)字時，能甚深入「般若」波羅蜜門，名(能)普念諸佛一切(皆)莊嚴。
㉔唱「挖 dha」(柂字古同「拖」)字時，入「般若」波羅蜜門，名(能)「觀察」圓滿法(界之集)聚(皆不可得)。	㉔唱「柂 dha」(柂字古同「舵」)字時，入「般若」波羅蜜門，名(能)「觀察」揀擇(揀別擇取)一切法(界之集)聚(皆不可得)。	㉔唱「馱 dha」字時，能甚深入「般若」波羅蜜門，名(能)微細「觀察」一切法(界之集)聚(皆不可得)。
㉕唱「奢 śa」字時，入「般若」波羅蜜門，名(能隨入)一切諸佛「教授」(的法)輪(之)光。	㉕唱「奢 śa」(尸苛切)字時，入「般若」波羅蜜門，名(能)隨順一切(諸)佛教(化的法)輪(之)光明。	㉕唱「捨 śa」(上尸我反)字時，能甚深入「般若」波羅蜜門，名(能)隨順諸佛教(化的法)輪光明。
㉖唱「佉 kha」字時，入「般若」波羅蜜門，名(能令)淨修(的)「因地」	㉖唱「佉 kha」字時，入「般若」波羅蜜門，名(能令)修「因地」(之)智	㉖唱「佉 kha」(上)字時，能甚深入「般若」波羅蜜門，名(能令)「因

(從凡夫的「因地修行」到「證果成佛」之間的階位)現前(而生出)智藏(智慧寶藏)。	慧(寶)藏(而現前)。	地」(之所修而)現前智慧(寶)藏。
㊼唱「叉 kṣa」字時，入「般若」波羅蜜門，名(能)息(滅)諸(不善)業海藏(之聚)蘊(而出生智慧寶藏)。	㊼唱「叉 kṣa」(楚我切)字時，入「般若」波羅蜜門，名(能)息(滅)諸(不善)業海藏(而出生智慧寶藏)。	㊼唱「乞叉 kṣa」(二合)字時，能甚深入「般若」波羅蜜門，名(能)息(滅)諸(不善)業海，(而)出生「智慧(寶)藏」。
㊽唱「娑多 sta」字時，入「般若」波羅蜜門，名(能)蠲ㄐㄩㄢ 諸「惑障」(而)開(啓清)淨「光明」。	㊽唱「娑 s」(蘇紇切)「多 ta」(上聲呼)字時，入「般若」波羅蜜門，名(能)蠲ㄐㄩㄢ 諸「惑障」(而)開(啓清)淨光明。	㊽唱「娑 s」(蘇紇反)「哆 ta」(二合上)字時，能甚深入「般若」波羅蜜門，名(能)開(啓清)淨光明，(與)蠲ㄐㄩㄢ 諸「惑障」。
㊾唱「壤 ña」字時，入「般若」波羅蜜門，名(能)作(爲)「世間」(法之)了悟因。	㊾唱「壤 ña」字時，人「般若」波羅蜜門，名(能)作(爲)「世間」(法之)智慧門。	㊾唱「孃 ña」(上)字時，能甚深入「般若」波羅蜜門，名(能)出離「世間」(法之)智慧門。
㊿唱「頗 rtha」字時，入「般若」波羅蜜門，名智慧(法)輪，(能)斷(眾生)生死(苦惱)。	㊿唱「曷攞多 rtha」(上聲)字時，入「般若」波羅蜜門，名(能令眾生解脫)生死境界(之)智慧(法)輪。	㊿唱「曷囉他 rtha」(三合上)字時，能甚深入「般若」波羅蜜門，名(能)利益眾生，(以)「無我、無人」(之)智慧燈(去照耀眾生)。
東晉・佛馱跋陀羅譯	唐・實叉難陀譯	唐・般若譯

六十《華嚴經·入法界品》	八十《華嚴經·入法界品》	四十《華嚴經·入不思議解脫境界普賢行願品》
㊀唱「婆 bha」字時，入「般若」波羅蜜門，名(能入)一切宮殿(道場而)具足莊嚴。	㊀唱「婆 bha」(蒲我切)字時，入「般若」波羅蜜門，名(能入)一切智(的)宮殿(道場而獲)圓滿莊嚴。	㊀唱「婆 bha」(蒲我反)字時，能甚深入「般若」波羅蜜門，名(能入)圓滿莊嚴一切(的)宮殿(道場)。
㊁唱「車 cha」字時，入「般若」波羅蜜門，名(能令所)修行(的諸)戒(法)藏(皆獲)各別圓滿。	㊁唱「車 cha」(上聲呼)字時，入「般若」波羅蜜門，名(能令所)修行(的種種)方便(法門)藏(皆獲)各別圓滿。	㊁唱「車 cha」(車者反，上)字時，能甚深入「般若」波羅蜜門，名(能)「增長」修行(的種種)「方便」(法門)藏(獲得)普覆(普遍覆護庇蔭之)輪。
㊂唱「娑摩 sma」字時，入「般若」波羅蜜門，名(能)隨十方(而)現見(一切)諸佛(在大轉法輪藏)。	㊂唱「娑 s(蘇紇切)麼 ma」字時，入「般若」波羅蜜門，名(能)隨十方(而)現見(一切)諸佛(在大轉法輪藏)。	㊂唱「娑麼 sma」(尛音二合)字時，能甚深入「般若」波羅蜜門，名(能)隨順十方(而)現見(一切)諸佛(在)「旋轉」(法輪)藏。
㊃唱「訶娑 hva」字時，入「般若」波羅蜜門，名(能)觀察一切「無緣眾生」，(然後)方便攝受(之)，令(彼皆能)生(出無礙力如大)海藏(般)。	㊃唱「訶婆 hva」(二字皆上聲呼)字時，入「般若」波羅蜜門，名(能)觀察一切「無緣眾生」，(然後)方便攝受(之)，令(彼皆能)出生「無礙」力(如大海藏般)。	㊃唱「訶嚩 hva」(無我反二合)字時，能甚深入「般若」波羅蜜門，名(能)觀察一切微細眾生，(然後以種種)方便力(而令彼眾生皆能)出生(無礙力如大)海藏(般)。

㉕唱「訶 tsa」字時，入「般若」波羅蜜門，名(能)修行(而自在的)趣入一切功德(之大)海。	㉕唱「縒 tsa」(七可切)字時，入「般若」波羅蜜門，名(能)修行(而自在的)趣入「一切功德」(大)海。	㉕唱「哆娑 tsa」(二合)字時，能甚深入「般若」波羅蜜門，名(能)「自在」(的)趣入諸功德(大)海。
㉖唱「伽 gha」字時，入「般若」波羅蜜門，名(能普遍執)持一切「法雲」(之)堅固(性)，(及深入大)海(法)藏。	㉖唱「伽 gha」字(上聲呼)時，入「般若」波羅蜜門，名(能普遍執)持一切「法雲」(之)堅固(性)，(及深入大)海(法)藏。	㉖唱「伽 gha」字時，能甚深入「般若」波羅蜜門，名(能)普持(普遍執持)一切「法雲」(之)堅固(性)，(及深入大)海(法)藏。
㉗唱「吒 ṭha」字時，入「般若」波羅蜜門，名十方諸佛(能)隨(眾生之)願(力而)現前。	㉗唱「吒 ṭha」字時，入「般若」波羅蜜門，名(能)隨(眾生)願(力而)普見(於)十方諸佛(現前)。	㉗唱「姹 ṭha」(上)字時，能甚深入「般若」波羅蜜門，名(能以)願力(而)現見「十方諸佛」猶如(面見)虛空(一般)。
㉘唱「拏 ṇa」字時，入「般若」波羅蜜門，名(能)不動(一)字(之)輪(而能)聚集(無盡之)「諸億字」。	㉘唱「拏 ṇa」(孀可切)字時，入「般若」波羅蜜門，名(能)觀察(一)字(之)輪(而能)有「無盡」(之)「諸億字」。	㉘唱「儜 ṇa」(上)字時，能甚深入「般若」波羅蜜門，名(能)入(一)字(之)輪(而能通達邊)際「無盡」(之)境界。
㉙唱娑 s「頗 pha」字時，入「般若」波羅蜜門，名(能度)化眾生(至)「究竟」(圓滿之)處。	㉙唱娑 s(蘇紇切)「頗 pha」字時，入「般若」波羅蜜門，名(能度)化眾生(至)「究竟」(圓滿之)	㉙唱「頗 pha」字時，能甚深入「般若」波羅蜜門，名(能)教化眾生(至)「究竟圓滿」(之)處。

	處。	
⑩唱「娑迦 ska」字時，入「般若」波羅蜜門，名(如廣大)諸地(而圓)滿(具)足，(能)無(執)著、無(障)礙、(而令眾生獲)解脫(之)光明輪遍照。	⑩唱「娑(同前音)迦 ska」字時，入「般若」波羅蜜門，名(如)廣大(的大地之)藏，(能以)無礙辯(才)，(而令眾生獲得解脫)光明輪遍照。	⑩唱「娑迦 ska」字時，能甚深入「般若」波羅蜜門，名(如)廣大(的大地之)藏，(能以)無礙辯(才)，(而令眾生獲得解脫)遍照(之)光明輪。

東晉・佛馱跋陀羅譯 六十《華嚴經・入法界品》	唐・實叉難陀譯 八十《華嚴經・入法界品》	唐・般若譯 四十《華嚴經・入不思議解脫境界普賢行願品》
①唱「闍 ysa」字時，入「般若」波羅蜜門，名(能)宣說一切「佛法境界」。	①唱「也 y(夷舸切)娑 sa(蘇舸切)」字時，入「般若」波羅蜜門，名(能)宣說一切「佛法境界」。	①唱「夷娑 ysa」(二合)」字時，能甚深入「般若」波羅蜜門，名(能)演說一切「佛法智」(的境界)。
②唱「多娑 śca」字時，入「般若」波羅蜜門，名(能於)一切「虛空」法(界眾生)，(而作法)雷(之廣大)遍吼(聲)。	②唱「室者 śca」字時，入「般若」波羅蜜門，名(能)於(虛空)一切眾生界，(而作)法雷(之廣大)遍吼(聲)。	②唱「室者 śca」(二合)」字時，能甚深入「般若」波羅蜜門，名(能)入「虛空」一切(之)「眾生界」，(而作)法雷(之)大音遍吼(聲)。
③唱「侘 ṭa」(恥加反)字時，入「般若」波羅蜜門，名(能)曉(達覺悟)諸「迷識」(具迷謬的見識	③唱「侘 ṭa」(恥加切)字時，入「般若」波羅蜜門，名(能)以「無我」法(義去)開曉(開通曉達一	③唱「侘 ṭa」(上)字時，能甚深入「般若」波羅蜜門，名(能)說「無我」法(義而)開(闡諸)佛

者)，(以)「無我」(之)明燈(爲法義)。	切的)眾生。	境界，(令)曉悟(曉達覺悟一切的)群生。
㊃唱「陀 ḍha」字時，入「般若」波羅蜜門，名(能入)一切法輪(種種不同)「出生」之藏。	㊃唱「陀 ḍha」字時，入「般若」波羅蜜門，名(能入)一切法輪(種種)「差別」(之法)藏。	㊃唱「荼 ḍha」(去)字時，能甚深入「般若」波羅蜜門，名(能入)一切法輪(種種)「差別」(之法)藏。
㊄善男子！我唱如是(能)入諸解脱根本(的四十二)字時，此四十二(字皆以)「般若」波羅蜜門為首，(故四十二字母皆能)入無量無數(之)「般若」波羅蜜門。	㊄善男子！我唱如是「字母」時，此四十二(字皆以)「般若」波羅蜜門為首，(故四十二字母皆能)入無量無數(之)「般若」波羅蜜門。	㊄善男子！我唱如是「字母」之時，此四十二(字皆以)「般若」波羅蜜門為首，一切「章句」(皆能)隨(四十二字)轉(起而)無礙，(故四十二字母皆)能甚深入無量無數「般若」波羅蜜門。

持誦真言陀羅尼與修「四念處」觀

唐・菩提流志譯《不空羂索神變真言經・陀羅尼真言辯解脱品〉

(1)若(有)持(誦)「真言」者，行「陀羅尼」真言時，(應)以「無所得」而為方便，(若有)所得(之)「文字」陀羅尼門，當知是為一切(發心修行的)「菩薩摩訶薩」，(應)恭敬頂禮(如是具)「出世廣大解脱陀羅尼真言」，(及)最上「神變解脱壇印三昧耶」……

(2)蓮花手！(若)是受持(真言)者，(應)住「四念住」，何等為四？
一「身」念住。二「受」念住。三「心」念住。四「法」念住。
(欲)修行「陀羅尼」真言(者)，(應)以「無所得」而為方便。

(3)雖於「內身」住循「身觀」，雖於「外身」住循「身觀」，雖於「內、外」身

(皆)住循「身觀」。

(4)雖於「內受」住循「受觀」，雖於「外受」住循「受觀」，雖於「內、外」受(皆)住循「受觀」。

(4)雖於「內心」住循「心觀」，雖於「外心」住循「心觀」，雖於「內、外」心(皆)住循「心觀」。

(6)雖於「內法」住循「法觀」，雖於「外法」住循「法觀」，雖於「內、外」法(皆)住循「法觀」。

(7)(於上四念處中)而竟不(生)起「身俱、受俱、心俱、法俱」(之任何)「尋思」(覺觀)，(起)熾然「精進」(用功)，具「(正)念正知」，為欲調伏「世貪憂」(世間貪心憂愛)，故(如)是(而)受持者(即是)「四念住處」……

第五章 北涼・曇無讖《大方等大集經》中出現 6 個新字母

底下共有 6 個字，沒有被算入到五十一字母內的。

51 字母+華嚴 10 個新字 =61 字母

61 字母+ 6 = 67 字母

①「蠱 gu」(字)亦一切法門(例如：guṇa 功德;利益)，「蠱 gu」者，(若)觀「五陰」(皆空)已，(能)得大利益。(北涼・曇無讖譯《大方等大集經》)

②「至 ci」(字)亦一切法門(例如：citta 心)，「至 ci」者，心寂靜故，離一切惡。(北涼・曇無讖譯《大方等大集經》)

③「替 ṭhi」(字)亦一切法門(例如：prati-ṣṭhita 或 adhi-ṣṭhita 安住)，「替 ṭhi」者，(能)「住」(於)一切法(中)。(北涼・曇無讖譯《大方等大集經》)

④「修 śu」(字)亦一切法門(例如：śudha 清淨解脫)，「修 śu」者，一切諸法，(其)性(皆)是「解脫」。(北涼・曇無讖譯《大方等大集經》)

⑤「毘 vi」(字)亦一切法門，「毘 vi」者，一切諸法，悉是「毘尼」，「毘尼」(vinaya 戒律)者，(能)調伏己身。(北涼・曇無讖譯《大方等大集經》)

⑥「時 ji」(字)亦一切法門(例如：jihma 不正;歪斜)，「時 ji」者，一切諸法，(其)性(皆)不「染污」。(北涼・曇無讖譯《大方等大集經》)

善男子！是名「門句」，能淨念心，能淨其心，知「眾生根」。(北涼・曇無讖譯

《大方等大集經》)

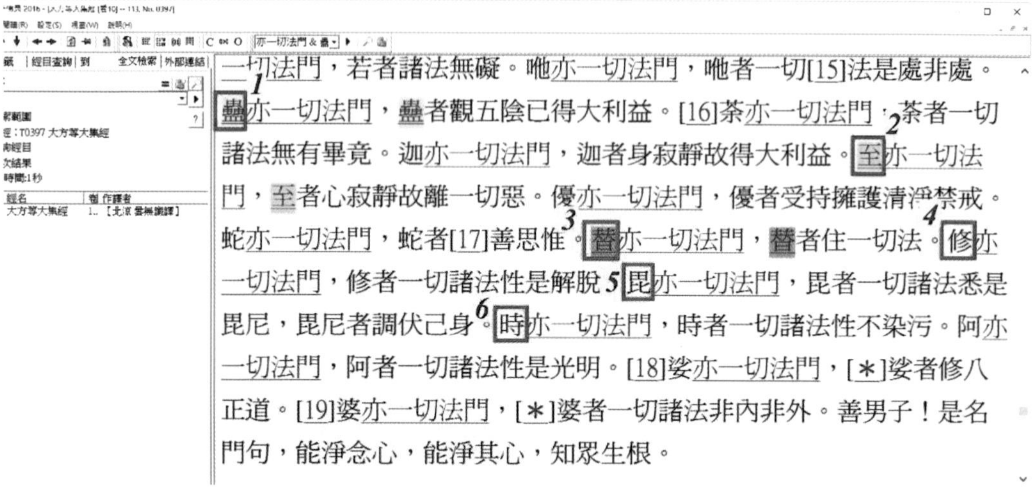
一切法門，若者諸法無礙。咃亦一切法門，咃者一切[15]法是處非處。蟲亦一切法門，蟲者觀五陰已得大利益。[16]茶亦一切法門，茶者一切諸法無有畢竟。迦亦一切法門，迦者身寂靜故得大利益。至亦一切法門，至者心寂靜故離一切惡。優亦一切法門，優者受持擁護清淨禁戒。蛇亦一切法門，蛇者[17]善思惟。替亦一切法門，替者住一切法。修亦一切法門，修者一切諸法性是解脫。毘亦一切法門，毘者一切諸法悉是毘尼，毘尼者調伏己身。時亦一切法門，時者一切諸法性不染污。阿亦一切法門，阿者一切諸法性是光明。[18]娑亦一切法門，[*]娑者修八正道。[19]婆亦一切法門，[*]婆者一切諸法非內非外。善男子！是名門句，能淨念心，能淨其心，知眾生根。

一、關於梵咒中「毘」盧遮那佛的讀音研究

有關「毘盧遮那」四個字。從「後漢」以來到「唐代」的譯語皆作：
毘盧遮那、尾嚧左曩、尾嚧遮那、吠路遮那、吠嚧遮鄉、吠嚧遮娜、吠嚧遮那、微盧遮那、鞞嚧柘那、鞞嚧柘鄉、盧舍那。

其中則以「**毘盧遮那**」為主的「漢字譯法」是最多的，高達有 **3443** 筆。但這個「毘」字，沒有一次是譯成「 **vai**」音的，全部都作「 **vi**」音。

還有「藏經」中，也可查到有關「西方廣目天王」的中文都譯作「**毘嚕**博叉、**毘樓**婆叉、鼻溜波阿叉、髀路波呵迄叉」。
但「西方廣目天王」的梵文確定是作「**Virūpākṣa**」，也不是「**vai**」的發音。

還有「南方增長天王」的中文都譯作「**毘嚕**陀迦、**毘留**多天、毘流離天、鼻溜荼迦天、**毘樓**勒天、**毘樓**勒迦天」。
但「南方增長天王」的梵文確定是作「**Virūḍhaka**」，也不是「**vai**」的發音。

「西方廣目天王」和「南方增長天王」，就算譯成「**尾嚕**」二個字的開頭，也都統一稱作 **Viru**，沒有一次是作「**Vairu**」的。

所以「毘盧遮那」的「毘」字，從「後秦」時代，從《長阿含經》開始，就譯作「**vi**」音的。所以從「嚴」來說，讀成「**vai**」並不是很正確的讀法，應讀成「**vi**」才是最正確的！

漢人讀「北平國語音」的「**毘盧遮那**」佛，讀成「**皮**」音，反而是正確的。所以梵音版的「光明真言」咒文，應誦成 **virocana** 才是較如法正確的。

雖然「光明真言」中的「**毘**」字，不會因為發音𑖪𑖰 **vi** 或𑖪𑖹 **vai** 而影響咒語的「功德」，就像大部份的漢人都還是誦「北平國語音」的「楞嚴咒」，並沒有讀誦「梵音版」的「楞嚴咒」，但這兩者的「功德」在「誠心、精進」之下，仍然是「無別」的，也不必作太多的「分別執著」心。

那為何現在 **99%**誦持「梵音」版的「光明真言」都是誦 **vairocana** 呢？這可能是受了「現代人」編的《梵和大辭典》影響。也可能是讀了《不空羂索毘盧遮那佛大灌頂光真言》中的「悉曇梵字」作「𑖪𑖹 **vai**」字的影響。如下截圖：

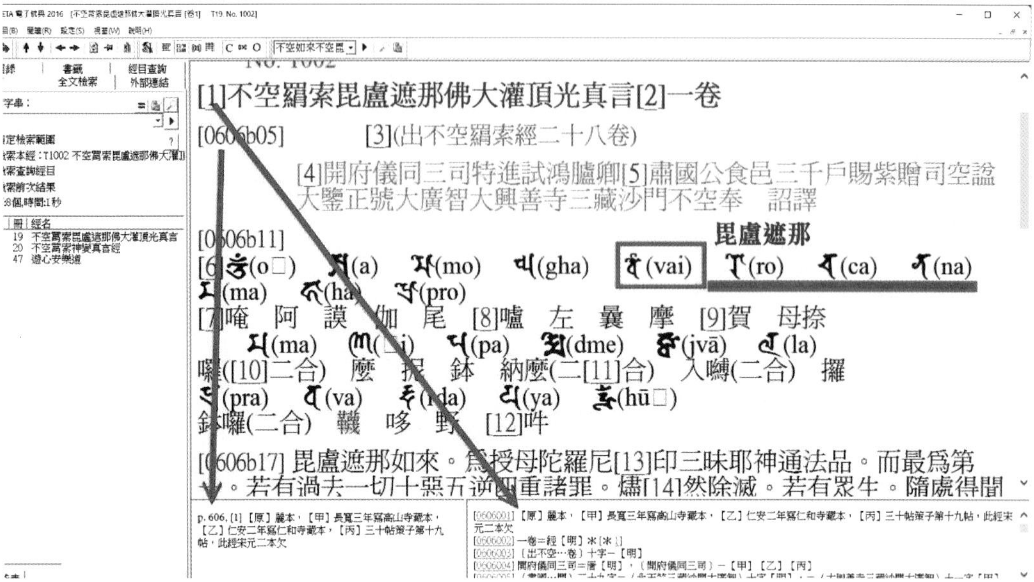

但這個「譯本」，底下有註解內容，作：

【原】麗本。【甲】(日本)長寬三年(公元 1165 年)寫高山寺藏本。

【乙】(日本)仁安二年(公元 1167 年)寫仁和寺藏本。

【丙】三十帖策子第十九帖，此經宋元二本欠。

到了清・弘贊會釋**《七俱胝佛母所說準提陀羅尼經會釋・卷三》**中又將「**毘盧遮那、尾嚧左曩**」的「梵音、羅馬拼音」改回了 **virocana**。底下還加上「註解」說「**尾**」亦作「**吠、廢、微**」這三個字。如下截圖：

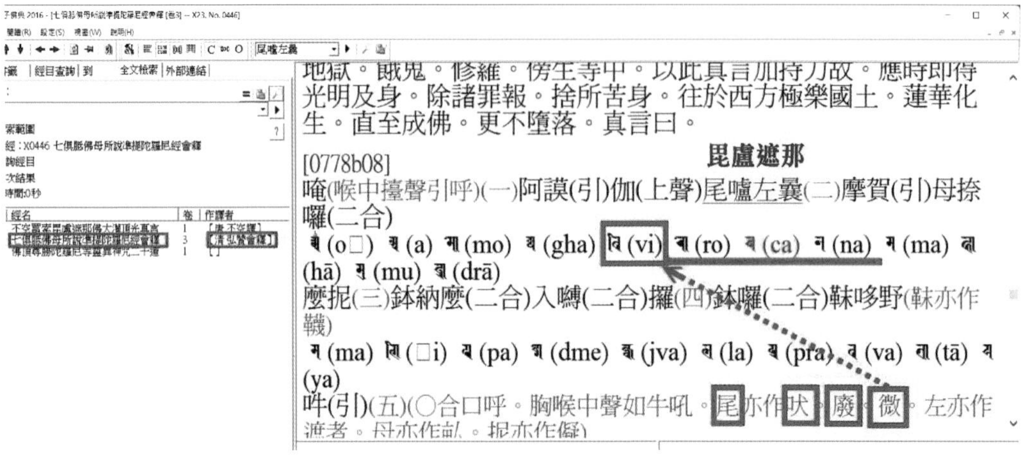

但同樣由唐・不空譯的**《佛母大孔雀明王經・卷二》**中的「**微盧者那**」仍然是譯作 **virocana**。如下截圖：

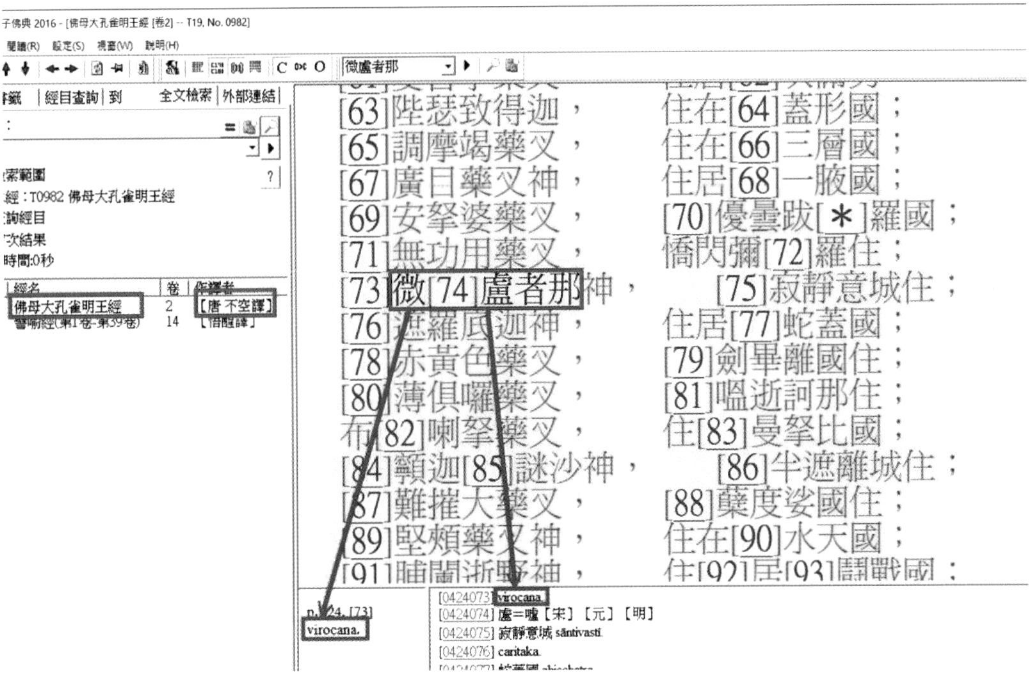

在後晉・可洪撰的**《新集藏經音義隨函錄・卷二十五》**中，也明確的把「**鞞**」字標注是讀成「**步迷反**」，就是 **virocana**。如下截圖：

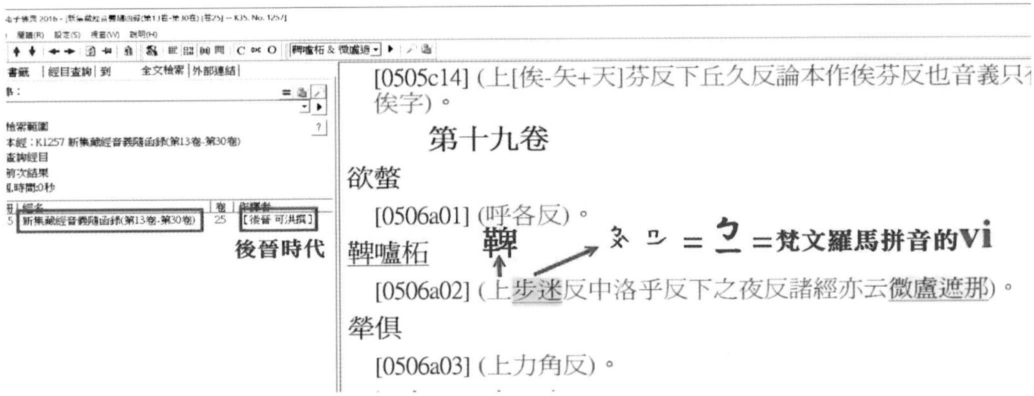

唐·善無畏與一行同譯的《金剛頂經毘盧遮那一百八尊法身契印》。咒文出現的「毘」字，也只譯成 **bhi**，並沒有出現 **vai** 的音譯。如下截圖：

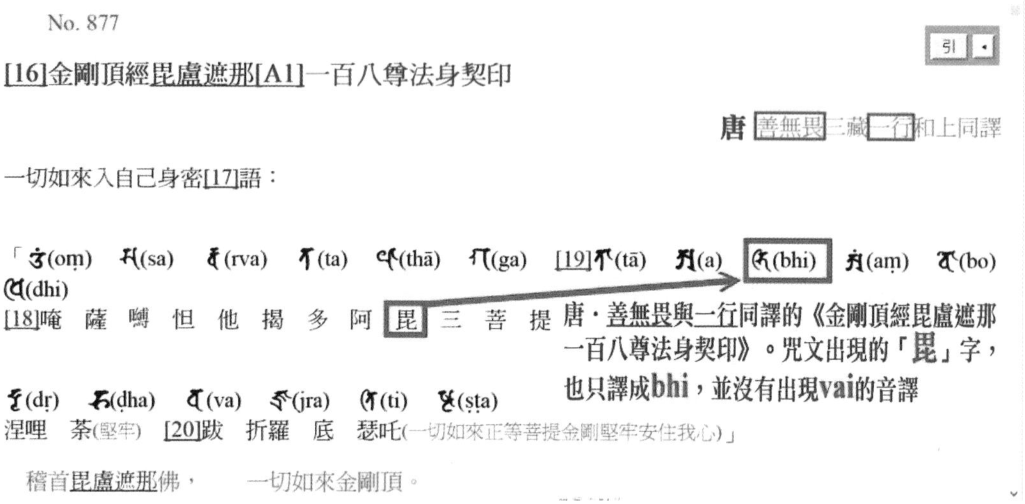

No. 877

引

[16]金剛頂經毘盧遮那[A1]一百八尊法身契印

唐 善無畏 三藏 一行 和上同譯

一切如來入自己身密[17]語：

「 ʒ(oṃ) ㅂ(sa) ₹(rva) ₹(ta) ㄸ(thā) ㄲ(ga) [19]₹(tā) ㅂ(a) (bhi) ㅂ(aṃ) ₹(bo)
ㅂ(dhi)
[18]唵 薩 嚩 怛 他 揭 多 阿 毘 三 菩 提

唐·善無畏與一行同譯的《金剛頂經毘盧遮那
一百八尊法身契印》。咒文出現的「毘」字，
也只譯成bhi，並沒有出現vai的音譯

₹(dṛ) ㅂ(dha) ₹(va) ㅅ(jra) ₹(ti) ㅂ(ṣṭa)
涅哩 茶(堅牢) [20]跋 折羅 底 瑟吒(一切如來正等菩提金剛堅牢安住我心)」

稽首毘盧遮那佛， 一切如來金剛頂。

底下再把《藏經》資料，故一個截圖示的「總說明」：

1 「毘盧遮那」的「毘」字，從「後秦」時代，由佛陀耶舍共竺佛念譯的《長阿含經》(公元413年)的時代開始，就都譯作「vi」音的。如下截圖：

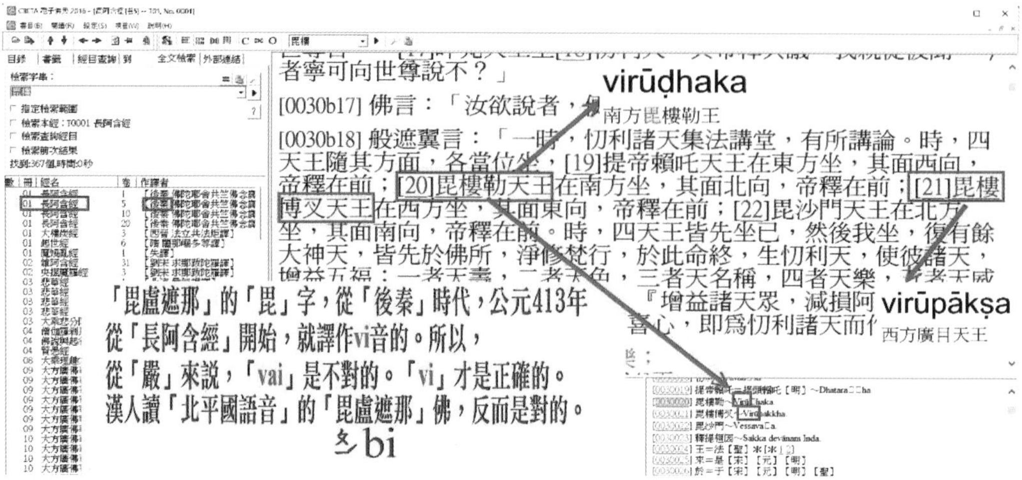

2 在劉宋・求那跋陀羅譯的**《雜阿含經・卷二十二》**，經文中的「**毘盧遮那**」四個字，底下清楚的註解「**毘**」字就是等同「**鞞**」的「**音**」，那就是發「**vi**」的音。如下截圖：

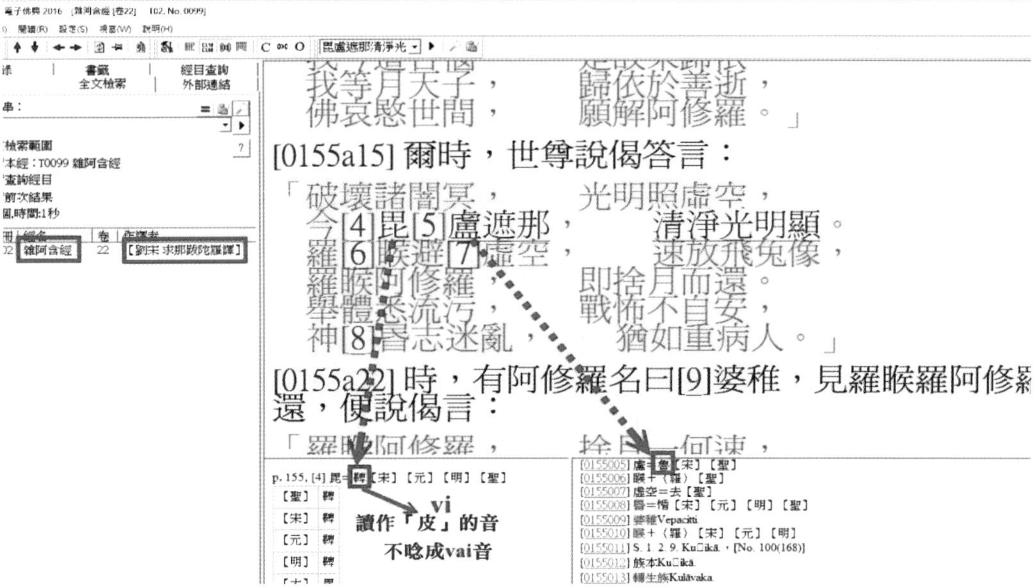

3 唐・義淨大師的**《梵語千字文》**中的「**毘**」字共計有 9 個字，沒有一次是譯作「**vai**」的音，只有譯作「**bi**」或「**bhi**」的音。如下截圖：

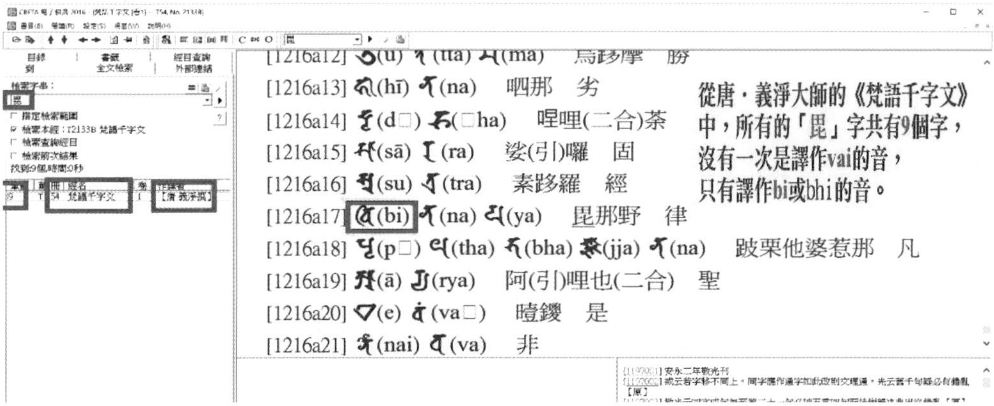

4 唐・義淨大師的**《梵語千字文》**中的「**尾**」字共計有 53 個字，沒有一次是譯作「**vai**」的音，只有譯作「**vi**」或「**bi**」或「**bhi**」的音。如下截圖：

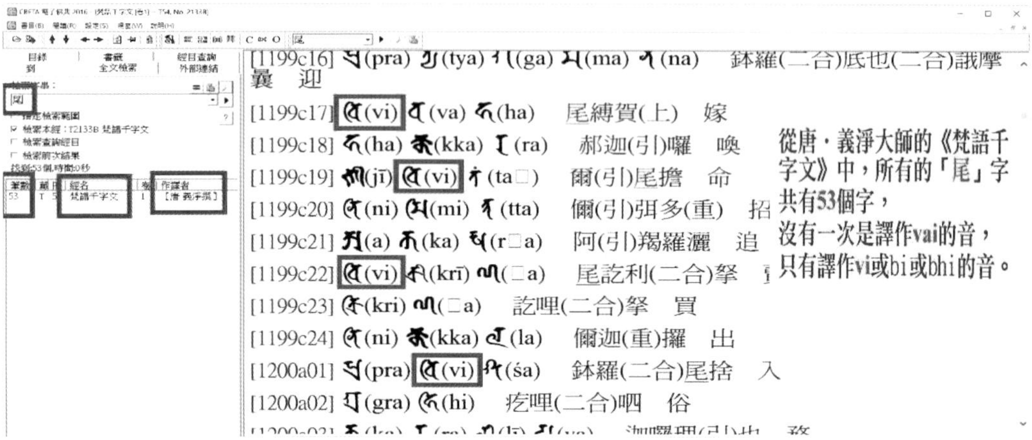

5 唐・禮言大師的**《梵語雜名》**中的「**毘**」字共計有 13 個字，沒有一次是譯作「**vai**」的音，只有譯作「**vi**」或「**bi**」或「**bhi**」的音。如下截圖：

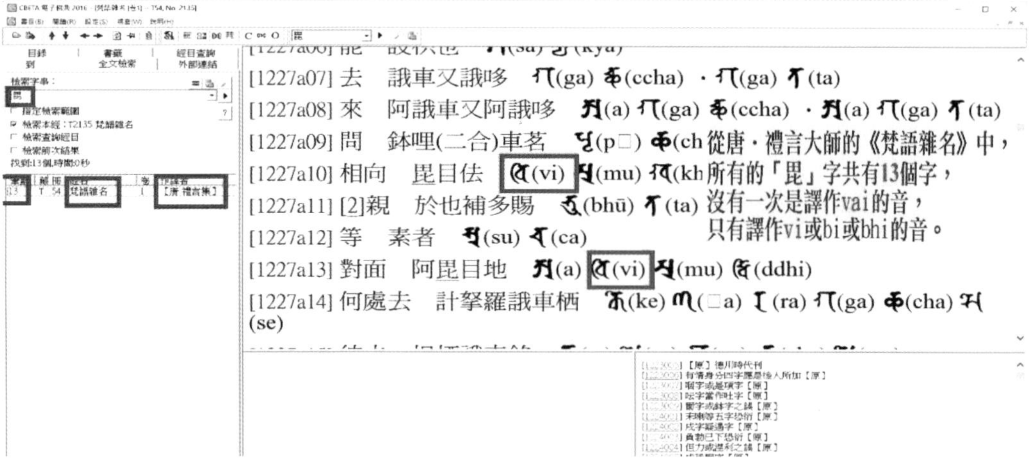

6 唐・禮言大師的**《梵語雜名》**中的「**尾**」字共計有 56 個字，沒有一次是譯作「**vai**」的音，只有譯作「**vi**」或「**bi**」或「**bhi**」的音。如下截圖：

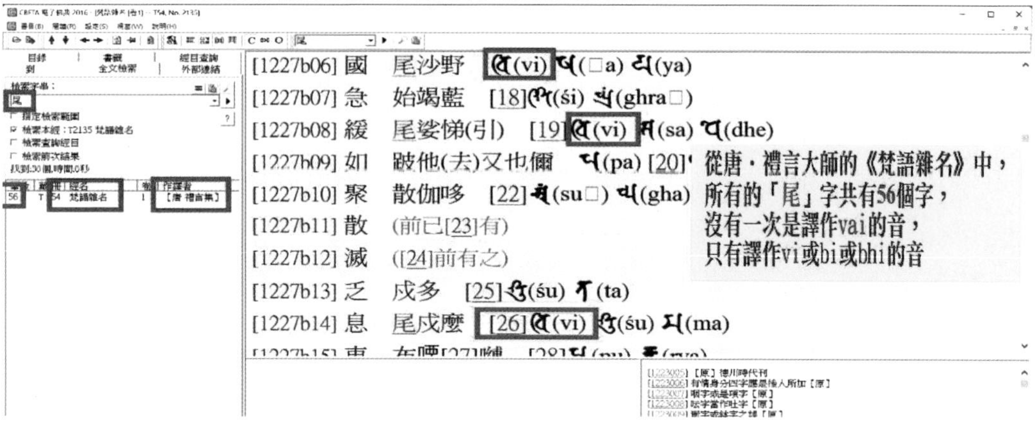

7 從《藏經》中檢索，出現了 3443 筆的「**毘盧遮那**」4 個字，沒有一次是譯成「**vai**」音的，全部都作「**vi**」音。

連「**毘盧遮那五字真言**」中的「**尾**」字，也是譯作「**vi**」音的。如下截圖：

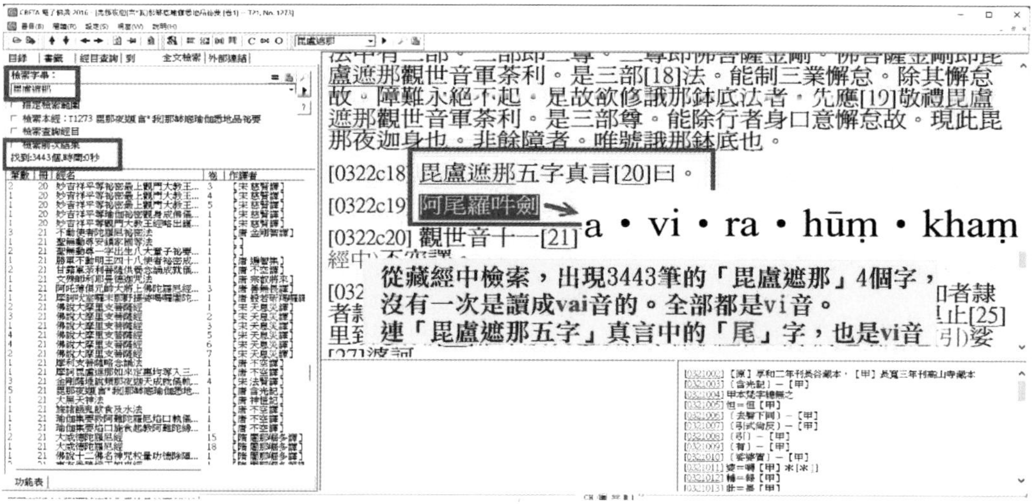

8 若從「上古音、中古音」的查詢來看，「**毘**」字沒有一次是作「**vai**」的擬音，只有作「**bi**」的擬音。如下截圖：

上古音查詢·中古音查詢·古漢語構擬（古音小鏡）

首頁　昆　部件輸入法　上古音▼　構擬▼　古文字▼　漢語地理▼　地名▼　✿ 工具書▼

時代	性質	學者	字頭	擬音[經整理]	擬音[原材料]	韻部		序
上古音	構擬	高本漢						1
		董同龢						2
		王力體系						3
		李方桂						4
		周法高						5
		斯塔羅斯金①·上古前期						6
		斯塔羅斯金②·上古後期						7
		斯塔羅斯金③·詩經音						8
		白一平						9
		鄭張尚芳						10
		潘悟雲						11
		許思萊	毘	bi	*bi	脂		12
		白一平-沙加爾						13
		郭錫良（表稿）						14
		郭錫良（手冊）						15
兩漢六朝	構擬	斯塔羅斯金·西漢	毘		同左			16
		斯塔羅斯金·東漢	毘		同左			17
		許思萊·東漢	毘	bi	同左			18
	韻部	西漢						19
		東漢						20
		魏						21
		晉						22
		宋北魏後期						23
		北魏後期北齊						24
		齊梁陳北周隋						25
中古音	構擬	高本漢						26
		王力						27
		董同龢						28
		李方桂						29
		周法高						30
		陳新雄						31
		蒲立本·前期						32
		蒲立本·後期						33
		斯塔羅斯金·中古	毘		同左			34
		斯塔羅斯金·前期	毘		同左			35
		斯塔羅斯金·中期	毘		同左			36
		斯塔羅斯金·後期	毘		同左			37
	轉寫	許思萊	毘	bjii 4	同左			38
		白一平-沙加爾						39
	推導	高本漢						40

9 公元 **1940~1974** 年，由日本人荻原雲來編的《梵和大辭典》第 1284 頁，在整個字典內，只有收錄「**vai**」**rocana** 的羅馬拼音。如下截圖：

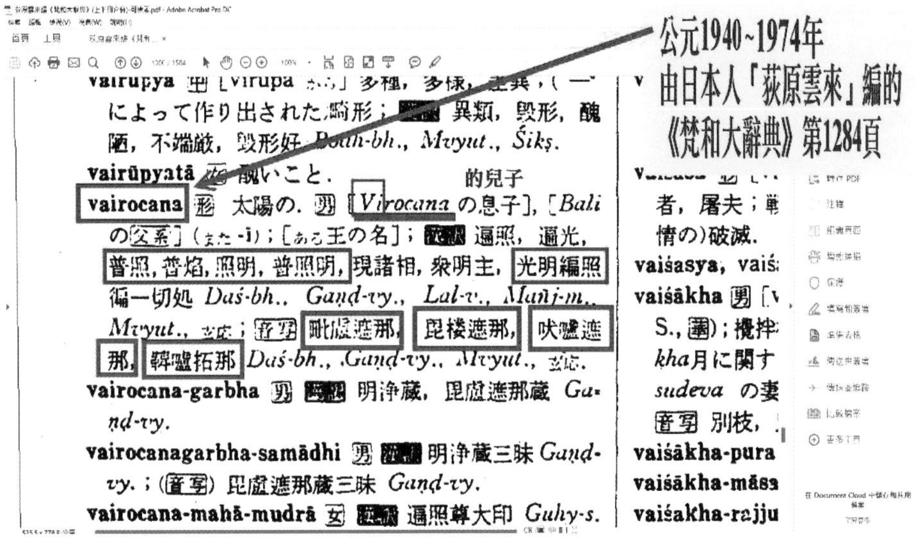

10 到了公元 **1997** 年，由日本人平川彰所編的**《佛教漢梵大辭典》**第 81 頁。不只收錄了「**vai**」**rocana** 的羅馬拼音，同時也增加了「**vi**」**rocana** 的字辭。如下截圖：

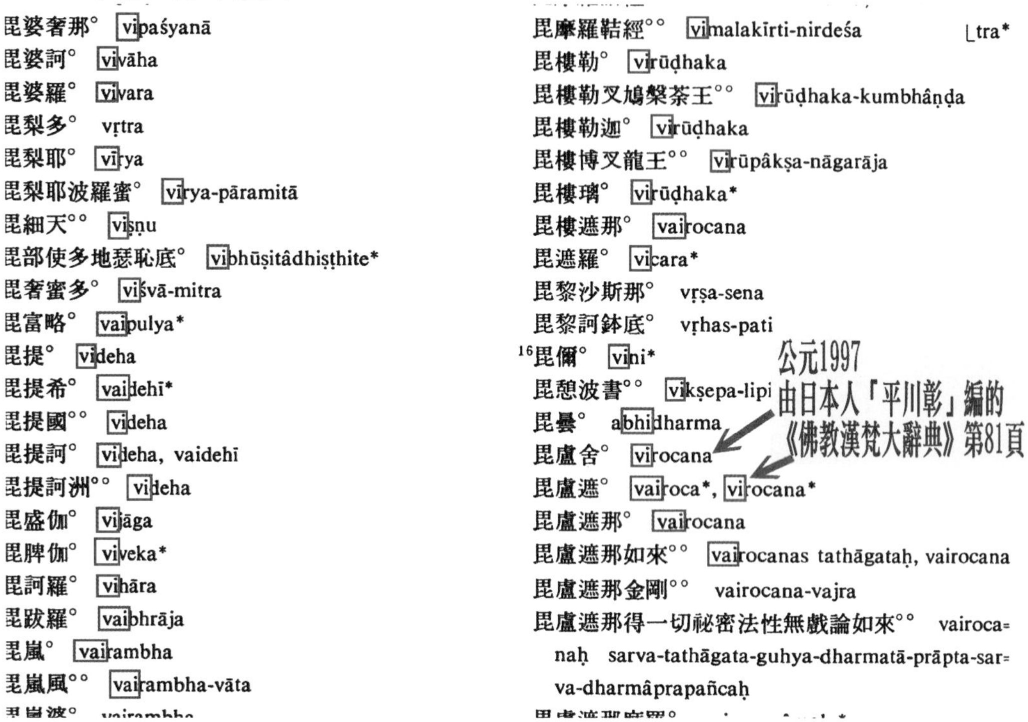
毘婆奢那° vipaśyanā
毘婆訶° vivāha
毘婆羅° vivara
毘梨多° vṛtra
毘梨耶° vīrya
毘梨耶波羅蜜° vīrya-pāramitā
毘紐天°° viṣṇu
毘部使多地瑟恥底° vibhūṣitâdhiṣṭhite*
毘奢蜜多° viśvā-mitra
毘富略° vaipulya*
毘提° videha
毘提希° vaidehī*
毘提國°° videha
毘提訶° videha, vaidehī
毘提訶洲°° videha
毘盛伽° vijāga
毘脾伽° viveka*
毘訶羅° vihāra
毘跋羅° vaibhrāja
毘嵐° vairambha
毘嵐風°° vairambha-vāta

毘摩羅詰經°° vimalakīrti-nirdeśa ⌊tra*
毘樓勒° virūḍhaka
毘樓勒叉鳩槃荼王°° virūḍhaka-kumbhâṇḍa
毘樓勒迦° virūḍhaka
毘樓博叉龍王°° virūpâkṣa-nāgarāja
毘樓璃° virūḍhaka*
毘樓遮那° vairocana
毘遮羅° vicara*
毘黎沙斯那° vṛṣa-sena
毘黎訶鉢底° vṛhas-pati
16毘儞° vini*
毘憩波書°° vikṣepa-lipi
毘曇° abhidharma
毘盧舍° virocana
毘盧遮° vairoca*, virocana*
毘盧遮那° vairocana
毘盧遮那如來°° vairocanas tathāgataḥ, vairocana
毘盧遮那金剛°° vairocana-vajra
毘盧遮那得一切祕密法性無戲論如來°° vairoca-naḥ sarva-tathāgata-guhya-dharmatā-prāpta-sar-va-dharmâprapañcaḥ
公元1997
由日本人「平川彰」編的
《佛教漢梵大辭典》第81頁

從上面的截圖可發現，幾乎所有的「**毘**」字都譯作「**vi**」音(紅色所圈之處)，只有極少數特殊的「名相」才作「**vai**」(粉紅色所圈之處)音的。

所以「光明真言」的咒文，應誦成 **virocana** 才是正確的。漢人讀「北平國語音」的「**毘**盧遮那」佛，讀成「**皮**」音，也是正確的。

但如果咒文是指向「**光明遍照藏**」意思的話，那通常就會譯作 **vairocana-garbha** 了。如果只是作為「毘盧遮那」的「如來名號」的話，那讀成 **virocana** 才是較「如法」的唸誦。

不空羂ㄐㄩㄢˋ 索毘盧遮那佛大灌頂光真言

(光明真言)

—出自《大正藏》第十九冊頁 606 中

(1)毘盧遮那如來，為(傳)授「母陀羅尼」印「三昧耶」神通法品，而(此咒法乃)最為「第一」。

(2)若有過去一切「十惡、五逆、四重諸罪」，(皆能)爐燃除滅。

(3)若有眾生(於)隨處得聞此「大灌頂光明真言」，(乃至)三七遍(21 遍)，(一)經「耳根」者，即得除滅一切「罪障」。

(4)若(有)諸眾生，(已)具造「十惡、五逆、四重」諸罪，猶如「微塵」(之多)，(而)滿斯世界，身壞命終，(必)墮諸「惡道」。(若能)以是(光明)「真言」，加持「土沙」(共)一百八遍。(然後於)「尸陀林」中，(將此持咒過的「土沙」)散(灑於)亡者(之)「尸骸」上、或散(灑於)「墓」上，(所)遇(的任何之處)皆散(灑)之。

(5)(於)彼所(的)「亡者」，若(已墮於)「地獄」中、若(已轉生於)「餓鬼」中、若(已至)「修羅」中、若(墮於)「傍生」中；(皆能)以一切不空如來不空毘盧遮那如來(的)真實大願(的)「大灌頂光真言」(之)神通「威力」，(與你自己)加持(過咒語的)「沙土」之力，應時(這些「眾生」)即(能獲)得「光明」及身，(能)除諸「罪報」，(能快速轉)捨所(遭受的)「苦身」(苦報之身)，(然後獲得)往(生)於西方極樂國土，(並於)「蓮華」(中)化生，乃至(獲得)「菩提」，更不墮落。

(6)復有眾生，連年累月，(都遭身體上的)痿黃(痿痺發黃)、疾惱(疾病惱害之病)、(遭受種種)「苦楚」萬端，(像如)是(之)「病人」者，(乃是)先世(所帶來的)業報。(此時應)以是(光明)「真言」，於病者(之)「前」，(於)一、(或)二、(或)三日，每日(都以)「高聲」(高大的聲量)誦此(光明)「真言」，(達至)一千八十遍，則(自己的病，或者「被加持的病人」)得(以)除滅宿業(所帶來的)「病障」。

(7)若(遇有人)為「鬼嬈」(者)，(導致)「魂識」悶亂，(甚至)「失音」不(能言)語。(此時需有)持(誦光明)「真言」者，(先)加持(自己的)「手」一百八遍，(然後)摩捫(自己的)「頭面」，(然後再)以「手」按於(被鬼擾者的)「心上、額上」，(再繼續)加持(咒語達)一千八十遍，則得除差(瘥ㄔㄞˋ→病癒)。

(8)(若遇被邪惡的)「摩訶迦羅神」(大黑天神)作(的)「病惱」者，亦能治遣。

(9)若(遭)諸「鬼神、魍魎」之「病」(者)，(先)加持「五色線」索，(共繫)一百八

「結」，(然後把此五色線)繫(綁到)其病者(的)「腰、臂、(頸)項」上，則便除差(瘥→病癒)。

(10)若(有遭)諸「瘧病」(者)，(則改)加持「白線」索，(共繫)一百八「結」，繫(綁於病人的)「頭項」(頭部頸子)上，及加持(其人所穿的)「衣著」，即令除差(瘥→病癒)。

(11)若(能以咒語)加持「石菖蒲」(也叫做：白菖蒲、藏菖蒲、菖蒲、石菖蒲、石菖、菀韮、錢蒲、九節菖蒲[滇南本草]、水菖蒲、鐵蘭、堯韭、昌陽、石蜈蚣、金錢蒲[大陸]、凌水檔、十香和、水劍草、建菖蒲[四川]、小石菖蒲[四川南江]，隨手香[四川宣漢])，(達)一千八十遍，(然後嘴裡)含之，(若)與他相對「談論」(之時)，則(必能)勝他(令他人拜)伏。

唵	阿謨伽	尾嚧左曩	摩賀	母捺囉(二合)
嗡	阿某嘎	V柔佳那	麻哈	母德咼
oṃ •	amogha •	virocana •	mahā-	mudrā •
	不空	毘盧遮那(光明遍照)	大	手印

麼抳	鉢納麼(二合)	入嚩(二合)攞	鉢囉(二合)韈哆野	吽
麻你	巴德麻	吉瓦拉	ㄅ咼瓦兒打雅	虎姆
maṇi •	padma •	jvala •	pravarttaya •	hūṃ •
摩尼寶珠	蓮華	火焰;熾然	轉、生、起	

二、關於飲食前要誦「三鉢羅佉多」的「梵音」研究

《根本說一切有部尼陀那目得迦》卷 8

(1)爾時世尊就座而坐，所有供食，置上座前，佛告具壽阿難陀曰：汝可遍語諸「苾芻」等，若(仍)未唱：「三鉢羅佉多」(saṃprāgata)已來，不應一人輒先「受食」。

(2)時具壽阿難陀如佛所勅，告諸苾芻：次遣一人，(先)於上座(之)前，(先)唱：「三鉢羅佉多」(saṃprāgata)。由是力故，於飲食內「諸毒」皆除。

《根本說一切有部尼陀那目得迦》卷 8

(1)我今制之：凡於眾首，為「上座」者，所有「供食」，置在眾前，先令「一人」，執持飲食，或先行鹽在上座前，曲身恭敬，唱：「三鉢羅佉多」(saṃprāgata)，(若仍)未唱(此咒)已來，不得(先)受食。

(2)當知此(咒)言有「大威力」，(若)輒違「受食」(指沒有先誦「三缽羅佉多」的咒句就直接飲食)，得「惡ㄨˋ作罪」(突吉羅 duṣkṛta。指身體之微細惡行，有時亦包括口舌之微細惡行。「惡」即指「厭惡」；「作」指「所作」，就是「厭惡」你所曾作過的事，於「作惡事」後生起「追悔」之心)。

(三鉢羅佉多，譯為「正至」，或為「時至」，或是「密語神呪」，能「除毒」故。昔云「僧跋」者，訛也。佛教遣唱食前，今乃後稱，食遍非直，失於本意。上座未免其愆，訛替多時，智者詳用)

《南海寄歸內法傳》卷 1

口唱「三鉢羅佉哆」(saṃprāgata。據《佛光大辭典》云：其義有二，❶施主對眾僧表白其「平等施」之意。❷指眾僧所食均爲「同一味」)，譯為「善至」，舊云「僧跋」者，訛也。

saṃ→同等、一致、正等、平齊、平等
pra→極勝
āgata→來、至、入、得、歸

《佛說梵摩難國王經》卷 1

佛於是令阿難(若欲)臨飯(之時)，(應先誦)說「僧跋」(saṃprāgata)，(所謂)「僧跋」

者，(即指)**眾僧**(於)**飯**(時)**，皆悉**(獲得)「**平等**」。

《翻梵語》卷 3

僧跋

應云「僧鉢䟦哆」(saṃprāgata)，譯曰「等至」。

第六章 唐・菩提流志譯《不空羂索神變真言經・陀羅尼真言辯解脫品〉中出現 10 個新字母

底下扣掉與《大方等大集經》出現同樣的字，所以只有 10 個字，沒有被算入到五十一字母內的。

法無定法，數無定數

67 字母+10 = 77 字

①入「吽弱 hūṃ jaḥ」字門，(能)解一切法「生」(相)，(皆)不可得故。(唐・菩提流志譯《不空羂索神變眞言經・陀羅尼眞言辯解脫品》)

②入「野 yā(藥可反)耶 ya(餘何反)」字門(例如：yāyajūka 指不斷絕之施)，(能)解一切「法」、一切「乘」，(皆)如實「不生」，(而)不可得故。(唐・菩提流志譯《不空羂索神變眞言經・陀羅尼眞言辯解脫品》)

③入「怛𩫖(寧也反)他 tadyathā」(去)字門，(能)解一切法(其)「住處」，(皆)不可得故。(唐・菩提流志譯《不空羂索神變眞言經・陀羅尼眞言辯解脫品》)

④入「瓢 bhya」(毘藥反)字門，(能)解一切法，(其)「時」(皆)平等性(而)不可得故。(唐・菩提流志譯《不空羂索神變眞言經・陀羅尼眞言辯解脫品》)

⑤入「建 kan」字門，(能)解一切「法界」(之)性，(皆)不可得故。(唐・菩提流志譯《不空羂索神變眞言經・陀羅尼眞言辯解脫品》)

⑥入「馹 ji」字門(此與《大方等大集經》出現同樣的字)，(能)解一切法(之)「窮盡」性，(而)不可得故。(唐・菩提流志譯《不空羂索神變眞言經・陀羅尼眞言辯解脫品》)

⑦入「紇唎蘗皤 hrī garbha 地」字門，(能)解一切法，(其)所「了知」性，(而)不可得故。(唐・菩提流志譯《不空羂索神變眞言經・陀羅尼眞言辯解脫品》)

⑧入「矩 ku」字門，(能)解一切法，(若將種種)欲樂(遮)覆(其本)性，(乃)不可得故。(《央掘魔羅經・卷二》云：譬如[因]日月密雲所[遮]覆，[故]光明不現，[待]雲翳既除，[則]光明[始]顯照。「如來之藏」亦復如是，[為]煩惱所「覆」，[故其佛]性不明顯，[待]出離煩惱[後]，大明普照，「佛性」明淨，猶如日月)。(唐・菩提流志譯《不空羂索神變眞言經・陀羅尼眞言辯解脫品》)

⑨入「唵 oṃ」字門，(能)解一切法，(如大地之)厚(能)平等(承載)性，(皆)不可得故。(唐・菩提流志譯《不空羂索神變眞言經・陀羅尼眞言辯解脫品》)

⑩入「弟 ṭhi」字門(此與《大方等大集經》出現同樣的字)，(能)解一切法(其)積集(積聚匯集之)性，(皆)不可得故。(唐・菩提流志譯《不空羂索神變眞言經・陀羅尼眞言辯解脫品》)

⑪入「翳醯(去)曳呬(呼以反)ehyehi 召;來」字門，(能)解一切法，(乃)離諸「諠諍」，無「往、來、行、住、坐、臥」，(皆)不可得故。(唐・菩提流志譯《不空羂索神變眞言經・陀羅尼眞言辯解脫品》)

⑫入「誐(同上)拏 gaṇa・娜麼 dama・許柹hūṃ phaṭ・莎縛訶 svāhā」字門，(能)解一切「三昧耶」，悉皆「自在」，速能「成辦」一切「事」三昧耶義利(之)「悉地」。(唐・菩提流志譯《不空羂索神變眞言經・陀羅尼眞言辯解脫品》)

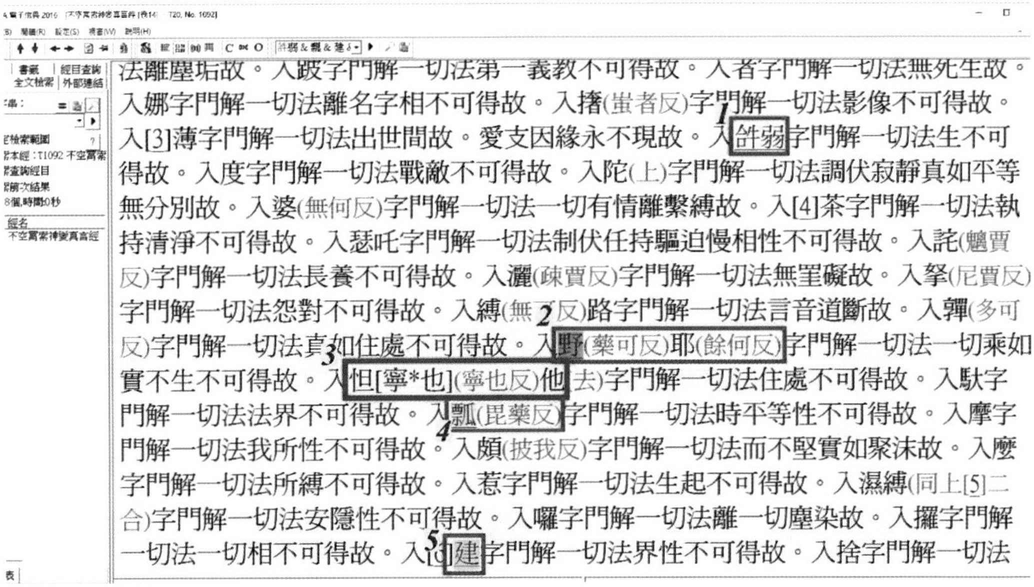

法離塵垢故。入跛字門解一切法第一義教不可得故。入者字門解一切法無死生故。入娜字門解一切法離名字相不可得故。入撦(蚩者反)字門解一切法影像不可得故。入[3]薄字門解一切法出世間故。愛支因緣永不現故。入 1 䛺弱字門解一切法生不可得故。入度字門解一切法戰敵不可得故。入陀(上)字門解一切法調伏寂靜真如平等無分別故。入婆(無何反)字門解一切法一切有情離繫縛故。入[4]茶字門解一切法執持清淨不可得故。入瑟吒字門解一切法制伏任持驅迫慢相性不可得故。入詫(魑賈反)字門解一切法長養不可得故。入灑(疎賈反)字門解一切法無罣礙故。入拏(尼賈反)字門解一切法怨對不可得故。入縛(無可反)路字門解一切法言音道斷故。入嚲(多可反)字門解一切法真如住處不可得故。入 2 野(藥可反)耶(餘何反)字門解一切法一切乘如實不生不可得故。入 3 怛[寧*也](寧也反)他(去)字門解一切法住處不可得故。入馱字門解一切法法界不可得故。入 4 瓢(毘藥反)字門解一切法時平等性不可得故。入摩字門解一切法我所性不可得故。入頗(披我反)字門解一切法而不堅實如聚沫故。入麼字門解一切法所縛不可得故。入惹字門解一切法生起不可得故。入濕縛(同上[5]二合)字門解一切法安隱性不可得故。入囉字門解一切法離一切塵染故。入攞字門解一切法一切相不可得故。入 5 [6]建字門解一切法界性不可得故。入捨字門解一切法

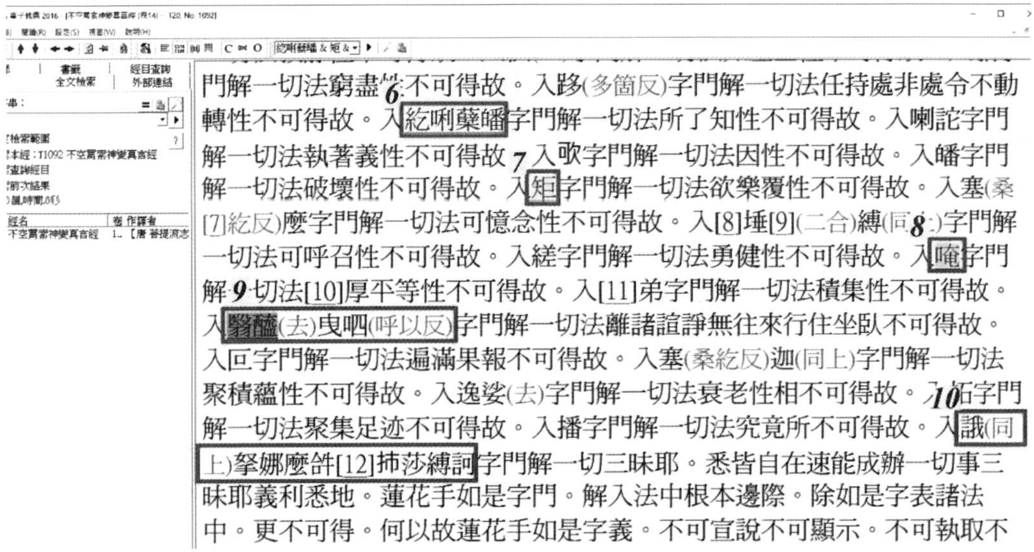

門解一切法窮盡性不可得故。入跢(多箇反)字門解一切法任持處非處令不動轉性不可得故。入 6 紇唎蘖皤字門解一切法所了知性不可得故。入喇詑字門解一切法執著義性不可得故。入歌字門解一切法因性不可得故。入皤字門解一切法破壞性不可得故。入 7 矩字門解一切法欲樂覆性不可得故。入塞(桑[7]紇反)麼字門解一切法可憶念性不可得故。入[8]埵[9](二合)縛(同上)字門解一切法可呼召性不可得故。入縒字門解一切法勇健性不可得故。入 8 唵字門解一切法[10]厚平等性不可得故。入[11]弟字門解一切法積集性不可得故。入 9 翳醯(去)曳呬(呼以反)字門解一切法離諸諠諍無往來行住坐臥不可得故。入叵字門解一切法遍滿果報不可得故。入塞(桑紇反)迦(同上)字門解一切法聚積蘊性不可得故。入逸娑(去)字門解一切法衰老性相不可得故。入拓字門解一切法聚集足迹不可得故。入播字門解一切法究竟所不可得故。入 10 誐(同上)拏娜麼䛺[12]抪莎縛訶字門解一切三昧耶。悉皆自在速能成辦一切事三昧耶義利悉地。蓮花手如是字門。解入法中根本邊際。除如是字表諸法中。更不可得。何以故蓮花手如是字義。不可宣說不可顯示。不可執取不

一、關於梵咒中「oṃ 嗡」音的讀法研究

「嗡 oṃ」音可以方便說是宇宙原始生命能量的「根本音」，它含有無窮無盡的功能與妙用。在人體中而言，「嗡」音是從「頭頂」內部發出的聲音。如果能懂得「嗡 oṃ」字發音的妙用和技術，最低效果，它可以使頭腦保持「清醒」，精神振發。如果您最近有「傷風感冒」，可以連續不斷念此字「嗡 oṃ」音，念到頭部「發汗」，有時也會不藥而癒的。如果您唸誦「嗡 oṃ」音時，頭腦並不會有「麻麻振動」的作用，那可能是你的「嗡 oṃ」音發音技術有問題，或者是唸錯了音也不一定！

如果我們能以「如法標準」的方式念誦「嗡 oṃ」音，一口氣順著下來，則有助於「氣息」暢順，貫通「中脈」的；如果念誦「嗡 oṃ」音是錯誤的，或者嘴巴沒有「合上」，則「氣」就可能會「外散」，就更不易震開身上的「氣脈」了。

1 唐・南天竺菩提流志譯《不空羂索神變真言經卷・十八・十地真言品第三十一》

(《大正藏》第二十冊頁 319 上－中)

唵(喉中擡聲引呼)。

➔菩提流志指的是「喉音」。

2 唐・中天竺金剛智譯《藥師如來觀行儀軌法一卷》

(《大正藏》第十九冊頁 24 中)

唵(喉中擡聲，引呼一句)。

➔金剛智指的是「喉音」。

3 唐・中天竺善無畏譯《蘇悉地羯羅經・分別成就品第十八》

(《大正藏》第十八冊頁 682 下)

唵(喉中擡聲，呼一句)。

➔善無畏指的是「喉音」。

4 唐・中天竺善無畏譯《蘇悉地羯羅經・請問品第一》

(《大正藏》第十八冊頁 663 下)

唵(喉中攞聲，引呼一句)。

➔善無畏指的是「喉音」。

註：《漢字古今音表》第 449 頁

漢字	中古音									上古音				近代音				現代音				漢語方言						
	攝	開合	等	聲	韻	紐	反切	詩韻	擬音	韻	紐	聲	擬音	韻	紐	聲	擬音	韻	紐	聲	擬音	吳語	湘語	贛語	客話	粵語	閩東話	閩南話
唵	咸	開	1	上	感	影	烏感	感	ɒm②	談	影	上	am②	監咸	影	上	am③	言前	影	去	an④							am③
揞	〃						〃	〃	〃					〃		〃	〃	言前	影	上	an③					ɐm③		am③
罯	〃						〃	〃	〃	侵	影	上	am③															〃
黭	〃						〃	〃	〃	談	影	上	am②															〃
唵	咸	開	1	上	感	影	烏感	感	ɒm②					監咸	影	陰平	am①											〃

註：吳語代表「蘇州語」，分佈在浙江地區。
湘語代表「長沙話」，分佈在湖南地區。
贛語代表「南昌話」，分佈在江西北部及中部。
客家話代表「梅縣話」，分佈在江西南部、廣東北部、福建西部。
粵語代代表「廣東話」，分佈在廣東、廣西東部。
閩東話代表「福州話」。分佈在福建、福州、
閩南話代表「廈門話」。分佈在福建、廣東東部、海南、雷州半島。

5 唐・南天竺菩提流志譯《金剛光焰止風雨陀羅尼經》

(《大正藏》第十九冊頁 729 中)

唵(近「奧」音，喉中攞聲引呼)。

➔菩提流志指的是「喉音」。

註：《漢字古今音表》第 294 頁

漢字	中古音									上古音				近代音				現代音				漢語方言						
	攝	開合	等第	聲調	韻	紐	反切	詩韻	擬音	韻	紐	聲	擬音	韻	紐	聲	擬音	韻	紐	聲	擬音	吳語	湘語	贛語	客話	粵語	閩東話	閩南話
奧	效	開	1	去	號	影	烏到	號	au③	幽	影	去	u③	蕭豪	影	去	au④	遙條	影	去	au④	æ④	ŋau④	ŋau④	au④	ou⑤	ɔ④	o④w au④β
懊	〃						〃	〃	〃	〃		〃	〃	〃		〃	〃	〃		〃	〃	æ④ æ①	〃	〃	au③	〃	〃	〃

6 梁失譯《牟梨曼陀羅咒》

(《大正藏》第十九冊頁 658 下)

烏唵(二合)

7 唐・北天竺・寶思惟譯《觀世音菩薩如意摩尼陀羅尼經》

(寶思惟被日僧淨嚴集《悉曇三密鈔・卷上之上》中歸類於「南天音」)

(《大正藏》第二十冊頁 200 中)

烏唵(二合)

8 唐・北天竺・寶思惟譯《觀世音菩薩如意摩尼輪陀羅尼念誦法》

(《大正藏》第二十冊頁 202 下)

烏唵(二合)

註:《漢字古今音表》第 97 頁

漢字	中古音									上古音				近代音				現代音				漢語方言						
	攝	開合	等第	聲調	韻	紐	反切	詩韻	擬音	韻	紐	聲	擬音	韻	紐	聲	擬音	韻	紐	聲	擬音	吳語	湘語	贛語	客話	粵語	閩東話	閩南話
°烏	遇	合	1	平	模	影	哀都	虞	u①	魚	影	平	a①	魚模	影	陰平	u①	姑蘇	影	陰平	u①	əu①	u①	u①	vu①	wu①	u①	ɔ①
嗚	〃						〃	〃	〃	〃		〃	〃	〃		〃	〃	〃		〃	〃					〃	〃	〃

9 唐・智廣撰《悉曇字記》(南天竺般若菩提悉曇)

生字三百四十有八(「**盎**」字「**阿黨反**」。「**安**」字並「**阿亶反**」。「**唵**」字「**阿感反**」)。

➔**註**:唐代智廣撰《悉曇字記》,收錄於《大正藏》第五十四冊頁 1187 上。

此書受南天竺沙門般若菩提(Prajñā-bodhi)之指導筆錄而成。

10 唐・西域人慧琳國師《一切經音義・卷十七》

(《大正藏》第五十四冊頁 414 下)

唵(烏感反)

11 唐・西域人慧琳國師《一切經音義・卷三十二》

唵(烏感反)

註:《漢字古今音表》第 448 頁

漢字	中古音									上古音				近代音				現代音				漢語方言						
	攝	開合	等	聲	韻	紐	反切	詩韻	擬音	韻	紐	聲	擬音	韻	紐	聲	擬音	韻	紐	聲	擬音	吳語	湘語	贛語	客話	粵語	閩東話	閩南話
○感	咸	開	1	上	感	見	古禫	感	kɒm②	侵	見	上	kam①	監咸	見	上	kam③	言前	哥	上	kan③	kø③	kan③	kɔn③	kam③	kɐm③	kaŋ③	kam③

12 唐・于闐國實叉難陀譯《觀世音菩薩祕密藏如意輪陀羅尼神咒經》

(《大正藏》第二十冊頁 200 上)

烏吽(二合)

13 唐・玄奘《觀自在菩薩隨心咒》

(《大正藏》第二十冊頁 17 中)

怛姪他・醯・多囉・咄多囉・咄囉・莎賀・

14 唐・玄奘譯《一切如來隨心咒》

(《大正藏》第二十冊頁 17 中)

怛姪他・醯・屈(居勿反)**㧌**[之公] **岐**(上)**尼・莎呵・**

註：玄奘譯的密咒，少部份是用「**甕**」(「甕」的本字)，其餘幾乎都是用「**唵**」字。

註：《漢字古今音表》第 17 頁

漢字	中古音									上古音				近代音				現代音				漢語方言						
	攝	開合	等	聲	韻	紐	反切	詩韻	擬音	韻	紐	聲	擬音	韻	紐	聲	擬音	韻	紐	聲	擬音	吳語	湘語	贛語	客話	粵語	閩東話	閩南話
瓮(甕)	通	合	1	去	送	影	烏貢	送	uŋ③	東	影	去	ɔŋ③	東鍾	影	去	uŋ④	中東	影	去	uaŋ④	oŋ④	ŋən④	uŋ①w ŋ④B	vuŋ④	uŋ⑤	œyŋ④	ɔŋ④w aŋ④B

結論一：

《大正藏》中沒有出現過「嗡」字，只有出現「唵」和「甕」字。

❶唐・中天竺金剛智。

❷唐・中天竺善無畏。

❸唐・南天竺菩提流志。

均作「**唵，喉中擡聲，引呼一句**」。

但菩提流志的譯文又說：**近奧音，喉中擡聲，引呼**。

➔那應該是 **auṃ** 三個音。又據梵文連音規則➔A+U=O 音。所以是唸成「**Oṃ**」音。

結論二：

❶梁失譯《牟梨曼陀羅咒》。

❷唐・北天竺・寶思惟譯《觀世音菩薩如意摩尼陀羅尼經》。

❸唐・北天竺・寶思惟譯《觀世音菩薩如意摩尼輪陀羅尼念誦法》。

均作「**烏唵**(二合)」。

➔那應該是 **auṃ** 三個音。又據梵文連音規則➔A+U=O。所以是唸成「**Oṃ**」音。

結論三：

唐・于闐國實叉難陀譯《觀世音菩薩祕密藏如意輪陀羅尼神咒經》

烏吽(二合)。

➔那應該是 **uṃ** 二個音。

結論四：

唐・西域人慧琳國師《一切經音義・卷十七》

唵(烏感反)

➔那應該是 **uaṃ** 二個音。又據梵文連音規則➔A+U=O。所以是唸成「**Oṃ**」音。

結論五：

唐・玄奘《觀自在菩薩隨心咒》、《一切如來隨心咒》

均作「**甕**」。

➔那應該是 **uŋ** 二個音。

結論六：

憨山大師傳授「唵」字必需「作吼聲，如饑虎吞物」

(憨山國師)**又示**(道一居士我)**以「唵」oṃ 字梵音，**(唵 oṃ 字的發音祕訣應)**作吼聲，如饑虎吞物，**(聲音要像能)**動搖「山嶽」，**(發聲至)**氣盡乃已。**—詳於清・順治曹溪憨祖受持弟子福徵 道一居士埽菴譚貞默槃談撰《佛母准提焚修悉地儀文寶懺序》(《卍新纂續藏經》第七十四冊頁 556 上~557 上)

所以「**oṃ**」音，決對不是用 **o** 的嘴型去發音，而是用發 **a** 的嘴型去發出 **o** 音來。此時的 o 音會略帶著 a+u 的音。

練習方法是：先念 **a** 的音，記住舌頭要「懸」在口腔的「中間」，保持住 **a** 的嘴型，然後再發出 **o** 的音，然後一定要「合上嘴」，這樣就成功了～

二、嗡𑖌𑖼義的解說

1 日人・信範撰《悉曇祕傳記》

(《大正藏》第八十四冊頁 652 上)

《秘藏記》云，𑖌𑖼「唵 oṃ」字有五種義：

一、**歸命**：**有二**(一依自佛、二依他佛)

二、**供養**：**有二**(一供自佛、二供他佛)

三、**驚覺**：(譬如春風雷雨，蟄蟲破地出現，草木花果開敷，我身中本有法身如來，依大悲願行風，依如來加持力出現)

四、**攝伏**：(譬如諸司百官，有國王敕召時，身心寒暑參集，一切諸天龍神等，聞字皆悉攝伏參集也)

五：**三身**(法身、應身、化身)**真言二字義云**：

善男子！十方世界如恒河沙三世諸佛，(若)**不作於「唵 oṃ」字觀**(而)**成佛者，無有是處！**

「唵 oṃ」字即是一切法門，亦是八萬四千法門寶炬(之)**開鎖，**(是)**毗盧遮那如來**(之)**真身，一切陀羅尼，**(皆)**依如是**(oṃ)**文**(而)**得知而已。**

2 唐・北印度般若、牟尼室利譯《守護國界主陀羅尼經・卷九・陀羅尼功德軌儀品第九》云：

善男子！「陀羅尼」(之)**母，所謂「𑖌𑖼唵 oṃ」字，所以者何？**

(以)**「三字」和合為「𑖌𑖼唵 oṃ」字故。**

謂：(由)**𑖀婀 a、𑖄烏 u、𑖦莽 ma。**

(由這三字和合爲一個 oṃ 字)

一、「婀 a」𑖀字者：

❶是「菩提心」義、

❷是「諸法門」義、

❸亦「無二」義、

❹亦諸法「果」義、

❺亦是「性」義、

❻是「自在」義。

(a 字即)猶如(一位)國王，(所有的)黑、白、善、惡，(皆能)隨心(而得)自在。

又(a 字即是)「法身」義。

二、「烏 u」字者：即(是)「報身」義。

三、「莽 ma」字者，(即)是「化身」義。

以合(a＋u＋ma)「三字」共為「唵 oṃ」字。

①(oṃ 字能)攝「義」無邊故。

②(oṃ 字能)為一切「陀羅尼」(之)首(亦爲一切陀羅尼之「母」)。

③(oṃ 字能)與「諸字義」而作「先導」。

④(oṃ 字)即一切法「所生之處」。

⑤三世諸佛皆「觀」此(oṃ)字而得「菩提」。

⑥故(oṃ 字)為一切「陀羅尼」(之)母。

⑦一切菩薩從此(oṃ 字)而「生」。

⑧一切諸佛從此(oṃ 字)出現。

⑨(oṃ 字)即是諸佛(與)一切菩薩(之)諸「陀羅尼」(所)集會之處。

(此)猶如國土住於「土城」，(必有)「臣佐」(之)輔翼(與)「婇女」圍遶。或(如國王)出遊、巡狩，(然後再)還歸「皇居」(時)，必嚴「四兵」，「導從」(有)千萬(之多)。

但(通常)言(只有)「王」(在)住、(只有)「王」之往來，雖不說「餘」(此指「臣佐、婇女、四兵、導從」這類隨行之人)，而(這四類人是)無不(收)攝(在內的)。

⑩此(oṃ 字)陀羅尼，亦復如是，雖(只)說一(oṃ)字，(即)無所不收(攝)。

(oṃ 字就像一位國王，我們通常只說國王在住、國王在來往、出遊、巡狩……但只要有國王的地方，必定連帶著「臣佐、婇女、四兵、導從」這類隨行之人，所以只有要 oṃ 字，就連帶著「其餘的諸咒字母」都是無所不「收攝」在內的)

3 班禪大師《六字真言法要》開示云：

(1)「唵 oṃ」字：(爲身口意)「三業」相應之表現也。合則(為)「一聲」，(能)統攝

「萬法」。究其「字源」，已可略悉；蓋「唵 oṃ」字之源，由於梵字之「阿哦嗎」(a+u+ma)三音。此三音，有其三字，而「三字」之義，則(能)統攝萬端(a 字即是表法身義。u 字即是表報身義。ma 字即是表化身義)，放之則彌於「六合」，卷之則退藏於「密」之義，略可仿佛。

(2)吾人為佛弟子者，於誦念一切經之「前」，不至心誠意念「三歸、三結」乎？此一「唵」字，亦具此意。不(至心)念誦諸般「淨業加持」之真言乎？

(3)此一「唵」字，即(能)總持一切「淨業加持」之「真言」。念此(oṃ)字時，佛之(法報化)「三體」，即(同於)我(自性所擁有)之(法報化)「三體」；我(自性)之(身口意)三業，即(同於)佛之(身口意)三業。

(4)(此一 oṃ 字能讓)「光明」具足、「堅利」具足、「慈悲」具足、「戒」具足、「定」具足、「慧」具足，一切(皆)具足，(故能證)「漏盡」意解，不可思議也。

三、關於密教五種「護摩法」(成就法)的咒辭研究

在《不空罥索神變真言經・陀羅尼真言辯解脫品》10 個新字母，其中第 11 是「翳醯曳呬」(ehyehi 召;來」字門。
這在密教五種「護摩法」(成就法)是屬於「阿羯沙尼」(ākarṣaṇī 阿羯哩灑;阿羯哩沙;阿羯唎舍耶;阿羯羅沙尼)，就是等同於「翳醯曳呬 ehyehi」的「鉤召法、法攝召、招召法、請召法」同義。

在《不空罥索神變真言經・陀羅尼真言辯解脫品》10 個新字母，其中第 12 新字母是「誐拏・娜麼・許柹・莎縛訶」字門。
其中的「許柹hūṃ phaṭ」字在密教五種「護摩法」(成就法)是屬於「阿毘遮嚕迦」(abhicāruka 阿毘遮羅迦;調伏法;降伏法)。

底下便將密教五種的「護摩法」(成就法)作一詳細介細

密教之「護摩法」有五種之別，即：

①扇底迦(śāntika)，意譯作「息災、寂災」。

②布瑟徵迦(puṣṭika 布瑟致迦)，意譯作「增益、增榮、增長」。

③阿毘遮嚕迦(abhicāruka 阿毘遮羅迦)，意譯作「調伏、降伏」。

④阿羯沙尼(ākarṣaṇī 阿羯哩灑;阿羯哩沙;阿羯唎舍耶;阿羯羅沙尼)，意譯作「鉤召、攝召、招召」。

⑤伐施迦囉拏(vaśīkaraṇa 皤施迦羅拏;縛施迦羅拏)，意譯作「敬愛、慶愛」。

唐・不空《攝無礙大悲心大陀羅尼經計一法中出無量義南方滿願補陀落海會五部諸尊等弘誓力方位及威儀形色執持三摩耶幖幟曼荼羅儀軌》卷 1

五部尊法

一：**息災法**(用「佛部」尊等。是故有五智佛)。

二：**增益法**(用「寶部」尊。是故有「寶、光、幢、笑」，求福德者「寶」，求智慧者「光」，求官位者「幢」，求敬愛者「笑」)。

三：**降伏法**(用「金剛部」尊等，是故有「五大忿怒尊」等)。

四：**愛敬法**(用「蓮華部」尊，是故本尊觀世音等)。

五：**鉤召法**(用「羯磨部」尊，是故有「鉤、索、鎖、鈴」等)。

唐・善無畏《蘇悉地羯羅經》卷 1

(1)若有真言「字數」雖少，初有「唵」(oṃ)字，後有「莎(去)訶」(svāhā)字，當知真言，速能成就「扇底迦」法(śāntika 息災;寂災)。

(2)或有真言，初有「許」(hūṃ)字，後有「泮吒」(phaṭ)字，或有「嚇、普」(re、phuṭa)字，此是「訶」聲，有如上字真言，速得成就「阿毘遮嚕迦法」(abhicāruka 調伏;降伏)。

(3)或有真言，初無「唵」(oṃ)字，復無「莎訶」(svāhā)字，又無「許」(hūṃ)字，亦無「泮吒」(phaṭ)字，及無「嚇、普」(re、phuṭa)等字者，當知此等真言速能成就「補瑟徵迦法」(puṣṭika 增益;增榮)。

唐・輸婆迦羅(善無畏)譯《攝大毘盧遮那成佛神變加持經入蓮華胎藏海會悲生曼荼攞廣大念誦儀軌供養方便會》卷 3

若有「納摩」(nama)字，及「莎嚩訶」(svāhā)字，是修「三摩地」寂行者標相。若有「扇多」(śānta 寂)字，「尾戍馱」(viśudha 清淨)字等，當知能滿足一切所「希願」。

唐・菩提金剛《大毘盧遮那佛説要略念誦經》

(1)復次所謂明初安「唵」(oṃ)字，後稱所方言「莎嚩訶」(svāhā)，名「扇底迦」(śāntika 息災;寂災)也。

(2)明(咒最)初稱「唵」(oṃ)字，後稱「事名」，方稱「件(hūṃ)、發吒(phaṭ)」句，名為降伏「阿毘遮羅迦」(abhicāruka 調伏;降伏)也。

(3)若明(咒最)初稱「娜麼」(nama)句，後稱所後言「娜麼」(nama)句，是名增益「布瑟致迦」(puṣṭika 增益;增榮)也。

(4)若明(咒最)初稱「吽(hūṃ)、發吒(phaṭ)」句，後稱「名事」，後言「吽(hūṃ)、發吒(phaṭ)」句，亦名「阿毘遮羅迦」(abhicāruka 調伏;降伏)。

(5)若明(咒最)初稱「娜麼」(nama)句，後稱「名事」已，即言「吽(hūṃ)、發吒(phaṭ)」句，是名「嚩施迦羅拏」(vaśīkaraṇa 敬愛;慶愛)也。

(6)或明(咒最)初云「吽(hūṃ)、發吒(phaṭ)」句，於「名事」後，云：
親舵(cchinda 斬伐)艞舵(bhinda 毀破)・親舵艞舵(cchinda・bhinda)・艞舵(bhinda)，亦名「阿毘遮羅迦」(abhicāruka 調伏;降伏)也。

密教五種「護摩法」(成就法)。基本有五種，廣說亦有「多種」。	功能介紹	咒文出現的關鍵字
(一)扇底迦(śāntika)息災法、寂災法	為消除「自身」及「他人」之種種「病難、惡事」等的一種祈禱修法。	初有 oṃ 字，後有 svāhā。或有 śānti、śāntika 句
(二)布瑟徵迦(puṣṭika 布瑟致迦)	❶修「增益法」可祈求「長壽」，或求「齒落重生、髮白復黑、身體健康、	初有稱 nama 句，或後有稱

增益法、增榮法、增長法	福力增加」等。 ❷能得「升官榮顯、增長壽命」及「福德、聰慧、名聞」。 ❸或得求「寶藏豐饒、五穀成熟」等。 ❹「增益法」的稱呼有多種： ①祈求世間之福樂，稱為「福德增益」。 ②祈求官位爵祿，稱為「勢力增益」。 ③祈求無病長壽，稱為「延命增益」。 ④祈求獲得「轉輪王」等的「高位」，稱為「悉地增益」。	**nama** 句
延命法 (**jani-tam**) **普賢延命法**	❶以《金剛壽命陀羅尼經》為基礎的密教修法。主要為延長「壽命」，增加「福德、財寶」，與「祈願生子、聰明」而修之。 ❷此修法有二種，一即延命法，二臂之金剛薩埵為「延命」之本尊，修「普通法」； 另一法則以二十臂之普賢為「延命」本尊法，需造四天王壇，點四十九燈，此法必立「大法」方可修之。 ❸另外還有「壽命經法、延三七歲法等、延命菩薩、延命地藏、延命觀音」等。	咒語有：**yuṣai**、**āyuḥ**
(三)阿毘遮嚕迦 (**abhicāruka** 阿毘遮羅	為自身及他人，能調伏「怨敵、惡人」等的一種祈禱修法。	初有 **hūṃ** 字，後有 **phaṭ** 字。

迦) **調伏法、降伏法**		或有 **re**、**phuṭa** 字。 或有 cchinda、bhinda 字。
(四)**阿羯沙尼** (**ākarṣaṇī** 阿羯哩灑;阿羯哩沙;阿羯唎舍耶;阿羯羅沙尼;翳醯呬 ehyehi) **鉤召法、法攝召、招召法、請召法**	❶為「召請」所修諸佛菩薩「本尊」之法。「召請法」有時又含攝於「敬愛法」當中。 ❷能召請諸佛菩薩。 ❸能鉤召三惡道之眾生,令彼轉生善處,即類似「超度」的意思。 ❹若欲鉤召不隨順「己心」者,而令生「敬愛」時,則此時的「鉤召法」與「敬愛法」是同時並用,則改稱為「鉤召敬愛法」。	咒文有 **ākarṣaya**、**ākarṣaṇa**
(五)**伐施迦囉拏** (**vaśīkaraṇa** 皤施迦羅拏;縛施迦羅拏) **敬愛法、慶愛法**	❶為自身及他人,若欲得諸佛菩薩之「加被」,或欲得「君王、眾人」之「愛護」的一種祈禱修法。 ❷祈禱彼此能「和合親睦」之法。祈禱與自己相違背者,能令其「隨順」而「敬愛」。 ❸祈求令世間夫婦互相「敬愛」,則稱為「和合敬愛法」。 ❹如果欲令已違逆「本覺」之「三惡道眾生」而歸入「本覺」之佛果,則此修法便稱「悉地敬愛法」。	初有 **nama** 句,後又有 **hūṃ**、**phaṭ** 句。

唐‧寶思惟譯《觀世音菩薩如意摩尼陀羅尼經》

(此爲佛門《朝暮課誦》本早課十小咒之第一咒:觀世音菩薩如意摩尼輪陀羅尼。本咒已具備「密教五種成就法」,故應多勸誦)

那謨喝囉怛曩(二合)**怛囉**(二合)**夜吔**(一)**那摩阿唎吔**(二)**婆嚕吉帝説**(長引

聲)婆囉吔(三)菩提薩埵吔(四)摩訶薩埵吔(五)摩訶迦嚧膩迦吔(六)怛姪他(七)烏唵(二合八)斫迦囉(二合九)韎哩底(二合十)震哆末尼(十一)摩訶鉢特迷(二合十二)嚕嚕(十三)底瑟姹(二合十四)啜囉(二合十五)阿羯哩灑(二合)耶(十六)虎許(二合十七)泮吒(二合半聲十八)莎(引)訶(十九)。此名根本呪

次說「心呪」，呪曰：
烏唵(二合一)鉢特摩(二合二)震哆末尼(平三)啜囉(二合四)虎許(二合五)

次說「隨心呪」，呪曰：
烏唵(二合一)嚩囉陀(二)鉢特迷(二合三)虎許(二合四)

那謨喝　囉怛曩(二合)怛囉(二合)吔吔(一)
namo・ratna-trayāya・
(禮敬　寶　三)

那摩　阿哩吔(二)婆嚕吉帝-說(長引聲)婆囉吔(三)　菩提薩埵吔(四)
nama-āryā-valokite-śvarāya・　bodhi-satvāya・
(禮敬　聖　觀　自在　菩薩)

摩訶　薩埵吔(五)　摩訶　迦嚧膩迦吔(六)
mahā-satvāya・mahā-kāruṇikāya・
(大　菩薩、　大　慈悲者)

怛姪他(七)　烏唵(二合八)斫迦囉(二合九)韎哩底(二合十)　震哆末尼(十一)
tadyathā・**oṃ**・　cakra-varti・　cintā-maṇi・
(即說咒曰：　轉輪、　如意寶珠)

摩訶　鉢特迷(二合十二)嚕嚕(十三)底瑟姹(二合十四)啜囉(二合十五)
mahā-padme・　ruru・　tiṣṭha・　jvala・

(大　蓮華、　快速、　現今、　光明)

阿羯哩灑(二合)**耶**(十六)**虎許**(二合十七)**泮吒**(二合半聲十八)**莎**(引)**訶**(十九)

ākarṣaya ·　**hūṃ** ·　**phaṭ** ·　**svāhā** ·

(勾召、　催破一切諸障、　催破、　成就圓滿)

大心真言：

烏唵(二合一)**鉢特摩**(二合二)**震哆末尼**(平三)**啜囉**(二合四)**虎許**(二合五)

oṃ ·　padma ·　cintā-maṇi ·　jvala ·　hūṃ ·

(蓮華、　如意寶珠、　光明)

隨心真言：

烏唵(二合一)**嚩囉陀**(二)**鉢特迷**(二合三)**虎許**(二合四)

oṃ ·　varada · padme ·　hūṃ ·

(施願、　蓮華)

果濱佛學專長

一、佛典生命科學。二、佛典臨終與中陰學。

三、梵咒修持學(含《蘇婆呼童子請問經》)。四、《楞伽經》學。

五、《維摩經》學。

六、般若學(《金剛經》+《大般若經》+《文殊師利所說般若波羅蜜經)。

七、十方淨土學。八、佛典兩性哲學。九、佛典宇宙天文學。

十、中觀學(中論二十七品)。十一、唯識學(唯識三十頌+《成唯識論》)。

十二、《楞嚴經》學。十三、唯識腦科學。

十四、敦博本《六祖壇經》學。十五、佛典與科學。

十六、《法華經》學。十七、佛典人文思想。

十八、《華嚴經》科學。十九、唯識双密學(《解深密經+密嚴經》)。

二十、佛典數位教材電腦。二十一、中觀修持學(佛經的緣起論+《持世經》)。

二十二、《般舟三昧經》學。二十三、如來藏學(《如來藏經+勝鬘經》)。

二十四、《悲華經》學。二十五、佛典因果學。二十六、《往生論註》。

二十七、《無量壽經》學。二十八、《佛說觀無量壽佛經》。

二十九、《思益梵天所問經》學。三十、《涅槃經》學。

三十一、三部《華嚴經》。三十二、穢跡金剛法經論導讀。

果濱其餘著作一覽表

一、**《大佛頂首楞嚴王神咒・分類整理》(國語)**。**1994** 年 **10** 月 **15** 日編畢。**1996** 年 **8** 月印行。大乘精舍印經會發行。書籍編號 C-202。紙本結緣書，有 pdf 電子書。字數：5243

二、**《生死關初篇》**。**1996** 年 9 月初版。1997 年 5 月再版。ISBN：957-98702-5-X。大乘精舍印經會發行。紙本結緣書，有 pdf 電子書。書籍編號 C-207。與 C-095。字數：28396

《生死關全集》。**1998** 年 1 月修訂版。和裕出版社發行。ISBN：957-8921-51-9。字數：110877

三、**《雞蛋葷素說》**(同**《修行先從不吃蛋做起》**一書)。**1998** 年 4 月初版，2001 年 3 月再版。大乘精舍印經會發行。紙本結緣書，有 pdf 電子書。ISBN：957-8389-12-4。字數：9892

四、《楞嚴經聖賢錄》(上下冊)[停售]。**2007** 年 8 月及 **2012** 年 8 月。萬卷樓圖書股份有限公司發行。ISBN：978-957-739-601-3(上冊)。ISBN：978-957-739-765-2(下冊)。

《楞嚴經聖賢錄(合訂版)》。**2013** 年 12 月初版。萬卷樓圖書股份有限公司發行。ISBN：978-957-739-825-3。字數：262685

五、**《《楞嚴經》傳譯及其真偽辯證之研究》**。**2009** 年 8 月。萬卷樓圖書股份有限公司發行。ISBN：978-957-739-659-4。字數：352094

六、**《果濱學術論文集(一)》**。**2010** 年 9 月。萬卷樓圖書股份有限公司發行。ISBN：978-957-739-688-4。字數：136280

七、**《淨土聖賢錄・五編(合訂本)》**。**2011** 年 7 月。萬卷樓圖書股份有限公司發行。ISBN：978-957-739-714-0。字數：187172

八、《穢跡金剛法全集(增訂本)》[停售]。**2012** 年 8 月。萬卷樓圖書股份有限公司發行。ISBN：978-986-478-853-8。字數：139706

《穢跡金剛法全集(全彩本)》。**2023** 年 6 月。萬卷樓圖書股份有限公司發行。➔ISBN：978-957-739-766-9。字數：295504

九、**《漢譯《法華經》三種譯本比對暨研究(全彩本)》**。**2013** 年 9 月初版。萬卷樓圖書股份有限公司發行。ISBN：978-957-739-816-1。字數：525234

十、**《漢傳佛典「中陰身」之研究》**。**2014** 年 2 月初版。萬卷樓圖書股份有限公司發行。ISBN：978-957-739-851-2。字數：119078

十一、**《《華嚴經》與哲學科學會通之研究》**。**2014** 年 2 月初版。萬卷樓圖書股份有限公司發行。ISBN：978-957-739-852-9。字數：151878

十二、**《《楞嚴經》大勢至菩薩「念佛圓通章」釋疑之研究》**。**2014** 年 2 月初

版。萬卷樓圖書股份有限公司發行。ISBN：978-957-739-857-4。字數：111287

十三、**《唐密三大咒・梵語發音羅馬拼音課誦版》**。**2015** 年 3 月。萬卷樓圖書股份有限公司發行。ISBN：978-957-739-925-0。〈260 x 135 mm〉規格[活頁裝] 字數：37423

十四、**《袖珍型《房山石經》版梵音「楞嚴咒」暨《金剛經》課誦》**。**2015** 年 4 月。萬卷樓圖書股份有限公司發行。ISBN：978-957-739-934-2。〈140 x 100 mm〉規格[活頁裝] 字數：17039

十五、**《袖珍型《房山石經》版梵音「千句大悲咒」暨「大隨求咒」課誦》**。**2015** 年 4 月。萬卷樓圖書股份有限公司發行。ISBN：978-957-739-938-0。〈140 x 100 mm〉規格[活頁裝] 字數：11635

十六、**《《楞嚴經》原文暨白話語譯之研究(全彩版)》**[不分售]。**2016** 年 6 月。萬卷樓圖書股份有限公司發行。ISBN：978-986-478-008-2。字數：620681

十七、**《《楞嚴經》圖表暨註解之研究(全彩版)》**[不分售]。**2016** 年 6 月。萬卷樓圖書股份有限公司發行。ISBN：978-986-478-009-9。字數：412988

十八、**《《楞嚴經》白話語譯詳解(無經文版)**-附:從《楞嚴經》中探討世界相續的科學觀》。**2016** 年 6 月。萬卷樓圖書股份有限公司發行。ISBN：978-986-478-007-5。字數：445135

十九、**《《楞嚴經》五十陰魔原文暨白話語譯之研究**-附:《楞嚴經》想陰十魔之研究》。**2016** 年 6 月。萬卷樓圖書股份有限公司發行。ISBN：978-986-478-010-5。字數：183377

二十、**《《持世經》二種譯本比對暨研究(全彩版)》**。**2016** 年 6 月。萬卷樓圖書股份有限公司發行。ISBN：978-986-478-006-8。字數：127438

二十一、**《袖珍型《佛說無常經》課誦本暨「臨終開示」(全彩版)》**。**2017** 年 8 月。萬卷樓圖書股份有限公司發行。ISBN：978-986-478-111-9。〈140 x 100 mm〉規格[活頁裝] 字數：16645

二十二、**《漢譯《維摩詰經》四種譯本比對暨研究(全彩版)》**。**2018** 年 1 月。萬卷樓圖書股份有限公司發行。ISBN：978-986-478-129-4。字數：553027

二十三、**《敦博本與宗寶本《六祖壇經》比對暨研究(全彩版)》**。**2018** 年 1 月。萬卷樓圖書股份有限公司發行。ISBN：978-986-478-130-0。字數：366536

二十四、**《果濱學術論文集(二)》**。**2018** 年 1 月。萬卷樓圖書股份有限公司發行。ISBN：978-986-478-131-7。字數：121231

二十五、**《從佛典中探討超薦亡靈與魂魄之研究》**。**2018** 年 1 月。萬卷樓圖書股份有限公司發行。ISBN：978-986-478-132-4。字數：161623

二十六、**《欽因老和上年譜略傳》**。紙本結緣書，有 pdf 電子書。**2018** 年 3 月。新北樹林區福慧寺發行。字數：9604

二十七、**《《悲華經》兩種譯本比對暨研究(全彩版)》**。**2019** 年 9 月。萬卷樓圖書股份有限公司發行。ISBN：978-986-478-310-6。字數：475493

二十八、**《《悲華經》釋迦佛五百大願解析(全彩版)》**。**2019** 年 9 月。萬卷樓圖書股份有限公司發行。ISBN：978-986-478-311-3。字數：83434

二十九、**《往生論註》與佛經論典之研究(全彩版)》**。**2019** 年 9 月。萬卷樓圖書股份有限公司發行。ISBN：978-986-478-313-7。字數：300034

三十、**《思益梵天所問經》三種譯本比對暨研究(全彩版)》**。**2020** 年 2 月。萬卷樓圖書股份有限公司發行。ISBN：978-986-478-344-1。字數：368097

三十一、**《蘇婆呼童子請問經》三種譯本比對暨研究(全彩版)》**。**2020** 年 8 月。萬卷樓圖書股份有限公司發行。ISBN：978-986-478-376-2。字數：224297

三十二、**《悉曇梵字七十七字母釋義之研究(含華嚴四十二字母)全彩版》**。**2023** 年 7 月。萬卷樓圖書股份有限公司發行。ISBN：978-986-478-866-8。字數：234593

*三十二本書，總字數為 7065940，即 706 萬 5940 字

國家圖書館出版品預行編目(CIP)資料

悉曇梵字七十七字母釋義之研究(含華嚴四十二字母)/果濱編撰. -- 初版. – 臺北市 ： 萬卷樓圖書股份有限公司, 2023.07
面； 公分
全彩版
ISBN 978-986-478-866-8(精裝)
1.CST: 梵文 2.CST: 華嚴部 3.CST: 字母 4.CST: 注釋
803.4091 112011045

ISBN 978-986-478-866-8

悉曇梵字七十七字母釋義之研究
（含華嚴四十二字母）［全彩版］

2023 年 7 月初版 精裝(全彩版) 定價：新台幣 600 元

編 著 者：果濱
發 行 人：林慶彰
出 版 者：萬卷樓圖書股份有限公司
編輯部地址：106 臺北市羅斯福路二段 41 號 9 樓之 4
電話：02-23216565
傳真：02-23218698
E-mail：service@wanjuan.com.tw
booksnet@ms39.hinet.net
萬卷樓網路書店：http://www.wanjuan.com.tw
發行所地址：10643 臺北市羅斯福路二段 41 號 6 樓之 3
電話：02-23216565
傳真：02-23944113
劃撥帳號：15624015
微信 ID：ziyun87619 支付宝付款
款項匯款後，煩請跟服務專員連繫，確認出貨事宜
服務專員：白麗雯，電話：**02-23216565** 分機 **610**
承印廠商：中茂分色製版印刷事業股份有限公司

新聞局出版事業登記證局版臺業字第 5655 號
（如有缺頁、破損、倒裝，請寄回本公司更換，謝謝）